Hans Heinz Hahnl · Hexeneinmaleins

Hans Heinz Hahnl

Hexeneinmaleins

Roman

Edition S
Verlag der Österreichischen Staatsdruckerei
1. Auflage 1993

Umschlaggestaltung: Mikela Hill-Willmann
Satz: PWS-Fotosatz, Fohnsdorf
Druck und Bindearbeit: Österreichische Staatsdruckerei

ISBN 3-7046-0412-7

Hat es Tomassoni (Tomas Soni) gegeben, ist er eine Erfindung von drei Wiener Kritikern? Wozu ist er erfunden worden? Überlassen wir die unwesentlichen Antworten, mit denen von den wirklichen Problemen abgelenkt wird, den Historikern. Nur so viel: Er hat keine Entstehungsgeschichte, wenn diese auch Dissertationsthema und Gegenstand parlamentarischer Anfragen geworden ist. Er war da. Als Idee, als Utopie, als Gegenentwurf, als Illusion, als Parodie. Unter den 3.474 in den Schriftstellerverbänden und Finanzämtern registrierten Schriftstellern Österreichs, von den Kohorten der schreibenden Deutschen und den literarischen Partisanen der Schweizer Kantone zu schweigen, ein Geist ohne leibliche Existenz, ein Opus ohne Werk. Tomassoni als Hoffnung, als Verdammnis, und als Nabelschnur zu den mythomanen Versteinerungen. Selbstverständlich war er für jeden seiner drei Miterfinder etwas anderes: Odysseus der Wanderer, Merlin der Hexenmeister und Elfenbeschwörer, und als unheiliger Geist der große Einflüsterer, Ezzesgeber, Interpret, Ideenverführer, der leidige Zeitgeist und seine Demaskierung.

Hätte es ihn nicht gegeben, er hätte erfunden werden müssen, und er ist erfunden worden, weil es ihn nicht gegeben hat. Als Summe der Ideologien und der Kritik, als Summe der Weisheit und Torheit. Für seine (Er)finder ist er, bevor noch seine Biographie feststand, seine Züge sich zu einem Erscheinungsbild sammelten, seine Konturen sich aus den Ankündigungen und Dementis formten, eine Versuchung geworden. Sei es, auf den Spuren des Nestflüchters zu wandern, vor den Abgründen der sexuellen Überwältigung in den Hexenkessel und Elfenhimmel zu flüchten oder in die ideologischen Fallen der Welterkenntnis zu tappen. Was ich bieten kann, sind Recherchen, Gerüchte, vermeintliche Einsichten, Anekdoten. Also das Chaos mit hilflosen Ordnungsversuchen.

Tomassoni ist ein Autor, weil seine Erfinder Autoren waren. Beamte hätten einen Beamten, Atomphysiker einen Atomphysiker, Lehrer einen Lehrer erfunden. Irgendwas müssen wir doch haben, an das wir nicht glauben müssen, und je luftiger, um so besser.

Tomassoni, seine Erfinder Meissner, Moser und Stiefel und die Protagonisten des Verwirrspieles, sie alle strampeln sich ab in dem Wiener Kulturmorast, den ich als Tümpel des großen Sumpfes zu verstehen bitte. Gelegentlich geraten sie aneinander und durcheinander. Da glaubt der Erfinder, er sei der Erfundene, der Erfundene nimmt Statur, Denkgewohnheiten und Argwohn der Erfinder in Anspruch. Ein ständig auf Abwege geratender Wahrheitssucher läuft dann als Odysseus durch die Innenstadt, und Vierzigerinnen mit Theatervergangenheit flattern als Hexen durch das Parkdickicht. Das übliche Durcheinander. Mit einigen Aufhellungen der mythologischen Finsternis.

Selbst wir, die Erfinder Tomassonis, sind uns über die Chronologie nicht einig und haben Differenzen über unsere Motive. Offenbar war es zuerst ein Spaß. Dr. Moser, damals von der Idee besessen, als Hexenmeister die Literaturszene zu verwirren, hatte den Einfall; Stiefel, der Linksintellektuelle mit skeptischem Unterbau und melancholischen Anflügen, Quartalerotiker, erhoffte sich kulturkritische Sprengkraft, die Platz für sein Niemandsland Nirgendwo schaffen würde; und Meissner, dem Wohlwollende Altersreife, Übelwollende Verkalkung nachsagten, hatte eine verschwommene Idee von Entmythisierung. Was ein Mythos ist, weiß ja keiner genau. Aber jeder spürt seine Übermacht. Wir sind umstellt von Mythen. Von den harmlosen Kulturmythen zu den lebensgefährlichen erotischen Mythisierungen. Stiefel hat einmal im „Schmetterling“, wo er den Kulturteil redigierte, ein Preisausschreiben über den Hausmeistermythos ausgeschrieben. Die Wiener Intellektuellen hielten das für einen Witz. Es kam nichts herein. Die Sache schlief ein …

Anders die Tomassoni-Erfindung. Aus Spiel wurde spielerischer Ernst. Unversehens gab es eine Strategie, die sich lange nicht entschließen konnte, ob sie nun für den sagenhaften Tomas Soni (Tomassoni) eingesetzt werden sollte, oder für ihre Identifikationsmythen. Ihre Lieblingsfiguren. War es Selbsterkenntnis oder Angst, Tomassoni siegte über Odysseus, über den Hexenmeister und die Stiefelsche Jesus-Marx-Mao-Mischung. Es brauchte seine Zeit, bis ihnen dämmerte, daß sie selbst Gefangene ihrer Mythen geworden waren. Meissner mußte lange die in seiner ausschweifenden Phantasie ausgeheckte, als Entdeckung und Eroberung getarnte Fluchtpanik des Odysseus mitmachen, bevor er sich von seiner mythologischen Überwältigung befreien konnte. Moser hatte es als Hexenmeister leichter. Hexerei ist ja nur eine Form der Satire. Je hexenhafter sich die Literatur- und Pressehexen und die Schauspielerinnenfurien gebärdeten, desto weniger glaubte er an Übernatürliches und desto klarer wurden ihm die weiblichen Tricks. Der einzige, der sich immer tiefer in seine Selbsttäuschungen verirrte, war Stiefel. Aber das liegt in der Natur der Sache. Gegen den Glauben hilft keine Hexerei.

Anstatt Tomassoni zu installieren, ließen also die drei Kritiker in dem Feldzug gegen die Mythen unseres Alltags, in den sie unversehens geraten waren, Hexen durch die Kulturszene schwärmen, zog Odysseus mit dem ewigen Juden und Don Quixote in Selbsterkenntniswanderungen und Fluchtmärschen im Kreis durch die Innere Stadt, während dem Utopisten Stiefel selbst unter schwerstem Leitartikelbeschuß die ideologische Munition nicht ausging. Aber Tomassoni setzte sich durch. Er materialisierte sich. Er bekam eine Biographie (mit Widersprüchen), und, was weitaus wichtiger war, eine Aura des Gerüchtes, der Mode und der Trends. Tomassoni wurde, zeitweise wenigstens, zum Gradmesser unserer Vernebelung, zum Entlarver des Zeitgeistes, zum Luftgeist der Mythenauflösung. Sein Schicksal: er wurde selbst ein Mythos. Verstand schafft neue Leiden, nur ein Glaubensartikel schafft andere Glaubensartikel ab. Der Erfolg Tomassonis beschwor seinen Untergang.

Vorhang auf für Tomassoni, für Odysseus, die Erotomanen, die Welterlöser und die Heerscharen der Mitläufer.

Der Name Tomassoni flog Moser zu. So sollte der Golem heißen, der Mythenerfinder und Mythenzerstörer. Die literarische Experimentiermaschine. Der Literat, der ihm gehörte. Der Ruhm in seiner Macht. Der Erfinder, den er erfunden hatte und zerstören konnte.

Moser fragte sich, ob er selbst das Opfer eines Mythos geworden war. Na, wenn schon. Er wäre nie auf die Idee gekommen, den Golem zu erfinden, wie er Tomassoni noch immer bei sich nannte, wenn ihm nicht bewußt geworden wäre, daß er in zahlreiche Mythen verstrickt war. Erkennbare und nicht erkennbare. Wofür hatte er Tomassoni erfunden? Der Name? Zufall. Was er lieber vergaß. Auch ein Name war ein Mythos. Moser hatte lange darunter gelitten, nicht Thomas Bernhard oder Jutta Schutting zu heißen. Da trafen die richtigen Vokale auf die richtigen Konsonanten. Der Takt stimmte, diese unbezahlbaren Trochäen mit den zwei ebenso lockeren wie nachdrücklichen Betonungen. Er hatte ihn nachgemacht, indem er den geplanten Vornamen Emanuel wegließ und den Nachnamen Tomassoni teilte: Tomas Soni. Fast so schön wie H. C. Artmann oder Peter Handke. Oder Barbara Frischmuth mit dem femininen Touch der zwei unbetonten Silben.

Er führte Tomas Soni in Stiefels wöchentlicher „Schmetterling"-Rubrik „Woran sie arbeiten" ein. Tomas Soni sitzt, wie wir erfahren, über einer neuen Odysseus-Version. Einem ersten Teil, der Irrfahrt des von zu Hause ausgerissenen Knaben Odysseus durch die Kontaktadressen der Stadt, korrespondiert im zweiten Teil die Irrfahrt des gealterten Odysseus durch die Wiener Spitäler. Zwei Nummern später ließ er ein Interview mit Tomas Soni über die mythenbildende Kraft des Odysseus-Stoffes folgen. In Stiefelschem Soziologenkauderwelsch. Die Frage steht noch im Raum, wie der Professor Reichartsebner-Lambrecht in einem Alte-Mühle-Symposion Jahre später ausführte, ob das Interview von Stiefel stammte, der sich damit selbst übertroffen hätte, oder von Moser, der sich darüber ausschwieg.

Wozu ein Urheber, ein Kritiker und ein Fürsprecher? Wie finden sie zusammen? Einer müßte etwas herstellen, ein anderer sich davon betroffen fühlen (Dr. Moser setzte in Klammer „beleidigt"), ein dritter die Verteidigung übernehmen und den Freispruch verkünden und begründen. Damit am Ende alles war wie vorher. Ein

Atemzug, den der Wind verwehte, den ein Elfenflügel oder ein Hexenbesen in Bewegung gesetzt hatte. Die Sisyphusarbeit, an der Welt zu knabbern.

War einer allein dazu nicht imstande? Dr. Moser war wie alle Hexenaustreiber ein Utopist. Wenn schon der Prozeß von Produktion, Kritik und Verteidigung nichts bewirkte, konnte er mit geringerem Aufwand und präziserer Durchführung von einer Instanz bewirkt werden, zu der er sich berufen fühlte. Der Kritiker, der gleichzeitig Autor war, hatte wie der Verteidiger, der die Anklage verfaßt hatte, die besseren Argumente. Keine Zufälligkeiten störten den Ablauf. Ein idealer oder nahezu idealer Verlauf war gesichert. Dr. Mosers radikaler Utopismus dachte weiter: Die Wirkungslosigkeit des Vorgangs war am besten symbolisiert, wenn man nichts produzierte, was zahlreiche Risiken ausschloß, sondern angebliche Produktionen auf die wesentlichen Argumente abstrahierte und einer idealen Kritik aussetzte, die wieder in die Schranken gewiesen werden konnte. Das ideale Nichts.

Um die philosophische Flankensicherung war ihm nicht bange. Wozu war die Dialektik erfunden worden?

Die Elfen, ließ Dr. Moser seinen Freund Stiefel definieren, beziehungsweise die Hexen, ihr Spiegelbild, symbolisieren die Dualität der Welt und den daraus resultierenden Kampf der Geschlechter, die irdische Gebundenheit und die irreale Dimension. Was Besseres findet sich nicht. Sagen wir doch gleich Mann und Frau. Ich sublimiere, sagte Dr. Moser. Das bin ich meiner Persönlichkeit, meiner Position, meinem Ego schuldig. Und natürlich meinem Gottesbeweis der absoluten Nichtigkeit allen Lebens.

So theoretisch ging's nicht immer zu. Aber Grundlagen müssen vorhanden sein. In Wahrheit ging es viel irdischer und viel differenzierter, wohl auch chaotischer zu. Das subjektive Ideal, alles selbst zu machen und selbst zu sein, hatte Dr. Moser schon in jungen Jahren mit der Lust an der Intrige verbunden. Den Rückzug auf sich selbst nötigt einem in der Pubertät ja die Gesellschaft auf. Wie kittet einer diesen plötzlich auftretenden Riß zwischen den Geschlechtern? Er benötigt die Vorstellung des Partners, aber nicht den Partner. Woraus Moser schon als Knabe die Fragwürdigkeit der sogenannten

Realität abgeleitet hatte. Was war höher einzuschätzen, der Besitz einer Frau, oder die Vorstellungskraft, die sie entbehrlich machte?

Dr. Moser hatte sich nichts ausgedacht, er hatte aus eigenen Erfahrungen die Konsequenzen gezogen. Er bewunderte das Leben dafür, daß es für jeden Verzicht den unauslotbaren Horizont der Phantasie öffnete. Der Weg war ihm vorgeschrieben. Einer, der sich wie Moser ohne Können zur Künstlerschaft, ohne Durchsetzungsvermögen zur absoluten Herrschaft, ohne Menschenliebe zum Umwälzer aller Werte berufen fühlte, ein Genie ohne Begabung, aber mit der unstillbaren Lust an der Zerstörung, hatte, wenn er sich nicht in Wunschträumen verlieren wollte, nur die Möglichkeit, den sinnlosen Kreislauf durch eine Aktion zu dokumentieren und ad absurdum zu führen. Aber wie es Utopisten geht: die Philosophie stimmte, die Phantasie exzedierte, aber die Durchführung stieß auf Widerstand, nicht nur im feindlichen Lager sondern in der eigenen Unzulänglichkeit. Wenn einer wie er Vorstellung und Realität vermischte, die Beschränkung auf das Ich mit der Verblüffung der Welt verbinden wollte, wenn man, wie ein simplifizierender Zeitungsschreiber das ausdrückte, alles allein machen, die anderen zum Narren halten und als kluges Köpfchen überbleiben wollte, mußte man leidenschaftlich wie ein Exzentriker, cool wie eine Wasserleiche und zudringlich wie ein Politiker in der letzten Wahlwoche sein. Ungeachtet der unberechenbaren Reibungsverluste. Dr. Moser konnte das alles. Zu seiner Zeit. Aber alles auf einmal! Auch größere Strategen haben in der Schlacht schon den Faden verloren. Die Angst rät zur Flucht, ein Minitriumpf zur Unvorsichtigkeit, die Schadenfreude lockt in Fallen.

Er hatte alles berechnet, aber nicht die Verführungskraft der Hexe. Er hatte geglaubt, sie als Schachfiguren einzusetzen, als Lockvögel verstreuen zu können, aber nun fielen sie als Rächerinnen über ihn her, verfolgten ihn als Liebhaberinnen. Und am ärgsten setzten ihm die zu, die ihn mit der Überzeugungskraft ihrer Weiblichkeit ignorierten. Ihnen war nicht beizukommen. Hexenaustreiben – das war ein Kalkül. Ein Codewort, das Feminismus und Antifeminismus, Sex, Ironie und in letzter Instanz die Lösung des letzten Welträtsels in sich schloß. Jetzt war es eine Notwehr geworden, zu der er nur mehr in schmählichen Ansätzen imstande war. Aus der Traum vom idealen Ablauf. Es ging durcheinander, kreuz und quer. Wußte er überhaupt noch, was er gewollt hatte? Stiefel soufflierte. Aber was hilft's, wenn man den Text verloren hat!

Wie soll Tomassoni aussehen? Wie schaut ein Dichter aus? Auf jeden Fall nicht wie ein Dichter in der Vorstellung jener aussieht, die noch nie einen Dichter gesehen haben. Tomas Soni ist doch Junggeselle. Oder? Wir können seine Frau ja im Hintergrund lassen. Dienerin, Sekretärin, bemutternde Bewunderin. Oder zänkisch, keifend. Ein Alltagsmythos aus Tomassonis Biographie. Die vernachlässigte Künstlerfrau. Vergeudet seine Kräfte an Texte, Noten, Bilder, statt sie in ihre Neurosen zu investieren. Mit Zinsen aus Vorwürfen in einer abenteuerlichen Progression.

Die Tendenz ging zum Junggesellen Tomassoni. Verkommen, verschmuddelt in einer Wolke abgestandenen Zigarettenrauches und Rotweindunstes. Oder ein bürgerlicher Pedant mit Bügelfalte und Krawatte? Ein Romeo in Neolook der letzten Mode? Stiefel wollte ihn unauffällig. Wie schaut Jandl aus, wie hat Konrad Bayer ausgesehen, wie schauen die Avantgardisten aus, wenn sie nicht in Uniform sind. Avantgardisten sind immer in Uniform. Artmann, das Bild eines Dichters als Motorradfahrer. Mit siebzig ein abgetakelter ländlicher Bonvivant? Wie sah Thomas Bernhard aus? Ein neurotischer Egozentriker mit dem Heiligenschein nicht zu befriedigender Eitelkeit. Ein abgewandelter Bernhard mit den Lippenbläschen ständiger Kränklichkeit und den Gesichtspickeln der zweiten Pubertät?

Ach, diese Stereotypen feist gewordener Spießer, denen der Geist das Gesicht erhellt. Ein Hofrat mit Leberflecken der Skepsis, ein rasender Journalist mit dem Dutzendcharme ständigen Einverständnisses. Das Dichterische, darüber waren sie sich einig, liegt in melancholischen Umschattungen der Augen, in der ironischen Aura der Mundpartie, in den von Lebenserfahrung eingefurchten Falten. Auden, wie Auden! Ein Riesenschädel mit einer unerforschten Gesichtslandschaft aus Faltentälern, Runzelcanyons. Eine Landkarte mit terra incognita. Unbekanntes, verbotenes Land, unerforschtes Gelände.

Betreten auf eigene Gefahr. Da findet sich nur die Freundeshand zurecht, die Wurstfingerchen der Geliebten oder die nervigen Greifer der ätherischen Bewunderin.

Tomas Soni, ein Puzzle von schöngeistigen Häßlichkeiten. Eine Collage aus hundert Jahren Literaturgeschichte. Ein Jüngling mit der Altersvergeistigung oder ein weißbärtiges Greisenantlitz mit bezwingendem Bubenlächeln? Die Nase? Klein und stumpf wie die Nase des Sokrates oder kühn wie die eines skipetarischen Guslarspielers? Oder einfach der notorische böhmische Knollen unserer transleithanischen Literaturgrößen?

Ein Dichter, darüber wurden sie sich rasch einig, sollte auf keinen Fall wie ein Dichter aussehen. Das Aussehen eines Dichters signalisiert längst den Dilettantismus eines Schreibenden, der mangelnde Begabung, fehlenden Erfolg damit wettmachte, daß er sich und seinen Mitmenschen durch äußerliche Ingredienzien das Dichtertum vorlog.

Moser schrie auf: ein Mythos! Wir sind auf die Goldquelle eines Mythos gestoßen. Die Begabung hat kein Gesicht. Das Gesicht übertüncht die Unbegabung. Geh auf den Dichterkongreß! Was für kühne Dichtervisagen, Bärte, Halstücher, Jeans, T-Shirts, blitzende Augen, Haarmähnen tarnen Arschkriecher und Zeilenschinder.

Warum haben wir keine Frau erfunden, klagte Stiefel. Du denkst an Zuckerpüppchen. Schönheit, leicht vernachlässigt, Häßlichkeit mit dem gewissen Etwas. Wie einfach ist es doch, eine Dichterin zu sein. Die Mädchenhaftigkeit, die Hängebusen, Speckhüften und Gichtknoten überstrahlt. Der leichte Schritt der Bachmann, das Schweben der Katharina von Greiffenberg, die vom Genie absorbierte Mütterlichkeit, die durch Kreativität geheiligte Distanz eines Bridgeweibes, das zwei Schundromane geschrieben hat, die immer noch Taschenbuchauflagen erleben. Das pausbäckige Engelsgesicht der alten Literaturhexe!

Mit Odysseus unterwegs

Immer wunschträumend, die Vergangenheit umdichtend, die Gegenwart flüchtend, die Zukunft ausschmückend. Unsere Geschichte aus Geschichten: Odysseus fand, daß es nur eine Geschichte gab: seine Geschichte. Da mußte sich Tomassoni nur anhängen. Krieg und Nachkrieg als Hintergrundbild seines Aufstieges und Niederganges.

Wieder durch das Dickicht der Stadt. Mit der Machete der Phantasie kämpfte er sich durch die Singerstraße Richtung Stephansplatz. Er nahm die Signale auf, aber ihre Vielzahl neutralisierte ihn. Eines hob das andere auf, verlöschte es, er versank in einem Ozean an Augen-, Körper-, Wortbotschaften. Schließlich erreichte ihn keines mehr und keines seiner Signale wurde wahr-, geschweige denn aufgenommen. Odysseus' Schule der Einsamkeit. Der Drang, alle zu verstehen, vereiste in dem Bedürfnis, niemand zu treffen.

Dann die Kärntnerstraße hinunter und als er schon glaubte, es treibe ihn über die Autobarriere des Ring hinaus irgendwohin in das Niemandsland der Wiedner Zinskasernenblöcke, wurde er in eine Seitenstraße gespült, in ein Geschäft, und Odysseus überlegte, ob er das erlebt hatte, ob er gewünscht hatte, es zu erleben, ob es soeben stattfand. Die Verführung durch die Hexe, die ihn, kaum hatte er das Geschäft betreten, hinter einen Vorhang zog. Wäschestücke lagen herum, Zeitungen, Aschenbecher, Kaffeeschalen, Injektionsspritzen. Die schlampige Hexe. Der Mutter der Ordnung war er soeben entkommen, wo er die Hose streng nach der Falte zusammenlegen mußte, bevor er sie umarmen durfte, keine Unterwäsche herumliegen lassen, sie hob ihr Kleid an einem Hänger auf, strich die Falten glatt, und als der Bügel aus der Achsel glitt, verwehrte sie ihm noch einmal den Kußmund und ordnete es mit sicherem Zugriff. Hier hingegen das große Chaos. Sie schuf ihnen mit einem Fußtritt Platz und umarmte ihn. Dann löste sie sich von ihm, schob ihn mit der Hand ein Stück weg und sah ihn prüfend an. O ja, die Jammerarie, das kannte er, das mußte durchgestanden werden. Ich bin schon so alt, fing sie an, und er antwortete, Du bist schön, Du bist begehrenswert. Ich bin dick, respondierte sie. Du hast eine blendende Figur, ich aber, sagte Odysseus, ich habe einen Bauch, ich habe Altersflecken an den Händen, ich bin ausgelaugt fuhr sie fort, hier habe ich Schmerzen und da tut es mir weh, ich kann kaum den Arm drehen, das Bein versagt mir den Dienst. Du erdrückst mich, antwortete er, Du wirfst mich um. Wieder dasselbe Spiel von Verführung und Versagung, von Nachgeben und Widerstehen. Schon erlebt oder nur verfestigte Phantasien? Sie wünschen? fragte die Verkäuferin. Er deutete auf eine Vase. Jugendstil der dritten Epigonengeneration. Oder diese Tasse, Biedermeier, mäßig abgeschlagen, die Patina der Vergangenheit. Wer immer daraus getrunken hatte! Viel zu teuer. Sich nur auf nichts einlassen. Kein Besitz, ein Wangenkuß der Hexe und Du bist in der Hölle, Odysseus, im Fegefeuer, nein, nicht der Leidenschaft, dessen, was die Hexe Liebe nennt. Odysseus auf der ewigen Flucht vor der Fürsorge.

Er bückte sich, um unter den Trivialromanen durchzurutschen, die sie ihm anboten. Jeder, dem Du begegnest, den Du überholst, von dem Du Dich überholen läßt, erzählt eine Geschichte. Sie saugen Dich ein in ihr unerfülltes Leben. Shortstorys werden von Epen überwältigt, Vierzeiler von Tragödien, die es nicht zur Klimax bringen. Das alte Klischee. Die Pornogeschichte entpuppt sich als Armenleutelegende und die bürgerliche Idylle als schlüpfriger Roman.

In die menschenleere Johannesgasse. Durch das Jahrhundert Ausgestoßensein schlendern, durch das Jahrhundert Dazugehören, durch das Jahrhundert Versklavtwerden, durch das Jahrhundert Beherrschen, durch das Jahrhundert Glück und Unglück. Der Verputz bröckelt von den alten Häusern. Vom Wind abgerissene Plakate geben die aufgeweichten Anschläge des Vorjahres frei, die sich von den Reklamen des vorigen Jahrzehnts lösen. Schicht auf Schicht. Aber lebendig ist nur meine, des Odysseus, Geschichte. Das Kabinett Schober, die Regierungskrise, der essenisch-jagellonische Krieg, der zweite kernatische Feldzug, die Streiks in der Neuen Stadt, die große Schülerrevolte, der Kinderkreuzzug, die schnurrbärtigen Diktatoren, der mit der kleinen pedantisch zurechtgestutzten Oberlippenbehaarung, und der andere mit dem buschigen Schnauzer unter der fleischigen Georgiernase, der glattrasierte Zwerg und der vollbärtige Riese in Generalsuniform, die revoluzzernden Majore mit den in die Uniformblusen gezwängten Bäuchen, die Generationen von alternden Männern, deren Krebsabmagerung in den Nadelstreifanzügen schlottert. Ordensbrüste verflüchtigen sich im Nebel. Odysseus schob sie mit einer Handbewegung weg und kehrte in die Wohnungen der Leopoldstadt ein, zu der Frau, die ihm ein Stück Schnitte in den Mund schob, zu der Alten, die seine Urgroßmutter war, dem Mädchen, das mit einem illegalen Transport nach Israel fuhr, dem schwarzhaarigen Judenkind, mit dem er Ringelspiel fuhr, zu Kerpen, die er, anstatt sich mit ihr zu solidarisieren, aus Verlegenheit nicht grüßte, zu der Geisteskranken, die es gelüstete, immerfort Stiegen zu reiben, Odysseus in seiner Vielfachrolle als Beobachter, als Versäumer, als Opfer, als halbherziger Akteur, als Durchschlüpfer. Also gedenken wir der Jüdin, der der chilenische Gesandte so lange das Ausreisevisum verweigerte, bis sie sich ihm hingegeben hatte, des Mannequins, dessen Leiche durch die Ruinen der zerbombten Stadt in einem Waschtrog auf den Friedhof getragen wurde, des häßlichen Proletarienmädchens, das Odysseus, den Unwiderstehlichen, Ungeliebten während des Bombenangriffes, der die Oper zerstörte, auf die Wange geküßt hatte, und deren Geschlecht er flüchtig gestreift hatte. Das Selbstopfer der intellektuellen Kommunistin ist Geschichte in der Erinnerung des Odysseus wie die Selbstverleugnung der Stadt. Sie tragen das langsam verlöschende Bild seiner Erinnerung und der Erinnerung Tomassonis. Die Geschichte des Odysseus als die Geschichte der Welt, die Mythen des Odysseus als unser aller geheiligter Schwindel.

Klare Verhältnisse wollten sie, die Frau aus dem Geschäft, und die Frau in der Küche, die Frau im Auto, die Frau im Theater, die Frau im Schwimmbassin, die Frau im Restaurant. Odysseus sah auf, sein Blick trübte sich. Klare Verhältnisse, das bedeutete, daß er sich für sie entschied. Du mit Deinem Weiterwursteln, Du weichst den Entscheidungen aus, Du schiebst alles auf die lange Bank. Odysseus im Kreuzfeuer der Forderungen. Wenn er sich jetzt umdrehte und ihr in die Augen blickte, erstarrte er zu Stein, wenn er weiter ging, war er zu ewiger Wanderung verdammt. Er schlug sich in die Büsche. Von einem Abenteuer zum anderen, einer Gefahr entronnen, in die nächste Falle getappt.

Die in der Naglergasse, das war doch die mit dem Schlangenhaupt? Und die im Geschäft, das war die Vielarmige, mit den sanften Saugnäpfen. Weg, Du wirfst Deinen Pulli auf einen Slip.

Weiter Odysseus, weiter. In die Sackgasse mit den Durchgängen für Eingeweihte. Keine Verführerin in Sicht, unwiderstehlicher Ungeliebter? Tagelang, wochenlang nur durch Brachland, Wasserwüste, abgeerntete Felder. Krähen Deine Begleitung. Der Vogel, der Komm mit ruft.

Also durch die öden Vorstadtgassen, vorbei an den Frauen mit den Einkaufstaschen, an den lümmelnden Jugendlichen. Homer, das kann ich ihm nicht ersparen, hat die Durststrecken zwischen den gefahrvollen, ruhmvoll zu bestehenden Höhepunkten verschwiegen. Einfach das Flachland unterschlagen. Die Langeweile des Ozeans. Merk Dir das, Tomassoni! Nicht das kleinste Ungeheuer in Sicht, keine Sphinx, keine Sirene, nichts zu hören als Autobremsen, Marktgemurmel, Taubengurren. Der vom Alltag ausgedörrte Odysseus wankt durch die Zentagasse. Wenden, ruft er dem Steuermann zu, als die Küste der Heimat im Abendrot aufleuchtet und eine Wolke Penelopes Schatten über das Vaterland wirft. Das Ganze noch einmal. Die Entscheidung für Penelope war noch nicht gefallen. Odysseus flüchtet panisch zurück in die ungeordneten Verhältnisse.

Er blickt auf: Ziegelofengasse. Er öffnet das Haustor und geht in den ersten Stock – selbstverständlich abgetretene Stufen, abbröckelnder Verputz, tröpfelnder Wasserhahn – und läutet an. Eine Frau im Schlafrock öffnet ihm, er bietet die Lebensversicherung an. Man war nicht interessiert, schlug ihm die Türe vor der Nase zu. Wollen Sie reich werden? fragte er die nächste Hausfrau. Sie wollte, aber nicht durch ihn. Bevor sie die Tür zuwarf, hörte er noch die Wasserspülung des Klos und sah einen Mann mit herabhängender Hose durch das Vorzimmer schlurfen. Weiter Tür nach Tür. Erstarren in der Angst der Höhlenbewohnerinnen vor dem Fremden. In der Vorhölle der Zinswohnungen, der Zwei-Zimmer, Küche-Kabinett-Höhlen mit dem abgenützten Mobiliar, mit den Fixpunkten der Verzweiflung und des ohnmächtigen Hasses, mit der Fotoidylle der sonnenbeschienenen Herbstlandschaft an der Wand, mit dem gleichgültigen Blick, den eine Großmutter aus der Vorzeit auf die Zukunft warf, in der sie weitervegetierte.

Weiter, Odysseus, Hand in Hand mit Tomassoni. Vergebliches Hoffen auf die Schönheit, die ihre Brüste entblößt, nachdem sie geöffnet hat, auf die einsame Witwe, die ihren unterdrückten Penisneid in einer weltanschaulichen Diskussion sublimieren könnte. Eine anregende Unterhaltung über die aktuelle Botschaft der Bibel. In einer Wohnung bellt ein Hund, Katzen miauen. Er bot Kitekat an, warb für eine Unterschriftenaktion für den Umweltschutz. Wollen Sie, daß unser Wald stirbt, daß täglich fünftausend Kinder in der Dritten Welt verhungern? Das nicht, das wollte sie nicht, aber sie wollte den Wald, sie wollte die Kinder nicht mit ihm retten. Das war die Aufgabe des Christkindes, der Roten Hilfe, der christlichen Kinderfreunde. Wie stand es mit der Kirchensteuer, mit dem Mitgliedsbeitrag für die Partei? Längst ausgetreten. Auch mit Staubsaugern war sie eingedeckt und beim Mikrowellenherd wartete sie auf das Sonderangebot.

Sie weisen Odysseus die Türe, sie verweigern ihm den Eintritt, bis er betäubt von dem Mief, vereist von der Angst, verstummt vor dem Miß-

trauen bei Nummer 6 auf die Straße wankt und in ein Auto rennt, das sein Leben durch eine Notbremsung verschont.

Aufgeschoben der Weg durch die Jahrhunderte, aber nicht aufgehoben. Die Wanderung durch die Operationssäle, durch die Totenkammern, die Einzelzimmer und die Krankensäle. Das unaufhörliche Auf und Ab der Fieberkurve. 39,8 und dann fällt es auf 36,1. Ein Kopfsprung von Fieber in die Untertemperatur. Hüte Dich vor den Schwestern und ihren eingeübten Griffen, vor dem Gorgonenblick der medizinischen Gleichgültigkeit. Verbündete des Todes gegen die Sterbenden. Wenn der Fall eingetreten ist, schwärmen die Todesengel aus. Mit einem weißen Leintuch errichten sie die undurchdringliche Scheidewand. Das Ritual versteinert sich und läßt die Überlebenden erstarren vor dem Würgegriff, der ihnen bevorsteht, vor der geschäftigen Erledigung. Zurück in die Betten. Der Gang auf die Toilette gestrichen. In einer halben Stunde ist alles vorbei, die Leiche weggeschafft, der Saal desinfiziert. Keep smiling auf den abgehärteten Samariterinnengesichtern. Der Tod ist weggeräumt. Nur das Bauernmädchen, die Schwesternschülerin, die Thermometerverteilerin, hat noch, na was, den Todesengelblick, den flinken Griff, der das letzte Laken spannt, der mit dem weißen Tuch den Körper auslöscht. Die Handlangerin der Leichenwäscherin. Sie merzen die sterblichen Überreste aus. Es wird wieder injiziert, visitiert, massiert, geröngt.

Odysseus hat nicht die Geduld, auf den Aufzug zu warten, er läuft die Stiege hinab, nimmt drei Stufen in einem Sprung und gewinnt im Laufschritt durch den bettenbestandenen Gang mit den stöhnenden Frauen das Freie.

Auf der Suche nach dem Modell für Tomas Soni. Mythos bedeutet Modell. Einer macht es dem anderen nach. Das Modell zwingt die Leute zur Nachahmung. Ein Mythos, den die Natur geschaffen hat. Ein bißchen Modifizierung, von mir aus. Stiefel wollte natürlich das soziale Modell. Romeo und Julia auf dem Dorf. Die Gesellschaft als Feind der Naturmacht Sex. Die Verwandlung Annis in die Madonna. Ihn kannst du vergessen. Er stellt seinen Schwanz zur Verfügung und seine Virilität. Jede Geschichte dieselbe und jede anders. Das eigene Aroma.

Meissner war für den Verführer. Für einen verführten Verführer. Eine Mischung aus Ulysses, Parzival und Quijote. Kein Casanova, kein Don Juan, obwohl nur bei ihnen der ganze Reiz des Femininen wirkt. Keine Illusionen. Nur Geschlechtsteile. Dem widersprach Moser ganz bestimmt. Sie sehen einander ähnlich, Casanovas Frauen, und die viktorianischen Mamsellen Sir Walters, Busen, Hintern, verführerische dunkle Dreiecke, aber es sind Frauen, keine Phantome, sie sind aus Fleisch und Blut. Keine Individuen, aber wer sucht das Individuum im Modell. Der Mythos braucht keine Individuen. Klavierspielerinnen, Aquarellmalerinnen und Lyrikerinnen findest du hier nicht. Aber es gibt noch einen anderen Mythos: die Verwandlungskraft der männlichen Begierde. Was macht die Angst der Ulysses aus den Sirenen, der Traum Quijotes aus einer hübschen Zigeunerin, Parzivals Neurose aus einem Ritterfräulein, das auf Don Juan gewartet hat. Wir brauchen einen Liebesmythos, der sich Tomassonis ganzer unauslotbarer männlicher Phantasie öffnet. Das Spannendste an der Frau ist, was die Einbildungskraft der Männer aus ihr macht. Casanova, dieses arme Schwein, konnte doch nur die Sekunde Lustverzerrung genießen. Das ist ja Don Juans Frustration: daß er sich so viel erwartet, und dann ist es wieder dasselbe. Seine Phantasie findet rasch ihre Grenzen in dem, was der Dummkopf Erfüllung nennt. Er sucht Dulcinea und findet bloß eine Frau.

Weiter Diskussion um Tomassonis Modellgeschichten. Meissner wählte seinen Lieblingsmythos: das Geheimnis. Kein Kunstwerk ohne Geheimnis. Das Geheimnis der alten Mamsell, das Krimigeheimnis, das Liebesgeheimnis, das Verschwörergeheimnis. Vielleicht eine Familiengeschichte? Die Geheimnisse der Ahnen holen die Erben ein. Das ist was für Amerikaner, sagte Moser. Kapitalistische Kapitalismuskritik. Die Sünden der Väter rächen sich an den Enkeln. Auch das Liebesgeheimnis wurde vorerst ausgeschieden. Das Verschwörergeheimnis? Quijote in der Mancha. Der christliche Ritter als heimlicher Verbündeter der verfolgten Juden. Da bringst du auch die alte Mamsell unter. Ein Seitensprung der ätherischen Mama mit dem jüdischen Gelehrten oder dem arabischen Arzt. Das Ebenbild der Ritterschaft ein Bastard. Ritterlicher als der Ritter, päpstlicher als der Papst, künstlerischer als der Künstler. Die Übertreibungen der Angestochenen. Jedenfalls ist er ein Araberfreund, ein Judengünstling. Schön wäre, wenn Tomassoni der Umschlag von der Ritternarretei zur Untergrabung der Ritterherrlichkeit gelänge. Die Einsicht, daß die Tugenden, die er bis zur Verblödung verficht, längst Privilegien geworden sind. Ein Wink der Mamsell über seine wahre Abkunft und wir haben den Quijote, den wir brauchen. Seine heimlichen Treffen mit Zigeunerinnen.

Moser unterbrach. Daraus wird er einmal ein Libretto für Henze machen. Wenn er dazu berühmt genug ist. Ein Auftragswerk für die Salzburger Festspiele oder den Carinthischen Sommer.

Das Geheimnis des Hieronymus Bosch. Religionsverschwörungen mit ausschweifenden sexuellen Ritualen. Homosexuelle Orden wie die Templer. Eine Katharerverschwörung in der Klosterzelle, Kunstwerke, die Signale vermitteln, Utopien weitergeben. Das Geheimnis des Todes des Grafen Ortiz. Tomassoni als Bildbeschreiber. Der Tod als Staatsakt. Der alte Bischof und der junge Priester stehen dem sterbenden Ortiz bei. Die Honoratioren sehen unbewegt zu. Die vielen Menschen multiplizieren die Einsamkeit und Verlassenheit des Sterbenden. Ein grauer Mönch wacht am Bildrand über das Ritual. Die Frage ist, wer ist die Hauptperson? Nicht der Sterbende. Natürlich der furchteinflößende graue Mönch, die schreckenverbreitende Kutte. Unter dem wachsamen Auge dieses SA-Mannes der Inquisitation stirbt Ortiz auf den Knien eines alten Priesters, dessen vom Leben zerfurchtes Gesicht die Mitleidlosigkeit der Erfahrung ausdrückt, gehalten von dem Ministranten, dessen pausbäckiger Eifer die Unbarmherzigkeit der Gleichgültigkeit vermittelt. Und dahinter aufgereiht die Professoren, Richter, Reeder, Bankiers. Das ist etwas für den Realisten Tomassoni. Jeder ein Ebenbild eines uns wohlbekannten Managers, Architekten, Primararztes,

Honorarkonsuls, Generaldirektors und Abgeordneten. Und darüber natürlich die fromme Lüge der Apokalypse. Der Geist des Ortiz steigt empor. Jesus wartet schon. Der heilige Geist hat die Friedenstaube vorgeschickt. Die Engel posaunen. Der ausgelaugte Mythos der Himmelfahrt. Kitschig, aber unentbehrlich. Auch für Tomassoni.

Das Geheimnis des Todes? Vernichtung, durch Lächeln getarnt, durch Religion verherrlicht, durch das Ritual institutionalisiert. Tomassonis großer Augenblick: Die Sekunde, in der sich Ortiz wehrt. Gegen den Tod, gegen die Heuchelei der Priester, gegen die Gier der Erben. Die Ermordung des Grafen Ortiz durch seinen Beichtvater.

Moser war begeistert. Damit muß Tomassoni debutieren. „Der Tod des Grafen Ortiz", ein Roman voll Realismus, der Religion und Gesellschaft seinen Tribut zollt, aber unnachsichtig die Wahrheit ausdrückt. Meissner winkte ab. Das wird sein Alterswerk. Die Summa. Dafür ist der junge Tomassoni noch nicht reif. Lassen wir ihm seine Kapriolen. Vergönnen wir ihm und seinen Lesern die Rösselsprünge der Moderne. Der muß sich einmal frei schreiben. Der will schockieren. Der muß unterhalten.

Mythenkritiker Stiefel warf ein neues Stichwort ein. Das Geheimnis der Mona Lisa. Moser fiel Herta ein. Ein alter Trick der Witzbolde: Das Gesicht der Mona Lisa auswechseln. Er montierte das Kopfbild Hertas ein. Das Geheimnis der Mona Lisa besteht darin, daß sie kein Geheimnis hat. Sie ist völlig leer. Weil sie nichts zu sagen, nichts zu verraten hat, lächelt sie. Der alte Frauentrick aus dem Hexeneinmaleins. Ich habe es ihnen austreiben wollen, sagte Moser, als ich noch im Showgeschäft war. Grinst nicht immer! Sie grinsten mich verständnislos an. Dann noch einmal ohne Keep smiling! Sie versuchten durch Lächeln auszudrücken, daß sie nicht lächeln dürfen. Schreckliche Grimassen. Geht ins Ballett, geht in die Operette, lauter Mona Lisas. Verbergen ihre Leere durch Lachen. Mich wundert, sagte Stiefel, daß sie in der Tragödie nicht lächeln.

Das Geheimnis, meinte Moser, der immer auch die praktische Verwertung in die Überlegungen einbezog, die Meissner und Stiefel, wenn sie sich für etwas erwärmt hatten, leicht vergaßen, das Geheimnis wäre ein Köder für die Kritik.

Für die Maltz.

Moser war für eine konzentrierte Aktion. Eine große Kritik der Maltz und eine Tratschmeldung beim Schlieferl. Womöglich mit Bild. Neben anderer Prominenz. Wo nehmen wir das Bild her? Irgendein verwackelter Unbekannter bei einer Pappas-Party in Salzburg. Tomassoni in Leopoldskron bei Reinhardts Parkfest.

Da hätten wir früher auf die Welt kommen müssen.

Wozu habe ich euch die Romane von Durrell zu lesen gegeben, fragte Moser.

Was ganz Exklusives, Extravagantes, Exzentrisches. Ein Palais am Marmarameer. Etwas, wohin Schlieferl niemals eingeladen würde. Der kann bei den Filmfatzkes in Hollywood oder in St. Tropez ein- und ausgehen, bei Andre Heller bonbonlutschend ein Feuerwerk bestaunen. Oder was ähnliches in seinem Niveau. Aber der unermeßlich reiche Kavafis, halb türkischer Pascha, halb griechischer Reeder, und ein bißchen was von einem Rabbi, ein Alexandriner reinsten Geblütes, der Mann im Hintergrund, von dem niemand weiß, ob er sein Vermögen mit Halva, Opium oder Waffen für die Kurden gemacht hat, hat wie alle großen Männer des Orients eine Schwäche für Poesie. Eines Tages landet eine Einladung von Kavafis bei Tomassoni. Golddruck auf Bütten, nebst dem Flugticket erster Klasse. Das Porträt, das bei Schlieferl erscheint, wurde bei einem Maskenfest zu Ehren Tomassoni geschossen. Kavafis in einer lächelnden, Tomassoni in einer verdrießlichen Larve. Was glaubst Du, was Schlieferl dazu einfällt? Als Aufputz einige lächelnde Bikini-Schönheiten am Swimming Pool. Das macht Dir Fricek in Marbella oder auf Mallorca. Von mir aus an der Alten Donau.

Und die Maltz?

Ist genau so anspruchslos. Natürlich auf höchstem intellektuellem Niveau.

Käthe von Maltz. Du magst sie nicht, sagte Meissner zu Moser.

Und Du läßt den Namen auf der Zunge zergehen.

Ist er nicht hübsch? Manche Leute beneide ich darum, daß sie von Geburt den Namen trafen, den sie eigentlich als Pseudonym für sich erfinden hätten müssen. Könnt ihr euch für sie einen anderen Namen vorstellen?

Klingt süßlich.

Niemals. Maltz mit tz. Wer weiß, woher das Wort kommt. Aus dem Altdeutschen, aus dem Altschwedischen oder aus dem Altenglischen.

Oder aus dem Neujüdischen.

Ihr Großvater ist mit Hofmannsthal in die gleiche Klasse gegangen. Beer-Hofmann hat ihre Mutter als Baby geschaukelt.

Für Stiefel war das bourgoise Nostalgie. Aber er gab zu (bedenken), daß die Maltz nicht auf eine primitive Fälschung hereinfallen würde.

Worauf die Maltz hereinfällt, das überlaßt mir, sagte Moser. Auf Botho Strauß, auf Heiner Müller. So was in der Preislage. Individualistisch sensibilisiert oder marxistisch verklausuliert. Egal, beides ist ihr recht.

Immerhin Qualität.

Die durch den Namen beglaubigt ist. Nichts leichter, als für die Maltz einen Text zu zimmern, dem sie auf den Leim geht. Aber er muß von einem berühmten Mann sein, von einem, von dem man redet, von einem Geheimtip. Von mir aus von Peter Handke.

Tomassoni ist der Geheimtip der Saison.

Wenn die Maltz und Konsorten ihn entsprechend besprochen haben. Und was machen wir, wenn sie ihn interviewen will? Sie steht auf Interviews im Sacher.

Lassen wir ihn verreisen. Die Sommerresidenz des Kavafis am Marmarameer kannst Du auch einer Intellektuellen zumuten. Schließlich ist sie von Adel, Großbürgertum. Glaubst Du, die ist noch nie auf eine Popsängervilla oder ein Honorarkonsullandgut in Ibiza eingeladen worden?

Welcher Mythos?

Das Geheimnis. Was sonst? Noch ein wenig vergeheimnist. Sag dem Tomassoni, er soll einbauen, daß er selbst das größte Geheimnis ist. Was ja auch stimmt.

Wo treffe ich ihn?

An Deinem Schreibtisch. Noch einmal, nichts leichter, als für die Maltz zu fälschen. Ich montiere einen Text aus Handke, Botho Strauß, Heiner Müller und versetze ihn mit einem kräftigen Schub Mythologie. Vergiß nicht Robert Wilson, Walker Percy, Andrea de Carlo, Thomas Brasch, Roland Barthes.

Weißt Du was, ich lasse Nabokov weg und montiere alle Schmöcke der Gegenwart.

Eine Prise Thomas Bernhard. Aber sparsam.

Und wie kommt sie zu dem Text?

Sag ihr, die Messerer hat Witterung von dem Geheimtip bekommen. Und will einen Text. Zum Abdrucken und Vorstellen. Aber Du bist Dir noch nicht klar, ob das der richtige Weg ist. Und avisiere Tomassoni schon einmal den Festwochen mit der Befürchtung, daß er für sie zu kühn sei. Die fiebern nach Genies. In einer Woche hat sich das herumgetratscht. Die Messerer dementiert. Bei den Festwochen hüllen sie sich in beredtes Schweigen. Schließlich gibt es eine Eingeweihte: Käthe von Maltz …

Und das Schlieferl, das sie verachtet?

Das Schlieferl verachten alle, aber wehe dem, der beim Schlieferl nicht vorkommt. Dem hilft auch bei der Maltz sein Avantgardismus nichts.

Meissner erhob sich zu seiner ganzen Größe. Die anderen blickten erstaunt auf. Das war noch nie geschehen. Habt ihr noch nicht begriffen, sagte er mit einer beinahe feierlichen Stimme, wir leben im Zeitalter der Reklamekultur. Tomassoni ist ihr Wechselbalg. Er soll leben. Was glaubt ihr, warum ich mich in die Tomassoni-Geschichte eingelassen habe? Um die Maltz anzuschmieren oder einen Verleger blöd dastehen zu lassen? Tomassoni ist der Beweis für die Reklamekultur. Mit seinem Produkt entlarven wir sie.

Du führst dich auf wie Karl Kraus!

Auch so ein Mythos, sagte Meissner. Aber ich gebe zu, es gibt Mythen, denen ich verfallen bin. Lichtenberg und Diderot mögen mir verzeihen, einen Mythos kannst du nur mit einem Mythos aus den Angeln heben. Den Teufel nur mit Belzebub austreiben.

Willst du eine Teufelsaustreibung inszenieren?

Na sagen wir, eine kleine Hexenverbrennung. Etwas, wobei sich mein Verstand mit meinen Emotionen verbinden läßt.

Gelegentlich kann ich bei Meissner nicht mit, sagte Stiefel.

Laß es, das ist was für die Maltz. Ich notiere mir das. Die hat wie alle Hexen auch was gegen Hexen. Entschuldige, wandte er sich an den sprachlosen Stiefel. Da hat Tomassoni aus mir gesprochen.

Tomassoni hat von Meissner und mir Besitz ergriffen. Wir treiben ihn schon wieder aus.

Tomassonis Jugend. Einmal wird er seine Lebensgeschichte als Leidensgeschichte erzählen. Es gibt zwei Möglichkeiten: eine Karriere oder ein Abstieg.

Der junge Tomassoni unter fremden Leuten. Ein Motiv dafür gibt es immer. Die Mutter muß arbeiten gehen, der Pappi ist auf und davon, der untüchtige Opa drischt Phrasen und Oma ist bettlägerig. Also fahren wir eines Morgens mit der Bahn zu irgendeiner sogenannten Tante. Die hat ein Gasthaus an der Donau. Kofferschleppen zum Bahnhof, Kofferschleppen zum Gasthaus. Na schau, was Du für ein schönes Zimmer hast. Eine Abstellkammer ohne Fenster. Mittags gibt es Schnitzel mit Gurkensalat. Alles brav aufessen. So fangen die schönsten Entwicklungsromane an. Jetzt aber muß Mammi fort, der Zug geht in einer Viertelstunde. Tomassoni sitzt in der Gaststube. Aber da ist schon Zeit zum Aufdecken. Zuerst aufkehren, dann Tische abwischen. Die Tante drückt ihm den Besen in die Hand, und den Staubfetzen. Hier, die Salzfässer. Und die Biertassen. Häuser bauen dürfen damit die Kinder von Gästen. Die bekleckerten zu unterst. Obenauf immer ein frischer Pappendeckel. Schwechater Lager. Bis zum Nachtmahl ist noch eine gute Stunde Zeit. Er geht auf die Lände, streift über die Wiesen und folgt den Fetzen einer Grammophonmusik.

Tomassoni ist um die Mitte der zwanziger Jahre geboren. Vielleicht auch ein paar Jahre früher oder später. Da gab es noch Theaterzelte an der Donaulände. Tomassoni wirft einen Blick in das Zelt, wird aber sofort weggescheucht. Ein Mann in gebauschter Hose erzählt Witze.

Abends schleppt er das schmutzige Geschirr in die Küche und schlichtet die gewaschenen Teller. Um zehn setzt er sich im nur mehr spärlich besetzten Gastzimmer in eine Ecke. Die liebe Tante stellt ihm ein Kracherl hin. Rot oder gelb, Himbeer oder Zitrone? Egal. Er hat Durst und trinkt es auf einen Zug leer. Und dann kommt ein müder alter Mann. Die Tante stellt ihm sofort ein großes Bier und einen doppelten Schnaps hin. Es ist der Mann in der gebauschten Hose. Tomassoni rückt näher, wird aber verscheucht. Die Tante ruft ihn und erzählt dem Mann, daß der Bub seine Ferien bei ihr verbringt. Es interessiert ihn nicht. Laß ihn ins Zelt! Er sieht ihn kurz an, gibt keine Antwort. Aber am nächsten Abend läßt er ihn passieren. Und Tomassoni sieht ein Stück von einem Sultan und einer Haremsdame. Später einmal bildet er sich ein, es war die „Entführung aus dem Serail" ohne Musik. Auch die Haremsdamen tragen Pluderhosen. Der schleißige Stoff spannt an ihren Rundungen. Er hört nicht mehr auf den Text, er sieht auf die Brüste und Schenkel. Am nächsten Abend gibt es ein Ritterstück. Mit brüchigen Pappmachérüstungen und knöchellangen Kostümen für die Ritterfräulein. Er kennt sie. Am Nachmittag haben sie die Leibchen geflickt. Die jugendliche Liebhaberin ließ die Nadel sinken. Die Spaßmacher in der gebauschten Hose fiel über sie her. Keine Spur mehr von Spaß. Er hörte nicht, was gesprochen wurde, denn er hielt einen Respektabstand. Er nahm nur wahr, daß sie aufbegehrte und sich dann, rot im Gesicht, über das Kostüm beugte. Da mochte er noch den mürrischen alten Mann vor seinem Bier lieber als diesen grantigen nörgelnden Anschaffer. Abends fiel es ihm schwer, über ihn zu lachen. Die Stücke waren durchwegs traurig. Alle gingen letal aus. Die Liebespaare wurden getrennt, die Helden hinterrücks ermordet, ein Diener bekam eine Tracht Prügel.

Anfangs verlangten sie seine Karte. Er passiert, sagte der mürrische Clown. Aber nicht da vorne. Er zog ihn am Rock zurück. Da her. Aber da sieht er ja nichts. Dafür ist er zu klein. Aber er drückte sich von selbst in die hinterste Ecke und schlich während der Vorstellung nach vorne.

Zuhause kramte er vor dem Schlafengehen in der Lade der Kommode in seiner Kammer. Und fand ein Bild von Hilde. Nackt. Hilde ganz klein, aber nackt. Man konnte kaum Details ausnehmen, nur die bloße Haut und die winzigen Hügel der Brüste. Er suchte weiter und fand ein Bild, das sie von rückwärts zeigte. Als ob sie davongelaufen wäre. Das ungeschützte Gesäß. Offenbar war die Kammer Hildes Zimmer.

Wo ist Hilde jetzt? Was weiß ich. Aber er wußte es. Hilde war ausgezogen. Sie vertrug sich nicht mit der Stiefmutter. Er holte die Fotos wieder heraus. Bei der matten Glühbirne sah er nichts. Er nahm sie mit auf die Donauländе. Hilde im Garten. Mehr Gras und Laub als Frauenfleisch. Sie stand ganz klein im Hintergrund. Beim anderen Bild lief sie der Fotolinse davon. Gerade ihren nackten Hintern hatte er noch erwischt.

Das ist eine Modellgeschichte für einen zukünftigen Dramatiker, sagte Meissner. Ein Mythos überlagert den anderen. Die erste nackte Frau auf dem heimlich gefundenen und heimlich betrachteten Foto der Jugendfreundin, die Begegnung mit dem Theater in einer naiv-dilettantischen, aber ursprünglichen Form, als Zuflucht eines verlassenen Knaben, und natürlich die Hauptgeschichte, das ausgesetzte Kind. Aber ihr glaubt nicht, wie rasch der das überwindet. Ihm werden Wunden geschlagen, aber die heilen, ihm werden Lichter aufgesteckt, die leuchten ihm bis heute heim. Er hat die melancholische Grimasse des Spaßmachers gesehen. Lache Bajazzo, sagte Stiefel höhnisch. Meissner wies ihn zurecht. Der Mythos, sagte er, hat einen Wirklichkeitskern. Er wächst um ihn herum. Setzt Fleisch an. Zieht den Aberglauben an. Jeder dichtet was dazu, und das so lange, bis es ein Klischee wird. Mit Opernmusik. Du und Deinesgleichen, ihr müßt das mühsam aus dem Logensitz zurückverfolgen vom Opernkitsch zur Realität. Tomassoni ist es zugeflogen. Er wird in die Dramatik verwickelt, als Zuschauer, als Zuträger. Er erfährt es am eigenen Leib, daß es, wo Späße gemacht werden, nichts zum Lachen gibt. Die Komplementärgleichung, in der jedes Lachen mit Trauer aufgewogen wird und die Witze weinen machen.

Und er erfährt, daß nicht nur die Heiterkeit, daß auch die Souveränität des Clowns ein Schwindel ist. Zuträger? Ihr habt es erraten. Tomassoni macht den postillon d'amour zwischen dem mürrischen Clown und der Wirtin. Gab es da keinen Witz? Keinen Onkel? Laß ihn weg, sagte Meissner. Vielleicht gibt es ihn. Aber er spielt keine Rolle. Ihm wird keine Rolle zugeteilt in der Mythologie der Geschichte. Tomassoni hat ihn vergessen. Vielleicht hat er ihn gar nicht gesehen. Tantchen hat den Trinker vor seinem Schnaps verkommen lassen. Und da haben wir einen neuen Mythos, der sich hier einschiebt, mit Ansätzen zu wieder neuen Mythen. Jede Geschichte besteht aus einem Puzzle von Mythen. Erzählen, das heißt einfach auseinandernehmen und wieder zusammensetzen. Und scharf aufpassen, daß man nichts durcheinanderbringt, das nicht schon das Leben durcheinandergebracht hat.

Eines Abends bekommt Tomassoni von der Tante einen Zettel in die Hand gedrückt. Das ist das Passepartou für die heutige Abendvorstellung, sagt sie. Abends ging er bisher nie ins Zelt. Der Freiplatz galt für die Nachmittagsvorstellung. Aber Du gibst ihn nur Carlo. Wem gibst Du ihn? Carlo, sagte Tomassoni, nur Carlo. Abräumen brauchst Du heute nicht, sagte Tante. Wir haben heute eine geschlossene Gesellschaft. Tomassonis Angst, daß die Frau an der Zelttür steht. Aber diesmal hat Carlo schon Ausschau nach ihm gehalten. Er nimmt ihm den verschwitzten Zettel aus der Hand. Tomassoni hat ihn natürlich auf dem Weg zur Lände entfaltet. Da stand 11 Uhr, und das konnte nur heißen, wann sie ihn erwartete, worauf Tomassoni in seiner Kammer die zwei Fotos von Hilde aus der Kommode herauskramte und sich Tante vorstellte. Im Garten, die Beine zusammengedrückt, und noch wahrscheinlicher, auf der Flucht mit dem ungeschützten nackten Hintern.

Dann kam die Kohlenlieferung und er mußte die Säcke in den Keller tragen helfen. Er konnte sie kaum heben, nur unter Aufbietung aller Kräfte gelang es ihm, wenn er sie fest an den Körper drückte. Hose und Hemd waren schwarz vom Kohlenstaub. Kannst Du nicht aufpassen, schimpfte Tante. Jetzt muß ich das alles waschen. Hast Du noch ein reines Hemd? Auch eine zweite Hose hatte er nicht mit. Sie putzte sie notdürftig. Besser geht es nicht, ich wasche sie Dir abends, sagte sie. Über Nacht trocknet sie. Ihm fiel ein, daß er dann in der Unterhose über den Gang mußte.

Tante schickte ihn in den Gastraum. Ein Herr will etwas von Dir. Er ging durch die Schank, und es war ihm nie vorher aufgefallen, wie säuerlich es hier nach Wein und abgestandenem Bier roch. Der Mann, der vor einer unberührten Schale Kaffee saß, gab ihm ein verschnürtes Paket für den Inspektor der Strafanstalt. Nur persönlich. Er zog das Fünfziggroschenstück wieder zurück und gab ihm einen Schilling. Tomassoni hatte noch nie Geld für Botengänge genommen. Aber er wagte nicht, abzulehnen. Der Inspektor war gerade dabei, die Uniform für den Nachtdienst anzuziehen.

Und so geriet Tomassoni in ein neues Drama, das an Heimlichkeiten und Verwicklungen die Türkentragödien und Ritterdramen im Zelt an der Donaulände überbot, was ihm aber erst viel später klar wurde. Damals konnte der Botengang gegen den Glanz der schäbigen Kostüme nicht bestehen.

Hast Du jemand von dem Paket erzählt? fragte Tante. Er hatte niemand davon erzählt. Wem hätte er das schon erzählen sollen? Dem Ober. Auch nicht dem Ober. Tatsächlich übernahm der Ober häufig Pakete und Briefe von fremden Gästen, auch von Damen. Und Mittwoch, als wieder geschlossene Gesellschaft und er in der Abendvorstellung war, brannte Licht in seinem Zimmer. Er sah es, weil er in der Pause weggegangen war, um die Trennung Constanzes von Cupido nicht ein zweites Mal miterleiden zu müssen. Er ging in die Küche. Tante schickte ihn sofort wieder weg. Geh ringelspielfahren, sagte sie und gab ihm Geld aus der Lade. In meinem Zimmer brennt Licht. Da muß Hilde vergessen haben, abzudrehen. Hilde war hier? Nur auf einen Sprung. Sie wollte was aus der Komode holen. Vielleicht ist sie noch da. Du gehst jetzt nicht hinauf, befahl sie in scharfem Ton. Sie sah ihm nach, ob er wirklich zum Ringelspiel ging.

Was hat er gesehen, was hat er geahnt, was hat er gewußt, wie hat er darüber geurteilt, daß in Tantes Gasthaus die Aufseher aus der Strafanstalt sich mit den Anwälten und Frauen ihrer Häftlinge trafen, daß sie Geschenke übermittelten und Briefe mit Geschäftsanweisungen herausschmuggelten? Wer war an jenem Mittwochabend in seinem Zimmer? Einmal hörte er die Tante respektvoll Herr Direktor sagen, und er glaubte, der Gast sei der Direktor, aber der Direktor saß in der Strafanstalt. Der Inspektor trank rasch sein Seidel aus und ließ die Schriftstücke liegen. Tante behielt sie im Auge, bis der Mann, den er für den Direktor gehalten hatte, sie einsteckte.

Themen für ein Dutzend Stücke, sagte Stiefel. Tomassoni, der Glückspilz. Ihm gibt es die Tante in den Ferien. Der Monolog des grantigen Clowns, der stumme Dialog zwischen Anwalt und Inspektor, wenn der Reichartsebner-Lambrecht seinen Ursprung wüßte. Die erotischen, kriminellen, inzestuösen Themen sind Mythen, die von der Wirklichkeit zu dramatischen Szenen zugespitzt worden sind. Und dazu der säuerliche Weingeruch, die Luft voll Kohlenstaub, der Zellenmief der Aufseheruniformen, der Mottenduft der Theaterkostüme. Tomassonis Theater riecht, rief Moser. Habt ihr das noch nicht begriffen? Ein Theater der Gerüche der Kindheit.

Die Stücke sind noch nicht geschrieben, bremste ihn Meissner. Aber die Mythen sind in den Erinnerungen konserviert. Heimliche

Liebe, lautes Theater, die schäbige Kommunikation der Korruption und die Verzweiflung der Einsamkeit. Dazu Tellergeklapper und das Scheppern der Bierflaschen. Heimsuchungen in den Träumen. Theaterflitter, Zellentrauma und Nacktfotos verschwimmen im Küchendunst. Der Inspektor sperrt den Clown in den Kohlenkeller. Und Tomassoni sinkt in Tantchens Arme, die aus Hildes Nacktfotos mit fordernder Blöße tritt.

Tomassoni erzählt also seine eigene Geschichte. Er mythisiert seine Frustrationen und seine Eitelkeiten. Mehr braucht es nicht. Wir steigern uns in seine Wunschträume, kneten was aus seinem armseligen Leben zusammen, blasen es auf mit seiner Überheblichkeit, und versteinern es zum Mythos. Und dann kommt die Tiefenforscherin, na die Maltz, oder auch einer von uns, ein Maltz-Einfühler, und gibt dazu seinen kritischen Segen.

Drei Stadien der Mythologisierung: Selbstüberhebung, Nestbeschmutzung und Denkmalerrichtung. Was sonst ist Literatur? Aber einer muß dann vor das Denkmal hinscheißen. Womöglich ein Rassehund. Du bist dazu zu intellektuell, Stiefel. Dein Part in dieser Dreischichtentorte ist die ironische Überlegenheit mit der mythenbildenden Überzeugungskraft. Die Buttercreme, die so was erst wohlschmeckend macht. Und von der einem dann unweigerlich schlecht wird. Zum Kotzen. Aber das Denkmal bleibt erhalten. Man muß es nur abspritzen, mit einem Rehledertuch abwischen, mit einem umweltschonenden Reinwaschmittel. Ablecker finden sich schon. Zentimeter um Zentimeter mit der verehrenden Zunge.

Aufbauende Kritik, meine Herren! Wir stoßen alle in sein Horn. Auf zum Tomassoni-Kult. Da kannst du gar nicht übertreiben. Artikulierst was gegen die Väter, gegen die Kapitalisten, gegen den realen Sozialismus, letzteres aber bitte diskret, aber das brauche ich Dir, Stiefel, ja nicht zu sagen. Gegen die repressive Gesellschaft. Alles von der überlegenen Tomassoni-Warte im luftleeren Raum. Von der Stiefel-Position der alleswissenden Überzeugungskraft, die nichts belegen muß. Manöverkritik vom Feldherrenhügel des freimütig vorgetragenen Dogmas.

Welches Dogma? Wir sind doch keine Dogmatiker.

Du hast kein Dogma, aber du hast die unbedingte Rechthaberei, die nur ein Dogma verleiht. Das ist doch deine Stärke, Stiefel. Du hast das Dogma überwunden, Du brauchst kein Ziel, Du erteilst keinen Rat, Du verkündest nur Dein Urteil. Ohne Gesetz, ohne Paragraphen, keinen Widerspruch duldend. Die Emanzipation von der Last des Dogmas erhöht Wirkung und Reichweite Deines Bannstrahles, – mit einem Wort, einen Stiefel, gespornt und gewichst. Laß Sie spüren, wo sie der Stiefel drückt. Drück drauf mit Deiner ganzen Arroganz, mobilisiere alle Frustrationen Deines postmodernen Unglaubens, der nach dem Aberglauben lechzt. Zeige, was für ein Hexenmeister der Mythologisierung Du bist.

Tomassoni, das ist klar, muß ein Stänkerer sein, wenn er überhaupt was sein soll. Ein Frontalangriff jagt den anderen. Wogegen? Egal, gegen die Sozialisten, gegen die christliche Doppelmoral, gegen den Zionismus, mit einem dialektischen Meisterstück als Zwischenspiel: als Antizionismus getarnter Judenhaß. Entlarve Apoll und die anderen Lyrazupfer als die Dilettanten, die sie gegen einen Laufburschen der Ideologiekritik sind! Nein, keinen, der in die falsche Kehle kommt, keinen, den ohnehin schon jeder anpißt. Einen Nationalheiligen: Bruckner, Stifter, Schnitzler, Hofmannsthal, Karl Kraus, Schönberg, Mahler, Klimt. Aber keine ranzigen Jugendstilbeschimpfungen. Erfindet was! Schließlich geht es hier um Kunst.

Ich, sagte Stiefel, und das wahrhaftig wörtlich, schlage einen positiven Negativeffekt vor. Stilisierung eines Übermenschen, dessen Größe alle zu Negativreaktionen mobilisiert.

Wittgenstein.

Nein, Wittgensteins Neffe. Und ich bringe alles wieder ins Lot. Mit einer Eloge auf Außenseiter, aus denen ich Wittgensteins Neffe ausschließe, die aber eine Attacke auf alle Angepaßten einschließt.

Und die Maltz?

Die Maltz, sagte Meissner, beziehungsweise ich in der Rolle der Maltz …

In die Du Dich mit Identifikationslust einfühlst.

Mit Selbstaufgabe. Ich betreibe Tiefenforschung.

Du hat Dir wieder das Gustostück ausgesucht.

Aber das Schwierigste. Ich löse den Myhtos in seine Bestandteile auf, indem ich ihm huldige.

Und die Messerer?

Die gehört zum Maltz-Syndrom. Aber von dem ganzen Mythos, sagte Meissner, darf schließlich ohnehin nichts übrig bleiben, als eine schwachsinnige Kritik, die diese Utopie der Eitelkeit, dieses Bubenstück eines Parvenus wieder auflöst in das Nichts, aus dem es entstanden ist.

Kunst, sagte Moser, ist eine Blüte der Moral, eine Frucht der Liebe, eine Perle der Verantwortung, eine Träne der Verzweiflung.

Oder ein Nebeneffekt der Eitelkeit, der Bosheit, der Hinterlist. Es wird die Aufgabe des Maltz-Syndroms sein, einen Mythos zu zerstören, indem man auf ihn hereinfällt.

Die Maltz und die Messerer sind noch auf jeden Mythos hereingefallen.

Darum, sagte Meissner milde, müssen sie ihn auch denunzieren, in ihrer absoluten Ahnungslosigkeit.

Keine Maltz-Nachahmung, keine Messerer-Epigonie. Machen wir es doch mit den Hormonen. Gemeinsame Tomassoni-Lektüre mit der Maltz. Ein Streitgespräch im Rundfunk mit der Messerer über das Tomassoni-Opus. Machen wir ihnen doch die Spur verlockend, führen wir sie hin, durch Zuspruch und Widerspruch. Und als elektrischen Funken die Ahnungslosigkeit des Reichartsebner-Lambrecht und seiner Vollbartgermanisten. Ein Symposion! Das Größte wäre ein Symposion. In der Literaturfabrik. Oder in Rom, in Pecs. Wozu haben wir unsere Kulturinstitute? Einen Ort, zu dem Tomassoni Beziehungen hatte, schmuggelt Moser in seine Biographie. Marburg? Meran? Hat Tomassoni nicht einen Onkel in Lissabon? Ein Genie mit Öffentlichkeitsverweigerung? Einen Sammler, unter dessen Händen sich der Mist der Gegenwartskunst in Gold verwandelt? Mit den Galeristen und den Kritikern unter einer Decke. Der hält sich in jeder Stadt eine Maltz oder eine Messerer. Er kauft Objekte, gibt eine Party, Rohschinken, Kaviar und Lachs, Gemsennüßchen mit Moosbeerparfait. Den jungen Künstler wirft er der Maltz zum Nachtisch vor. Moser, Du weißt, wie man so was inszeniert. Du hast schon Sänger gemacht, die nicht singen, Schauspieler, die nicht spielen können, Ingeborg Bachmann Spezialistinnen zu Universitätsdozentinnen. Erfinden wir dem Tomassoni einen Onkel, ein zynisches Genie, das sich die Mühe erspart, selber

Romane und Theaterstücke zu schreiben, der sich die Hand nicht damit schmutzig macht, Altmetall zu arrangieren, dessen Kunst darin besteht, Mist zu Kunst zu mythisieren und diesen Mythos teuer zu verkaufen. Malerei und Literatur als Spielmaterial für die große Kunst des Kunsthandels. Stiefel, sagte er, mach nicht Dein dogmatisches Gesicht. Ich spüre Deinen Abscheu vor der Blasphemie. Begeisterung freisetzen, Stiefel, das ist Kunst. Es ist doch völlig egal, was die Leute lesen, hören oder begaffen. Die Kunst besteht nicht darin, einen Roman zu schreiben, sondern Interesse für ein Produkt, das niemand etwas angeht, zu wecken. Leidenschaft zu mobilisieren. Nimm Dir ein Beispiel an der großen Hure, die alle befriedigen kann, ohne sich dabei zu beschmutzen. Ein unerschöpfliches Gefühlsreservoir. Das ist Liebe, nicht Dein Gefühlsschmus mit Zuckerpüppchen.

Schafft mir Kultfiguren! Keine Jungverstorbenen, keine Verkannten. Da kann es jeder. Eine lebendige Kultfigur! Und der Gipfel der Mythisierung: eine lebendige Kultfigur, die nicht lebt. Noch einmal mein Dreistufenplan: Aufbauen, Vermarkten und Zerstören. Ich baue auf, Moser vermarktet und Stiefel zerstört. Natürlich mit dem üblichen Rollentausch. Und mit Unterstützung der Erfüllungsgehilfen, unserer unverbesserlichen Laufmädchen Maltz und Messerer. Ich kenne da noch eine, in Graz, oder wohnt sie in Frohnleiten oder Deutschlandsberg? Natürlich Mitglied der Schloßberggruppe. Jedenfalls ist sie mit dem unerschütterlichen Selbstbewußtsein der Ahnungslosigkeit, mit dem glühenden Glauben an ästhetischen Fortschritt, mit dem heiligen Eifer für das Experiment ausgestattet. Wie heißt das Blatt, für das sie schreibt? Moser, Du bist ein Graz- und Schloßbergexperte. Kann das „Neues Leben“ heißen? Du hast doch zu diesen Redaktionen Beziehungen.

Ihr unterschätzt die Intelligenz der Maltz und der Messerer!

Wir setzen sie ein, berichtigte ihn Meissner. Wir übertragen ihnen die Priesterinnenrollen. Ein Erfolg der Emanzipation. Wir haben wieder Hohepriesterinnen, Auslegerinnen des Orakels. Intellektuelle Rechtfertigerinnen des Kultes. Die berühmte weibliche Einfühlung. Das Feeling! Wo gibt es den Mann, von einigen unserer Bubis abgesehen, der sich so absorbieren läßt von einem Kulthelden wie eine Frau. Starkult ist Weibersache. Lies einmal die gesammelten Maltz-Gebete an Peter den Großen, Claus den Einmaligen, Botho den Empfindsamen, Heiner den Tiefsinnigen, Thomas den Zornigen nach. Oder die Messerer-Litaneien. Alle Ironie fällt von ihnen ab. Die Stimme umflort sich, das Auge bricht, der geistige Orgasmus naht. Die Libido merzt alle Mängel aus. Was immer er macht, sie rechtfertigen es. Sie heben es in den Himmel. Sie verwandeln sich in Liebende. Sie verzeihen seine Fehler, sie genießen seine Unarten, sie kehren seine Mängel in Vorzüge um. Was immer er anstellt, sie sind begeistert, ihre Argumente sind unerschöpflich, ihre Verklärungen finden kein Ende. Das bringt keiner von uns zuwege. Moser vielleicht. Aber nur aus Berechnung. Die Maltz opfert ihr Herzblut. Sie stellt sich blöd, blind, taub. Jede Unzulänglichkeit wird ihr zum Beweis seines Genies. Werdet flach, sie dringt schon in die Tiefe.

Zur Strategie des Textes, den wir uns am besten ersparen, den wir kolportieren, durch Vorberichte, aufgeregte Werkstattgespräche, durch hektische Erfolgsnachrichten. Ich denk da einmal an die soziale Masche. Der große Mythos unserer Zeit. Alle tun's nur der Sache wegen. Nichts als Idealisten, Weltbeglücker, Publikumsaufklärer. Soziale Tarnung für den blanken Egoismus, für die brutale Machtgier. Ich möchte einen Tomassoni, der unter der Deckung all unserer schönen Lügen die absolute Widerwärtigkeit und Verkommenheit verkörpert, der den Karrieristen als Helden, den Parvenu als ästhetisches Vorbild, den Verleumder als Moralisten inthronisiert. Unser Ziel: Die Erschütterung der hohlen Bastionen. Ich weiß, was Du fragen willst: Stil, Kontur. Völlige Unnatur als Natur ausgeben. Reine Wunschträumerei als Realität. Selbstbefriedigung als Kommunikationserlebnis.

Wer soll das schreiben?

Niemand. Wir bringen das nicht zusammen. Es wäre das größte Kunstwerk unserer Zeit. Wenn ich das könnte, hätte ich nicht den Tomassoni dafür erfunden. Ich wäre der Guru des Abendlandes. Wenn es sein muß, zimmern wir eine Collage aus allen Lieblingen unserer Großkritik. Eine Visitenkarte der literarischen Vernebelung im Namen der Aufklärung.

Aber das Wahre wäre der vorgetäuschte Text. Ein Dichter ohne Werk, ein Mythos der Lüge ohne Argumente. Ein literarisches Pin up-Girl aus Lobhudeleien. Eine Ausgeburt aus Bewunderung. Ein Werk aus Erwartung. Die Entlarvung des Nichts durch das Nichts.

Du bist größenwahnsinnig!

Natürlich. Wer nicht? Wenn ich mich schon darauf einlasse, dann strebe ich den perfekten Betrug an. Den Mythos aus leeren Hülsen. Die allgemeine Anerkennung muß ihm die Aura der Vollendung geben. Nur die vollkommene Täuschung kann die täglichen kleinen Täuschungen entlarven. Nur der perfekte Mythos untergräbt sich selbst.

Mit Odysseus unterwegs

Der Knabe Ulysses stand an der Steiner Lände am Donauufer und schrieb die Namen der Schiffe auf, die vorüberfuhren: „Donau“, „Linz“, „Passau“, ein deutsches Passagierschiff mit der schwarz-weiß-roten Flagge mit dem Hakenkreuz, „Alexander Petöfi“, ein ungarischer Schlepper mit zwei Booten, „Radulescu“. Was war das für eine Fahne? Rumänien sagte der Mann neben ihm. Liefert Petroleum nach Deutschland. Wenn Du Peng und Puff machst, fliegt das alles in die Luft. Dann kam eine halbe Stunde nichts. Nur schmutziges Donauwasser floß Richtung Meer. Er warf ein Stück Holz hinein mit allen Segenswünschen für das Schwarze Meer und Medea, die an der Kolcherküste im Zweiteiler badete. Er wünschte sich, mit hinunter zu schwimmen, er verwandelte sich in das Holz. War Medea eine Jüdin oder nicht? Seidl hat behauptet, sagte Neumeier zu ihm, Deine Mutter ist Jüdin. Wenn es nicht stimmt, schlage ich ihm die Zähne ein. Und wenn es stimmt? Was geschieht, wenn es stimmt? Freund Neumeier! Das Holz, sagte der Mann, spült es in Tulln ans Ufer. Oder hinter Wien. Da schwemmt es auch die Wasserleichen an. Die werden im Friedhof der Namenlosen begraben. Ein hübscher Ausflugsort. Mit Würstelstand und Besinnung. Oder am tschechischen Knick. Ins Meer kommst Du damit nicht. Dann kam ein jugoslawischer Schlepper: „Beograd“. Er fuhr flußabwärts. Auf dem Schleppkahn sprang ein Hund und bellte. Eine Frau winkte ihnen zu. Wäsche flatterte auf einer Leine. Jetzt ins Wasser springen und auf den Kahn zuschwimmen. Neumeier schwamm jeden Schlepper an. Viel zu gefährlich, wenn einen der Sog erwischt und man in das Räderwerk kommt. Das zermalmt Dich. Neumeiersche Mutprobe.

Wie viele hast Du schon? Schiffsnamen?

Ich hebe sie nicht auf, sagte der Knabe (Ulysses oder Tomassoni). Zuhause werfe ich sie weg.

Ich kenne einen, sagte der Mann, der sammelt die Schiffsnamen. Auch Türken und Russen. Warum schreibst Du sie auf, wenn Du sie nicht sammelst?

Ja, warum? Weiß ich nicht, sagte er. Aus Langeweile.

Du möchtest mitfahren.

Mit dem Faltboot? fragte der Knabe. Kommt man damit ans Meer? Die holen jeden bei der Grenze heraus. Das ist ja klar. Die Grenzen werden mit Motorbooten bewacht.

Jetzt dampfte einer stromaufwärts. „Regensburg" soufflierte ihm der Mann. Schreib auf.
Er fährt stromaufwärts.
Die schreibst Du nicht auf?
Nein. Nur die hinunter fahren. Ihm fiel wieder Neumeier ein. Was wär nun, wenn seine Mutter eine Jüdin wäre? Schlug er dann ihm die Zähne ein? Ich habe einen Schulkollegen, sagte er, der schwimmt jeden Schlepper an. In den Ferien fährt er als Matrose mit einem Schiff nach Ulm.
Name?
Ulm.
Da, rief der Mann aufgeregt, das ist ein Grieche. Der ist seetüchtig. Der fährt ins Schwarze Meer. Schreib auf: „Medea". Mit Medea an Kolchis Küsten. Zu Medea, der schwarzhaarigen Jüdin mit den Mandelaugen und der gebogenen Nase.
Was willst Du mit einem Faltboot? fragte der Mann. Mit dem Griechen müßtest Du mitfahren. Über den Bosporus nach Istanbul. An den Minaretten vorbei zu den Inseln der Seligen.
Wo fährt der hin? Rhodos, Kreta, Malta, Sizilien.
Inseln sind Fallen, sagte der Knabe. Wissen Sie, wo Kolchis liegt? Medea, die schwarze Frau eines hellhäutigen Griechen. Eine Mischehe. Was, überlegte er, wäre aus den Kindern geworden, wenn Medea, sie nicht umgebracht hätte. Der Sohn der Medea. ein Mischling ersten Grades mit Studierverbot, einrückend gemacht zur Organisation Todt, in Frankreich desertiert, untergeschlüpft im großen Schoß der kleinen Hure.
Die „Dürnstein" rief der Mann. Die Kinder sprangen ins Wasser, als die Maschine gedrosselt wurde und das Schiff zur Anlegestelle steuerte. Die Wellen schwappten über die Steine am Ufer. Wien – Melk und zurück. Durch die deutsche Wachau. Laß den Griechen ziehen zu seiner Medea oder wie das Türkenweib heißt.
Sie ist eine Jüdin, sagte Ulysses-Tomassoni.
Woher weißt Du das?
Von einem Theaterstück.
Judenmist, sagte der alte Mann.
Bring doch Neumeier in den Ferien mit, hatte seine Mutter gesagt.
Der fährt als Matrose nach Ulm.
Der alte Mann wunderte sich, daß ein Judenname überhaupt auf einem Schiff erlaubt war.

Ulysses nahm den Zettel mit den Schiffsnamen, zerknüllte ihn in der Faust und warf ihn ins Wasser. Er ging sofort unter.
Jetzt hast Du die Medea ertränkt, sagte der alte Mann. Der hochseetüchtige Grieche fuhr bereits durch die Eisenbahnbrücke und entschwand ihren Blicken.
Der Grieche, die „Medea", das war so etwas wie eine theoretische Chance, dachte Ulysses. Genausogut hätte er auf einem Vogel über die Grenzen fliegen können. Neumeier! Er beschloß, es Mama nicht zu erzählen. Im übrigen: weiterwarten auf ein Affidavit.

Es gab eine Zeit, da entdeckte Moser fast täglich einen neuen Autor. Er betreute, beriet, er kritisierte und druckte sie. Zuckerpüppchen fragte ihn einmal geradewegs: „Bist Du schwul geworden?“ Aber er entdeckte auch Dichterinnen. Bis auf eine Ausnahme junge Damen, die ihre Körper von Männern mißbraucht fühlten. Die Emanzipation schwoll damals zu einem Wasserfall an, unter dem man aber bei einiger Geschicklichkeit ganz gut trocken durchkommen konnte. Moser hatte dafür einen jungen Kollegen, dem der Kamm vor Empörung über all das schwoll, was den Frauen angetan wurde und was er ihnen täglich antat.

Die Manuskripteflut war kaum noch zu bewältigen. Da gab es die sich versagenden Genies, die sich mit drei Sätzen begnügten. Sie gerieten aber damals bereits in die Hinterhand gegenüber einer sich rasant ausbreitenden Schreibwut. Die bekritzelten alles, was ihnen unter die Finger kam. Was ihnen einfiel, mußte festgehalten werden, und wenn ihre Phantasie versagte, war auch das Anlaß zu bohrenden Fragen und Kommentaren. Zu allem mußten sie ihren Kren dazugeben. Diese pathologische Selbstbespiegelung im privaten und sozialen Leben erzeugte einen literarischen Durchfall, der sich als unstillbar erwies. Resistent gegen alle brachialen und sanften Kuren. Sie schrieben gegen den Tod an, gegen die Einsamkeit, gegen den Verrat, gegen die Leere, gegen die Angst, gegen die Impotenz. Keine Verse, keine Prosa, eine quallige Masse von Wörtern, Sätzen, Buchstaben. Moser machte den Freunden den Spaß und schnitt an einer Stelle mit der Schere hinein. Kommt Blut? Nicht einmal Tinte. Es ging einem nichts ab, wenn man fünfzig Sätze strich, der Text gewann aber auch nichts, wenn, was nicht selten vorkam, fünfzig Seiten nachgeliefert wurden. Moser negierte solche Nachgeburten prinzipiell.

Eines Tages schickte ihm ein gewisser Kunibert Geissler aus Toblach Tagebuchaufzeichnungen. Er war zum Vorläufer Tomassonis auserkoren. Moser fuhr übers Wochenende nach Südtirol. Geissler war gerade auf Tour, das heißt, er fixte. Holte sich den Stoff in Bruneck bei einer Trafikantin und fuhr dann mit dem Motorrad auf eine einsame Alm. Spritzte, kotzte, onanierte, schrieb, spritzte, soff von dem Roten, den er unterwegs gekauft hatte, und kam völlig ausgelaugt mit einem Bündel beschriebenem Papier wieder. Moser war fasziniert. Danach hatte er schon lange gesucht. Identifikation der Idee mit dem Leben. Erlittene Literatur. Das hatte noch die nötigen sozialen Bezüge, wies aber schon in die individualistische Zukunft. Ein Mann mit Trend. Verkrachter Student, verkrachter Revolutionär, verkrachter Sohn, verkrachter Christ. Er beschloß, aus Geissler ein neues Jugendidol zu machen. Handke war passé. Bernhard längst zum Intendantenidol geworden, begehrt und gefürchtet von den Salzburger Festspielen, vom Burgtheater und der Schaubühne. Moser schrieb ein Geissler-Porträt mit Zitaten: Der leidende Jüngling. Aber Meissner war nicht leicht zu imponieren. Mühsam abgerungene Banalitäten, brummte er, aber anregend.

Vielleicht wäre aus Tomassoni überhaupt nichts geworden, wenn eine dieser Wochenendexkursionen Geisslers nicht letal ausgegangen wäre. Man fand ihn nach zwei Tagen. Moser wurde sofort verständigt. Er raste mit dem Auto hinunter und sicherte sich sämtliche Manuskripte. Er gab zwei Bände heraus, die wir alle angelesen haben, arrangierte ein Symposion in der neuen Mühle mit internationaler Beteiligung – die Reich-Ranickis, Hans Mayers hatten Nachfolger gefunden, Symposionsreisende in Ideologie, Kommis in Marx-, Hegel- und Chomsky-Zitaten, die es ebenso gut konnten wie die alten Konferenzhasen – und erzielte die erwarteten Anfangserfolge. Die lokalen Kritiker wühlten sich in seine Geissler-Legende, die auch außerhalb der Grenzen gut ankam. Es gab eine Kritik von Joachim Kaiser, eine von Jörg Drews, Heissenbüttel investierte eine Spalte, aber unter der Hand war das wieder Literatur geworden. Keine Verfestigung des Mythos. Sie beklagten das Schicksal der Jugend, empfanden Geissler als einen Repräsentanten der in die Außenseiterpostition gedrängten Begabungen, klagten die Gesellschaft an und schossen sich auf die Sozialdemokraten ein. Die bekamen immer eine aufs Dach, so viel sie auch um Sympathie buhlten. Selbst Böll hatte ihnen nicht verzeihen können, daß sie Macht ausübten. Ihnen wollte niemand den kleinsten Fehler nachsehen. Von den Rechten erwartete man nichts anders. Bei den Kommunisten funktionierte die installierte Schizophrenie; ein Sehr gut in Theorie, ein Nichtgenügend für die Praxis waren vorprogrammiert. Die Dikatur schadete der Ideologie nicht und diese hatte nicht den geringsten Einfluß auf die Praxis. Von den Sozialdemokraten erwartete man alles, was die anderen nicht hielten, und fand sich in seinen Vorurteilen bestätigt, wenn es ihnen nicht gelang. Welche Schuld die Sozialdemokraten immer haben mochten, der Geissler-Mythos war auf das falsche Geleise geraten. Auch Geissler nur ein Argument für die große soziale Klageballade. Es gab noch Besprechungen in kleinen Zeitungen und Minizeitschriften, aber Geissler war nur mehr ein willkommener Anlaß für den Hohn, mit dem die linke Szene die Sozialdemokraten überschüttete. Moser hätte das voraussehen müssen, aber er hatte es nicht einmal geahnt. Dafür konnten Kreisky, Sinowatz und Vranitzky doch wirklich nichts, daß ein begabter, aber beklopfter Bauernbursche dem Priesterseminar entlaufen war, mit Buchhaltung nichts anfangen konnte und schließlich zur Spritze gegriffen hatte. Man bewies ihnen, was sie dafür konnten. Soziales Klima! Ich erspare mir das im Detail – das lesen wir ohnehin jede Woche im „Schmetterling" und in einschlägigen Blättern. Jedenfalls bestärkte das Mosers Abneigung gegen die Sozialdemokraten. Sie hatten ihm ein Idol verfälscht, einen Mythos dadurch zerstört, daß sie, was sicher nicht schuldlos geschah, zum Buhmann der literarischen Linken geworden und damit zwischen die ideologischen Fronten geraten waren. Was immer einer damals anpackte, es wurde zu einer Kontroverse über die Rolle der Sozialdemokratie im geistigen Leben und in der Folge zu Fraktionskämpfen zwischen den linken Ideologen und den rechten Pragmatikern. Die Konservativen zitierten die linken Ideologien und die Linken die rechten Pragmatiker zur allgemeinen Abschreckung. Das Image der Partei wurde dabei zerrieben. Ein mythischer Prozeß, gegen den auch der Weise von der Donau keinen Rat wußte.

Geisslers zwei Bände mit den nachgelassenen Schriften verkauften sich mittelmäßig und wanderten in eine Versandbuchhandlung ab, wo sie in der Konkurrenz mit Soft-Pornos und Leonard-Cohen-Platten einen schweren Stand hatten. Moser stellte sie an den besten Platz seines Bücherkastens. Aber für Tomassoni war die Erfahrung nicht zu nützen. Neue Mythen dämmerten hinter den verachteten Sozialdemokraten herauf. Die Medien-Häuptlinge hatten das Ich entdeckt. Man kokettierte mit der Unvereinbarkeit von Intellekt und Staat. Die Liedermacher dudelten vom Frieden, von der grünen Natur, sie umarmten die gestürzten Bäume, ketteten sich an Hollerstauden und hielten Lagerfeuer auf abgeernteten Feldern, auf denen Kraftwerke errichtet werden sollten. Die Protestbewegung war über Nacht romantisch geworden. Sie sangen Heimatlieder und hielten Händchen. Gehascht wurde nicht mehr, dafür mehr geschmust. Ein Jugendidol? Um diese Rolle stritten ein Dutzend Schnulzensänger im Dialekt oder in der Riahoho-Sprache, die, ihrer Allgemeinverständlichkeit wegen den Ideologenkauderwelsch überholte. Sie war leicht zu erlernen, noch leichter zu merken, sie war angeboren. Tralala, Heiahoho und Heiheihei oder auch einmal zur Abwechslung das unverwüstliche Lalala.

Moser pausierte in der Jugendidolszene. Literarisch und politisch war da nichts mehr zu holen. Ein sanfter ländlicher Rhythmus, der von den Hauptfiguranten zu bukolischen Exzessen gesteigert wurde, beherrschte die Szene.

Vielleicht, sagte Moser damals zu einer Zufallsbekanntschaft, bin ich auch ein Dichter, aber mein Material sind nicht Worte, Buchstaben und Sätze. Mein Material sind Menschen.

Werbung? fragte das Mädchen, das ihn mäßig reizte, weil er sie noch nicht einordnen hatte können, sich aber auch nicht sonderlich darum bemüht hatte. Was verkaufen Sie? Meinungen?

Ich verkaufe nichts. Ich bereite Geschäfte vor. Ich manipuliere.

Auch mich?

Auch Sie.

Wie? Sie wollte genau wissen, wie.

Ich mache die Menschen neugierig. So neugierig, wie Sie jetzt sind.

Sie meinen, Sie sind gerade dabei, sich mir zu verkaufen. Mich zu animieren, Sie zu kaufen. Wie befriedigen Sie meine Neugier?

Das ist die Sache desjenigen, auf den ich die Leute neugierig gemacht habe.

Und Sie machen sich einfach davon?

Ich war nie richtig da.

Dann sind Sie ein Politiker.

So was ähnliches.

Oder ein Pfaffe. Sie predigen, sagte sie, oder Sie halten eine Wahlrede. Die Frage ist nur, ob die Leute dann auch richtig wählen. Oder ob sie sich zerknirschen.

Sie, sagte Moser, würden zweifellos meine Partei wählen.
Ich glaube, sagte sie, ich zerknirsche mich lieber.

Der Reichartsebner-Lambrecht hat allerhand angerichtet mit der Seminararbeit, die er, um Moser und Stiefel gefällig zu sein, sofort in Auftrag gab, bevor noch ein Tomassoni-Opus vorlag. Die arme Agathe Engler vergeudete zwei Wochen mit der Suche nach dem Manuskript, ließ sich schließlich einen Text eines Stiefelschen Übersetzungsversuches von „Finnegans Wake" unterjubeln, etwas, das der Reichartsebner-Lambrecht auch nicht merkte, wohl auch nicht merken konnte, und fuhr schließlich, um biographische Unterlagen zu bekommen, auf einen Tip Mosers, der in einer Art Stellvertreterbefriedigung Meran zum Geburtsort Sonis bestimmt hatte, nach Südtirol, stieß hier tatsächlich auf einen Kaffeesieder Tomassoni, was in ihr die Kombination auslöste, der Dichter habe seinen Namen getrennt. Tomassoni junior bestärkte sie darin. Denn es gab, wo gibt es ihn nicht, auch bei den Tomassonis einen ungeratenen Cousin, der auf und davon gegangen war. Dichten, das traute er ihm zu. Er schlug in der Familienchronik seine Daten nach. So kam tatsächlich ein biographisches Gerippe von einem nicht existenten Dichter zustande. Moser, hätte er besser spanisch beherrscht, hätte das gerne Bustos Domecq in Buenos Aires mitgeteilt, der seinerseits als ein nicht existenter Autor nicht existente Autoren erfunden hatte, ein Wunder, das nur dadurch zustande kommen konnte, daß er von dem berühmten Borges mit allem ausgestattet worden war, was einen Autor ausmacht: Phantasie, Geist, Naivität, Geltungssucht und jenem Schuß Dummheit, der ihn zu Argentiniens begeisterungsfähigstem Avantgardisten machte. Bruder Bustos, Du Mythologe der Pampas und der Visionen europäischer Emigranten in Hinterhofkabinetten, die großbusige Generalswitwen italienischer Abstammung vermieteten! Bei Bustos in die Schule gehen? Wozu? Die Mythen lagen auf der Nußdorfer Straße.

Zu dem ersehnten Rendezvous mit Tomas Soni brachte es Agathe nicht, aber Tomassoni junior lud sie zu einer Vierpässefahrt ein. Dabei wurde das Kind gezeugt, das noch in den Windeln liegt, aber wenn Mosers Wunsch und Reichartsebner-Lambrechts Prophezeiung in Erfüllung gehen, bei ihm Germanistik studieren, in der Neuen Mühle mit einer Lesung debutieren und sein erstes Buch im Schloßbergverlag in Graz herausbringen wird. Aber so weit sind wir noch nicht. Vielleicht wir der junge Engler auch was anderes. Libero bei Austria-Salzburg, ORF-Moderator oder sonst was Unnützes.

Tomassoni braucht nicht nur eine Biographie, er braucht Laster, Schwächen, Ticks, eine politische Meinung, wenn schon kein Parteibuch. Kriminalromane? Zu abgedroschen und intellektuell. Dann lieber gleich TV-Krimis. Popmusik? zu nostalgisch. Er läßt sein Manuskript im Stich, wenn es eine Sportübertragung gibt. Der Vorschlag überzeugte nicht. Schön wäre ein ausgefallener Sport. Aber bitte weder Tennis noch Golf. Von mir aus Rodeln oder Langstreckenlauf. Das beweist Ausdauer, Naturliebe, Selbstüberwindung, und gibt einem Mann einen Hauch von englischer Fairness.

Gastronomische Vorlieben, Abneigungen? Nobelrestaurants, Beisel? Er mag kein Gulasch. Begnügen wir uns vorläufig mit einem Lieblingsgericht. Sterz, Kernöl. Ein Tiroler? Ein Tiroler kann sich nur für ein Lieblingsgericht aus einem anderen Land entscheiden. Das gastronomische Bild Tomassonis bleibt umstritten. Darauf kommen wir noch zurück, Meissner plädierte, sich bei gegebenem Anlaß auf Improvisation zu verlassen.

Erotische Laster? Homosexualität. Wir brauchen, sagte Moser, eine sexuelle Vorliebe, die ihn von anderen Autoren unterscheidet. Ein Homo? Da können wir gleich einen Familienvater aus ihm machen. Wäre das so schlimm? Das Genie als Durchschnittsmensch. Nein, nein, wir brauchen was für die Gerüchtebörse. Etwas, worüber man munkelt. Das man sich heimlich zuflüstert. Das Gusto, aber keinen Ekel erregt, oder doch einen Abscheu, den man ausprobieren möchte. Schlag nach in der Psychopathia sexuales des Professor Krafft-Ebing. Vielleicht was mit Tieren? Onanie? Ein Onanist ist Tomassoni sowieso. Daran läßt seine Biographie wohl keinen Zweifel. Und woher sonst soll einer die Phantasie für seine Romane bekommen? Ich, sagte Stiefel, und das war für einen Ideologen immerhin überraschend, vielleicht aber auch nicht weil es bewies, daß die Ideologie eine Lücke im erotischen Bereich hat, ich plädiere für eine extreme, auf die Frau gerichtete Sexualreizbarkeit, die durch eine Urangst vor den weiblichen Sexualattributen gestört ist. Das führt zu Unterwerfungs- und zu Dominierungsphantasien. Selbstbestrafungstendenzen für das übermächtige Verlangen, das auf das Objekt der Begierde, die Frau, transponiert wird. Na ja, sagte Meissner, klingt nicht übel, aber mir zu normal.

Einen Tick? Ich kenne da einen, der gibt seinen Haustieren, seinen Freundinnen, seinem Lieblingsmesser, ja seiner Gartenschere ausgefallene Kosenamen. Du vergißt das Wichtigste, sagte Meissner: Hannibal ante portas. Nur das nicht. Nur nicht die Phantasie des Spießers, der als Witzbold auffallen will. Mir fällt da etwas ein, das mir persönlich gut gefiele. Eine Art Fetischismus. Er speichert in seinem Gehirn die Formen von Frauenhintern. Eine erotische Vorliebe, als Sammlertick verharmlost und gleichzeitig vervollkommnet. Dreht sich bei jeder Frau um. Teilt sie in ein von ihm erfundenes System nach Größe, Form und Konsistenz ein. Führt darüber Statistik. Ohne Statistik, entschied Moser. Der Tick gefiel, aber man kam überein, er eignete sich nicht für public relations. Er wäre was für die vorhin schon angesprochene Flüsterpropaganda. Man erzählt es dem Schlieferl, der verbreitet es auf Partys, in Premierenpausen, auf Ausstellungseröffnungen. Das gibt Tomassoni Profil. Unter einem Hinternliebhaber kann sich jeder was vorstellen. Aber damit kommt man nicht ins Buch der Rekorde.

Sein politisches Credo? Womöglich keines. Er ist, wenn ich sein Alter ausrechne, ein Mitglied der Generation der Studentenrevolte. Er muß da irgendwo gewesen sein. In Berlin, in Paris oder von mir aus in Heidelberg. Oder wenigstens in Wien in einen Hörsaal geschissen haben. Wie steht er zur Vereinigung der beiden Deutschland? Diese Frage wird ihm von Frau Dr. Messerer nicht erspart werden. Aber sie soll auf eine Diskussion zwischen der Messerer und der Maltz beschränkt werden. Der Kampf zwischen einem neuen Sozialismus mit menschlichem Gesicht und einem Kapitalismus mit sozialistischer Fratze. Die Leute wollen wissen, was er zu den Divisionen staatserhaltender Dichter gesagt hat, die ihr Bekenntnis zum Conducator, zum Staatsratsvorsitzenden und zum real existierenden Sozialismus mit gelinder Kritik an kleinen Auswüchsen zu verbinden verstanden. Wer kein Vaclav Havel ist, werfe den ersten Stein. Schließlich glaubten sie. Aufarbeitung der Vergangenheit? Wen es betrifft, der blickt unverwandt in die Zukunft.

Was geht das eigentlich den Tomassoni an, und damit, was geht es uns an? Tomassoni ist ein Achtundsechziger, er war gegen die KP-Diktatur, aber er war, ist und bleibt ein Fürsprecher des sozialen Utopismus. Er glaubt an den neuen Menschen und er ist bereit, noch einmal eine Generation für dieses Ungeheuer zu opfern. Meint die Messerer. Sollen wir ihr diesen Glauben lassen?

Tomassoni, entschied Meissner, war kein Nachläufer der Herren Teufel, Astel und Cohn-Bendit. Er ist in allem und jedem ein Naturtalent. Ein ästhetischer Alm-Tödi, ein Eingeborener mit angeborener Intellektualität, der damals im Gymnasium von Meran oder Bruneck seine ersten Gedichte geschrieben hat. Vielleicht hat er sogar in Innsbruck studiert, und da hat der Föhn bekanntlich die revolutionären Ideen so rasch durch das Inntal geblasen, daß nichts haften geblieben ist. In der Maria-Theresia-Straße ist der Aufbruch der alten Semester eine Sage geblieben. Der Protest hat sich auf ein bereits Freitag mittag angetretenes Skiwochenende beschränkt. Statt Sit-ins abzuhalten, hat man drei Vorlesungen geschwänzt.

Das ist kein Image für einen kritischen Autor, sagte Moser, das ist ein Armutszeugnis für einen Kommunalbeamten. Ich bin ja dafür, daß die Generation der Ideologieschwätzer, deren Soziologenchinesisch die Sprache verseucht hat, eine Hinterlassenschaft, die bis heute nicht ausgestanden ist, mit der Erfolgsgeneration der Milchtrinker und Ministerialsekretäre ausstirbt, oder doch im Zuge der Frühpensionsförderung in den Ruhestand geht. Ich bin dafür, daß hier ein paar Jahre überschlagen werden. Tomassoni ist ein kritischer Geist ohne Meinung zur Sozialpartnerschaft. Wir sind ja keine Sektionsleiter, daß wir zu jeder Milchpreiserhöhung unseren literarischen Unrat abladen müssen. Wenn es schon was Politisches sein muß, dann nehmt euch ein Beispiel bei unserem von Mythen umwölkten Schollenumgräber. Tomassoni im Dorf. Ein Einsamer, dessen Sensibilität mehr leidet, als ein Dichter sagen kann. Der die Idylle als eine Brutstätte der Tiermorde erlebt. Das Kreischen der Schlachtfeste. Dem geht es wie damals den Ochsen auf der Schlachtbank und den Schweinen unter dem Messer: er kann seine Verzweiflung nicht artikulieren. In die Dorfromantik endloser Sommerdämmerungen, die Zuflucht des Stallgeruchs und der aufleuchtenden Fenster, dringen nur schwach unterdrückte Lust- und Notschreie. Mit Zweifeln und einer kräftigen Dosis Kritik an den Machtstrukturen versehen, ist diese Bauerndämonie wieder ein zukunftsträchtiges Genre für das auch einmal ein Wildgans-Preis ausgelegt wird. Der Industrie ist das ebenso wie dem Milchwirtschaftsfonds oder der Raiffeisenkasse ein paar Zehntausender wert.

Damit, darüber waren sie sich aber ebenso rasch wie überraschend klar, können wir nur die Tiefenforscher beeindrucken und die Politschwätzer abspeisen. Die einzige Massenkreativität, auf die Verlaß ist, ist die erotische Phantasie. Wenn Tomassoni schon nicht in TV-Diskussionen seine witzige Schlagfertigkeit und seine durch nichts zu stoppende Eloquenz beweisen kann, dann bleibt uns nur der Katalog seiner Laster. Meissner, sagte Stiefel provokant, das ist doch Dein Metier. Vielleicht ein Jungfrauentick, eine Neigung für Kindfrauen, eine Schwäche für reife oder für korpulente Damen. Ich kenne einen Kritiker, der sich von Doderer nur gemerkt hat, daß er eine Vorliebe für voluminöse Frauenhüften hatte.

Natürlich waren das nur Harmlosigkeiten für Familienzeitschriften. Worauf man doch auf die Homosexualität zurück kam. Zumal man da nicht aktiv werden mußte. Es konnte nicht ausbleiben, daß einem das nachgesagt wurde. Widerruf half nichts, Bekenntnis wurde bezweifelt. Sie beschlossen, nichts zu bestätigen, aber auch nicht zu widersprechen. Totstellen. Gar net ignorieren. Immerhin war ein homosexueller Tomassoni ein Indiz für seine Existenz. Und er hatte Chancen bei der schwulen Lobby. Den sogenannten Normalen bot sich die Chance, durch ihre Sympathie für einen Homosexuellen kostenlos Liberalität zu beweisen. Da soll was nicht stimmen, aber ich habe keine Vorurteile. Und die Frauen? Was werden die Leserinnen, die Kritikerinnen dazu sagen? Denken wir an die schwulen Publikumslieblinge, deren Vorlesungen von Damen aller Altersstufen gestürmt werden. Und welche Frau hat nicht den Ehrgeiz, einen Schwulen zu bekehren? Es wäre der Triumph ihrer Weiblichkeit.

Lassen wir es in der Schwebe. Dementieren können wir noch immer. Auf jeden Fall werden wir ihm eine Geliebte unterschieben.

Wie man das macht? Irgendwie. Entweder man zeigt Bilder von einer großbusigen Schönheit, man engagiert eine Halbseidene oder man lanciert ein Dummchen, dem man einredet, daß der hübsche Mann, dem man sie beim nächsten Kafka-Symposion verkuppelt, der anonyme Tomassoni ist. Irgendeinen Innsbrucker Dozenten, der halbwegs aussieht, daß eine hübsche Wienerin nicht bei seinem Anblick flüchtet, wird es doch geben. Auf jeden Fall brauchen wir einen potenten Burschen. Denn ob homo oder hetero, Draufgänger oder schüchtern, potent muß er sein. Verbreitet die Sagen seiner Liebesfähigkeit. Der Softporno „Ich war Tomassonis Geliebte" muß die Runde machen.

Haben wir ihm nicht eine Klosterschule angedichtet? Das ist doch ein Nährboden sexueller Phantasien. Schlafsaalspiele, Marienkult- und Beichtstuhlfixierungen. Die erotischen Mythen gedeihen da wie die Schwammerl.

Kritik, sagte Moser. Tomassoni bekommt erst Kontur, wenn ihn einer verreißt. Lob päppelt ihn auf, aber erst ein Verriß macht ihn lebendig. Real wird man erst durch seine Fehler. Stiefel, dafür bist Du der rechte Mann.

Warum ich?

Weil Du der Mythenzerstörer bist. Warum sollte er ihm sagen, daß eine Stiefel-Polemik bei seinen Anhängern Neugier auf Tomassoni und bei seinen Gegnern Sympathie für ihn wecken würde. Wenn Stiefel dagegen war, mußte was dahinter sein. Er kannte einen Mann, der konsequent nur alle Bücher kaufte und in alle Vorstellungen ging, die Stiefel verrissen hatte. Noch etwas sprach für Stiefel: Viele Wort, wohlgedrechselte Sätze, ohne allzu viel zu sagen. Stiefel, der Exeget in zeitgemäßer Verwandlung, der Hohepriester als ironischer Hetzer, der Alles- und Nichtssager. Stiefel, drohte Meissner, wenn Du nicht willst, schreibe ich den Verriß unter Deinem Namen. Warum ich, improvisierte er, Tomassoni für keinen bedeutenden Autor halte, wissen meine Leser.

Wieso?

Weil Stiefel vorgibt, es ihnen schon gesagt zu haben, was wirkungsvoller ist, als wenn er es ihnen jetzt sagen würde. Dieser Satz zementiert das Verdikt Stiefels über Tomassoni, während Du hundert Sätze brauchen würdest, um es, womöglich ohne Überzeugungskraft zu formulieren. Lerne was, Stiefel, sagte er, als Stiefel nicht wollte. Wie heißt das nur: Lernprozesse. Du schreibst ja ein Feuilleton und brauchst keine Literaturangaben machen. Wer wissen will, was Du über Tomassoni geschrieben hast, soll in die Nationalbibliothek gehen und sämtliche Jahrgänge des „Schmetterling", des „Wespennest" und der „Linkskurve" durchblättern. Du führst den negativen Wahrheitsbeweis für Tomassonis Existenz. Stiefel hat es schon immer gesagt, daß an dem neuen Genie nichts dran ist. Wenn an Tomassoni schon nichts dran ist, dann ist er doch existent. Der Ruhm, Stiefel, kommt beim richtigen Management von selbst. Für den Ruhm laß uns sorgen.

Na und so fort, sagte Moser. Das fällt Dir doch nicht schwer. Tomassoni. Thomas Bernhard, der Unterrichtsminister, die Sozialdemokratie, Androsch, Busek, misch ihn ein wenig unter die repressive Gesellschaft. Vielleicht hat der Altbundeskanzler etwas darüber gesagt? Denk nach. Gibt es nicht ein Statement von Ursula Pasterk? Vom designierten Claquechef der Wiener Literatur?

Warum, klagte Stiefel, habt ihr mir die Rolle des Mythenkritikers zugeteilt? Mich überkommt Erfinderlust.

Ach was, sagte Moser. Moderier Dich. Die Sache ist relativ einfach im Anfangsstadium. Mir geht es mit den erfundenen Mythen wie Dir mit den erfundenen Romanen. Die Initialzündung ist köstlich, die Ausführung ist langweilig.

Aber wir winden uns noch in den Geburtswehen. Jetzt trampeln wir einmal auf die zarte Pflanze Tomassoni. Wenn sie nicht eingeht, wird sie resistent. Wir müssen ihr Wachstum beschleunigen. Du zerlegst Tomassoni, dann trete ich auf den Plan und setze die Bestandteile wieder zusammen. Ich hoffe, Du gibst mir geeignete Schlagworte. Und nicht nur politische. Ich will, ahmte Moser Stiefels Stimme nach, mich nicht in die Privatangelegenheiten eines Mannes mischen, und lasse daher den unqualifizierten Tratsch eines deutschen Blattes, dessen Titel ich mich niederzuschreiben hüten werde, außer acht. Was, frage ich, geht uns das Liebesleben Tomassonis an, seine angebliche Neigung für geschnürte vollschlanke Damen, wenngleich ein Hinweis auf gesellschaftliche Positionen …

Nein, rief Stiefel, da passe ich. Ich lasse doch keinen repressiven Naderer aus mir machen.

Warum? fragte Meissner in aller Unschuld. Du kannst das ja drehen und wenden. Einesteils als Verteidiger der Gesellschaft und anderenteils als Fürsprecher der Minderheiten. Wer kann sich schon was unter einem Schriftsteller vorstellen? Aber ein Perversling gewinnt sofort Gestalt. Deine Enthüllungen und Deine Verteidigung dieser enthüllten Perversitäten geben Dir und Tomassoni Profil. Du kannst Dir aussuchen, was Du willst. Setz Dich nicht auf dem fest, was wir ausgeknobelt haben. Sorge für Abwechslung appetitlicher kleiner Neigungen. Was möglichst Unschuldiges. Ein Ohrläppchenfetischist? Einer, der beim Anblick der feuchten kurzen Härchen unter den Achselhöhlen ins Keuchen gerät? Dem der Atem stockt, wenn sich eine schlanke Taille biegt? Weißt Du was, laß es. Ich erfinde das. Ich halte Dir einfach vor, daß du Tomassoni seine kleine verzeihliche Narretei mißgönnst, die dieser Liebhaber von Frauenschönheit kultiviert. Ohne zu sagen, was. Das gibt Dissertationsthemen, Freunde. Liebe zur Mammi, Liebe zur Schwester? Wir brauchen dann unbedingt einen Freudianer.

Ich interviewe Hacker, sagte Moser. Hacker über Tomassonis Schwesternkomplex und die Gewalt im allgemeinen. Ringel über Tomassonis Selbstmordkomplex. Dafür arrangiere ich einen Vortrag mit Musikbeispielen. Tomassonis Inklination zu Mahlerscher Gefühlsschwelgerei.

Ringel ist gut, sagte Meissner. Hierzulande lebt einer erst, wenn Ringel ein psychologisches Urteil über ihn gefällt hat oder wenn er mit Hacker in einer Theaterloge gesessen ist.

Und ich spiele dem Pornojäger eine Seite mit einem Inzesttraum zu. Das können wir dann dementieren. Vielleicht klagt der Pornojäger. Ein Prozeß gegen Tomassoni wäre das Höchste. Das Gericht bestätigt durch die Beschlagnahme einer inkriminierten Seite des Beschuldigten Tomassoni dessen Existenz. Da nehme ich auch ein Versäumnisurteil hin.

Aber was Saftiges, bat Meissner. Du Moser, erstattest ein Gerichtsgutachten. Verweist auf stilistische Verwandtschaften mit Achternbusch. Stellst als Tomassoni-Kenner Vergleiche an.

Eure Phantasie galoppiert, sagte Stiefel ein wenig mißmutig und neidisch.

Mit Odysseus unterwegs

Der Mythos fließt wie der Ganges. Wir müssen stromaufwärts. Vom großen Mündungsdelta, wo sich die Mythen zu einem unübersehbaren Meer verzweigen, den langen, breiten Strom hinauf zu den Quellen, den langen Weg an Städten, Steppen und Dschungeln vorbei, den Ulysses so rasch in seinem Kanu hinuntergetrieben ist. Wie werden wir die Stromschnellen überwinden, die er übersprungen hat, die Wasserfälle, vor denen er sein Boot ans Ufer gelenkt und deren Felsstürze er vorsichtig umgangen hat? Ihn hat die Strömung getragen, uns hemmt sie.

Lange vor Ulysses hat sich der Bub Tomassoni im hohen Sommergras verirrt, im Strauchdickicht, im Farnwald, im Unterholz. Er lief einem Schmetterling nach, einem Vogel, einer Blume, und schon schlug es über ihm zusammen, hoch oben noch ein Schlitz blauer Himmel, aber unten wimmelte es von Ameisen und Käfern, er verfing sich in Spinnennetzen, Insekten griffen ihn in Sturzflügen an. Er rief, nur das Surren der Libellen antwortete ihm, der höhnende Häherruf, und da kam der schwarze Mann, Rübezahl, der Jude mit der Krummnase und mit dem Ritualmesser, der aussätzige Ritter Heinrich mit dem Schwert, das er in Kinderherzen bohrte, um in ihrem Blut Heilung zu finden. Laß Tomas Soni von den Irrfahrten der Knaben in den Juliwäldern erzählen, in den Weißdorndschungeln, an deren Ruten sie die zarte Haut aufreißen. Bin ich nicht in der Au gestanden, zurückgelassen, ausgesetzt, und habe mich heiser geschrien? Und dann kommt die Hexe, und dann kommen die Räuber, der Bär kommt und der Wolf. Und ich habe geglaubt, das sind nur Märchen, Geschichten zum Einschlafen, ein Vogel streift die Stirne, die Rattenheere rücken vor, Ritter Heinrich badet in meinem Blut. Anderle, heiliger Anderle, erlöse uns durch dein Blutopfer von unseren Sünden.

Ich habe mich verirrt, aber dich haben sie ausgestoßen, ich habe heimgefunden, mich haben sie gesucht, aber dich haben sie gemieden, meiner hat sich Ritter Heinrich erbarmt, aber in Anderles Blut hat der Aussätzige gebadet, mit dem reinem Blut hat er die Sünden dieser Welt hinweg gewaschen. Lauf dreimal im Kreis, ritze deine Stirne an den Dornen, verbrenne deine Beine an den Nesseln, dann öffnen sich schon ihre Mutterarme. Versprichst du mir, nicht mehr davonzulaufen, und wenn der schönste Schmetterling fliegt? Und er verspricht es und taucht erlöst in der Strafe unter. Jeder Verirrte findet seine Hexe, sagte Meissner, aber das war wohl eine Überinterpretation des Mythos.

Wir erfinden Dichtungen, sagte Moser. Stiefel berichtigte ihn: wir erfinden einen Dichter. Meissner unbeeindruckt: Erfindet Dichtungsarten. Es muß doch neben Tragödie und Novelle noch was anderes geben. Von der Genesis zur Short story, vom Siegesgesang zum Gassenhauer, vom Epos zum Krimi, von der Tragödie zum Kabarettblackout, vom Epigramm zum Bonmot. Typisch für Meissner, sagte Stiefel, konstruiert sofort lauter Abstiege. Von Shakespeare zu Hochhuth. Stiefel, der an den Fortschritt, auch der Literatur und erst recht der Literatur glaubte, und sich an den literarischen Fortschritt klammerte, als er Abstriche vom gesellschaftlichen Fortschritt anzuerkennen genötigt war, replizierte: Von Wildenbruch zu Brecht. Meissner überhörte das. Die Maler, sagte er, erfinden jede Saison zwei neue Kunstformen. Ihr seid noch immer Lyriker und Romanciers. Ein Texthersteller, fiel Moser ein. Gesellt sich zu einem Stückeverfertiger und einem Liedermacher. Moser, damit kannst Du nicht einmal den Reichartsebner-Lambrecht und seinen Provinzadlatus, den Zebetseder, hinter dem Ofen hervorlocken. Da beißt Dir kein Gastdozent im fernen Mittelwesten an. Erfindet was! Auch für Tomassoni. Oder grabt was aus. Was wäre mit der Wu-Schule aus der Ming-Zeit? Chinesische Literaturmalerei. Keine Abbildung der Wirklichkeit sondern Abdruck des Herzens. Liegt im Trend. Darüber schreibt Handke eine Rezension in der „Zeit". Mythische Urlaute, in der Tradition erstarrt, durch Lyrismus wieder aufgeweicht. Kalligraphie: Subversives in Schönschrift! Läuse im kaiserlichen Pelz. Aber lassen wir diese revolutionären Abweichungen. Bleiben wir beim Modell: Nicht darauf, wie es gedichtet ist, wovon es handelt, an wen es gerichtet ist, kommt es an, sondern wie es niedergeschrieben ist. Auflösung der Literatur im Schriftzeichen, das sie vermitteln sollte. Ein Motiv? Der Gelehrte im Wald in Zwiesprache mit dem Vogel und der Blume. Die Ursituation mit dem

Mythos Natur, dem Mythos Geist und dem Mythos Lebensalter in der völligen Idyllisierung der Welt. Die absolute Harmonie. Und nun kann es losgehen. Oder erstarren, vereisen, eintrocknen in einer Gegenwelt, die nur die Versatzstücke von der Wirklichkeit ausgeliehen hat. Alles schaut uns ähnlich, nichts drückt uns aus, es zieht den Blick auf sich und geht uns nichts an. Und das in alle Ewigkeit. Die assoziative Literaturkette durch die Jahrhunderte. Tom As Onis berühmte Kalligraphie „Im Schatten der Wutong-Bäume“ von den folgenden Dichtergenerationen assoziiert und sublimiert. Jeder fügt sein Schriftzeichen an. Einer unterbricht die Kette. Er schießt den Kranich, er pflückt die Blume, die ewig blüht, er tötet den Vogel, der ständig Lebenslust im Tiefflug ausdrückt. Kaiser Mi-Schu hat den Verbrecher auslöschen lassen, der Kranich sträubt wieder sein Gefieder, die Blüte entfaltet ihre Farbenpracht. Keine Ernte? Na los, ihr dichtenden Revolutionäre. Ruft nach der Ernte. Das große Flüstern geht am Flusse Wu um. Laß die Blumen aussamen! Einer malt das Bildgedicht um. Statt des Blütensterns ein Kelch mit Samenkörnern. Welche Anstrengung, den Urmythos herzustellen. Da hilft kein makabrer Humor, kein ironisiertes Leid, da hilft nur die endlose Wiederholung, die Gebetstrommel der Literatur, das Einnisten in den Nischen des Mythos, der Ansturm auf die ungezählten Umwege zum Mythos. Tom As Oni am Sonnenberg, wie er den Mond anbetet. Das braucht Generationen von beamteten Dichtern, die Blume erblühen und den Kranich fliegen zu lassen. Totale Unterwerfung unter Shen Zou.

Ich liefere euch mit der Literaturgattung gleich die Dichter, die Motive und die Literaturgeschichte. Sie läuft nach dem Klischee ab, das wir Mythos nennen. Verewigung, Idyllisierung. Revolte, Wiederherstellung und dann ein unbemerktes Verschwinden. Das ist eine Situation für Tomassoni. Seine Verflüchtigung. Wohin ist er verschwunden? Hat er sich in Luft aufgelöst? Soeben hat ihn noch Peymann inszeniert. Er hat sein Todeslied in einer neu erfundenen Tonart gesungen, er hat es variiert, bis es die einen nicht mehr hören konnten und die anderen es endlich wahrgenommen haben, und dann löst er sich mit der Luftschwingung seiner Arien im Sog der Festspielstadt auf.

Die Frage war, wie man Mischler für Tomassoni interessieren

konnte. Ohne Mischler hatte Tomassoni keine Chance. Mischler, der Medienmulti. Er hatte das Ohr des großen Strohmer. Selber ein Mythenmacher, ist er ein Mythos der Allwissenheit geworden. Wenn Strohmer, was selten vorkommt, ein Buch liest, fragt er Mischler, ob es ihm gefallen hat. Und er gibt klein bei, wenn es ihm nicht gefallen durfte, er gerät in Begeisterung, wenn es ihm gefallen hätte sollen. Mischler ist das schlechte kulturelle Gewissen Strohmers. Daß Strohmer sich hütet, zu lesen, was Mischler ihm empfiehlt, verstärkt nur seinen Einfluß auf ihn. Strohmer kennt seinen schlechten Geschmack. Er weiß, daß etwas, das ihm gefällt, nichts wert sein kann. Und er sieht sich darin bestätigt, wenn er wieder einem der von Mischler angepriesenen Meisterwerke nichts abgewinnen konnte.

Moser sah eine schwierige Aufgabe vor sich: Tomassoni mußte Strohmer mißfallen und Mischler beeindrucken, wobei in Strohmers Mißfallen Platz für den Respekt sein mußte, den er für Mischlers Urteil hegte.

Das große Nachdenken über die Alltagsmythen, an die der literarische Mythos Tomassoni anschließen konnte.

Forscht in euren Erinnerungen. Beginnen wir mit etwas Erotischem. Damit fängt schließlich alles an und hört alles auf. Die Story über die Süße. Ihr habt sie alle gekannt. Püppchen im Kirchenchor. Die gläubige Nymphomanin. Als er ihr unter den Rock wollte, zitierte sie den heiligen Bernhard, der das verboten hat. Und die heilige Ludmilla, die den gräßlichen Martertod durch Pfählung auf sich genommen hatte um sich den Busen nicht betasten lassen zu müssen. Das ist verboten, sagte sie, als er sie auf dem engen Gang abpaßte. Verboten. Das war eine Todsünde, sie preßte die Beine zusammen, aber das war eine läßliche Sünde, in der Beichte zu sühnen, und sie ließ es zu. Und die Studentinnen im Arbeiterchor, die sich nicht durch Liebelei von der Revolution ablenken lassen. Ich weiß nicht, wen sie zitieren, Bebel oder Mehring, aber in den heiligen Büchern steht über alles etwas, und das meiste handelt von der Verlockung durch Hormone. Sünde, Verirrung. Wenn Meissner es recht überlegte, waren die Betschwestern leichter herumzukriegen als die Bräute der Revolution. Der eine Mythos war schon geschwächt, der andere im Aufbau. Die Betschwestern waren schon so dekadent, ihre Sünden zu genießen, sie zögerten mit der Anrufung der Heiligen den unausbleiblichen Genuß hinaus, sie multiplizierten ihn mit den Schauern der Reue, während man bei den Schwestern der Revolution einfach abblitzte. Die hatten die Hormone abgetötet durch Parolen. Ihre blauen Hemden verbargen wenig, aber sie hielten wie Panzer.

Laß den Tomassoni die entsprechenden Rituale erfinden. Wie ein Betbruder unter den Wollustschauern des Sündenbewußtseins eine Betschwester beschläft und ein Revolutionär und eine Revolutionärin im vollen Bewußtsein ihrer erotischen Freiheit nichts zusammenbringen. Püppchen! Erinnere dich doch an Püppchen. Der lädierte Mythos der vorgetäuschten Jungfernschaft. Wir haben Püppchen verachtet, ausgelacht. Zu Unrecht. Alles zu genießen und dabei im Einverständnis mit den Regeln zu sein, darauf kommt es an. Zusammenpressen die Schenkelchen, aber sie mit sanfter Gewalt öffnen lassen. Erinnerst Du Dich an die Süße, die sich von jedem vögeln ließ, aber das geringste Petting verwehrte? Mythische Irrwege der Keuschheit. Nur die Gefahr der Befruchtung konnte Unkeuschheit entschuldigen. Mühsam diese christlichen Sünderinnen, aber interessant. Mühsam, aber uninteressant die sexuelle Freiheit. Ida, deren Busen das blaue Uniformhemd wölbte, die theoretisch für die sexuelle Freizügigkeit war, aber mit so hohen sittlichen Anforderungen an den Partner, daß sie eine alte Jungfer wurde. Die großen Schwierigkeiten bei der Verführung eines Mädchens, das den Liebesakt zwar für eine rein körperliche Sache, aber eben deshalb auch für überflüssig hielt, so lange sie nicht etwas überwältigte, das sie für Klassenbewußtsein hielt, das aber verdammte Ähnlichkeit mit dem hatte, was man in kleinbürgerlichen Kreisen Liebe nannte. Schwierigkeiten der Kommunikation, im Verbotszustand längst durch tausend Tricks, Ausreden, Hintertürchen überwindbar, im Freiheitszustand wieder in voller Tücke virulent.

Ein Roman über den Sieg der Hormone, die wir die natürlichen Instinkte nennen wollen, über die mythischen Liebesverbote gefällig? Wäre das was für Tomassoni? Imponieren wir damit Mischler, verwirren wir damit Strohmer? Was sagt Reich-Ranicki dazu?

Joachim Kaiser? Kapiert das unser Freund Zebetseder, paßt das ins Weltbild des Reichartsebner-Lambrecht?

Wenn Tomassoni einen „Faust“ schriebe, fragte Moser Meissner. Nein, nicht Faust als räsonierenden Schauspieler über seine Faust-Interpretation, die nicht zustande gekommen ist. Das überlaß dem Thomas Bernhard. Keine Klageballade, kein Monolog, überhaupt keine Jammerarie. Vielleicht als Computerexperten, der sich mit den Russen einläßt, um eine fehlende Formel zu kriegen und statt dessen eine blonde Litauerin bekommt. Keine Jammerarie, aber auch keine Spionagestory. Das Singvögelchen kam dazu. Der Faust-Mythos aktuell. Das ist ganz einfach, sagte sie. Ein Mannsbild, das für seine Karriere zu jeder Schurkerei bereit ist, bleibt an einer kleinen Hure hängen, die er, ein Macho durch und durch, im Stich läßt. Wobei? Vielleicht beim Kinderkriegen. Das ist ein seelisches Problem, Moser! Drei minus zwei ist eins. Eben noch mit Mann und Kind, sitzt du mit einer Übelkeit im Unterleib allein da. Wo bleibt der Teufel? Eine Doppelrolle für Faust. Der Mann als Teufel. Keine Jammerarie, sagte Moser, keine Spionagestory und keine Machoanklage.

Faust als Gauchoballade. Stanislao erzählt am Lagerfeuer in der Pampa die Geschichte vom Doktor, von der Blonden und dem Hinkenden. Im Folkstil. Eine Cowboygeschichte im wilden Westen oder im unendlichen Süden. Herr Doktor will die Blonde von der Hazienda, aber der Caballero Papa hält nichts von studierten Habenichtsen und Möchtegernrevoluzzern. Da löst sich der Teufel aus einer galoppierenden Staubwolke. Top, es gilt. Ein blonder Schopf für einen Tropfen Blut.

Kein Folksong, sagte Moser, keine Jammerarie, keine Spionagestory und keine Machoanklage.

Tomassoni muß auch was verdienen. Er schreibt eine Faust-Serie für den Glimmerkasten. Der Mythos hält alles aus. Primarius Doktor Heinrich Faust sitzt im Labor und erfindet das Heilmittel gegen den Krebs. Wer lenkt ihn dabei ab? Die blonde Krankenschwester. Er weiht sie in seine Forschungen ein uns steckt sie dabei unabsichtlich an. Mit Gebärmutterkrebs. Worauf sie das Kind nicht austragen kann, das er ihr in einer Forschungspause gemacht hat. Wo bleibt der Teufel? Kommt schon. Faust ist zum Pakt bereit. Er will die Krebsformel zur Rettung Gretchens. Beides geht nicht. Faust vor der Entscheidung: Rettung für die blonde Gretchen-Schwester oder das Allheilmittel für Krebs. Die Geliebte oder Millionen Menschen retten. Wofür entscheidet sich Faust? Für einen endlosen Gewissenskampf, fünf Fortsetzungen mit tränenreichen Abschieden, mit händeringenden Müttern, die ihre Kinder an Krebs sterben sehen müssen, mit Gattinnen, die ihre Männer, mit Gatten, die ihre Frauen, mit Kindern, die ihre Eltern …

Hält das der Mythos aus? Er hält es aus. Das ist sein Geheimnis. Er aktiviert unsere heimlichen Sehnsüchte und verrührt sie mit unseren Instinkten. Und unserem schlechten Geschmack, sagte Singvögelchen. Der Mythos, meldete sich Meissner zu Wort, hat keinen Geschmack. Ich schlage vor, Tomassoni schreibt ein Fernseh-Feature, aber unter Pseudonym.

Mir kommt das bekannt vor, sagte Stiefel. Hat das nicht schon der Simmel geschrieben?

Eine Marginalie zu Tomassonis Biographie. Er kommt bekanntlich aus Südtirol. Warum dann nicht gleich aus Meran oder der Geissler-Heimat Toblach, den Brutstätten der neuroseverseuchten Wiener Haute-Voleé-Weiber? Sie stürzen sich aus dem Schlafwagen in die „gute Luft“, aufgebläht von der in ihre Erholung gesetzten Erwartung, die sie nach einer Woche mit der drängenden Frage überprüfen: Habe ich mich erholt?, und die nach einer weiteren Woche zu der Gewißheit führt: Ich kann mich nicht erholen, und damit eine neue, die Urlaubs-, die Kurneurose auslöst. Ist der junge Tomassoni vom Terror der Neurosenweiber geprägt worden? Könnte es neben der neurotischen Mama noch eine neurotische Tante, eine neurotische Schwester gegeben haben? Das oberste Gebot lautete: Schonung für die Nerven der Mama! Was immer die Mannsbilder in diesen Familien anstellen mochten, Väter und Söhne, es wurde danach gemessen, ob es Mamas Nerven belasten konnte. Tomassoni als Mutter-Opfer, wäre das was?

Natürlich trübt das das Image des makellosen Kunsthumanismus. Ein Dichter darf sich besaufen, er darf herumhuren, koksen,

Knaben verführen, aber unangreifbar ist sein humanistisches Ethos. Denn wofür säuft der Gute, warum wütet er in Familie, Verlag, Redaktion und Café? Er tut's für die Menschenerlösung, für die Gesellschaftserneuerung, für Österreich. Meissner ließ einmal in einer hochkarätig besetzten Versammlung einen Versuchsballon steigen. Er war sogar bereit, Tomassoni dafür zu opfern. Muß Tomassoni ein guter Mensch, ein Freund der Mitbürger, ein Liebhaber der Tier- und Pflanzenwelt sein, könnte es nicht einen Künstler geben, der seine Impulse nicht aus der Vaterlandsliebe, aus der marxistischen Welterlösungseuphorie, aus der christlichen Nächstenliebe, sondern aus Menschenverachtung, angeborener und provozierter Bosheit, aus unstillbarer Lüsternheit perversester Phantasie erhält? Sein Echo war nicht Ablehnung, es war völlige Verständnislosigkeit. Die Mandarine waren zu allem bereit, zu jedem Tabubruch, zu jeder satirischen Auflösung überlieferter Werte, aber nicht zur Aufgabe der ästhetischen Moralbastion. Selbst jene, die Thomas Bernhard nicht mochten, die ihn unentwegt angriffen, waren überzeugt, daß seine Rundumschläge das Ergebnis einer geradezu irrealen Menschenumarmung waren. Ein bösartiger, oder gar ein charakterloser Dichter? Jeder kannte charakterlose Dichter, manche waren sogar der Meinung, sie kannten nur charakterlose Künstler, aber wenn es um die moralischen Fundamente ging: Kunst entstand nur aus Charakter. Den Widerspruch verkrafteten sie mühelos. Da war der Mensch, und da war der Dichter. Schließlich mußte ein Christ ja auch kein guter Ehemann und durfte ein Marxist ein erbarmungsloser Ausbeuter sein. Doppelmoral wurde nur den kleinen Spießern nicht verziehen.

Meissner staunte. Hier war ein Mechanismus am Werk, ein Vorurteil, ein Mythos, der jeden Verstand abwürgte. Er beschloß, Tomassoni seine neurotische Mutter wieder abzutreiben. Wenn er schon eine Mama haben mußte, dann sollte es eine fesche, in ihrer Heimatliebe wurzelnde Südtirolerin sein, eine hochgewachsene, hakennasige Dinarierin mit blitzenden Augen, die vielleicht eines Seitensprunges fähig war, der natürlich verschwiegen werden mußte, aber niemals einer Verletzung ihrer Mutterpflichten. Die Jugendnöte Tomassonis waren teils Eigenbau, teils sozial determiniert. Gelitten hatte er unter dem Gewissensdruck seiner Lehrer, unter den Sexualzwängen seiner Pubertät, unter dem Ansturm seiner künstlerischen Sendung. Eine neurotische Mutter durfte bestenfalls im Hintergrund schmachten.

Tomassonis ideologischer Hintergrund? Meissner warf die Frage auf und beantwortete sie: Nihilismus. Anarchismus in bürgerlichem Maßanzug. Aber ohne Krawatte. Moser war für eine zeitkritische Note. Etwas zögernd fragte er: Vielleicht ein auf Umweltschutz umgestiegener Marxismus-Überdrüssiger. Meissner: Da können wir gleich den Stiefel nehmen. Was diesen zu einer Rechtfertigung veranlaßte, die sich Meissner nicht anhörte. Er zog sich in das Pissoir zurück. Diese Tour kannte er. Alter Marxismus, neu poliert, neuer Umweltschutz, auf alt hergerichtet. Neomarxisten und Altgrüne. Von Marxismusverdrossenen waren die Auen überfüllt. Ob Stiefel schon fertig war? Wenn er ihm nicht zuhörte, freute es ihn vielleicht nicht. Er kehrte mit der apodiktischen Forderung zurück: Kein Marxismuskrüppel, wenn ich bitten darf, und kein Auwiesenbaby. Dann lieber einen saftigen Zyniker. Einen Menschenverächter, der einen Feldzug gegen die Unmenschlichkeit des Humanismus führt, einen Phrasendrescher gegen die Phrasendrescherei, einen Schreibtischtäter mit einem Wort. Eine Mischung aus Cioran und Celine, soufflierte der belesene Moser. Ohne ein Spurenelement Karl Kraus kommen wir sowieso nicht aus, erklärte Meissner. Worauf wir achten müssen, ist, daß kein zweiter Canetti herauskommt. Keine neugotische Stilisierung von Rechtlichkeit und Genie, von Gewissen und Unbelangbarkeit. Stiefel forderte einen Schuß Rabelais. Keifen, aber mit Genuß. Science fiction mit Mittelalter. Meissner sah überrascht auf: Stiefel, woher nimmst Du den Humor? Wirst Du Deinem Hegel untreu? Ist Dir die Lachkultur in den falschen Schlund der Dialektik geraten? Moser resümierte: Weltverdrossen wie Thomas Bernhard, sexy wie Lord Byron, metaphysisch wie William Blake, großmäulig wie Wolfi Bauer, engagiert wie Hochhuth, trivial wie Simmel. Meissner schüttelte es vor Lachen. Als er sich erfangen hatte, sagte er: Ich wünsche mir noch immer einen Mythomanen, einen, der in den Horizont geht und darin verschwindet.

Mythos, ohne religiöse oder ideologische Infektion, einfach als Naturereignis. Die Idee des Menschen, die Idee des Unterganges, die Idee der Geburt, die Idee des aufsteigenden und des schwindenden Bewußtseins.

Ein Gott, der scheißt.

So was ähnliches, gibt es das?

Bei mir gibt es alles, sagte Moser. Die Frage ist die Qualität und der Preis. Mythos naturecht, ist ein Fall für Aufzahlung.

Meissner plädierte immer wieder für Tomassoni als Legendenbildner, Stiefel wollte ihn als Legendenzerstörer nicht verlieren und Meissner stand in der Mitte. Er dozierte über sein Lieblingsthema, die schizophrene Aufgabe des Autors. Legenden zu stiften und Legenden zu zerstören. Stiefel begehrte auf. Er hatte seinen Zersetzungstag. Der notorische Aufklärer mit dem allzeit bereiten Legenden-Spray. Gut, sagte Meissner, die Schlacht von Medina, das Massaker von Buonaforte. Die Schlacht von Medina, begehrte Stiefel auf, ist das Heldenlied der Linken, das, was Du Massaker nennst, war revolutionäre Notwehr.

Meissner stellte fest, sie waren mitten im Mythos. Macht bitte das Fenster zu, hier zieht der Zeitgeist. Stiefel, sagte Meissner, der solche Szenen als Manifestationen menschlicher Verstocktheit genoß, Du solltest das Metier wechseln. Vom Kulturkritiker zum Kulturwart. Was fällt ihnen zum Marsch auf Rom ein? Mitmarschieren, Stiefel? Gestiefelt und gespornt. Reihen sie sich ein, ich war dabei. Wer war es doch, der an meiner Seite gefallen ist? Braunhemd Röhm oder Genosse Hemingway? Wußten sie, daß beim Marsch zur Feldherrenhalle ein Fraktionskampf mit der Pistole ausgetragen worden ist? Nicht die Reaktion hat den PG Hanfstaengl erschossen, sondern die militärische Fraktion. Der lange Marsch. Stiefel bekam einen verklärten Blick. Gut, ich erzähle nichts über Maos Intrigen. Zementiert die toten Helden, mumifiziert die großen Taten. Moser unterbrach: Ich hätte da was. Spanischer Bürgerkrieg. Paßt das? Faschist, Brigadist, Anarchist. Einmal im Hinrichtungskommando vor Madrid, dann als Opfer der krummen Messer der Legionäre in Bajadoz. Eine Parabel über den Zufall, ob einer erschießt oder erschossen wird. Woran liegt es, ob einer Nonnen- oder Landarbeitermörder wird? Alle redeten durcheinander. Meissner winkte ab. Klar ist nur eines. Zur Rechtfertigung der revolutionären Nostalgie brauchen wir Stiefel. Jetzt suchen wir einen zur Verteidigung der reaktionären Heraldik.

Moser schlug vor, Tomassoni in die TV-Werbung zu lancieren. Ein Dreißigsekundeneinsprengsel vor dem Kulturjournal. Die neue literarische Sensationsentdeckung Tomassoni im Gespräch mit Umberto Eco. Als Schattenspiel. Wer zahlt das? Eben. Via Werbung bekommst du alles hinein. Wir müssen ihn einschmuggeln. Tomassoni verhandelt mit Burgtheaterdirektor Peymann über die Uraufführung seines ersten Stückes. Peymann dementiert. Es gibt zwar damit noch immer keinen Tomassoni, aber ein Dementi, daß er am Burgtheater aufgeführt wird. Einen neuen negativen Existenzbeweis. Ich werde darüber einen Freund konsultieren, der Jus studiert hat. Wenn ich nicht irre, gibt es einen Präzedenzfall. Damit hat jemand seinen Wohnort in Österreich bewiesen. Er hatte es schwarz auf weiß, daß er bei der Firma Philips keinen Pensionsanspruch besitzt, den er eingeklagt hatte, was inkludiert, daß er trotzdem bei Philips angestellt hätte sein können, etwa zu kurz für einen Pensionsanspruch, oder wahrscheinlich macht, daß er bei einer anderen Firma beschäftigt war. Du, Moser, läßt Deine Beziehungen spielen, und berichtigst, nicht Peymann sondern die Volkstheaterdirektorin interessiere sich für Tomassonis Tragikomödie, denn Peymann sei das Werk zu progressiv gewesen, er sei vor den erotischen Dialogen zurückgeschreckt. Worauf der Beil, sein Chefdramaturg auf den Plan tritt, und zurückweist, daß es erotische Szenen in der Bühnenliteratur gebe, die dem Burgtheater zu scharf seien. Zumal die Dramaturgie das Stück ja noch gar nicht zu Gesicht bekommen habe. Eine neue Meldung: Burgtheaterdramaturgie verschlampt Bühnenwerk, an dem führende deutsche Theater Interesse gezeigt haben. Was die Volkstheaterdirektorin so begierig auf das Stück macht, daß sie die Meldung einer demnächst geplanten Tomassoni-Uraufführung nicht zurückweist. Schön wäre es, wenn jetzt Zeus eingeschaltet werden könnte. Eines der berühmten Peymann-Interviews des TV-Kulturpapstes. Was, Herr Direktor Peymann, ist an dem Gerücht wahr, daß Sie eine Komödie des neuen Sensationsautors Tomassoni zurückgewiesen haben, weil es Ihnen, na sagen wir, zu offenherzig war. Peymann weist das mit der Empörung zurück, die ihm der Nachweis der Aufführung erotischer Komödien ermöglicht. Oder zu progressiv? Eine zehnminütige Laudatio auf seine Thomas-Bernhard-Aufführungen. Schön wäre es, wenn Zeus dann die Frage einfiele, ob Peymann überhaupt Interesse an neuen Autoren wie Tomassoni habe oder ob die diesbezüglichen Versprechungen in

Vergessenheit geraten seien. Peymann explodiert. Wer, rechnet er vor, habe mehr neue Autoren und neue Stücke dem jungen Publikum, das zu erobern er nach Wien gekommen war und das er erobert habe, wie der allabendliche Applaus über die Köpfe der alten Abonnenten hinweg beweise, zur Diskussion gestellt, wer habe mehr Courage bewiesen in einem Haus, das mit seinen Klassikern unsanft entschlafen sei, als er, und wenn Tomassoni ihm das neue Stück vorgelegt hätte, was er bisher versäumt habe, aus welchen Gründen immer, man wisse ja, wer hier intrigiert, dann hätte er es geprüft, nach den Qualitätskriterien geprüft, die in der Ära Peymann eine Protektionsdramaturgie abgelöst haben, und so fort. Er deckt Zeus mit Handke, Turrini, Bernhard, Achternbusch, Bauer, Strauß ein. Peymann, von Peymann hingerissen, vergißt Tomassoni, den er immerhin präsent gemacht hat. Es gibt ihn, und wenn nirgendwo anders in einer Selbststilisierung Peymanns. Was zumindest Zeus überzeugt.

Stiefel, sagte Moser, ruft zur Schützendeckung inzwischen Beil an und erkundigt sich bei ihm, was denn nun wirklich so Fürchterliches an dem Tomassoni-Stück sei. Von Freund zu Freund. Und lanciert im „Schmetterling" ein empörtes Beil-Dementi, das Burgtheater habe sich irgendeiner Zensur unterworfen. Vielleicht kann einer unserer katholischen Kollegen inzwischen den Bischof Krenn ins Spiel bringen. Krenn will Peymann zensurieren. Die Maltz und die Messerer spielen da unaufgefordert mit. Worauf die Anfragen der Volkstheaterdirektion immer dringender werden. Und wenn wir wirklich etwas herausrücken müssen, dann legst Du, lieber Meissner, ein paar Seiten Deines Softpornos vor, den Du, wie es heißt, in der Jugend verbrochen und in der Schreibtischlade verschlossen hast.

Das ist eine Flanke der Strategie, sagte Moser. Sie dient der Popularisierung Tomassonis, letztlich aber der Eroberung des blinden Zeus. Denn Zeus öffnet seine Welt der Kultur nur dem Ruhm und der Aktualität. Einem Mann, der mit Peymann im Clinch liegt, dessen angekündigte und abgesagte Komödienuraufführung Diskussionen entfacht, die von den Oberlehrerinnen der kulturellen Szene kommentiert werden, von der Maltz tiefgründig, von der Messerer zynisch-skeptisch, muß der Eintritt in das Allerheiligste der Reklamekultur gelingen.

Um hier zu bestehen, bedarf es der Melodramatik. Also Action, Burschen! Keine Subtilitäten, Qualitätsfragen nur zur Aufheizung der Polemik. Und keine Witze! Zeus lacht nicht. Er nimmt die Kultur ernst. Er opfert am Altar, wenn er die Kulturmeldungen vom Tag liest. Moser sorgt für eine Einladung zu seiner großen Götterrunde. Daß Tomassoni im letzten Augenblick absagt, trägt zu seinem Renommé bei. Ich sehe Zeus schon die Mundwinkel zu einer ironischen Falte verziehen, wenn er feststellt, daß dieser Tomassoni, der in aller Literaten Mund sei, der neuerdings die Theaterdirektionen und Kulturredaktionen ebenso wie die Verlagslektorate beschäftige, offenbar auf den Spuren von Thomas Bernhard wandle. Das Genie macht sich rar. Umgang nur mit den engsten Freunden. Kamerascheu, Publikumsangst, es frage sich nur ob aus Menschenverachtung oder aus Menschenliebe. Und dann heißt es erst recht nachsetzen. Denn das verzeiht Zeus natürlich nicht, daß er sitzen gelassen worden ist. Der Tomassoni muß ihm so zusetzen, daß er nicht mehr von ihm lassen kann. Moser muß ihm, vielleicht durch die hübsche Kleine mit der Hakennase, in deren Nähe er sich herumtummelt, Angst einjagen, daß er einen Schachzug Tomassonis versäumen könne. Denn Zeus weiß alles. Aber er hat leider nicht die Phantasie, die es einem Hermann Bahr ermöglicht hatte, ein Feuilleton über einen Autor zu schreiben, von dem er nichts wußte, als seinen Namen, aber dessen Unkenntnis zuzugeben er für einen Verrat an seiner Allwissenheit gehalten hätte. Nein, die Allmacht des Zeus reicht nicht über den Horizont einer Agenturmeldung. Er muß mit Daten, mit Erfolgsmeldungen gefüttert werden. Er darf nicht zur Ruhe kommen. Ein Tag ohne Tomassoni und er vergißt ihn. Verbreite das Gerücht einer geheimnisvollen Verbindung Tomassonis mit Karajan. Der Dirigent, der keinem Autor die Hand gereicht hätte, der nicht wenigstens durch den Nobelpreis geadelt war, hat Tomassoni als Gesprächspartner geschätzt. Zwei Unnahbare unter sich. Zeus schleudert Blitze, wenn er davon hört. Tomassoni mit Karajan in der Flugzeugkabine, beim Skifahren, in einem schnellen Auto.

Wie hat Karajan von Tomassoni erfahren, wo hat er ihn kennengelernt?

Der Instinkt des Genies, der den Gleichwertigen erkennt. Lüfte doch nicht jedes Geheimnis. Kunst ist Geheimnis, Erfolg nicht zu errechnen.

Deine Konstruktion wankt unter ihren Widersprüchen.

Widersprüche erregen Neugierde. Sie gehören zu dem Nebel, der den Ruhm umwölkt. Ein Rechercheur wie Zeus muß sich fragen, was ist nun wahr, was ist Legende. Er wird sich an die unwahrscheinlichste Legende halten, die ihm sein Phantasiemanko ersetzt. Lockt ihn mit Tomassoni-Sensationen aus der Reserve. Umgarnt ihn mit Tomassoni-Lobhudeleien.

Oder laßt es bleiben. Wenn ich die Lust an Tomassoni verlieren sollte, dann aus dem Grund, daß wir uns deshalb mit einem Götterstiefvater wie Zeus abgeben müssen. Sozusagen mit dem Ausgedinge des heimischen Olymp.

Parteien, Museen, Organisationen wollen sich besser verkaufen. Wir müssen Tomassoni verkaufen.

Stiefel zuckte zusammen. Das war ein Satz, den er nicht gerne hörte: Verkaufen. Die Sozialisten verkaufen den Sozialismus, die Kapitalisten den Kapitalismus, die Christen das Christentum. Hatte er das nicht soeben in einer mit einem Staatspreis ausgezeichneten Artikelserie im „Schmetterling“ gebrandmarkt? Der Sozialismus, oder wie Stiefel formuliert, das, was sie für Sozialismus hielten, für Sozialismus ausgaben, kam nicht an. Was fiel ihnen ein? Man muß den Sozialismus besser verkaufen. Marx schau herab! Oder war nicht auch Marx ein guter Verkäufer des Sozialismus? An solchen Widersprüchen zerbrachen nur Dummköpfe, naive Idealisten. Dafür gab es die Dialektik. Das Für und Wider im Sowohl-Als-auch. Und natürlich das revolutionäre Selbstbewußtsein. Das Stiefel vorzog. Stiefel verkaufte sich nicht schlecht. Ohne sich's einzugestehen. Rhetorik und Praxis waren eins, aber man ließ sie getrennt marschieren. Stiefel gehörte zu den ewig Jugendlichen, die sich keine Gedanken machen mußten, wo ihre Revolution begann und endete. Sie entfesselten ein Wortgewitter. Ihre Position war unanfechtbar, weil sie sich jeder Prüfung durch die Wirklichkeit entzog. Sie würden nie beweisen müssen, was sie behaupteten. Auch eine Mythisierung. Verkaufen. Das war das Credo der sterbenden bürgerlichen Welt. Konnte man sie stürzen, wenn man die Anklage gegen sie mit den gleichen Tricks wie Unterhosen und Waschmittel an den Mann zu bringen versuchte? War man dann noch moralisch berechtigt? Diese Frage stellten sich Leute wie Stiefel, wenn überhaupt, nur einmal. Dann waren sie auf dem Auge blind, auf dem Ohr taub. Nichts zugeben, angreifen. Gesellschaftskritiker wie Stiefel bezogen daraus ihr Thema, daß sie solche Widersprüche bei sich ignorierten und bei den anderen unnachsichtlich anprangerten. Das war ihr täglich Brot und ihr täglicher Ruhm.

Die Idee, einen Mann auszustaffieren und als Tomassoni auszugeben, war rasch einstimmig verworfen worden. Die Kunst des Verkaufens bestand darin, zu verkaufen, was es nicht gab. Wie den Sozialismus, wie das Christentum. Eine Utopie – eine von Meissners Maximen – verkauft sich besser als eine Statistik. Und auf einen hübschen jungen Mann mit Bart und Seidenschal um den Hals wären die Maltz und die Messerer niemals hereingefallen. Noch einmal: Wie sah Tomassoni aus? Wie sah Handke aus? Tatsächlich wie Handke. Das nützte ihm beim Start, schadete ihm aber schließlich, als dieses Idealporträt eines mit seiner scheuen, abweisenden Introvertiertheit kokettierenden jungen Dichters versteinerte, Runzeln bekam, sich mumifizierte. Wie sah Böll aus, was bleibt von Grass, wenn man den Schnauzer wegrasiert? Väterfiguren? Bernhard? Nein, mach Dir kein Bild von Deinem Gott, es sei denn, Du hast eine Schmachtlocke für geistig Zurückgebliebene. Einen Hüftschwung für die Tanzwütigen, wippende Hüften und wogende Busen für die Pubertierenden. Die große Dichterin: ein säuerliches, alterndes Fräulein.

Tomassoni? Wenn schon dann ein ins Unkenntliche verkleinertes Ganzfigurfoto. Tomassoni, ferne am Seeufer, an der Waldlisiere, auf einem Parkettsitz. Retuschiert bis zur Unkenntlichkeit. Mit den Gilbspuren, die auf Genie deuten. Ein Mann wie Tomassoni duldet kein Bild von sich. Nicht den Zufall der Äußerlichkeit. Den kannst du nur mit dem Teleobjektiv überraschen. Um den Preis der Unschärfe. Ein Körper ohne Kopf. Ein kleiner, aber wirksamer Strich am Mythos.

Und Jesus Christus Superstar? Gottvater und der Heilige Geist? Moses? Marilyn Monroe? Wir können nicht so lange warten, bis wir ein Klischee von Heiligenbildchen haben, und hat Gott wirklich so ausgesehen? Weißbärtig mit Bart und blauen Augen? Was sind seit Marilyn Monroe für Busen verwelkt!

Wenn Du ein Bild Deines Gottes verkaufst, denk an die Gläubigen, die es kaufen. Wie würden sich die Maltz oder die Messerer Tomassoni vorstellen?

Die machen sich kein Bild. Du fragst falsch. Wie reagieren die Maltz und die Messerer auf ein prophezeites Genie? Mit weiblicher Hingabe und männlicher Selbsttäuschung. Du mußt Dir die Messerer als eine Mischung aus Hexe, Hexenbeschwörerin und Hexenverfolgerin vorstellen. Eine Sonderanfertigung des 20. Jahrhunderts. Darum kapriziere ich mich ja auf sie. Ohne die Maltz und die Messerer geht gar nichts. Tomassoni kann nur in ihrer kitschigen Phantasie und in ihrem kritischen Intellekt gedeihen. Mythos ist eine Mischung aus Voraussicht, Blödheit und Gewohnheit. Die Maltz und die Messerer vereinen in geradezu idealer Mischung schwärmerischen Glauben und überlegtes Kalkül. Was man isolieren muß, das ist ihre gepflegte Skepsis. Also mitschreiben: Skepsis ausschalten. Alle Mittel erlaubt. Was ist Impfung? Immunisierung mit einer geringen Menge des Virus. Wir impfen sie, nicht so, wie ihr glaubt, wir impfen sie mit unserer Skepsis. Die Maltz könnt ihr mir überlassen. Ich kenne das Stadium, in dem ich mit meiner Miesmacherei einsetzen muß. Den Augenblick, in dem ich ihren Willen zur Größe, zur Schönheit durch Defaitismus stärke. Tomassoni? Ich greife frontal mit einer Torberg-Laudatio an. Ich lobe die schlichte Größe von, na ja, Namen setzen wir später ein. Wenn sie den Tomassoni nicht gegen mich verteidigt, dann gebe ich mein Lehrgeld zurück.

Vielleicht, sagte Moser, sind sie die eigentlichen Hexen unseres Jahrhunderts.

Aber sie werden nicht verbrannt. Sie errichten und entzünden den Scheiterhaufen. Sie peitschen die Zuschauer an, sie murmeln die Beschwörungen zu den großen Autodafés.

Kein Bild von Tomassoni? fragte Stiefel und verneinte im Tonfall die Frage. Es schien ihm leid zu tun. Aber er gab zu, Bilder sind was für das Fußvolk und nicht für die opinion leader. Es sei denn, man verkaufe einen Buchhalter oder einen Manager mittlerer Position, einen frisch rasierten Nadelstreiffunktionär. Stiefel, man sollte das von einem Proletarier nicht glauben, hielt auf Kleidung. Wie, fragte er sich, sollte man Tomassoni anziehen?

Natürlich in Jeans, riet Moser, Pullover, Turnschuhe.

Stiefel war für Mao-Look. Natürlich vom besten Schneider. Leicht angeschmutzte, aber handgenähte Hemden.

Er wird in so großer Entfernung am Waldrand stehen, sagte Meissner, daß man einen Steireranzug nicht von einem Smoking unterscheiden kann. Ich würde ja einen Gigolo aus ihm machen. Denn ich halte ihn für einen Parvenu. Wir können ihn so retuschieren, daß es auch ein Kaftan oder eine Soutane sein könnte. Aber das ist vielleicht zu viel. Tomassoni, wie ich ihn kenne, will durch Unauffälligkeit auffallen. Einer, der seine Anglophilie durch übertriebenes Italienerlob profiliert.

Die große Welt zwischen Gangklo und Holzschuppen. Regenvormittag, zwei heiße Sommerstunden zwischen zwei und vier. Das große Loch des Tages. Kommt wer, es kommt niemand, der es ausfüllt, nicht einmal der überdimensionale Körper des Muttertieres, die ausladenden Mamahüften. Schwer, den Abgrund zu überbrücken. Die sinnlosen Wege, die Türe aufstoßen, hinauslaufen, durch den Regen, aus der Sonnenbestrahlung in den Schatten. Sitzen sie da noch immer hinter den Schuppen, die Erbsenhülsen auf dem Schoß, die Schale mit den Beeren, aus denen die Blätter und die Stiele ausgelesen werden, das Strickzeug. Das ewig Auftrennen eines Vorderteiles, weil sie sich verzählt hat, das Anprobieren. Komm, ruft sie, und legt den Ärmel um den dünnen Arm, ja Du, weil er die Größe ihres Sohnes hat, sie stellt ihn zwischen die Schenkel und zwingt ihn sanft, mit dem Arm in den Schlauch zu fahren. Es riecht, wie riecht es, nach Küche und Mutter riecht es, nach Milch und ich weiß nicht was, nach Zwiebel und nach der Petersilie, die Hertas Mutter von den harten, bitteren Stengeln befreit. Aber heute sitzen sie nicht da, der Regen, die Mittaghitze hat sie vertrieben, oder ist es schon Herbst, ein Hauch Novemberkälte, er sucht den letzten Sonnenstrahl, es fröstelt ihn.

Das große Loch des Tages. Er hält sich an den Holzbalken

fest, um nicht hineinzustürzen, warum ist keine Mutter da, die ihn zurückhält oder mit der er fallen kann.

Die Frauen, die großen Schlanken und die kleinen Dicken, die einen, wenn sie die Strickweste anprobieren, an sich drücken. Im täglichen Umgang vertraut, verwandeln sie sich in Fabelwesen mit Brüsten, Hüften und Schenkeln. Er hat sich aus ihren Schenkeln gelöst, sie trennt den Ärmel auf, er drückt sich in die Ecke. Wovon sprechen sie? Sie deutet auf ihn. Ihre Geheimnisse und unsere Geheimnisse. Wovon redet ihr in dem Versteck in der Hecke?

Bei ihm regt sich schon was, denkt sie. Mit elf. Elfi war im Versteck. Die Mädchen haben ihr Versteck und die Buben haben ihre Höhle. Das Schönste ist das Hineinkriechen. Wenn das Hineinkriechen nicht wäre, wozu wäre die Höhle gut? Wenn er die Bauchschmerzen auf dem Klo nicht los geworden ist, in einigen Sprüngen rasch hinüber, unsichtbar, und dann vorsichtig die vorderen Äste wegdrücken. Vorsichtig, langsam und genußvoll hineinkriechen. Er weiß nie, wo er ankommt. Die Enttäuschung, wenn er drinnen ist. Keine Höhle hält, was sie verspricht. Langeweile im Versteck. Ein vorsichtiger Blick durch das Blattgewirr hinaus, aber da geht niemand vorbei. Einmal das Frauenbein, und nie wieder. Wer es war? Das Frauenbein, für einen Augenblick aus dem Versteck erspäht.

Sie lauern in der Höhle, sagt eine, eine der großen Mageren, eine dieser glatten Mütter, wie sie in der Margarinereklame abgebildet sind, die nur das Beste für ihre Kinder wollen, eine, die den Ärmel auf Distanz anprobiert, nichts zum Unterkriechen, nichts zum Davonlaufen. Eine von denen, die unaufhörlich zanken, mit dem überlebensgroßen Fabelwesen Vater streiten. Sie verschwindet mit ihm ins Nebenzimmer, er wird hinausgeschickt, spielen.

Sie lauern da, sagt sie, wer weiß, wo sie sich überall ihre Verstecke gebaut haben. Aber jetzt ist der Daumen des Fäustlings fertig. Komm! Sie nimmt seinen Daumen und steckt ihn hinein. Zieht das Gestrickte glatt um seinen Daumen und den Ballen. Hält ihn fest. Still halten.

Hinein in den Schuppen. Das lose Brett wegbiegen und sich hineinzwängen. Sprich mit ihm, sagt sie, und er erkennt ihre Stimme. Es hat keinen Sinn, antwortet die Mutterstimme. Wir bohren uns immer tiefer hinein, mit jedem Wort, mit jedem Satz, mit jedem Vorwurf, mit jeder Rechtfertigung bohren wir uns tiefer hinein. Man kann alles besprechen. Nein, man kann nichts besprechen. Ich mag ihn auch gar nicht mehr hören, und er will Dich nicht hören. Wir können uns nicht mehr hören. Was für Empfindlichkeiten.

Frauengeheimnisse, die er nicht mehr hören mag. Keine Neugier. Lieber nichts wissen. Die grelle zänkische Stimme und das Anschwellen des Vaterorkans. Täglicher Verlust der Mutter an den großen fremden Mann, der ihm Angst macht. In der Wohnung macht er ihm Angst. Zu groß für die vier Wände. Zu laute Stimme. Er wartet voll Angst auf die Frage. Er war nicht brav. Liefert sie ihn aus? Sie liefert ihn aus. Nimmt sie ihn unter ihre Fittiche? Beschwerden von der Lehrerin? Das Tischtuch beschmutzt, das Glas zerbrochen?

Eine prickelnde Angst vor den Hexen. Aber Furcht vor dem Zauberer in der Montur. Vor dem uniformierten Vater. Vor der flatternden Pelerine. Laß ihn, sagt sie. Oder sagt sie: Zeig es ihm. So geht es nicht mehr weiter. Aber das befürchtete Strafgericht geht in einem Flüstern unter. Sie schließen sich im Schlafzimmer ein. Die Fünfminutenversöhnung mit dem Zweistundenstreit und dem großen Schweigen. Warum sprecht ihr nicht miteinander, macht euch das miteinander aus, sagt die Mutter, wenn er Streit mit dem Freund hat. Unmöglich. Stolz. Sehnsucht nach Versöhnung schlägt in Feindseligkeit um. Ob der Riese Vater das auch spürt, diese Lust an der Verzweiflung, diese Sucht nach Untergang? Aus dem ihn nur ihr Zauberspruch retten kann, das Hexeneinmaleins. Sie verweigert es ihm.

Der Handschuh ist fertig gestrickt. Sie ruft ihn. Vorsichtig schält er sich aus dem Versteck. Hinauskriechen ist fast so schön wie hineinkriechen. Zuerst noch einmal den Daumen, sagt sie. Und jetzt die Finger. Die fünf Fingerlein. Und steckt sie ihm einzeln hinein. Sie streicht die Wolle glatt. Sitzt wie angegossen. Mißt seinen Handballen mit der Stricknadel und spürt, daß er ein Mann wird. Lächelt ihn freundlich an. Hebt die Stricknadel drohend hoch.

Unter die Hexen geraten. Von den Hexen verschleppt. Mit Stricknadeln sind sie bewaffnet, mit den Zwangsjacken der Pullover, Fäustlinge, Handschuhe und Hosen bewehrt. Wirst Du da hineinschlüpfen. Sie zieht ihm die Hose herab, um den Unterleib in gestrickte Beinkleider zu zwängen, die anderen stecken die Finger in die Öffnungen, die Arme in die Westen. Er macht eine Faust. Sie stülpt ihm den Fäustling über. Zwischen Zärtlichkeit und Strafe ausgeliefert. Zur Ankleidepuppe degradiert, an der sie an allen Stellen herumfingern. Sie pressen ihn an sich, reißen ihn weg, knuffen, stoßen, tätscheln, streicheln und küssen ihn. Heimliche Berührungen. Einen Atemzug an die weiche große Brust gepreßt. Die nachgibt, damit man darin versinkt. Spielzeug in den Händen und Fühlern der Mutterhexen. Die Wolle legt sich hautnah an den Körper. Sitzt es? Sie greift hin. Oder so? Sie zerrt es zur Seite.

Und da öffnet sich wieder das große Loch. Die Bodenlosigkeit, und er versinkt, und als er untergeht, taucht der Riese in Uniform auf, die Pelerine flattert wie ein Flügelpaar, Vater Rübezahl. Aber er weiß nicht mehr, ob er herausgezogen, ob er gerettet werden oder fallen will.

Die Messerer moderiert eine Lesung von Hannchen Nimmervoll. Wie macht man aus einer öden Langweilerin ein hoffnungsvolles Talent? Grund genug für Meissner, Moser und Stiefel, einen Abend zu opfern. Eröffnet wird durch den Bezirksvorsteher. Er begrüßt den Nationalratsabgeordneten, den Landtagsabgeordneten, den Herrn Sektionschef und die Frau Ministerialrat, den Minster a. D. und die Staatssekretärin a. D., natürlich die Messerer, die Interpretin der Nimmervollschen Prosa, die Frau Kammerschauspieler Hadwiger, und last not least, er sagt das wirklich, Hannchen, die mit einem bärtigen jungen Mann erschienen ist. Sieh da, Hannchen hat einen Freund aufgegabelt.

Dann tritt die Messerer ans Pult. Die Messerer ist nicht nur eine prima Organisatorin, die pensionierte Politiker und aktive Ministerialbeamte dazu bringt, einer Einladung zu einer Dichterlesung zu folgen, die den Club Josefstadt oder das Kulturaktiv Alsergrund, was weiß ich, die Lesung findet sowieso in einem historischen Café im ersten Bezirk statt, bewegt, so etwas zu veranstalten, sie ist auch eine grandiose Einleiterin, vor allem, wenn sie eine Adeptin der Hexerei einführt. Ihre Souveränität wird dann eindrucksvoll durch nachsichtiges Verständnis gemildert. Die Landschafterin Nimmervoll. Ihre subtile Schilderung abgelebter Felder zwischen Herbst und Winter, nach dem letzten Laub und vor dem ersten Schneefall, der nature morte, des Niemandslandes der Seele, des Nullpunktes der Natur dieses verlassenen Schlachtfeldes der Vegetation, eines Erschöpfungszustandes, den mit der weiblichen Existenz gleichzusetzen sie, nämlich Hannchen, in dichten Abbreviaturen dem Leser, und heute Ihnen sehr verehrte Hörer, nahe legt. Na, und so fort. Wenn Meissner es recht verstanden hatte, eine von schweigenden Gestalten notdürftig belebte Verlassenheit, in die sich ein sensibles Menschenwesen verirrt.

Die Vorleserin Hadwiger dramatisierte zuerst und schlief dann fast ein. Wie kann man das scheue Hannchen dieser penetranten Selbstdarstellerin ausliefern? Aber der Saal war voll. Wer zieht mehr, die Hadwiger, die Messerer oder das in der Einladung versprochene kleine Buffet nach überstandener Lesung?

Meissner fragte Moser leise, aber so, daß es seine nächste Umgebung hören konnte, was das Kriterium für Langeweile sei. Stiefel hörte es und nahm sich vor, darüber einen Essay im „Schmetterling" zu schreiben: „Langeweile, ein gesellschaftliches Symptom".

Aber Meissner interessierte ganz was anderes. Was findet die Messerer an der Nimmervollschen Prosa? Was bewegt den elitären Frankfurter Verlag, das zu drucken und mit einem hochtrabenden Klappentext zu versehen? Kauft das jemand? Wer liest es?

In dem Augenblick kippte das berühmte Temperament der Hadwiger um. Sie spürte, daß ihr niemand mehr zuhörte. Sie geriet in die Phase der Gleichgültigkeit, die sie, als routinierte Schauspielerin, natürlich als Intensität, als stille Inbrunst zu tarnen verstand. Bevor sie auf der Schlußseite wieder aufdrehte, hatte Meissner Zeit, nachzudenken. Langeweile, das hatte er längst vermutet, ist ein wesentliches literarisches Kriterium. Hierzulande ist jeder, der sein Publikum unterhält, verdächtig, sofern er nicht sofort ausgeschieden wird. Witz wird verachtet, Phantasie gering geschätzt. Er sah nach vorne und sah mit Befriedigung, daß auch die Messerer mit dem Schlaf kämpfte. Ob sie das in der Wertschätzung der Prosa Hannchens bestärkte oder beirrte? Wahrscheinlich kann sie nur preisen, was sie eingeschläfert hat. Meissner kannte das aus seiner Kritikerzeit. Er hatte in den kurzen Sekunden des Einnickens das Stück mit ausschweifender Traumphantasie weitergedichtet. Unerhörtes hat sich da zugetragen. Vielleicht geht es der Messerer auch so und sie beurteilt gar nicht den vorliegenden Text, das gespielte Stück sondern den Beitrag ihrer eigenen Hexenphantasie.

Was sagt Stiefel dazu? Er hat seine unbewegte Miene aufgesetzt. Aber Meissner ist im Bild. Er liest ja schließlich den „Schmetterling“, er bekommt den „Bienenkorb“ zugeschickt und ist auf den „Kritischen Außenseiter“ abonniert. Das Stichwort heißt neuerdings Ästhetisierung. Dieser Text ist offenbar ästhetisiert. Die jungen Marxisten haben den alten Formalismus entdeckt. Brechts „Mutter“ in einer versteinerten Sprechchorinszenierung. Was sagt die Messerer dazu, was Stiefel? Stiefel jubelt über die Ästhetisierung eines historischen Ausdrucksmittels. Und die Messerer? Lobt, daß es keine ordinäre Öffnung zur Gegenwart gibt, keine leichtfertige Aktualisierung, sondern die Geschlossenheit des historischen Engagements in ästhetischer Erstarrung. Der Kommunismus, in Schönheit zersetzt. Warum eigentlich nicht? Aber was, fragt sich Meissner, ist hier, bei Hannchen Nimmervoll, ästhetisiert worden? Er könnte es von der Messerer beim Buffet erfahren. Aber er will sich nicht den Appetit verderben. Sonst schüttet er ihr noch den Rotwein in den Ausschnitt. Und setzt sich der Hexenverfolgung aus. Das würde ihm nichts ausmachen. Aber er fühlt sich nicht gerne schuldig. Immer neutral bleiben. Ihm geht nichts über eine weiße Weste. Diese verdammte Todsünde des intellektuellen Stolzes. Für keine Abfuhr gewappnet. Neutraler Beobachter? Daß ich nicht lache. Feigheit vor dem eigenen Gefühlsaufruhr. Niemand eine Gelegenheit zu Überlegenheit, zu Spott, Tadel, Abweisung geben. Niemand.

Er stoppt die Gewissenserforschung, indem er zuhört. Die Hadwiger ist wieder in Fahrt geraten. Jetzt, wo sie leiser werden sollte, ist sie lauter geworden. Das ist der Mut der Dummheit oder der Verzweiflung. Das Geschreibsel der Nimmervoll ist ein durch und durch feiger Text. Hilflos, aber vor allem feige. Versteckt sich hinter literarischen Klischees. Hannchen hinter Messerers nach der letzten Mode gelegten Kittelfalte. Hie und da lugt sie hervor und versprüht Fünkchen Talent, welche die Hadwiger unbarmherzig erstickt. Aber Hannchen wird es noch zu was bringen mit dieser Messerer-, Reich-Ranicki-, Kritiker-, Verleger- und Literaturmultifolgsamkeit.

Buffet. Moser nahm sich der Messerer an, Stiefel desertierte zur Hadwiger, die sich, wie wir alle wissen, zur christlichen Emanzipation geläutert hat. Linkskatholizismus, zwischen Rosa und Violett schillernd. Immer an der vordersten Unterschriftenfront. Sie las bei einer Großkundgebung Friedlinger-Gedichte, Reinertrag für eine Entwicklungshelfergruppe, und saß zur rechten Hand des großen Psychopathetikers. Ob Stiefel sie für eine Sympathiekundgebung für die PLO kaperte? Für eine der vielen Diskussionsrunden, in denen der Antisemitismus als Israel-Kritik verkauft wurde? An der Seite der bekannten vergreisten Paradejuden. Aber Sonntagvormittag hatte die Hadwiger keine Zeit: Da saß sie in der ersten Reihe der Künstlermesse in der Augustinerkirche. Sexuelle Liberalität für Katholikinnen. Freiheit für Palästina, Brot für Äthiopien, Waffen für Mozambique. Geliebtes Flintenweib in der Bühnenverkleidung. Meissner dachte nach, ob das Haßliebe bei ihm war. Schützte er sich mit Abscheu vor der Faszination der Hadwigerschen Penetranz?

Meissner ging zu Hannchen, die mit ihrem bärtigen Begleiter verlassen in einer Ecke stand, und mit winzigen kleinen Raubtierbissen eine Schnitte Topfenstrudel verzehrte. Sie war ebenso reizlos wie ihre Prosa. Was der bullige Bartträger an ihr fand? Die schöne kleine Seele? Oder loderte hinter der Fadesse ein kaltes, aber anregendes Feuerchen? Wer kennt sich bei Hexen aus? Er, Meissner, witterte neuerdings bei allen Mauerblümchen erotische Vulkane. Bebengelände. Und fühlte sich natürlich berufen, sie zu entfesseln. In so einem Vulkanausbruch untergehen, in der Lava der Lust zerschmelzen, von der Erschütterung eines Bebens mitgerissen, umgeworfen, zermalmt werden.

Seine Phantasie hatte das Gespräch erlahmen lassen. Hannchen fiel nichts ein, ihr Freund verzehrte ein Schnitzel. Meissner blickte auf und zähmte seine Phantasie, die wieder einmal mit ihm durchgegangen war. Hannchen beim Hexensabbath? Explosionsartiges Aufbrechen des irdischen Schoßes? Untergangslust? Wer weiß.

Die Messerer kam zu ihnen. Dominanz gepaart mit Mütterlichkeit. Hannchen stammelte ihren Dank. So erkannt worden zu sein, im innersten Wesen, und da nahte auch die Hadwiger, die sich von Stiefel losgerissen hatte, und Hannchen setzte zu neuen Demutsbezeugungen des Erkanntwordenseins an. Die Messerer mimte

Abwehr, aber sie ließ es sich gefallen, ja sie genoß es, sogar so etwas wie ein Abglanz von sinnlicher Befriedigung legte sich über ihr Gesicht. Vor die Wahl gestellt, hätte er der mühsamen Auslösung eines Hannchen-Bebens die Messerersche Ironie vorgezogen, die von einem trüben Gewässer heimlicher Lust umspült war. Diese Kritikerhexe war eine Frau! Er nickte kurz der Hadwiger zu, die ihn mit ihrem stadtbekannten arroganten Erstaunen maß. Eine Masche, die ihm nicht mißfiel. Da bebte ständig die Erde. Da wurde unaufhörlich mit dem Feuer gespielt. Wo die hintrat, züngelte es aus der Höllenglut. Katholische Sinnlichkeit zwischen Sündenbewußtsein, Reue und Selbstherrlichkeit. Er stellte sich vor, wie sie mit vollen Backen in die Glut blies. Aber das Feuerchen loderte nicht auf, es erlosch. Er zweifelte an ihrem Katholizismus. Das war eine verkleidete Protestantin. Sie legte Feuer, aber es brannte nicht. Bühnenfeuer, Theaterzauber. Wer weiß, mit welchen Tricks das gemacht wurde. Täuschend ähnlich, aber ohne Wärme. Nicht einmal verbrennen konnte man sich. Meissner hielt, was die Hadwiger mit zurückweichender Abwehr quittierte, den Finger gegen ihren Körper – da funkte nichts. Er zog die Hand rasch zurück.

Die Messerer wollte von Meissner etwas Anerkennendes über ihren Schützling Hannchen hören. Die große Verreißerin war lobsüchtig. Meissner sagte: Sehr interessant, korrigierte aber sein Todesurteil, und attestierte Hannchen, die ihm leid tat, wenn schon nicht als Autorin, dann als potentieller Vulkan, ein Talent, das ihn nicht überraschen konnte, weil es seine Erwartungen erfüllt habe. In der kongenialen Interpretation der Frau Kammerschauspieler.

Worauf diese sich entfernte. Meissner folgte ihr. Wollten Sie mir schmeicheln, fragte sie, oder wollten Sie mich beleidigen? Provozieren, sagte Meissner. Wie ist das eigentlich? Identifizieren Sie sich mit ihren Rollen? Ich, sagte die Hadwiger, aber das verrate ich Ihnen nur, wenn Sie es nicht weitersagen, treibe dieselbe Hurerei, die Sie treiben, wenn Sie diese, wie heißt sie eigentlich, loben und mir schmeicheln.

Pardon, sagte Meissner. Das war Konversation. Sie müssen unterscheiden zwischen dem, was ich schreibe und dem, was ich in Gesellschaft sage. Beim Buffet ein konventioneller Mensch, bin ich, sobald ich weißes Papier vor mir habe, ein Vampir oder bestenfalls ein Satyr. Ich lebe aus zweiter Hand, aber ich lüge nicht.

Erstens, sagte die Hadwiger, leben Sie aus dritter Hand, zweitens lügen Sie ... Und drittens? fragte er. Das zu sagen, verbietet mir die Konvention. Im Gegensatz zu Kritikern sind mir als Opfer der Kritik persönliche Anspielungen und Beleidigungen untersagt. Sie dürfen schreiben, daß ich kurze Beine habe, ich darf mir nur denken, was ich von Ihrer Nase halte.

Sie haben, das wissen Sie doch, denn es ist oft gerühmt worden, die schönsten Beine des Burgtheaters, während meine Nase noch nie die Aufmerksamkeit der Öffentlichkeit erregt hat.

Mit einem Wort, Sie sind meiner Meinung nach für einen Satyr zu wenig sinnlich und für einen Vampir zu kompromißbereit. Sie mögen mich nicht, aber statt es zuzugeben, erfinden Sie schauspielerische Mängel bei mir.

Moser saß in der Jury des Nikolaus-Lenau-Preises, NLP genannt, des Hermann-Broch-Stipendiums, HBS, der Mayerschen Ehrengabe, Mag, und des Stap, der in einen G-Stap und einen K-Stap geteilt war, einen großen und einen kleinen Staatspreis mit dem W-Staatspreis in der Mitte. W wie Würdigung. Ein H-Stap, H wie Huldigung, hatte von Moser nicht durchgesetzt werden können.

Der als WAP längst populär gewordene Weltliteraturpreis war überstanden. Moser hatte unschwer eine vom Minister erwünschte Halbdissidentin durchgesetzt. Eine der Regimekritik dringend Verdächtigte, über niemals überführte Romanschriftstellerin, als Individualistin ausgewiesen, als Gesellschaftswesen anerkannt, der Einsamkeit ergeben und der Gemeinschaft mit einem klaren Lippenbekenntnis verbunden. Er war zum Diner, aber nicht zur Preisverleihung gegangen. Eine momentan aufgetretene Allergie gegen Reden oder einfach eine Stunde Urlaub von der Phrase? Er behielt es bei sich, um seinen teuflischen Nimbus nicht aufs Spiel zu setzen.

Er hatte keinen Kandidaten für den NLP. Tomassoni? Er entschied, das Wagnis war zu groß. Vielleicht Rinter, aber er merkte sofort eine Stimmung gegen Rinter, und verbiß sich seine Nominierung. Der Vorsitzende stellte, was zum Ritual gehörte, fest, daß es in Wahrheit überhaupt keinen Kandidaten gebe, aber eine Fülle von Begabungen, und da zog Sewcic doch tatsächlich Seltenblei aus der

Versenkung. Gab es den überhaupt noch? Das Junggenie, das Wiens erste Jeanshose trug, der dekorative Pfeifenraucher, der Bariton mit dem Brustton der Charakterlosigkeit. Seltenblei, war von Sewcic zu erfahren, vollendete demnächst das sechste Lebensjahrzehnt, der sagenhafte Roman stand kurz vor der Vollendung. Moser stand auf und holte den Lennartz vom Regal und schlug unter Sel nach. Er fehlte. Er wußte, er war im Lennartz gestanden. Lennartz hat ihn gestrichen, sagte er. Sewcic hatte die alte Auflage mit. Ich schlage nach, sagte er, und finde auf Seite 24, vielleicht hat der Herr Kollege die Freundlichkeit, diese Seite aufzuschlagen, unseren Freund Seltenblei. Du hast die alte Auflage, sagte Moser. In der neuen ist er gestrichen. Und damit war Seltenblei vorläufig ausgeschieden. Sewcic wußte noch diesen und jenen Kandidaten, stellte sie vor, lobte sie in einer Weise, die selbst den tauben Istvan, nachdem er so lautstark ins Bild gesetzt worden war, daß die Buffetdame zweimal den Raum betreten hatte, zum Widerspruch reizte. Sewcic ließ einen nach dem anderen von Seltenbleis Gegenkandidaten von den Mitgliedern der Jury mit den Argumenten erlegen, die er ihnen durch übermäßiges Herausstreichen ihrer Vorzüge serviert hatte und legte damit sorgsam eine neue Spur zu Seltenblei zurück. Moser, der ihn in diesem Augenblick mit Abscheu bewunderte, fragte sich, wie er zu Seltenblei einbiegen würde. Da stellte Sewcic schon die Frage, ob wir uns von einem deutschen, von einem populären Nachschlagewerk aus Stuttgart, ein Wort, dessen Provinzialismus er auf der Zunge zergehen ließ, vorschreiben lassen sollten, wer in Lenaus Namen ausgezeichnet werden solle. Da wußte Moser, daß niemand mehr Sewcic Seltenblei gewachsen war. Und schlug sich nicht ohne Schadenfreude auf seine Seite. Er notierte bereits im Kopf seine Antwort auf die unausbleibliche „Schmetterling"-Anfrage nach dem Aufsteiger des Monats. Den Absteiger? Konnte er sich noch überlegen. Er beschloß, Sewcic zu überrunden. Die Sache machte ihm Spaß. Einen Outsider, der einmal ein Insider war, wieder ins literarische Leben zurückkatapultieren. Eine Wunderwaffe gegen die Avantgardisten und gegen die Konservativen. Er war so in Gedanken versunken, daß man ihm die Frage nach der Begründung wiederholen mußte. Er unterbrach brutal Sewcic, der eben zu einer hochtrabenden Formel ansetzte, und empfahl Seltenblei als Mann der jugendlichen Mitte, der unruhestiftenden Versöhnung, und fand damit die erwartete Zustimmung. Seltenblei! Wenn schon, denn schon. Jetzt mußte er auch die Mag bekommen. Das Spiel gefiel ihm immer besser. Der Bursche konnte nichts. War leer, ausgebrannt. Jederzeit wieder abzuservieren, aber auch jederzeit noch höher hinaufzuschieben. Er beschloß, ihn beim HBS zu übergehen, und sich beim Mag und beim W-Stap mit Sewcic zu verbünden. Schade, daß ihm das nicht eingefallen war. Sewcic wurde eine gefährliche Konkurrenz, Zeit, ihn auszuschalten. Oder dafür zu sorgen, daß er angeschlagen wurde. Aber gemach. Im Wonnemonat der Intrigen Mai. Wenn die Säfte ins Holz schossen. Und die angehenden Ferien rasche Entscheidungen erzwangen. Es sei denn, man ließ die Lunte glosen und brachte sie zu Saisonbeginn zur Explosion. Nichts Schöneres als eine Burgtheatereröffnung mit Blitz und Donner.

Beim städtischen Jugendpreis, der vorher noch zu überstehen war, stellte er sich tot. Sparte eins: Er plädierte für die Majorität. Sparte zwei: Er riskierte eine Gegenstimme. Sparte drei: Er schloß sich der Mehrheit an. Bei vier gab es ein Gerangel. Er sah auf die Uhr und beantragte Preisverzicht, was angesichts der fortgeschrittenen Stunde angenommen wurde.

Da gab es den jungen Doktor Faber, der troff nur so von Progressivität. Aufklärung, Umweltschutz, humaner Sozialismus, alles, was gut und mundgerecht ist, mit sympathischem Augenaufschlag vorgebracht. Haasleitner? Ja, war ihm auch aufgefallen. Prima geschrieben. Aber, und dann kamen die aber. Der Leistungsdruck. Der war tatsächlich stolz auf seine vielen Bücher. Das konnte er, Doktor Faber, nicht prämieren. Also dann Lorenzi: Das Atom im Blatt. Da war auch was mit Leistungsdruck, was, wußte er nicht mehr. Offenbar wurde er diesmal dem Leser abverlangt. Der Doktor Faber gab keinen Zoll nach. Er war für Diskussion, hatte aber nicht die Absicht, sich beeindrucken zu lassen. Der übliche jugendliche Ideologismus. Und eine ermüdende Lust am Argumentieren. Gefährlich, weil mit Blendax-Zähnen verbindlich lächelnd vorgebracht. Er notierte ihn sich für eine Fernsehdiskussion. Der war besser als der begehrte grüne Dozent. Ohne süffisante Überlegenheit, ohne felsenfeste Ironie, stur mit offenem Bubenlächeln.

Er bestrafte ihn jedenfalls damit, daß er seinen Kandidaten umbrachte und eine versuchte Mauschelei im Anfangsstadium brutal unterdrückte. Den erstaunten Blick quittierte er mit breitem Grinsen.

Den W-Stap für Seltenblei bereitete er sorgfältig vor. Er favorisierte Rinter, den aussichtslosen Rinter, und ermunterte Leonore, sich wieder für die unselige Rappl einzusetzen. Er teilte allen Preisrichtern seiner Couleur seine Hochschätzung Rinters mit, damit sie sich ja nicht überfahren ließen, sondern mit Anti-Rinter Argumenten rüsten konnten. Er erntete Erstaunen ohne Widerspruch. Der kam schon noch. Nichts war verläßlicher als die Mißgunst der Kollegen. Bei Eleonore setzte er den Rappl-Fan Stiefel ein. Geht er endlich mit? Ich habe ihm die Hölle heiß gemacht, beteuerte Stiefel Eleonore, ohne zu ahnen, daß Moser selbst das armselige Feuerchen entzündet hatte, das zu raschem Erlöschen bestimmt war.

Das erwartete Patt trat bereits nach zehn Minuten ein. Ein Blick zu Sewcic, der, was immer wirkte, seinen salbungsvollen Ton zu soldatischer Kürze komprimierte. Seltenblei war so gut wie gewählt. Eleonore zögerte, aber um Rinter zu verhindern, war sie zu allem bereit, und die Rappl erwies sich als Zugpferd für den Kompromißkandidaten. Keiner mochte ihn, jeder wählte ihn. So werden nicht nur bei uns Preisträger, Minister, Generaldirektoren und Parteivorsitzende gemacht. Wir haben, schloß Dr. Moser die Sitzung, was immer gegen Seltenblei einzuwenden wäre, einen fotogenen Preisträger. Er macht von allen Kandidaten die beste TV-Figur mit seinem abgehärmten intellektuellen Gesicht.

Zwischenspurt in der Stadtjury: Die Mellsche Ehrengabe, die begehrte Meg, als Peter-Rosegger-Preis begründet (PRP), dann in das gut dotierte, aber nicht sonderlich angesehene Ottokar-Kernstock-Stipendium umgewandelt, aufgelöst in drei regionale Auszeichnungen, die Hans-Kloepfer-Nadel, den Franz Nabl-Ring und die Kapfenberger Stahlnelke, war im Zeichen traditioneller Fortschrittlichkeit zu vergeben. Was immer das hieß. Auch eine Sache des Mythos.

Moser ging im Stil des von ihm ins Auge gefaßten Preisträgers vor. Brutalität mit Andeutung von Gewaltanwendung. Er stellte die Mokkatasse zweimal so kräftig auf den Tisch, daß die Schriftführerin erschrocken auf ihre Bluse sah. Gottseidank, keine Kaffeespritzer.

Eleonores Milchschwester erledigte er mit einem Tiefschlag. Er nannte ihren Roman ein Romänchen, und als das nicht gleich wirkte, ein Romanderl. Jedes Jahr, sagte Moser mit erhobener Stimme, lese ich die gleichen, er räusperte sich und heischte mit einem Blick Lob für seine Zurückhaltung, die gleichen Romane. Wann war das, als wir die Saison der Nazipapas hatten. Mein Vater, der Sturmbannführer, mein Opa, der Antisemit, dann die Studentenrevolutionsnostalgie, der große Bruder Cohn-Bendit, die Midlife-crisis, vom Hexenschuß zum Herzinfarkt. Was ist es denn heuer, verehrte Eleonore? Sie brauchen sich nicht bemühen, ich ahne es: Bruder Baum und Schwester Buschwindröschen, Onkel Hirsch und Cousine Gelse.

Die Milchschwester war im Milchsee ersoffen. Moser hatte eigentlich keine Preferencen. Es war ihm egal, wer die Mellsche Ehrengabe bekam, wenn sie die Milchschwester nicht bekam. Aber der Kandidatenkiller war auch der Preismacher. Ein Mythos, an dem nicht zu rütteln war. Und da schlug er den großen Schnorrer vor, den Säufer, Schnupfer, Bierkrügelwerfer, Schimpfer und Raufer, den jede Literatur unter Schmerzen hervorbringt. Den Outcast, der die Ansätze zur Kultfigur bisher immer noch mit Wutausbrüchen zerstrampelt hatte. Eleonore hielt ihr Riechtüchlein unter die Nase. Tatsächlich, er stank. Er roch nach Bierdunst und Exkrementen. Er putzte weder Schuhe noch Zähne.

Moser untermauerte seinen Antrag mit einem flammenden Plädoyer für Originalität und Orgiastik, und die des Schnorrers im besonderen. Der überraschte und überfahrene Stiefel, der in Gedanken bereits an den Pointen für die Milchschwester-Laudatio gefeilt und nach einer schlüssigen Formel für den Feminismus ihrer maskulinen Strenge gesucht hatte, erinnerte an des Schnorrers Werfen mit harten Gegenständen im Stadium fortgeschrittener Trunkenheit, die angesichts der Euphorie der Preiserwartung auch in den Vormittagstunden zu erwarten sei. Einwände durfte er gegen den Narrenkönig des Untergrundes nicht vorbringen. Wenn schon nicht die Milchschwester dann eben der Schnapsbruder.

Reichartsebner-Lambrecht, der schließlich und endlich Literatur danach beurteilte, ob sie den diversen Versuchungen nachgab, die er für bürgerlich hielt, mußte zugeben, daß der Schnorrer diesbezüglich eine weiße Weste hatte. Kein Mann, mit dem man eine Revolution machen konnte, ein Mann, in dem die Revolution unaufhörlich stattfand. Längst in das Chaos seiner geistigen Bestandteile zerfallen. Er gab zu bedenken, daß der Preisträger keinen Anzug habe, mit dem man vor den Stadtrat oder gar den Bürgermeister in einem feierlichen Akt treten könne.

Jeans, sagte Moser, Jeans, Herr Professor.

Jeder hatte einen Wunsch an Tomassoni frei. Stiefel wünschte sich ein Vollbad in Seelenschmus. Er gab zu, daß es schwierig, wenn nicht unmöglich war, den Mythos des Liebesschmerzes frei von der Sentimentalität der Heftchenromane zu artikulieren. Da gab es jene, die nur die große Zehe riskierten, die kurz einmal untertauchten, und dann die vielen, die genüßlich ihre Jugend in der undefinierbaren Flüssigkeit verbrachten, die Kopfspringer und die Wassertreter, die Sprinter und jene, die sich einfach ins Seichte setzten oder legten und noch dazu pißten. Ein einsames Mädchen am Strand, ein frustriertes Bürschchen unter dem Marillenbaum, der verlassene Bräutigam am Volant auf der Fahrt durch das deutsche Eck, soll er am Steinpaß die Augen schließen und aufs Gas treten, er fährt weiter, einen Klumpen im Herzen. Und natürlich die vielen Damenrunden der Geschiedenen am Schwarzsee, jede ein ungelesener Roman, ein ungelöster Kriminalfall, nichts wie fahrlässig inszenierte Dramen, fehlinterpretierte Tragikomödien, Lustspiele, bei denen geweint, und Trauerspiele, bei denen hysterisch gelacht wird. Keine Details, bitte keine Details. Einfach untergehen in diesem Sumpf aus unausgelebten Gefühlen, aus unterdrückten Begierden, aus brodelnden Instinkten, von der Giftwolke benebelt, langsam ein- und schließlich untersinken. Oder ums Leben schwimmen in dem Ozean von Wunschträumen, der von falschen Erwartungen, unverhofften Enttäuschungen, von Launen und Überdruß gespeist wird. Achtung auf das Paar, das krampfhaft aufeinander zurudert und dabei immer weiter auseinander gerät. Von der Sichtweite zur Hörweite.

Romanzen aus Trotz und Frust, von Tränen aufgeweichte Hartherzigkeiten. Streng aufgeteilt in Väter- und Schwiegermütterrollen. Endlose Seelenkrisen, selbstverständlich mit Klavierbegleitung und Telefonaten. Liebesbeteuerungen, die eine beendete Affäre mühsam verlängern, Kommunikationsschwierigkeiten, die eine hoffnungsvolle Beziehung ersticken, Kitsch, aber wir gehen darin unter. Da spritzt das Blut der Selbstmörderin, die chemischen Substanzen der Gifte lösen das feste Fleisch zu einer qualligen Masse, Stricke und Seidenschnüre, Krawatten pressen den Atem ab, aber die Mädchen schlüpfen noch immer zusammen, kichern, stöhnen und jammern sich den Seelenschmus von der bedrückten Brust, sie sitzen und beschmieren Briefpapier in Pastellfarben mit ihren Herzensergüssen. Ihr hohen Geschmacksrichter, sie leiden. Manche gerne, manchen bricht's das ab, wovon sie vermuten, es sei das Herz. Lust, Prospero, verwandle in Unlust, Hoffnung in Verzweiflung. Der Seelenschmus schwappt über uns zusammen. Ach, der Mund, der den befreienden Atemzug einziehen wollte, wird mit einer undefinierbaren Masse von Abwässern geschlossen. Da hilft nichts als Schlukken. Ein poetischer Wunschtraum, an Liebe sterben, geht ohne jede Poesie in Erfüllung. Sie ersticken an ihren Liebesbeteuerungen, an ihren Verlockungen und Versagungen, an Berührungsverboten und -einladungen, an den Tratschereien und Indiskretionen, an dem Geflüster. Der Atompilz steigt auf und beleuchtet einen grauenvollen Untergang. In die große Vulva eingesogen, vom Samenerguß betäubt. Von der Angst überwältigt. Vom Lustschrei zum Todesschrei.

Keine Apotheose, bat Stiefel. Laß sie langsam krepieren. Schlecht soll ihm werden, und er kann es nicht abdrehen, das Gesäusel und Gewispere, es kommt von oben und unten, aus der Nachbarschaft, unmöglich abzustellen. Lust und Unlust mischen sich zu einer explosiven Mischung. Es stinkt. Aasgeruch der Liebe. Alles schal. Überdruß. Und verurteilt, weiterzuschmusen, immer weiter schmusen.

Als Stiefel in das Land der weiblichen Drachen geriet und sich sofort an ein halbwegs erhaltenes Exemplar eines frühen Kriegsjahrganges heranmachte, lehnte dieses entrüstet jeden körperlichen Kontakt ab. Nicht über diesen Umweg, Freundchen, sagte sie, worauf er es mit der Seele versuchte. Seele hatte sie keine. Er bot ihr Geld. Nahm sie nicht. Wie kommt man an Dich heran, fragte Stiefel, wofür bist Du zu haben? Liebe, sagte der Drache zu Stiefels maßloser Überraschung. Liebe.

Sei froh, daß Du einen hübschen Busen hast, sagte Konrad Bayer zu einer seiner Musen, die ihrer Seele wegen geliebt werden wollte. Bevor er noch den Begriff Seele analysierend zerfasern konnte, sagte sie ungeduldig, Geist, Gefühl, meine Aura, mein' ich. War sie ein alles verschlingender Vulkan, eine fleischfressende Pflanze? Sie war ein Hausmütterchen im zweiten Germanistiksemester bei Reichartsebner-Lambrecht und im ersten Psychologiesemester bei Ringel. Konrad Bayer überlegte, ob er ihr sagen sollte, daß er sie nur partiell mochte und auf ihr Ich als Draufgabe verzichtete, gebrauchte aber dann doch lieber eine der üblichen bürgerlichen Ausreden.

Du liebst, sagte Kathi zu Thomas Bernhard, nur meinen Arsch. Was möchtest Du, daß ich an Dir liebe? Sie zögerte, aber dann stieß sie es trotzig hervor: Meine Seele. Der Arsch, sagte T. B. ist die Seele der Frau und schickte sich an, ihre Seele zu lieben.

Was wollen die Männer von uns, fragte die Berger blitzenden Auges, als sie bereits in einem Alter war, in dem niemand etwas von ihr wollte. Sie wollen nur das eine, fuhr die Berger unnachsichtig fort, was angesichts ihres vorgerückten Zustandes peinlich wirkte. Torberg, der das Gefühl hatte, daß sie sich jeden Augenblick ausziehen würde, um zu zeigen, was die Männer von ihr zeitlebens gewollt hatten, rief ihr deshalb zu: Entblößen Sie Ihre Seele, Jenny, Ihr schöpferisches Zentrum, Ihre kreative Keimzelle!

Ja, sagte Meissner, das habe ich auch erlebt. Oder vielleicht habe ich nur zugesehen oder weggeschaut. Wahrscheinlich weggeschaut. Liebe im Dorf. Anni war 28, das Dienstmädchen im Haus, der Gymnasiast, der Gedichte schrieb, siebzehn. Gedichte? Ja, das war in den dreißiger Jahren. Zwanzig Jahre später, blies er, glaube ich, Saxophon in einer Jazzgruppe. Was macht ein junger Mann mit Ambitionen heute? Umweltschutz, ja wahrscheinlich Umweltschutz. Verführt ihn Annis Freundin mit dem heimlichen Griff unter den Gürtel? Anni sah zu und verwandelte sich von der Voyeurin blitzartig in die mütterliche Schwester. Etwas, dem kein Mann widerstehen kann. Liebe, ein Amalgam aus Gefühlsaufschwüngen und Gefühlsverweigerungen. Die Dosis mischt der Zufall und das Schicksal. Was war wichtiger, daß sie ihn aus den Einsamkeitsorgien seines Ichs herauslockte oder daß sie von der Zukunftsbenommenheit seiner Ideale angesteckt wurde. Gemeinsam Hermann-Hesse-Geschichten und Rilke-Gedichte lesen, oder, was weiß ich, Platten hören. Was immer es war. Meissner sah feierlich in die Runde und sagte: Es ist heilig. Und dieses Heiligtum ist geschändet worden. Er zeigte mit den Armen vage in die vier Richtungen. Und wird geschändet. Ich habe mitgeschändet. Mit Mutter und Vater geschändet. Die Hure Anni. Verzweifeln an dem kalten Unverständnis einer Frau, die sich Mutter nannte und von Liebe faselte, eines Mannes, der selbst einmal durch die Felder gelaufen war, durch die nachtschwarzen Gassen des neunten Bezirkes, aber die insgeheim erhoffte Begegnung fand nicht statt. Ein einziges Mal kam er vom Wald und Anni stand da. Immer dieselbe Geschichte, dieselbe Leidenschaft, dasselbe Leid und derselbe Neid. Rede nicht von Liebe, sagte die Mutter, Liebe, das war, wenn sie ihm nachspionierte, wie sie ihm ewig nachspionieren wird . Einmal Liebe und dann ein Leben lang Mißtrauen gegen das Gefühl. Immer auf der Suche nach Zärtlichkeit, nach der Droge Liebe, blindlings vorwärts und die Bruchlandung bei dem Gegengift Frauenhaß. Kein Kampf der Geschlechter, ein Versteckenspielen der Geschlechter, ein Aneinandervorbeigehen der Geschlechter, nebeneinander in unsichtbaren Qeues.

Der Mythos Liebe als Tomassonis Thema?

Der unausrottbare Mythos von der Zerstörung der Liebe. Am besten, Du siehst weg, wenn Du nicht selbst unterwegs bist, auf der Suche nach Liebe oder auf der Flucht vor der Liebeszerstörung. Stell Dir vor Du träumst von diesem Zwitter aus Madonna und Lulu, Samariterin und Mami, und bei der nächsten Wegbiegung kommt Dir eine dickbusige Sekretärin entgegen, wie das Quijote ergangen ist, wie hieß sie doch gleich, die junge Frau, die auch nur eine Sevillaner Hure war, aber mit einer Liebeskraft, daß Quijote auf das Zahlen vergaß, überzeugt, beschenkt worden zu sein. Unbezahlbar, aber mit festem Tarif. Immer auf der Suche nach der sexuellen Beute und der erotischen Illusion. Zwischen einer Krebskranken im Koma und einer Eierstockentzündung findet Ulysses sie auf seiner Krankenhaustour pausbäckig in der Einfalt der Verführung. Parsifals Irrfahrt von einer Venus zur anderen, um sich's zu versagen. Was ist dagegen Deine Liebesgeschichte von Hans und Grete, diese Dorftragödie, und was sind die Vieruhrnachmittagflirts zwischen Demel und den Stundenhotels der Weintraubengasse?

Tomassoni als Mythos. Wem sonst stünde es zu, Mythen zu produzieren. Unsere Heldengeschichten durch die Jahrhunderte, durch die Ideologien, durch die sozialen Gruppen. Vom Public-School Absolventen zum IRA-Terroristen, vom Leutnant von Prittwitz zum Helden der Arbeit. Mythisierung und Entmythisierung. Die Heldensage jener, die man jung sterben läßt, und die Entmythisierung jener, die ihr Ideal überlebt haben.

Wobei um Enthaltung von der Inflation der 68er Helden gebeten wird. Bitte nichts mehr von dem mit reichlich Taschengeld finanzierten Aufstand der Söhne, nichts mehr von dem Frust der versäumten Revolution und schon gar nichts von den Karrieren der verhinderten Revolutionäre. Wie heißt der, der Finanzminister wurde? Es ist was aus ihnen geworden, die Papis und Mamis können sich im Lehnstuhl zufrieden zurücksinken lassen. Wie hat doch der Parteihaudegen gesagt, als man ihm seine Korruptionsaffäre vorhielt: Aus Idealisten werden Realisten. Sofern sie nicht wie die postmoderne Politikergeneration als Pragmatiker geboren worden sind.

Sie haben sich ausgetobt, und einer, der jetzt in der Chefetage der im Privatisierungsstadium befindlichen Verstaatlichten Industrie sitzt, hat über seinem Schreibtisch, was ihm Stiefel im „Schmetterling" ironisch aber mit Wohlgefallen attestiert hat, noch immer das Foto hängen, das ihn auf dem Podium der Buchmessebesetzer zeigt, neben Cohn-Bendit und einem blonden deutschen Jüngling mit Zügen, die man noch einmal dreißig Jahre früher entschlossen zu nennen pflegte, der heute als Abgeordneter der Grünen Mittelsperson zu den Sozialdemokraten ist. Immer die Fühler nach möglichen Koalitionen ausgestreckt. Der Beschwichtigungs-Grüne. Manchmal erinnert er sich der stürmischen Tage, als die Studentenrevolution von der Geschäftsordnung überwältigt worden ist. Er hat damals gelernt, was sich gehört. Arnfried Astel zur Geschäftsordnung, Fritz Teufel zur Geschäftsordnung. Cohn-Bendit wird in die Schranken der Geschäftsordnung gewiesen. Auf der Straße warfen sie Steine und Molotow-Cocktails, im Vorstand hielten sie sich an die von der Vereinspolizei vorgeschriebene Sitzungsdisziplin. Die Studentenrevolution ein Opfer der Bürokratie in einem Volk der Bürokraten, das sich nicht vorstellen konnte, daß man die alten Spielregeln anders abschaffen könnte, als indem man sich streng an sie hielt. Sie verstanden die Schandtaten ihrer Väter nicht. Vielleicht kann man sie ihnen näher bringen, wenn man ihnen ihren bürokratischen Mechanismus erklärt. Wenn man ihnen nahebringt, daß die Judenvernichtung streng nach den Vorschriften der Bürokratie vollzogen wurde. Gesetzlich abgesichert, generalstabsmäßig organisiert. Individuelle Grausamkeit wird nicht ausgeschlossen, ist aber nicht vorgesehen, und wird, wenn sie stattfindet, als Ausbruch des gesunden Volksempfindens toleriert. Der objektivierte Sadomasochismus der Bürokratie hat Hitler und den Faschismus überlebt.

Der Mythos von Ausbruch und Niederschlagung der Jugendrevolution. Sehnsuchtsthema der deutschen Literaten, Selbstbefriedigungslektüre einer postmodernen Jugend, die gleich auf die Karriere losgeht und die pubertären Phantasien in literarischen Nachrufen nachholt. Wir haben den Sozialismus versäumt, rief der Finanzminister und sann auf neue Steuern. Am fortschrittlichsten im unaufhaltsamen Fortschritt ist der Völkermord durch den Fortschritt der Waffenproduktion. Aber auch der Völkermord ist eine Sache des Mythos. Der Zeitgeist und die ihn vertretenden Medien entscheiden, wer gemordet werden darf und wer nicht. Nicht nur die bürgerliche Moral ist zweischneidig.

Wo war Tomassoni eigentlich während der Studentenrevolte? Tu was für die Legendenbildung, forderte Meissner Moser auf. Irgend ein blasser Jüngling wird sich doch im Hintergrund des Erinnerungsfotos eines Sit-in oder eines Protestmarsches finden. Wenn ich nicht irre, sind Rückenporträts die große Fotomode. Also such mir einen ausdrucksvollen Hinterkopf! Wer hat geschossen und wer ist erschossen worden? Hol sie heraus aus dem Mythenschmus. Demontiere die Heldenlegenden. Aber wirf sie nicht in einen Topf. Sammle die Daten und die Taten. Und wenn Du sie nicht mehr unterscheiden kannst, schreibe ihre Namen auf, damit sie nicht vergessen werden. Bewahre ein Stück Erinnerung an eine Uniformbluse, an einen angst- oder haßverzerrten Blick. Blättere die Seiten des großen Buches mit dem täglichen Schicksal, vor dem der unbarmherzige Herr uns bewahre. Der Bonner Student, der in Berlin in eine Demonstration geriet und von einer auf einen anderen gezielten Kugel getroffen wurde, der mit seinem Fallschirm abgesprungene Agent, der in einer Rüstungsfabrik in Wiener Neustadt an einer Maschine eine Schraube gelockert hat, der westfälische Katholik, dessen Frömmigkeit im letzten Kriegsjahr von der Vaterlandsliebe überwältigt worden ist, und der, nachdem er drei russische Sieger aus dem Hinterhalt erschossen hatte, von einem Maschinengewehrhagel durchlöchert wurde. Er lag zwei Tage lang in der Spitalgasse im neunten Wiener Gemeindebezirk auf dem Gehsteig. Ich habe einen großen Bogen um ihn geschlagen und dabei gesehen, wie ein Rotarmist einen Fremdarbeiter aus einem zerstörten Geschäftslokal exkortierte.

Eine unübersehbare Schar von Henkern und Opfern. Tomassoni trenne sie, bevor wir sie nicht mehr unterscheiden können. Und durchbrich das Netz von Verherrlichung und Verleumdung. Laß sie aufmarschieren, die Dampfwalze der Zeitzeugen. Sie trampeln uns nieder. Sie zerstampfen unseren Wiederaufbau. Schließt die Ohren vor ihren Klagen und Anklagen. Tomassoni gibt ihnen Deine Stimme. Sie gefährden die Überlebenden.

Meissner bastelte im Café am Odysseus-Mythos weiter: Alter knorriger Mann unterwegs zwischen Flucht und Heimkehr im sonnigen Niemandsland. Die Odysseus-Komplexe: Die Sirenen und Penelope. Immerfort den Verführungen ausgesetzt, stets anfällig. Wie wappnet man sich dagegen? Mit dem täglichen Onan-Opfer. Sich unempfindlich machen durch Abstumpfung. Einigeln in die eigene Schwäche. In einen Panzer aus Empfindlichkeit. Verteidigung durch die Ausfälle der Egozentrik. Gefahren? Ach was, die herrliche odysseische Sinnlichkeit. Man mußte ihr nur wohldosiert die Spitzen brechen. Den Gedanken an Penelope mit der Begierde nach den Sirenenbrüsten löschen. Und umgekehrt. Eins wappnet gegen das andere. Odysseus unangreifbar. Immer unterwegs.

Spannend wird es an den Bruchstellen. Deshalb der pubertierende und der alternde Odysseus. Der Trip durch die Bars und der

Trip durch die Krankenhäuser. Die Nacht in den Dubliner Puffs und der Tag auf den Weiden Arkadiens, wo die Böotierinnen gebückt Unkraut jäten. Immer den Samariterinnen ausgesetzt.

Zurückgeworfen in der Konstruktion des literarischen Golems hat Moser der Vortrag von Professor Bertil Auerstädt von der Harvard-University in der Literaturmühle über das homokimanische Epos „Kaulakopigad", zu dem sie gegangen waren, weil Auerstädt seinen Einfluß auf Brechts Vers in dem verschollenen No-Fragment belegen wollte. Die Homokimaner sind sibirische Nomaden ohne schriftliche Tradition. Aufgezeichnet und zu einem literarischen Nationalmythos geformt hat ihre Lieder ein deutscher Professor, über dessen Sammler- und Bearbeitertätigkeit Auerstädt einleitend referierte. Dann überraschte er das Auditorium mit der Ankündigung eines unerhörten Wagnisses, mit dem er die homokimanische Philologie zu erschüttern gedachte. Er werde eine revolutionäre Theorie des homokimanischen Verses erstmals vortragen, mit der er die bisherigen „Kaulakopigad"-Forschungen aus den Angeln zu heben fürchte. Er sagte nicht hoffe, sondern fürchte. Es hing mit dem Wannmühlegesetz in der homokimanischen Volksdichtung zusammen. Die Homokimaner pflegen ihre Körner in einer Wannmühle zu sieben, die durch rasche Drehbewegungen die großen und die kleinen Körner scheidet. Das homokimanische Lied schüttelt die Wörter wie der Sammler seine Körner. Auf Kirpakkusi, Sodonecu und Portland verweisend, die den trochäischen Tetrameter im „Kaulakopigad" nachgewiesen haben und auf Steinmilz eingehend, der die Ausnahmen von dieser Regel in doktrinäre Ordnung gebracht hatte, verwies Auerstädt auf die Inkonsequenz von Silbenzahl, Metrum und Zäsuren bereits in der Ostjakischen Volksdichtung, deren Vorbildcharakter für das homokimanische Volkslied er als bekannt voraussetzte. Er postulierte die trinäre Verszeile im „Kaulakopigad", wofür so viel spreche, daß es sich auch mit dem binären Charakter der „Kaulakopigad"-Verszeile vereinbaren lasse.

Damit war die Katze aus dem Sack. Um sie nicht mehr auskommen zu lassen, legte Professor Auerstädt die Tabellen über Wert-, Silben- und Buchstabenzahl der „Kaulakopigod"-Verse vor und empfahl den Vergleich mit den siebzehn erhaltenen Zeilen von Brechts No-Fragment.

So weit Auerstädt. Zuerst versetzte der Vortrag Moser, und nicht nur ihn, in taumelnde Begeisterung. Ein klassischer Fall von wissenschaftlicher Mythisierung. Der brach die Oberfläche eines Ablegers des Mythos auf, um diesen zu festigen und zu untermauern. Als Mörtel diente ihm das Professorenkauderwelsch, als Ziegelsteine das entzauberte Geheimnis der Rhythmen. Die Begeisterung wurde gedämpft, als sich herausstellte, daß sein Plan, Teile des „Kaulakopigad“ und vielleicht auch ostjakische Volkslieder in das Opus des literarischen Golems einzubauen, nicht zu verwirklichen war. Auerstädt hatte wohl die Computerlisten der Silben-, Wörter- und Buchstabenzählungen, aber nicht das Epos mitgebracht.

Blieb Auerstädt in persona. Ein amerikanischer Kosmopolit mit europäischer Kaffeehausjugend. Ein Charmeur, in unvorstellbare metrische Labyrinthe verirrt. Erfinde das einmal. Moser war dabei, ihn zu zerlegen und nach den passenden Versatzstücken für Tomassoni zu suchen. Was nahm er? Welche Gehirnwindung, welchen Beweis seiner mythisierenden Potenz?

Auerstädt, sagte Stiefel, hättest Du niemals erfinden können. Er ist ein Geschenk der Sprachwissenschaft an unsere Utopie. Aber ich warne Dich vor einer Parodie. Harvard, muß ich Dir buchstabieren, was das heißt? Der Mann ist eine Kapazität. Die Koryphäe für das Homokimanische. Und brachte die Tabellen in Sicherheit.

Moser aber begriff, daß ihn dieser Vortrag nicht gefördert sondern zurückgeworfen hatte. Ein Auerstädt versagte sich der Phantasie. Er war eine Ausgeburt der Wirklichkeit, ermöglicht durch einen Mythos, den er noch immer unterschätzte. Er wußte, daß er vor seinen Freunden damit nicht herausrücken durfte. Der Mythós Wissenschaft war nicht nur Stiefel heilig.

Stiefel erriet seine Gedanken. Auerstädt ist bei allem Respekt für seine Intimkenntnisse eine Karikatur der Wissenschaft. Der Mythos, sagte Meissner, gebiert laufend Ausgeburten. Ich weiß nur noch nicht, ob das seine Aufgabe ist oder ein Produktionszwang. So was wie Krebs. Wucherungen. Vermeidbar oder unvermeidbar? Es führt zu Übermythisierungen. Bis er sich ad absurdum führt. Stirbt er dann ab? Vielleicht verrät es uns der Golem.

Moser wußte es nicht, aber Auerstädt hatte ihn verstört. Fasziniert, belustigt, aber sich dabei seinem literarischen Golem quergestellt. Er hemmte seine Phantasie. Auerstädt, das gestand er sich ein, wäre ihm nicht eingefallen. Was sollte man erfinden, wenn es eine solche Monstrosität im Schneideranzug, mit amerikanischem Paß und Professorenstelle gab? Diese explosive Erfindungskraft der Mythen! Gebar einen Auerstädt und redete ihn einem amerikanischen Universitätsdirektorium ein. Das trieb Blüten, die er sich nicht vorstellen konnte. Es lähmte ihn, so wie die Lektüre Kafkas ihn gelähmt hatte, eine Erzählung zu schreiben. Er trat da in Konkurrenz zu einer Kraft, die nicht zu definieren war. Kompilation, das war seine Aufgabe. Mehr konnte er nicht tun. Sammeln, zusammensetzen, so wie der deutsche Professor die homokimanischen Volkslieder zusammengesetzt hatte. Und warten, bis sein Golem einem Auerstädt in die Hände fiel. Bis er auf dem Seziertisch eines Harvard-Metrikers landete. Mythen nährten den Mythos. Einer verschlang den anderen und nahm mit gierig aufgerissenem Maul einen Mund voll Menschen mit. Der Mythos würde den Golem Tomassoni zertrümmern. Anfangserfolge und dann der große Knall.

Tomassoni, tröstete ihn Stiefel, als Maß aller Mythen. Wohlgemerkt keine Parodie. Der Idealtypus. Der Literaturmythus an sich. Davon kann Dich doch keine Karikatur abhalten. Leicht gesagt. Aber das schreckte ihn vorerst einmal ab.

Mit Odysseus unterwegs

Als Ulysses den Wanderern begegnete. Schweißgeruch, aber er lernte die Hormonnuancen unterscheiden, mit denen ihre Ausdünstungen gebeizt waren. Zuerst die Jogger, stumpfsinnige Mienen, die wie Lokomotiven den Atem einzogen und ausstießen, und dabei immer ihren Rhythmus verloren. Auf der Flucht vor Krankheit, vor Fettleibigkeit, vor Altersbeschwerden, Entwicklungsschmerzen. Dann kamen die, die vor der Liebe davonliefen, die Sexflüchtlinge und dann die Gefühlsflüchter, Frauen, die vor den Männern, und Männer, die vor den Frauen flüchteten. Ulysses schenkte ihnen einen Blick der Sympathie, aber sie waren nicht aufzuhalten. Worauf er in die Kohorten der Ich-Flüchtlinge geriet, die ihn nicht beachteten. Und wenn ihn ein Blick traf, dann einer der Verachtung. Die religiösen Wanderer bewegten sich in streng gegliederten Formationen, keiner durfte zurückbleiben, wer nicht mehr weiter konnte, wurde gehalten, es war unmöglich zu stürzen, sie schleppten noch die Toten mit, bis ihre Körperteile auf den aufgewühlten Boden stürzten, in den die Wanderer sie eintraten. Einer war so rasch, daß Ulysses zuerst an eine Täuschung dachte. Er nahm eigentlich nur den Luftzug wahr, den jemand bei der Begegnung mit ihm auslöste. Abgeschiedene, die ihren Schatten auf dem Weg in die Unterwelt warfen? Es waren die Todesflüchter. Die konnten nicht rasch genug sein. Ulysses behielt einen Aasgeruch zurück.

Ein Mann überholte ihn, blieb stehen und fragte: Wohin? Nach Hause sagte Ulysses. Das ist ein weiter Weg, sagte der hagere Mann, der Ulysses bekannt vorkam, und ihm mitteilte, daß er auf der Suche nach dem Abenteuer sei. Er war seinerseits von einem jungen Mann überholt worden, der Gelegenheiten zur Verrichtung guter Taten suchte. Eine neue Horde von Flüchtlingen kam ihnen entgegen. Ulysses duckte sich hinter einen Mauervorsprung, der hagere Abenteuersucher wurde niedergeworfen und übel zugerichtet. Er stand auf, schüttelte sich, daß der Panzer klirrte und ging grußlos weiter. Ulysses dachte einen Augenblick daran, ihn zurückzurufen und ihn zu fragen, ob er in die gleiche Richtung gehe. Da überrollte ihn wieder eine Gruppe von Leibern, die vor ihren Leiden davonliefen, eingebildeten und wirklichen Krankheiten, er kam in immer neue Flüchtlingswellen, Familienausreißern, politischen Exulanten, dann geriet er wieder in eine andere Wandersekte, Schwachgläubige, die vor ihren Sünden davonliefen und denen kein Augenblick Rast gestattet war, denn die Sünde nützt den Augenblick des Verschnaufens, sich einzunisten, einzugraben, einzufressen. Wer rastet, sündigt, stand auf einem verblaßten Transparent.

Ströme von Wanderern. Alle auf der Flucht.

Ich habe keine Kriterien, sagte Meissner zu den beiden Mädchen, die bei Reichartsebner-Lambrecht eine Dissertation über Kulturkritik schrieben. Sie wollten es nicht glauben. Aber die Frau Messerer …

Ja, die Messerer, die hat wahrscheinlich Kriterien, oder etwas, das sie dafür hält.

Und Käthe von Maltz.

Hat auch welche. Wechselnd, aber immerhin.

Wie er das meine.

Ein Mensch, der Kriterien hat, also ein Zeitgenosse, hat die Kriterien seiner Zeitgenossenschaft. Die Zeiten ändern sich, und mit ihnen die Kriterien, und damit auch die Kriterien der Messerer und der Maltz.

Und wie steht es diesbezüglich mit Ihren Kriterien?

Ich habe keine. Oder ich nehme sie nicht wahr. Ich verleugne sie wie eine preußische Baronesse ihr Negerkind. Ich verlasse mich nicht auf sie. Nur wenn sie sich ändern, merke ich, daß sich so etwas auch bei mir eingeschlichen hat.

Und mit dem Zeitgeist geändert?

Mit ihm und gegen ihn, das kommt auf den Zeitgeist an.

Oder auf Sie!

Vor allem auf mich. Ich wechsle ständig. Muß ich ja. Mir geht es da wie Don Juan. Der kann ja auch nicht bei jeder Dame dieselbe Show abziehen. Einmal Kavalier und dann wieder Rowdy, starker Mann oder schwaches Bubi. Kommt darauf an, ob sie auf einen Muttertyp oder auf eine Ätherische stoßen. Heute Erfolgsmann, morgen verkannter Künstler. Als Filou kriegt der keine Donna Anna herum.

Da braucht es was Solides?

Wahrscheinlich, obwohl man da nichts genaues weiß. Vielleicht ist es gerade umgekehrt. Es kommt nicht auf die Kriterien, es kommt auf die Damen an. Nach dem Klischee geht gar nichts. Da setzt die Einfühlung des Verführers ein. Er spürt es, und wenn er was Falsches spürt, blitzt er ab. Vielleicht will eine so vornehme, seriöse Dame gerade was Süßes. Vielleicht ist sie überhaupt nur so herumzukriegen. Was Seriöses hat sie ohnehin im Haus. Gusto machen kann man ihr nur mit etwas, das nicht auf ihrer Speisekarte steht. Mit Kriterien kommen Sie als Verführer nicht weit. Sie müssen sich den Damen, Sie müssen sich aber Ihrer eigenen Tagesform, Ihrer Stimmung und Laune anpassen.

Sie bemühen mit Ihren Vergleichen mit Vorliebe die Sexualität. Hat man das Ihnen noch nicht gesagt?

Wozu? Ich weiß es. Sex oder Essen und Trinken. Mein Körper wird älter, aber mein Verstand wird immer sinnlicher.

Um von diesem Thema wieder los zu kommen, fragte sie ihn: Aber irgendeinen Grundsatz müssen Sie doch haben?

Qualität. Er machte ein Fragezeichen hinter das Wort.

Können Sie das definieren?

Nein. Er schlug vor: Sensibilität. Kann ich auch nicht definieren. Spürsinn, Gusto, Erfahrung, zwingende Kriterien, aber schwankende Werke, unbekannte Größen.

Die jungen Damen rügten, daß seine Kriterien, wie immer sie sich definierten und welchem Wechsel sie unterlagen, lehrhaften Charakter trügen. Sie dozieren!

Hoffentlich nicht wie Reichartsebner-Lambrecht. Aber er gab ihnen recht. Und versicherte sie seiner Reue. Man kriegt es nicht heraus, was sie einem eingebleut haben, man kann nicht ausschwitzen, was man gelernt hat. Der Bildungsballast, die durcheinander geratenden Ideologien. Es kommt einem immer wieder hoch. Man paßt einen Moment nicht auf, legt sich auf die faule Haut, und schon haben sie einen überwältigt. Aber wissen Sie, mein täglicher Kampf mit ihnen hält mich fit. Da häufen sich Vorurteile und Klischees, und da müssen Sie sich zuerst einmal durchbeißen, oder, wenn Sie sich stark genug fühlen, können Sie es auch mit einer Handbewegung wegschieben, wegblasen. Und was dann noch davon hängen bleibt, durch die Luft schwirrt, Atome wissenschaftlich beglaubigten Unsinns, das kann man gut brauchen, das gibt dem Urteil die nötige Unsicherheit.

Die beiden jungen Damen sahen sich an. Offenbar fanden sie Reichartsebner-Lambrechts Urteil bestätigt. Klingt das nicht ein wenig zynisch, fragte die Aggressivere, aber weniger Hübsche.

Je älter ich werde, gestand Meissner, desto zynischer werde ich. Manchmal meine ich fast, der Zynismus ist mein Heimathafen. So was wie mein Leo. Ich wage mich ins Niemandsland, ziehe meine Runden in Feindgebiet, aber wenn ich die Sperrfeuerzone wieder überwunden habe, muß ich doch irgendwohin, wo ich mich sicher fühle. Heimat habe ich keine, weder geographisch noch politisch, ich habe nur meinen Zynismus. Wie alle Laster schwächt er den Körper, aber er schärft den Blick. Man wird toleranter, aber unnachsichtiger für Dummheit, für Vorurteile, vor allem für gelehrte Dummheit und politische Vorurteile. Das führt in eine seltsame Schizophrenie. Ich toleriere den Leser, aber nicht den Autor von Schund. Ich operiere da mit zwei Kriterien, wenn Sie mir schon etwas so Unanständiges zumuten. Eines für den, der sich Wunschträume erfüllt, und eines für den, der sie pantscht. Das Alter hat mich so sehr entartet, daß ich die Gläubigen zu verstehen suche, aber die Dogmatiker mit umso größerem Nachdruck verfolge.

Reden Sie von Religion?

Ich rede von Ideologie.

Was haben Sie gegen Ideologie?

Nichts, gar nichts. Sie ist mir nur ausgetrieben worden. Stück für Stück. Ich weine ihr nach, aber ich durchschaue sie. Vielleicht ist das das Beste, was ich von mir als Kritiker sagen kann. Ich durchschaue sämtliche Definitionen. Ich habe mir vorgenommen, nicht mehr Bücher und Theaterstücke, sondern Definitionen zu besprechen und zu verreißen. Ich werde mich auf die Fakultät, auf die Partei, das Parlament und die anerkannten Staatskirchen stürzen. Sowohl auf den Kollegen Leipziger, der das christliche Abendland mit dem fünffüßigen Jambus und dem scharfen S verteidigt wie die bärtigen jungen Handlanger der Inquisition des einzig und allein seligmachenden … Setzen Sie das selber ein. Wen oder was Sie wollen.

Er hatte sich in Feuer geredet. Immerhin fiel ihm noch rechtzeitig sein Plan ein, die einzigartige Chance, Tomassoni auch den unteren Rängen, sozusagen dem Fußvolk der Fakultät anzukündigen.

Die Hübschere der beiden gab ihm das Stichwort, wofür er sie mit einer imaginären Liebkosung bedachte. Wie, fragte sie, mit hinreißender Dümmlichkeit, kommen Sie ohne Kriterien bei der Beurteilung von Thomas Bernhard aus?

Er wischte die Frage mit der Hand weg. Ich stelle Ihnen eine schwierigere Aufgabe: Wie komme ich bei Tomassoni zurecht?

Ihr Gesichtsausdruck verriet, daß sie den Namen zum erstenmal gehört hatte. Sie werden, Sie müssen den Reichartsebner-Lambrecht fragen. Meissner hätte was dafür gegeben, seine Antwort zu hören. Konnte er zugeben, daß er einen Autor nicht kannte, dessen Beurteilung Meissner Schwierigkeiten bereitete? Oder vertrug seine Verachtung Meissners die Unkenntnis eines Autors, der Meissner, der sonst keine Sorgen hatte, am Herzen lag?

Wenn sonst nichts herauskam, den Reichartsebner-Lambrecht habe ich in Verlegenheit gebracht, dachte Meissner, und das war ihm die Stunde wert. Und waren die zwei Mädchen nicht lieb anzusehen, auch die weniger Hübsche hatte den Zauber der Jugend, die hinreißende Naivität des Wissensdurstes und der Voreingenommenheit. Er wünschte sich sehnlich, ebenso blöd wie sie zu sein und an die Sprachlosigkeit Handkes oder den Lebensekel Thomas Bernhards glauben zu können.

Diskussion nach einem Zebetsederschen Vortrag über die Flußfee, den großen Buchenwälder und das scheue Reh. Die alte Zebetsedersche Theorie von der Flucht vor der bürgerlichen Repression der fünfziger Jahre in die literarische Isolierung, neu aufgewärmt. Meissner stand auf. Die Flußfee und der große Buchenwälder, sagte er, waren die brutalsten Karrieristen, denen ich in meinem Leben begegnet bin. Sie vom Ehrgeiz zerfressen, er ein Schmierenkomödiant seines Genies. Haben Sie den einmal seine Gedichte vorlesen gehört? Nein. Was für eine Regie allein sein Auftritt. Alle Scheinwerfer auf ihn gerichtet. Da wirkt die Leidensmiene. Da, sagte Meissner, muß ich dem Herrn Professor Zebetseder recht geben. Die Leidensmiene hat bei ihm immer eine Rolle gespielt. Die Leidensmiene ist ein Versatzstück bürgerlicher Realitätsentrückung. Der Künstler, der aus der Gesellschaft ausgeschlossen ist, schließt sich, bevor sie ihn ausschließt, selbst aus. Das Genie jenseits der Klassen. Saure Trauben machen eine sauertöpfische Miene. Und sitzt das scheue Reh nicht auch auf einer Enzianwiese und beklagt ihre Einsamkeit und Vereinzelung? Pose, donnerte Meissner.

Reichartsebner-Lambrecht verbat sich eine Störung der wissenschaftlichen Analyse durch persönliche Erfahrungen. Da könne jeder daherkommen und berichten, das Genie sei ihm einmal auf die Zehe getreten, zehn Schilling schuldig geblieben, vielleicht hat es, dabei sah er Meissner scharf an, wenn es sich um eine Frau dreht, auch gewisse Bewerbungen abgewiesen. Beziehungen trüben den analytischen Blick. Sie haben recht, unterbrach ihn Meissner, auch ich bin auf ihre Naivitätschuzpe hereingefallen. Eine Menge Begabung, eine scharfe Intelligenz und der Appetit einer Hyäne.

Moser bezweifelte, ob Kommunikationserfahrungen, die dem Zufall unterworfen sind, literarische Mythenbildung aufhalten können. Sie können sie bestärken, wenn genügend Zeit dazwischen liegt und die Erinnerungen verklärt sind.

Yussuf, das Stichwort lag allen auf der Zunge. Stiefel sammelte Zeugnisse über Yussuf. Zebetseder sammelte die verstreuten Drucke. Ich war Yussufs Freundin. Eine Genossin, die keine Genossin mehr ist. Über den Kommunismus Yussufs. Reichartsebner-Lambrecht klagte das Establishment an, daß es Yussufs Bedeutung so lange übersehen hatte. Es gab keine Yussuf-Ausgabe. Kein Wort ist über Yussuf im Schulunterricht gefallen. Die Studenten staunten beeindruckt. Keine Yussuf-Vorlesung. Und Eichberger war in den Selbstmord getrieben worden. Zebetseder war mit Stiefel Vizepräsident der Eichberger-Gesellschaft. Und das scheue Reh? Wie hatte das scheue Reh die Zeiten der Frustration überstanden? Das scheue Reh war in die metaphorischen Schluchten paradiesischer Urwälder geflüchtet.

Meissner winkte Moser zu sich und sagte, halb mit Verachtung, halb mit Bewunderung: Dein Werk. Aber wo, sagte Moser. Es läuft von selbst. Ich schau nur mehr zu. Was sind meine Schlingen gegen den großen Strick, den sie sich selbst gedreht haben. Stirb, und ich mache aus Dir einen großen Verkannten der österreichischen Literatur der siebziger Jahre. Nichts erleichtert eine Mythisierung so sehr wie der Tod. Oder sagen wir, weil wir ja mit Tomassoni reussieren wollen, wie Unsichtbarkeit, Unerreichbarkeit, Unzugänglichkeit. Wer glaubt einem Menschen, den er Eis essen sieht, der mit der Milchflasche nach Haus kommt, daß ihn der heilige Geist heimgesucht hat? Die Flußfee! Getrieben von der Existenznot, in ihrer Blöße – na und so weiter. Erspare mir den Quatsch. Eichberger, diese Null, hält der Sektionschef für das verhinderte österreichische Genie. Gut, daß die Flußfee wenigstens fünfzig Jahre ausgehalten hat. Meissner winkte ab. Laß das arme Schwein Eichberger. Er hat sich's herausgepreßt. Es ist ein Dreck, aber ehrlich, aber sie drehen es so lange, bis es genau so verlogen ist, wie sie selbst. Moser unterbrach ihn: Meissner, hast Du noch immer nicht kapiert. Die lügen nicht. Die sind so blöd. Wir sind wieder unter den SA-Männern. Die glauben. An die Wissenschaft, an Karl Marx, an das Unheil des Kapitals, von dem sie so viel wie möglich zu erraffen versuchen. Sie glauben an ihre Sendung, den Yussuf zu einem großen Guru zu machen, die Flußfee zu einer Göttin, den armen Teufel Eichberger zu einem literarischen Vorbild. Wie schädlich kann eigentlich Literatur sein, fragte Meissner. Weiß ich nicht. Literatur ist nur ein Brennspiegel. In der Politik, in der Wirtschaft, in der Familie, im Geschäft pfuscht ihnen die Wirklichkeit hinein. Ideologie gedeiht in der sogenannten Kunstwelt in Reinkultur. Die anderen Bereiche werden später vergewaltigt. Du übertreibst! Diese Trottel huldigen dem Zeitgeist. Das ist alles. Ich habe schließlich selbst mein Scherflein zum Eichberger-Kult beigetragen. Ich habe seine schlechten Gedichte gedruckt, freundlich besprochen, ich habe Yussuf propagiert. Weißt Du was, ich werde die Frage stellen, was aus Yussuf, wäre er mit dem Leben davongekommen, geworden wäre. Ein Drehbuchautor beim amerikanischen Fernsehen. Was sonst? Der geborene Bestsellerschmierer, den die Zeitumstände zum Verfolgten und jugendlicher Idealismus zum Sozialisten gemacht haben. Und Eichberger? Nichts. Schulmeister im Ennstal, Sparkassenbeamter in Öblarn. Aber wer glaubt mir das? Er hat seine singuläre Stellung in der Literatur der fünfziger Jahre durch seinen Freitod besiegelt.

Es haben sich viele umgebracht.

Zu früh oder zu spät. Eichberger ist ein Blutzeuge.

Wofür?

Das frag den Zebetseder, der webt an den Details seines Mythos. Oder den Stiefel. Der hat im „Schmetterling“ darüber tiefsinnige Aufsätze geschrieben, die ich leider nicht gelesen habe. Und sage ja nichts gegen Yussuf, wenn Du weiter in der Szene bleiben willst.

Ich habe …

Du hast Yussuf für Dich entdeckt, als Zebetseder und Reichartsebner-Lambrecht noch in die Hose geschissen haben. Gut, aber Du hast ihn für einen begabten Vielschreiber gehalten, für ein anpassungsfähiges Talent, für einen unaufhaltsamen Revueautor, dessen Karriere nur durch Mörder gestoppt werden konnte. Du hast nicht begriffen, wie wertvoll er fünfzig Jahre später als mythisches Monument einer nicht vorhandenen Literatur zu deren Vortäuschung sein wird. Wer Yussuf ist, ist egal, er ist unangreifbar. Wenn Du eine zweitausend Seiten starke Gesamtausgabe hast, bist Du auch ein kulturpolitischer Stellenwert. Da hilft nichts. Die Literaturgeschichten müssen umgeschrieben werden. Die Zebetseder sitzen schon am Schreibtisch.

Und das scheue Reh?

Äst im Gehege, und da folgen mehrere, die ihre Losung aufklauben. Laß es leben, das scheue Reh. Wir hegen es, jede Literatur braucht ein scheues, äsendes Reh, das vor sich hinmeckert, dem die Nahrung nicht ausgeht, so lange der Vorrat an Kunstblumen reicht.

Feste Tomassoni-Pläne? Meissner war dagegen. Die Wirklichkeit, sagte er, liefert uns unaufhörlich Munition. Wir müssen sie ja nicht verschießen. Aber einmal ermöglicht uns das einen Volltreffer. Er schlug die Kritik der Maltz über Herms Friedrichsens Roman „Isolde Poggenpuhl" auf. Giselher Oders hat den Roman nun herausgebracht, den er vor dreißig Jahren abgelehnt hatte. Ist der Roman nun besser geworden, haben wir uns inzwischen an den stilistischen Stechschritt von Friedrichsen gewöhnt, ist die Publikation ein Akt der Pietät einem Mann gegenüber, dessen Selbstmord sich eben gejährt hat, will er den Namen bis aufs letzte ausquetschen oder der Literaturwissenschaft einen Dienst erweisen? Gibt er zu, daß er sich geirrt hat? Mitnichten. Er hatte damals recht und er hat heute recht.

Ein Verleger hat immer recht.

Und die Maltz macht dazu die Musik.

Voller Giselher-Bewunderung, voller Herms-Anbetung. Das mußt Du können, aus einer Blamage einen Triumph machen. Er hatte politisch etwas gegen die Geschichte, beichtet er nun, und erst recht stilistisch. Die Struktur des Textes – Meissner ließ die Phrase auf der Zunge zergehen – paßte ihm nicht, die Verlangsamungen und Beschleunigungen, die, wie Giselher zugibt, damals die großen Erzähler eingeführt hatten, und die, wenn Du in Giselhers Klappentexten der Friedrichsen-Bücher nachschlägst, die hervorstehenden Qualitätsmerkmale dieser Textstrukturen waren, irritierten ihn. Er wirbt um Verständnis für einen Irrtum.

Und die Maltz wirbt mit.

So wie er damals um Verständnis für seine Verständnislosigkeit bei Friedrichsen geworben hatte. Ein Verleger ist wie ein Richter. Er will, daß der Verurteilte sich bei ihm bedankt. Und Friedrichsen hat sich bedankt. Und gleich seinen zweiten Roman geschrieben, und da hatte Giselher sich bereits an die Verlangsamungen und Beschleunigungen gewöhnt.

Und inzwischen ist „Isolde Poggenpuhl“ tabuisiert. Die Maltz hat dafür ein Gespür. Der abgelehnte Roman ist in die Literaturgeschichte eingegangen. Da machen die Kritiker das Tor weit auf. Ich verstehe nicht, daß sie die satirische Pointe nicht kapiert hat. Giselher auf der Suche nach dem Manuskript, das er damals abgelehnt, bekämpft, in stundenlangen Debatten, wie er zugibt, niedergerungen, möglicherweise auch verschmissen hat. Jetzt fliegt er nach Schottland, nach San Francisco und wühlt in den Absteigquartieren Friedrichsens, er dringt in die Appartements seiner Freundinnen ein, forscht Freunde von damals aus und findet tatsächlich einen Durchschlag, den er nun penibel danach untersucht, ob es die erste, die zweite, die dritte oder die vierte Version ist.

Und?

Die Maltz schließt sich seiner Meinung an, es sei die vierte und abschließende. Was für eine Publikation von Nutzen ist. Denn jedermann will die Ausgabe letzter Hand. Aber das gibt noch hübsche Dissertationsthemen. Welche Version wurde eingereicht und abgelehnt? Eine Dissertantin macht sich auf die Suche nach den früheren Versionen. Stiefel, vielleicht könntest Du sie für den „Schmetterling“ begleiten. Ein Manuskriptfund erschüttert die deutsche Kritik. „Schmetterling“ war dabei. Vielleicht setzt Giselher auch ein Stipendium aus. Man könnte ja eine Version zusammenzimmern. Stiefel traue ich es zu, daß er den Friedrichsenschen Stechschritt trifft. Besser, wir lassen Tomassoni vorläufig aus dem Spiel. Ein synthetischer Autor und ein synthetischer Stil, ob das gut geht. Aber der literarische Mythos, das müßt Ihr zugeben, ist nicht ohne Reiz. Tomassoni könnte daraus eine Satire machen. Oder wir überlassen den Streit um die Fassungen lieber Reichartsebner-Lambrecht und Genossen.

Die Maltz hätte ich für klüger gehalten.

Ich warne euch noch einmal. Bei Tomassoni wird es ihr nicht an Urteilskraft fehlen. Bei Handke und Friedrichsen ist sie Frau: Hingabe.

Mit Odysseus unterwegs

Odysseus besuchte den schwarzen Engel. Er verging, löschte aus, löste sich in nichts auf, wurde langsam wieder zusammengesetzt, und spürte, wie er neuerlich zerrissen wurde. Das Verlangen, nach allen Seiten auszuweichen, zwang ihn, zu bleiben, wo er das Gefühl hatte, auseinandergenommen zu werden von seinen Wünschen und Ängsten und den Körper seinen davongaloppierenden Gedanken nachschleifen zu müssen. Auf der Suche nach dem Zauberer, der zusammensetzt, was auseinanderfällt, geriet er an den Mann im weißen Kittel. Der weiße Engel hat gemessen, wie groß, gewogen, wie schwer, beleuchtet, wie angegriffen sein Körper ist. Ich zerfalle, sagt Odysseus. Der Zauberer vergleicht die Daten. Temperatur 36,8, Größe 1.71, Gewicht achtzig Kilogramm, Übergewicht, sagt er vorwurfsaber verständnisvoll, ein verheilter Schatten auf dem linken Lungenflügel, Abnützung der Gelenke, Überfunktion der Schilddrüse.
Ich zerfalle, sagt Odysseus.
Er geriet auf einem langen Gang an eine Tür, die in den Saal der Neurotikerinnen führte. Sie braucht einen Mann, sagte ein Zauberer, aber der andere Zauberer im weißen Kittel widersprach: Sie braucht einen Blitzableiter, sagte er. Einen robusten Prügelknaben, der sich nicht niederschimpfen läßt. Ein unzerstörbares Stehaufmännchen, eine robuste Masochistennatur im Clinch von Vernichtung und Selbstvernichtung.
In den nächsten Saal. Zu den gewalttätigen Melancholikern, den aggressiven Depressiven, zur blanken Wut der Schwindsüchtigen. Alle vor dem Zerbersten, vor der Explosion, aber die Schale hielt. Im Kampf um ihr gefährdetes Selbstbewußtsein unterdrücken sie einander.
Unsinn, sagte Odysseus zu dem Zauberer im weißen Kittel, der nun von einer Schar von Hexen umgeben war. Sie empfehlen mir zwei Wochen Urlaub, mit einer kleinen Freundin, besser noch drei oder vier Wochen und setzen mich diesem unaufhörlichen Selbstbestätigungsprozeß der Hexe aus. Der Mann in Weiß legte ihm ein kaltes Lederband um die Brust, stellte ihn

in Apparate. Der vermessene Odysseus gewann das Gefühl, in den Panzer zurückgestaut zu werden, alles zog sich in den Panzer zurück, die Arme, die Gedanken, die Träume, seine Zehen, er wußte aber nicht, ob er das mochte, wieder eingespannt zu werden. Wo er entspannt sein wollte.
Sie leiden, sagte der Zauberer im weißen Kittel zu Odysseus, an Disharmonie. Alle meine Besucher leiden an Disharmonie. Ich leide selbst an Disharmonie. Ich empfehle Musik als Therapie. Aber das ist Harmonie mit Abstürzen. Disharmonie als Harmonie getarnt. Wir hatten einen Patienten, dem hat das Dichten von Sonetten geholfen. Strenge Formen, nicht dieses jedem diversivem Gedanken Nachgeben, nicht diese ausufernden Dissonanzen. Form als eine Maginot-Linie gegen das Chaos. Die Illusion des Schutzwalles. Die Schwester stand mit dem Rezeptbuch da. Ich verschreibe Aspirin und Größenwahn. Wissen Sie, wer da gelegen ist? Alle Stars der Literatur, Musik, Malerei, Bildhauerei, Schauspielkunst und des Kabaretts. Schlechte Kritiken. Die Todsünde Selbstzweifel, das Laster Selbstkritik. Wir haben ihnen ihren Größenwahn wiedergegeben. Mensch, immunisieren sie sich, bevor es zu spät ist. Alkohol, Sex, aber um Gottes willen nicht das, was da als Liebe grassiert und nur schwer zu dichtende Breschen schlägt. Sie sind imstande und verlieben sich. Dann suchen Sie sich einen anderen Zauberer. Und kein Geschlechterkampf. Der geht auf die Hoden. Er zerstört das, was von Ihnen übrig geblieben ist, was Schwester Barbara die Seele nennt. Ich meine den Sitz der Fugalkräfte, die uns zerreißen. Nicht zu lokalisieren, aber jeder Trottel weiß, wo es weht tut.

Tomassonis Themen: Wir erfinden Geschichten, die längst geschrieben werden sollten. Ein Don Juan, der nicht aus Wiederholungszwang vögelt, sondern weil er alle Frauen kennenlernen will, ein Don Juan nicht aus Selbsthaß, sondern aus Liebe zu den Frauen. Ein Frauenverklärer statt eines Frauenverführers. Mach sie lächeln! Stecke ihnen die Blume des heimlichen Einverständnisses an! Verkläre ihr Gesicht mit den Wellen des Begehrens! Natürlich darf er kein Spanier sein, kein Franzose, kein Engländer und schon gar kein Deutscher. Vielleicht ein Italiener. Ewig verliebt. Neugierig auf ihre Körper, auf ihre Scham, auf ihre Schamlosigkeit.

Opus 3, sagte Stiefel. Kein Debut mit Don Juan.

Moser, Du hörst das Gras wachsen. Was ist das Thema der Saison?

Vergangenheitsbewältigung.

Was bewältigen die eigentlich?

Opas Mitschuld am Krieg. Sie leisten Trauerarbeit.

Was tun sie? Wer hat das eigentlich erfunden? Dieses scheußliche Wort, das eine gute Sache in den Dreck der Moden und der Medien zieht. Das kann nur ein Politiker gewesen sein. Oder der Grass? Alle leisten Trauerarbeit an ihren Schreibmaschinen. Im Dichterwald klappert es von Vergangenheitsbewältigung. Ich bin von Vergangenheitsbewältigern umringt.

Muß ich Dir alle literarischen und politischen Gründe aufzählen?

Meine Vergangenheit, sagte Meissner, ist bewältigt. Leider, vielmehr sie hat mich überwältigt. Aber ich sehe nicht ein, warum ich mich von Böhmer, diesem Politschnüffler, der wie eine läufige Hündin den politischen Moden nachläuft, über etwas informieren lassen soll, was ich, aber nicht er erlebt hat? Warum einer Mitläufer geworden ist! Warum wohl? Warum soll ich mich von diesen Mitläufern einer nicht stattfindenden Revolution, des Sozialismus im Niemandsland, den Anarchisten der Honorarordnung, den Abendlandverteidigern in der Schundpresse über Mitläufertum informieren lassen! Wie alt ist der Böhmer? Die verantwortungslose Mutter hat ihn im drittletzten Kriegsjahr empfangen, damit sie nicht dienstverpflichtet wird, der gewissenlose Vater hat ihn für zwei Wochen Fronturlaub gezeugt. Aber davon spricht er nicht. Ach, diese junge Generation, die alte Phrasen drischt. Laß mich mit Böhmer aus. Potentielle SA-Männer wollen mich über den Faschismus belehren.

Die Jugend, sagte Moser. Dich doch nicht.

Ich wüßte eine schöne Trauerarbeit für den Böhmer und Konsorten. Einen Schweigemarsch durch die Stadt. Jeder trägt einen Karton mit der Aufschrift: Mitläufer. Diese potentiellen Judenmörder, Polenschinder, deren Geburtsdatum sie vor der Uniform und Führerbegeisterung bewahrt hat.

Du bist ungerecht.

Möglich, sagte Meissner. Ich habe dazu ein Recht. Nicht, weil ich es erlebt habe, sondern weil mein zweites Gesicht sie mir im Jahr

1938 zeigt. Schauen doch alle gleich aus. Die Väter waren damals so alt wie jetzt die Söhne. Ich sehe sie mit der Hakenkreuzbinde, ich sehe ihre verzerrten Gesichter, Führer befiehl. Ich sehe sie die Hand heben und die alte Jüdin aus der Nachbarwohnung anrempeln. Ach, diese frischen blauäugigen Burschen, diese liberalen Sozialisten und praktizierenden Christen. Ist es wahr, daß ihr Juden seid, hat er einen gefragt. Sag mir, daß das nicht wahr ist. Es ist wahr, wir sind Juden. Das, sagte der strahlende junge Held, der noch kein Mitläufer war, aber prädestiniert, einer zu werden, habe ich nicht erwartet.

Was will der Drückeberger Böhmer, der Arschkriecher? Trauerarbeit. Gebt ihm eine dahin, wo es weh tut, damit er was zu trauern hat. Vergangenheitsbewältigung? Der Kerl soll seine Gegenwart in den Griff bekommen und nicht an die Zukunft denken. Seinesgleichen hat da schon genug ruiniert.

Darum verkriecht er sich ja in die Vergangenheit, sagte Meissner, der Moser ebenfalls für einen potentiellen SA-Mann hielt. Kein Mitläufer. Wäre ein guter Vorläufer geworden. Vormarschierer, wenn er fünfzig Jahre früher geboren worden wäre.

Du hast recht, sagte Meissner, der sich ebenso rasch beruhigt wie aufgeregt hatte. Laß ihn Vergangenheit bewältigen. Die Zukunft wird ihm so viele Ohrfeigen geben, daß er den Sieg über die längst besiegten Verfolger brauchen wird. Tatsächlich, dieser Böhmer stürzt sich mit einem geradezu unerhörten Gratismut auf den Faschismus. Schade, daß es seinesgleichen damals nicht gegeben hat. Oder hat es sie gegeben? Aber dann dürften sie auf der falschen Seite gebrüllt haben. Böhmer, Du armseliges Naziwürstchen, machst Dich mit der Verdammung von Deinesgleichen wichtig.

Ich schließe aus diesem überflüssigen Ausbruch, sagte Stiefel, dessen irrationale Motive mir nicht klar geworden sind, daß Tomassoni keinen Mitläuferroman schreiben wird. Keine Biographie über einen christlichen Märtyrerpriester, kein Theaterstück über die Untergrundarbeit einer kommunistischen Zelle.

Es sei denn, sagte Meissner, Du unterziehst Dich frischfröhlich dieser Trauerarbeit. Wir können den Schmarren ja dann zurückziehen oder als Jugendwerk diskreditieren. Unautorisierte Verlegergier. Vielleicht sollte Tomassoni mit den Wölfen heulen.

Moser steckt den Finger in den Mund, das Signal eines Gedankenblitzes. Wir schaffen ihm damit eine Vergangenheit. Ein Vergangenheitsbewältiger muß ja eine Vergangenheit haben.

Er bewältigt doch die Vergangenheit der anderen. Seine eigene Vergangenheit bleibt im Dunkel der datengeschützten Intimität. Lassen wir das. Schließlich ist Tomassoni ein Autor von Rang. Also zu gut, um jede Mode der Saison mitzumachen.

Meissner, Moser und Stiefel verabredeten sich zur gemeinsamen Lesung und Kommentierung des neuen Romans von Thomas Bernhard. Lernen für Tomassoni. Da ging einer den umgekehrten Weg. Von der Entmythisierung zur Mythisierung. Kein Aufklärer, sondern ein aufklärerischer Einnebler. Und insoferne, wie Moser feststellte, ein Vertreter des Zeitgeistes. Wohin man blickte, Ideologisierung mit aufklärerischem Vokabular, mit aufklärerischer Gestik.

Nehmen wir einmal an, leitete Moser die Lesung ein, „Schöpfungen“, dies der verräterische Titel des Romans, wäre von Tomassoni. Tatsächlich frage ich mich, warum wir Tomassoni erfinden, wenn es den Bernhard gibt, einen Zeitgenossen, der mit seiner Identität nicht zurechtkommt, sich deshalb immer neue Identitäten gibt, die immer auswechselbarer werden. Unmöglich, sie auseinanderzuhalten, die Opfer unter Tätern, Angegriffenen unter Angreifern, Verfolgten unter Verfolgern, die sich nur rhetorisch unterscheiden als Beschimpfte unter Beschimpfern. Lauter Hohlräume, die mit Wunschträumen aufgefüllt werden, wobei einer die anderen mit insistierender Beharrlichkeit aus dem Feld geschlagen hat: Der Parvenu. Wir leben im Zeitalter des Parvenu. Scheinen statt sein, sagte Stiefel, dessen Intelligenz zur Vereinfachung neigte.

Der Simplifikateur Tomassoni, sagte Moser, das ist eine Qualität, die wir ihm noch nicht gegeben haben. Wir müssen uns überhaupt entscheiden: Selbstverwirklicher oder konzentrierter Zeitgeist, Individualist, Egozentriker oder das als Sozialismus oder Christentum getarnte große Aufgehen im All. Nein, Stiefel, komm mir nicht mit der Synthese des einzelnen mit dem Geheimbund. Zuerst war der Geheimbund, dann war die Partei. Jetzt desertieren die Parteimitglieder wieder in den Geheimbund. Das sind die Träume, die sich der Thomas Bernhard erfüllt. Die unbegrenzte Freiheit mit der höchstmöglichen Dividende, Unabhängigkeit, aber im Einvernehmen mit dem Zeitgeist. So kannst Du Dich in der Loge der Gerechten zurücklehnen.

Was ist er nun eigentlich, Freimaurer, ist er bei einer Kaderpartei – bei einem Club, in einem Orden?

Er ist, wie hoffentlich auch Tomassoni, ein Mitglied der freischwebenden Elite. Im Verein der Genies und der Milliardäre. Uradel und Selfmademan, omnipotent in seiner Entscheidungslust und Entscheidungsgewalt. Du, sagte Moser zu Stiefel, bist ein Prolet, nicht nur wegen Deiner Abstammung und Deiner 20.000 Schilling Bruttobezüge. Deiner Zimmer-Küche-Kabinett-Wohnung, Deiner schlotternden Anzüge, Deiner miserablen Manieren, wenngleich Du das durch gewisse nasale Urlaute und neuerdings durch Modehemden zu überspielen versuchst. Du bist proletarisch in der Gesinnung, und, worauf es ankommt, in der Wolle. Du begnügst Dich mit dem Reisfleisch in der Mensa. Es sättigt Dich, ja es schmeckt Deinem schlechten Geschmack. Der Romanheld Tomassonis, wie ich ihn mir vorstelle, der vollkommene Parvenu, ohne jeden Zweifel an der Berechtigung seiner Lüste, seiner Verachtungen und Bewunderung, ißt Reisfleisch, soferne er es überhaupt ißt und es für opportun hält, Reisfleisch zu essen, um damit einem gastronomischen Trend zu widerstehen, nur in dem Restaurant, in dem es das beste Reisfleisch gibt.

Wo, unterbrach Meissner.

Beim Rosegger in Mürzzuschlag.

Woher weiß er das?

Jeder Individualismus hat Spielregeln. Der Parvenu ist das Opfer strenger Maßstäbe.

Tomassoni, fuhr er fort, würde niemals einen Oktoberdonnerstag mit der Azurbläue später Herbstwärme anderswo als in Lissabon verbringen, von den dringenden Notwendigkeiten gewisser Rom-Aufenthalte einmal abgesehen. Würdest Du Dich ins Flugzeug setzen, um Deinen Aperitif in London zu trinken?

Stiefel war empört. „Das ist Vulgärmythologie!"

Das sind elitäre Simplifikationen. Wir sind alle Parvenus. Wer will schon Moser sein? Meissner? Stiefel? Dieses Bündel Bosheit in einem kranken Körper mit überreiztem Geist? Wenn Du schon nicht der Übermensch sein kannst, dann kannst Du doch Moser in

London sein. Stiefel, mit dem allmächtig machenden Bewußtsein, im Genuß der höheren Wahrheit zu sein; Moser bleibt Moser. Wer ist schon Moser? Was in uns ist, lechzt nach Verwandlung. Der Thomas Bernhard hat sich den Reichtum erfüllt, jetzt will er sich den Uradel erfüllen, er wird für ein Genie gehalten, jetzt möchte er Macht ausüben, Regierungen huldigen ihm, er aber will sie stürzen. Was wollte ich nicht alles sein? Lokomotivführer, Dirigent, Nobelpreisträger, Don Juan. Immer wieder Don Juan.

Stiefel sagte, und das klang aus dem Mund eines Marxisten doch überraschend: Ich ziehe die Verinnerlichung vor. Er schwächte ab: In dieser Beziehung. Ich schweife durch die Zeiten, über den Weltball in das Weltall, Wunschtraumerfüller, wechsle ich das Geschlecht, den Charakter, das Kostüm. Ich habe das an dem Stükkeschreiber nie leiden können, daß er dafür das Flugzeug braucht, das Fünfsternehotel oder wenigstens ein Extrazimmer, um der dumpfen Gaststubenatmosphäre seiner Herkunft zu entkommen. Da monologisiert er sich durch die Zeitgeschichte und entgeht sich nicht, kommt sich schließlich abhanden und findet sich nicht wieder. Wühlt sich in die Gedankengänge Unbekannter um eines Stükkes Ich habhaft zu werden. Ich weiß nicht, wer der ist, der in Lissabon aus dem Flugzeug steigt, Tomassoni oder Bernhard. Der Menschenfinder oder der Zeitflüchter, der Ankläger oder der Verurteilte. Er schrumpft, während er sich streckt.

Du bist der größte Parvenu, sagte Meissner, Du tröstest Dich in Deinem Elend mit der Glorie einer kollektiven Zukunft. Unappetitlich. Laß dem Bernhard, der sein Geld mit einem Fünfzehnstundenschreibetag verdient, doch den ersehnten Erbonkel, der die Milliarden mit dem Luftgeschäft der Devisenspekulation verdient hat. Verstehst Du nicht, daß auch das eine Aufhebung des Kapitals ist, daß es sich ohne Arbeit vervielfacht. Was für ein hartes Brot für einen Parvenu, von Honoraren leben zu müssen, anstatt die Millionen, die der Zufall der Erbschaft, das Schicksal der Spekulation beschert hat, dem Geheimbund stiften zu können, dieser Vereinigung der großen Intelligenzen und potenten Konten, die der Weltgeist selbst leitet.

Utopien, rief Moser angeekelt, Mythologien, Halluzinationen.

Ich weiß etwas für Tomassonis Oeuvre. Ein Thema? Kein Thema. Was sind schon Themen? Habt ihr nicht genug davon? Was wollte unlängst der Burgtheaterdirektor, der neuerdings Abscheu vor der Politik hat, weil sie nach der falschen Richtung läuft? Ein ökologisches Stück. Plötzlich liegt ihm der Bannwald am Herzen. Themen sind wohlfeil. Sie liegen auf der Gasse. Restverwerter klauben sie auf. Und langweilen uns mit der Wasserverschmutzung im Wiener Bekken, den Giftausstößen der Voest in Linz, dem Smog in Graz. Sie entdecken die neue Innerlichkeit, die postmoderne Selbstverwirklichung, sie lassen uns an der Midlife-crisis mitleiden. Verschont mich mit den Schemen der Themen.

Was Stilistisches?

Keinen Sprachzweifel, sagte Meissner giftig, keine Ästhetik der Versagung, die sich in Überproduktion ausdrückt. Vielmehr die Schizophrenie der Auffassung, der Darstellung. Berühmt ist der Journalist geworden, der in zwei Zeitungen verschiedener politischer Richtungen das Zeitgeschehen kommentiert hat. Warum sich für die eine Möglichkeit entscheiden, wenn eine zweite oder auch eine dritte genügend Argumente liefern, sich für sie zu engagieren. Ich habe einen Richter gekannt, allerdings einen Zivilrichter, denn nur für's Geld und nicht für Menschenschicksale nimmt man sich so viel Zeit in der Jurisprudenz, der prinzipiell zuerst einmal zwei Urteile gefällt und spitzfindig begründet hat. Erst bei der Redaktion der zwei Begründungen und einem neuerlichen Überdenken der Entscheidungsgründe hat er sich für das Urteil entschieden. Welcher Fall liegt eindeutig? Wen bestimmen nicht personelle, soziale, zeitbedingte Vorurteile? Sympathie und Antipathie greifen in die Entscheidung ein. Der Richter folgte zuerst einmal seinen Vorlieben und dann den Widerständen, die Gesetze, Wahrscheinlichkeit und Lebenserfahrung dagegen hielten.

Um auf den Punkt zu kommen: Tomassoni schreibt einen Roman mit mehreren Handlungen und mehreren Perspektiven. Nicht nur zwei Fassungen mit zwei Ausgängen, einmal letal und einmal Happy End, das hat schon der Goethe geschrieben, auch nicht bloß einen Roman, in dem die Ereignisse einmal mit den Augen des Täters und des Opfers, der Frau oder des Mannes, der Erwachsenen oder der Kinder, eines Moslems und eines Christen gesehen werden, sondern ein Opus, in dem der Standort unaufhörlich gewechselt, dem Leser eine andere Schlußfolgerung plausibel gemacht wird, in dem seine Assoziationen durcheinandergewirbelt werden, wie das Leben sie durcheinander würfelt. Eine schwierige Sache? Natürlich. Aber wenn wir schon einen Autor erfinden, dann soll er sich nicht mit etwas Einfachem begnügen. Nicht mit der obligaten Kleinbürgersatire, mit dem Entwicklungsroman, dem Ich-Trip und schon gar nicht mit dem Sozialbild, das ohnehin jeder schreibt. Ich beispielsweise, zu dem die Leute um Rat kommen, weiß für meine Angelegenheiten keinen Rat. Ich wende die Argumente und kann mich für keines entscheiden. Ich gebe auch zu, daß ich bei einer Theateraufführung, bei einem Roman oder einem Bild, von einem Musikstück zu schweigen, keineswegs sofort schlüssig über seine Qualität bin. Ich verlasse mich da auf meinen Geschmack. Aber reicht der? Hat es Ihnen gefallen? fragen mich die Leute, und erwarten von einem Kritiker eine klare Antwort. Ich weiß es nicht. Ich muß mich darüber hinwegschwindeln. Hat es mir gefallen, hat es mir mißfallen? Das Wenn und Aber der Kritik. Der hat es ja leicht, er jongliert mit partieller Zustimmung und Ablehnung. Aber im Leben? Soll ich oder soll ich nicht? Was haben wir alle dadurch nicht schon versäumt und in welche Fallen sind wir nicht getappt. Vieles spricht dafür, ebensoviel dagegen. Meine Begierde spornt mich an, Angst und Mißtrauen halten mich ab. Mein Mut spricht mir zu, meine Vorsicht rät ab. Beide mit ausgezeichneten Argumenten, die den Vorteil haben, von mir selbst formuliert zu sein.

Tomassoni, sagte Moser, mutet dem Leser allerhand zu. Hilflos dem Für und Wider des Lebens ausgeliefert, sucht er bei der Literatur Gewißheit. Verwirrt ist er ohnehin. Es wird einer großen Kunst Tomassonis bedürfen, für die Darstellung der Ungewissheit eine Form zu finden, die den Leser nicht frustriert. Soll er seinen partiellen Zweifel als Bestandteil des Weltzweifels verstehen, und sich damit als Atom der Welt fühlen? Oder etwas in der Preislage?

Lassen wir den Nützlichkeitseffekt für den Leser. Erzähl mir nichts von der Moral. Wiewohl sie, die Moral, auf der Hand liegt. Tomassoni befreit den Leser von dem Zwang der Entscheidung. Er erspart ihm, parteiisch zu sein. Das Lavieren, das sein Leben ausmacht, bekommt seine Rechtfertigung. Sofern Tomassoni überhaupt auf seine Leser Rücksicht nehmen soll, will und kann. Oder ist Kunst nicht autonom? Stürze ich euch da in einen Zwiespalt, für das euer Parteiprogramm keine Lösung weiß? Das ist ja das Thema, daß alle recht haben können und wir in unserem Ordnungswahn das zwar nicht anerkennen, wohl aber praktizieren.

Bringt er das zusammen, der Tomassoni?

Du erinnerst mich an das Klavierstück von Liszt, von dem die Pianisten seiner Zeit sagten, es sei wunderbar, aber unspielbar. Heute steht es auf dem Programm der Klavierlehrerinnen. Und schließlich müssen wir es ja nicht schreiben. Zugegeben, wir könnten es gar nicht. Aber wünschen dürfen wir es uns doch. So wie wir uns den Tomassoni wünschen. Der Tomassoni ist ja nicht nur eine Kunstfigur für eine Kultursatire und eine Mythenentlarvung, er ist eine Utopie. Unsere Schwierigkeit bei Tomassoni liegt nur darin, daß er, inexistent und daher grenzenlos in seiner Schöpferkraft, nicht als Mechanik einer zukünftigen Computergeneration auftritt, sondern als ein von uns ferngesteuerter Prototyp des Individuums. Unbestechlich! Tomassoni wird nur sein können, wenn er keine Klischees aufnimmt, keinem Mythos verfällt, wenn er Tomassoni ist, ein Autor, aus der Wirklichkeit des Lebens geboren, ihr zugewendet und aus ihrem Geist gestaltend. Was zweifellos zu viel verlangt ist. Aber sonst stünde er ja längst in der Literaturgeschichte, in die er, wenn wir durchhalten, bestenfalls als Kuriosum aufgenommen wird.

Auf nach Wolkenkuckucksheim, ins Niemandsland der Utopie, ins Nirwana der Ideologie. Stiefel ist hier Sachverständiger. Er wird Tomassoni beigegeben. Nicht als Helfer, sondern als Affront. Als Zielscheibe, auf die sich Tomassoni einschießen kann. Wir kennen das aus Stiefels „Schmetterling“-Essays: Kapitalismus ist out, der reale Sozialismus ist out, Sozialdemokratie ist noch immer oder schon wieder out, Individualismus ist out, Kollektivismus ist out, Österreich ist out, Marxismus ist ein ausgespartes Tabu, Meissner meint, wenn jemand, dann muß Tomassoni diese irreale Zuflucht der Ideologiekritiker ausräuchern. Stiefel stellt sich auf den alten Kritikerstandpunkt, daß man, was man kritisiert, nicht besser machen müsse. Ein scharfes Auge für die Realität, das ist unsere Kritikermitgift.

Stiefel ist in der Hoffnung Utopie gut aufgehoben. Unangreifbar, weil es keine Angriffsflächen gibt. Utopie ist wandelbar, dehnbar wie Gummi. Die Opfer wechseln ebenso blitzschnell wie die Positionen. Die klassenlose Gesellschaft löst ein temperierter Individualismus ab, über den sich der anarchische Hohn eines unanfechtbaren Glaubenszweifels ergießt. Ein Stiefel kann mit gleicher Überzeugungskraft ein Stück verreißen oder loben. Wie viel leichter fällt ihm das bei dem, was da Gesellschaft genannt wird, und von dem niemand genau weiß, was es ist. Der Begriff ist porös. Ihr seid eine feine Gesellschaft, hat jemand den „Schmetterling"-Leuten zugerufen, und das keineswegs freundlich gemeint. Der Gesellschaft geht es wie dem Individuum. Der Polizist, der ein Individuum aufgegriffen hat, meint zweifellos jemand, der nicht in die Gesellschaft paßt, und wenn, dann in eine schlechte Gesellschaft. Tatsächlich fühlen sich die als „Gesellschaft" apostrophierten „Schmetterling"-Leute aber als eine feine Gesellschaft, deren Status nicht mehr das Geld, nicht mehr ererbte Macht und die Beherrschung der Gesellschaftsregeln bestimmt, sondern der kritische Verstand, der das alles in Frage stellt im Namen von Wolkenkuckucksheim, dem idealen Land, in dem bekanntlich der neue Mensch in Glück und Frieden lebt. Stiefel sagte Gesellschaft, hob die Arme wie der Papst, wenn er urbi et orbi segnet, und die Geste umfaßte alles, was da beherrschend und beherrscht kreucht und fleucht.

Der Utopismus Stiefels, sagte Meissner zu Moser, der durchaus anfällig war für den freischwebenden Anarchosozialirrealismus, kommt mir wie das Pfingstfest der Katholiken vor. Weihnacht, das ist die Geburt des Herrn, Ostern, das ist sein Opfer und seine Auferstehung, aber was ist Pfingsten? Ein Wunder. Eine theologische Verrätselung. Natürlich ist Pfingsten das tiefgründigste Fest, weil es niemand ergründet. Auch Stiefels Utopismus ist unergründbar. Marxistischer Untergrund auf einem frühchristlichen Hintergrund mit einem anarchosyndikalistischen Überbau, autokratischen Machtansprüchen und demokratischen Sprechblasen. Sein Niemandsland ist eine Gedankensünde. Eine mobile Zufluchtstätte. Er schlägt sie auf, wo immer er sie braucht. Ein Zauberspruch, und sie öffnet ihm ihr Schlupfloch. Er schlägt seine Links-Volte und hat Dich schon wieder überholt. Stiefel, sagte einmal der große Guru, der mit dem dünnen roten Bart und dem dicken Bauch, der Soziologieprofessor aus Detmold, hüte Dich vor konkreten Forderungen. Unser Ziel ist das Unerreichbare. Die Idee ist zu kostbar, als daß sie der sogenannten Prüfung der Wirklichkeit ausgesetzt werden dürfte. Unsere Zeugen sind Marx und Christus, Mohammed und Oswald Wiener, Mao und Moses, Noah und Chomsky, Freud und Bloch. Laß Dich niemals bei einer Reform erwischen. Der Ausgang ist zu ungewiß. Nichts darf Deine Pose des Alleswissens schwächen. Du lebst von der korrupten Gegenwart und der lichten Zukunft. Fahre auf die gesammelten Wirklichkeiten nieder wie Gabriel und weise wie der Erzengel mit dem Schwert (der Feder) in eine blendende Helle, in der nichts auszumachen ist, als die Hoffnung auf ein großes Glück und die Gewißheit unbarmherziger Rache.

So grotesk es klingt, es könnte sich die Notwendigkeit ergeben, Hinker, Professor Dr. Hinker, für die Tomassoni-Aktion einsetzen zu müssen. Hinker, der Aufsteiger des Jahres, übernimmt die Edition einer Buchreihe, er tritt als Generalsekretär zurück, versieht aber weiter die Geschäfte, er wird aus weiß der Teufel welchem kulturellem Beirat abberufen, aber um die Fortsetzung der Tätigkeit gebeten, er schreibt die Kolumne Radotis in der Wochenzeitung, er führt in Stellvertretung die Redaktionsgeschäfte von drei aus Bundes-, Landes-, Stadt- und Sponsormitteln finanzierten Monatsschriften. Hinker, der zweite Mann, der sich in die vordere Reihe drängelt, Hinker, der Einspringer, Hinker, der Strammsteher, der Pflichterfüller und Befehlsausführer. Für das offiziöse Prachtwerk hat er den Beitrag über unsere aufwärts strebende Literatur viermal umgeschrieben, bis sie den Bedürfnissen der Verlage, der Imagewerbung des Außenhandelsamtes und den Anforderungen des Zeitgeistes entsprochen hat, dem zu widersprechen er seinerzeit angetreten ist und dem er in verläßlicher Runde im stillen Kämmerlein noch immer die Leviten liest. Der Arschkriecher Hinker als Symbolfigur der österreichischen Literatur. Er verbeugt sich nach links, seine rechte Schlagseite ist notorisch.

Sollte Tomassoni nicht lieber eine Parodie über Hinker schreiben? Steht das dafür? Nein, aber über das Geheimnis, daß ein allgemein verachtetes Literaturschlieferl sich unentbehrlich gemacht hat.

Unser Triumvirat hat beschlossen, Hinker mit vornehmen

Schweigen zu übersehen. Er ist zu unbedeutend. Hoffentlich wissen sie, was sie tun.

Wir sind alle Mythomanen der Harmonisierung, sagte Meissner. Stiefel harmonisiert das Sozialleben, ich harmonisiere das Liebesleben und Moser ist für die allgemeine Harmonie zuständig. Für den unaufhörlichen Ausgleich zwischen Sexphantasie und Pensionsangst, zwischen Kompromißbereitschaft und ideologischer Selbstbehauptung auf unserem Kriegsschauplatz Kommunikation.

Meissner war klar, daß er sich die lustvollste, aber die schwierigste Aufgabe gesetzt hatte. Was war das Parlamentspalaver gegen die Zimmerschlacht? Da flogen die Fetzen, dort die Phrasen, hier wurden unheilbare Wunden geschlagen, dort ein paar Kratzer zugefügt, hier wird alles im Unterbewußtsein notiert, jederzeit aufrufbar, dort gelöscht.

Stiefel hielt sich auch hier an die Utopie. Die Harmonie der klassenlosen Gesellschaft. Der Tag wird kommen. Stiefel, wie seinesgleichen unvorbereitet auf nationale, religiöse, soziale und Generationenkonflikte, immer überrascht und vor den Kopf gestoßen, wenn es anders kam, stets von der Realität beleidigt, verstand aber, mit dialektischen Drehs aus dem Widerspruch seiner Zukunftsvision und diesem unserem schäbigen Wohlstandsleben Kapital zu schlagen. An seiner Harmonie war nicht zu rütteln. Wer sie verletzte, war selber schuld.

Meissner, ein Leben lang um die Harmonie der Geschlechter bemüht, die bekanntlich nach dem Orgasmus in etwas zerfällt, was als Folter, als totaler Krieg nur unscharf beschrieben ist, flüchtete schließlich in die Liebe, und hielt sich dabei das Hintertürl der funktionierenden Gesellschaft offen. Wer will schon von dem zermürbenden Kampfplatz Ehe hören? Also erfand er wieder die Liebe, die er zuvor abgeschafft hatte. Alles für die Harmonie. Seine Romanhelden werden in alle Laster dieser Welt verstrickt und schließlich in der Harmonie erlöst, zu der er die Triebe, Frustrationen, Leidenschaften, fixen Ideen vorsichtig auflöst. Ein literarischer Kuppeldienst. Was die sich antun, jede Brutalität, jeder Verrat, jede heimliche Böswilligkeit, jede egoistische Befriedigung kriegen ihr Plazet im Weltenplan. Alles geplant, alles vorgezeichnet. Wer hätte das gedacht, daß selbst ein Aufklärer wie Meissner, ein Mythenzerstörer, Mythenforscher, wenn es darum geht, seine Obsessionen zu rechtfertigen, zum Pfaffen wird.

Wie steht es mit dem Tomassoni-Artikel der Maltz?

Die Maltz, sagte Moser, hat zwischen Scylla und Charibdis so viele blaue Flecken bekommen, daß sie sich zwei Wochen in Ibiza erholen muß. Oder auf der Insel Elba. Was weiß ich, irgendwo, wo es auch im Oktober schick ist. Und wo man sich, beziehungsweise seine galoppierenden Gedanken sammeln kann.

Sie hat es tatsächlich nicht leicht, gab Meissner zu, Montag gewinnt sie mit dem frisch gestrichenen Grünen ihren Glauben an die Poesie und ihre irrationalen Quellen zurück, Mittwoch fällt sie aus der tiefsten Schnitzeler-Nostalgie, in der sie Dienstag geschwelgt hatte, in den postmodernen Anarchismus einer aufrührerischen Halbstarkenbande hinter Bühnengittern, Donnerstag entpuppt sich die hübsche Schottin, auf deren progressiven Feminismus sie gesetzt hatte, als alte und häßliche Science-fiction-Schmiererin, na, und das Wochenende bleibt wieder einmal der Verwandlung des Schimpfmeisters in einen Menschenfreund vorbehalten. Und Sonntag abend enttäuscht sie der avantgardistische Regisseur im Burgtheater mit ungenügend ironisierter Opulenz.

Sie soll sich an der Messerer ein Beispiel nehmen! Die läßt sich von Leistungen nicht verblüffen. Er sah Stiefel an. Die ist fast so prinzipientreu wie Du. Die glaubt an die literarischen Fronten. Links die Guten, rechts die Bösen, noch weiter links die Begabten, ganz weit rechts die Unbegabten. Dazwischen liegt ein mit dem ganzen kulturellen Unrat gefüllter Graben.

In den sie einmal fallen wird.

Stiefel, hopp, sagte Meissner. Hol sie heraus. Apportier sie Moser!

Was sagt sie eigentlich zum Schimpfmeister?

Der schaufelt der Maltz das Grab, aber für die Messerer ist er ein Glücksfall. Die Maltz ist eine Reinwäscherin. Noch, wenn sie mit Dreck wirft, lobt sie die reine literarische Weste. Sie sucht nach edlen Motiven, nach dem tieferen Sinn, sie wittert nach dem Herzblut. Die Messerer ist eine Richterin, die von der Schuld aller Angeklagten überzeugt ist. Leute wie den Nestbeschmutzer verweist sie in eine Art Fegefeuer, ach ja, in den Mistgraben, in dem sie einmal ersticken wird, wenn Retter Stiefel sie nicht rechtzeitig herauszieht. Da bewahrt sie wie eine Spinne ihre erstarrten Opfer bis zum Mahl. Da sind die, die noch nicht angefaßt werden können, und die, die man besser gar nicht berührt. Der Nestbeschmutzer hat da eine Luxusecke. Einmal zieht sie ihn als Zeugen der Anklage hervor, dann stößt sie ihn als Angeklagten wieder zurück, sie beklagt ihn als Opfer und flucht ihm als Täter. Der Verbalinjurienartist hat in ihr seinen Meister gefunden. Leider hat sie als Journalistin nur die Taktik, aber nicht das Format.

Und der Tatbestand?

Wird ausgeklammert. Ich habe geglaubt, Du warst einmal bei Gericht. L'art pour l'art. Davon haben wir immer geträumt. Der Prozeß an sich. Die absolute Schuld und die absolute Unschuld. Kläger, Angeklagter, Richter und Zeuge in einer Person.

Ein Tomassoni-Thema, warf Stiefel ein.

Meissner sah ihn mitleidig an. Jede Absurdität ist ein Tomassoni-Thema. Auch die Maltz und die Messerer. Stelle Dir das einmal plastisch vor, wie die Maltz alles nach der letzten Mode zurecht oder noch lieber auseinanderbiegt. Übrigens, keine Kunst bei dem weichen und rückgratlosen Material. Die Maltz ist natürlich ein bis zur Unkenntlichkeit denaturierter Engel. Die Messerer ist eine Hexe in der Verkleidung der Kassandra. Das Klage- und Anklageweib. Eine Blindgängerbastlerin, Knallbonbonspuckerin.

Über den Graben.

Die Messerer steht auf gar keiner Seite des Grabens. Die faucht wie eine Tigerin aus ihrer neutralen Ecke. Die täuscht eine Position vor, hat aber keine, es sei denn als ideologische und ästhetische Zuflucht. Wenn sie nicht mehr aus kann, dann wirft sie sich auf ihre linke Seite. Schimpft wahllos vor sich hin mit dem Anspruch einer Anwältin der Ordnung. Eine Anarchin, die sich mit Ordnung tarnt, während die ordentliche Maltz Anarchie im Knopfloch trägt.

Irgendwo müssen sie ja dann zusammenkommen?

Natürlich, in gegenseitiger Abneigung.

Hexen im Frühstadium zu erkennen, dafür galt im Mittelalter der Dominikaner Helvetius als Autorität. Er pflegte in die Kinderstuben zu gehen, auf die Spielplätze, und die Mädchen mit seinen gefürchteten langen Armen herauszuholen. Kamen sie ihm aus, hielt er das für einen Beweis ihrer Infektion, ließen sie sich greifen, sah er darin Gottes Zeichen, daß er die Angesteckten in seine Hand gegeben hatte. Es war schwer, wenn nicht unmöglich, dem Scharfblick des Helvetius den Keim des Hexenmakels zu verbergen. Er litt darunter, daß die Beweisführung vor dem vierzehnten Lebensjahr unmöglich war. Hast Du Umgang mit dem Teufel? fragte er da eine Fünfjährige. Das Konsistorium ließ nur die vollzogene Entjungferung gelten. Die Inklination ließ sich durch vorgetäuschte Inbrunst im Gebet tarnen. Seine Messen leerten sich, als bekannt wurde, daß allzu tief in Andacht versunkene Frauen seinen Argwohn ebenso erregten wie die lässigen Besucherinnen. Helvetius verdächtigte jede Frau der Hexerei. Ganz selten glaubte er, ein unschuldiges Geschöpf ausgemacht zu haben: Eine Elfe. Dann ging er hin und weinte bitterlich, denn er wußte, auch sie würde des Teufels Beute werden.

Das Ende des Helvetius hätte Dr. Moser zu denken geben können. Beim Verhör einer Hexe von außerordentlicher Wohlgestalt war der Teufel in ihn gefahren, er hatte die Hexe begehrt, widerstanden, bis er der unwiderstehlichen Teufelsgewalt erlegen war, sie beritten und anschließend sich und des Teufels Werkzeug vernichtet hatte. Anders als es einem Jesuiten ergangen war, dessen Name unbekannt blieb, dessen Andenken aber lange am linksrheinischen Ufer gepflegt wurde, und, was Dr. Moser als Literaturexperten bekannt sein mußte, auch in einem Grimmschen Märchen Niederschlag gefunden hatte. Als dieser Hexenaustreiber ebenfalls seiner Begierde nach einer Hexe nicht mehr Herr wurde und sich mit ihr ergötzt hatte, gewann er die Überzeugung, daß dies niemals Teufelswerk sein könne. Er wurde ein vorsichtiger Anwalt der Hexen und erfolgreicher Hexenaustreiber. Denen, die er nicht vor dem Scheiterhaufen bewahren konnte, gewährte er eine als Hexenprobe getarnte letzte Umarmung.

Dr. Moser schloß scharfsinnig, daß Geschichte, auch Kirchengeschichte, von Männern geschrieben wurde.

Da kam Sand ins Getriebe. Erlösungsgeschichten. Stiefels Zukkerpüppchen hatte einen Mann gefunden, von dem sie überzeugt war, daß er sie endlich erlösen würde. Aber Stiefel hat sie doch auf Händen getragen. Er hat sie nicht erlöst, und sie wollte endlich erlöst werden. Wozu machte eine Frau das alles mit? Doch nicht für das bißchen Sex, den Lebensunterhalt und ein paar schäbige Geschenke. Erlösung im Bett? Meinte sie nicht. Und erklären konnte sie es auch nicht. Einfach Erlösung. Von allen Übeln, Amen. Und der Neue kann es? Er hat es versprochen, er hat Proben dafür abgelegt und sublimes Verständnis für Zuckerpüppchens Bedürfnisse gezeigt. Stiefel mimte Enttäuschung, Empörung über den Verrat, als Linksintellektueller integrierte er den Vorfall sofort in sein Weltbild, aber in Wahrheit war er erlöst.

Erlösung. Meissner kannte das. Aber bei ihm dauerte es nur eine Abendstunde bis zum Einschlafen. Der Traum von der nervigen Kurve, mit der die Oberschenkel in die Hüften übergingen. Er saß vor dem Fernseher, die Kamera nahm ein Stück Frauenfleisch ins Visier, ein verdrücktes Stück Stoff kam in Sicht, und das rasch entschwindende Bild hinterließ die Ahnung eines Geheimnisses, das das Mädchen mit sich genommen hatte. Wenn das nicht Liebe war!

Zuckerpüppchen fand, sie habe bisher Pech gehabt. Sie gab zu, der eine war gut im Bett, der andere rücksichtsvoll, Mischler hatte hervorragend gekocht und die besten Restaurants gekannt, Kokesch hatte seine freien Stunden in ihre Neurosen investiert. Er war besser als jeder Neurologe. Er hatte ihre Ängste vorsichtig abgebaut, ihre Minderwertigkeitskomplexe mit Schmeicheleien erstickt. Aber erlöst hatte er sie nicht. Es stellte sich heraus, daß sie sich diesbezüglich getäuscht hatte. Er war dann für immer längere Zeit wieder in seinem Atelier verschwunden, wo sie ihn bei der Arbeit störte. Beim nächsten konnte sie kuscheln. Zurück in den Infantilismus. Aber sie erwachte jeden Morgen als erwachsene Frau von 35 Jahren. Wenn sie sich nicht sogar älter fühlte. Mach mich zum Kind, schmollte sie. Zu Deinem Mädchen. Er tat, was er konnte, aber es stellte sich heraus, er braucht selbst eine Mama. Er hatte sie nur als Schwester akzeptiert. Stell Dir vor, er sah in mir seine kleine Schwester, die er als Einzelkind entbehrte. Was das übrige anlangte, hatte er sich verstellt. Alle verstellen sich, klagte sie. Und plötzlich sind sie wieder das, was sie wirklich sind, und damit ist kein Staat zu machen. Gewöhnliche Egoisten, Spießer, Schwächlinge, Schmutzfinken. Absoluter Durchschnitt. Wie soll ich da erlöst werden? Vielleicht sollst Du in den Durchschnitt erlöst werden? Aber mit einem Automechaniker oder einem Buchhalter wollte sie es nicht versuchen. Dazu hatte sie einfach keine Lust.

Sie hatte es mit einem Genie probiert. Er saugte sich das Genie aus einem müden Körper und einem nervösen Geist. War das Genie abgesondert, blieb etwas zurück, das weit unter allem rangierte, das ihr bisher passiert war.

Und dann die Männer, die selbst erlöst werden wollten. Die sich einbildeten, von einer Frau erlöst werden zu können. Gegenseitige Erlösung. Kennen wir schon. Die Lust klingt ab, und es ist, wie es immer war, nur abgeschlafft, spannungslos.

Erlösung, das war für sie Spannung und Befreiung von jeder Spannung, Inspiration und eine unendliche Leere, Erfolg, aber mit Überwindung eines jeden Ehrgeizes. Sie kam ins Schwärmen.

Der Neue war auch kein Erlöser, sie ließ es auf einen zweiten Versuch mit Stiefel ankommen. Er hatte die politische Motivierung. Den emanzipatorischen Impuls. Sie redete ihm ein, daß seine Theorie darauf wartete, in die Praxis umgesetzt zu werden. Seine Theorie, wehrte sich Stiefel, erlöste Millionen. Aber Zuckerpüppchen pfiff auf die Millionen Weiber. Wenn seine Theorie was wert war, dann sollte diese Theorie sie erlösen. Er wollte sie auf Sit-ins mitnehmen. Sie pfiff auf Sit-ins. Keine Versammlungen mit Weibern. Die Umsetzung der politischen Theorie ins Religiöse. Sie landeten erst wieder einmal im Bett. Aber Stiefel war dadurch ausgefallen.

Umschlager hat sich zu Tode gesoffen. Der Nachruf der Maltz schwafelte von der Kultfigur der Avantgarde. Moser drückte das, wie üblich kryptisch aus. Er benebelte sich und seine Leser mit literarischem Weihrauch. Wenn ich den Moser lese, hatte eine ihm gewogene Leserin einmal gesagt, schwanke ich, wie bei einem Schwindelanfall. Ich weiß nicht, ob ich das mag. Es ist wie ein leichter Ätherumschlag. Ich halte mich für informiert, aber eigentlich bin ich narkotisiert. Andeutungen treiben mich in einen leichten

Schwips, verbarrikadieren mir aber die Aussicht. Nichts zum Weiterdenken, nur zum Weiterahnen. Aber mehr als eine Ahnung ist einem bei der Kunst ja ohnehin nicht vergönnt. Oder?

Die Messerer zollte dem Umschlager den Respekt, der einem Guru gebührt, notierte aber dessen ungeachtet trocken, daß es bei ihm zum Erfolg nicht gereicht habe. Daß er sozusagen ein Napoleon des Napoleonwaldes geblieben ist, ein Prophet, dessen Stimme zwar einmal jährlich nach Bielefeld oder wo die Tage der konkreten Poesie abgehalten worden sind, aber sonst nicht über die Stadtgrenze gedrungen ist. Da schau her! Der berühmte Realismus der Messerer. Was Umschlagers Ruhm bei seinen Fans war, daß er nur 22 Gedichte und 7 Essays geschrieben hat, kann der Messerer nicht imponieren, die jede Kritik in fünf Fassungen gießen muß und täglich durch den Streß der Redaktionsschlußzeiten gepreßt wird.

Warten auf den Umschlager-Nachlaß. Meissners Erwartungen waren gedämpft. Ein Gedichtfragment in den „Manuskripten", ein Essayentwurf in den „Protokollen".

War Umschlager nicht ein Tomassoni in Selbstzeugung? Stiefel widersprach heftig. Der Umschlager-Mythos war zu kostbar, als daß er ihn sich hätte nehmen lassen. Gewachsen wie ein Baum. In Alkohol konserviert, mit Tabakrauch gebeizt und mit Intellekt unterspickt. War ihnen Umschlager zuvor gekommen? Literarischer Ruhm ohne Werk? Aber da gab es doch den Menschen Umschlager, den Rotzbuben und Stänkerer, den man nur im Weinhaus Handler antreffen konnte.

Umschlager ist nicht zu umgehen, wie eine Grazer Kritikerin einmal geschrieben hat. Die 22 Gedichte sind Totempfahle der Moderne, ein Stonehenge des technischen Zeitalters.

Meissner erinnerte sich, daß er den Namen Umschlager zum ersten Mal gehört hatte, als ein Gartenzwerg der Wiener Gruppe ein scheues Gipsreh verrissen hatte, weil sie, das Reh, was eigentlich auch ein Vorzug sein hätte können, eine Epigonin Umschlagers sei. Möglicherweise war der Nimbus Umschlagers dadurch installiert worden, seine Originalität durch die Anprangerung ihrer Verballhornung durch eine Epigonin zu beklagen. Der Name war ihm seit damals im Gedächtnis geblieben. Mit einem Schimmer Bewunderung. Das war doch der, den eine Nachahmerin verhunzt hatte.

Aber die Spur Respekt reichte nicht zu dem Verlangen, das Original kennenzulernen. Das geschah bei einem der unvermeidlichen Symposien. Round Table Konferenz vor Studenten. Kritiker, Autor, Professor und Guru auf dem Podium. Vor Umschlager stand ein Doppelliter. Ein Rotzbub, flink, frech, großgoschig, aber sympathisch. Gegenüber den Rauschgifthohepriestern, die damals die Dialektik von Politik, Literatur und Existenz zelebrierten, war er ein Provinzler mit seinem Weinglas. Er trank gierig und in großen Schlucken. Je weniger in der Flasche war, desto aggressiver wurde seine Polemik. Sein Zorn, resümierte Meissner, war jedenfalls alkoholabhängig. Wie das mit seinem Genie stand, blieb dahingestellt. Ihm war er betrunken jedenfalls lieber als nüchtern, eine Einstellung, die er mit dem jugendlichen Publikum teilte, das gelangweilt auf die Verbalinjurien des Guru gewartet hatte. Der machte tabula rasa. Alles Arschlöcher.

Meissner stimmte ihm zu. Auch in der Überzeugung, daß der röhrende Hirsch, den eine damals ernannte Kulturfunktionärin durch Steuernachlaß bei der Erwerbung von Bildern der diversen Wiener Schulen der Moderne aus den Schlaf- und Wohnzimmern der Arbeiter und Kleinbürger verbannen wollte, unersetzbar sei. Auf jeden Fall unersetzbar durch Fuchs, Hutter, Attersee, Frohner und Konsorten. Wie sollte einer der notorischen Übermalungsartisten, eine der Schockfarbenorgien oder die penibel hingepinselten mittelalterlich mitternächtlichen Genreszenen im Bewußtsein eines unverbildeten Gemütes gegen die Unschuld des Rehkitzes bestehen, das im Morgenrot das Kleefeld beschnuppert? Alpenglühen! Umschlager plädierte, sei es aus Überzeugung, sei es im Rausch, für die Subvention des Alpenglühens. Nicht einzusehen, daß das Alpenglühen leer ausgehen soll, wenn die anderen so und so viel bekommen. Er irrte sich dabei in den Millionen, gelegentlich auch in den Milliarden, was aber die Begeisterung seines Publikums nur anfachte. Er schlug eine Demonstration vor, die vom Unterrichtsministerium zur Kunstakademie ziehen sollte. Jeder Teilnehmer mit einem Gebirgslandschaftsschinken mit Alpenglühen und röhrendem Hirsch bewaffnet. Eine Gasse für die Demokratisierung der Kunst. Gnade für den Kitsch.

Bekanntlich wurde das Umschlagers bester und letzter Essay, in dem er die Verblödung des Bewußtseins durch Kunstmoden analysierte und den Mythos des Kitsches feierte. Das Leben, auf den kleinsten Nenner gebracht. Schönheit auf bizarre Berggipfel, großäugige Damwildaugen oder eine sanft pubertierende Jungfrau. Umschlager wies in dem Aufsatz bekanntlich nach, daß Kunst nur Sekundär- und Tertiärmythen hervorbrachte. Daß die unaufhörliche Ironisierung von Identifikationsmöglichkeiten bloß zivilisatorische Schwächeanfälle reproduzierte und Neurosen verursachte, beziehungsweise, wo diese ihre Ursachen waren, irreparabel vertiefte, wobei er sich auf Professoren, Gurus des Strukturalismus und der Semiotik berief, die bisher, unberechtigt, wie Umschlager bewies, als Anwälte des Differenzierungsprozesses der Kunst gegolten hatten.

Nieder mit der Kunst! Freiheit für den schlechten Geschmack! Wir alle, bewies Umschlager, haben einen schlechten Geschmack. Wir vergewaltigen ihn nur unter dem Diktat der Pseudomythologien der Kunst. Wobei er sich zu Geständnissen seiner Vorliebe für Krimis, sadomasochistischem Porno und Kartenspielen hinreißen ließ, wofür Leute wie die Maltz oder Moser ihm sowieso mildernde Umstände zubilligten. Sie verwässerten seine Anti-Kunst-Kampagne natürlich durch die übliche Interpretationsmasche, die alles widerrief, indem sie es zu Tode analysierte. Umschlager, der sich in eine Lücke unseres Kulturbewußtseins drängt und dieses dabei sprengt, sein artistischer Amoklauf, der die Absurdität der Kunst auf die Spitze treibt, in der Kunst wieder zur Natur wird – wieso eigentlich? –, der radikale Denker, der vor den Klischees in die Unverständlichkeit geflüchtet ist auf dem Trip zum Elementaren, der große Utopist einer Einheit von Leben und Kunst, von Nüchternheit und Rausch. Und so fort. Wir kennen das zu Genüge aus den Wochenendbeilagen der sogenannten Intelligenzblätter. Manche würzten mit Ironie. Überwindung der Systeme durch Systemimmanenz, ihre Auflösung durch den Amoklauf ihrer Postulate. Meissner trug diese und ähnliche Zitate zusammen, ohne damit Verantwortung für sie zu übernehmen, die auch der Autor dieses Buches ablehnt.

Und das war der Moment, in dem Schmalz auftrat. Meissner hatte von ihm noch nie gehört, Moser war selbstverständlich informiert, und Stiefel hatte, was Meissner entgangen war, im „Schmetterling“ bereits geistespolitische Bedenken gegen die Schmalzsche Postmoderne, beziehungsweise seine Definitionen der Postmoderne angemeldet. Das Schmalz-Zeitalter war ausgebrochen, wie die uns sattsam bekannte Grazer Kritikerin formulierte, deren Namen sich Meissner nicht merken konnte oder vielleicht auch nicht merken wollte. Umschlager ein Vorläufer, ein Wegbereiter von Schmalz.

Es gibt unter den 22 Umschlager-Poesien ein Gedicht, das aus einem Wort besteht: Ein, was so viel wie nie bedeutet, und nie, was die bündige Einheit inkludiert. Zugleich Bejahung und Negation der Existenz. Indem dieses Gedicht, schrieb die Grazerin, ohne die ich nicht auskomme, weil für sie dasselbe gilt wie für das Gedicht, „die für es typischen Verfahren akkumuliert, weist es bereits über sie hinaus“. Das kann man wohl sagen, meinte Meissner. Aber von wem kann man das nicht sagen?

Nie wird durch ein ersetzt, ausgelöscht bis auf einen Keim, der sich unverhofft zu einem ein auswächst. Ein Chamäleon von einem Wort. Der Guru hat es, heißt es, von Fitz in einer abstrakten Version geschnitzt, als Talisman ständig bei sich getragen und damit Sein und Nichtsein in der Westentasche aufbewahrt. Das E, das I und das N auf das Wesentliche reduziert. Keine Ahnung, wie das aussieht. Ich stelle mir einen Mini-Totempfahl vor. Das E mit seinen Nischen, der Nische Zuflucht und der Nische Ausgang, das I in seiner unbegreiflichen Glätte und das N in der Verschlingung der drei Pfähle Ausdruck des Geheimnisses. „Vokabulär bewegt sich Umschlagers Einwortgedicht“, wie die Grazerin meint, „zwischen Abstrakta und Konkreta. Der sich in zahlreiche Widersprüche aufsplitternde Widerspruch läßt es sich selbst reflektieren. Strukturen entstehen, die, bevor sie noch formal zu Ende geführt sind, inhaltlich aufgebrochen werden. Mit einem Wort, das polyfunktionale und polyvalente Objekt. Konkret Semantik.“

Ein Nie, das nie ein sein kann, aber alle Chancen von nie und ein in sich trägt. Der Stein des Weisen, der Ursprung der Poesie, das Hexeneinmaleins der Philosophie, die Aufhebung des Gedankens und die denkerische Verdichtung des Nichts.

Eigentlich unerklärlich, daß die von Schmalz initiierte Ein-Wort-Poesie nicht reüssiert hat. Schmalz meint, daß Umschlager mit ihrer

Erfindung sie auch bereits ausgeschöpft hat. Aber er hielt Umschlagers Ein-Wort-Gedicht für das Scharnier aller künftigen Poesien. Es führt direkt zu den „Nicht mehr"-Gedichten von Umschlager. Ein Gedicht, das gedacht, aber nicht geschrieben wird, weil es sinnlos ist. Gelegenheit vom kollektiven Ich-Ganzen zu schwärmen, das es nicht gibt. Diese Nicht-Existenz hebt das Ungenügen auf, sowohl an der Sprachlosigkeit von Umschlager und der Ahnungslosigkeit von Schmalz. Womit der postmoderne Nicht-Existentialismus geboren war.

Schmalz hat einiges Gehirnschmalz an die Erkenntnis gewendet, daß er nichts weiß.

Was aber bedeutet das für Tomassoni? Der Nicht-Autor des Nicht-Gedichtes, während es Umschlager nur zum Autor des Nicht-Gedichtes gebracht hat. Die doppelte Negation, die sich zur Illusion eines Kunstwerkes verdichtet, Meissners alter Wunschtraum? Der wahre Mythos hat keine Bindungen an die Realität. Er existiert im Nicht-Existenten. Er ist von der Wirklichkeit angeregt worden, ausgelöst, verursacht, gereizt wie die Perle vom Staubkorn. Er selbst besteht aus einem explosiven Gemisch aus Assoziationen. Zwanzig Prozent Vorurteil, dreißig Prozent unsinnige Hoffnung, zehn Prozent Frustration und vierzig Prozent Egozentrik. Ein Syndrom von Verdrängung und hochfahrendem Anspruch. Mit Spurenelementen von Erkenntnisschimmer. Und natürlich Anteile Staub, Stickstoff, Sauerstoff, Kohlenmonoxyd, Umschlagersche Absonderungen und Ausdünstungen, Maltzsche Vernarrtheiten, Messerersches Mißtrauen, Handkesche Verinnerlichung, Bernhardsche Veräußerlichung und so fort. Tomassoni, wie er mir vorschwebt, sagte Moser, enthält in nuce die österreichische Literaturgeschichte, die Kristallisierung ihres Mythos ohne die Abweichung durch Weibergeschichten, Amokläufer, Eheauszehrung und andere private Rückfälle in die Ungewißheit der Wirklichkeit. Reichartsebner-Lambrecht soll seine Germanisten vergattern. Das Rilkesche in Tomassoni, das Karl Kraussche, das Grillparzersche, das Lenausche, das Schnitzlersche! Tomassoni, ein Opfer von Ingeborg Bachmanns postklimakterischen Verführungskünsten? Forscht, Burschen, forscht!

Freude bereitete Meissner eine Fußnote des großen Borges über einen Zwischenzustand von erfundenem und existentem Autor. Er verwies auf den Gauchopoeten Joberanis, der nach mißglückten literarischen Versuchen sein Leben in Bars und Hurenhäusern verbrachte. Er notierte nur noch überfallsartige literarische Ein- und Anfälle. Borges hatte auf der großen Sertao-Reise eines dieser Blätter zu sehen bekommen. Er sammelte sie und gab sie unter einem Pseudonym heraus, an dem die Borges-Experten, wie bekannt, noch heute rätseln. Dies nebenbei. Aber könnte Tomassoni nicht ein Ministerialrat, Krimileser, Buchhalter sein, den es einmal in der Woche in einer schöpferischen Rage zur Schreibmaschine drängt? Ein Quartalsphilosoph, ein Quinqueniumpoet? Immer noch besser als die karge Mitgift an Poesie in der kleinen Münze von Zauberkunststückeln und Luftballons auszubröseln wie der notorische Adabei, der in Wien für einen Poeten gehalten wird. Ein Normalmensch, dem Gott zizerlweise zu sagen gibt, was er fühlt? Oder der sich's vom ausgeweideten Geist abpreßt? Wie kommt der dazu? Aber das fragen wir uns ja bei jedem Autor.

Aus Okzitanien kommt die Meldung vom Tod des letzten Berufsjugendlichen. Der Neunziger war ein Zeitzeuge des legendären Jugendkultes, der, wann war das nur, das ist schon lange her, Okzitanien erschüttert hat. War er von der sozialistischen, von der christlichen, von der nationalliberalen, der konservativnationalen Fraktion? Oder von Rapid? Egal. Was waren das für Zeiten! Als die Jugend auf die Straße ging, als die Parolen zündeten, die Molotow-Cocktails einschlugen. Du alte Revoluzzerherrlichkeit! Du Jugendtraum der permanenten Revolte! Was ist davon geblieben? Ein Häufchen von Funktionären. Und die sterben aus. Unterschriftsaktionen, Sit-ins, Hörsaalbesetzungen? Die gehen lieber bumsen. Der amerikanische Starreporter Tom Wolfe, seinerseits angegrauter Recke des Jugendkultes, hat bei seinen europäischen Recherchen nur mehr Berufsjugendliche ab sechzig angetroffen. Ein Zweiundvierzigjähriger war ihr Aushängeschild. Kein Fußvolk. Alle auf dem Karrieretrip. Die Überlebenden sammeln Aufrufe, Broschüren, Berichte für ihre Memoiren. In einem Sommerhaus in Giesshübl singen sie die alten Lieder. Quer durch Wandervogel und Rotfront.

Es gibt keine Jugend mehr, wird von dem sterbenden okzekutanischen Berufsjugendlichen als letztes Wort überliefert, es gibt nur noch Beamtenanwärter. Wer nicht auf dem Berufstrip ist, ist auf dem Ich-Trip. Er wurde in der Kluft beigesetzt.

Stiefel wird langsam zu einem Totalausfall. Er hat sich bei Peterlini mit dem Protestbazillus angesteckt. Man kennt ja das Monsterprogramm Peterlinis. Sein Protesttag beginnt morgens mit einem Aufruf, dann unterschreibt er die laufenden Proteste und Petitionen, worauf es Zeit zum Marsch zu irgendeiner Botschaft ist, dann Beratung über die Strategie bezüglich des Verbotes eines neuen Achternbusch-Films, mittag ein Arbeitsessen mit einem Abgesandten Arafats, am frühen Nachmittag ein Hearing über die neuerliche Behinderung der Auswanderung sowjetischer Juden nach Israel, an das sich eine Vorsprache beim Minister gegen die Fremdarbeiterdiffamierung anschließt. Peterlini wirft sich ins Taxi, um an einer Pressekonferenz der Amerikaner zwecks allfälligen Protestes teilzunehmen. Dann wird die Zeit knapp. In der Kulisse hat er bei einem Pro-Austria-Programm gegen Neofaschismus ein Gedicht zu lesen, dann wartet schon die Ausschußsitzung der Friedensbewegung, anschließend ist er als Beobachter zu einer Sitzung der alternativen Grünen bezüglich der Verhinderung einer Autobahnverbindung geladen. Wie bringt er die Zeit auf, die Geburtstagsvorbereitungen für Friedlinger vorzubereiten? Wer als er sollte dazu den Altbundeskanzler einladen? Weintraub, der Liedermacher, ist in Wien. Vielleicht geht es sich noch für eine Jause aus. Der will dem großen Seelendoktor der Nation seine Aufwartung machen. Dafür muß das Fernsehen organisiert werden. Und dann gibt es noch die Demo für die Errichtung eines neuen Mahnmales. Gott behüte, es passiert was mit den Cubanern! Qualtingers Begräbnis war eine Katastrophe. Eine halbe Stunde zum Zentralfriedhof, eine zurück, die Worte am offenen Grab, die Rede bei der Gedächtnisfeier.

Für diesen Tag fiel natürlich auch Moser aus.

Peterlini, sagte Meissner, erinnert mich an die berühmte Simpl-Diseuse. Erinnert ihr euch an das Chanson von der Körperpflege? Von der Frau, die sich an die gesammelten Ratschläge der Medien und der Reklame gehalten hat: Bäder, Massagen, Cremes, Moorumschläge. Herausgekommen ist ein 52-Stunden-Pflegetag. Ohne Schlafen, ohne Essen, ohne Pipi-Machen. Wofür frage ich mich, macht man sich eigentlich schön?

Nichts gegen Peterlinis Engagements. Er ist schließlich unser Ostermarschierer, unser Weihnachtsverächter und Sommernachtsträumer. Er unterschreibt, wo wir passen, er marschiert, wo wir sitzen, er spricht, wo wir schweigen, er schreibt, wenn wir fernsehen. Er ist unser Österreich-Beschützer, unser Österreich-Beschimpfer, unser Österreich-Beschimpferbeschimpfer, unser Österreich-Bewahrer, unser Österreich-Vernichtervernichter. Er greift in Guatemala ein, wenn es um Bananen geht, er ist für Demokratisierung und gegen Konterrevolution, für das arabische Experiment, für den Eurokommunismus und gegen den Neofaschismus, für einen Palästinenserstaat und die Selbständigkeit der Balten, für Regionalismus und gegen Nationalismus. Geht er nicht auch in weißer Bischofstoga durch die Stadtbahnunterführung? Nein, das ist ein anderer. Peterlini segnet nicht, er schießt aus allen Rohren. Peterlini ist kein Apostel, er ist ein Friedenskämpfer. Bush regiert in den USA, der Krieg der Sterne droht. Diskussion im Audimax über die Assistentenentlohnung. Der österreichische Antisemitismus ist virulent, der Rechtsextremismus wird wieder aktuell, Sanierung der Stahlwerke ohne Abbau, Dreißigstundenwoche ohne Kurzarbeit. Wie wird ein Mann guten Glaubens, herzhaften Engagements, intoleranter Sauberkeit in Vereinsmeierei korrumpiert?

Tomassoni schreib darüber eine Komödie, ein Gedicht, einen Roman. Wenn wir dich nicht erfunden hätten, für Peterlini müßten wir dich konstruieren.

Peterlinis Terminkalender. Wer setzt die Registerarie in Töne? War Peterlini nicht einmal Dramatiker? Oder Lyriker? Wozu soll er noch dichten? Er schreibt auf. Er notiert Termine. Wer sie in hundert Jahren kommentiert, sieht sich in die Brennpunkte unserer Zeit versetzt. Er begreift den Mythos des 20. Jahrhunderts. Die Unschädlichmachung durch Ideologisierung. Zuerst aufgeputscht, dann ausgelaugt und abserviert. Vom Urteil zum Vorurteil.

Keine Diskussionsrunde ohne Peterlini, und neuerdings ohne Stiefel. Auch Moser drängt sich aufs Podium. Der reaktionäre Karl

Kraus, der progressive Ernst Fischer, Arbeitszeitverkürzung in marxistisch-leninistischer Sicht, Restkommunismus in Rumänien und Bulgarien, die jugoslawische Frage wird virulent, was aber, fragt Peterlini, ist mit der türkischen Minderheit und riskiert damit als erster Vizepräsident der Balkangesellschaft abgelöst zu werden.

Stiefel vertritt Peterlini, wenn dieser verhindert ist. Aber Peterlini läßt sich nicht so leicht verhindern. Stiefel wird anstatt seiner Vertretung seine Verstärkung. Der Dogmatiker Stiefel, sagte Friedlinger am Krankenbett, ist die beste Ergänzung zum Anarchen Peterlini. Weiß Gott, wir werden Peterlini noch nachweinen, wenn Stiefels revolutionäres Pflichtbewußtsein Peterlinis Lust am Krawall abgelöst haben wird. Aber so weit sind wir noch lange nicht. Und wenn der letzte Minister mit HJ-Vergangenheit ausgestorben ist, werden noch immer Serben kroatische Dörfer überfallen, die Panamesen von der Fruit-Company ausgenützt werden, wird die Sandoz AG Gift in den Rhein schütten zu einem exemplarischen Aalmord.

Nur um Vietnam ist es still geworden. Peterlini ist sich darüber noch nicht klar, ob er dafür eintreten soll, daß die Boat-People und die DDR-Vietnamesen in Deutschland Aufenthaltsgenehmigung bekommen sollen. Hier spielen taktische Erwägungen mit. Stiefel ist für Konsequenz. Dem Peterlini, denke ich, wird sein Temperament durchgehen. Er ist imstande und setzt sich auch für die Wirtschaftsflüchtlinge ein. Wenn nur der Mythos dadurch nicht Schaden erleidet.

Meissner, auch hier ein Reaktionär, sieht den Unterschied nicht ein, warum jemand, der unbedingt in einer Kirche beten will oder auf die Regierung schimpft, der Vorzug gegenüber einem gegeben werden soll, der das Verlangen nach Wohlstand hat. Wäre das nicht ein Thema, Peterlini, für Diskussionen, Konferenzen, Proteste, Aktionen? Warum soll es einem schlechter gehen, weil es sein Wunsch ist, daß es ihm besser geht? Die Ideologen wollen sich kein Stück aus ihrer Ideologie herausbrechen lassen, die Mythenmacher wachen über ihre Mythen. Gründe eine Partei und sorge für ihre Verfolgung, dann hast Du die Einwanderungsgesetze auf Deiner Seite zuzüglich der Sympathie Peterlinis. Er geht für Dich auf die Straße, er unterschreibt für Dich Petitionen. Gib Deiner Lust nach einem frugalen Frühstück, einem dreigängigen Mittagessen und einem Nachtmahl mit Aufschnitt nach, und Du hast es Dir mit Peterlini und Konsorten verscherzt. Feinschmecker Stiefel wird Dir niemals verzeihen, daß Du nach zwei zusätzlichen Schalen Reis verlangst. Aber vielleicht denkt Peterlini um. Imstande ist es er.

Die Schlieferl von Wien. Da denken wir natürlich zuerst einmal an Siegfried Stefan, pardon Doktor Stefan, pardon Professor Stefan. Er spricht vier Sprachen und übersetzt aus sieben. Der geborene Ghostwriter für abgehalfterte Kammersänger und aus der Mode gekommene Burgschauspieler. Als Literaturkenner sucht er stets nach Vorbildern. Das erinnert ihn an Zuckmayer, jenes an Gerhart Hauptmann. Auch d'Annunzio ist seltsamerweise in seinem Repertoire. Aber wer hat heutzutage schon d'Annunzio gelesen. Jedenfalls nicht Emesz, die eine balkanische Note in das Wiener Premierengetümmel bringt, Ungarin, Rumänin? Apart, gerade so emanzipiert, daß es ihre Bereitschaft zu einem Flirt würzt und nicht unterbindet.

Sie möchte über d'Annunzio aufgeklärt werden.

Schlieferl erzählt ihr was über Dekadenz, Faschismus, Eleonore Duse und den Freistaat Fiume. Für Dekadenz hat Emesz eine Schwäche. Der Botschafter von Portugal, mit dem sie gerade beim Neujahrstreffen der Diplomaten am Arlberg Ski gefahren ist – am Idiotenhang natürlich – hat Züge von Dekadenz an ihr gefunden und bewundert. Das Schlieferl wiegt den Kopf. Auch er fühlt sich von Frauen angezogen, die einen Touch von Dekadenz haben.

So verirrt sich ein Schlieferl in erotische Privatsphären. Aber Emesz hat soeben ein wesentlich prominenteres Premierenschlieferl entdeckt und enthuscht. Siegfried Stefan pirscht sich an eine notorische Kritikerbegleiterin heran, um auch ihr etwas von d'Annunzio zu erzählen.

Siegfried Stefan können wir in Zukunft übersehen. Er führt ein kryptisches Dasein, wie Meissner das bezeichnet. Seine große Zeit sind die Ferien. Dann fährt er in die oberösterreichische Kleinstadt, aus der er stammt und verwandelt sich aus einem Mauerblümchen in eine Kapazität. Er ist nicht das, was man wohlgelitten nennt, der Herr Professor, aber er verschafft sich Respekt mit seinen Kenntnissen in französischer Geschichte, italienischer Dekadenzliteratur, provenzalischen Tischsitten, polnischen Schnapssorten. Wenn man ihm aus dem Weg geht, dann aus Respekt. Er ist das Vorbild blasser Gymnasiasten, zumindest in der Phantasie ihrer kleinbürgerlichen Mütter. Schwer vorstellbar, daß dieser würdige Bauchträger, dessen Corpus seinem windigen Schlieferldasein Hohn spricht, einst auch Regenwasser mit Gatsch in den Mühlbach abgeleitet hat.

Stiefel, seinerseits ein Schlieferl, allerdings einer hochentwickelten Spezies, die ihr Schlieferldasein durch unaufhörliche Attacken auf harm- und wehrlose Schlieferltypen vertuscht, hat Kategorien der Schlieferl von Wien aufgestellt. Siegfried Stefan gehört, wie vorauszusehen, in die unterste Lade: Informiertes Nichtwissen, graduierte Dummheit. Gemeinsam ist den Schlieferln das Anbiederungssyndrom, das natürlich auch in gelegentlichen Verweigerungen manifest wird. Sigi war als Knabe in seinem Nest dafür berüchtigt: Seid wieder gut, vermittelte die Mama, er wies die Hand so lange zurück, bis sie mit sanfter Gewalt zum Friedensschluß ausgestreckt wurde. Das Phänomen ist aus der Psychoanalyse bekannt. Der mit Lust erlittene Zwang wird nun rücksichtslos zur Unlustbereitung eingesetzt.

Das ist bekanntlich auch die Masche des Protagonisten der poetischen Schlieferl von Wien, des Überschlieferls Victor Schmidt Sohn. Über ihn, hat Stiefel gemeint, könnte man ein Buch schreiben. Aber als er daran ging, stellte sich heraus, daß über ihn auch nicht mehr, eher weniger zu sagen war als über den Dekadenz-Kenner Sigi.

Victor Schmidt Sohn, von seinen Freunden Vicky gerufen, hatte damals die Poesie wiedererfunden. Gesungene, getanzte, zirzensische Phantasie. Ein Poesieschlieferl, hart an der Grenze des Politschlieferls. Als sein Mercedesstern im Sinken war, weil eine Bermudadreieckmuse ihm ein Journailleschlieferl vorzog, rehabilitierte er sich mit beißender Kritik am Parteivorsitzenden. Seither ist keine Fernsehdiskussion ohne ihn denkbar. Er diskutiert im Club, gibt zu diesem seinen Kren und kämpft für oder gegen jenes und breitet seine Erinnerungen an verstorbene Schlieferl aus.

Poesie, sang Vicky, ist das Leben in Schwebe. Die Elevation als Prinzip des Daseins. Immer nur schweben. Auf dem Luftkissen Poesie, auf der Lustwolke Liebe. Sein Todestraum: Mit dem Luftballon in den Weltraum abgehen. Aber er fällt immer wieder herunter. Zuletzt in den Wienerwaldsee, in dem Baden bekanntlich verboten ist.

Ob er unter die Luftschlieferl einzureihen ist, darüber ist sich Stiefel noch nicht klar.

Meissners Lieblinge sind die mythischen Schlieferl. Sie scharen sich mit Vorliebe, aber nicht ausschließlich um den Patriarchen Zisch, den Stiefel mit Meissners Billigung aus der Liste der Schlieferl von Wien gestrichen hat. Und das nicht nur, weil er in Königsbrunn residiert. Es geht dabei auch nicht um die Leibesfülle von Zisch, die dem Begriff Schlieferl zu widersprechen scheint, als darum, Platz für den nachdrängenden Nachwuchs zu schaffen. Zisch ist bei unleugbar schlieferlhaften Zügen ein Original. Kunstrevolutionär, Religionsgründer, Panerotiker, Mythenschaffer. Zisch war, so ungern es sich Meissner eingestand, eines seiner Vorbilder bei der Geburt der Idee, den Tomassoni-Mythos zu kreieren. Zisch, der nicht begriff, daß er in einer Welt der Mythen lebte, stieg zu den Urmüttern. Er opferte ihnen Lammblut, nebelte sich und seine Unterschlieferl in Weihrauchdunst ein, besang mit dem Vokabular der Marienanrufungen Ischariot oder sonst einen Kunstteufel, verkleidete sich mit einem Ministrantenkittel, und das drei Tage lang. Aber darüber haben sich die Normalschlieferl schon zur Genüge empört. Was wieder die mythologischen Schlieferl auf den Plan rief. Um den Zivilpfaffen Zisch entstand ein Schlieferlkrieg unter verkehrten Vorzeichen. Aufgeklärte Schlieferl begeisterten sich für seine blutrünstige Orgiastik, religiöse Schlieferl empörten sich über seine Blasphemie. Der Streit gefährdete auch den Tomassoni-Kult. Für Meissner war Zisch ein Pfaffe, für Moser ein kulturelles Phänomen, was immer das bedeuten mag, es muß jedenfalls etwas Ordinäres sein, weil es in Massen auftritt, und Stiefel hielt für Zisch ein irrationales Kämmerchen im Marxismus frei. Aber schließlich ließen sie ihre Meinungsverschiedenheit, so weit es Meissner betraf, nicht ohne Amusement auf sich beruhen. Pfäffisch war Zisch im Aussehen, in der Bauernschlauheit, in der Verschlagenheit, in der Überheblichkeit, in der Folgerichtigkeit, mit der er seine Zügellosigkeiten in Rituale erstarren ließ. Mit dem Gebetsriemen gegen den Unglauben. Da gab es die große Leere. Das Königsbrunner Weltenloch. Mit der Zehnuhrmesse in der Dorfkirche war das nicht mehr aufzufüllen, mit der Parteiversammlung nicht zu beseitigen, Zisch soff, es gab ein schreckliches Erwachen, Zisch wütete unter den Dorfschönheiten, die Folge waren Abtreibungen, Alimentationsprozesse, Eifersuchtsszenen mit leichten und schweren Körperverletzungen. Zisch malte, es entstand nichts, er dichtete und komponierte, sein Funken Talent verdampfte. Und wie sollte er seinen atavistischen Sadismus befriedigen? Vielleicht mit Ohrfeigen für die Schlieferl, mit Der-Katze-auf-den-Schwanz-Treten? Da erfand er die rituelle Orgiastik, das mythische Abrakadabra. Zisch erkannte, daß sein von nostalgischen Erinnerungen durchbebter Atavismus, sein in Todesahnungen verzuckender Lebensrausch nur durch Heiligung gerechtfertigt werden konnte. Sein unstillbarer Sexualdrang mußte ebenso Religion werden wie seine unzureichenden Talente. An einen Choral setzt man keine ästhetische, sondern magische Maßstäbe. Der Künstler, Reaktionär, Sadist, Masochist, Säufer, Fresser, Vögler, Revolutionär Zisch wurde ein Hohepriester. Der Mythos hat einen großen Magen. Geheiliget werde sein Name.

Für Zisch sprach auch, daß das Gesellschaftsschlieferl, jene Schlieferlausgeburt, die sogar von den Schlieferl verachtet, wenngleich hofiert wird, mit ihm nichts anzufangen wußte. Kein Kosename! Wie sollte man auch Zisch abkürzen, verkleinern, verniedlichen? Eine abgefallene Zisch-Nonne verbreitete dafür eine signifikante Anekdote.

Sie ließ sich bei der rituellen Beiwohnung dazu hinreißen, ihm Kosenamen zu geben, Mandi, Heri, Schatzi, Hasi. Zisch herrschte sie an: Sag Meister zu mir! Das war der Nonne auf die Dauer zu prosaisch.

Von der Seite konnte man dem Zisch nichts anhaben. Also wurde ihm jeder Liter Blut vorgeworfen, jede nackte Brust verzeichnet, die Phon-Stärke seiner Trommelmusik gemessen. Aber selbst beim Gesellschaftsschlieferl schlug Spott in Respekt um. Zisch machte den Leuten Angst. Gründete er eine Partei? War er der neue Messias? Der Antichrist oder der künftige Diktator? Hitler oder Judas? Gott oder Satan? Wer immer für nostalgische Mythologie anfällig war, für faschistoiden Personenkult, für sadistische Praktiken, wer endlich glauben wollte, wer dem immer inbrünstiger aufsteigendem

Verlangen nach Untergang nicht mehr widerstehen mochte, strömte zu Zisch. So was zieht Schlieferl an. Aber Rituale veräußerlichen, bevor sie noch recht installiert sind. Königsbrunn, wo der Urbrunnen aufbrechen sollte, wurde eine Brutstätte der Heuchelei. Schlieferl, die Isis und Osiris imitierten, Spucke als Urschleim, heimliche Griffe unter die Gürtellinie als Panerotik ausgaben, mischten sich unter die echten Psychopathen. Was nicht ungern gesehen wurde, weil das den Mythos zersetzt, durch Häresien entzweit. Bald gab es mehr Scheinheilige als Ergriffene, mehr Heuler als Eiferer. Zisch wurde ein Gegenstand der Kunstkritik, und was Schlimmeres kann einem ja nicht widerfahren, wenn man die Welt von der Zivilisation befreien und Österreich durch die Urzeugung erneuern wollte. Ich sehe die Zeit kommen, da die Maltz und die Messerer Zisch in die Mitte nehmen und der Folter eines Interviews über ästhetische Kategorien aussetzen. Dann ist es nicht mehr weit zu dem Tag, an dem Zisch in der Loge des Bundespräsidenten dem Opernball beiwohnt. Drei Blutspritzer an der Toga als Orden.

Das sind Halluzinationen. Der Mann hat seine feste Burg, er hat ein Ritual, das ihm Spaß macht, einen Harem mit frischem Bauernmädchennachwuchs, ein Bankkonto, das Kapitalisten auffüllen, die Angst vor einem neuen Bolschewismus haben und sich freikaufen möchten. Er schlachtet Hühner und Lämmer, die Fabrikanten und Spekulanten unterschreiben einen Scheck, die Maltz überträgt ihren ästhetischen Orgasmus auf die Bildscheibe ihres Computers. Die Hauptsache sind die Pfaffen und die Schlieferl. Sie säkularisieren die neue Religion, sie entschärfen den Mythos. Lamm Gottes, opfere Deinem Sohn, der Dornbusch brennt, das Blut quillt, die Vorstellung läuft nach dem Regiebuch, im Parkett sitzen die Schlieferl, auf der Bühne agieren die Schlieferl und ein Schlieferl schreibt die Kritik.

Stiefel plant einen Essay im „Schmetterling“ über die retardierende Rolle des Schlieferls in der kapitalistischen Marktwirtschaft, über seine mythenbildende und mythenzerstörende Kraft. Leserbriefe sind bereits programmiert.

Zisch im Ornat, er krempelt die Hemdsärmel hoch, seine dicken Bauernarme greifen in die Eingeweide, ziehen die Gedärme heraus, wirbeln sie durch die Luft und werfen sie den Hexen zu, den Wahrsagerinnen. Die Schlieferl erbrechen sich. Der große Reinigungsprozeß beginnt mit dem großen Kotzen.

Die Königsbrunner Hexen gehören in ein eigenes Kapitel, aber wenn schon von Zisch die Rede ist, kann man sie nicht verschweigen. Wie überall im Leben stand auch am Beginn der Zisch-Orgiastik eine Hexe. Ein intellektueller Vamp, wie sie damals in Wien besonders gut gediehen sind. Eine Domina mit Noam-Chomsky-Broschüren statt dem Rohrstaberl, mit einem Wort eine Frau, in der man unterzugehen wünschte. Sie gebar oder entband wenigstens die Zischsche Utopie, den sogenannten kleinen Tod zu ritualisieren. Wenn schon nicht gestorben werden kann im Schoß der Frau, es sei denn, ein Herzinfarkt kommt zu Hilfe, was Zisch als eine soziale Entartung Managertypen vorbehalten wollte, dann sollte der Symboltod inszeniert werden. Bei Reichartsebner-Lambrecht hat ja inzwischen eine Doktorandin eine Arbeit über die bei dieser Gelegenheit intonierte Hymne eingereicht. Eine Fuge über den Satz „Kehre zurück zum Ursprung rück ur sprung zu". Beim „Steirischen Herbst" ist das Drei-Stunden-Opus uraufgeführt worden. Die Medien haben es freundlich besprochen. Bewundert wurde vor allem die Konsequenz, ein Kritiker gebrauchte das Wort Rücksichtslosigkeit, ein kurzes Thema durch ständige Wiederholung ersterben zu lassen, damit auch formal das Thema erfüllend. Mal nachschauen, was die Maltz darüber zu sagen hatte.

Beischlaf als Signal, Schlaf als Surrogat von Tod. Artemis ist dann verschwunden. Daß sie, wie verbreitet, einen Massagesalon in Hamburg betreibt, glaube ich nicht. Sie wurde von den Schlieferln aus der Zisch-Biographie gestrichen oder doch so entstellt, daß Meissner, der auch einmal in ihren Bann geraten war, sie in dem offiziellen Zisch-Kompendium, das in allen österreichischen Kulturinstituten aufliegt, nicht wiedererkannt hat.

Zisch rekrutierte den Hexennachwuchs in den umliegenden Gehöften. Ihm gefielen die untersetzten und unterspickten Annis, Resis, Burgis – heute heißen sie allesamt Manuela, was aber nichts ausmacht, weil Zisch sie ohnehin unter dem Sammelnamen Erda ruft – besser als die von Erfahrung gebleichten Reize von Artemis. Und sie können mit den von der Feldarbeit abgehärteten Armmuskeln auch zupacken, schlachten, ausweiden und tranchieren. Und es macht ihnen nichts aus, mit Blut bespritzt zu werden. Gelegentlich schmuggelt er eine Studentin darunter, eine Theaterwissenschaftlerin oder Politologin, die im Blutbad von Lustschauern überrieselt werden. Aber sie halten sich nicht lange, denn sie können nicht dienen. Zisch hat, was ihm in der Geschichte des Satanismus einen Sonderplatz zuweist, die dienende Hexe geformt. War Artemis eine Chefsekretärin mit Ansprüchen, so sind die Zisch-Hexen von heute eine Mischung aus Kuhmagd und Ministrant. Subalternhexen. Der Artemis-Kult wurde ersatzlos gestrichen. Zisch erleidet seinen kleinen Tod fortan im Schoß der Natur. Ein unaufhörlich stöhnendes Sterben mit einem reuelosen Wiedererwachen. Die Schlieferl sind von den kleinen Hexen fast schon aus Königsbrunn verdrängt worden. Aber Schlieferl gehören ohnehin in die Stadt. Sie gedeihen am besten auf Großstadtpflaster.

Wie Schwabitzky, der da jedem Kenner der Szene einfällt. Rikki Schwabitzky, von dem ein Kollege erzählte, daß er mit dem Aufriß, den er sich ins Büro bestellt hatte, per Du war, bevor er dazu gekommen war, das Mädchen zu begrüßen. In dem Augenblick, den er aus dem Büro gegangen war, hatte er ihr eine Wohnung und eine Zweistundensendung beim ORF verschafft. Oder zumindest Anstalten dazu gemacht. Vorzeitige Versprechungen abgegeben. Er war zugleich das beste Beziehungs-, Besorgungs- und Begeisterungsschlieferl. Der Schwarz-Weiß-Seher. Zwischen Todesstoß und Jubelmeldung hatte er keine Nuance. Er belästigte Theater-, Ausstellungs-, Kino-, Konzert- und vornehmlich Fußballplatzbesucher mit seinen Verdammungsurteilen wie mit seinem Hurrapatriotismus. Hier, sagte er Meissner einmal, als dieser gelangweilt einen modischen Schmarren verließ, oder war es ein unentschieden ausgegangenes Cup-Finale, ist das Jahrhundert herausgefordert. Neue Zeiten waren unaufhörlich in der Shakespeare-Interpretation oder im Vorstoppersystem ausgebrochen. Und Vierteljahrhunderte Versagens wurden zahllose Male überwunden.

Für Schwabitzky spricht, daß er bei aller Durchtriebenheit ein naives Schlieferl ist. Einem Stiefel oder gar einem Siegfried Stefan wäre es niemals eingefallen, über eine Peymann-Premiere im Stil eines Fußballberichtes oder über ein Cupfinale im Intellektuellenjargon einer Burgtheaterrezension zu berichten. Etwas, das selbst dem Linksintellektuellen, den sich der „Schmetterling“ für dergleichen hielt, zu viel war. Wo bleibt der Geist, rief die Messerer verzweifelt. Die Interpretation, die Struktur der Machtverhältnisse? Zugegeben, in diesem Punkt ist Schwabitzky schwach. Er hält es mit der Bosheit. Aber die ist gar kein so übles Medium. Während der Machtkampf bei Shakespeare so rasch zu einem Ballverlust verkommt, gewinnt tatsächlich der Zweikampf Krankl–Prohaska dramatische Ausmaße. Wer wird Torschützenkönig? Schließlich geht es um eine Engagement bei Real Madrid. Handgeld 24 Millionen. Gert Voss verdient auch nicht schlecht, aber hier zahlt es der Staat. Der Sponsor aus der Ölbranche will Tore sehen. Der Fußballer hat überdies einen großen Vorzug vor dem Theater. Er ist so hemmungslos auf das Geschäft ausgerichtet, daß er sich ideologisch nicht umsetzen läßt. Jedermann weiß, daß er eine Ausgeburt des Kapitalismus ist. Aber Richard III? Ist das nun ein böser Mensch oder ein gemartertes Kind im Manne? Schwabitzky ruft bewegend um Mitleid für unseren brutalen Massenmörder, der es nicht verkraften konnte, daß er nicht in die Kindermannschaft von Everton aufgenommen worden war. Und Mami war Fußball nicht fein genug. Spiel Tennis, forderte sie Rikki Schwabitzky auf. Oder wenigstens Squash. Rikkis Protest gegen die Gesellschaft vollzog sich auf dem Rasen. Der Ball ist rund, sagte der Trainer. Der Ausgang ist offen. Was Rikki als Ausweg aus der Theatermisere erkannte. Wie der Nathan endet, steht fest. Hingegen, war es nicht schon vorgekommen, daß Donawitz Rapid geschlagen hatte? Eine, wie jeder zugeben muß, progressive und demokratische Szenenführung. Weg mit der Theaterpsychologie, her mit der offenen Fußballdramaturgie der Fußballiga. Gelegentlich fällt auch einem Schlieferl was ein, was das Nachdenken lohnt. Aufgenommen wurde die Idee allerdings weder im Fußballverband, noch in der Burgtheaterdirektion. Ein Stück soll es ja geben mit einem offenen Ausgang. Ein Krimi von einem Dramaturgen. Einmal wird der Mörder erkannt und bestraft, einmal entkommt er unerkannt. Der Autor hat sich nicht entscheiden können. Wenn man beide Schlüsse spielt, kann man das Publikum abstimmen lassen. Aber es stellte sich heraus, auch die Leute im Zuschauerraum wollten sich nicht entscheiden. Sie fanden zwar, daß ein Krimi mit einer Lösung des Falles enden muß, aber sie wollten sich nicht dafür entscheiden, wer der Täter war. Soll er lebenslang hinter Gitter oder in den Tessin entkommen? Dem Reichen wünschten sie die Handschellen, mußten aber zugeben, daß sein Entkommen wahrscheinlicher war, während sie das Happy-End für die sympathische Mörderin für wünschenswert aber unwahrscheinlich hielten. Das wäre doch ein Thema. Nein, nicht für Tomassoni, für das theaterwissenschaftliche Institut.

Schwabitzky zeigte jedenfalls dem Regisseur die rote Karte und schlug den Kapitän der Nationalmannschaft für die Kainz-Medaille vor. Sie haben den Aslan nicht mehr gesehen, wie wollen Sie mitreden, fragte Siegfried Stefan, das Vergleichs-Schlieferl den Schwabitzky. Sindelar, Sesta! Der Krieg der Rosen auf dem alten Wacker-Platz! Adler mischte sich ein, der „Sechs Personen suchen einen Autor" 1962 in Oberhausen gesehen hatte. Die dumpfe Orgel Woesters! Der beißende Peitschenschlag der Stimme der Eis und der warme Mutterlaut der Dorsch! Der rechte Flügel Vogel-Schall! Die unwiderstehliche Wucht einer Binder-Bombe! Die Strategie eines Ocwirk-Passes! Stojaspals unwiderstehlicher Zug zum Tor. Die Sololäufe eines Gschweidl, Hidens Reflexe! Hans Oldens Boulevard-Nonchalance. Es fanden sich Schlieferl, die noch Oskar Karlweis gesehen hatten, Karl Skraup, Bassermann. Sorge bereitete schon damals die Schiedsrichtermisere und die Regisseurfrage. Tresslers Komödiantenfurioso. Die Zuschauerkulisse des alten Stadions, Reinhardts Massenszenen! Da mußte selbst Sigi passen. So alt war er nicht. Aber die Literatur! Den Vertrag über eine Geschichte des Wunderteams hatte er schon in der Tasche.

So viel über die Pausengespräche der Schlieferl. Voll entfaltet zeigte Schwabitzky sich im Kontakt mit Zuckerpüppchen. Mit dieser Kunstfigur aus Busen, Löckchen und Grübchen mußte man diesen Schwabitzky, den Rikki zu nennen sich Moser und Meissner standhaft weigerten, einmal erleben! Ein Weltwunder an Schlieferlunnatürlichkeit wurde da mit Küßchen, überhörten Fragen und voreiligen Antworten abgezogen.

Zugegeben, dergleichen spielt sich überall ab. Aber gehört es nicht zu den größten Sehens- und Hörenswürdigkeiten, die Szene in Spitzenbesetzung zu erleben? Wo ist er süßer, der Zuckerguß der Verlogenheit?

Was den Schlieferl ausmacht? Die Grenzen sind fließend. Aber wenn ich Schwabitzky vor meinem inneren Auge erscheinen lasse, glaube ich es zu wissen. Er ist der indiskreteste Mensch, der die Diskretion verteidigt, der hemmungsloseste Schwätzer, der das Schweigen preist. Die Dialektik ist offenbar zu dem Zweck erfunden worden, den Widerspruch von Wirklichkeit und Verstellung, von Realität und Anmaßung, von Erfüllung und Anspruch zu neutralisieren, der den Schwabitzky eigentlich zerreißen müßte.

Ausweichen? Man gerät in immer neue Ballungen von Schlieferl. Ein neuer Burgtheaterdirektor? Schon schwärmen sie aus zur Verleumdung oder zur Preisung. Greifen wir einen heraus: Blaustein, Linksradikaler aus der berüchtigten Bankiersfamilie. Baron Blaustein. Das Psychogramm können wir uns ersparen: Übersteigertes Selbstbewußtsein zerplatzt in einem Minderwertigkeitskomplex. Bourgoise Abstammung! Er kompensiert durch aggressive Eitelkeit. Unausstehlich, der Herr Baron.

In Wien führt er die Schutzstaffeln gegen jede Verunglimpfung des Theateridols. Endlich kann er seinen geifernden Eifer in den Dienst einer Hingabe stellen. Er schießt aus allen Rohren. Er schlägt aus, er spuckt, er kratzt. Das hysterische Schlieferl ist natürlich ein Import aus Deutschland. Das Teutonenschlieferl, der altbekannte Neurosendeutsche!

Abbeuteln genügt.

Schon wieder eine Tomassoni-Anfrage.

Wir sind auf Leitung. Herr Professor Meissner, die literarische Öffentlichkeit wartet gespannt auf das neue Opus von Tomassoni. Als enger Vertrauter des neuen Handke wissen Sie sicher, ob das Werk bereits abgeschlossen ist.

Sagen wir, es ist in der Schlußredaktion, Sie wissen ja, verehrte Frau Doktor, daß die Schlußredaktion das Schreckgespenst aller Autoren ist.

Eine kurze Charakteristik?

Der Mythos des Alltags, Verhaltensweisen, die zu Mythen, oder wenn Sie wollen, zu Klischees erstarren.

Ein interessantes und weitgespanntes Thema. Details?

Sind, Sie verzeihen, tabu.

Stimmt es, daß, wie von einer prominenten Kulturkritikerin angedeutet worden ist, auch das Wiener Kulturleben hereinspielt?

Angst vor Enthüllungen braucht niemand haben, Entlarvungen will ich nicht ausschließen.

Angeblich hat sich ein bekannter Literat in einer Romanfigur erkannt?

Das wundert mich.

Die Namen sind verschlüsselt?

Wissen Sie, wer Krieger ist? Na, vielleicht kommen Sie drauf.

Vielleicht erkenne ich ihn. Aber wird man ihn auch in Bozen, in München und Frankfurt erkennen?

Die haben alle einen Krieger und einen Friedlinger und einen Reichartsebner. Der Typus wirkt um so schärfer, je individueller er erfaßt ist.

Unsere Leser würde sicher die Meinung des Autors Tomassoni dazu interessieren.

Tomassoni hat sich zurückgezogen. Schlußredaktion. Nicht einmal ich kann ihn erreichen. Aber er hat natürlich meine Nummer.

Tomassoni, sagte Meissner, kann erleben und damit auch beschreiben, was wir nicht erleben durften und nicht zu beschreiben wagten. Laß den doch einmal in wienerischer Herbstnostalgie baden. Durch Alleen wandeln, in denen die alten Platanen gelbe Blätter abwerfen und der leise Wind das erste Weinlaub durcheinanderwirbelt. Ein junger Mann, bereit, in pubertärer Melancholie unterzugehen. Laß ein Klimt-Mädchen aus dem Fenster einer Villa schauen, und eines durch die Gartentür schlüpfen. Tomassoni schwelgt in Untergangsgefühlen, zu deren Wollust auch eine leichte Erektion beiträgt. Genießen kann einer das Vergehen nur mit gut funktionierenden Hormonen. Immer bereit, ins Leben zurückzukehren, wenn es sich anbietet. Ich, beispielsweise, wollte immer ein Erbe sein, ich war bereit, die Last eines Nachfahren zu ertragen, wenn Reichtum sie mir leicht gemacht und das kulturelle Umfeld meine Zugehörigkeit sichergestellt hätte.

Nein, bitte kein Schnitzler-Drama und kein Hofmannsthal-Gedicht, wehrte sich Stiefel.

Wenn schon Klischee, sagte Meissner, dann ein lebenswertes, wenn schon Epigone, dann von einem Genie. Etwas, in dem man sich wohl fühlen kann. Zwischen Klimt-Bildern und mit Jugendstilmobiliar.

Stiefel schüttelte sich vor Abscheu. Er zieht Dich auf, sagte Moser. Er haßt Jugendstil fast noch mehr als Barock.

Du, Stiefel, magst überhaupt nichts, habe ich den Eindruck. Du bist die kritische Ablehnung gewordene Ignoranz. Was ich akzeptieren würde, wenn Du so alt wärst wie ich, und zwei Dutzend Stile überstanden hättest. Aber Du hängst noch immer in der Postmoderne. Hat Dir eigentlich wirklich was gefallen, oder hast Du es nur aus kultureller Politik mitgemacht? Ich bin, wenn ich unter Freunden etwas gestehen darf, gegen Stil allergisch. Nicht gegen Jugendstil, nicht gegen Barock, nicht gegen Op-Art. Gegen die Mythologie Stil. Ich habe auch was gegen die sogenannte Alltagskreativität. Ich verabscheue einen Engländer, der nach Wien kommt, und vor dem Belvedere Badewannen, Kinderpipitöpfe und Untertassen aufstellt, um damit in einer künstlerisch kreativen Aktion zu beweisen, daß das Regenwasser von der Luftverschmutzung verseucht ist. Ich mag darüber nicht schreiben, nicht einmal reden, ich mag das schon gar nicht verreißen, ich mag es einfach nicht. Und ich mag es nicht, wenn Du Dich unaufhörlich künstlich erregst und ästhetisch arrangierst. Ich denke, es gehört zur Mythenentlarvung, zu der wir Tomassoni erfunden haben, daß er sich diesem Unfug, der sich als Exzeß in progress ausdrückt, versagt, daß er da nicht mitmacht.

Das Experiment, hob Stiefel dozierend zu einer längeren Ausführung an, die Meissner sofort im Keime erstickte.

Wenn schon Experimente, dann Menschenexperimente, Kommunikationsexperimente. Tomassoni muß sich in das Sumpfgebiet der Liebe wagen, immer wieder in seine Untiefen, dieses gefährliche Gelände mit winzigen Stellen festen Untergrundes. Unmöglich, da nicht unterzugehen. Vielleicht, sagte Meissner, verrate ich mehr von mir, als erlaubt ist, als die Diskretion gestattet, auf die ich Anspruch erhebe, aber ich denke an eine Verbindung, in der sich einer schön macht, damit er geliebt wird, und, um der Fessel dieser Verbindung wieder zu entkommen, sich ganz mies macht, um zurückgewiesen werden zu müssen. Schließlich wird man ja seiner Vorzüge wegen geliebt. Wie häßlich, wie gemein muß man sein, um diese Liebe zu ersticken?

Selbstgefälliger Seelenschmerz!

Was sonst? fragte Meissner, alles endet mit Erstickungsanfällen. Es ist genau so gut möglich, daß Haß in Tränen wie daß Liebe in Abscheu erstickt. Nochmals: Erfindet Modelle! Tomassonis Aufgabe wird es sein, sie ad absurdum zu führen.

Viel Mühe, um zu beweisen, daß es etwas nicht gibt.

Die einzige Möglichkeit, etwas über uns zu erfahren.

Stiefel: Du plädierst also für den psychologischen Roman. Ein völlig altmodisches Genre.

Unter anderem, sagte Meissner. Natürlich habe ich einen Abscheu vor Romanen, der mir von der Gegenwartsliteratur zugefügt worden ist. Ich mochte einmal Geschichten. Das ist etwas, was ich der herrschenden literarischen Clique übelnehme, daß ich ihr nie vergeben werde, daß sie mir meinen Gusto auf Geschichten ausgetrieben hat. Heute kann ich nicht einmal mehr gute Geschichten lesen. Sie erinnern mich an so viele miserable Geschichten, die ich gelesen habe. Ich kann, ich verrate euch hier die Selbstaufgabe eines Kritikers, keine Geschichte mehr lesen, ohne sofort im Klischee stecken zu bleiben. Ich kann für mich ins Treffen führen, daß ich so oft beschummelt, angeschmiert, ins Abseits geschickt, angeödet worden bin, daß ich genug habe. Ich wehre mich, bevor ich völlig abgestumpft bin. Ich spiele nicht mehr mit. Aber ich habe immerhin noch die Lust zu einer Radikalkur. Ich treibe den Teufel mit

Belzebub aus. Ich vernichte die Roboter der Moden, die Lemuren der Kreativität, die Heuchler der Interessen durch das denkende und fühlende Ich eines Autors, der nicht existiert.

Wie ist das nun, ist das Christentum für die Kirche, der Sozialismus für die Bonzen da? Die Zerstörung der Mythen schreitet fort. Das heißt nicht, daß sie überwunden sind. Sie stinken schon, aber Aas zieht an. Was, lieber Stiefel, fragte Meissner, ist das größte Verbrechen? Ich habe es vorige Woche im Gerichtsaalbericht gelesen. Das größte Verbrechen, sagte der Staatsanwalt zu dem Zeugen, der seine Anklage erschütterte, ist die falsche Zeugenaussage. Auch das Recht ist Selbstzweck. Ein Mythos, der sich in den Schwanz beißt. Unserem Mann in der schwarzen Robe ist, was ja eigentlich natürlich ist, ein geständiger Mörder lieber als ein wankender Zeuge. Es kommt nicht auf das Recht, sondern auf die Rechtsordnung an. Ihre Einhaltung ist wichtiger als die Rechtssicherheit. Ich kann mir langsam ein Gericht vorstellen, das überhaupt nur mehr Verstöße gegen die Prozeßordnung ahndet.

Wir sind Tomassoni-Erfinder, aber wir sind, vergessen wir das nicht, vor allem Mythenforscher. Tomassoni ist nur eine Station, deren Bedeutung wir als Literaten vielleicht überschätzen. Was ist schon ein erfundener Autor gegen eine Kirche, die Gott durch den Papst ablöst, einen Sozialismus, dem das proletarische Ritual wichtiger ist als die Besserstellung der Menschen, gegen ein Gericht, dem die Beweisführung über den Beweis geht. Und hat er nicht recht, unser Herr Staatsanwalt? Ein Räuber beraubt einen Privatmann, ein falscher Zeuge greift die Rechtsordnung des Staates an? Wann, frage ich mich, wagen wir uns da heran?

Wie steht es mit der Ehe?

Locke mich nicht auf das blutigste aller Schlachtfelder. Ich schicke Odysseus in die Bordelle, in die Krebsspitäler, auf die Polizeireviere, in die Beamtenstuben, aber ich bin bisher vor Penelope zurückgeschreckt. Ich habe Tomassoni den Rat gegeben, das Kapitel aufzusparen. Es gibt Mythen, die kannst Du nicht erforschen, sie verschlingen Dich.

Moser fertigte gerade einen jungen Mann ab, als Meissner eintrat. Was wollen S'? Bücher wollen S' besprechen? Rezensionen wollen S' schreiben? Damit sind wir versorgt. Alle wollen S' was aus zweiter Hand machen. Bieten S' mir was Schöpferisches an! Denken S' nach! Eine Glosse! Recherchieren S' einen Skandal. Der junge Mann wußte was. Der Schmid, hatte er gehört, vernaschte auf der Akademie die Schülerinnen. So, der Schmid. Moser faßte den jungen Mann in einen strengen Blick. Mit dem Schmid, junger Mann, leg' ich mich nicht an. Was fällt euch jungen Leuten ein bei einem Skandal? Bumsen. Da möchten S' recherchieren. Das möcht' Ihnen passen. Bei den Schülerinnen recherchieren.

Vielleicht der Opernskandal?

Oper? Moser legte seinen ganzen Ekel in das Wort. Erzählen S' mir nichts von der Oper. Nichts von einem Opernskandal. Fällt euch nichts anderes ein als Oper, Klavierlehrer, Bumsen?

Das Telephon läutete. Ach, Inge, was wollen S'? Den neuen Tomassoni wollen S' besprechen? Aber der ist ja noch gar nicht erschienen. Dann vielleicht den was? Decamerone? Das ist ja ein antiquarisches Buch. Na, weinen S' nicht, Inge. Ach so, das ist ein Roman von einer Schladmingerin? Gut, feministisch. Na also. Kurz und prägnant. Und bringen S' mir das persönlich vorbei, Inge. Ja, höchstpersönlich auf den zwei hübschen Beinen. Nein, nicht vormittag abgeben. Ich muß das mit Ihnen durchgehen, verstehen S'?

Meissner kam aus Graz. Uraufführung des neuen Wolfi-Bauer-Opus.

Wie war es?

Die Philosophie der Kolportage. Oder die Kolportage der Philosophie. So genau weiß ich es nicht. Ich bin eingeschlafen und erst vom donnernden Schlußbeifall geweckt worden. Aber ich bringe einen Triumph. Die Frohnleitnerin, die Tagblatt-Schwärmerin, hat mich über Tomassoni aufgeklärt. Mit vergleichender Literaturwissenschaft. Hie Bauer, hie Tomassoni. Was sie verbindet, was sie trennt. Mit besonderer Berücksichtigung der Gemeinsamkeiten. Kennen Sie Tomassoni? Sie fragt mich, ob ich Tomassoni kenne. Ich habe was gehört. Möchte aber Genaueres erfahren. Ich brenne darauf, von einer Kennerin eingeführt zu werden. Womit die Schleusen geöffnet waren für die Tomassoni-Ergüsse der Maltz und der Messerer. Stell Dir vor, sie lesen in Frohnleiten, oder ist sie doch aus Deutschlandsberg, die Maltz und die Messerer. Was ich der lieben Käthe eingegeben habe, erreicht mich auf dem Umweg über Frohnleiten wieder. Eingesteirert. Avantgardistisch zugespitzt. Mit einer Portion Maltz-Kritik für mangelndes Tomassoni-Verständnis. Der dicke Schoppitsch saß dabei und nickte mit dem Kopf, was die Aussicht auf eine Tomassoni-Sendung im Studio Graz eröffnet. Malzacher kam dazu und erteilte seinen essayistischen Segen. Offenbar ist Tomassoni bereits Mitglied der Schloßberggruppe. Tomassoni als Exponent der Rückkehr zum Ich, zur anarchischen Scheindemokratieverweigerung. Ich werfe schüchtern die Namen der Säulenheiligen ein. Handke. Malzacher hält ihn für überwunden. Schoppitsch wiegt bedächtig sein Haupt, was in mir den Eindruck weckt, daß er es sich überlegt, Handkes neuen Roman von Kolpack als Hörspiel bearbeiten zu lassen. Ich lege nach. Wir in Wien wissen davon viel zu wenig. Vielleicht ein Sonderheft des Forums oder eine Broschüre? Stimmt es, daß Bernhard mit Tomassoni befreundet war? Es soll da einen gemeinsamen Lissabon-Aufenthalt gegeben haben. Die Frohnleitnerin hat auch davon gehört. Sie will das recherchieren. Oder war es in Rom? Tomassoni ist doch aus Bozen, oder genauer gesagt, aus Gries bei Bozen. Malzacher ist ein großer Thomas-Bernhard-Kenner. In Bernhards Rom-Jahr gab es einen Adepten, dessen wahren Namen Bernhard nie entschlüsselt hat. Ein Schüler, der ihn gelehrt hat. Pädagogischer Eros bei der Manganelli-Lektüre. Hieß dieser Jünger nicht Tomaso? Tomas Soni. Aber Malzacher hält nicht viel von Biographischem wie die neugierige Frohnleitnerin. Stiluntersuchungen! Bernhard hat Tomaso die Lektüre österreichischer Autoren aufgetragen. Was waren das doch für Titel, für Autoren? Musil, Broch, Kafka und natürlich Bernhard. Also Stilvergleichungen. Die Kafkasche Präzision, Musils intellektuelle Ironie – die Computerzählung der bei Musil vorkommenden Wörter heranziehen – Bernhards besitzergreifende Leidensfähigkeit. Mischen Sie nicht private und ästhetische Kriterien! Die Frohnleitnerin sieht aber gerade in dieser Synthese das wegweisend Neue. Die Einbindung des Persönlichen und damit des soziökonomischen

Umfeldes ins Ästhetische und die Ästhetisierung der Persönlichkeit. Die Kunstwerdung anstatt der, warte, ich habe das aufgeschrieben, Realisation der Kunst durch Partikel gelebten Lebens.

Tomassoni, das fand auch Schoppitsch, war einen Schritt über Bernhard hinausgegangen, und bestellte eine neue Runde Obstler. Wo bleibt der Schilcher? Einen entscheidenden Schritt, laut Malzacher, der übrigens auch ein Wolfi-Bauer-Experte ist. Die Frohnleitnerin plädierte, Tomassoni zum literarischen Zirkel des nächsten Steirischen Herbstes einzuladen. Das Thema: Die Kunstwerdung des Lebens. Kunst statt Religion. Oder: Vom Glauben an Gott zum Zweifel an der Kunst. Der Titel gefiel sogar mir. Hätte ich ihr gar nicht zugetraut. Na, über den Titel sagte sie, als ich ihr mein Kompliment aussprach, werden wir uns schon einigen.

Pen-Club oder Grazer Autorenvereinigung? Stiefel hat Tomassoni bei der GAV, Moser beim Pen angemeldet. Der Aufnahme steht nichts im Wege. Im Pen-Club ist Meissner mit dem Referat betraut worden. In Graz hat Stiefel etwas von einer steirischen Abstammung durchblicken lassen und sich auf die Kompetenz der Damen Maltz und Messerer berufen. Eine Doppelmitgliedschaft? Warum nicht? Einem lebendigen Autor würde ich eher die Mitgliedschaft bei einem Sparverein als bei den führenden Autorenverbänden Österreichs empfehlen. Aber für einen erfundenen Autor ist die Pen-Mitgliedschaft unverzichtbar. Und wenn die GAV ihn wegen seiner Pen-Zugehörigkeit wieder ausschließt? Stiefel, mach Dir eine Aktennotiz. Nach der Aufnahme auf Ausschluß hinarbeiten. Hast Du schon gehört, daß jemand ausgeschlossen worden ist, den es nicht gibt? Der unüberprüfbare Skandal kommt wie gerufen. Wie sonst wird man im Zeitalter der Reklamekultur bekannt! Der „Schmetterling" bringt darüber einen Leitartikel, das „Neue Forum" eine Diskussion, und wenn an dem Tag nichts mit Peymann los ist, dringt er sogar in die einsame Kulturspalte des kleinen Formats vor.

Stiefel hat diesbezüglich Bedenken. Ein Riß geht durch die Literatur. Hier grünweiß, dort rotweiß, Graz und Klagenfurt gegen Wien und St. Pölten. Wäre das nicht etwas? Tomassoni als ausgleichendes Temperament? Stiefel gefällt das weniger. Er ist gegen den kulturellen Proporz. Haben wir nicht schon eine Proporzliteratur?

Was hat der deutsche Kritiker vermißt, als er Wien in der Grabesstille nach der Studentenrevolution besuchte? Den literarischen Klassenkampf. Heimat, deine Avantgarde, Großstadtasphalt, deine Regionalisten. Dialektidyllen, Hand in Hand mit Nazivergangenheitsaufklärern. Im Extrazimmer des Erzherzog Johann wie im Buffet des Akademietheaters. Stiefel hat recht, die Fronten weichen sich auf. Unsere Literatur hat keine Feindbilder mehr. Polen hat den Kapitalismus eingeführt, deutsche Sozialdemokraten hängen Engels-Bilder an die Wand. Es wird noch so weit kommen, daß Rotarmisten und GIs im Gebüsch hinter dem Brandenburger Tor ihre Aids-Stämme austauschen. Für um so wichtiger hält es Stiefel, daß die Interessenkollisionen in der Literatur ausgetragen werden, daß die Kunst die Ideologien hoch hält. Auch ein Tomassoni muß Stellung beziehen! Heraus aus den Schlupflöchern der Innerlichkeit, aus den Geheimnischen des Elfenbeinturms. Doppelmitgliedschaft gibt es nicht. Na also. Dann schließt ihn aus, nachdem ihr ihn aufgenommen habt. Das gibt ein Signal. Tomassoni steht dafür zur Verfügung, Täuschungsaktion eines berühmten Dichters. Auf den frischen Ruhm des literarischen Aufsteigers des Jahres (siehe die Bestenlisten in „Basta“ und „Wiener“) wirft es kein gutes Licht, daß er, aus Opportunitätsgründen, aus weltanschaulicher Ignoranz sowohl als auch. Man darf neugierig sein, was der Berufspoet dazu zu sagen hat. Die Interessengemeinschaft der Autoren, die Stadträtin. Bei welcher Gelegenheit die kulturellen Adabeis auch wieder zu den aktuellen politischen Ereignissen befragt werden können. Was unterscheidet einen Künstler von einem Parteisekretär? Nichts. Beide bekommen erst Profil, wenn sie täglich im Fernsehen auftreten. Was kann ein Schreiber schon wert sein, wenn er noch nicht in einem Club 2 seine Meinung zur Wirtschaftsgesundung der deutschen Ostprovinzen geäußert hat. Was, lieber Meister, haben Sie für Pläne für die Sanierung des polnischen Budgets?

Aber Stiefel läßt sich nicht von seinem Thema abbringen. Also fahren wir fort im small talk. Die österreichische Literatur als Ausgeburt der Sozialpartnerschaft, Packeleien zwischen Arbeitgeber und Arbeitnehmer finden ihren Ausdruck in der literarischen Vergangenheitsvertuschung, Gegenwartsverklärung und Zukunftsverharmlosung. Eingreifen tut not. Das wäre noch schöner, wenn die

Mauscheleien zwischen Industrie und Gewerkschaft auf der literarischen Ebene fortgesetzt würden. Der Pen-Club als Wirtschafts- und die GAV als Arbeiterkammer. Um es drastisch auszudrücken.

Vorgriff auf Tomassonis apokryphe Parabeln. Hier findet sich eine Anmerkung zu dem eben erörterten Thema.

In dem Land Kokosanien gab es zwei Künstlervereinigungen: Die Senilen und die Sterilen. Zulauf gab es für beide in Hülle und Fülle, was nicht ausschloß, daß mit der Zeit Sterilen die Senilen durchsetzten und die Sterilen zu Senilen alterten. Tomassoni konnte sich bei der Würdigung eines Senilen durch einen auf der Vereinsliste der Senilen stehenden Sterilen von dem unaufhaltsamen Vormarsch der Senilen überzeugen. Zusammenschluß? Das wurde diskutiert, aber von beiden Gruppen strikt abgelehnt, wiewohl immer mehr Senile der Mode der Sterilität und immer mehr Sterile dem biologischen Schicksal der Senilität zum Opfer fielen. Es ist natürlich nicht auszuschließen, daß es in Zukunft einen Club der Senilen geben wird, der überwiegend aus Sterilen besteht, während die Vereinigung der Sterilen die Senilität beherrscht. Hauptsache, sagte Kritiker Fansanovits, die Polarität bleibt erhalten. Hier Senile, dort Sterile, das Weltkind in der Mitte und das Genie im Abseits. Muß gesagt werden, daß der Proporz streng eingehalten und von beiden Seiten mit rhetorischem Kanonendonner verteidigt wurde? Kein Wunder, daß es zu dem Zeitpunkt, als ich nach Kokosanien kam, nur mehr senile Sterile und sterile Senile gab. Und die Vermischung schreitet fort.

Tomassoni muß eine Affäre haben. Was ist ein Mann, was ist ein Künstler ohne Affäre? In unserer Zeit nimmt man einen Schriftsteller erst wahr, wenn man ihn mit einer Frau sieht, mit der man ihn nicht sehen sollte. Welche Frau? Egal. Gleichsehen soll sie was. Am besten, ein Alter mit einer Jungen, ein Junger mit einer reifen Dame. Für den Tomassoni brauchen wir eine Junge. Am schönsten wäre natürlich die Frau eines Ministers oder Generalsekretärs zwischen zwanzig und dreißig. Gibt es nicht? Nein, Angst vor Dementis hab' ich nicht. Ein Dementi macht einen Skandal erst glaubwürdig. Aber die Scherereien. So ein Idiot von Abgeordneter klagt womöglich noch. Und lädt Tomassoni als Zeugen. Und wir müssen die Disziplinarstrafe wegen Nichterscheinens bezahlen. Gibt es da nicht diese Grazer Lulu? Das Menscherl, das als Muse des Steirischen Herbstes grassiert? Die junge Frau des dicken Bohèmien? Die auf den Partys von einem Kabinett ins andere torkelt? High? Möglich. Aber ich glaube, die ist ein Naturtalent. Auf ältere Herren fixiert, ohne die Jungen zu verachten. Bei den Opas weint sie sich aus. Bei welchen? Weiß ich doch nicht. Halt ein Vaterkomplex mit Bubileidenschaft. Also schicken wir ihn nach Graz. Das ist ohnehin schon lange fällig. Könnt Ihr euch einen erfolgreichen Autor ohne Kontakt mit dem Forum Stadtpark, ohne den Segen des guten Freddi, ohne eine Schilcherkellerpartie mit dem Wolferl, ohne einen Obstlerrausch mit der GAV-Basis vorstellen? Lassen wir ihn doch hinter einem Gebüsch unterm Uhrturm mit dem Flitscherl überraschen, wenn Ihr wollt, spiel ich den Tomassoni, nachdem ich den Reporter der Kleinen Zeitung hinbestellt habe. Natürlich reiß ich sofort aus. Und sie erinnert sich nur an den Namen. Denn das Luder hat die Leidenschaft aller Bohème-Huren: Sie sammelt berühmte Männer oder solche, die ihr einzureden verstehen, daß sie einmal berühmt werden. Die kann keinem graumelierten Herren widerstehen, geschweige einem Schriftstellerstar mit grauen Schläfen. Ein Klischee? Kinder, das Leben besteht aus Klischees. Davor hab' ich mich nie gefürchtet. Klischeesituationen machen weniger Scherereien, aber genau so viel Vergnügen, wenn man eine sinnliche Natur ist und das Leben genießen kann. Außerdem glaubt man sie. Eine Entführung auf die Riegersburg würde den Durchschnittssteirer so überraschen, daß er sich mit dem Entführer nicht mehr identifizieren könnte. Dagegen ein Rendezvous auf dem Fußweg auf den Schloßberg! Was geht einem Grazer Jungautor, einem steirischen Literaturredakteur oder einem Spießer mit Nobelgeschäft in der Sporgasse eher ein? Da weckt die Erinnerung die Phantasie. Wo sonst soll er sich das Techtelmechtel eines berühmten Mannes mit einer stadtbekannten Schmusekatze vorstellen? Damit könnte höchstens eine Kulissenknutscherei oder eine Logenvergewaltigung mithalten. Aber wozu diese Strapazen, wenn es die Schloßbergbankerl gibt? Wenn es nicht richtig einschlägt, weiß ich noch was. Wir schicken den Tomassoni sowieso zur Eröffnung des Steirischen Herbstes, wie sich's gehört. Da gibt es dann einen Empfang in der Burg. Da erscheine ich mit Zuckerpüppchen. Oder noch besser, ich mach' mich an eine andere Grazer Muse und paradiere mit ihr vor Lulu. Ich hoffe, daß sie mich bis dahin nicht vergessen hat, und Spuren von Eifersucht zeigt, die durch geflüsterte Herabsetzung ihrer weiblichen Attribute angefacht werden kann. Ich verursache einen Skandal beim Buffet und verschwinde. Wenn wir ein wenig Glück haben, fragt die Lulu ihr dikker Toggenburg: Wer war das, Schatzi?

Der Tomaselli.

Tomassoni!

Sag ich doch.

Was wollt Ihr mehr? Tomassoni provoziert Eifersuchtsszene beim Steirischen Herbst. Wenn das kein Existenzbeweis ist!

Das Interview, in dem Meissner den Verdacht ausräumt, daß Tomassoni ein Pseudonym des Dramatikers Toselli sei.

Liebe Frau von Maltz, leitete Meissner das Gespräch ein, bevor Käthe noch zu Wort gekommen war, Toselli, hat, wenn ich nicht irre, im letzten Monat sieben Resolutionen unterzeichnet. Für Peymann, gegen Bush, für den Gorbatschow-Kurs in Kuba, gegen eine Gletscherbahn für den Sommerskilauf im Stubaital, für den verstärkten kulturellen Austausch mit Albanien, gegen diverse Atomkraftwerke, und eine Resolution, die sowohl den Antisemitismus wie israelische Expansionsbestrebungen anprangerte. Die Demonstrationen, an denen er teilgenommen hat, erspare ich uns. Trauen Sie diese Aktion nach Ihrer Kenntnis Tomassoni zu?

Maltz: Frei heraus: Ist Tomassoni ein engagierter Autor?

Meissner: Tomassoni ist ein Bewohner des Elfenbeinturms, der gelegentliche Ausfälle in feindliches Territorium unternimmt. Wenn Sie wollen, ein introvertierter Einzelkämpfer.

Maltz: Der „Karawankensturm" – womit die siebenteilige Fernsehserie Tosellis angesprochen war – ist nicht der ganze Toselli.

Meissner: Das freut mich, zu hören.

Maltz: Toselli ist, so rüde er sich geben mag, eine sensible Natur. Denken Sie an seine Lyrik, denken Sie an seine Lenz-Bearbeitung.

Meissner: Sie meinen, daß seine verwaiste Innerlichkeit einen Ausweg gesucht haben könnte, und er dafür ein Pseudonym gewählt hat um seinem Mythos als Zeitgenosse und Tatmensch nicht zu schaden.

Maltz: Er steht, wie Sie wissen, in einer Kampflinie mit Böhm, mit Sefczik und Kriegerle. Die Decouvrierung des homo alpensis, die fällige Kritik am österreichischen Nationalcharakter ...

Meissner: Wird von Tomassoni nicht fortgesetzt. Tomassoni hat viele existentielle Krisen durchzumachen, aber ihn belastet weder seine österreichische Herkunft noch sein italienischer Name. Er macht sich nichts draus, ob sein Pappi ein Mitläufer oder ein innerer Emigrant war. Es macht, könnte man vereinfachend sagen, das Wesen des Tomassoni aus, daß er seine Krisen nicht sozialisiert. Ich muß Sie enttäuschen. Er ist ein Eskapist. Und natürlich wie wir alle diesbezüglich ein gebranntes Kind. Voll Narben. Er negiert die Zeitgeschichte nicht aus Prinzip, sondern aus Notwehr. Tomassoni, meine liebe gnädige Frau, würde niemals eine Resolution unterschreiben. Es gibt zwei Möglichkeiten der Weltflucht: Sich der Welt entziehen oder aus der Linie, in die man sich zuerst eingereiht hat, mit Lärm auszubrechen. Toselli hat es sich in einer Privatideologie bequem gemacht, in die er sich jederzeit zurückziehen kann, wenn ihm die Zeitgeschichte mißfällt. Er schimpft sozusagen auf Kosten der Sozialdemokraten und der konservativen Partei. Tomassoni hingegen hat sich für die Position des vieldeutigen Schweigens entschieden.

Maltz: Eben. Als Toselli mischt er sich ein und reagiert er sich ab, als Tomassoni hält er sich heraus und bewahrt seine Unschuld.

Meissner: Ein Januskopf.

Maltz: Ein Tag- und Nachtmensch.

Meissner: Darunter leide ich auch.

Maltz: Ich genieße es.

Meissner: Die Technik der reuelosen Genusses habe ich nie beherrscht, vielleicht nehmen Sie mich einmal in Ihre Schule.

Maltz: Sie lenken vom Thema ab.

Meissner: Toselli, Frau von Maltz, halte ich für eine heftige, aber schlichte Natur, wobei ich zugeben muß, daß meine Kenntnisse über Toselli bescheiden sind, ich aber nicht das Bedürfnis habe, sie zu erweitern. Ihr Verdacht würde mich, was ich mir energisch verbitten muß, zu einem Kumpan von Toselli und in der Folge des Aristokratenschlieferls Blaustein und des Agenten Pollak machen. Das muten Sie mir doch nicht zu.

Maltz: Die Namensähnlichkeit.

Meissner: Ist Zufall.

Maltz: Die Abwesenheit.

Meissner: Tomassoni ist Einsiedler. Er leckt seine Wunden. Er braucht Sammlung. Gönnen wir ihm die Konzentration für sein Werk. Sobald er das Bedürfnis nach einem öffentlichen Auftritt verspürt, werden Sie es sofort erfahren.

Maltz: Ästhetisch.

Meissner: Gibt es nicht die geringsten Berührungspunkte.

Maltz: „Karawankensturm" ist allerdings schwer auf eine Linie mit dem zu bringen, was wir von Tomassoni kennen, aber als Komplimentärkreativität …

Meissner: Ich weiß nicht, Frau Kollegin, ob das nicht auch ein Mythos ist. Ich kenne eigentlich nur eindimensionale Künstler. Toselli, das ist doch der Mann, der geradewegs drauflos läuft. Einfach losrennt. Mit hoher Anfangsgeschwindigkeit, vielleicht weicht er aus, wenn Gefahr im Verzug ist. Aber das Hörner-an-der-Wand-Wetzen, das braucht dieser Typ doch. Denken Sie an Tomassonis verschlungene, überwachsene Pfade.

Maltz: Wie verhält sich Tomassoni zum neuen Irrationalismus?

Meissner: Er ist ein alter Rationalist mit einigen Lücken im Denkgebäude, durch die das Absurde einsickert und zu Aberglauben verwest. Oder sublimiert. Aber das lebt der einfach aus. Subtil, aber gemeingefährlich gesund. Er zupft an einer Margeritenblüte. Kommt sie oder kommt sie nicht? Gerade und ungerade Zahlen. Ein Anarch mit Sinn für Symmetrie. Und natürlich ein wenig Hexenglauben. Das Mysterium des Weibchens. Hat Toselli damit eigentlich was im Sinn? Stiefel, ein Aufklärer von ideologischen Fanatismus, hat da unlängst was von Satanismus gefaselt. Ist da eine neue Welle im Verzug? Wie stehen Sie eigentlich dazu?

Die Maltz hebt zu einer Vorlesung an, die wir dem Leser unterschlagen. Es ist in ihrem Blatt in der Samstagsbeilage nachzulesen. Meissner versenkt sich inzwischen in den Anblick ihres Busens, der durch die Stromschnellen des Irrationalismus in eine leicht vibrierende Bewegung geraten ist. Was, fragt er, als die Maltz Atem holt, sagt eigentlich Toselli dazu? Sie waren doch bei ihm. Hat er sich zu Tomassoni bekannt, hat er es bestritten, hat er es offen gelassen?

Maltz: Er hat gelacht.

Meissner: Sehen Sie. Das ist ja klar. Kein Mensch gibt gerne einen Doppelgänger auf, der ihm unversehens an die Rückseite gestellt wird. Aber keiner bekennt sich zu ihm. Es enerviert, daß da immer einer mitläuft, aber es beruhigt auch. Es regt an. Es ärgert, aber es schmeichelt. Und man kann sich widersprechen, man kann sich zur Rede stellen. Was würden Sie antworten, wenn man Ihnen eine Doppelgängerin andichten würde? Schweigen.

Maltz: Mir, eine Doppelgängerin?

Meissner: Intellektuell. Die das Gegenteil von Ihnen mit den Argumenten begründet, die Ihnen auch eingefallen sind.

Maltz: Herr Doktor, keine Vexierspiele! Und nicht mit mir.

Meissner: Vergessen wir den Verdacht. Sonst bildet sich Toselli noch ein, er ist wirklich auch Tomassoni. Vielleicht sucht er eine Zuflucht vor seinem Engagement. Eine innere Emigration, in der er sein Haupt auf ein sanftes Ruhekissen legen und den Mief des Austrokommunismus auslüften kann.

Maltz: Sie widersprechen also nicht.

Meissner: Ganz entschieden. Aber ich habe keinen Einfluß auf die Illusionen. Tomassoni hat mit Toselli nichts zu tun, es sei denn, Toselli bilde sich ein, Tomassoni zu sein. Ihn kann ich jedenfalls von diesem Verdacht freisprechen. Er würde sich das auch entschieden verbieten. Tun Sie ihm das nicht an. Er klagt Sie, er schneidet Sie, er verleugnet Sie. Ich könnte da nichts ausschließen.

An der Existenz von Hexen, sagt Meissner, ist nicht zu zweifeln. Ja, Stiefel, ich weiß, das Christentum, die Spaltung der Urmutter in die Jungfrau Maria und die Sünderin Eva. Die Neurosen des Patriarchats. Jetzt erzähl ich Dir einmal was über die Neurosen im Matriarchat. Immer in Todesgefahr, von heiligen Vulvas verschlungen zu werden. Unter ständiger mütterlicher Aufsicht. Wie die Urmutter aussieht, weiß ich nicht, Oma oder Vamp? Was denkt Ihr? Ihr müßt doch eine Vorstellung haben, wenn nicht Du, Stiefel, dann doch Zuckerpüppchen, die coole Käthe. Am ehesten wohl wie eine dauergewellte Amerikanerin auf Europatrip: gepflegt, unwissend und autoritär. Aber die hat ja nicht allein regiert, die hat ihre Priesterinnen gehabt, ihre Helferinnen, ihre Polizistinnen, Spioninnen, Ratgeberinnen. Von denen habe ich eine reale Vorstellung: KZ-Aufseherinnen, unter die ein paar intellektuelle Tanten geraten sind, deren Belehrungen jede Hinrichtungsart vorzuziehen ist.

Das Matriarchat, sagte Moser, ist ein Negativ-Mythos. Details sind unwichtig. Je mieser unsereiner Kapitalismus, Patriarchat und Marktwirtschaft empfindet, desto fabelhafter wird die Utopie Matriarchat. Keine Trennung von Mutter, Liebhaberin, Hexe. Eine schönere Utopie gibt es nicht. Mein Minderwertigkeitskomplex kommt daher, daß ich das nicht erfunden habe.

Meissner ließ sich nicht beirren. Ich, sagte er, lege einen Kranz am Altar der von der Inquisition verbrannten Märtyrerinnen, der Hebammen, Verführungs- und Abtreibungskünstlerinnen nieder. Das ändert nichts daran: Es gibt Hexen. Ich leide unter ihnen. Du leidest, wir alle leiden unter ihnen. Aber unser Masochismus gibt es nicht zu.

Die Maltz, die Messerer?

Ach, laß die Pressehexen, die Nonnen der Sensation und die Sakristeihüterinnen des großen Kulturgeheimnisses, Gralswächterinnen und Mistwühlerinnen. Ihr Incobus ist die Kultur und ihr Succubus die Politik. Ich meine die Alltagshexen. Die ganz ordinäre Hexerei. Diabola vulgata. Die Verführerinnen und Zermürberinnen, die Putzhexen und die Schlampampen. Die Tretmühle des Matriarchates!

Du bist um bildhafte Vergleiche nicht verlegen, um Deine reaktionäre Gesinnung anzupreisen, sagte Stiefel. Was schlägst Du vor?

Kampf der Geschlechter. Auge um Auge, Zahn um Zahn.

Waffenstillstand im Bett?

Da, denke ich, geht es erst los.

Moser: Und ein paar milde Schwestern.

Du schwärmst. Ich habe es damit versucht. Keine Schwestern. Sieg und Niederlage. Verstellung. Die Atomexplosion der Hormone. In ihrem Windschatten kannst Du Dir Deine Idyllen einrichten.

Stiefel gab das große Vertrauen nach dem Erkennen zu bedenken.

Illusion, die zum Mißbrauch einladet. Zunder für neue Explosionen, Kampf mit allen Mitteln, Lüge, Verstellung. Die schreckliche Waffe Zärtlichkeit, der Hinterhalt Schmeichelei. Jeder Tiefschlag erlaubt.

Liebe. Moser sagte es träumerisch. Schließlich war er Werbefachmann.

Wär' das nicht was für Tomassoni? Ein Buch, in dem die Liebe in ihre Bestandteile zerfällt. Ohne Kommentar. Ein Actionfilm. Kriegszustand. Verfall der Gefühle, Zerstörung des Vertrauens. Schlagabtausch, Melodramatik, die in der Langeweile untergeht. Aufklärungsarbeit, Stiefel, Mythenzerlegung. Wenn wir schon einen Autor erfinden, dann soll er was leisten. Das ist doch unser Ziel: Einen Mythos heimtückisch aufbauen und dann unsanft demontieren. Stiefel, Du bist aufgerufen. Erzähle einfach Deine Affären mit Zucker- und Deinen anderen Püppchen. Mit Deinen Samariterinnen, die Dir jeden Wunsch von den Augen ablesen und Dir dann seine Erfüllung mit unbarmherziger Genauigkeit vorhalten. Jede Wohltat, die Dir erwiesen wurde, verwandelt sich in einen Keulenhieb. Mißbrauche endlich das Vertrauen. Die Kunst heiligt die Mittel. Laß' ab von den sozialen Nadelstichen, mit denen Du uns dauernd pickst. Konzentriere Deine Wut auf den großen Fetisch. Die Maltz, die Messerer und alle Literaturhexen ihresgleichen machen dabei mit, wenn wir ihnen einreden, daß es die letzte Mode ist. Das ist Mosers Aufgabe. Glück auf zum Urknall!

Meissner, sagte Moser, ich habe immer Dein Faible für Sisyphusarbeit bewundert. Deinen Riecher für das Scheitern. Aber Du schließt ja auch, oder irre ich da, Deine Kompromisse?

Meissner beachtete ihn nicht. Lassen wir Tomassoni ein Preislied auf die Liebe anstimmen, das mit seiner völligen Frustration endet. Menschenverachtung, getarnt als Menschenliebe. War das noch nicht da? Das muß doch ein Leichtes für Moser sein, Menschenhaß als Humanismus zu verkaufen. Frauenverachtung als Negativ der Frauenleidenschaft. Engelanbetung und Hexenverfolgung.

Typisch Patriarchat, typisch Christentum, sagte Stiefel.

Na ja, gab Meissner zu, ganz ohne soziales Umfeld geht es nicht. So lange wir dem ganzheitlichen Weib noch nicht begegnet sind. Schicken wir Tomassoni einfach ins Matriarchat. Ich wäre neugierig, was er da erlebt. Moser, kannst Du dafür nicht einen eleganten Zeichner auftreiben? Das kann man nur in einem Comic strip darstellen.

Die Ätherische, Life-Style-Animatorin der Wiener Kulturszene, hat Adabei gestanden, daß sie im tiefsten Herzen konservativ ist. Natürlich ist sie für Peymann, aber mit einem tränenden Auge und einem Knacks in der Herzgegend, wenn sie die alten Semester vom jungen Liewehr, von Aslan, Woester und Eis erzählen hört. Konservativ ist sie bezüglich der Werte, worunter sie nicht die Börsenkurse versteht, sondern die moralische Kultur. Was sie auch für Thomas Bernhard einnimmt, der bekanntlich ein großer Humanist war. Überhaupt kennt sie unter ihren Künstlerbekanntschaften nur große Humanisten, Qualtinger, Bernhard, Peymann, allesamt wollen oder wollten sie das Beste. Die Welt erlösen, die Armen befreien, die Faschisten diskreditieren, die Menschen auf ihre Fehler aufmerksam machen. Sie aufscheuchen aus ihrer Selbstzufriedenheit. Blutenden Herzens fordern sie von uns Rechenschaft, eine Formulierung, mit der sie noch die Bernhard-Analytiker überholt. Rechenschaft von Dir und auch von ihr, der Ätherischen. Da werden die Funken stieben. Woher sonst, als aus der Liebe zur Menschheit, könnte einer seine Schaffenskraft beziehen? Die Martern der Produktion aushalten? Und natürlich aus Liebe zu Österreich. Wie sich dieser Mechanismus bei Bernhard verhalten hat, wissen wir ja schon. Es ist uns eindringlich von der Stadträtin dargestellt worden. Es war verkannte, zurückgewiesene, unverstandene Liebe. Ihr differenzierter Scharfblick diagnostiziert, wohin die Ätherische in der Kunstszene blickt, zumindest so weit sie erfolgreich ist, Zinsen abwirft und gesellschaftliches Prestige verleiht, nichts als Humanismus und Menschenliebe. Diese Philosophie bezieht sie von anerkannten Religionsgemeinschaften und politischen Dogmen, die, was immer sie sonst entzweit, es sich nicht anders vorstellen können, daß wenigstens der Künstler, wenn schon nicht der Mensch, gut ist. Woher sollte er es sonst nehmen? Karl Kraus, ein Gigant der Güte, Brecht, ein Vorbild uneigennütziger Solidarität, Bernhard ein Bruder, dessen Beschimpfungen nur mißverstandene Streicheleinheiten sind.

Sie hätte sich zu ihrer Läuterung nichts Besseres als eine kräftige verbale Züchtigung von Bernhard vorstellen können. Hat er aber leider nicht. Sein streitsüchtiger Humanismus ist vor ihr ausgewichen. Seine Bosheit hat sie ausgespart. Zuletzt haben sie sich angestellt, um ausgeschimpft zu werden. Sie waren bereit, nach der rechten auch die linke Backe hinzuhalten, aber sein Humanismus hat sie glatt übersehen.

Als die Ätherische unlängst bei einer Party an den Dichtertisch von Ecker und Janesch geraten war, den schwermütigen Ecker, der aus inbrünstigem Katholizismus das Christentum in einer Orgie der Selbstgeißelung verfolgt, und Janesch, den Säufer mit dem abstrusen Humor, der leichtfertig den Ruf anderer aufs Spiel setzt, aber dabei sorgfältig das eigene Image pflegt, war sie keineswegs in Verlegenheit zu bringen. Sie bewunderte einfach zwei fesselnde Varianten der Hingabe an die Menschheit. Als Moser ihr dann beim Kaffee auseinanderzusetzen versuchte, daß Eckers Begabung zu achtzig Prozent aus Sturheit bestehe, und die Janeschs mit der Gabe gesegnet sei, nichts außer sich selbst ernst zu nehmen, beschuldigte sie ihn eines faschistoiden Menschenbildes und mangelnden Respektes vor der Begabung. Daß Kunst aus Sublimierung bestehe, das werde er doch nicht bestreiten. So weit müsse man heute doch einen Konsens herstellen können.

Dem Ecker, sagte Moser, sind zwei Lebenserfahrungen eingebrannt: das Außenseiterschicksal, wobei er es ihr nicht ersparte, ihr anzudeuten, daß dieses nicht nur religiös sei, exstentiell und psychologisch, sondern auch erotisch bedingt sei, und der zum Wunderritual umfunktionierte Katholizismus. Das hat ihn isoliert. Sein Glück ist, daß er diese Isolierung sublimieren kann, abreagieren durch Schreibwut, durch Wortdurchfall. Die Frage ist, wie lange er's aushält. Und Janesch fragte sie, haben Sie da auch eine vorgefaßte Meinung parat? Er hatte sie. Worauf Moser von der Ätherischen, des Intellektualismus beschuldigt, ungnädig entlassen wurde. Ihren Glauben ließ sie sich von so einem nicht nehmen. Wegen Moser würde sie doch nicht aus der Reihe tanzen. Der wußte, daß in diesem Stadium nichts half. Gegen die Mode hilft kein Argument. Gegen den Aberglauben keine Vernunft. Der Menschenglaube der Ätherischen war im Trotzalter. Da gab' s nichts als abwarten. Passieren konnte ja nichts. Blinde Menschenliebe war noch immer besser als sehende Menschenverachtung. Dummheit ist der Nährboden der Mythen, Gefühl gibt ihnen die Würze. Die Ätherische hatte beides im Überfluß. Sie wartete auf die Vergewaltigung durch das Gute im Menschen. Und Moser vergönnte es ihr. Er mußte es ja nicht sein.

Auf einem Kritikersymposion warf Tomassoni, der sich Meissners als Sprachrohr bediente, die Frage auf, welche Wiener Kritikertype widerlicher sei, der konziliant Heimtückische oder der mürrisch Brutale und beantwortete sie dahin, daß der konziliant-heimtückische Typus europaweit verbreitet und die Wiener Spielart sich zwar dem Kenner durch ihre Inkonsequenz sofort verriete, für ein großes Publikum aber schwer einzugrenzen sei. Er wolle sich daher dem mürrisch brutalen Typ widmen, zumal dieser auch in der nichtliterarischen Bevölkerung häufig anzutreffen sei. Bei Fußballtrainern ebenso wie bei Pianisten. Tomassoni nannte die Namen, die Meissner, um Klagen zu verhindern, unterschlug. Aber es ist anzunehmen, daß jeder der Anwesenden die Gemeinten identifizieren konnte. Wenn ich an Y denke, sagte Tomassoni, denke ich sofort auch an den notorisch mürrischen Trainer oder an den Starpianisten, wie er vor dem Klavier räsonniert.

Haben Sie schon einmal jemand gelobt, fragte ein Neugieriger in provokanter Absicht Y.

Sollte ich das?

Ein Nachwuchskritiker, den nicht er aufgenommen hatte, denn vor ihm hatte noch keiner Gnade gefunden, wollte ihn einmal ins Konzert begleiten, wenn er seinen zweiten Platz, den er unlängst leer gesehen hatte, frei habe. Um an seinen Eindrücken teilzunehmen und daraus zu lernen. Wenn Sie meine Eindrücke kennenlernen wollen, murrte der mürrische Wiener mit der unterdrückten Mordlust, die sich in Beleidigungen entlädt, lesen Sie meine Kritiken. Und einen anderen, der sich neben ihn gesetzt hatte, in der Meinung, ihm Gesellschaft leisten zu sollen, verpetzte er in der Pause beim Billeteur, der ihn wegwies, was Y aus einiger Entfernung mit Befriedigung zur Kenntnis nahm. Er soll über dieses Konzert eine ausnehmend wohlwollende Kritik geschrieben haben, was beweist, daß mürrische Menschen auch ihre Vergnügungen haben. Von den Brutalen ist das ja bekannt.

Für den mürrisch Brutalen spricht die Erfolgsquote. Er treibt an, er erpreßt, er hat keine Zweifel oder unterdrückt sie in der Öffentlichkeit. Eigene Schwachstellen und Schwächeanfälle bekämpft er mit den bei seinen Opfern bewährten Methoden. Er kennt keine Gnade. Nicht einmal für sich selbst. Was nicht ausschließt, daß er sich einige mürrische Abwechslungen vergönnt. Verheiratet möchte man mit dem nicht sein, wenngleich man bei ihm wenigstens weiß, woran man ist, was man vom konzilianten Heimtücker nicht sagen kann. Ich ließe ihn mir eher als Minister, Generaldirektor, Präsident denn als Ehepartner, Vater, Sohn oder Freund gefallen. Natürlich ist auf die Dauer auch er zu durchschauen. Die Heimtücke hat viele Facetten, aber auch sie läuft nach Regeln ab. Wer sie lange genug erlitten hat, kennt ihr Ritual und bereitet sich darauf vor. Er weicht aus. So ist schon mancher Schlag des konzilianten Heimtückers ins Leere gegangen und der Heimtücker hat sich auf seine Konzilianz zurückziehen müssen.

Die Psychologie des mürrischen Wieners und seiner ungehemmten Brutalität erspare ich mir. Es handelt sich dabei möglicherweise um ein Pendant zu der sprichwörtlichen Wiener Freundlichkeit und Liebenswürdigkeit und ihren Verlogenheiten. Vielleicht sogar um eine Notwehr gegen touristische Arschkriechereien.

Ich halte das jedoch für angeboren. Für ein gesteigertes Selbstbewußtsein, für arrogante Selbstüberschätzung, die sich den sozialen Regeln enthoben glaubt. Tatsächlich sind ja die meisten Leute schlecht aufgelegt und neigt eine überwältigende Majorität zur Brutalität. Sie kaschieren das erste aus Feigheit und unterdrücken das zweite aus Unvermögen. Die mürrischen Brutalisten glauben, es sich leisten zu können und reussieren damit. Was ich ihnen zugute halte: Sie verstellen sich nicht. Aber vielleicht ist gerade das das Unverzeihliche. Wer ist schon neugierig auf den wahren Charakter des Wieners?

Zu Unrecht beliebt ist der gutmütige Choleriker oder aufbrausende Feigling. Er lobt unverwandt und unverdrossen, bis ihm eines Tages der Kragen platzt. Dann schlägt er zu. Mit vernichtender

Gewalt. Es gibt Stimmen, die der Meinung sind, daß diese Explosion nicht von der Qualität des Beurteilten sondern von der Selbstachtung des Kritikers abhängt. Sie sehen darin Versuche, diese lädierte Selbstachtung wiederherzustellen. Als Schlappschwanz verschrien, versucht er in ohnmächtiger Wut sein kritisches Image aufzupolieren.

Paradebeispiel dafür ist der beliebte Moderator Pfennig, der, was wenige wissen, in einer Landeshauptstadt als Kritiker begonnen hat. Er lobte, was da krächzte, lispelte, tänzelte. Sein Lob war Vernichtung. Wer einem Schauspieler, Sänger, Instrumentalisten übel wollte, gratulierte ihm scheinheilig zu seinem großen Erfolg und zu der blendenen Kritik. Ich habe eine Lobeshymne über Dich gelesen.

Freude stieg beim Angesprochenen auf. Er stammelte: Wo, wer, wann? Pfennig. Der Angesprochene sank in sich zusammen. Diese Bosheit hatte sich bald abgenützt und war später nur mehr bei Gästen und ortsunkundigen Debütanten möglich. Hingegen warteten alle Künstler der Stadt sehnsüchtig darauf, daß das seltene Pfennigsche Donnerwetter sich über sie entlade. Ich kenne einen beliebten Burgtheaterschauspieler, der einen dieser Pfennigschen Verrisse, der ihm gegolten hatte, ausgeschnitten, gerahmt und heute noch über seinem Schreibtisch hängen hat. Über der Schatulle mit dem Kainz-Ring. Ein Pfennigscher Verriß galt bald als Erfolgsgarant. Wenngleich aus den meisten Opfern der Pfennigschen Wut trotzdem nichts geworden ist. Sie waren wirklich schlecht. Aber es war ein Hoffnungsschimmer in einer unsicheren Karriere, ein Opfer der Pfennigschen Selbstbestrafungsorgien zu werden.

Eine verachtenswerte Spezies hat Tomassoni nicht kennengelernt. Er ist der Erfolgsbezweifler. Denn es gefällt ja nicht nur oder nicht selten das Unvorhergesehene, sondern das Wohlbekannte, das man selbst nicht artikulieren kann, das, was in einem schlummert, und das nun auf der Bühne, im Buch, in der Musik hervorgeholt und zur Identifikation einladend dargestellt wird. Das weiß ich auch, sagt sich der Erfolgsbezweifler, also kann es nichts besonderes sein. Während das Publikum seiner Genugtuung darüber Ausdruck gibt, daß eines seiner Gefühle, seiner Gedanken der Darstellung für wert befunden, aus der Gefühls- und Gedankensauce, die in jedermann brodelt, isoliert worden ist, weckt es das Mißtrauen des

Erfolgsbezweiflers. Er redet dem Publikum nach dem Geschmack, heißt es dann in der Kritik, und das ist im subventionierten Kulturbetrieb, in dem nur spektakuläre Mißerfolge als Erfolg gelten, der schlimmste Verriß.

Daß Witz und Humor nicht honoriert werden, ist selbstverständlich. Die Wiener und nicht nur die Wiener lassen sich gerne unterhalten, aber sie verachten den, der sie unterhält. Was kann etwas schon wert sein, worüber man lachen muß? Sie lachen gerne, honorieren aber nur die Langeweile. Der Erfolgsbezweifler ist überzeugt, daß etwas, worüber er lachen möchte, mit Kunst nichts zu tun haben kann. Damit werden Generationen von Epigonen, Schwindlern, Hohlköpfen, Scharlatanen gezüchtet. Einem Tiefsinnigen verzeihen nicht nur die Tiefenforscher (eine Oberspezies der Kritik, der die Mürrischen ebenso angehören wie die Heimtücker, die Lobhudler und Erfolgsbezweifler) sein Untalent. Ihm schreibt auch das Publikum einen in der Wüste aufblitzenden Witz zugute, über den es bei einem, der sie unterhalten hat, mit einem Gähnen hinwegegangen wären.

Was beweist, daß die Leute unrecht haben, wenn sie den Niedergang der Kritik beklagen. Die Kritiker sind nur ihr verlängerter Arm.

Tiefenforschung in der Kritik wird vor allem in deutscher Sprache betrieben. Die Wiener Tiefenforscher, man muß es sagen, können mit den Kölner, Frankfurter, Bochumer, Berliner, Münchner, Stuttgarter, Tübinger Tiefenforschern nicht mithalten. Sie setzen zu einem Sturzflug in die metaphysischen, soziökonomischen, individualpsychologischen Tiefen eines Textes an, und lassen sich, bevor sie noch in die letzten Unergündlichkeiten vorgedrungen sind, von Oberflächlichkeiten ablenken. Ich kenne Wiener Tiefenforscher, die ihr Metier dahin mißverstanden haben, die Tiefe des Blusenausschnittes jener der Satzkonstruktionen vorzuziehen. Wie immer, wenn die Männer versagen, springen die Frauen ein. Wir können mit Tiefenforscherinnen aufwarten, die den bundesdeutschen Amazonen nicht nachstehen. Und zwar in jeder Beziehung. Denken wir an die mit allem modischen Rüstzeug ausgestattete Tiefenforscherin Käthe von Maltz, und an die in den Grenzregionen von Politik und Kultur erfahrene, alle Gelände rabiaten Engagements erkundene Messerer. Denken wir aber auch an die Frohnleitnerin, an die Haremsdamen der Fernsehkultur, die einerseits vor keiner avantgardistischen Untiefe und andererseits vor keinem intimen Abgrund zurückschrecken. In den Schatten gestellt werden sie allerdings von einem Zweimetermann, Roland Sumpf, dem Nachtstudiogscheiterl, der ausgewogen Werbung, Information und Abschreckung bei seinen Interpretationen der in die Nachtstunden verbannten elitären Kunststücke verbindet. Seine Ankündigungen sind ebensowenig zu bremsen wie seine Relativsätze. Er macht zugleich Lust und Angst. Er weckt die Neugier, erstickt sie aber durch die Irrgärten seiner Interpretationen. Sumpf imaginiert den Zuschauern so Erhabenes, Tiefgründiges, Kühnes, daß diese die Überzeugung gewinnen, dafür nicht reif genug zu sein, keinesfalls aber um 23.25 Uhr. Ich kenne einen an Tiefenforschung interessierten Laien, der seit fünf Jahren im letzten Augenblick vor dem Sumpf zurückschreckt. Er fragt sich, ob sein Geist dieser Tiefe, sein Verständnis den konzentrierten Anforderungen, sein Wahrnehmungsvermögen den neuen Konstellationen gewachsen sei. Einmal, hofft er, wird er so weit sein.

Am beliebtesten bei den Direktoren ist natürlich der devote Bewunderer. Der einzig Interessante an ihm ist der Tonfall hektischer Erwartung, der in Zweiminutenabständen in Ehrfurcht erstirbt. Er eignet sich besonders gut für Interviews und Probenberichte.

Der aufgeregte Entlarver hingegen bezieht sein Renommee aus dem Widerspruch. Er gedeiht am besten im Niemandsland von Kultur und Politik. Wir haben einige Exemplare, die sich in das sogenannte Kulturgeschehen bereits als Negativ eingefügt haben. Ihr Widerspruch überrascht nicht mehr, ihre Enthüllungen sind vorhersehbar. Der aufgeregte Entlarver nützt sich durch seine Wiederholungen ab. Politiker vor allem haben sich so an ihn gewöhnt, daß ihnen etwas abgeht, wenn ihm einmal nichts einfällt. Es schadet dem Ruf eines Ministers, Parteisekretärs oder Kulturfunktionärs, nicht in seine Schußlinie zu geraten. Was ist, lieber Sektionschef, habe ich einmal den Minister fragen hören, haben Sie sich mit dem Stecher arrangiert? Ich will nicht hoffen. Es sollen schon Karrieren zerstört worden sein, weil die aufgeregten Entlarver einen Mann nicht mehr verfolgt haben, sei es, daß sie ihn übersehen oder von ihrer Liste gestrichen haben. Beides legt den Verdacht bei übergeordneten Stellen nahe, daß sich in der Abteilung nichts mehr tut.

Wo nicht gehobelt wird, fallen keine Späne. Der Mensch verschwindet aus der Öffentlichkeit. Er wird zur Unperson. So hat sich die groteske Situation, wenigstens in Wien, herausgebildet, daß die schärfste Waffe des aufgeregten Entlarvers darin besteht, daß sich seine Aufregung legt. Gar net ignorieren, heißt das im Volksmund, der wieder einmal die griffige Formel für differenzierte und einem Außenstehenden nur schwer erklärbare Vorgänge gefunden hat. Einer der zahlreichen für Subventionen zuständigen Ministerialräte soll seinen Leibentlarver wöchentlich selbst mit anfechtbaren Entscheidungen beliefern, angeblich über dritte Personen, vielleicht aber bei heimlichen Kaffeehaustreffen, um in dem betreffenden Boulevardblatt mit Blindgängern beschossen zu werden. Der Böhm, soll der Kanzler unlängst erklärt haben, scheint ein tüchtiger Beamter zu sein. Keine Woche, in der er nicht angeschossen wird.

Es liegt allerdings in der Natur des aufgeregten Entlarvers, daß er seine Taktik nicht durchhält, daß er aus ihr nicht den ideellen und materiellen Nutzen ziehen kann, den sie abwerfen könnte. Das Temperament, die Wut, vielleicht auch nur die Gewohnheit geht mit ihm durch. Er schimpft und entlarvt blindwütig weiter, er konstruiert Korruptionsfälle, wobei ihm die Angegriffenen durch ihr Verhalten entgegenkommen, er wärmt alte Geschichten auf, schiebt Österreichern zu, was Botokuden angestellt haben, verwechselt die Ressorts, und ahnt nicht, daß er dabei der angefeindeten Ordnung in die Hand spielt. Denn er bietet ihr Gelegenheit zum Widerruf, zum Gegenangriff. Natürlich bleibt was hängen, aber das merkt man insofern nicht, weil der Verdacht sich längst zu einer Fast-Gewißheit verdichtet hat, die ihrerseits einladet, in Frage gestellt zu werden. So sind schon Zeitungsfehden zwischen feindlichen aufgeregten Entlarvern entstanden, in denen die einen die Entlarvung der anderen als böswillige Erfindung entlarvt haben.

Zustände, die Meissners Verdacht zu bestätigen scheinen, daß der aufgeregte Entlarver, wissentlich oder unwissentlich, bewußt oder unbewußt, längst ein unentbehrliches Ferment des status quo geworden ist, ein staatserhaltendes, ja staatstragendes Element.

Weshalb er auch wohlwollend geduldet, zu Staatsempfängen, Landeszeremonien, Diskussionsrunden eingeladen wird. Es soll einen beliebten Landesvater gegeben haben, der sich mit einer Schar von aufgeregten Entlarvern umgab, und das keineswegs nur, um sie mundtot zu machen. Sie begleiteten ihn auf Staatsvisiten und waren gerne gesehene Gäste in seiner Villa am schönen Bergsee. Angeblich zog er sie, nicht gerade zu Staatsgeschäften, wohl aber in kulturellen Fragen minderen Ranges, etwa über die Besetzung eines Burgtheaterdirektors oder Museumsgeneralsekretärs, eines Chefdirigenten als Berater heran.

Kurze Zeit hatten Meissner, Moser und Stiefel erwogen, Tomassoni hier einzuführen, natürlich nur als Beweis seiner Realität, aber dann diesen Plan doch aus prinzipiellen Gründen verworfen. Weniger wegen der heiklen Frage, wer Tomassoni darstellen sollte, als aus der Einsicht, daß Tomassoni, wenn er schon erfunden wurde, dann doch auch zu dem Zweck erfunden worden war, nicht mit den amtlich beglaubigten Lakaien in Hofnarrentracht verwechselt zu werden. Stiefel, der selbst uneingestandene Ambitionen hatte, auf den Bergsee eingeladen zu werden, um dem großen alten Mann seine Pläne für einen menschlichen Sozialismus darzulegen, um den historischen Kompromiß zwischen Kapitalismus und realem Kommunismus durch sanfte Kritik an marxistischen Fehlentwicklungen mit entschiedener Kritik an der Marktwirtschaft hinauszuzögern, Stiefel konnte nur mir Mühe davon abgehalten werden, wenigstens als Sprachrohr Tomassonis seine aus Heiner Müller, Günter Grass, Stefan Heym und anderen literarischen Ratgebern der deutschen Nation zusammengelesenen Weisheiten vortragen zu dürfen. Er war schließlich prädestiniert dazu, mit dem Gefühl, der Vorhut anzugehören, nachzuhinken. Was man ihm aber auch nicht zu sehr vorwerfen darf, denn er hat auch diesbezüglich nur dem Zeitgeist entsprochen. Die Lehrmeister der Nation waren von den Ereignissen überrollt worden und wie alle Ideologen beleidigt und gereizt, daß die Wirklichkeit sich ihnen nicht angepaßt und in dem von ihnen bestens ausgestatteten Niemandsland nicht häuslich eingerichtet hatte.

Was ist ein Leben ohne Vision, war damals die pathetische Lieblingsfrage der heimatlosen Linken. Stiefel tat alles in seiner Macht

Stehende, die Phrase in den ihm zur Verfügung stehenden Medien, vor allem natürlich im „Schmetterling“, mit dem dazugehörigen Hohn auf die Realos zu verbreiten. Er wollte Tomassoni auf seine Seite ziehen. Meissner hatte es bisher verhindert und war entschlossen, es weiter zu hintertreiben.

Er schockierte die jungen Intellektuellen mit dem Satz: Was wir am wenigsten brauchen, sind Weltverbesserer. Mir laufen unentwegt Idealisten über den Weg. Alle meinen es gut mit den Menschen. Die Nazis haben es mit den Deutschen gut gemeint, die Faschisten mit den Besitzenden, die Kommunisten mit den Proletariern und die Religiösen mit den Verstorbenen. Wenn ihnen von den einfachen Leuten nicht Einhalt geboten worden wäre, stünde kein Stein mehr auf dem anderen. Ich bin, wofür ich nichts kann, ein Mensch der Mitte unseres Jahrhunderts. Ich habe die Nachwehen des Ersten, die Schrecken des Zweiten Weltkrieges, die Korruption und Willkür der diversen Diktaturen kennengelernt. Ich mißtraue jedem, der mich auf ärarischem Wege glücklich machen will. Er winkte, als Stiefel sich zu Wort melden wollte, ab. Ich weiß, sagte er, Du bist ein intellektueller Pfaffe. Du hast für alles, was Dir schief gegangen ist, eine Ausrede. Du hast das in der Parteijugend, auf der Universität, in der Redaktion und natürlich in den diversen Zirkeln gelernt. Ich fürchte, ich bin Dir darin unterlegen. Du beweist mir im Handumdrehen, was Du willst. Daß die Zeit noch nicht reif für die Volksdemokratie war und daß der Wille zur Erneuerung der Partei ihre Mitglieder der Verantwortung an den Greueln der Macht enthebt. Ich glaube Dir natürlich nicht. Aber ich habe nur Fakten gegen Deinen Fanatismus.

Aber zurück aus den politischen Untiefen auf den angeblich festen Boden der Kulturkritik. Einmal hat es einen Gerechten in der Wiener Theaterkritik gegeben. Er hat geglaubt, daß seine bescheidene Macht nur durch Gerechtigkeit legitimiert werden könne. Selbstverständlich hat er es niemand recht gemacht. Man entzog ihm schließlich sogar die Pressekarten. Denn wer glaubt am Theater an Gerechtigkeit? Ein alter Schauspieler, den er einmal im Café traf, hat versucht, ihn von seinem Gerechtigkeitswahn zu heilen. Aber ich will doch nur euer Bestes, sagte der an Gerechtigkeitswahn delirierende Kritiker. Wir haben vor nichts so viel Angst wie vor einer gerechten Kritik, sagte der Schauspieler. Das darf und kann es nicht geben. Kritik, lieber Herr, ist subjektiv. Wenn Sie mich loben, haben Sie endlich zur Einsicht gefunden, wenn Sie mich verreißen, sind Sie ein Trottel. Der Schauspieler unterband das Entsetzensgestammel des Kritikers. Nur so kann man Kritik aushalten. Wer, lieber Freund, will sich von Ihnen seine Unbegabung beweisen lassen? Welcher Zuschauer will sich seinen schlechten Geschmack schwarz auf weiß von Ihnen nachsagen lassen? Teilen Sie sich das schön ein wie die anderen. Vorlieben, Vorurteile, mixen Sie da mit Ihrem reichen Wissen, Ihrer großen Erfahrung, und wenn Sie etwas nicht wissen, lassen Sie uns den Triumph, Sie dessen überführen zu können und auch einmal recht zu behalten. Keine Richterei, keine Hohepriesterei, keine Lehrmeisterei, kein Gerechtigkeitswahn. Bleiben Sie unser wohlwollender Feind und unser feindseliger Freund.

Meissner wurde in einen Archipel voluminöser weiblicher Attribute geschwemmt. Er sah auf. Der Busen war fest, die geschwungenen Hüften gemeißelt, das Gesicht luftgegerbt und von einer faszinierenden Abscheulichkeit. Nicht das, was man häßlich nennt. Ein Gesicht im Ruhezustand. Noch nicht zu voller Menschlichkeit geformt. Eine Perchtin.

Ein Privatmythos, der allen oder fast allen anderen Mythisierungen erotischer Bedürfnisse vorzuziehen war. Eine alpenländische Spezialität für Exzentriker. Aber natürlich auch eine Sisyphusaufgabe. Diese erkalteten Fleischmassen zu beseelen! Streicheln half da nichts. Schmusen prallte ab. Er stellte sich vor, daß hier eine Initialzündung notwendig war. Man mußte die Perchtin ins Herz treffen, um ihren Starrkrampf zu lösen. Wie das im Detail zu bewirken war, lohnte das Nachdenken.

Eine Farce für Tomassoni. Erster Akt, Heindl im Smoking, die Perchtin im Abendkleid, zweiter Akt, Heindl im Smoking, die Perchtin im Dirndl, dritter Akt, der das Vorspiel aufnimmt, sie im Lendenschurz, er im Raumfahreranzug. Natürlich ein Machostück, durch die Tomassonische Kunst zu einem Triumph der Urmutter, der Amazone gewendet. Oder was in der Preislage.

Meissner!, stellte er sich dem weiblichen Koloß vor. Sie war die Frau eines schmächtigen Männchens, der sich als Landtagsabgeordneter entpuppte. Die Perchtin sprach kein Wort. Keine Regung. Hörte sie zu, sah sie ihn an? Meissner hatte jedenfalls das Gefühl einer Bedrohung. Wenn schon nicht ihn, dann würde die Perchtin sofort ihren Mann unter sich begraben. Der Herr Abgeordnete, dachte Meissner, mochte unter der Last seiner Perchtin das Gefühl haben, im Volk unterzugehen, was ja für einen Politiker ein sehr schönes Gefühl sein muß. Erdrückt von der Allgewalt des Weibes. Geborgen im Schoß der großen Mutter. Wobei nicht zu verachten war, als Vertreter eines bäuerlichen Wahlkreises mit einer der Töchter der Göttin der Landfrüchte verheiratet zu sein. Erdgebundener als die Perchtin konnte man als Frau nicht sein. Ob sie das von den Hexen unterschied? Hexen waren, da hatte Stiefel recht, Zivilisationserscheinungen. Projektionen des Mannes. Die Perchtin hätte sich ein Mann niemals ausdenken können. Sie war ein Naturprodukt. Der Mann war bestenfalls ein Appendix der Perchtin.

Es soll gehorsame Perchtinnen gegeben haben, Arbeitstiere im Haushalt, am Bauernhof, in der Fabrik, und als sie zu studieren begannen, auch im Hörsaal. Angeblich hatte es in den fünfziger Jahren eine Perchtin als Gürtelhure gegeben, die als Inbegriff der willigen Gleichgültigkeit gesucht war. Sie untergraben die Männerherrschaft durch Gehorsam. Sie negieren sie. Die Literatur weist nicht eine Perchtin als Neurotikerin auf. Die Perchtin ist nicht nervös, sie ist schlicht unglücklich. Sie leidet stumm oder mit dumpfem Murren. Soferne sie Begriffe wie Glück oder Unglück überhaupt wahrnimmt. Als ein Stück Natur ordnet sie sich dem Werden und Vergehen unter.

In Gerichtssachen sind Perchtinnen als Mörderinnen notorisch. Töten und getötet werden. Nicht jeder Mann hält die Nachbarschaft von Perchtinnen aus.

Wie ist das mit den Hexen?

Sie kommen unvermutet und bleiben aus, wenn man sie erwartet.

Welche Rolle, fragten Reporter einen Autor (Tomassoni?), der sie in einem Pandämonium von Sex, Mode, Mythos als Irritation auftreten ließ, spielen Ihre Hexen?

Ich weiß es nicht. Ich habe über sie keine Gewalt. Ich mag sie, weil sie aus einer anderen Welt zu kommen scheinen und unseren Müttern, Schwestern und Töchtern zum Verwechseln ähnlich sehen, weil sie uns abstoßen und anziehen. Lenken kann ich sie nicht. Sie machen, was sie wollen. Gott sei Dank. Man kann sie bewundern, bekämpfen, aber nicht reglementieren. Wir können uns ihnen unterwerfen und wir können sie vernichten, aber wir können sie nicht beherrschen. Wir wissen alles über sie, aber wir verstehen sie nicht.

Odysseus tritt auf, wenn sein Stichwort fällt. Tomassoni erscheint, wenn ihn seine drei Erfinder zitieren. Stiefel triffst Du, wenn Du ihm ausweichen willst, Moser ist sein eigenes Echo und Meissners Weisheiten ist noch niemand entgangen. Die Auftritte der Hexen und Elfen haben ihre Choreographie, aber wann sie stattfinden, weiß niemand. Das ist ihr Reiz und ihr Schrecken. Sie brechen herein, verschwinden, wenn man sie zum Bleiben auffordert und bleiben, wenn man sie zum Teufel wünscht. Integrieren kann man sie nicht, weder ins Leben noch in einen Roman. Sie sind der Überraschungscoup.

Was wäre das Liebesleben ohne die Hexe? Sie ist Gottes Geißel und des Teufels Verführerin, wie Faust gesagt hat, der bekanntlich Umgang mit ihresgleichen hatte. Laßt euch von den Hexen überraschen, freut euch über ihren Anblick, fürchtet ihre Macht und verzehrt euch nach ihren Reizen!

Mulier domestica, die gemeine Haushexe. Ein Wesen von fabelhaftem Gedächtnis, unaufhörlich auf der Spur männlicher Versäumnisse, ausgestattet mit einem Schwamm, der jede (vermeintliche) Kränkung aufsaugt, aufschwemmt und in einem präzisen Computersystem auf Abruf bereit hält. Niemals um Vorwürfe verlegen. Mit überdimensionalem Schnabel und bei jugendlichen Ausführungen mit schwellenden Rundungen ausgestattet. Verführungseffekt! Plinius erinnert an das naturgeschichtliche Beispiel der giftigen Spinne. An die Zoologie gemahnen auch chamäleonartige Verwandlungen. Ovid hat in einem verlorengegangenen Epos (Tomassoni zugeschriebene Aktennotiz. Möglicherweise auch die Keimzelle zu einem Gesang, vor dem Dante zurückgeschreckt ist: Die Hölle auf Erden) die Metamorphosen von mulier domestica in die vielfältigen Formen von mulier ambitiosa (Die Umschlingende) in 48 Gesängen beschrieben. Harpya ordinaria, das gemeine Ungeheuer, ist nur eine Entartung der gemeinen Haushexe. Der Anblick lähmt.

Ovid hat die Fallenstellerinnen beschrieben, die Blutsaugerinnen, die ihr Opfer systematisch aushöhlen, die Schlingenlegerinnen, die Donnernden (was offenbar mit dem Redefluß zu tun hat), die Schweigerinnen. Größten Abscheu hat er vor mulier pia, der frommen oder im übertragenen Sinn pflichteifrigen Hexe, der Rechthaberin, der Schluchzerin, der Simulantin, deren schauspielerische Fähigkeiten denen der großen Tragödinnen nicht nachstehen. Alle münden in mulier neurotica! Die Aufrührerin, die Unruhestifterin, die Friedenszerstörerin, die Hexe kat ex ochen.

Die Geschichte (historia) hat die abstoßendsten und anziehendsten Casi gesammelt. Sie bieten nur die blutige Schauseite eines gigantischen Verwesungsprozesses auf einem ruinösen Kriegsschauplatz ohne Waffenruhe mit Unnachsichtigkeit, Folterung und Martern aller Art.

Die gemeine Putzhexe: Verbreitungsgebiet die ganze Welt, beängstigende Dichte mit ständiger Vermehrung vor allem in Mitteleuropa, USA, Japan, Kanada, Australien, also den Industrieländern. Leicht erkennbar sind die neurotischen Formen, zermürbt durch den unaufhörlichen Kampf gegen Schmutz in allen Formen, Staub auf der Kredenz, Erdpartikel auf den spiegelglatten Gangkacheln, Brösel auf den Teppichböden, Seifenresten in der Badewanne. Es sind Fälle beobachtet worden, in denen sich die Entwicklung von unscheinbaren Anfängen bis zu pathologischen Erscheinunsformen innerhalb eines Jahres vollzogen hat. Allerdings bei reichlichem Konsum von TV-Werbung, der zuerst einmal zu einem finanziellen Kollaps führte: Silan, Weißer Riese mit der Riesenwaschkraft, Persil, sulfatfrei, Sheriff wurden in Mengen angeschafft, die das ganze Haushaltsgeld verschlangen und einen eigenen Raum zur Aufbewahrung beanspruchten. Zu der Sorge, ob die Badewanne den höchstmöglichen Glanz habe, kam die Angst vor möglichen Rückständen in der Klomuschel. Die Flasche mit dem Entenhals wurde enthusiastisch begrüßt und sofort in fünf Variationen angeschafft. Wer wäscht schattenfrei, keimfrei und geruchsfrei? Die Frage wird einer abgehalfterten Skirennfahrerin gestellt, die sofort Kurve kratzte, auch eine Gastwirtin wurde mit Erfolg konsultiert. Umweltbewußt oder reinlichkeitsfanatisch? Die Interviewerin wußte einen Kompromiß. Sowohl als auch. Was ist denn das, fragte der Ehemann, als sie mit einer vollbepackten Einkaufstasche ankam. Sie hielt ihm die Dose unter die Nase: So habe ich ständig ein duftendes WC. Sagte es und holte den Staubsauger mit der Riesenkraft hervor, der seinerseits mit Zitrusfrische von allen Keimen befreit wurde. Die Küche glänzte, der Teppich ließ Haare. Aber die Zahncreme ließ der Karies keine Chance. Wie wird die Wäsche weißer als weiß, reiner als rein, der Boden blanker als blank?

Unübersehbar die Frigidität der Putzhexe, ihre Berührungsangst. Hast Du Dir die Hand gewaschen, den Mund gespült, bist Du gebadet, rasiert, frisiert? Der Bakterienaustausch bei der Liebe, selbst bei Petting ist nach einer Statistik des Gesundheitsministeriums besorgniserregend. Die Qual der Wahl bei den Haarshampoons und bei den Zahnpasten. Die Vorteile abwägen, oder noch besser, täglich wechseln. Und die Gummihandschuhe nicht vergessen. Sowohl zur Verhinderung der Beschmutzung der Hände wie der Schweißflecken auf Bestecken, Tellern, Tischtüchern. Die große Angst der Putzhexe: Absichtliche oder unabsichtliche Berührung einer transpirierenden oder Schleim aussondernden Körperstelle. Das Risiko, einen frisch gebadeten oder gecremten Körper durch eine unreine Haut zu beflecken. Die Zumutungen der Männer: Zungenküsse, körperliche Vereinigungen, Umarmungen. Da ist manche Putzhexe, und nicht nur die sprichwörtlich gewordene Rührmichnichtan aus Schottland, in Ohnmacht gefallen. Der Horror vor diesen Vergewaltigungen durch Gerüche, Betastungen, Befühlungen. Da hilft nur Desinfektion. Eine Kur.

Oberstes Gebot der Putzhexe: Distanz.

Überliefert wurde der Dialog von zwei Putzhexen im Drogeriegroßmarkt.

O, this is Cif.
Herkömmliche Scheuermittel können kratzen.
Diese Qualität gibt es nicht billiger.
Und dann passiert es.
Frischer Glanz ohne Kratzer.
Sündteuer, aber spiegelglatt.
Die neue Kaloderma.
Nimm doch Meister Sheriff.
Jetzt mit mehr Waschkraft.
Schau, wie es glänzt
und glitzert.
Phantastisch
elastisch
(ekstatisch) Der neue Meister Propper
(sich selbst zusammenrollend) Kuschelweich
(ersterbende Stimme) Mit Sunlicht
Danke Glorix
Da möchte man Hausmann sein.

Mit Ironie, sagte Meissner zu dem zwischen Zuckerpüppchen und einer neu aufgetauchten mütterlichen Muse torkelnden Stiefel, kriegst Du keine herum. Wenn Du zum Weibe gehst, vergiß Deine Partnerschaftstheorie und deckte Dich mit frommen Lügen ein. Ist Zuckerpüppchen nicht die Schönste im Land? Und für Marga wird sich Deine Geilheit doch um Gottes willen was einfallen lassen! Irgendein Codewort, ein süßes Geheimnis, das Ihr teilt. Mit der Gleichheit der Geschlechter kannst Du später kommen, und ob Du zur Ironie vorstoßen darfst, das hängst davon ab, ob Du ihr imponiert hast, ob Du ihr noch immer gefällst, ob Du nach ihren ersten Samariterdiensten weiter ihr Mitleid erregst. Überwältige sie, wenn Du nicht genug Mut hast, zuzugreifen, meinetwegen mit Romantik. Oder mit Schwäche. Die Marga, höre ich, springt auf so etwas an. Aber Du hüllst Dich in Deinen Panzer aus Ironie. Mit Sarkasmus gegen jeden Gefühlsausbruch gesichert, bist Du keine Identifikationsfigur. Deine verbotenen Griffe kommen zur unrechten Zeit, nicht Mut sondern Verzweiflung appliziert Deine Küsse.

Aber Zuckerpüppchen …

Feministinnen wie Zuckerpüppchen, sagte Meissner, sind Gefühlsausbrüchen wehrlos ausgeliefert, weil sie sie nicht erwarten. Niemand sehnt sich mehr danach, belogen zu werden, als Ideologinnen. Was hat sie davon, wenn Du ihre Klugheit rühmst? Schwärme von ihrer Schönheit, ihrem Charme, ihrem Hintern. Sag' ihr ein Gedicht auf. Darauf ist sie von ihrer Foucault-, ihrer Wittgenstein- und Levi-Straus-Lektüre nicht vorbereitet. Das erschüttert ihren festgefahrenen Strukturalismus. Glaube mir, ich kenne Zuckerpüppchen, als sie noch das Weibchen gespielt hat. Damals habe ich ihr mit Marx- und Hegel-Zitaten imponiert. Die Zeiten sind vorbei. Von Marx weiß sie genug. Der Kollektivismus hat sie frustriert. Liebe ist eine Frage der Taktik. Wir stecken alle in einem Panzer. Angreifbar, aber schwer einnehmbar. Du und Zuckerpüppchen, ihr habt die Lust in Theorie verinnerlicht, ertränkt oder ausgetrocknet. Ihr habt die Tabus nicht abgeschafft, wie ihr euch einbildet, ihr habt sie verschoben. Aus der Gesellschaft verdrängt, haben sie bei euch Unterschlupf gesucht, sie haben sich in euch eingenistet, sie fressen an eurer Leber.

Und Du, fragte Stiefel.

Bei mir liegt der Fall anders, aber genau so vertrackt. Mir geht es nicht besser. Ich ziehe mich direkt ins Ich zurück. Ganz tief ins Mauseloch. Ihr macht euch auf den langen Marsch über die Ideologien, ihr zieht euch in die babylonischen Türme des offiziellen Aberglaubens zurück. Eure Frustration ist weltanschaulich beglaubigt. So wie die der Pfaffen. Aber sie haben es besser als wir. Ihre Sünden sind kalkuliert, Konvention beglaubigt ihre Doppelmoral. Unsere Sünden haben noch das schlechte Gewissen der Novität. Wärst Du katholisch, Stiefel, würde ich Dir raten, mit ihr in die Kirche zu gehen, mit Zuckerpüppchen in eine gotische Kirche und mit der Samariterin Marga in eine Barockkirche. Und sie im Beichtstuhl hinterrücks zu überfallen. Dann gemeinsam beichten. Religionen liefern bessere Ausreden als der Kommunismus. Die Sühne folgt dem Cunnilingus auf dem Fuß. Die Religion, lieber Stiefel, kennt den Genuß der Sünde, von dem Philosophie keine Ahnung hat. Du hast es schwerer als ich. Ich glaube zwar nichts, aber das ohne Reue. Du, der Du das Gewissen abgeschafft hast, hast ständig ein schlechtes Gewissen. Das ist Dein Problem. Mir setzt was anderes zu. Ich habe mich in mein Ich verschlossen. Das Ich ist irrsinnig empfindlich. Noch immer nicht abgehärtet. Jedem Zufall ausgesetzt. Stets auf Rückendeckung bedacht. Mit Warntafeln übersät, mit Warnsignalen durchsetzt. Dieses feige Ich, das sich um keinen Preis exponieren möchte. Ein Verlierer-Ich. Ich bade deshalb unaufhörlich in dem Imprägniermittel Ironie. Ich bin durchtränkt von Ironie. Wenn ich es recht überlege, ist das unsere Art von Impotenz. Du bist eine mit roten Fahnen ausgeflaggte Insel, ich bin eine Insel, in der jeder Eingang, jeder Unterschlupf, jedes Vorratslager, jede Spur getarnt ist. Unauffindbar, unbetretbar. Du versteckst Dich hinter Parolen. Du lockst die Leute an und rennst davon. Oder verjagst sie mit Phrasen. Ich lasse sie gar nicht herankommen. Gewisse Damen ausgenommen.

Und Zuckerpüppchen, fragte Stiefel, und Marga? Ein Mann zwischen zwei Frauen, von beiden beansprucht, von beiden im Stich gelassen, von beiden auf Abstand gehalten, von beiden angezogen. Und Du philosophierst!

Ich mache das, wovon ich Dich abhalten will. Ich ironisiere. Intellektuellenlaster. Aber ich gebe Dir auch allgemeine Ratschläge.

Um einem konkreten Ratschlag auszuweichen.

Ich rate Dir zu beiden oder zu keiner. Wenn Du die eine nimmst, weinst Du der anderen nach. Die zermürbende Realität von Zuckerpüppchen wird Dir die Sanftmut der Samariterin in einer solchen Glorie erscheinen lassen, daß Du es bei Zuckerpüppchen nicht aushältst. Und Marga? Du versinkst in der Langeweile ihrer Fürsorge. Du brauchst doch Temperament, An- und Aufregung. Beide oder keine. Aber, wenn ich Dich richtig verstanden habe, bist Du ja bei der Samariterin noch im Anfangsstadium und bei Zuckerpüppchen wieder einmal im Zustand der Wiedergewinnung. Also zieh Dein Panzershirt aus Ironie aus. Zuckerpüppchen kennt das und Marga versteht es nicht. Sie erwarten uneingeschränkte Bewunderung. Zuckerpüppchen hast Du mit Taktik verloren. Wenn Du sie wieder gewinnen willst, mußt Du zugreifen. Zuckerpüppchen mußt Du imponieren, Marga muß Dich bemitleiden. So ein gescheiter

Mensch und so unbeschützt. Keiner sorgt für ihn. Durch wie viele Hände, pardon, ist Zuckerpüppchen seit Deiner letzten Trennung gegangen? Du mußt gegen sie alle bestehen. Stiefel, muß ihr die Lust einflüstern, ist doch der Beste.

Ein Tomassoni erzeugt Proselyten. Sie stießen auf Enrique Bahr-Ochoa, den ewigen Avantgardisten, dem Rezensionen über nicht geschriebene Bücher nachgesagt werden, so einem Science-Fiction-Faust und einer feministischen Don-Juan-Version. Angeblich hat er auch einen Autor erfunden, der als Castelo Schundromane schrieb, als Branco dramatische Experimente, als Obonia maritime Sachbücher und als Pessoa melancholische Lyrik.

Tomassoni hatte, das wissen wir längst, eine Inklination für mythologische Wanderer zwischen Flucht und Irrfahrt, Heimweh und Fernlust wie Odysseus oder dem ewigen Juden, aber auch Utopisten wie Don Quijote und Don Juan. Untergang im Rittertum und Auferstehung in der Frau. Bahr-Ochoas Avantgardismus war die Übersetzung der Erotomanie Giovannis und der Kavaliersmanie Quijotes ins Ästhetische. Oder in den Journalismus, wie ihm Übelwollende nachsagen. Immer dem letzten Schrei auf der Spur. Wie der Verführer keinem Frauenduft, konnte er keinem stilistischen Experiment widerstehen. Er hat bekanntlich die Moderne entdeckt und als erster Baudelaire ins Katalanische übersetzt, er hat den baskischen Regionalismus propagiert und wird dafür, wenn wir Zeitzeugen glauben wollen, bis heute von den Separatisten verehrt, die ein Raffinement der Autobombenzündung den Bahr-Ochoa-Effekt nennen. Im Bürgerkrieg ist er dann in ein Dilemma geraten, weil Faschisten, Kommunisten, Anarchisten, Anarchosozialisten ihn nicht ohne Grund als Vorläufer für sich beanspruchten und, wie das damals hieß, ein klares Bekenntnis von ihm forderten. Worauf er in Paris die Witterung einer geistigen Bewegung aufnahm, deren Ruhm nach seinem Tode andere einheimsen sollten: Den Existentialismus. Er war antiklerikal und fromm, antikapitalistisch und reaktionär, und das alles nicht zu seiner, sondern vor der Zeit. Kein Nachläufer sondern ein Vorreiter. Er fühlte sich ein, bereitete vor, protektionierte, propagierte, bis sich Neues ankündigte. Ein klassischer Fall von Neugier, von Gier nach Neuem, wobei ihm der Sinn nicht nach Abwechslung sondern danach stand, ein neues Gefühl, eine neue Idee, eine neue Form voraus zu erkennen und vorzustellen.

Es ist bereits die Meinung vertreten worden, er hätte das alles erfunden, was die zivilisierte Welt seit 1880 beflügelt, belastet und vernichtet. Er hat es nur vorausgesehen, als erster erkannt. Er hat programmiert, was nach einem Programm rang, formuliert, was erst vage gefühlt worden ist, und propagiert, was durchzusetzen war. Ein pathologischer Avantgardist. Immer einen Schritt voran.

Bahr-Ochoa wurde, wie einer seiner Adepten in seinen Erinnerungen verriet, von einer panischen Angst vorangetrieben: Einmal nicht der erste zu sein, einmal nicht zurechtzukommen, überholt zu werden vom Zickzack der Moden. Er wollte nicht nur auf der Höhe der Zeit sein, er wollte den Zeitgeist voraussagen. Bahr-Ochoa, der Prophet. Die Kassandra der Moden. Er hätte es nicht ertragen, schrieb sein Vertrauter Janotka-Echeverria, auf die Frage, was man zur nächsten Buchmesse liest, nicht antworten zu können. Undenkbar, daß er über eine Zeitströmung, über ein Talent, und hätte es im fernen Linz oder Graz die ersten Gehversuche gewagt, nicht informiert gewesen wäre. Wen er zum kommenden Mann proklamierte, dem war zumindest ein Verlagsvertrag, wenn nicht eine literarische Karriere sicher.

Bahr-Ochoa, ist das nicht der, der den katalanischen Jugendstil erfunden hat? Der nach Pamplona fuhr, um Witterung aufzunehmen, was die Frühlingsstürme über die Pyrenäen aus Paris nach Süden getrieben haben? Und wenn er wirklich einmal eingeholt oder gar überholt worden ist, war es ein Irrtum des Zeitgeistes. Er wartete eine Woche zu. Verbreitete sich die neue Ansteckung, dann erinnerte er in einem Essay an nicht stattgefundene Ankündigungen des Ereignisses, die er sich einfach zuschrieb. Seine Imaginationskraft, wenn es um Moden ging, war so groß, überliefert Janotka-Echeverria, daß er selbst an seine Vorläuferrolle glaubte. So wie er immer an jede Mode geglaubt hat. Bahr-Ochoa log nie. Er glaubte seine Unwahrheiten. Mit nichts hat man Bahr-Ochoa mehr Unrecht getan, als wenn man ihn für einen Verräter, für einen Farbverkehrer, für untreu gehalten hat. Er glaubte an das Neue. Und nur an das Neue. Er war ein Sklave der Mode, um ihr Herr sein zu können.

Jede Zeit und jede Stadt hat ihren Modezar. Wir haben den Avantgardeschnüffler Reichartsebner-Lambrecht, den Beisl-Astrologen Hansl-Joe, Hildegardis Tiller, die ihre Fittiche über ihre Talentkücken breitet, aber wir haben auch Willibald Wanko, den notorischen Zweifler, der die Bäume nicht in den Himmel wachsen läßt, wie der Kultursprecher der Koalitionsregierung das ausgedrückt hat. Er mißt die Prosaisten an Stifter, die Lyriker an Lenau, die Dramatiker an Nestroy, eine Latte, unter der man nur durchkriechen kann, und die Kritiker an dem legendären Hanslick, der die munter plaudernden Bächlein vor Wagner-Wogen bewahrte.

Das gibt zusätzliche Probleme für den Tomassoni-Kult. Er sollte Wankos Mißtrauen, wenn nicht Mißfallen erregen, Reichartsebner-Lambrecht interessieren, was beispielgebend gelungen ist, Hildegardis Tillers Mutterinstinkt wecken und Hansl-Joe nach der ersten Ausnüchterung um drei Uhr früh bei Kalb und Ochs ein vieldeutiges Kommunique abringen. Von unseren Damen Maltz und Messerer zu schweigen, die selbstverständlich auf Bahr-Ochoas Spuren agitieren. Die Maltz steht im Verdacht, über Bahr-Ochoa eine Seminararbeit geschrieben zu haben, wofür ich sie schlicht für zu ungebildet halte, die Messerer soll ihn, was schon glaubhafter klingt, für eine Dissertation vorgesehen haben, bevor sie das Literaturstudium abbrach und sich auf Politologie warf.

Allesamt warten sie auf das Genie. Wanko fürchtet es wie Aids, wofür er allen Grund hat, die Maltz ängstigt sich, daß sie es übersehen oder verkennen könnte, nur die Tiller ist allezeit bereit, es unter ihrer Fürsorge aufzupäppeln. Für geringere Begabungen ergibt das einen Slalom, bei dem es kaum möglich ist, nicht auszusteigen. Die forcieren, verfangen sich schon im dritten Tor, die dosieren, können ihre Verspätung nicht mehr aufholen, zwei Drittel scheiden aus, und wer durchkommt, wird unter „ferner liefen“ klassiert. Den Torrichter Stiefel nicht zu vergessen.

Denn wir haben, zu allem Überfluß und Überdruß, noch die schreckliche Tradition des Nörglers. Jeder will und muß dem Nörgler nacheifern. Nörgler-Experten, wohin der Blick in den Redaktionen, Hörsälen und Dramaturgenkanzleien reicht. Sie haben es im Proseminar gelernt, das Kind mit dem Bad auszuschütten, und sich diese Lektion gemerkt. Die Postmoderne ist der Humus, auf dem sie gedeihen wie die Karbolchampignons, eine Pilzart, die den wohlschmeckenden Sorten täuschend gleicht, aber jedes Gericht ruiniert. Erkennen kann man sie am Geruch. Sie stinken, während die echten Früchte lieblich duften. Aber im Bierdunst von Ochs und Kalb, im Zigarettenrauch des Café Nestroy, im Hörsaal-, Redaktions- und Theatermief haben sie längst ihren Geruchssinn verloren. Man kann dem Bahr-Ochoa einiges vorwerfen, aber er hatte eine gute Nase. Und der Nörgler hatte ein Organ entwickelt, das den Verwesungs-Hautgout sofort erspürte. Sozusagen ein Polizeihund, ein Lawinenhund, erschnüffelte er den Menschengeruch. Überliefert ist sein Verdammungsurteil: Es menschelt. Unsere Mythologen leiden an notorischer Instinktlosigkeit, Kritiker verdammen, was ihnen unterkommt, und unsere Nörgler sind eine Kreuzung von Bahr-Ochoa und Wanko: Besserwisserische Untergangspropheten, denen es Spaß macht, ihn den anderen zu verderben.

Werfen wir einen Blick auf Stiefel, der immerhin unser Freund und aus dem Leser vielleicht bereits einsichtigen Gründen der Tomassoni-Erfindung beigezogen worden ist: Keine Sinnlichkeit, nicht einmal eine rechte Schadenfreude. Er hat aus der Ideologieverdrossenheit einen Glaubensartikel gemacht, aus der Postmoderne eine Mode. Meissner wirft er vor: Du gehst im Kreis. Aber wohin sollte er sonst gehen?

Wir gehen alle im Kreis. Kaum fortgegangen, wieder am selben Platz angekommen, bedürfen wir einer messerscharfen Dialektik, da Fort- oder Rückschritt auszumachen. Meissner, ein Defaitist auf eigene Kosten und Gefahren, der natürlich Tomassoni gerne nach seinem Ebenbild geschaffen hätte, vertritt ja heimlich – niederzuschreiben wagte er das noch nicht – den Glauben, daß alles, was gedacht und argumentiert wird, nur den Versuch darstellt, zu verschleiern, daß wir immerfort im Kreis gehen. Daß alles Dichten und Denken bisher nur der gigantische, aber völlig hoffnungslose Versuch war, aus diesem Kreis auszubrechen oder vielmehr die Möglichkeit vorzutäuschen. Was ist nicht für Hirnschmalz daran verwendet worden, den Kreis platt zu walzen, seine Endlichkeit als Unendlichkeit zu interpretieren. Mit forschen Vorwärts-Parolen und resignativen Rückzugsbefehlen zu vertuschen, daß wir ohnehin an unseren Ausgangspunkt zurückkehren.

Als es das Tiergeschäft in der Wollzeile noch gab, pflegte Meissner Ideologen seiner Bekanntschaft vor den Goldhamster auf seinem Tretrad zu führen. Worin, fragte er seinen Begleiter, unterscheidet er sich von Stiefel in seinem Amoklauf nach dem idealen Sozialismus? Von Wanko in seinem Eilmarsch zu einem neuen Führer? Tummelt er sich oder läuft er davon? Daneben war die Buchhandlung mit der Spezialabteilung für Philosophie, in der neben den Akademikern und Katholiken neuerdings, was Meissner für ein ebenso bedenkliches wie hoffnungsvolles Zeichen der Auflösung der Dogmatik hielt, auch Existentialisten, Formalisten und Strukturalisten in der Auslage lagen. Heute, sagte Meissner zu Stiefel, der ungeachtet seines gedanklichen Puritanismus Stammgast der gegenüberliegenden Delikatessenhandlung Böhle war, zeige ich Dir Sartre. Aber statt des hellgelben Sartre trat der orangenfarbene Michel Foucault das Tretrad. War Jean Pauls Herzchen stehengeblieben? Von der Sisyphus-Arbeit zermürbt, aus dem Kreislauf des Denkens auszubrechen? Ein anderer zog im gleichen Tempo mit flinken Schrittchen seine Bahn, blieb einmal stehen, wurde aber von der Drehung wieder vorangetrieben. Meissner gab ihm den Namen Roger Garaudy. Einen mauvefarbenen Hamster, dessen Ausbrüche aus dem Kreislauf mit einer elementaren Gesetzmäßigkeit verhindert wurden, gab er den Ehrennamen Derrida. Stiefel, sagte er, als sie einmal mit französischer Pastete, französischen Käsen und italienischer Salami von Böhle kommend, die Wollzeile überquerten, hier hast Du die neue Pariser Schule in der gigantischen Anstrengung, gegen die Welt, gegen die Zeit, gegen die Konstitution zu denken. Glaube nicht, daß ich das nicht schätze. Ich habe hier meine Lieblinge: Claude Levi-Straus, Georges Bataille, Felix Guattari und natürlich den unvergleichlichen Georges Deverreux, diesen Querläufer, der es wahrlich einmal zusammengebracht hat, während eines Laufes das Rad umzudrehen und in die verkehrte Richtung zu traben. Der ist einfach umgesprungen, und was, lieber Stiefel, könnte man von einem Denker besseres sagen? Ihr lauft ja immer in der gleichen Spur. Ein Seitensprung, und schon seid Ihr wieder eingereiht, eine Umdrehung, ein Lockruf, und die Lippen spitzen sich wieder zum Echo der Parole. Du kannst hier natürlich auch den Mechanismus der Macht und der Machtergreifung studieren. Ich empfehle Dir Videoaufnahmen für das große Jubiläum. Wenn ich nicht irre, hast Du ja eine Funktion in dem Parallelunternehmen, das den Einmarsch der Faschisten beklagen soll. So geht das zu: Immer mit den flinken Beinchen voraus, aber das Rad dreht sich und bindet Dich in den Kreis. Kein Widerstand weit und breit. Alle laufen mit. Alle piepsen ihren Heil-Ruf. Er machte einen Hamster im Hintergrund der Auslage aus, der besonders eifrig sein Rädchen trieb. Stiefel, rief Meissner begeistert. Dein Ebenbild. Der Vorzugsschüler ideologischer Pflichterfüllung. Ich habe Dich und Deinesgleichen immer für potentielle Mitläufer gehalten, aber Stiefel, wenn ich diesem Hamster trauen darf, und ich sehe keinen Grund, dies nicht zu tun, dann warst Du ein Nachläufer der Vorläufer.

Wie, überlegte Meissner, ohne sich darüber Moser und Stiefel noch anzuvertrauen, könnte Tomassoni in die Parallelaktion eingebunden werden. Es war eine Frage des Jahrgangs. Angenommen, man schlug ihn der Kriegsgeneration zu: Als Illegaler, der aus Enttäuschung bekehrt, im mazedonischen Partisanenkrieg zu Tito überlief und 1945 im österreichischen Bataillon in Wien einzog? Als Widerstandskämpfer? Worin bestand der Widerstand? Im wöchtenlichen Kirchenbesuch? Oder als kommunistischer Märtyrer, der auf höheren Befehl eine Schraubenmutter in einem Rüstungsbetrieb blockierte? Als Adjutant eines der Offiziersverschwörer? Die wahrscheinlichste Version, sagte sich Meissner, war natürlich, daß Tomassoni, ob er nun aus Südtirol stammte, als Enkelkind eines eingewanderten Triestiner Pflasterers in einer Ottakringer Zimmer-Küche-Wohnung zur Welt gekommen, oder einfach der Sprößling einer Beamtenfamilie war, aus einer Mitläuferfamilie stammte. Aber das war natürlich eine völlig undramatische Biographie, die in der Parallelaktion sicherlich nicht berücksichtigt wurde. Vorgesehen waren hier Täter und Opfer.

Tomassonis Vater arisierte nicht, wurde nicht arisiert, er sah weg. Er steckte am Tag nach dem Einmarsch der deutschen Truppen ein Hakenkreuz an, hob die Hand zum deutschen Gruß, verdrängte seine bürgerliche Reserve gegen die nationale Hysterie in den hintersten Winkel seines Bewußtseins, pflegte hingegen bewußt sein antideutsches Ressentiment, dem er in vorsichtigen Dosierungen gelegentlich Ausdruck gab, und fühlte sich überfordert, der Dampfwalze von autoritären Argumenten etwas anders entgegenzusetzen als ein Unbehagen, von dem er nicht wußte, galt es dem Nazismus oder seinen Vorbehalten dagegen.

Wirksamer wäre natürlich ein Tomassoni als Sohn eines Kriegsverbrechers. Wie wird man damit fertig? Meissner wunderte sich darüber, daß dieses Thema so große Aufmerksamkeit bei einer Generation erregte, der nichts gleichgültiger war als die Taten und Meinungen der Väter, von denen sie sich spätestens bei der dritten Taschengelderhöhung emanzipiert hatten. So etwas wie Mitgefühl mit dem Vater kam erst bei dem ersten Anfall von Midlife-crisis auf, und war dann unschwer als Selbstmitleid zu diagnostizieren.

Meissner beschloß, Tomassoni da rauszuhalten. Tomassoni war ein liberaler Selbstverwirklicher. Links schlug sein Herz, in der rechten Brusttasche trug er sein Portemonnaie. Ein politisches Neutrum, dem der Zeitgeist, wenn es notwendig war, jederzeit sein Siegel aufdrücken konnte. Ein Demokrat unter Demokraten, Faschist unter Faschisten, Sozialdemokrat unter Sozialdemokraten. Und als Künstler hatte er sowieso seine innerliche Reserve alledem gegenüber. Heutzutage, überlegte Meissner, war er natürlich ein Protestierer unter Protestierern. Er merkte vor, daß Stiefel dafür sorgen mußte, daß beim nächsten offenen Brief der Grazer Autorenvereinigung wider alle elitären Vorbehalte sein Name unter den Unterschriften zu finden war, während Moser seinen Namen unter die Pen-Club Resolutionen einschmuggeln sollte. Zu bedenken war natürlich auch, daß Tomassoni solche Aufforderungen ablehnte, weil er prinzipiell nichts unterschrieb. Aber damit war nach Thomas Bernhard auch nicht mehr Staat zu machen. Es sei denn, man bekannte sich zu dem, wogegen protestiert wurde. Und geriet damit in ein schiefes Licht. Lieber brav unterschreiben. Und sich damit in Erinnerung rufen, in Erinnerung halten. Sieh da, Tomassoni ist auch dagegen. Er fordert mit Turrini, Hrdlicka, Jelinek und Ringel die neue Studienordnung und die Umbenennung der Karl-Heinrich-Waggerlgasse. Ist er nun für den Beißkorbzwang in Parks oder gegen die Inserate der Französischspezialistinnen?

Ohne Skandal, wiederholte Meissner, kein Ruhm. Denkt über einen Skandal nach, in dem Tomassoni inkludiert ist. Er dachte an eine Autorenbeschimpfung durch einen konservativen Politiker, die eine Kampagne der Künstler auslöste. Tomassoni muß da im Schlepptau berüchtigter Nestbeschmutzer hineingeschmuggelt werden.

Tomassoni, überraschte Meissner Moser und Stiefel, schreibt Gedichte. Stiefel verzog den Mund, Moser war klar, daß zu einer literarischen Existenz Gedichte gehörten. Und Tomassonis literarische Existenz lag ihm am Herzen. Er empfahl eine Affinität zu Ezra Pound. Jahrelanges Studium der Pisaner Cantos. Eine Möglichkeit, auch der Politik ein Schnippchen zu schlagen. Die Überwindung des Engagements durch strukturelle Erkenntnis. Meissner schnitt ihm das Wort ab. Tomassoni ist kein Pound-Experte. Er hat's gelesen, nicht verstanden und ad acta gelegt. Und das überzeugte selbst Moser. Tomassoni braucht keinen Guru. Er ist selbst ein Guru. Dein Wickler, sagte er, auf einen soeben verstorbenen Mini-Guru der Literaturszene anspielend, dem Moser einen Nachruf unter dem Titel „Eine literarische Existenz“ geschrieben hatte, war ein Guru, Ableger eines Guru-Ablegers. Irgendwann kommst Du, wenn Du zurückgehst, zu Ezra Pound. Und noch weiter zum Lao-Tse, zum Dichter vom weißen Tal und zu dem Einsiedler in den schwarzen Bergen. Zu Rabbi Nachmann. Der Weg des Guru in die Einsamkeit der Sammlung, der zur Zerstörung der Gesellschaft führt. Ein Messias, der an Gott zweifelt, das ist unser Mythos. Ein Lyriker, der nicht an Gedichte glaubt, ein Genie, das nach Kommunikation lechzt, ein Puritaner, der vor jedem wackelnden Frauenhintern zittert, ein Traditionalist, der nach Aufklärung begehrt.

Meissner zog ein Blatt aus seiner Innentasche, entfaltete es und las Tomassonis Gedicht:

Als der neue Mensch
mit altem Hut
und steifem Schwanz
in die Zukunft stürmte,
verordneten sie ihm
eine Uniform.

Dementiert kann die Meldung der Neuen Freien Presse werden, daß eine jener Provinzhexen, die von ihrer Umgebung so leicht als Engel oder auch als Opfer von Teufelskünsten verkannt werden, in ihrem eigenen Seelenschmus erstickt sei. Sie gedeihen darin, wie die Märchenhexen im Feuer. Meissner war da ein Exemplar aus der Wachau bekannt, eine gewisse Cordula, studierte Bauerntochter, die seit ihrem 17. Lebensjahr in Briefwechsel mit unglücklich verliebten Freundinnen, abgewiesenen Liebhabern und ihren eigenen Verehrern verstrickt war. Sie war, was sich unter der sich in Pubertätsemotionen windenden Jugend bis in die Wiener Außenbezirke herumsprach, eine Kontaktadresse für Liebeskummer. Von der lieben Cordi erwarteten die Verschmähten, die Zerstrittenen, die Schüchternen die Liebesmittel, für die vor dreihundert Jahren die Blocksberghexen verbrannt worden sind, den rhetorischen Ersatz für Amulette, Mixturen und homöopathische Giftgaben. Die Klientel wurde die heimlichen Wünsche und Sehnsüchte los, Cordi lud sich in diesem Gefühlsbad wieder mit Seelenschmus auf.

Alle Versuche Wachauer Mütter, ihren Töchtern Urlaubersöhne aus der Stadt, kraftvolle Holzfäller aus dem Waldviertel, junge Ordenspatres aus den nahen Stift auszureden, blieben in dem Dschungel von Ratschlägen stecken, mit denen Cordi zur Liebe ermunterte, ihre Frustrationen beklagte, ihre Entsagungen nachempfand und letztlich die Unsicherheit der süßen Unruhe verlängerte, in der diese und sie selbst sich am wohlsten fühlten.

Die Briefe, die heimlich gelesen, ja beschlagnahmt worden waren, steckten die Mütter selbst mit Seelenschmus an. Denn Cordi antwortete wie die Sphinx. Was ihr die Mütter vorwarfen: Sie beruhigte nicht, sie wühlte auf. Was sie ihre zugute hielten, zumindest nach längerer Dauer der schriftlichen Beichten und brieflichen Ratschläge: Die Liebesflammen erloschen im Gefühlsschmalz. Sie wurden vom eigenen Feuer verzehrt. Kein Gefühl hielt diese Wechselbäder auf die Dauer aus. Aber Cordi hielt die Liebesbereitschaft auf mittlerer Flamme lebendig. Aus konkreten Liebesgeschichten wurde eine Dauerverliebtheit. Partnerwechsel vollzogen sich mit schmerzlicher Lust. Aus dem blauäugigen blonden Studenten war unversehens ein schwarzgelockter zarter Traumichnicht geworden. Begehrt er Dich? fragte Cordi nach, wie weit ist er gegangen, wollte sie wissen. Ich biete hier selbstverständlich nur zusammenfassende Konzentrationen dieser Ergüsse, die niemals unter vier Seiten, gelegentlich aber auch auf ihrer zwanzig stattfanden. Zu resümieren ist da ja nichts. Das Gefühl zergeht einem unter den Händen, Herzensgraphomanie läßt die Feder über das zartblaue, rosafarbene Papier eilen. Die Leidenschaft wuchert über die Satzzeichen hinweg.

Der Dürnsteiner Pfarrer meinte, es handle sich hier um eine eben noch tolerierbare Abart der himmlischen Liebe. Eine Gratwanderung zwischen Unschuld und Sünde, zwischen Neigung und Laster. Auflösung zärtlicher und sinnlicher Bedürfnisse in Seelenschmus.

Historisch Beschlagene denken natürlich dabei an die in der Literatur vieldiskutierten steirischen Kuppelhexen, als deren berüchtigste Frau von Rettenegg auf der Riegersburg ihr Hexennest eingerichtet hatte, das später mit Gewalt ausgeräuchert worden ist. Auch hier wurde weder auf Besen geritten, wie der Retteneggerin unsinnigerweise immer noch nachgesagt wird, noch dem Teufel beigewohnt. Auch hier wurde in Seelenschmus gebadet, auch hier wurden die angegriffenen Herzmuskel mit Gefühlsduschen regeneriert, letztlich aber doch, wie das hohe Grazer Domkapitel nicht zu Unrecht vermerkte, Gefühle „erhitzet", und ich übersetze aus dem Kirchenlateinischen ins Deutsche der psychologisch gebildeten Cordi, ein Zustand ständiger Sündenbereitschaft geschürt. Sie reden's sich vom Leibe, sagten die einen, und die anderen, sie infizieren sich unheilbar. Eine Dialektik von Unterleib und Kopf mit unschuldigen, aber auch gemeingefährlichen Zügen. Sie schmusen es sich ins Herz, formulierte der Ankläger der Retteneggerin, und hatte nicht so unrecht. Schade, daß mit der Retteneggerin auch ihr Briefwechsel verbrannt wurde, wenn auch der Verlust nicht so groß sein dürfte, denn damals herrschte noch das Hexenprinizip der Mündlichkeit. Und natürlich der Aberglaube, den Cordi in Psychologie säkularisiert hat. Cordi analysiert die Gefühle und Sehnsüchte. Die Retteneggerin kannte noch die übrigens ungefährlichen und unnützen Zaubersprüche und Zaubertränke. Sie versorgte ihre Bittsteller mit Beschwörungsformeln. Ein Tropfen Urin vor die Haustüre, Monatsblut in den Lebkuchen, Spucke in die Milchsuppe. Cordi begnügt sich mit dem Repertoire der Liebesliteraturformulierungen. Was für die Retteneggerin das Abrakadabra der Zauberei war, ist für sie das (klärende) Gespräch. Also die durchaus zeitgemäße Einführung dessen, was in den Intellektuellenrunden Diskussion genannt wird, in das frustrierte Liebesleben.

Wie alle Kuppelhexen war Cordi eine große Einfühlerin. Was ihr an Liebe versagt geblieben war, holte sie hier nach, und die romantische Blässe der Geständnisse füllte sie mit ihrer Erfahrung auf. Sie gab und sie nahm. Eine Freundin, die unglückliche Liebe instinkiv jeder sich anbietenden Erfüllung vorzog, tröstete sie damit, daß auch Pascal die Unendlichkeit der platonischen über die Endlichkeit der irdischen Liebe gestellt hatte. Was ziehst Du vor, die sinnliche Wonne einer Liebesnacht oder die ewige Liebe der Erwartung? Dazu gab es auch Spruchweisheit von Christian Morgenstern, Hermann Hesse und anderen Lyrikern. Sie, Cordi, hielt es hier mit der Dialektik. Sie wechselte. Mit Alexander eine heiße Nacht, und mit Erik, dem Berliner, eine Seelenwanderung über die Abgründe der Leidenschaft. Argumente gab es dafür und dafür, und eine Unmenge Kronzeugen aus Literatur und Theater. Sie riet niemals von einer Verliebtheit ab, aber da ihr eine so kostbar war wie die andere, erleichterte sie ihrer Klientel den Übergang von einer Verliebtheit in die andere. Laß Erich nicht im Stich, riet sie im Jännerbrief, und im Februarschreiben gratulierte sie zu dem tiefen Gefühl für Kurti. Ob sie die einzelnen Gesichter, Vorzüge, Nachteile noch auseinanderhalten, die erhörten und abgewiesenen Liebhaber noch unterscheiden konnte oder ob sie diese Wunschbilder, Traumerscheinungen, diese verklärten Tolpatsche, diese zynischen Verführer und hoffnungslosen Zauderer zu einem Mannsbild zusammengeschmolzen hatte, dem alles zuzutrauen aber auch abzuschlagen, anzubieten, preiszugeben war, hätte sie wohl selbst nicht mehr zu sagen gewußt. Saugte der Hexenmeister Mann sie aus? Nahm ihr jede Liebesgeschichte etwas von ihrem Hexenzauber? Verlor sie wirklich ihre Dämonie an den immerwiederkehrenden Kraftlackel, der sie, unempfindlich gegen Seelenschmus, mißbrauchte? Ausgeliefert dem Sex, wußte die Kuppelhexe für sich keinen Rat. Einmal wird sie im Seelenschmus untergehen und ertrinken. Da wird auch keine Desertion zum nächstbesten abgefeimten Schmeichler helfen. Ist sie, von der eigenen Phantasie vergewaltigt, zum willigen Opfer bestimmt?

Die Aussichten sind triste, sei es, daß die Obrigkeit eingreift, wie bei der Retteneggerin oder den zahlreichen anderen Hexen, die unter irgendeine Judikatur gefallen sind, sei es, daß der angestaute Seelenschmus explodiert, in Mord und Selbstmord, in unglücklichen Beziehungen, deren eine die andere ablöst. Oder der Seelenschmus wird langsam ranzig, die Kuppelhexe eine alte Jungfer. Der Liebestaumel pervertiert zu Liebesverweigerung. Die Kuppelhexe rät nun von der Liebe ab, sie hat eine neue Zitatenquelle erschlossen, die von den Leiden der Liebe handelt. Ein ewiger Vorrat an Liebesverbot. Die Verwandlung der jungen Hure zur alten Betschwester vollzieht sich langsam, aber unerbittlich.

Meissners Manifest hat damals einiges Aufsehen verursacht. Man hat es dem Tomassoni zugeschrieben. Aber Meissner beharrte auf seiner Autorschaft. Für jeden Bonzen einen Nestscheißer. Dem Kulturminister hatte er Thomas Bernhard zugeteilt, dem Kulturstadtrat Peter Turrini. Für den Wissenschaftsminister hatte er Stiefel vorgeschlagen. Auf Bezirksebene boten sich Haslinger, Kerschbaumer, Ernst an. Der Poet Heller soll sich geziert haben. Der Behörde wollte Meissner den Plan damit schmackhaft machen, daß die Praktiker sich damit exkulpieren könnten. Eine Steuererhöhung werde postwendend durch eine Österreichbeschimpfung relativiert.

Umgekehrt riet Meissner, jedem Nestbeschmutzer einen Vaterlandsverteidiger zur Seite zu stellen. Er riet, sie aus dem Pen-Club zu rekrutieren, wo an würdigen Greisen kein Mangel ist. Und da wir im Proporz leben, empfahl Meissner zusätzlich einen Beschwichtigungshofrat. Einen jüngeren Mann, dessen hochdotierte Position, sei es als Bundestheatergeneralsekretär, als Festwochenintendant, ihn zum Ausgleich prädestiniert. Mit einem Wort, einen Auf-die-lange-Bank-Schieber, einen Kommissionsgründer und -vorsitzenden, der die Brisanz durch die Einberufung immer neuer Expertenkommissionen ausnüchtern läßt. Eine österreichische Lösung, an deren schalldichter Mauer sich die Nestscheißer heiser schreien können. Regie führen das Schicksal und der Zufall. Das sollte mit dem Teufel zugehen, wenn die einander nicht die Stichwörter liefern würden.

Den Weg bereitet dem Beschwichtigungshofrat ein Windmacher. Der sorgte für Stürme im Wasserglas: Burgtheater-, Opernkrise, Verkehrsstauungen, Zeitungseinstellungen. Dabei kann schon auch einmal ein Porzellanteller aus dem k. u. k. Hofdepot in Trümmer gehen. Die Freunderlwirtschaft des Beschwichtigungshofrats führt alles wieder ins rechte Lot. Keine Krähe hackt der Friedenstaube eine Auge aus. Der Rattenvertilger verschont das eingesessene Ungeziefer.

Als Meissner ins Café Eiles kam, um mit Stiefel und Moser einen Brief an den Frankfurter Großverleger in Sachen Tomassoni zu verfassen, und den Interviewwunsch eines Kritikers hinhaltend zu beantworten, bestellte er zuerst einen Schnaps. Kommst Du aus dem Theater, fragte Moser. Nein, schlimmer, ich habe einer TV-Diskussion beigewohnt, die Axel Comfort in gewohnt komfortabler Manier moderiert hat. Sein Herz schlug links, seine melodische Stimme drückte intellektuelle Überlegenheit aus, seine Augenbrauen Verachtung, der lässig um den Hals geschlungene Seidenschal Eleganz, sein Habsburgernäseln den großbürgerlichen Stall. Comfort hat sich selbst erfunden. Er ist sein eigenes unausstehliches Meisterwerk.

In der Diskussion hat er unaufhörlich Überraschungen versprochen, deren wir offenbar dann doch nicht würdig waren. Er hat sie uns vorenthalten. Aber er hat keinen Zweifel gelassen, daß er ein Insider ist, aber wenn es die Stunde gebietet, auch ein respektabler Outsider sein könne. Einer der selbsternannten Hüter der politischen Moral, hat er uns nichts durchgehen lassen. Und wer, frage ich euch, läßt sich nicht gerne von einem Playboy der Filmateliers belehren? Eine opponierende Mittvierzigerin hat er, hopp, hopp, zu ergebener Zustimmung bekehrt. Mit Charme, Schmalzbariton und sonor strömendem Redefluß. Wäre ich eine unverstandene Frau, ich würde sofort seiner stillen Gewalt erliegen.

Bin ich eine intellektuelle Bestie oder ein liebendes Weib, fragt Magda einmal in dem Krimi, den Tomassoni lieber nicht geschrieben hat, weil er der Versuchung nicht nachgeben wollte, das Ungeheuer Frau darzustellen. Tomassoni stellte die Arbeit an dem Buch ein, als ihm klar wurde, daß Magda die Unheilverkünderin war. Nicht das Unheil, wie die versammelten Kirchenväter meinten, wieder einmal Ursache und Wirkung verwechselnd, um Mythen zu stiften und Verbrechen anzustiften, sondern die tägliche Prophetin dieses Unheils. Eine Unheilausspäherin, Unheilanzieherin, Unheilerahnerin, und das so lange und ausschließlich, daß es schwer fällt, sie nicht damit gleichzusetzen. Sie stillen damit ihre Neugierde, befriedigen ihr schlechtes Gewissen, rechtfertigen ihre Lebensangst und unterminieren die männlichen Bastionen.

Nein, sagte Magda, laß das, bitte nicht, was soll das. Tomassoni war davon frustriert. Zu Unrecht. Sie erfüllte damit nur den Mythos, daß eine Frau sich zur Wehr setzen muß. Der Mann greift an, sie wehrt ab, Vergewaltigungen entstehen dadurch, daß beiden das Unterscheidungsvermögen zwischen Scheingefechten und echter Abwehr verloren gegangen ist.

Tomassoni kam langsam dahinter, was die Frau zur Hexe machte.

Das Gerüst des geplagten Romans Der Mann plant die Ermordung seiner Frau, einer Psychoneurotikerin der Fürsorge, einer notorischen Wohltatenerweiserin, einem Würgeengel der Wunscherfüllung, und die Frau will sich ihres Mannes entledigen, eines Konzentrates aus gesteigertem Ego und winselndem Masochismus mit der typisch männlichen Neigung, seine Wunschträume einmal brutal zu verwirklichen, mit einem Wort, einem Exemplar, das die von ihm in keiner Weise erfüllbaren Messias-Erwartungen mißbraucht. Beide, Mann und Frau, sind Mörder ohne Eigenschaften, geschlechtsspezifische Rächer. Der Kampf der Geschlechter, wörtlich genommen. Das unschreibbare Epos dieser milliardenfachen täglichen Parallelaktion von Belauern, Belügen, Begehren, Beleidigen mündet in die Umarmung, die Vereinigung und Tötung darstellt. Ewige Wunschträume, den kleinen Tod des Orgasmus zur Auflösung zu steigern, den Lustschrei im Todesschrei untergehen zu lassen, werden erfüllt. Ein Thema, eines Tomassoni würdig. Wer, wenn nicht er, sollte das schreiben? Die abstrahierte Idee, die Mythen zerstört und Mythen schafft, mit sinnlichem Leben erfüllen, Lebensdrang, Todesangst, Erlösungsverlangen und Zerstörungswut Ausdruck geben, Kompromiß und Aggression in das richtige Verhältnis zum Kommunikationswahn setzen. Das Paar als

Vollstrecker des Lebensurteiles der Natur und des Todesurteiles der Geschichte.

So weit die Grundlinien. Nicht auf die Details vergessen. Das Leben besteht aus Augenblicken. Biographien sind eine Kette von Augenblicken, die an einem Faden aufgeknüpft werden. Dazwischen ist nichts, es sieht nur so aus, als ob hier Leben stattfinden würde, aber das ist Füllwerk, Arbeit, Geschwätz, Langeweile, Betriebsamkeit, womit der Tag überstanden wird. Ein Mensch steht im Dreieck seiner Schlüsselerlebnisse. Darin geht er in die Irre.

Und die Unheilverkünderin, die Wohltatenerteilerin verwirrt den Lebensplan ins Chaos. Sie kocht, sie räumt auf, sie wäscht, sie spritzt und mäht den Rasen. Überschüttet mit Wohltaten, gerät der Mann in das Trommelfeuer ihrer Vorhaltungen. Sie rechnet ihm vor, welche Wohltaten sie ihm wieder erwiesen hat, aufgeräumt, das Lieblingsessen gekocht, die gute Hose gebügelt, das Kind zurechtgewiesen. Sie teilt ihm mit, was er ihr verdankt, während er ihr jeden Groschen vorrechnet, den er im Überlebenskampf erworben, jede Abnützung, die er dabei erlitten hat. Und die Unheilverkünderin, identisch mit der Wohltatenerteilerin, verkündet den täglichen Weltuntergang, erleidet ihn in der stündlichen Katastrophe, sie zersplittert das Weltgericht, die große Sinnlosigkeit in die kleinen Verzweiflungen. Gibt es das nicht bei Hieronymus Bosch? Die Mißgestaltete, die das Nichts verzettelt, die jedem seinen Teil daran zuweist und einigen so viel, daß andere ihn sich ersparen? Bei ihr ist es Angst vor Verfolgung, vor Verarmung. Der Körper? Mit Krankheitssymptomen übersäht. Der Haushalt von Pannen bedroht. Einer hebt das Glas. Wird er nicht ausschütten und das Tischtuch beflecken? Ist die Sohle des neuen Schuhs nicht schon durchgetreten? Mir muß das passieren, sagt die Unheilverkünderin. Wiewohl sie das Unheil bei sich und anderen ständig erwartet. Wenn ihr etwas passiert, öffnet diese Bestätigung den Schlund neuer Katastrophen. Krawall von der Straße löst Befürchtungen über Glasbruch aus. Die Unheilverkünderin schwelgt in Pannen. Der Partner, wenn er nicht verzweifeln will, zwingt sie zu einem Notoptimismus, der zermürbender ist als jede Lebensangst und Todesfurcht. Der Notoptimismus zermürbt aber auch die Unheilverkünderin, die ohne ihn nicht leben könnte. Und je tiefer sie in das Leid der Menschheit und in die

Sinnlosigkeit ihrer Existenz versinkt, um so tückischer werden die Ausreden des Notoptimismus. Schließlich wirft die Unheilverkünderin dem Notoptimisten seine Schönfärberei vor, die sie herausgefordert hat. Hier tut sich eine Hölle der Banalität auf, in der wir lange vor unserer Schuldsprechung durch Jahwe gesotten werden.

Wer wird das lesen?

Niemand, aber das schließt nicht aus, daß es beschrieben werden muß. Und für das Museum gemalt wird. Für die Salzburger Festspiele komponiert. Vielleicht könnte Tomassoni für Lutoslawski oder Cerha das Libretto für eine neue Oper schreiben. Sinnlos?

Diese Magda hatte natürlich wie alles in der Literatur ein Vorbild. Oder auch mehrere. Stiefels Zuckerpüppchen, Mosers Verlegertochter Aglaia, Meissners Betty. Von Tomassonis Umgang mit Frauen wissen wir ja nur, was der Erinnerung und der Phantasie seiner Erfinder entsprungen ist. Das ist ein Mangel. Wenn ich Tomassoni wäre, würde ich es mir nicht gefallen lassen, daß alle Emotionen, Frustrationen, Begierden, die Frauen in den Herren ausgelöst haben, bei ihm abreagiert und auf seine Gefährtin projiziert werden. Aglaia, die nicht einschlafen konnte, ohne ein Pölsterchen zwischen ihre Schenkel geschoben zu haben, Zuckerpüppchen, die ihren Babysex mit einer Kruste Emanzipation versalzte, Bettys inquisitorische Verfolgung männlicher Unreinlichkeit, männlicher Überheblichkeit, männlicher Ungeschicklichkeit.

Aber gab es da nicht noch das Mädchen im heißen Höschen in der Juninacht des Jahres 1937? Gab es da nicht die Radfahrerin, die eine köstliche Stunde auf der Landstraße neben den Mostapfelbäumen Zärtlichkeiten geduldet hatte und dann in der anbrechenden Dunkelheit in der Einfahrt eines Bauerngehöftes entschwunden war, gab es da nicht Anni, immer wieder Anni, ihre triviale Verführung und ihre triviale Verweigerung? Ein Dreieck versäumter Lusterlebnisse und in der Erinnerung versteinerten Verführungsszenen.

Vielleicht blieb Tomassonis Krimi auch deshalb ungeschrieben, weil seine Frauenfigur von männlichen Niederlagen geformt worden ist. Die Frauen bleiben angeblich dieselben, ihr unverständlicher und unerträglicher Wandel wird nur von der männlichen Optik vollzogen. Warum ein Frauenbild frustrierter Männlichkeit in den Mittelpunkt stellen? Warum nicht? Aber doch nicht in einem Debut. Das ist wieder einmal ein Thema für ein posthum veröffentlichtes Alterswerk. Möglicherweise wurde Tomassoni auch von so viel übertreibendem Wahrheitswahn überfordert. Laßt uns unsere Illusionen! Das müßte einer einmal in einem Werk vereinen; Illusion und Wahrheit, Utopie und Enttäuschung. In der seltsamen Verwandlung eines unschuldigen Mädchens zur schuldigen Frau. Von der Jungfrau Magda zu einem Monstrum von Unheilverkünderin, Wohltatenerteilerin, Inquisitorin.

Er soll was Leichteres schreiben, wenngleich er ja erfunden worden ist, um das zu schreiben, wovor die anderen zurückschrecken.

Wir werden doch keinen Polster mitnehmen, sagte Moser zu Aglaia, als er sie zum erstenmal dazu überredet hatte, daß sie ihn in die Wörtherseevilla des Verlages einlud, in der sie Autoren, Koproduktionspartner und gelegentlich Kritiker betreute. Aglaia, eine hoch gewachsene schlanke Vierzigerin mit Basedow-Augen, die ihr langgezogenes Gesicht interessant machten, versteckte den Polster unter seinen Hemden. Als sie sich geliebt hatten, holte sie den Polster aus der vor ihr am Bett abgestellten Tasche und räkelte sich mit ihm zurecht. Moser kaufte ihr am nächsten Tag in einer Boutique einen kleinen Kuschelbären. Nimm den! Aglaia versuchte es aus Höflichkeit, konnte damit aber nicht einschlafen. Verzeih, sagte sie, damit geht es nicht. Warum? Vielleicht mag ich diese männlichen Eindeutigkeiten nicht. Ich will kein Tier zwischen den Beinen. Ich will meinen kleinen Polster. Ich bin nämlich eine treue Frau. Ja, ja, ich wechsle die Männer, aber nicht meinen Polster. Kann man das nicht verstehen? Moser erzählte ihr die ihm aus einem amerikanischen Roman bekannte Geschichte von der Negerin, die nur einschlafen konnte, wenn sie das Liebeswerkzeug ihres Bettpartners ergriff. Konnte sie das verstehen? Vielleicht. Aber es war ihr zu intim. Sie blieb lieber allein mit ihrem Polster. Rückzug ins Individuelle, ins Infantile. Was für ein Weibsstück, von dem er ihr da erzählt hatte. Wenn sie es überlegte, konnte sie es nicht verstehen. Ob er es erlebt hatte und sich auf eine Romanfigur ausredete? Sie bereute, daß sie ihn eingeweiht hatte und beschloß, das Ritual in Zukunft ohne Augenzeugen zu vollziehen.

Wie ich Tomassoni zu kennen glaube, lebt er in der Spannung

von Begehren und Überdruß. Dem Geschlecht ausgeliefert, verbarrikadiert er sich in Zeiten gegen jede weibliche Anfechtung. Wie ich ihn einschätze, wird er damit fertig wie ein sinnlicher Mensch damit fertig wird. Natürlich bleiben Blessuren zurück. Aber wer in die Schlacht zieht, muß damit rechnen, verletzt zu werden und Verletzungen zuzufügen. Herr Jedermann (und seine Spießergesellen) kann den Abgrund zwischen seiner Begierde und seinem Ekel nicht anders überbrücken, als daß er seine Peinigerinnen zu seinen Opfern macht und den Abgrund damit auffüllt. Tomassoni hingegen, wenn er so ist, wie wir ihn uns vorstellen, und warum sollte er, ein Geschöpf unserer Phantasie, nicht so sein, wie wir ihn haben wollen, es sei denn, er macht sich selbständig, er entgleitet unserer Führung, was wir natürlich nicht ausschließen können, Tomassoni ist ein sinnlicher Ironiker, ein Sublimierungsartist, vielleicht auch -athlet. Er sublimiert auf Hexe komm raus. Er ist ungerecht zu den Frauen, von denen er zeitlebens ungerecht oder doch unsensibel behandelt worden ist, aber das mit Leidenschaft und Neigung. Er wirft ihnen vor, was er ihnen vorzuwerfen hat, in der Hoffnung, daß sie das als Interesse, wenn nicht als Huldigung auffassen. Seine tiefste Frauenverachtung drückt sich denn auch in der Negierung aus. Da muß er schon tief verwundet sein, daß er wegschaut. Manchmal ruft er sich zur Ordnung, indem er sich das Geschlecht vorstellt, einfach das körperliche Erscheinungsbild und sonst nichts, von keinem Gefühl verrätselt, von keinem Sadismus brutalisiert, von keiner Begierde idealisiert. Aber dann rühren ihn Bewegungen, Blicke. Die Tatsache, daß Aglaia nur mit dem Belzebub eines Polsters auf ihrem Schoß einschlafen kann, wäre einem Hexenmeister sicher ein untrüglicher Beweis von Hexerei. Tomassoni erschien dies aber als Prädikat eines Engels. Wohin soll er mit den Flügeln? Er klappt sie zusammen, formt aus dem linken Flügel einen Schirm und aus dem rechten Flügel einen Polster, der seinem Schoß die Wärme vermittelt, die er zum Schlaf benötigt.

Tomassonis Blick fällt wie meiner auf das Milchglasfenster. Soeben habe ich ein Wesen mit langer Schnauze und großen Augen gesehen. Er verwandelt sich in einen Totenkopf mit SS-Mütze, und dann löst sich aus der Glasemulsion ein Mund, eine züngelnde Flamme, die mich verzehrt. Tomassonis von der Phantasie getrübter

Blick überläßt alles dem Zufall und tröstet sich mit dem Schicksal.

Der Traum des Jahrhunderts ist ausgeträumt. Der neue Mensch suhlt sich in seinen alten Lastern. Die Wirklichkeit hat ihn zersetzt. Rettung durch Schizophrenie? Bei Tag Ausbeuter, bei Nacht Wohltäter. Wohltaten tragen keine Zinsen. Der Räuber, der seine Beute an die Armen verteilte, wurde bekanntlich gehenkt, der Kapitalist, der sein schlechtes Gewissen mit Waisenhäusern, Kinderkrebsfonds und Blindenanstalten beruhigte, enteignet, der Funktionär, der den Geheimdienst unterlief, ist längst abgesetzt. Der Kritiker ist des Komplotts überführt, der Ideologe als Korrumpist entlarvt. Der Mythos ist der große Vereinfacher. In seinen Winkelzügen läßt sich's gut überwintern. Laßt der Ungerechtigkeit ihren Lauf, sagte der Delinquent, und zog den Kopf aus der Schlinge. Zurück in die alten Schlupflöcher. Schlag zu, denn Dein ist die Rache. Wer sollte uns unter des Maske des Mythos erkennen? Mein Wille geschehe. Die Gewohnheit spricht frei. Sag es, das Stichwort, und sie erkennen es.

Tomassoni dachte daran, als sein Opus maximus das Gesetzbuch der Mythologie herauszugeben. Paragraphenschlingen, um die Gegner zu erdrosseln, Gesetze, um die Gemüter zu beruhigen, den bösen Willen zu vertuschen, Fluchtversuche zu vereiteln. Im ewig Gültigen geborgen und gefangen.

Die Sprachlosigkeit des Mythenentlarvers Tomassoni. Wie sag ich's meinen Völkern? Er verstrickte sich in die Dialekte der Privatmythologien, Machtmythologien, Verlegenheitsmythologien. Er entkam ihrer Sprache nicht. Die Freiheit vom Mythos verzog sich als schwacher Lichtschein am Horizont. Er verfiel in seiner Ohnmacht wieder in die Sprache der Vergleiche. Sage ich Münchhausen, sehen sie einen Lügner, Casanova, einen Sexclown, Quijote, einen Phantasten, Don Juan, einen Verführer. Ich beschwöre den ewigen Juden und Winnetou. Ob Romeo oder Julia, Hans oder Grete, Philemon oder Baucis, die Tragödien sind festgefahren. Alles vorgezeichnet auf der abschüssigen Bahn. Völker, die ihr die Signale hört, ihr seid vorprogrammiert. Der Startschuß ist gefallen. Tomassoni windet sich durch den faulen Zauber. Er schlägt sich an die Seite Gretchens, er tröstet Madame Bovary, er schlägt sich durch zu den Einsiedlern in den Wienerwaldhügeln. Kurzatmig rennt er gegen die vorgeschriebenen Klischees an und schwankt mit schweren Beinen auf der eingefahrenen Bahn.

Ausgerechnet bei Moser meldete sich ein junger Mann. Tomassoni-Verehrer, wie er bekannte, obwohl er noch keine Zeile von ihm gelesen hatte, aber Wahlverwandter, der seine Identifikation nicht durch ästhetische Unstimmigkeiten aufs Spiel setzen wollte, mit der dringlichen Anfrage nach der Erfüllbarkeit höchster Ansprüche. Beispielsweise die Idee des weiblichen Schoßes, die von der weiblichen Wirklichkeit unerfüllt blieb. Visionen blitzen auf, die eine geistige intensivierte Lust versprechen, die nicht einmal gedanklich zu fassen, geschweige denn sinnlich zu erfüllen war. Er zerdachte sich das Hirn, diese Vision festzuhalten, zu beschreiben, zu konkretisieren, er bearbeitete sich, diese vorstellbare, aber unerfüllbare Idee der Lust zu erfahren und nicht nur kleine lüsterne Abschlagzahlungen.

Moser legte das Schreiben in der Tomassoni-Mappe ab, behielt aber einen Stachel in der Seele zurück. Es bestärkte ihn in dem Wunsch, Stiefel sein Zuckerpüppchen auszuspannen. Nicht für ein Verhältnis! Mit einer Hysterikerin! Als Action. Als menschenverachtendes Exempel. Als Schlag gegen ihren Schlafzimmerfeminismus und seinen Salonaktionismus. Stiefel, der Propagandist der Stierblutorgien und Ministrant der Hodenmessen des fleischfressenden Pfäffleins aus dem Niederösterreichischen, der sich rühmte, das archaische Kultspektakel in die Sozialstruktur integriert zu haben. Also Anvögeln gegen die Pfaffendialektik von Stiefels Interpretationskünsten.

Moser erinnerte sich eines eigenen Wunsches, die Vorstellungskraft ins Unvorstellbare zu steigern und hegte, bei einem egozentrischen Pragmatiker, wie ihm vielleicht gar nicht so verwunderlich, wenn man das Gefühlsmanko und die Saugkraft dieses Vakuums bedenkt, die aberwitzige Hoffnung, bei Zuckerpüppchen erfüllt zu bekommen, wohin die Worte, geschweige die Taten den Wünschen nicht folgen können. Warum nicht sie? Vielleicht gerade sie. Auf den Flügeln der Exaltation in die Erkenntnis. Denn so realistisch war er wieder nicht, daß er nicht gewußt hätte, daß das mit dem Eros zusammenhängt, daß eine Frau zwar ein Hindernis, aber auch unentbehrliche Notwendigkeit für die Erkenntnis war.

Verrat an Stiefel? Das animierte ihn. Ein Mann, der wie Moser davon lebte, Ideologien und Mythen brutal auszunützen, empfand es als moralische Pflicht, sie zu enttarnen und einen Ideologen und Mythiker auf das Animalische zu reduzieren.

Er traf ZuPü in einem, wie er dachte, Idealzustand. Sie war wieder einmal somnambul. Verschwestert und verschwistert mit allen Ängsten der Zeit, in jedwedes Vorurteil verstrickt, jeder Aufklärungskampagne aufgeschlossen. Bereit, den Machismus mit Gefühlen zu widerlegen, mit ihrer Liebeskraft zu zermalmen, mit den Argumenten des Herzens ad absurdum zu führen. Was sie einmal sofort zu einem Generalangriff gegen ihn verleitete, gegen seine Egozentrik, seinen Selbstverwirklichungstrieb, seinen manischen Egoismus.

ZuPü, sagte Moser, ich habe ein existentielles Problem, das nur mit kreativer Weiblichkeit zu lösen ist. Dein Busen ...

Sie schlug auf Mosers Hände, obwohl er sie gar nicht berührt hatte.

Die Idee Deines Busens. Du kannst Dir sicher vorstellen, daß Dein Busen einen Mann zum Wahnsinn treiben kann. Er will ihn betasten, streicheln, küssen, saugen, verschlingen. Er weiß, Dein Busen ist zu einer Steigerung seiner Lust fähig, aber sie gelingt ihm nicht, seine intellektuellen und sinnlichen Begierden sind Deinem Busen nicht gewachsen. Sie holen nicht heraus, was drin ist.

Na hör einmal, Du hast ein Vokabular.

Er will zum Karma Deines Busens vordringen.

Das laß' ich nicht zu.

Das läßt Du natürlich zu. Aber ihr seid es beide nicht imstande. ZuPü, verstehe doch, es geht nicht darum, daß Du einen Busenfetischisten abhalfterst, sondern daß Du einem Verehrer Deines Busens hilfst, die Vision Deines Busens zu erfühlen.

Na, hör mal.

Aber sie war gefangen genommen. Sie sah herab, ob ihr Busen diese Mühe wirklich lohnte. Sie fand, er lohnte. Und wartete, daß Moser in Aktion trat. Er liebkoste ihn.

Warum hast Du mir nicht schon lange gesagt, daß Du auf meinen Busen scharf bist?

Auf Deinen Busen, auf Deinen Hintern, auf Deinen Schoß, auf Deine Stirn, auf Deine Lippen. Auf Dich. Auf Dein Karma. Wie komme ich zu Deinem Karma?

Versuch es einmal da, sagte sie. Und griff und streichelte und zerrte. Ich, flüsterte sie, weiß, wo ich Deines fasse.

Es wurde eine übliche Vögelei daraus. Angenehm, aber kein Karma. Keine Erleuchtung.

Mir, sagte Moser, geht es nämlich um die Erkenntnis Deiner Weiblichkeit. Darum, in dem aufzugehen, was ich im Augenblick des Begehrens als Deine Weiblichkeit empfinde, um die Inkarnation dieser Weiblichkeit.

Dann probieren wir es noch einmal, sagte ZuPü lüstern. Probieren wir es so lange, bis wir es haben.

Hast Du es mit Stiefel schon einmal versucht?

Was willst Du eigentlich von mir, fragte ZuPü. Liebst Du mich oder mißbrauchst Du mich? Das ist nämlich mein Problem. Ich kann das nicht unterscheiden. Sie sah ihn mißtrauisch an. Du mißbrauchst mich, sagte sie dann. Für Deine Lust, und was noch schlimmer ist, für irgend eine Gedankenhurerei. Was geht Dich an, was ich mit dem Ministranten treibe? Das war ZuPü, wie sie liebte und lebte. Immer zwischen den Extremen Naivität und feministischem Bewußtsein. Wie man sie gerade erwischte. Betthase oder Vorzimmerdrachen. Du hast mich vergewaltigt, schrie sie, und ließ sich nicht beruhigen. Mit roher Geistesgewalt. Vergewaltigung, das ist nicht nur, wenn der physisch Stärkere den physisch Schwächeren niederdrückt. Die heimtückischeste Art der Vergewaltigung ist, wenn einer die Gedanken mißbraucht. Du hast meine Ideale geschändet. Ein typischer Ausbruch von ZuPü, der Stiefel oft aus ihrem Zimmer getrieben hatte, ohne ihn immunisieren zu können. Du bist irre, sagte Moser und zog sich dabei zurück, aber herrlich in Deinem Zorn.

Ihm kam vor, als ob er jetzt eine Spur von dem Karma gespürt hätte, das er bei dieser Hysterikerin zu finden gehofft hatte, und die Stiefel wieder zu überlassen ihm nun eine hervorragende Lösung schien. Die Bestürzung unterdrückte er. Wie hatte er sich von der Hysterikerin verführen lassen können? Hysterie, darin stimmte er mit Stiefel überein, war ein Fehlverhalten der bürgerlichen Gesellschaft. Schafft die sozialen Voraussetzungen ab, und ihr schafft die Hysterie ab. Klang zumindest gut. Oder war es auch nur ein Mythos? Hysterie als Vehikel zur Erkenntnis? Was hatte hier bei ihm das Unterbewußtsein hochgeschwemmt? Masochismus, Sadismus, heimliche Sodomie? Er hatte das Karma der weiblichen Hysterie erlebt und es hatte ihn mit einer Lust geschüttelt, die er heimlich gewünscht, aber sich nicht vorzustellen gewagt hatte.

Da ist mir noch der Ministrant lieber, schimpfte sie hinter ihm her. Da fiel ihm ein, daß sie den Spitznamen Ministrant für Stiefel erfunden hatte. Machte Hysterie blind oder sehend? Dumm oder scharfsinnig?

Als Meissners Vortrag „Warum hat die Sozialdemokratie keinen Mythos?" abgesetzt worden war – nicht etwa verboten, es fand sich einfach kein Termin für den vorgesehenen Saal, wie Parteisekretär Schüsserl beteuerte – wurde er von der kleinen Lüftl für Ö 3 interviewt. Er verriet nichts über den Inhalt seines, wie er betonte, verschobenen Vortrages, ließ sich aber von der Lüftl, die ihn immer animierte, er hatte nun einmal eine Schwäche für Frauen mit großen gebogenen Nasen, aus der Reserve locken. Die Misere der Kulturkritik? Die bestand seiner Meinung nach einfach darin, daß die Leute sich für Ideen engagieren mußten, die sie nicht teilten. Wir haben da einen Kollegen, sagte er. Sie kennen ihn, werden mir aber nachsehen, daß ich seinen Namen nicht nenne, dessen Herz schlägt links, aber seine Feder muß für den gehobenen Bürgerstand, zu dessen Belehrung er engagiert ist, rechts schreiben. Ein anderer, er sah sich um, erblickte ihn und sah rasch weg, ist ein Faschist, der sich des linken Vokabulars bedient. Der eine muß seinen Kommunismus durch konservative Phrasen vertuschen, der andere seine autoritäre Überzeugung im marxistischen Jargon artikulieren. Der eine tut es des Geldes wegen, der andere ist vom Zeitgeist infiziert. Sie können sich aussuchen, was schlimmer ist: Der Zyniker oder der Dummkopf. Die Folge ist Gespaltenheit, fragte die Lüftl. Ja, sagte Meissner, das auch. Aber daraus ist ein Mythos entstanden. Der den Sozialdemokraten abgeht, fragte die Lüftl. Der ihnen bisher erspart geblieben ist, berichtigte sie Meissner. Ein Mythos des Versteckenspieles. Des intellektuellen Jonglierens. Mimikry, wie sie unserem Zeitalter

deutend, uninteressant, ohne Glanz. Niemand möchte sich damit identifizieren. Jedenfalls kein Mensch mit Ehrgeiz. Moser und Stiefel rächen sich an der Mitte, daß sie den Kreuzpunkt ihrer heimlich gepflegten und öffentlich verkündeten Ideologien bildet, und sie rächen sich an ihr dafür, daß sie letztlich immer recht behält.

Urlaub von Tomassoni. Zurück in den Kleinkrieg mit unseren täglichen Mythen. Mit dem Neurosendeutschen, mit dem Altherren der wehleidigen Generation, der immer noch aus seinem Unterkärntner Dorf über die Grenzen zu seinen slowenischen Ahnen seufzt, mit dem Doktordoktordoktor, der sich aus Kummer über das Mißlingen der Studentenrevolte, die ihm immerhin zu einer Professur mit Pensionsberechtigung verholfen hat, zur Hundertfünfzigkilomarke frißt und dabei die proletarische Eßkultur in Sacher-Verfeinerung erfunden hat, mit den siamesischen Literaturzwillingen Job und Tov, und natürlich mit den Kohorten der engagierten Vergangenheitsbewältiger, Welterlöser, Gesellschaftsbefreier, Zeitschriftenherausgeber, Vatermörder, Mamabubis, Edelproleten, Arbeitermützenträger. Diese Division von potentiellen SA-Männern, die ein halbes Jahrhundert zu spät geboren worden sind, um die ersehnte Auflösung in der Masse zu erleben, Rückwärtsutopisten, die ihre Zukunft in den Nebel stoßen, den sie in der Vergangenheit lüften wollten. Sie blasen heftig zurück und treiben den Dunst dorthin, wohin sie so genau nicht hinsehen wollten.

Die Blödheit der Söhne, pflegte Meissner zu sagen, entschuldigt nicht die Verbrechen der Väter. Sie haben es einfach zu leicht, recht zu haben. Ich werfe ihnen nicht vor, daß sie es nicht besser machen werden, sondern daß ihnen eine Erkenntnis, die umsonst zu haben war, das Denken ausgetrieben hat. Ein groteskes Beispiel dafür, Stiefel, wie Kritik kritiklos machen kann.

Wir können Tomassoni natürlich so was schreiben lassen. 68er Student ermordet als Terrorist seinen kapitalistischen Vater mit Nazivergangenheit. Oder noch schöner, postmoderner Linkskatholik greift in der Zeitschrift den Staat an, der ihn subventioniert. Hübsch und keineswegs aus der Luft gegriffen wäre auch ein 200.000 Schilling Stipendium für eine Studie, in der die Strategie der Vernichtung eben dieses Staates entworfen wird. Wir könnten

Krokodilstränen über die verlorene Generation vergießen.

Du hast einen Bestseller geschrieben?! Meissner, der Autor des Bestsellers „Die Rosengartenhexen“, lanciert ein neues Genie, steht bei Schlieferl.

Wie kommt der darauf? Ein Mann, der kein Buch liest, geschweige jemals eines gekauft hat, glaubt offenbar, daß seine Leser, die noch blöder sind als er, Bücher lesen und vor allem Bücher kaufen.

Ein Mythos, sagte Moser. Die Literatur ist auf den Bestseller reduziert. Wenn schon Literatur, dann im Bestseller. Reklamezeitalter! Du hast doch diesen Slogan geprägt. Literatur beginnt bei dem erst mit Millionentantiemen. Und wenn einer sie nicht bekommt, erfindet er sie. Wie würde sich ein Autor ausnehmen, von dessen Roman noch nicht einmal die 3.000 Exemplare der Auflage verkauft sind? Über so einen dürfte Schlieferl nur schreiben, wenn er querschnittsgelähmt oder der Faschingsmaskenmörder wäre.

Und ich hab schon geglaubt, ich hab bei dem einen Stein im Brett. Vielleicht steigt jetzt die Auflage. Wenn Schlieferl Dich empfiehlt.

Stiefel hat für den „Schmetterling“ Rita, die Propagandistin erotischer Kreativität und sexueller Innovation, interviewt. Das trägt ihm jetzt eine Kanonade von Fragen ein. Wie ist sie, was hat sie mit Dir gemacht, was kann sie, was wir nicht können, was hat sie, was wir nicht haben? Stiefel hat mit ihr nur geredet. Frage, Antwort, und schließlich nur mehr Zwischenrufe Stiefels. Was also ist erotische Kreativität, was ist sexuelle Innovation?

Laß Dir einmal was einfallen, Freundchen. Rita gibt nur geistige Hilfestellung. Also das Recht auf Lust. Die Treue zum Partner (terminisiert, als Minimum neun Monate, als Maximum, Rita lächelte, als sie es verriet, bei mir vier Jahre). Gleichberechtigung der Geschlechter.

Das, sagte Meissner, ist ja Missionarsex.

Nicht zu vergessen, Rollenspiele.

Und Du hast wirklich nicht?

Stiefel hatte es nicht versucht. War nicht versucht worden. Rita gibt sich für 42 aus, ist aber 53. Selbstverständlich ist sie Vorkämpferin für den Hautgout der Frau von vierzig Jahren, für den Reiz der üppigen Formen, für den Zauber des Vergilbenden. Für die Überwältigung durch Erfahrung, die Anziehung durch die Lebensrunen, die sich in den Körper eingeprägt haben. Die Emanzipation bejaht sie. Ohne wenn und aber, aber mit persönlicher Einsicht, die darf man doch haben, dafür haben wir ja gekämpft, nicht? Keinen Männerhaß, das trauen sie mir doch nicht zu, was? Wenngleich die Situation der Frau ... Aber wir machen ja nicht Gruppensex, oder? Zwei Menschen einander gegenüber, aufeinander, ineinander, aber doch vor allem gegenüber. Der Wille zum Sich-Erkennen. Die Überwindung der Fremdheit. Ich, sagte die Propagandistin der erotischen Innovation, sollte Ihnen das ja gar nicht sagen, aber auch ich habe Angst vor dem Körper. Meinem eigenen und dem männlichen Körper. Wenn man ganz jung ist, ist das einfach. Da lädt man sich mit Emotionen auf. Die Hormone trüben den Blick. Sie sehen nur das Geheimnis, das Lust spendet.

Das hat sie wirklich gesagt?

Genau so. Die rechte Mitte zwischen Sachlichkeit und Poesie. Von der der Journalismus lebt. Sie wäre eine prima Lokalchefin. Oder was für den Leserbriefkasten. Aber damit hat sie ja angefangen. Erotische Kreativität, das ist nichts anderes, als dem leblosen fremden Körper Leben einhauchen, Begierde von ihm erwecken zu lassen, in ihm zu wecken. Da brauchen wir keine Akrobatik, sagte Rita. Händchen halten, Streicheln. Ich schlafe ein bei diesem innovativen Sex.

Die Herausforderung des fremden Körpers. Die Überwindung der Angst vor ihm, auch Mythologie ist im Spiel. Wiederherstellung des unaufhörlich gestörten, des in Auflösung begriffenen Partnerschaftsverhältnisses. Die Rita kommt erst mit dem Reden in Fahrt, so wie die Leute beim Vögeln, sofern sie kreativ sind und nicht gleich schlapp machen. Die Rita würde, wenn sie was zu reden hätte, ein Gesetz im Parlament einbringen, das den Partnern die Pflicht auferlegt, einander statt Leid Lust zu bereiten. Das möchte ich sehen, wer da nicht dafür stimmt. Sie würde die sexuelle Innovation als eheliche Pflicht in den Katalog aufnehmen, fuhr Rita fort. Laßt euch was einfallen, Weiblein und Männlein. Tut einander Gutes im Namen der Partnerschaft.

Eigentlich, sagte Meissner, ein ebenso sympathischer wie nützlicher Trampel. Aber Innovation, das ist ja auch eher was für den „Schmetterling". Progressiver Missionarsex. Es fehlt nur die hegelianische Grundierung. Und das Dogma von der versäumten Revolution.

Das ist doch klar, sagte Stiefel, daß die Vätergeneration diese Revolution versäumt, verhindert und hintangehalten hat.

Und wie hast Du auf Rita reagiert?

Ich bin ins Theater gegangen und habe hier einen beliebten TV-Star nackt gesehen.

Von Begierde überwältigt?

Nein, von Nachsicht ergriffen. Tatsächlich, Sex ist ein Mythos. Sie hat mich erschreckt. Zu dick, zu alt, zu verwelkt. Und 24 Stunden später hat mich das erregt. Was mich aus der Gemeinschaft der sexuellen Begierde gestoßen hat, hat mich zur Minorität jener geführt, die durch Frustration zur sexuellen Innovation erregt werden.

Aber im Sinne Ritas, mein Lieber, spielt sich Dein Geschlechtsleben nicht ab. Ich hoffe, Du kaschierst das im Interview. Denn die progressiven Kreativen kennen in Sachen Sex keinen Spaß. Sie denken auch hier an die Volkswirtschaft. Aber das hast Du sicher in Deinem Kommentar zum Ausdruck gebracht. Wenn Du ihn noch nicht geschrieben hast, laß Dir raten. Gieße mit etwas Ironie auf und garniere mit Hohn auf das überkommene Wertesystem. Aber das könnt ihr ja im „Schmetterling". Immer ein Grollen gegen die großen Versäumnisse, die dunkle Andeutung einer herrlichen Zukunft, die mit böser Absicht versäumt worden ist und weiter verhindert wird. Im Zwischenreich der Sinne. Wär' das ein Titel?

Aber nein. Der ist schon im Satz. Im Banne der Sinne. Wie das erotische Establishment durch Voyeurismus erhalten wird. Abschlagzahlungen der Lust. Auch Rita kann nichts anderes bieten.

In dem Moment kam die Sekretärin. Busen, Popo und Wangengrübchen. Was, fragte Meissner und sah sie dabei wohlgefällig an, halten Sie von Abschlagzahlungen der Lust? Aber die war in dieser Woche bereits jeden Abend eingeladen. Haben Sie schon was von Rita gehört?

Ist das die Sextante?

Innovatorischer Sex!

Bitte keine Schweinereien. Im Dienst war sie Emanze, im Privatleben Weibchen.

Tomassoni – Vorläufer

Revesz, ein Genie,
hat keine Zeile hinterlassen, keine Note,
kein Bild und kein Denkmal.
Er hat seine Talente
zerrieben im Zweifel, ob er
ein würdiges
oder ein unwürdiges Gefäß
seiner Gaben sei.

Als sie ihn lobten,
sagte der Lyriker Berndl:
Da, meine Herrschaften, müßten sie
erst meine ungeschriebenen
Dichtungen kennen oder die vielen
Ideen, die ich vergessen habe,
denn das Beste, versicherte er,
gebe ich dem Orkus zurück.

Meine schönsten Gedichte
ruhen in der Vergessenheit
des Scheiterns.

Wie geht's dem Dioskurenpaar Scholle und Schaden? Sie repräsentieren. Während andere Urlaub machen, rasen sie von einer Festspielpremiere zur anderen, schalten sich in Verhandlungen ein, intrigieren und subventionieren. Wird Schaden nun Festspielpräsident in Salzburg, in Bregenz oder in Mörbisch? Dem Vernehmen nach hat er sich hier und überdies in München, Edinburgh und Spoleto empfehlen lassen. Oder steht er noch auf dem Trittbrett des Aufzuges, der ihn aus dem Vorzimmer in das Direktionszimmer der Oper bringen soll? Wen stößt er vom fahrenden Gefährt, von wem wird er abgestreift? Alles Kardinalfragen der hiesigen Kulturpolitik, auf die Schulter die ausweichende Antwort gibt, wie er es als Ministerialsekretär gelernt hat. Völlig zu Unrecht halten rabiate Kulturkritiker den ständigen Nachschub von Ministerialsekretären in die Manageretagen des Kulturbetriebes für Freunderl- oder gar für Parteibuchwirtschaft. Die haben in den Vorzimmern die hohe Schule ihres Berufes durchgemacht: erstens abwimmeln, zweitens beruhigen, drittens ausweichen, viertens zum Gegenangriff antreten, aber dabei keine Munition verpulvern. Nur Tränengas. Notlügen sind erlaubt, ertappt werden hat tunlichst vermieden zu werden. Es spricht nicht für das Geschick Scholles, daß er, der nicht mehr gelogen hat als in seiner Position gelogen wird, als notorischer Lügner gilt.

Wenn Stiefel, sagte Meissner, meinem Rat gefolgt und in ein Ministerium eingetreten wäre, hätten wir jetzt einen Tomassoni-Förderer an oberster Schaltstelle, sei es, er hätte es zum Bundestheaterchef, zum Leiter des Bundesverlages, der Bundesmuseen oder wenigstens zum Kulturstadtrat gebracht.

Er ist zu spät geboren, warf Meissner ein. Als er so weit war, waren die Ministervorzimmer schon von den revolutionsfrustrierten Achtundsechzigern besetzt. Aber wir hätten ihn schon hineinschummeln können. Aber er muß den Postmarxismus entdecken oder miterfinden oder propagieren, im „Schmetterling“ mit obszönen Ausdrücken die Regierung und unser moderates Gesellschaftssystem angreifen, er muß sich als düsterer Mephisto-Neffe der Linken profilieren, Protestmärsche anführen, Anarchistenkundgebungen publizistisch rechtfertigen, mit dem Terror sympathisieren, in Israel sowieso, was damals noch allerhöchsten Wohlwollens sicher war, aber nicht nur mit den diversen Söhnen Allahs, sondern mit verschiedenen Armeefraktionen und leuchtenden Pfaden, Du bist zwar unser linkes Alibi, aber Du wirst selbstverständlich auch auf diesem Weg, denn das schlechte soziale Gewissen der Sozialdemokraten lechzt nach radikalen Denkern. Karriere machen, aber bestenfalls als Dozent oder in einer historischen Kommission. Ob es Dir auf der Universität erspart bleiben wird, dem Lehrstuhlinhaber, wenn schon nicht den Kaffee zu holen, dann doch seine Pandekten herauszusuchen, wird sich herausstellen. Zu meiner Zeit war ein Assistent ein besserer Hausknecht, wobei sich das besser nur auf das soziale Renommee, keineswegs auf die Bezahlung bezieht. Der Assistent war im Kreis der Familie geduldet, was unausweichlich zu Babysitterdiensten führte und niedrige Haushaltsverrichtungen einschloß. Ich kenne einen heute berühmten Professor, den habe ich kennengelernt, als er sich für die Frau des Professors anstellen mußte. Das hättest Du Dir im Finanz-, Kultur- oder Innenministerium erspart, Stiefel. Scholle, höre ich, wurde hingegen schon als Sekretär zu prekären Verhandlungen herangezogen, er wurde in Budgetfragen eingeschaltet und erwies sich, einem Ondit zufolge, als harter Verhandler.

Sage ich ja, er hat damals gelernt, wie man sich und sein Amt einschließlich der Vorgesetzten aus der Affäre zieht, wie man weiterwurstelt, er hat gelernt, daß nichts uninteressanter für eine Führungsposition im Staatsdienst ist, als Sachkenntnis, geschweige in der Kunst. Ein Burgtheaterbesuch qualifiziert so einen zum Theaterchef. Jetzt muß er zur Strafe zu jeder Premiere. Die gelegentliche „Profil"-Lektüre steht einer Berufung zum Verlagschef nicht im Weg. Und was qualifiziert einen für den Vorsitz der Stadtplanung? Er wohnt, er geht durch Türen, er öffnet Fenster und benützt Toiletten. Und schließlich hat er ja nicht zu argumentieren, er sitzt nur vor.

Warum seid Ihr keine Beamten geworden?

Wir bedauern es im Gegensatz zu Dir, oder nicht? Bedauerst Du es, Moser?

Ich bedauere. Und Du Meissner?

Ich bedauere, aber mit innerem Stolz, daß ich widerstanden habe. Ein freier Schriftsteller ist zwar ein Nonsens, denn niemand ist versklavter als einer, der den Honoraren nachläuft. Eine paradoxe Situation. Aber nur paradoxe Situationen garantieren Freiheit. Unsereiner verdient natürlich nur ein Zehntel von dem, was ein in eine Generaldirektion abgeschobener oder vorgeschobener Ministersekretär verdient, aber das mit Genuß. Und schließlich hat man im Lauf der Jahre, beneidet, seine kleinen Pfründen und Gewohnheitsrechte erworben.

Ich denke, es gibt überhaupt nur einen freien Menschen: den Schriftsteller. Er ist keinem Publikum, keinem Arbeitgeber, keinem Kunden, er ist nicht einmal dem Geld verpflichtet, das den Reichen, der ihm Konkurrenz machen könnte, mit schlechtem Gewissen verfolgt. Er lebt frei und er verfügt über die Welt. Sein Thema ist er selbst und seine Verstrickung in Wünsche, Erfahrungen, Erfindungen und Befürchtungen. Herr und Sklave der Welt. Was ist dagegen der Machtmensch, der ständig an die Grenzen der Realität stößt? Der Schriftsteller lebt aus sich selbst, er produziert sich und er verzehrt sich.

Ich habe den Tomassoni doch nicht erfunden, um die Hohlköpfe des Kulturbetriebes zu entlarven oder die Mythen bloßzustellen, mit denen wir uns tarnen. Ich habe den Tomassoni als den idealen Menschen erfunden, den Schriftsteller, der von der Last des Schreibens befreit ist.

Mit Odysseus unterwegs

Mit Odysseus auf der Spur des mythischen Mädchenpaares. Seine Begegnung mit der großen Dürren und der kleinen Dicken. Die wandern wie Don Quijote und Sancho Pansa durch die Wirklichkeit. Wie war das doch? Diesmal hat Odysseus (Tomassoni) sie in einem Automatenbuffet aufgegabelt. Zwei Mädchen auf Aufriß. Er ist ihnen zu einer Bank im Park vor der Votivkirche gefolgt. Die Große richtete sich, verdeckt von der Fülle der kleinen Dicken, etwas am Strumpfband. Ständiges Herumnesteln auf halber Schenkelhöhe. Dann kramte die kleine Dicke in der Handtasche: Lippenstift, Zigarettenetui, Schlüsselbund, Straßenbahnfahrscheine. Odysseus sah es aus seiner Deckung.
Ein unzertrennliches Paar, durch einen Mann zu trennen.
Odysseus traf sie wieder auf seiner Spitalstour im Krankenhaus der barmherzigen Schwestern vom Herzen Jesu. Die große Dürre als Krankenschwester und die kleine Dicke als Patientin. Sie machte mit ihr Gehübungen. Untergehakt, einen Schritt vor, so geht es, es ging schwer, aber es ging. Kar-

holgeruch schärfte die Aufmerksamkeit von Odysseus für den klaffenden Schlafrock.
Wieder in der Zwangslage, zu wählen. Schon als Kind war er überzeugt, daß es nur diese zwei Frauen gab, die große schlanke Mutter und die kleine dicke Mutter. Er träumte, vor den unbegreiflichen Angriffen der großen schlanken (blonden) Mutter zu der kleinen dicken (schwarzhaarigen) Mutter zu flüchten. Unglaubliche Vertrautheit mit der dicken Patientin, schwer zu überwindende Distanz zu der großen Blonden. Die durchbohrte ihn mit einem Blick, indem sie wegschaute.
Odysseus überlegte, ob er mit den beiden vor der Votivkirche gemeinsame Sache machen sollte. Etwa, indem sie ihr Geld, das sie in der Börse zählten, zusammengaben. Aber er merkte, daß nur eine zu haben war. Nicht beide, und wenn, dann wollte er beide. Die Reizung und den Unterschlupf, Knochen und Fleisch, Wunde und Heilung.
Im Haus der göttlichen Himmelsmutter waren beide Patientinnen. Ihm kam vor, es waren dieselben, die auf der Bank vor der Votivkirche gesessen waren, aber waren es nicht immer dieselben? Vielleicht ein gemeinsamer Blinddarmdurchbruch, ein Verkehrsunfall, in den die Unzertrennlichen verwickelt waren? Sie fuhren mit dem Aufzug in den schmalen Garten zwischen Feuermauern, gingen über die herbstlichen Wege, wobei ihre Spitalsmäntel flatterten, die gelben Blätter wehten um ihre Beine, die langen schlanken und die kurzen plumpen, dann saßen sie wieder auf der Bank und hatten etwas zu bereden, das kein Ende fand.
Tomassoni konnte sich bis heute nicht abgewöhnen, wenn ihm jemand von einer Verlobung, einer bevorstehenden Hochzeit erzählte, wenn er von einem Liebesverhältnis hörte, zu fragen, ob es die kleine Dicke oder die große Schlanke sei. Die Schwarzhaarige oder die Blonde? Was den Ruf seiner Solidität nicht bestärkte.
Hinauf in die Psychiatrie, die lang gewundenen Wege zur Kirche, Runden um die Pavillons, er sah in die vergitterten Fenster. Oben drohte der bronzene Engel, unverkennbar die große Schlanke, die ihm immer Furcht eingeflößt hatte, aber auch Begierde, und in der Wiese fand er ihr schwarzhaariges, kleines, großbusiges, dickschenkeliges Pedant mit einladenden Gebärden. Er fragte sich, was sie getrennt hatte. Liebe?

Wie hältst Du es mit den Autorinnen, fragte Moser Meissner. Man sagt Dir schwer vorauszusehende Sympathien und Antipathien nach. Du hast bei Jurysitzungen Überraschungen geliefert, bei Begutachtungen trotz Mißfallens Wohlwollen nicht unterdrücken können und positive Urteile so relativiert, daß einem jede Lust auf die Lektüre vergangen ist.

Der Unterschied zwischen mir und den anderen besteht, wenn ich mich da nicht überschätze, darin, daß ich mir meine Sympathien eingestehe. Die einzige Chance, sie zu objektivieren. Zumindest nehme ich es mir vor. Ich habe mir jedenfalls schon allerlei bei dem Versuch verstaucht, über meinen Schatten zu springen. Was ist das überhaupt, Objektivität? Ein Wunschtraum, ein Dogma, oder kannst Du sie berechnen? So sehr ich sie verachte, beneide ich ja gelegentlich die Dummköpfe von ganz links nach ganz rechts, von ganz antiquiert zu supermodern, die sich an Regeln oder Moden klammern oder sie wenigstens dringendst einfordern. Wie wäre es mit einem Punktesystem? Thematik – drei von fünf Punkten, Komposition – zwei von drei, Details – vier von fünf, Originalität – null von eins. Macht neun Punkte, guter Durchschnitt. Aber worauf es dem Verleger ankommt, das steht in keiner Poetik: Die Erfolgsaussicht. Wer punktet da mit? Eine Organisation, ihren Namen sollt ihr nie erfahren, erkundigt sich bei jedem Manuskript, das es zur Begutachtung vorlegt, nach den Erfolgsaussichten. Nicht jeder Dreck wird gekauft, wenngleich zumeist Dreck verkauft wird. Wir leben …

Das wissen wir schon, im Zeitalter der Reklamekultur.

Wenn ihr punktet, dann wäre die entscheidende Rubrik: Selbstdarstellung. Was trägt das Selbstbewußtsein, gespielt, erzittert oder ertrotzt, zum Image eines Künstlers bei? Wie hält man den Erfolg auf Flamme? Läßt sich der Mann zur rechten Zeit scheiden, hat er ein Verhältnis, dessen Romantik die Leserschar erregt, hält er sich an den notwendigen Grad von Verruchtheit und den von Wohlanständigkeit, die gerade gefordert werden? Ein japanischer Ministerpräsident stolpert über eine Geisha, die er einmal mit einer Reistafel bewirtet und der er einen Kimono geschenkt hat. Einem müde gewordenen Romanerfolg ist möglicherweise nur mit dem vom Schlieferl entdeckten und verratenen Besuch des Autors bei einer kettenklirrenden Domina aufzuhelfen. Du darfst als berühmter

Künstler nicht betrogen werden, das schwächt Dein männliches Erscheinungsbild, Du darfst nicht betrügen, das könnte Deine Ehrlichkeit in Frage stellen, aber verbotene Lusterlebnisse mußt Du trotzdem haben und ohne Seitensprung bist Du als Spießer abgestempelt. Bin ich Deine Muse, fragte das uns wohlbekannte Zuckerpüppchen einen uns nicht minder wohlbekannten Romanautor mit aristokratischer Allüre. Als ehemaliger Kavallerieoffizier hätte er am liebsten mit einem Fußtritt geantwortet. Sie war selbstverständlich nicht seine Muse. Wozu hätte ihn der Trampel animieren sollen? Aber ihre Existenz, ein gelegentliches Foto von ihnen in einem Nobelrestaurant, hat das Interesse an seinen immer jämmerlicher werdenden Romanen wach gehalten. Aber das gilt natürlich nur von Trivialschriftstellern. Auf der literarischen Höhe, deren Grenzlinie die Auflagenhöhe von tausend Exemplaren beträgt, erregst Du nicht dieses öffentliche Interesse. Du kannst sogar Deine Kinder verstoßen, ohne daß dies am Absatz Deiner Bücher etwas ändert.

Meissner wich also wieder einmal mit Redegewandtheit aus. Eine gute Rhetorik ist mehr wert als ein intakter Verstand.

Wißt Ihr was, sagte Meissner, ich pfeif auf Objektivität. Ich muß ein Buch mögen. Gewähr dafür, daß es einen gewissen Qualtitätspegel nicht unterschreitet, ist mein Geschmack, sind meine Kenntnisse. Ich fröne in der Kunst einem hemmungslosen Individualismus. Was habe ich davon, wenn etwas gut ist und mich langweilt?

Und wenn Dein literarischer Gusto und Dein Wohlgefallen an der Erzeugerin einander widersprechen?

Das ist ein Balanceakt. Aber ich kenne bei Gott nicht alle Autorinnen. Und ich halte es mit ihnen wie mit den Schauspielern. Ich weiche ihnen aus, um nicht in Gewissenskonflikte zu kommen. Ich mache sie, so weit mir das möglich ist, zum Neutrum. Oder noch besser: ich überlasse es der von ihnen angeregten Phantasie, sie mir vorzustellen, oder ihr Bild, das ich aus persönlicher Bekanntschaft gewonnen habe, zu berichtigen.

Und Deine berühmt-berüchtigten Phasenverschiebungen?

Werden immer dramatischer. Auch da spielt Dialektik mit. Es hängt mit der Frauenverehrung, die Frauenverachtung einschließt, und mit der Objektivität, lies Gleichgültigkeit, zusammen. Ich habe Phasen, da verfalle ich der Unwiderstehlichkeit weiblicher Geschlechtsmerkmale. Und es gibt Phasen, da verstellt mir ihre anatomische Kenntnis die theoretische Möglichkeit, sie zu besitzen. Ich bin weder auf sie noch auf ihre Gedichte neugierig. Meine Kenntnis ihrer Anatomie tötet jede Lust ab. Eben noch das große Geheimnis, ist sie nun die Geheimnislose. Ein Schutzmechanismus, der leider mit fortschreitenden Jahren immer besser funktioniert und sich ungebeten einstellt. Na ja, da stelle ich die Lektüre ein und enthalte mich öffentlicher Urteile.

Schließlich willst Du ja Kavalier bleiben, auch als Kritiker.

Du drückst Dich journalistisch aus, wie Dir das zusteht.

Und die Messerer?

Denke ich, hat ähnliche Probleme. Sie ist ja, wenn sie es auch zu vertuschen sucht, aus Fleisch und Blut. Mir ist es lieber, eine verabscheut mich, als sie ignoriert mich. Lieber Anstoß sein als Luft.

Wovon das Kulturleben abhängt, wunderte sich Stiefel, angeekelt. Mir, sagte Meissner, ist das lieber als zehn Gebote, die Charta der Vereinten Nationen, die Vorschriften des Koran, der sozialistische Realismus und die Vergatterung der letzten Moden, von den Nürnberger Gesetzen zu schweigen.

Die Türglocke unterbrach Mosers Strategie. Es war Fini. Sie hieß natürlich Yasmine. Aber sie verabscheute ihren Namen, der ihren Eltern so viel Kopfzerbrechen gekostet hatte. Ihre Freundin hieß Hyazynthe. Ihre Nachbarin Salome. Sie nannte sich schlicht Leonor. Bis die Jahrhundertwendenostalgie aufkam. Sie geriet in eine Schnitzler-Aufführung. Sie probierte es mit Mizzi, hatte sich aber, als sie Moser kennen lernte, bereits für Fini entschieden.

Fini, sagte Moser, Meissner empfahl sich.

Als sie kam, enttäuschte ihn seine mangelnde Freude. Fini, was war das? Ein Körper, wie er sich in diesem Augenblick eingestand, reizlos ohne seine Beseelung. Es überraschte ihn selbst, daß er ihr Liebesbeteuerungen in einer Leidenschaft machte, die er nicht fühlte. Und wußte, daß er Angst vor dem Abschied hatte. Er registrierte, daß der Mythos Liebe von einem Mythos abgelöst wurde, dem er noch keinen Namen geben konnte. Gefühlsverlängerung, Abschiedsverzögerung? Nahm er sie überhaupt noch wahr? Er blickte sie so angestrengt an, daß es ihr unangenehm wurde. Was schaust mich denn so an?

Weil ich nicht genug von Dir bekommen kann, sagte er mit Überzeugungskraft. Lügen, gestand er sich, kitten die Risse. Sie rükken nach, wenn sich die Gefühle verflüchtigen.

Er nahm sie mit einer Wehmut wahr, die ihm wohl tat. Er verstärkte seine Liebesbezeugungen, bis er sie überzeugt hatte. Was war das jetzt? Eine Krise? Der Sturm vor dem Ende?

Fini, sagte er, Fini, Fini. Sie wurde ungeduldig. Was ist? Fini. Bei den Wiederholungen wechselte er die Betonung. Fini. Das hieß Ende. Er berichtigte sich rasch: Josefine.

Ich heiße Yasmine, sagte sie, ich bin ja kein Dienstbote. Ich habe Dir erlaubt, mich Fini zu nennen.

Was verband ihn eigentlich mit dieser fremden Person eines unbegreiflich fremden Geschlechts?

Du hast mich betrogen! Zuckerpüppchen wollte eigentlich zornig sein. Aber sie maulte nur. Es empörte sie nicht, es deprimierte sie.

Woher weißt Du es?

Egal.

Ich will es wissen.

Wozu? Du gibst es zu, das ist der springende Punkt.

Du hast es gefühlt? Wann hast Du es gefühlt?

Zuckerpüppchen sah ihn erstaunt an.

Ich meine, den Stich im Herzen.

Den Stich im Herzen habe ich gespürt, als Moser es mir erzählt hat.

Du weißt es von Moser?

Er hat mich um Verständnis für Dich gebeten.

Der Idiot.

Und Du hast nichts gespürt? Ich meine Dienstag um neun Uhr abends hast Du in Graz nichts gespürt?

Um neun Uhr habe ich auf meinen Auftritt gewartet. Was hätte ich spüren sollen?

Daß ich mit einer anderen im Bett bin.

Wieso sollte ich denken, daß Du mit einer anderen im Bett bist? Ich habe, wann immer ich Zeit dazu hatte, in Liebe an Dich gedacht.

Und nichts gespürt?

Nichts.

Ich habe die ganze Zeit daran gedacht, was Du fühlst, wenn ich Dich betrüge. Ich habe mich auf die geheimen Signale zwischen uns verlassen.

Vielleicht behauptest Du, Du bist nur deshalb mit einer anderen ins Bett, um mir ein Signal zu schicken, Du willst doch nicht sagen, Du hast mich betrogen, um meine Liebe zu prüfen?

Stiefel war gekränkt, beleidigt, getroffen, daß sie in der Stunde, die er bei einer anderen verbrachte, nicht von Ahnungen geplagt, von Melancholien heimgesucht, von Eifersucht überwältigt worden war. Wenn Du mich lieben würdest, sagte er, hättest Du es gemerkt. Geahnt. Und er setzte nach. Mit Stiefelscher Inkonsequenz, mit Stiefelscher Mythomanie. Was, fragte er, ist Liebe, wenn sie einen Riß, er verbesserte sich, einen Einriß, einen bedeutungslosen Einriß, nicht spürt. Ich habe Dich vielleicht betrogen, aber Du hast mir bewiesen, daß Deine Liebe zu mir nichts als ein Hormonstoß ist.

Er hat es, erzählte Zuckerpüppchen ihrer Freundin Käthe von Maltz, so dargestellt, daß ich schuldig bin und nicht er. Er habe seine Liebe verraten, was verzeihlich sei, aber ich habe gezeigt, daß meine Liebe gar nicht existiert. Und einen Augenblick lang, sagte Zuckerpüppchen, habe ich ihm sogar geglaubt. Und ich weiß nicht, ob ich es nicht noch immer glaube. Er hat es zuwege gebracht, daß ich mich schuldig fühle. Ich, hat er gesagt, fühle mich schuldig und das entschuldigt mich, aber Du kapierst das gar nicht.

Und jetzt kapierst Du es?

Er hat mich verwirrt.

Dann ist es ja gut, sagte die Maltz. Nach meiner Erfahrung ist Liebe ja nichts anderes als Verwirrung. Zuerst hatte sie als Praktikerin gedacht, das sei eine der üblichen männlichen Ausreden. Aber bei Stiefel? Der war zu einer solchen Liebesprobe imstande. Alles, nur keine Ideologen. Das bestärkte sie in ihrer Abneigung. Weder fürs Bett noch fürs Haus. Nicht einmal eine Viertelstunde am Kaffeehaustisch. Das nächste Mal, sagte sie, machst Du einen Seitensprung, wenn Du wegfährst. Mal abwarten, ob er was fühlt, aber kein Geständnis.

Zuckerpüppchen und Stiefel versöhnten sich. Er verzieh ihr, nachdem sie ihre Schuld eingesehen hatte. Ihr war die Geschichte mit seiner kleinen Hure sowieso egal. Aber daß er so ein Macho ist! Weißt Du, worin ich mich bei ihm verliebt habe, das war seine klare Stellung zur Frau, sein marxistisch untermauerter Feminismus. Und dann das.

Zuckerpüppchen spielte in Graz in einem Avantgardestück beim Steirischen Herbst. Drei Aufführungen. Sie war eine Woche weg. Geprobt war in Wien worden. Stiefel kam zur Premiere und reiste wieder ab. Sie hatte sieben Tage und sieben Nächte Zeit. Da gab es in Graz den nordischen Heiner und den flinken Guillermo aus Turin, Geri war aus Berlin da. Den dicken Pfaffen aus Königstetten schirmte sein Teenagerharem ab. Aber er suchte ständig neue Adeptinnen. Sie hatte Lust, ihn aus dem sicheren Gehege seiner Dorftrampeln herauszulotsen und dabei auch die Hohepriesterin und Göttin des Vulva-Kultes zu dupieren. Unzucht im Heiligtum? Das mußte den guten Stiefel doch elektrisieren. Nicht nur sie, auch der verehrte Pfaffe betrog ihn. Wenn er da keinen Beutler bekam? Mit Geri ging das so schnell, daß sie sich nachher gar nicht recht erinnern konnte. Das konnte sie abstreiten, ohne lügen zu müssen. Davon konnte er im fernen Wien nichts mitbekommen haben. Geri, das war fast ein Inzest. Der kleine Bruder, volltrunken, fummelte ein wenig herum und schlief ein. Dann kam Johnnie. Den ließ sie aus. Besoffener Prahlhans. Revolutionswurstel. Für den kühlen Blonden, das merkte sie bald, reichte die Zeit nicht. Der radikale Theoretiker hatte Anstandsfrustrationen, die sie nicht abwarten konnte. Blieb der Pfaffe. Sie gab ihm ein diskretes Zeichen. Er entwand sich der Hohenpriesterin, schickte den Harem an den Hilmteich, ohrfeigte die Elevin, die heimlich zurückgekommen war, und war tatsächlich so abstoßend erregend, daß sie überzeugt war, das mußte Stiefel fühlen. Die Erde mußte unter ihm beben. Sie lehnte dankend ab, in den Harem aufgenommen zu werden, und fuhr noch in der Nacht nach der letzten Vorstellung mit dem Auto nach Wien und läutete Stiefel aus dem Bett. Ich hatte solche Sehnsucht nach Dir, hauchte sie. Und er glaubte es ihr. Er hatte nichts gefühlt.

Du warst hoffentlich nicht so blöd, jetzt auszupacken, fragte die Maltz.

Wofür hältst Du mich. Aber ... Die Liebe hat doch einen Knacks bekommen. Er hat nichts gemerkt.

Wie sollte er. Er vertraut Dir.

Aber zu Unrecht.

Ich glaube, sagte die Maltz. Der Pfaffe war einfach besser als Stiefel. Ich fürchte, mit Euch geht es bald auseinander.

Dr. Moser, fragte ihn ein Besucher, wer ist das, und deutete auf einen Mann in einem Gruppenfoto auf seinem Schreibtisch.

Auvinen. Er sah ihm an, daß er den Namen noch nie gehört hatte. Der Mythos Auvinen hatte nur kurz geleuchtet. Er überlegte, ihn auferstehen zu lassen. Aber er hatte vergessen, wer Auvinen war. Er läutete seiner Sekretärin. Schlagen Sie im Archiv unter Auvinen nach. Oder lassen Sie es lieber. Er beschloß, einen Auvinen berühmt zu machen, von dem er nicht wußte, wer er war. Eine Bemerkung zum Kultusminister: Auvinen war lange nicht in Wien. Der zitierte seinen Sektionschef herbei. Damals waren gerade Festwochen. Warum haben wir Auvinen nicht eingeladen? Der Sektionschef telephonierte mit Sigge. Auvinen war nicht frei. Gar nicht so leicht, sagte der Minister am nächsten Tag zu ihm, Auvinen zu bekommen. Aber er hatte es in die Wege geleitet. Dr. Moser war neugierig, wo Auvinen auftauchen würde. Im Brahmssaal mit Schuberts „Winterreise", in der Alten Schmiede mit Lyrik oder als Regisseur des neuen Botho-Strauß-Stückes. Er legte nach. Siggi, die Allgewaltige, die Allgegenwärtige, Siggi, das Wunderkind der Alternativszene, lief ihm über den Weg.

Du bist Auvinen auf der Spur?

Er macht sich rar, sagte sie. Ärger als Benedetti. Ein Typ wie Peter Dvorsky. So was von sensibel. Er verbrennt sich die Zunge mit dem Morgenkaffee und ist indisponiert.

Ob ihn eine Zeitungsnotiz animiert oder abschreckt?

Siggi rief sofort den Schlieferl an. Das ist nichts zum Schreiben, Burli, sagte sie. Das ist eine Information. Auvinen kommt.

Am nächsten Tag stand es im Weltblatt. Die ABZ verlangte als Trostpflaster Details. Siggi mobilisierte sämtliche Agenten. Es gab einen Tänzer in Bremen und eine Sopranistin in Helsinki. Die Sängerin war bereits in Pension. Der Tänzer ein Anfänger. Wer war Auvinen? Egal. Hauptsache, er kam.

Damals stand Dr. Moser längst im Rufe der Hexerei.

Die kleinen Gruppen, sagte Ute zu Stiefel, machen mir Sorge. Wie soll ich sie umbauen? Er versprach ihr einen Artikel im „Schmetterling". Das hatte ihr noch gefehlt. Sie sind zu intellektuell, bremste sie ihn. Zu viele Zweifel, zu viel Ironie, zu viele Fremdwörter, die niemand versteht, zu schwach, keine Durchschlagskraft. Nichts als Kritik.

Moser vermittelte eine Begegnung mit Udo, ihrem Vorgänger. Zweimal sagte sie ab. Dann gab es wieder einen Flop. Eine Reichartsebner-Lambrecht-Wiederentdeckung. Geläuterter Nazi und DDR-Funktionär. Mit Horst Wessel marschiert und dann den Russen in den Arsch gekrochen. Ein Konjunkturritter, aber zu sehr auf das Anderssein, auf das Auffallen fixiert, daß er das hätte nutzen können. Scheiße von gestern, Moser arrangierte ein drittes Rendezvous. Diesmal hatte sie Zeit, aber es gab einen unerhört frostigen Einstieg. Darüber wurde es Zeit zum Mittagessen. Gehen wir rüber ins Sacher, forderte Udo. Sie hatten keinen Tisch reserviert. Für mich ist im Sacher immer ein Tisch frei.

Schon bei der Vorspeise ging Udo aus sich heraus. Hasch, sagte er, was wäre mein Studio ohne Hasch gewesen. Und die vielen Tabletten. Ich hatte schon eine Apotheke. Natürlich war ich in ständigem Gerangel mit der Polizei. Die Glissoniers, Du erinnerst Dich noch an die Glissoniers, die waren so high, daß ich absagen wollte. Girls, sagte ich, finished with Hasch. Gab ihnen ein Gramm Opium, das ich bei den Blue Players beschlagnahmt hatte.

Aber die Zeiten sind vorbei. Jetzt ist das Heroinzeitalter angebrochen. Kein Mythos mehr, verstehst Du. Das ist ins Kriminelle abgerutscht. High, das war der Mythos. Fernanbel, Du erinnerst Dich doch noch an Fernanbel, den argentinischen Regisseur. Dem grauste davor. Der stach mit der bloßen Nadel ins Fleisch und schmiß das Zeug ins Klo. Dann zeigte er ihnen seinen Arm. Ja, glaubst Du, Du hättest damals, ohne zu spritzen, ein Engagement bekommen? Die Polizei saß in der ersten Reihe. Sie schnupften. Das ist Parfum, sagte ich, Eau de Bretagne. Was hier vor sich geht, Herr Rittmeister, ist Kunst. High? Natürlich sind sie high, aber vom Rhythmus, von Sex. Dabei durften wir damals gerade nur einen Busen zeigen. Ihr habt es heute einfach. Nackte Ärsche, Kunststoffphalli, Ledermuschis. Ja, vielleicht hast Du es zu einfach.

Ich lasse mich doch in keine Rauschgiftaffäre ein.

Ich habe immer ein Gramm konfisziert und beim guten alten Pepi abgeliefert. Unter dem Siegel tiefster Verschwiegenheit. Er glaubte mir dann, daß sie clean sind. Oder tat jedenfalls so. Denn der war nicht so blöd, wie er heute aussieht. Aber was haben wir für Aufführungen hingekriegt! Na ja, war auch Mist darunter. Aber der Mythos. Aufregende Zeiten. Der Kampf gegen die Spritze und die selbstgedrehten Zigaretten. Ein Scheingefecht auf hohen Touren. Ich habe gewußt, sie machen es doch. Sie haben mich in dem Glauben gelassen, ich hätte es ihnen abgewöhnt. Das allein hat sie fit gemacht.

Du willst doch nicht sagen, daß die Leute gekommen sind, um ein paar Typen zu sehen, die geschnupft haben?

Sie sind zum Mythos Rauschgift gekommen. Theater, liebe Ute, ist ein Rausch oder es ist Mist. Egal, was sie gespielt haben, wenn sie nur high waren, egal wovon sie high waren, von mir aus von Coca Cola oder von Römerquelle. Ich habe den Wienern die Orgiastik vorgeführt, den Underground. Mythomanie. Der große Neger im Ansturm der Weiberrudel. Mit glänzender Haut.

Mit Hasch geht heute nichts.

Geht nichts. Zu gefährlich. Außerdem abgespielt.

Romantik?

Udo schob angewidert den Rest seines Desserts von sich. Neoromantik. Postmoderne Neoromantik. Romantische Überwindung der Postmoderne.

Soll ich sie mit Milchflaschen fotografieren?

Stars. Du brauchst Starkult. Heute geht nichts ohne Stars. Im Zeitalter der Demokratie und des Sozialismus hat der Star erst einen Stellenwert erhalten. Die kleinen Gruppen sind out. Bau einen Star auf. Such Dir eine, von mir aus in der U-Bahn, runder Popo, kindliche Brüste, angezogen, natürlich angezogen. Eine neue Naive. Laß sie was vom Frieden trällern. Und natürlich von den verhungernden Negerkindern. Und daneben einen Vamp, der Pfötchen gibt. Bau Stars auf!

Woher nehmen? Stiefel hat in der letzten Nummer des „Schmetterling“ dem Starkult das Ende prognostiziert. Ein Begräbnis dritter Klasse. Eine brillante Entlarvung des sozialen Hintergrundes.

Stiefel, Du brauchst nicht Stiefel. Du brauchst Schlieferl, den Spaziergänger, den Stadtflanierer, sämtliche Adabeis Mitteleuropas, die Tante Dabeigewesen. Sie sagen den Leuten, daß Dein Pipimädchen die Größte ist. Das romantische enfant terrible oder so was ähnliches. Verdorbene Romantik. Biedermeier ohne Unterhose. Bürgeridyll mit offenem Hosenschlitz.

Ute winkte dem Ober und unterzeichnete die Rechnung, ohne hinzusehen und legte hundert Schilling Trinkgeld auf das Tablett. Weißt Du was, ich engagiere Brandauer für das Geld, das mich die kleinen Gruppen kosten.

Und vergiß nicht, ein kleines Luder mit sanften Augen, blonden Locken und einer Spitzenunterhose bis zu den Knien, wo im richtigen Augenblick der Gummi reißt.

Hat es das damals schon gegeben?

Ach was, meine Urwaldtrommler haben auch goldene Armbanduhren getragen. Dem Brandauer sieht keiner auf die Uniform. Der kann den Redl mit einem polnischen Tschako spielen. Das brauchst Du, einen Kaiser Franz Joseph in der Uniform Napoleons. Mit verschwimmenden Horizonten und Laserstrahlenspielen.

Vor der Auerspergaffäre erfuhr Meissner durch Stiefels Artikel im „Schmetterling". Er rief sofort Moser an. Hast Du gelesen? Ich, sagte Moser, habe Stiefel den Tip gegeben. Moser, der Eingeweihte. Von Auersperg, von Altmann oder von Schmalz, wahrscheinlich von allen dreien eingeweiht.

Altmann, natürlich Achim Altmann vom Grazer Schloßberg-Verlag, hatte Auerspergs sterile Poesie abgewiesen. Worauf ihm Auersperg einen lyrischen Schmarren im Jargon der letzten Mode unterschmuggelte. Verständlich und unverständlich im modischen Kauderwelsch vermischt, metaphorisches Geschmuse, teils männlich beherrscht, teils feminin entrückt, so wie es dem Reich-Ranicki, dem Joachim Kaier, dem Urs Jenny und allen andern Großkritikern gefällt. Kein Wunder, daß Altmann angebissen hat.

Die Gazetten feierten den Grubenhund. Aber Auersperg und Schmalz hatten wohl den Altmann geärgert, sich selbst aber nicht geholfen. Denn ihr Grubenhund gefiel nicht nur Altmann, er gefiel den Lesern, und ihr Angriff auf die Größen der deutschen und österreichischen Lyrik, die sie persifliert zu haben gestanden, auf Altmeister, die sich auf ihrem Engagement ausruhten, und auf Altjungfern, die in ihrem Gefühlsschmalz brutzelten, wurde ungnädig aufgenommen. Dem Altmann vergönnte man's, aber warum mußten sie Deborah Beer und Riedlinger hineinziehen, die Preisgekrönten, die Lieblinge der Deutschprofessoren und Kulturminister, die Zeitgenossen, über die Schulaufsätze geschrieben wurden?

Und ihre eigene Poesie, ihre wahre Dichtung, die sie in einer eigenen Veröffentlichung dem Grubenhund gegenüberstellten? Stiefel tat sich schwer. Steril. Denkprozesse fand er, hörte aber das Papier rascheln. Kein Tropfen Blut.

Wenn der so vögelt wie er dichtet, dann gute Nachte, sagte Meissner, der in solchen Fällen zur Drastik neigte.

Der Schloßbergverlag stampfte die Auflage keineswegs ein, er warb dafür mit den polemischen Auseinandersetzungen, und das parodistische Opus von Auersperg und Schmalz brachte es zur größten Auflage, die ein Gedichtband seit Menschengedenken in Wien errungen hatte. Nur Weinhebers „Wien wörtlich" soll mehr Käufer gefunden haben. Kein Wunder: Was interessiert einen Wiener an der Literatur? Der Skandal. Die Schadenfreude, und der Sterilke, wie Meissner das Original-Opus von Auersperg und Schmalz nach einem Wort von Karl Kraus über einen Modepoeten seiner Zeit nannte, zog mit.

Die Gedichte könnten von Tomassoni sein, sagte Moser. Schade, daß sie nicht von Tomassoni sind. Warum ist uns das nicht eingefallen?

Tomassoni, antwortete ihm Meissner, hat eine andere Aufgabe. Er soll den Mythos Reklame sprengen. Der Auersperg und der Schmalz, deren postmoderner Horizont nicht über das Café Hawelka hinausgeht, wollten ein lyrisches Klischee entlarven. Was ihnen übrigens nicht gelungen ist. Sie haben es nur popularisiert. Den Leuten gefallen ihre Parodien. Sie haben nicht einen literarischen Schwindel, sie haben einen Lektor verhöhnt. Schließlich schreiben alle die gleichen Romane, warum sollen in einer Generation nicht alle Gedichte nach einem Leisten geschrieben sein? Drei Tränen, ein four letter word und ein Angstschrei, gut verrührt, in Tinte wallen lassen, mit Herzblut gewürzt, mit Engagement abgeschmeckt und in Einsamkeit mariniert. Der Günter Kunert und der Reiner Kunze können beruhigt sein. Bis zu ihrer Pensionierung reicht es.

Mich interessiert ganz was anderes. Der Auersperg und der Schmalz sind doch, zumindest für hiesige Verhältnisse, kluge Burschen. Warum begnügen sie sich nicht mit der Denunziation? Muß denn gedichtet werden? Und gleich die postmoderne Hilflosigkeit nachgeliefert?

Das ist ganz einfach, sagte Moser. Sie haben ihren Parodien einfach die Flüssigkeit entzogen. Vielleicht haben sie auch nur diese Originale, diese staubtrockenen Gerippe, für die Parodien gewässert. Und schon ist entstanden, was dem Achim Altmann gefällt. Den Unterschied zwischen den beiden Bänden, der Originalpoesie und der Parodie, macht ein bißchen H_2O aus. Chemie der Lyrik. Euch geisteswissenschaftlichen Tiefenforschern entgeht der Oberflächenreiz. Mir persönlich, sagte Moser, ist ja auch das üppige poetische Sandwich der Beer lieber als das trockene, dünn gestrichene Schmalz-Brot. Falsche Perlen, aber immerhin, in der Sonne glitzert es. Schmalz skelettiert. Dichten als Ausscheidungsprozeß. Übrig bleibt nur der Knochen. Anstatt des komplizierten Rechnungsprozesses die Formel. Letztlich auch nur was für Dogmatiker. Eine poetische Utopie. Die Wurzel des Gedichtes statt seiner Blüte. Eine schematische Zeichnung der Himmelskörper statt der blitzenden Sterne. Die Ehrlichkeit der Impotenz. Vielleicht brennt er aus der Wurzel einmal einen scharfen Schnaps. Einen Gurgelreißer.

Ich, sagte Meissner, bin bei einer kleinen Kostprobe der Auerspergschen Originale fast erstickt. Die Gräten seines Geistesgebäudes sind mir im Hals steckengeblieben.

Was sagt die Maltz dazu? Und die Messerer?

Die Malz findet es ephemer.

Das bewundere ich an der Maltz, daß sie immer, wenn sie mit ihrer Meinung nicht herausrücken will, ein verschmocktes Wort findet, bei dem die Leser was zum Rätselraten haben. Und die Messerer?

Interessiert sich nicht für Gedichte, wenn sie nicht von Grass, Handke, Bernhard oder Botho Strauß sind. Immerhin, der Auersperg ist in ihr Blickfeld gerückt. Ich denke, sie wirft als Altmann-Freundin ein zorniges, und als Enthüllungsjournalistin ein wohlwollendes Auge auf das Starlet.

Aber sie beißt nach. Es fragt sich noch, ob die Beer oder den Auersperg.

Auf dem Hexensabbath gaben wieder die Pressehexen den Ton an. Die Messerer, ungepflegt wie immer, hatte schon wieder zugenommen. Wie machen Sie das, fragte sie Käthe von Maltz. Ich hungere und nehme zu. Liebe, sagte die Maltz und beugte sich zu ihrem Ohr. Ich bumse es mir herunter. Ist das besser als Jogging? Auf jeden Fall amüsanter. Die Messerer hatte Berührungsanst. Sie lief von Hexenmeister zu Hexenmeister. Sie ließ sich massieren, badete in Salbei und in Moor, nichts half. Ich bin auf dem besten Weg, mich in eine Perchtin zu verwandeln, klagte sie in der Hoffnung auf entschiedenen Widerspruch. Aber die Maltz widersprach nicht. Nein, schreiben hilft nichts dagegen. Ich habe Ihren Artikel selbstverständlich gelesen. Sie haben sich mit Ihren 85 Kilo Lebendgewicht hineingeworfen. Aber was haben Sie davon, wenn es Ihren Lesern, aber Ihnen selbst nicht hilft? Zu viele theoretische Lehrgänge. Überhaupt zu viel Theorie, meine Liebe. Sie lernen es nur im tiefen Wasser, wenn Sie mir diese Umschreibung gestatten. Am besten mit Kopfsprung. Ich sehe Sie doch, wie Sie am Rand des Bassins stehen, aufwärmen, die Zehe hineinstecken, noch eine und noch eine Zehe, die lieben Fingerlein, wie Sie unter einem Hautschauer die Bauchfalte kurz bespritzen und dann –. Zucke ich wieder zurück, gab die Messerer zu. Was Sie treiben, meine Liebe, ist Schizophrenie. Eine Jungfrau als Sprachrohr sexueller Freizügigkeit. Männerbefreiung durch Männerphobie. Und das in Ihrem Alter. Das Alter, bügelte die Maltz sie nieder, spielt sehr wohl eine Rolle. Sie können mit Ihren fünfzig natürlich mit jedem Mann ins Bett, wenn Sie einen finden, was Ihnen nicht schwer fallen sollte bei Ihren Beziehungen. Sie Käthe, fragte die Messerer scheinheilig, sind doch Jahrgang …? Ich bin Jahrgang, unterbrach sie die Matlz, wir sind alle Jahrgang. Worauf es ankommt, das ist, was wir aus unserem Jahrgang machen. Das ist eine Gleichung mit zwei Unbekannten. Bekannt ist der Jahrgang, unbekannt ist die Illusion. Manchmal verträgt sich das überhaupt nicht. Wenn sich zwischen beidem eine Harmonie herstellt, werden Sie auch Ihre Berührungsangst verlieren. Aber ich rede wie ein Professor. Du bist insgeheim eine Oberlehrerin, sagt mein Freund immer zu mir. Wir Kritiker sind alle ein wenig Lehrer. Immer belehren. Dabei lasse ich mich lieber selbst belehren. Wem sage ich das? Der Ratgeberin der Nation, der Leiterin der Kommunikationsressorts im wichtigsten Massenmedium Österreichs, der Autorität in literarischer Frauenemanzipation. Mit Lehrauftrag an der gesellschaftswissenschaftlichen Fakultät Klagenfurt.

Zuckerpüppchen flog herbei. Aufgeputzt, daß sie fast ihre Flügel nicht bewegen konnte. Was hast Du für süße Flügelchen, fragte Käthe. Ach, seufzte sie. Bin ich froh, daß ich bei euch gelandet bin. Eine Burgtheaterperchtin hätte mich fast herabgerissen. Das geile Luder haschte nach meinem Kimono. Jungfrau Messerer, nimm sie Dir einmal vor. Wenn ich noch mein Referat hätte, ich risse diesen Burgtheater- und Josefstadtperchten ihre Rokokokostüme vom Hintern. Wo, fragte die Messerer, hast Du eigentlich geschrieben? Gespielt, geschrieben, gemalt, da und dort, sagte Zuckerpüppchen und flatterte davon. Die Messerer sah ihr nach. Seltsamer Vogel, tarnt ihr Alter durch Teenagerturteln und belastet ihre Jugend durch einen monströsen Modekult. Die hängt auf sich hinauf, was in den Journalen steht. Das ist die Anzahlung für ihre Befreiung, sagte Käthe von Maltz. Wofür? Sie läßt sich von einem Mann befreien. Hift es? Es hilft nichts. Aber es macht Spaß, wenn man nicht daran glaubt.

Und Kummer, wenn man daran glaubt. Ich habe schon zu viele Wechselbäder auszuhalten.

Zuckerpüppchen schwebte noch über ihnen. Sie streifte Käthe mit einem Flügel. Du bist schlank. Bumst Du so viel? Ja. Mit Männern? Wie es kommt.

Spielt die den Puck, fragte die Messerer. Die wäre doch bestenfalls mit viel Schminke, was für die Helena. Das verschmähte Mädchen. Wenn wir schon besetzen, was haben Sie mir zugedacht? Die Titania. Und Ihre Rolle, Regisseuse Messerer? Ich spiele nicht mit. Ich inszeniere. Ich spiele niemals mit. Eine Hexe muß doch über den Emanzipationsbestrebungen stehen. Sagte es und sträubte ihr Gefieder vor den kleinen Ludern, den winzigen Bienen, die bei ihr hexen gelernt hatten und nun mit geradezu metallischen Geräuschen vorbeischwirrten auf der Suche nach Beute.

Wir müssen vom Fall Böhm lernen. Stiefel, ich würde Dich bitten, ihn zu analysieren, wenn Du nicht selbst ein Opfer des Syndroms wärst. Das ist es, was mich bestürzt: Wir sind selbst nicht resistent gegen Mythen. Wir lassen uns anstecken. Wir haben keine oder zu wenig Abwehrkräfte. Es gibt Lücken in unserem Immunsystem. Das Blatt auf Siegfrieds Rücken. Nicht nur ich kenne Deine verwundbare Stelle, Stiefel. Utopismus, Illusionismus. Trotzdem: Wie erklärst Du Dir den Erfolg von Böhm? Sein neues Stück …

hat Schwächen, aber …

Stiefel, es hat tatsächlich einige belanglose Stärken, aber …

Es ist ein wichtiger Beitrag zur …

Sag nicht das Wort, das unsere Freundschaft aufs Spiel setzt. Was hast Du gegen die österreichische Lösung, das temporäre Vergessen, das ja nicht für die Sünden der Väter erfunden worden ist, nicht für totalitäre Vergangenheiten? Es ist ein Patentrezept für alle Notfälle.

Meissner, sagte Stiefel, nicht nur ich bin für Dich, auch Du bist für mich gelegentlich ein Sicherheitsrisiko. Böhm hat auf volkstümliche Art einen wichtigen Beitrag zur ...

Meissner hielt den Finger an die Lippen. Stiefel, sagte er, was mich noch mehr ärgert als Deine Leichtgläubigkeit, das ist Deine Anfälligkeit für die Auflösung der Gedanken in Klischees. Du redest wie ein Leitartikel des „Schmetterling". Nichts verabscheue ich mehr als die reglementierte Sprache.

Ich will nicht leugnen, sagte Stiefel, daß Böhm ...

Keine Stilanalysen und Handlungsnacherzählungen. Das haben wir in der Kritik erledigt. Ich will wissen, warum man so einen Dreck spielt. Wieso wird einem solchen Schmarren applaudiert? Was lockt die Wiener Szene in so eine Premiere? Die Pause war wieder einmal, wie so oft im Theater, das beste. Das muß man dem Böhm lassen, sein trübes Licht hat die appetitlichsten Motten angezogen. Hast Du die kleine Hexe im schwarzen Trikotrock mit dem darübergestülpten roten Wespentaillenmieder gesehen? Da beginnt der Mythos Mode zu zaubern. Die Frau als Bühnenbild, als inszenierte Illusion. Für diesen Zweig der Mythenforschung habe ich mich schon immer besonders interessiert. Es hat Zeiten gegeben, da war ich in diesen Belangen Spezialist. Die Schwierigkeit dieser Abart kritischer Mythenforschung besteht nur darin, daß die Anregung zu ständiger Ablenkung führt. Das Leben überwältigt die Theorie. Es gibt Augenblicke, wo auch dem Mythenkritiker Kritiklosigkeit erlaubt, ja angemessen ist. Zurück ins Pausenfoyer. Da hat es nur so gewimmelt von Musen, Samariterinnen, Mitläuferinnen, Möchtegernhexen. Ich hätte mich gerne näher umgesehen. Das ist auch etwas, was ich dem Böhm nachtrage, daß alle diese Verführungen sich nach einer Viertelstunde vom Pausenzeichen wieder in die dunkle Anonymität ihres Parterresitzes locken ließen. Wann macht man endlich ein Stück, das nur aus Pause besteht?

Geh auf eine Party, sagte Stiefel trocken.

Du weißt ganz genau, daß auf einer Party die Verführung, die Anregung, die köstliche Ermüdung durch die Theatervorstellung fehlt. Ein Stück, und wenn es noch so schlecht ist, heizt den Musen ein. Es aktiviert das Hexische. Sie kommen sich vor wie Mona Lisa oder doch wie die Madame Pompadour. Die Hüften und die Brüste runden sich unter dem Andrang der motivierten Hormone.

Dann geh auf die Premierenparty.

Um Böhm Antwort stehen zu müssen, wie mir sein Stück gefallen hat?

Oder Du kannst den Schlieferl lesen. Mit Foto: Böhm, von vier Damen umringt, die Frau des Sponsors, die Freundin des Direktors, die Geliebte des Ministers, die Tochter der Hauptdarstellerin.

Hoffentlich hat er nicht mit ihnen politisiert. Der Fall Böhm, nahm Meissner wieder den Faden auf, stellt die Frage, wie das Mischungsverhältnis aus ranzigen Ingredienzien sein muß, damit es einigen Insidern angenehm in die Nase duftet. Die Antwort ist entscheidend, nicht nur für Tomassoni, sondern für unsere Existenz, für Österreich und die Welt.

Er bietet Erklärungen.

Stiefel, ihr seid Besserwisser im nachhinein. Böhm ist ein Schlechterwisser. Ist das sein Erfolgsgeheimnis? Ich mag es nicht, wenn einer mir erklären will, was vor fünfzig Jahren hätte geschehen sollen. Ich erteile mir selbst unaufhörlich die Ratschläge, die mir, als ihre Zeit war, nicht eingefallen sind oder die ich in den Wind geschlagen habe. Unglückliche Ehen, Verbrechen wären verhindert, Romane nicht geschrieben, Kinder nicht gezeugt worden. Besserwisserei im Nachhinein ist ein Unfug, aber ein verständlicher Unfug. Böhm gehört in die Untereinheit der nachhernochimmernichtklügergewordenen. Das ist das Verwerfliche an ihm, der kennt alle Argumente, die damals nicht geläufig waren und entscheidet trotzdem aus mythischer Besessenheit für das Falsche. Ich lasse mir doch vom Böhm nicht erzählen, ich hätte nicht nach Wien ziehen, nicht mein Haus in Pötzleinsdorf beziehen und die Affäre mit Rita nicht anfangen sollen! Vor die Wahl gestellt, wählt er frohgemut das Wolkenkuckucksland mit dem kalkulierten Risiko der Diktatur. Der Böhm wirft mir vor, daß ich vor vierzig Jahren versäumt habe, Harakiri zu machen. Der reine Irrsinn. Und Du applaudierst dazu und rufst Bravo. Der schreibt ein Dreimäderlhaus auf linksillusionistisch. Wie sollen wir gegen einen solchen Wahnwitz mit unserem Tomassoni ankommen? Wir können die Leute mit unserem Tomassoni überrumpeln. Aber wenn er nur die eine Saison durchstehen soll, länger dauert ja ohnehin nichts, muß er dem Zeitgeist entsprechen.

Also doch Umweltschutz, Vergangenheitsbewältigung, Illusionssozialismus, Marktwirtschaftseuphorie, Österreichbeschimpfung.

In homöopathischen Dosen.

Und das Tomassonische an Tomassoni?

Geniekult. Wenn da ein Volk vor Falco auf den Knien liegt und den Heller für einen Poeten hält, dann werden wir ihm doch ein Genie einreden können. Der Selbstverwirklicher hat den Kollektivmenschen abgelöst. Heute zählt wieder, was einer mit der Kunst verdient. Was mich dabei stört, er rückt dabei immer mehr in die Nähe d'Annunzios oder Thomas Bernhards.

Also ein Parvenu?

Ein Millionen verdienender Parvenu. Ich hab' die Königsidee. Tomassoni wird nicht nur ohne Werk berühmt, er verdient mit diesem nicht geschriebenen und niemals erscheinendem Werk Millionen. Ich denke, daß das den Schlieferl interessieren wird. Erfindet Anekdoten. Tomassoni hat, wie Schlieferl exklusiv erfahren konnte, soeben anderthalb Millionen durch den Kamin gejagt. Der berühmte Bestsellerautor, dessen Öffentlichkeitsscheu bisher nicht einmal Didi Sattmann überlisten, den Barbara Pflaum auf keine Platte bannen konnte, hat in Hietzing das oberste Stockwerk eines Jahrhundertwendepalais in eine Atelierwohnung umgebaut, die alle Stückl spielt. Nun gefällt es ihm nicht mehr. Sein Geschmack hat sich gewandelt. Ich bin Künstler, ich kann doch nicht mehr derselbe sein. Die Badewanne aus Onyx für drei Personen, das WC aus Augartenporzellan werden also wieder abgerissen. Mir ist das zu pompös, sagte Tomassoni. Ich habe jetzt ein halbes Jahr in meiner Südtiroler Heimat in einem Bauernhaus gelebt (Mit einer sizilianischen Schönheit, wie man hört). Wir satteln um auf rustikal.

Und nach zwei Wochen eine neue Story. Tomassoni ist der Klage seiner Exfreundin, der libanesischen Miß des Jahres 1987, Fasil Scheherazade, zuvorgekommen, indem er ihr eine Monatsapanage von 80.000 Schilling ausgesetzt hat. Gefeiert wurde standesgemäß im Baur du Lac in Zürich. Insider erzählen, daß es dabei fast zur Versöhnung gekommen wäre. Aber als die Exmiß in der Suite erwachte, war Tomassoni, ein notorischer Frühaufsteher, ausgeflogen.

Tragen wir nicht zu dick auf?

Man kann heutzutage nicht dick genug auftragen. Schön wäre es, wenn uns noch eine ans Herz greifende Story mit einem Kind einfiele. Tomassoni zieht die Tochter seiner geschiedenen Frau auf oder entdeckt einen unehelichen Sohn, für den er sofort drei Privatlehrer engagiert. Mit Kinderfoto. Der bekannt fotoscheue Tomassoni hat sich abgewendet als er das Klick hörte. Also sehen wir wieder einmal nur seinen Rücken. Oder er hat den Hut herabgezogen.

Mir ist dieser Tomassoni zu ordinär.

Ordinär für die Ordinären, fein für die Feinen. Für den Massenruhm sorgt Schlieferl, für den Einstieg in die höhere Weihen der elitären Kultur die Maltz mit Unterstützung der Messerer.

Gipfelgespräche

Kleine Beiträge zur Geschichte der Privatmythologie in historischer Zeit.

Grillparzer trifft Hebbel am Graben. Sie naschen, wundert sich Hebbel, Cremeschnitten, und bestellt ein Wurstbrot mit Essiggurken. Es ist keine Antwort Grillparzers überliefert.

Gipfeltreffen zwischen Gerhart Hauptmann und Arthur Schnitzler bei Meissl und Schaden. Was essen Sie denn da, fragt Hauptmann. Tafelspitz. Und die gnädige Frau? Rostbraten. Worauf Hauptmann sich Eisbein bestellt.

Zola wurde von Huysmans, der sich angeblich durch den Genuß von Hostien ernährte, im Cafe de la Paix beim Verzehr einer Trüffelpastete überrascht. Die Folgen waren vorhersehbar: Huysmans erfand immer raffiniertere Speisen in seinen Romanen, Zola sparte in den Eintopfgerichten seiner Proletarier noch mehr Fett.

Der Ausgleich von Dadaisten und Surrealisten ist nach dem Zeugnis von Max Jacob daran gescheitert, daß Tristan Tzara kein Interesse an den Babyfotos von Paul Eluard zeigte.

Der große Disput zwischen Thomas Morus und Erasmus von Rotterdam ist ins Reiche der Legende zu verweisen. Durchgerüttelt von der Reise vertrauten sie einander ihre Frustrationen über Kutscher und umgefallene Kutschen an. Erasmus war in einen Graben gefallen, Thomas Morus wäre um Haaresbreite von einem ausschlagenden Pferd getroffen worden.

Achtung vor dem Baron, Mitgefühl für den Juden, Respekt vor dem Sozialreformer, Bewunderung für den Literaten und selbstverständlich stöhnende Hingabe an den sprichwörtlichen Liebhaber. Meissner sah sie mißtrauisch an. Haben wir das in der Leitung?

Nein, auf Kassette. Als Zeitdokument. Die Interviewerin dachte ein Weilchen nach und fragte dann mit liebenswürdiger Harmlosigkeit: Was haben Sie eigentlich gegen Hulda?

Nichts.

Eine kurze Charakterisierung, Herr Professor.

Ich denke nicht daran. Da fragen S' den Stiefel oder den Moser, die Messerer, die Maltz, oder noch besser, gehen S' in die Presse. Die wissen das sicher.

Toleranz, sagte die Interviewerin.

Gibt's nicht unter Literaten. Aber ich tu ihr ohnehin nichts. Ich schau weg. Das ist doch ungeheuer viel Toleranz. Mehr kann man nicht von mir verlangen. Die gnädige Frau steht immer an der Front. Ich weiß nicht, berichtet sie nur oder schießt sie auch. Wenn ich ihr Maschinengewehr, oder ist es ihre Schreibmaschine, sehe, nehm' ich Reißaus. Ich renne, was ich kann, in die Etappe.

Angst?

Nein, Selbsthaß. Ich finde da zu meinem Entsetzen Ähnlichkeiten. Es ist schon schlimm genug, wenn ich mich selbst hassen muß. Ich muß doch nicht von allen meinen wohlfeilen Talenten und Tricks auch noch in Huldas Gestalt heimgesucht werden. Gehe ich mir aus dem Weg, um Hulda in die Arme zu laufen?

Was nehmen wir jetzt auf?

Vielleicht etwas übers Burgtheater? Ich verstelle meine Stimme und sage als Obmann der Ensemblevertretung meine Meinung über Peymann.

Sagen Sie mir lieber, wann endlich Tomassonis neues Buch erscheint.

Wie, lieber Professor, fragte die Interviewerin zu Flechtingers, pardon Flechter von Flechtingers hundertstem Geburtstag, würden Sie den Menschen und Künstler Flechtinger auf einen Nenner bringen? Meissner schaltete heimlich das Mikrofon ab und sagte: Aristokratische Arroganz, jüdische Chuzpe und linkes Sendungsbewußtsein.

Sind wir auf Sendung?

Nein, sagte Meissner. Fragen Sie mich nicht über diese Gesellschaftshyäne, die, wie ich höre, in ihren Memoiren jedem Zeitgenossen jeden Partybesuch vorhält. Der auch da? Gemeinsam mit dem eingeladen? Woher weiß er, wer wo war und wen ausgerichtet hat? Ich gebe zu, ich habe diesen Potenzprotz nur mehr als Potenzruine erlebt. Als Huldas unartigen Liebling, der im Theater geschwätzt hat. Im Konzert geniest, im Kino gehustet und bei Empfängen trompetet. Nun, ich meine, daß er der von ihm verachteten Umgebung Achtung einflößen wollte, indem er niemand im unklaren darüber ließ, daß Schiele ihn gemalt, Klimt ihn skizziert, Joyce ihm die Hand gegeben und Schnitzler einmal an ihm vorbeigesehen hat.

Aber er hat, die Interviewerin suchte nach Worten, interessante Frauen angezogen? Er hätte, unterbrach Meissner sie, als Pendant zu der unsäglichen Alma der unbedeutende Freund bedeutender Frauen werden können. Aber er hat dazu seinem erotischen Appetit zu ungehemmt nachgegeben. Womit ich nicht meine, daß ihm immer ein paar Unbedeutende hineingerutscht sind, was man verstehen kann. Möchten Sie ein Leben lang, oder sagen wir ein Jahr, mit Hulda verbringen? Immer auf der Höhe des Zeitgeistes konversieren? Monatelang den Entbindungskrämpfen einer Lyrikerin ausgesetzt sein? Ich meine, daß zu viele unbedeutende Frauen, die seinem schlawinerischen Leutnantscharme erlegen sind und seine im Zeitstil formulierten Bewunderungsarien schätzten, ihm Selbstbewußtsein gegeben haben. Sie haben ihm nicht gestattet, so unbedeutend zu sein, wie er war. Und schließlich glaubte er selbst, seine kulturellen Ambitionen als potenzsteigerndes Mittel anwenden zu können.

Wer weiß, sagte Meissner, als Moser bezweifelte, daß auch das Urteil der Messerer von Hormonstößen abhänge und ihre Objektivität für immun gegen alle Gefühlsanstürme und Sympathiewellen erklärte. Sie verreißt vielleicht, wenn sie einen nicht leiden kann, aber sie lobt nicht, weil er ihr gefällt. Doch wer weiß. Da habe ich unlängst in einem Briefband des großen Tiroler Gurus geblättert. Ich habe ja nie verstanden, was er an der von ihm bevorzugten Autorin gefunden hat. Wann immer Du eines seiner Hefte aufgeschlagen hast, lief über zig Seiten die schlierige Mystik einer gewissen Paula. Geschmacksverirrung, mystische Neigung des Laientheologen? Nun stellt sich heraus, es war Liebe, die das unerschütterliche Gewissen benebelt hat.

Männer, meinte Moser, sind hier anfälliger, Frauen gefeit. Ihr Hormonspiegel überwältigt ihren kritischen Verstand nicht wegen eines ebenmäßigen Gesichtes oder einer muskulösen Gestalt. Die werden durch Ruhm, durch Reichtum, durch Macht zum Sieden gebracht, von der Entdeckerlust angetrieben. Die Maltz verreißt unbarmherzig ihre Trabanten, aber sie kann keinem Ingeborg-Bachmann-Preisträger widerstehen. Das ist ja unsere Chance bei ihr und der Messerer. Darum lasse ich ja auch Zuckerpüppchen und die diversen Haremsdamen aus dem Spiel, die alles angreifen müssen. Mit dem Tomassoni kann man nicht bumsen, ihn kann man nur bewundern, beneiden, begeifern. Das ist unsere Chance bei den Oberhexen der Kritik. Macht mir den Tomassoni berühmt oder berüchtigt, und die Maltz und die Messerer sind ihm verfallen.

Immerhin, sagte Stiefel, hat mich die Maltz nach einem Foto von Tomassoni gefragt.

Hast Du es ihr gezeigt?

Es war eine Falle. Sie weiß natürlich von Tomassonis Fotoscheu.

Der Zufall mischt die Karten. Und dahinter lacht sich das Schicksal ins Fäustchen. Meissner hielt das für ein Tomassoni-Thema. Moser war dagegen. Er wollte etwas Handfesteres. Beispielsweise einen Krimi, bei dem der Täter nicht gefunden wird. Weist die Statistik nicht nach, daß ein Drittel der Blutverbrechen ungelöst und ungesühnt bleibt? Angenommen, ein angesehener Mann gerät in einen Verdacht, bei dem der vorsichtig untersuchende Kommissar für seine Gewißheit keine zwingenden Beweise findet. Er kommt davon. Alle Politiker kommen davon, es sei denn, sie seien als Prügelknaben programmiert.

Stiefel wehrte sich dagegen, den Prügelknaben als eine soziale Institution darzustellen. Vielleicht in der bürgerlichen Gesellschaft, aber …

Stiefel schlug etwas Aktuelleres vor. Was hältst Du von einem Endspiel der fünf letzten Securitate-Getreuen in einem Karpatenunterstand? Moser begeisterte sich sofort für dieses dem vorletzten Stand der Weltpolitik angepaßte existentielle Thema. Wir könnten hier die Existenzängste und die Lebenseuphorie vor dem drohenden Untergang ausloten.

Du redest, wie die Maltz schreibt, rügte Meissner. Das laßt ruhig den Erich Hackl oder Christoph Ransmayer schreiben. Die lassen sich so etwas ohnehin nicht entgehen. Ich mache mir doch nicht für die Nachgeburt eines Sartre, Camus oder Saint-Exupery Scherereien mit diesem Tomassoni. Überhaupt, laßt die Finger von den Klassikern der Moderne. Ich habe sie alle in Gesamtausgaben in einem Bücherkasten stehen. Aber ich hüte mich, einen Blick hineinzuwerfen. Meine Erinnerung wahrt ihren Ruhm, eine Nachforschung kann ihn nur lädieren.

Wenn ich bitten darf, nichts Existentialistisches, nichts Sozialkritisches, nichts Humanismusförderndes, keine Abendlandverteidigung, da noch eher die Ich-Bekenntnisse der diversen Hochstapler, die sich via Trivialpoesie und Journaille dem Publikum empfehlen. Aber auch das bleibt einem Zwischenspiel im Tomassoni-Ouevre vorbehalten. Als Scherzo zwischen zwei schweren Brocken, Kunststücken der Mythenzersetzung. Ich denke an einen Mythos, in den ich so perfekt hineingeboren wurde, daß keine Erfahrung ihn erschüttern konnte. Ich meine natürlich den aseptischen Familienmythos, der mit geradezu terroristischem Sanftmut das erotische Chaos negiert. Schreiben Sie doch nicht immer unanständige Sachen, sagte ein knorriger Burgtheatermime einst Schnitzler. Sie sind begabt, schreiben Sie was Gefälliges. Ihre Stücke kann man doch nicht öffentlich spielen, die kann man bestenfalls im stillen Kämmerlein lesen, (während man in den Brüsten eines Weibes wühlt). Immer diese Beschimpfungen, lieber Bernhard, diese Übertreibungen, diese Menschenfeindlichkeiten!

Ich hab' wirklich an die unbefleckte Bürgertugend der Ehe geglaubt. Meine ersten Gedichte und Geschichten waren fromme Lügen von Harmonie, Mutterliebe undVäterglaube. Und dann habe ich sie verteidigt, mühsam und erfolglos, aber ausdauernd und guten Glaubens, wenn auch schlechten Gewissens. Dabei hab' ich's doch mitangesehen, den ewigen Schützengrabenkampf der Ehe, die Sturmangriffe und ihre brutale Abwehr, die in Umarmungen mündeten, die ich mir heute nur mit der Lust am Untergang erklären kann. Ich habe mir tatsächlich diese von sadomasochistischen Ritualen durchbrochenen Verzweiflungen, in denen nichts mehr Halt geboten hat, in denen die kleine Welt zerfiel, und nachdem sie notdürftig zusammengekittet worden war, wieder und wieder explodierte, als Idyll einreden lassen. Ich habe den Überlebenskampf mitangesehen, im wilden Krieg der Geschlechter als heulender Versöhnungsengel mitgespielt, und ich habe das alles nur ausgehalten, weil ich mich abends im Bett mit absurden Phantasien getröstet habe. Aber Heines Gedichte galten bei uns als frivol und auch Mutter wünschte, daß Schnitzler einmal etwas schreibe, das man auch einer jungen Dame in die Hand legen könne, die längst von meinem Vater entjungfert und in alle Laster des Betruges eingeführt worden war. Wie süß muß die Lust gewesen sein, mit jedem heimlichen Griff die Tabus zu brechen, die nicht eine Sekunde in Zweifel gezogen worden sind.

Was für ein Roman eines jungen Mannes, der in zwei Welten lebt, im Bordell einer zerrütteten Ehe und in der Illusion einer heilen Familienwelt. Und tatsächlich, man gewöhnt sich an die Schizophrenie, für ein Idyll auszugeben, was nicht gerade die Hölle, aber eine Art Fegefeuer ist.

Weitere Werke aus Tomassonis literarischem Repertoire, die niemand anderer schreibt und schreiben kann.

Das Protokoll der Gedankensprünge eines flanierenden Durchschnittsbürgers. Woran denkt der Mann, wenn seine galoppierende Gedankenwelt nicht von praktischen Erwägungen abgehalten wird? Er erfüllt sich Wunschträume. Nichts als Pornographie, Größenwahn und pathologischer Illusionismus im Kopf eines grundsoliden Mannes. Wenn er bei Tomassoni nachlesen würde, was er denkt, er würde sich über das von krankhafter Dichterphantasie erfundene Monstrum empören. Tatsächlich könnte er ohne dieses Gedankendelirium gar nicht überleben. Seine Schmutzphantasie, sein unbegrenztes Selbstvertrauen, das seine Lebensängste kompensiert und auf diesem Spaziergang auftankt, wird zu Macht und Übermachtphantasien, sein trunkener Erfolgsillusionismus gibt ihm die von der Wirklichkeit ständig aufgebrauchte Lebenskraft zurück. Wenn er Glück hat, hält es für kurze Zeit an, wenn er Pech hat, versiegt es rasch wieder in Überdruß und Selbstzweifel. Monstrum an Monstrum schlendert durch die Stadt.

Die Phantasie füllt die Mankos des Bedürfnishaushaltes auf. Verrat uns etwas davon! Denk nach, was Du tagträumst auf dem Weg ins Büro. Aber Du bist ein gesunder Typ. Du baust Dich auf und vergißt sofort wieder die unerreichbaren Sexualpraktiken und Hochstapeleien, die Du Dir als Ersatz der längst verdorrten Hoffnungen vorgegaukelt hast. Kein bitterer Nachgeschmack, keine Enttäuschung über die Selbsttäuschung.

Die Phantasie wird umso kühner, je trister die Aussichten sind. Je höher der Gefühls- und Gedankenflug, desto tiefer der Fall. Wenn sonst keiner, dann bist Du gut zu Dir. Und erfüllst Dir alles, auch Deinen unstillbaren Rache- und Grausamkeitsbedarf.

Brutalisten schweben in der Glorie der Güte, Frustrierte erheben sich zu Gipfel der Lust, Subalterne zu Positionen der Macht. Sie blasen sich auf, bis ihre Trugbilder zerplatzen. Eine Therapie, die unversehens in Selbstvernichtung mündet. Aber fast jeder kennt die Dosis, die er verträgt und die er braucht. Wer weiß, wie tief er fallen und wie hoch er steigen muß, erhält die Harmonie der Welt. Diese Amokläufe sind Überlebensstrategien.

Nachmanns Abstammung von David. Alle Juden, sagte Meissner, stammen von David ab. Auch meine Großmutter war eine Nachfahrin Davids. Ich habe das Dokument als Kind zwischen Ansichtskarten der österreichisch-ungarischen Heerführer und der Angehörigen des allerhöchsten Herrscherhauses gefunden. Franz Joseph, Kaiser Karl im Familienkreis und an der italienischen Front, Conrad von Hötzendorf und Jelacic, Prinz Eugen und der dekorierte Kaiserjägeroberleutnant, der ein berühmter Naziarmeebefehlshaber geworden ist, ausgeschnittene Zeitungsromane von der Zigeunerprinzessin Anna Csillag. Die mit den langen Haaren. Ein Bild einer komplizierten Hinrichtungsmaschine. Die zerriß einen. Ein Stammbaum als Himmelsleiter. Über alle Erzengel zu König David. Und am unteren Ende habe ich meinen Namen hingekritzelt. Vom Rabbinat feierlich bekräftigt.

Meissner hegte für die Tomassoni-Werkliste einen Plan, über den er selbst seit Jahren grübelte: Das Lächeln der Gioconda. Eine Mixtur aus Erzählung und Essay, Posse, Polemik und Klagelied über die Wechselbäder unserer Beziehungen zur Frau. Geschrieben hatte er noch nichts, aber er habe es im Blut. Ich lebe es. Ich spüre, wie es mir den Atem abschnürt. Ich weiß alles, aber ich habe Schwierigkeiten, es auszudrücken. Alles nur blaßer Abklatsch. Das ist etwas nicht zu Bewältigendes, das mich an der Literatur zweifeln läßt. Vielleicht könnte es ein Zeichentrickfilm ausdrücken, wie sich das Lächeln der Gioconda verzerrt und wie ihre Fratze sich in Lieblichkeit auflöst. Die Leere als Geheimnis. Berechnung oder Natur? Ich davor eingespannt zwischen Lust und Frust. Lebenslang zur Anbetung und Verachtung verurteilt.

Die Zeitungs- und Literaturweiber zerreißen Dich wie jene antike Furie, wenn Du das veröffentlichst. Deshalb will ich ja Tomassoni stellvertretend den Hexen ausliefern. Ich gebe ihm meine Leidens- und Lusterfahrung, er soll es ausbaden.

Mußten Tomassonis Werke die Idyllen unserer Gesellschaft demontieren? Wo stand das geschrieben? Beklagten nicht ohnehin bereits alle die Wohlstandsverfallenheit und die Midlife-crisis? Sie stellten sich Tomassoni einmal als Idylliker vor. Als einen Autor, der sich und seinen Lesern die Wohltaten der heilen Welt beschert. Keine mit tausend Zwängen verbundene Utopien, einfach den von Leiden, Krankheit, Frust befreiten Alltag. Schäferpoesie ohne die Penetranz der Werbeslogans. Ein Land ewigen Sommers, in dem die Sonne nicht sticht und keinen Tümpel austrocknet. Kühe auf der Weide, die niemals geschlachtet werden. Eine Landschaft, in der die Morgendämmerung Hoffnung und Erwartung verspricht und die Abenddämmerung Ruhe und Frieden beschert. Tomassoni soll das Künststück zustande bringen, eine Scheinwelt hervorzubringen, die mit der Natur zu verwechseln ist und die Klischees so verdichtet, daß aller Kitsch ausgemerzt ist. Wenn schon, dann dürfen wir uns das Schwerste wünschen. Da wir selbst dergleichen nicht zusammenbringen, werden wir es programmatisch ankündigen und wie alle anderen auch die Theorie für die Praxis ausgeben. Die Maltz hüllt das durch Tiefenforschung in die bedeutungsvollen Nebel der Unverbindlichkeit, die Messerer schreibt ein flammendes Plädoyer für die postmoderne Idyllik oder, warten wir es ab, eine Polemik gegen den Rückfall in die Vor-Modernität. Dann kennt sich keiner aus. Aber jeder weiß, daß etwas im Gange ist, was einen angeht und wovon die anderen noch nichts läuten gehört haben.

Wir brauchen auch ein Thema für Tomassoni, das Publikumserfolg verspricht. Etwas, das die Verlage ankaufen, bevor sie noch eine Zeile Text gesehen haben. Vielleicht eine Krimistory über die Todesangst der Mörder, über die Existenzverzweiflung der Kündigungsakrobaten, über die Wehleidigkeit der Prügler. Großaufnahmen von verzerrten Gesichtern, Verstärkungen ihres Mitleidgeheuls und ihrer Schmerzensrufe. Sequenzen über die letzten Tage, Stunden und Sekunden der gestürzten Diktatoren.

Meissner konnte mit einer Selbstbefreierin aufwarten. Sie hatte einen Seelenfreund, den sie körperlich in Schranken, und einen körperlichen Freund, den sie gefühlsmäßig kurz hielt. Wenn es sich vermischte, dann improvisierte sie. Schwindelte sie. Und natürlich hatte sie auch einen Ehemann, dem sie durch ihre Tüchtigkeit unentbehrlich war. Eine Frau von stahlharter Demut. Sie baute jeden, dem sie begegnete, auf. Und genoß dann seine Abhängigkeit von ihr. Und wenn etwas schief lief, hatte sie einen Vorrat von Notlügen. Voraussetzung für die Selbstbefreiung: Lebenslust, Wissensdurst, Erfolgsgier, Selbstanalyse, aber in den vom Selbsterhaltungstrieb gesetzten Grenzen, und eine gute Dosis von Anpassung.

Moser sprang auf: Das ist ja die ... Pst, sagte Meissner. Keine Namen. Uns interessiert der Mythos. Der Mythos, sagte Stiefel, und Meissner, der den Mythos nur aus Gründen der Diskretion bemüht hatte, staunte über Stiefels nicht vermuteten Hausverstand, ist nichts ohne die Menschen, die ihn verkörpern, ohne die Geschichten, die ihn versinnlichen, die Dramen, die ihn zuspitzen, die Leidenschaften, die ihn in Frage stellen.

Du vergißt die Vorurteile, die er bekräftigt, und die Utopien, die er befriedigt. Der Mythos ist so etwas wie ein Vereisungsmittel. Er hält etwas nicht lebendig, aber am Leben.

Der Mythos, ergänzte Stiefel lehrhaft, ist die Summe von Vorgängen, mit denen sich Menschen entweder das Leben erleichtert oder ihm einen Sinn zu geben versucht haben.

Na siehst Du. Der Mythos, das ist ein Eiszapfen. Darum brauchen wir Tomassoni, daß er ihn schmilzt, ohne ihn zu zerstören. Wir brauchen Dichter als Mythenmacher und als Mythenausleger.

Und die Selbstbefreierin? Ist das nun eine Vorbotin eines Mythos oder eine instinktive Alleingängerin? Sie nimmt sich von den Alltagsmythen, was sie brauchen kann, sie unterwirft sich ihnen, um sich ihnen im entscheidenden Augenblick besser entwinden zu können. Sie spielt mit ihm. Die Frage ist nur, ob sie stark genug dafür ist, und wie sie ihre Schwächeanfälle nützt. Oder ob sie sich von ihnen unterkriegen läßt. Die Schwäche der Frau …

Zuckerpüppchen war soeben eingetreten. Meissner ließ sie nicht zu Wort kommen. Ich weiß, was Du sagen willst, die Schwäche der Frau ist eine Folge der Männerherrschaft. Wir haben sie erfunden, und es geschieht uns recht, wenn wir ihr Opfer werden. Er winkte ihr neuerlich ab. Vor nichts fürchte ich mich so wie vor der Schwäche der Frau. Was immer ihre Ursache ist. Die Selbstbefreierin, denke ich, setzt sie in intuitiver Strategie ein. Ich habe mich deshalb entschlossen, das nächste Mal ihre Wut zu erregen. Ich muß ihr die Illusion der überlegenen Stärke, vielleicht durch einen Wutanfall, geben, um ihr gewachsen zu sein. Aber ich füge ihr aus Rache Schmerz zu. Wir fügen ihr Schmerz zu. Wir geben unserem Bedürfnis, ihr Schmerz zuzufügen, hemmungslos nach. Wir werden dadurch immer wieder, selbstverschuldet, die Opfer ihrer Schwäche. Nein Püppchen, bitte keine Emanzenphrasen. Du weißt, ich bin ein Frauenfeind, aber ich bin ein noch leidenschaftlicherer Männerfeind.

Worum geht es überhaupt, fragte Zuckerpüppchen. Wir haben uns darüber unterhalten, ob eine Frau von einem Mann befreit werden kann. Oder ob sie versuchen soll, sich selbst zu befreien. ZuPü, zwar gerade, wie wir wissen, in einem Versuch mit einem männlichen Befreier begriffen, plädierte für Selbstbefreiung. Aber dann, sagte sie, müßte ich eine Hexe sein. Dafür, denke ich, sind die Frauen am Scheiterhaufen verbrannt worden. Nicht weil sie mit Gottseibeiuns gevögelt oder die Muttermilch vergiftet haben.

Eine Hexe in Engelsgestalt.

Nichts konnte ihn davon abbringen, weiter zu sammeln. Das Chaos der Vorgänge war die Linse, die den Blick schärfte. Bobby, wie stand es mit Bobby? Auch er küßte ihr das Ohrläppchen oder die großen Sowjetsterne aus Lapislazuli, die es verdeckten. Auch er bewunderte die Seidenhosen, in die sie ihre proportionierte Fülle zwängte, die Spitzenjabots, die Tonleiter spitzer Schreie, die perlende Lachkette, die Silberglocke, und reihte sich in die Schutzmauer ein, die Bobby vor den Unbilden der Witterung, der Kritik, der Steuerfahndung zu beschützen hatte. Bobby, die Kunstfigur aus blitzendem Fleisch und pulsierendem Blut, Bobby, der Fratz, Bobby, die feminine Aushängpuppe des Feminismus, ein Regenbogenfalter unter Drachen.

Durfte er Bobby in Frage stellen? Bobby ist Bobby, sagte selbst Stiefel, der in marxistischen Grenzbereichen feministischer Theaterpraxis sonst unnachsichtige Stiefel. Auch er huldigte ihr mit Handkuß und verfiel in die Diminutive einer Babysprache, die für die exquisite erotische Hofhaltung einer Kokotte parfumiert war. Er zeigte sich hingerissen von ihrem Mausibumsti, half beim Knöpfen ihrer Bänder und fiel vor dem Rauschen ihrer Strapse auf die Knie.

Moser wunderte sich, wie leicht ihm das fiel. Eine elitäre Massensuggestion? Anbetung eines durch Zerbrechlichkeit und Anfälligkeit rührenden Götzen? Eine Bienenkönigin. Keine Frage, daß sie ihre Arbeitsbienen überdauern würde. Sie fütterte sie mit Soziologie, Hegelianismus, von Stiefel präparierter kritischer Theorie und ließ sie ihre Dessous verehren. Sie blendete sie mit der von ihr angestifteten Legende ihrer fragilen Verehrungswürdigkeit.

Die Landstrasser Zwillinge traf Moser bei einem Empfang zum Staatsfeiertag. Weder Fee noch Hexe, zwei Pfundsweiber, wie Gabi, die Möchtegernhexe, meinte. Sie wollte sie kennenlernen. Aber sie waren unansprechbar. Immerhin war zu erfahren, daß sie nicht nur gleich gekleidet waren, sondern auch dasselbe aßen und zwar die gleiche Menge, an denselben Verdauungsbeschwerden litten und dadurch auch das gleiche Gewicht hielten: 112 Kilo und vierzig Dekagramm. Sie waren Gebirge von Frauen: Mit unglaublichen Ausuferungen, Buchten und Schluchten, Gipfeln und unbeweideten Almen. Sein Gewährsfräulein garantierte ihre Jungfernschaft. Er fotografierte sie für das Archiv. Einen Abzug schickte er an Dürrenmatt. Er selbst konnte mit ihnen nichts anfangen. Sie erstickten die

Phantasie. Sie ließen keinen Spielraum für Gedankenspiele. Sie füllten den Hohlraum fugenlos aus. Aber als Bühnenfiguren des postabsurden Theaters schienen sie ihm brauchbar.

Isolde Kneipp las das Referat von Dr. Moser über die „Elfenverbrennung“ beim Morgenkaffee. Sie zuckerte und zuckerte. Bis sie den Löffel nicht mehr umrühren konnte. Gut, daß noch Wasser heiß war. Dann rief sie Bobby an, sie hatte es noch nicht gelesen, Gabi hatte noch nichts davon gehört. Andrea! Sie legte auf, bevor es läutete. Die las doch nur, was bei Ortler erschien. Literatur reichte für die nur so weit, als man von einer imaginären Bergspitze sehen konnte. Also nicht einmal ins Tal. Salzburger Nieselregen und Grazer Tagnebel. Es gab anderes. Wer las schon Moser-Referate? Wer gab zu, daß er sie las? Als sie am nächsten Tag in die Redaktion kam, lag die Nachricht auf dem Tisch. „Elfenverbrennung“ durch eine einstweilige Verfügung verboten. Die Beschlagnahmetrupps waren schon unterwegs. Isolde setzte sich ans Telephon. Bei Heidrich waren sie noch nicht, bei Heger hatten sie nichts gefunden. Entweder nicht ausgeliefert oder, wahrscheinlicher, nicht eingedeckt. Unbekannt der Titel. Isolde schimpfte: Diese Mißachtung der Kleinverlage, das war wieder typisch für Wien. Aber beim Honorarkonsul, da habt ihr eingekauft! Den Kräuterdoktorschund, Politikerreden und die Diplomatenmemoirenplantagen.

Die inkriminierten Stellen? So viel war zu erfahren: Schilderung einer schwarzen Messe. Profanierung. Und Moser eindeutig als Hexenaustreiber zu erkennen. Moor-Moser. Andichtung einer strafbaren oder ehrenrührigen Handlung. Moser als Hexer? War der Gedanke wirklich so grotesk? Der Autor? Most. Nie gehört. Verdammt viele o’s.

Nachmittag kam die Anfrage aus Berlin. Nein, kannte sie nicht. Selbstverständlich würde sie es beschaffen. Sollte er zaubern, beschlagnahmen, rezensieren, sollte er sämtliche Pressehexen seiner Redaktion bumsen, aber das verzieh sie ihm nicht.

Immer nur das, maulte sie, als er zu ihr kam, abgehetzt, um der Liebesviertelstunde noch fünf Minuten hinzufügen zu können, und sofort in medias res ging. Was willst Du denn? Mich mit Dir unterhalten, sagte sie. Worüber unterhalten? Über Bücher, Theater, das Philharmonische Konzert. Du gehst in Konzerte? Nein, aber ich habe Probleme. Willst Du was? Sie wollte nichts, das heißt, sie wollte schon etwas, aber sie hatte es nicht deshalb gesagt. Das ist eine Zeitfrage, Liebling, sagte er. Ich hetze mich doch nicht ab, um mit Dir Bekannte auszurichten. Ich will aber niemand ausrichten. Also, was willst Du dann? Willst Du, daß wir uns lieben oder willst Du es nicht? Sie wollte es, aber sie wollte nicht so benützt, auf diese Weise mißbraucht werden. Weißt Du was? Das nächstemal fährst Du mit dem Taxi zu mir und mißbrauchst mich. Nein. Oder wir treffen uns irgendwo. Dann sind wir beide verschwitzt. Ein Absteigquartier, das auf keinen Fall. Dann siehst Du ein, daß wir es bei Dir am bequemsten haben? Ja. Aber heute wollte sie nicht. Warum hast Du mir das nicht am Telefon gesagt? Mich macht es auch glücklich, wenn ich Dich nur sehe. Ihn natürlich auch. Also, worüber unterhalten wir uns jetzt? Er sah auf die Uhr. Wenn Du es limitierst, kann ich nicht. Wenn wir die Liebe limitieren können, er gebrauchte dafür einen vulgären Ausdruck, der sie sonst nicht störte, aber bei dem sie jetzt zusammenzuckte, warum dann nicht Deine Erzählungen über die Schulerfolge der Tochter Deiner Freundin, die Verdauung Deiner Katze und über die Strompreiserhöhung. Du vergißt, daß ich auch meine Arbeit und meinen Interessenkreis habe. Nicht nur Du hast Deinen Interessenkreis. Für Streit, sagte er, da ist mir meine Zeit, und er fügte hinzu, Deine Zeit zu kostbar. Drückte ihr einen Kuß auf die Wange und verschwand.

Es wunderte sie, daß er von ihrem Körper nicht genug bekommen konnte. Was hatte sie ihm sonst zu bieten? Iß bei mir! Sie sah ihn gerne essen. Trink was! Er aß und trank. Er rauchte. Gespeist, getränkt, gedopt, verrichtete er seine Anbetung. Sie erzählte ihm eine fesselnde Indiskretion. Sie sah ihn gerne zuhören. Die Geschichte machte ihm Appetit auf ihre Liebe. Als er wiederkam, fragte sie ihn über eine Berufsangelegenheit aus, die ihn in den letzten Tagen stark beschäftigt hatte. Er wunderte sich und erzählte schließlich mit umso größerem Gusto, als er in ihr eine aufmerksame Zuhörerin fand. Sie sah ihn gerne sprechen. Worauf seine Lust, sie zu lieben, unwiderstehlich wurde. Ein ungewöhnlicher, aber möglicher Fall, bei dem begründeter Verdacht auf Liebe besteht oder was immer man darunter versteht. Wenn's nicht weibliches Raffinement ist. Was möglicherweise auf dasselbe hinauskommt.

Die Maltz können wir abschreiben. Die ist ausgeflippt. Kapeller-vernarrt, Kapeller-süchtig, Kapeller-hörig.

Du meinst, sie ist wieder einmal engagiert.

Das ist wie die Liebe. Jeder Anfall wird stärker. Jeder Rückfall ist ärger. Und wie die Liebe läßt es nur Enttäuschte zurück.

In der Liebe, sagte Meissner, hat sie wenigstens einmal gevögelt. Aber das Engagement?

Da darf sie bewundern. Ihm kann sie dienen.

Der Typ ist sie nicht. Das kann nicht gut ausgehen. Das endet in einer Riesenfrustration.

Moser rückte den Brillenrand zurecht. Eine durchaus mythische Bewegung. Das sind so die winzigen Privatmythen, mit denen man sich Gewicht verleiht, festen Boden unter den Füßen gewinnt, die Nerven beruhigt, und eine Aura der auswechselbaren Unverwechselbarkeit schafft. Jeder intellektuelle Brillenträger rückt den Brillenrand zurecht, und jeder auf seine Weise, mit seinen Abweichungen, bevor er etwas Wichtiges sagt oder vorgibt, etwas Wichtiges zu sagen. Er setzt ein Signal, bei dem er sich einbilden kann, daß er seine eigene Persönlichkeit profiliert. Moser trieb es noch weiter. Er nahm die Brille ab, putzte sie, setzte sie wieder auf und ließ sie dann durch eine Muskelanspannung im Gesicht auf die Nase sinken. Meissner sah auf und kratzte sich hinter dem linken Ohr. Das Meissner-Signal, daß er das Moser-Signal vernommen und verstanden hatte. Verständnis durch Bewegungssprache, zurück zu angepaßten Ritualen. Das korrumpiert sie, sagte Moser. Kapeller hat sie korrumpiert. Ihre kritische Distanz ist eingeschrumpft.

Sie wird sie anderswo anwenden. Übertreiben. Sie wird kompensieren. Korrumpierte Menschen sind unangenehme Partner. Sie versuchen ihre Selbstaufgabe bei jedem anderem zu widerlegen. Wir kommen zu spät bei der Maltz. Jetzt, das gebe ich zu, wäre sie weich. Aber wenn wir Tomassoni ernsthaft lancieren wollen, wird sie Kapeller-enttäuscht sein, Kapeller-überdrüßig. Sie wird sich selber auf die Finger sehen, sie wird sich korrigieren.

Damit ihr so was nicht mehr passiert.

Nein, weil ihr so was nicht mehr oder nicht mehr so rasch passieren wird. Liebesverlust, Engagementverlust, Furcht, die Fähigkeit zur Liebe durch Liebesenttäuschung eingebüßt zu haben. Ein Zustand, der Lustlosigkeit erzeugt. Wut darüber, daß sie ihren Verstand wieder in Gang gesetzt hat, daß ihr kritisches Mißtrauen, das sie so gerne für engagierte Zustimmung hingegeben hatte, wieder nach allen Seiten reagiert und ihr Selbsterhaltungstrieb das nicht verhindern kann. Die Maltz muß sich jetzt beweisen, wie kritisch, wie objektiv sie ist. Und sie wird noch boshafter sein. Die Bosheit der Kritiker, nur zum Teil angeboren, ist die Reaktion auf Einbrüche, wie die Maltz sie nicht aushält. Sie ist rekonvaleszent nach dem Kapeller-Infarkt. Sie hat den Begeisterungssturm, sie hat ihre Kapeller-Inbrunst zu relativieren. Wenn ich ein Opfer der Maltz-Kritik wäre, was ich ja, Gott sei dafür gedankt, nicht bin, ich würde jetzt über jedes übertriebene Maltz-Lob erschrecken. Sie zahlt es jedem heim, dem sie geschmeichelt hat. Irgendwie zahlt sie es ihm heim.

Auch dem Kapeller?

Den stürzt sie heimlich. Zugeben kann sie das nicht, wird sie das nicht. Das Bewußtsein, daß sie sich in ihre Kapeller-Leidenschaft verrannt hat, macht sie heimtückisch.

Und der Kapeller?

Ist ein Stänkerer, der geliebt werden will. Die Maltz muß ihn lieben. Das wird von ihr erwartet. Der Kapeller schimpft drauf los, der drischt immer wütender drein, und das alles in der Hoffnung, damit die versagte Liebe zu gewinnen. Ein Kind, das brüllt, damit es gegen die Wand geworfen und dann abgeküßt wird in einem Tumult von Reue und einem Taumel von Zärtlichkeit.

Die Maltz als Samariterin? Stiefels Hohn drückte sich nicht nur in der Stimme, sondern auch durch ein Zurücklegen seines Kopfes aus, das den Eindruck eines Emporschleuderns machte. Es war eine typische Stiefelische Trotzhaltung. Nicht mit mir! Ein Stiefel-Signal, das allen wohl vertraut war, ein Ritual, dem jeder seine eigene Note gab.

Die Maltz als Bewunderin! Schon das ist ungewöhnlich genug für jemand, der sie nicht kennt. Aber das ist es nicht. Die Maltz als

Patin. Die Maltz als Beschützerin, die Maltz als Besserwisserin, die Protektorin Maltz. Natürlich kann das nicht gut gehen. Keine Liebesaffäre endet gut. Im besten Fall letal, im Normalfall in Streit und Zank und im noch normaleren Normalfall, der hier eintreten wird, in Resignation. Es genügt, daß sie Kapeller-Feinden keinen Widerstand mehr entgegensetzt, daß sie sie heimlich ermutigt.

Moser blickte auf. Stiefel reckte schon wieder sein Haupt. Ein Trommelfeuer von Kopfwerfern. Er ließ ihn nicht zu Wort kommen, um zu sehen, wie sich dieses Ritual durchsetzte, wie das Signal sich seinen Weg erkämpfte. Er redete und redete, aber dann setzte sich Stiefel doch durch. Sein Haupt schnellte nach vor und er zischte hervor: Liebesersatz.

Alles ist Liebesersatz. Meissner sprach so professoral, väterlich, daß das Stiefel-Signal fast in diesem Schleim von Weisheit und Abgeklärtheit steckenblieb. Wie sagst Du eigentlich zu Zuckerpüppchens Zuckermäuschen?

Entschuldige!

Es geht mich nichts an, aber es interessiert mich. Du kannst Dir nicht vorstellen, wie spannend das ist. Liebesersatz durch Kosewörter. Mich hat vor Jahren eine Freundin darauf gebracht. Sie hatte eine Sammlung. Sie ließ sich mit den Mannsbildern ein, um zu erfahren, wie sie zu ihrem Geheimnis sagten. Sie führte die erotische Phantasie schnurstracks auf ihre Spur. Was willst Du, fragte sie.

Na, Du weißt schon.

Ich weiß gar nichts.

Dein …

Dein was?

Na, und dann kam es heraus.

Sie hat das wissenschaftlich betrieben. Alles notiert. Wie viele Bezeichnungen einer wußte. Ob er die eigene Phantasie spielen ließ oder die gebräuchlichen Bezeichnungen nachplapperte. Die ordinären oder die zärtlichen, die pathetischen. Sie ordnete sie ein. Die meisten Notierungen fanden sich unter neckisch. Man hat offenbar ein seltsames Bedürfnis, elementare Dinge zu verkitschen, zu verkindlichen. Wir leben von Surrogaten, und gar nicht schlecht. Sei froh, daß Du über Liebesersatz in Deinem Leben noch nicht hinausgekommen bist. Liebe, das hältst Du nicht aus. Eine Frau? Das wirft

Dich um. Liebesersatz, Frauenersatz durch Kosenamen. Natürlich war der Kapeller eine Art Liebesersatz. Soll sie sich als Kritikerin ernsthaft in einen Regisseur verlieben? Die Maltz braucht Selbstbestätigung, Erfolgserlebnis, aber keine Liebesaffäre mit einem Theaterfatzke. Sie spielt Liebe. Aber was tut er? Er heuchelt jeden Tag Liebe. Auf der Bühne, im Interview. Der Kapeller ist ja nicht blöd, der weiß genau, daß das höchste der Gefühle, das er erreichen kann, Liebesersatz ist, im Theater und im Privatleben. Er erfindet sich einfach Kosenamen oder Schimpfnamen dafür. Der hat auch eine ganze Sammlung, mit der er zuerst sich und dann seine Partnerin betrügt. Geh, sag doch Mausi zu mir! Wie sagst Du zu Zuckerpüppchens Liebesgrotte? Ach ja, Du bist diskret, Du willst es nicht sagen. Macht nichts, wird schon nicht so originell sein.

Wie steht es mit Stiefel und Zuckerpüppchen? Kaum glaubt man, man ist auf dem letzten Stand der Dinge, ist alles wieder anders. Das pretiöse Zuckerpüppchen. Immer auf Touren, stets im intellektuellen Orgasmus, mit dem sie sich und die Mitwelt so lange nervt, bis sie sich frustriert in die Einsamkeit zurückzieht. Liebesanträge lehnt sie in dieser Situation prinzipiell ab. Aber jedes Prinzip hat seine Ausnahme. Bei einer launenhaften Frau braucht man Glück. Stiefel hatte es einmal. Und kam ihr dabei sehr nahe. Sie vergaß ihm das nicht. Deshalb diese unendliche Kette von Versöhnungen, Zerwürfnissen, neuen Versöhnungen. Meissner pflegte zu sagen: Grüß mir ZuPü, wenn der Stand der Verhältnisse es für angemessen erscheinen läßt. Stiefel kam von ihr nicht los. Angeblich reizte ihn ihre intellektuelle Neugierde. Sie hatte da eine eigene Qualität. Es war nicht Tratsch, es war Informationsbedürfnis. Aber was die anderen an ihr anzog, stieß ihn ab: Ihre alle Konturen überbordende Fraulichkeit. Sie war immer zur Liebe bereit, aber zu einer überpersönlichen Umarmung, zu einem Kuß, in den sie das Weltall einschloß.

Sie liebte nicht ihren Partner, sie liebte die Liebe. Dem Bumsen stand das eher hinderlich im Wege. Stiefel war wie viele Männer ein erotischer Zwangspedant. Er hatte seine Fixierungen. Aber das schwemmte Zuckerpüppchen mit ihrem Übersoll an Gefühlen einfach hinweg. Er kam gar nicht dazu, es ihr zu gestehen, sie darum zu bitten, sie mit zärtlicher Gewalt zu zwingen. Sie hüllte ihn in den Nebel ihrer Zuneigung, betäubte ihn mit Küssen und Berührungen. Du glaubst, mit ihr alle Laster der Welt getrieben zu haben, und stehst völlig nüchtern und unbefriedigt da, sagte er. Stiefels Mißtrauen in die Liebe wurde durch seine Beziehung mit Zuckerpüppchen immer wieder angefacht. Er wollte sie für sich und nicht für die Liebe. Er persönlich wollte umarmt werden und dabei auf die Verschwisterung mit dem All verzichten. Aber das gelang ihm nur mit Schwierigkeiten. Er kam zur Überzeugung, daß sie in Wahrheit erst entjungfert werden mußte durch irgend etwas Elementares, vielleicht auch durch etwas Abstoßendes, jedenfalls mit einer Vitalität, die er nicht besaß. Sie mußte aus dem Himmel der Liebesseligkeit auf die Erde eines ordinären Geschlechtsverkehres herabgeholt werden. Wie oft hatte er es versucht, er war gescheitert, bevor er noch in Angriff gehen konnte. Ihre Liebeskraft erstickte seine Sexualität. Was immer er anfing, wies sie mit Nachsicht ab oder ließ es mit einer Samariterhuld zu, die es zu einer Krankenschwesterdienstleistung objektivierte. Setzte er zu einem neuen Versuch an, sagte sie: Sei nicht infantil. Und das hieß Tabu. Sie duldete gewisse Präliminarien, Vor- und Nachspiele des Sex, aus verzeihendem Mitleid mit den kindlichen Bedürfnissen des Männchens. Aber man wurde dabei das Gefühl nicht los, daß sie zwar noch mit ihrem Körper hier, aber mit dem Geist, mit dem Herz und dem Gefühl bereits weit in einem Liebesparadies war, das über diese kleinen körperlichen Kitzel weit hinaus und für ihn unzugänglich war. Was sie seine Infantilität nannte und er als seine Männlichkeit genoß, eröffnete ihm nicht, wie er gehofft hatte, sondern verschloß ihm den Zugang. Laß das, sagte sie und warf sich mit einer Leidenschaft über ihn, verstrickte ihn in Berührungen, Gerüche, Hautkontakte, daß er sich endlich auf die Weise geliebt glaubte, die er begehrte, aber es war wieder nur Liebe und kein Sex.

Natürlich gab es dafür auch eine Ideologie. Damals wollte keine Frau Sexobjekt sein. Alles, nur das nicht. Machst Du mich nicht zum Sexobjekt, fragten die Liebhaberinnen noch knapp vor der Vereinigung, die sie erst duldeten, wenn sie beruhigt wurden, sie würden nicht als Sexobjekt mißbraucht. „Ich bin Dein Sexobjekt" stöhnte ein feuriger Liebhaber glaubhaft und gab damit dem Mädchen die Rechtfertigung, die ihre Mutter in der Ehe gefunden hatte. Lieber vernaschten sie die Männer, als daß sie sich vernaschen ließen. Mit der Postmoderne änderte sich das. Lies nach im Basta und im Wiener! Bei Zuckerpüppchen blieb alles beim alten. Sie versuchte natürlich mit der Zeit zu gehen. Aber es mißlang ihr. Sie landete weiter sofort im Nirwana. Sie schob es auf ihr Alter. Aber das war es nicht. Sie war kein Liebesobjekt. Sie war eine Liebeswolke und kein Liebesleib. Andere suchen dergleichen. Stiefel wußte es nicht zu schätzen. Für Utopien hatte er nur die Politik vorgesehen. In der Liebe bevorzugte er wie in der Gastronomie die Wiener Hausmannskost. Er verlangte wenig, aber es wurde ihm zu viel geboten, was insgesamt frustrierender als das Gegenteil ist. Wer große Forderungen stellt, aber nur einen Bruchteil eingelöst bekommt, kann sich auf die Lustverluste durch die Realität ausreden. Und behält dadurch das männliche Übergewicht. Sie kann nicht mit ihm mit. Stiefel hingegen vermochte den Höhenflügen seiner Geliebten nicht zu folgen. So entstand ein Minderwertigkeitskomplex. Er begann sie zu hassen, was seine Begierde nach ihren ihm versagten irdischen Genüssen aber nur anspornte. Und wenn sie sich wirklich zu einem Handgriff herbeiließ, wußte er, daß dies nichts als ein Mitleidsreflex war. Du kannst nicht behaupten, daß ich Dir nicht Deine infantilen Wünsche erfülle, sagte sie und versetzte damit seinem Selbstbewußtsein das K. o.

Er mußte einsehen, daß sein minderwertiger infantiler Sex ihrer Übermacht der Liebe nicht gewachsen war. Er war ihrer nicht würdig und verstieß sich selbst. Bis zum nächsten infantilen Annäherungsversuch.

Das große Zauberwort: Schlicht und einfach Gesellschaft. Ein Mythos in Aufklärerpose. Sie ist an allem schuld und gleichzeitig das Mekka all unserer Bemühungen. Ich habe das zwei Jahre lang bei der ABZ durchgespielt, sagte Moser. Ein Amokläufer? Er rennt gegen die Gesellschaft an. Ein Drogentoter: Protest gegen die Gesellschaft. Ein Taschendieb? Opfer der Gesellschaft. Geschichte? Der sadistische Diktator als Widerpart der Gesellschaft. Ein korrupter Beamter: Spiegelbild der Gesellschaft. Den einen wirft die Gesellschaft aus der Bahn, dem anderen hilft sie in den Sattel. Du kannst ein Plus, aber genau so gut ein Minus davor setzen. Sie hält alles aus. Sie ist festgefügt, aber wohlgemerkt, vergeßt das nicht, veränderbar. Das reicht für ein Leben. Das Stichwort paßt immer. Es erspart jedes Nachdenken. Die Gesellschaft ist unerschütterlich den Erschütterungen preisgegeben. Opfer und Täter, Richter und Angeklagter, und ein prima Henker, wenn man einen braucht. Die große Ausrede. Gurus wie Stiefel und der Messerer ist der Vulgärmythos natürlich schon zu ordinär. Sie haben dafür feinere Begriffe. Aber es kommt auf dasselbe hinaus.

Ein einziges Mal hat mich der Hafer gestochen. Damals habe ich Theaterkritiken geschrieben. Da gibt es ein Stück über einen brutalen Selbstverwirklicher, so ein Selbstporträt des jungen Dichters als skrupellosen Eroberer und Weltverächter, feigen Radaubruder und sich selbst bemitleidenden Macho, aber mythisiert als Widerpart der Gesellschaft. Ich habe gesagt, was er ist und mich darüber mokiert, daß sie ihn kanonisiert und wieder einmal alles der Gesellschaft in die Schuhe geschoben haben. Ein bißchen Aufklärung im Zeitalter der als Aufklärung getarnten Gegenaufklärung. Na, da habe' ich's aber bekommen.

Von den jungen Genossen?

Von den jungen und von den alten Genossen. Die lassen sich ihren Mythos nicht nehmen. Ist ja auch alles, was ihnen übrig geblieben ist. Gesellschaft, Gesellschaft. Sie haben mir das Vokabel um die Ohren geblasen. Ob ich das nicht wüßte? Nicht einmal das weiß er. Daß die Dichter, daß die Helden, den einen zur Warnung, den anderen zur Nachahmung, in dieser veränderbaren Gesellschaft, in der sie alles verändern möchten, nur nicht ihre Vorurteile und Illusionen, sich unaufhörlich mit der Gesellschaft auseinandersetzen, sei es, daß sie sie entlarven, sei es, daß sie sie beschützen. Er steckte ein Abzeichen an.

Was ist das?

Mein Talisman. Für den Ministerrat, der gleich beginnt. Ich trage es nur dort. Als Ordensersatz. Eine Art Ehrenlegion. Ich habe es einmal gefunden. Ich glaube, es ist von einem Sparverein. Für mich bedeutet es Gesellschaft. Es deckt natürlich nicht die Vieldeutigkeit des Begriffes, aber ist doch ein Symbol dafür. Es drückt meine Zugehörigkeit und meine Verachtung dafür aus. Die Reduktion einer Idee auf eine kleinbürgerliche Marotte. Was haben's denn da, Moser, fragte mich der Vizekanzler. Das ist ein Abzeichen, das mich als Mitglied der Gesellschaft ausweist. Was für eine Gesellschaft? Man kann das Wort ja auch abschätzig gebrauchen. Der Fetisch als Schimpfwort. Was für eine Gesellschaft! Eine schöne Gesellschaft! Oder als Geheimniskrämerei. Die ehrenwerte Gesellschaft. Also, was für eine Gesellschaft?

Eine Art Mafia der Zauberer, Herr Vizekanzler.

Was, fragte Moser ein Stiefel-Bewunderer, ist das für ein Mensch? Ist er überhaupt ein Mensch? Ich meine, ißt er, trinkt er, spricht er auch einmal nicht von sozialen Problemen und von der Kultur sondern vom Essen? Hat er als Bub Fußball gespielt? Sieht er sich heute noch heimlich eine Skiabfahrt im Fernsehen an? Gibt es auch triviale Dinge in seinem Leben oder nur dialektische Prozesse? Haßt er, liebt er, macht er selbst die Fehler, die er anderen noch nach Jahren vorhält? Was könnte die ideale Partei sein, die er wählt? Fragt er sich, wenn er Montag die Arbeitswoche beginnt, ob die Wolkendecke oder die Repression zunehmen wird? Haben Sie ihn schon vom Wetter reden hören? Verlegenheitsgeschwätz, mit dem unsereiner überbrückt, daß man sich nichts zu sagen hat. Oder hat er immer zu allem und zu jedem was zu sagen?

Stiefel, sagte Moser, ist, wiewohl wir an einem Projekt gemeinsam arbeiten, nicht unbedingt mein Fall, aber der Unmensch, das Ungeheuer, für das Sie ihn halten, ist er nicht. Ich kann Sie beruhigen, er trinkt sogar Bier, und er ist, wie alle Wiener, die das vierzigste Lebensjahr erreicht haben, Rindfleischesser, was Sie aber nicht an die große Glocke hängen müssen. Denn, wenn ich nicht irre, hat er den rindfleischessenden Wiener Bürger einmal zum Anlaß eines Essays genommen, den man, blind für die soziologischen Einsichten, für eine Rindfleischesserbeschimpfung halten könnte. Er ißt, und ich sage es Ihnen ins Ohr, er pißt. Ich weiß es definitiv von einem gemeinsamen Pissoirbesuch.

Moser bestärkte diese Anfrage in seiner Überzeugung von der Notwendigkeit der Erfindung Tomassonis. Dem würde seine Esoterik niemals zu widerlegen sein. Denn alle Vorbeter, alle Fachkritiker sündigten gegen ihr Gebot. Wenn Stiefel zur Not noch seine Gier nach Kreuzworträtselkrimis gesellschaftspolitisch rechtfertigen konnte, in seinen Frauenskandalen war er nur mehr Objekt. Da riß der Faden der Dialektik, der gemessene Ton rutschte in Schreikrämpfe aus.

Stiefel hatte sich schließlich Respekt verschafft, weil er jede Erscheinung, in sein revolutionäres Weltbild zu integrieren verstand. Er hatte alles vorausgewußt. Die Tatsachen hinkten seinen Prophezeiungen nach. Es geschah alles, wie es sein auf die Überlegenheit seines Denkens und Formulierens gegründetes Weltbild befahl. Ausrutscher waren unschwer zurechtzubiegen. Was will Stiefel eigentlich, fragte der Jünger. Ich meine politisch, sozial. Moser verwies ihn an das Original. Er hatte sich solche Fragen bei den Gesundbetern, Kassandras, Gesellschaftskritikern längst abgewöhnt. Aber er hörte ja auch nicht mehr hin, wenn die Jammerarien über Utopieverrat, über Pragmatismus und die täglichen Todsünden unserer Begierden an den von Stiefel und seinesgleichen auferlegten Tugenden erklangen. Er wollte das auch dem Stiefel-Fan raten. Denn ein Routinier wie Stiefel geriet nie in den Verdacht, sich selbst mit dem Leben einzulassen. Was eben zu den Anfragen führte, zu der Meinung seiner Leser und vor allem seiner Leserinnen, Stiefel sei das zur Selbstständigkeit erstarrte kritische Prinzip: Besserwissen, Alleswissen, Zurrechenschaftziehen. Eine Institution, erhaben über die indiskrete Frage nach Leben und Theorie, nach Ideal und persönlichem Sündenfall. Niemand kam auf den Gedanken, daß er etwas nicht wissen, daß er schief denken, daß er selbst zur Rechenschaft gezogen werden könne.

Das mußten die Leute nun auch wieder nicht wissen, daß Meissner ihn den raunenden Aufklärer nannte, das sozialistische Orakel. Die Verwandlung der Lebenslust in Hohn, Anklage und Wegweisung. Als lebendig hatte Meissner immer nur seine Ausrutscher empfunden.

Bekanntlich fürchtet Stiefel nichts so wie die ästhetische Mitte. Wo immer diese sich befinden mag, in Salzburg, im Grazer Stadtpark, in Fohnsdorf oder in einer Waldviertler Einschicht. Diese ästhetische Mitte, verabscheut er als postmoderne Ausgeburt bourgeoiser Kunstverhinderung. Was die Frage nach der bürgerlichen Struktur Stiefels provoziert. Wie sieht er aus, was zieht er an, zieht er sich überhaupt aus? Soll man ihn sich in Toga oder doch wenigstens im Russenhemd vorstellen. Stiefel in Stiefeln? Mit Hose und Sakko? Wie spricht er? In grammatikalisch ausgefeilten Satzkonstruktionen, das versteht sich, aber wie und wonach klingt seine Stimme? Sonor, aber jugendlich, kräftig, aber zart.

Liebe Freunde, er näselt. Ja, wie der Graf Bobby. Vornehm durch die Nase, Karl Kraus, Karl Marx, Ernst Bloch, Walter Benjamin, Günter Anders werden von Stiefel mit allen ihren Vokalen durch das Nasenöhr gepresst. Angeboren oder angelernt, was tut's? Offiziersallüren eines Proletariers.

Er nimmt Gestalt an, sagte der Stiefel-Fan beklommen. Er ißt, er nascht, er trinkt Bier. Moser unterbrach ihn: Er nimmt Geld. Fügte aber sogleich hinzu: Für geleistete Arbeit. Immerhin, mit Geld hatte der Stiefel-Fan sein Idol bisher nicht in Verbindung gebracht? Wenn er nicht irrte, stank es, brannte es, schändete es seinen Begehrer und Besitzer.

Moser gab dem Mann ein Pülverchen, das Hexen gegen Menstruationsbeschwerden verwenden, das aber auch gegen Idealismus hilft. Überhaupt gegen jede Art von Aberglauben. Nein, warnte er, vor dem Kennenlernen rate ich ab. Sie sollten sich kein Menschenbild von ihrem Abgott machen. Der Sozialismus läßt sich nicht in einem Gesicht ausdrücken. Stiefel ist nicht das, was ich fesch nennen würde, aber er stellt seinen Mann. Aber als Identifikation für kritische Aufklärung? Mann, lassen Sie sich nicht von einer krummen Nase und einem abstehenden Ohrenpaar abspenstig machen, Sie sind auch nicht schöner? Sie wollen aber auch keine Welt verbessern. Lesen Sie den Stiefel. Was hat sein müder Körper, sein schlechter Atem, seine miese Visage mit dem ingrimmigen Gedankenfeuer zu tun, mit dem er seine und seiner Mitbürger verräterische Heimtücke, seine und unserer aller Überheblichkeit und Dummheit glanzvoll bekämpft?

Vergessen Sie es, wenn Sie ihn weiterlesen wollen: Stiefel ist ein armseliges Menschenexemplar.

Meissner, der dazu kam, widersprach heftig. Das fehlt mir schon lange im „Schmetterling“ und den anderen fliegenden Blättern. In dem miesesten Revolverblatt ist mehr Leben als in den revolutionären Onaniervorlagen eurer Intelligenzblätter und Kulturzeitschriften. Stiefel, würde ich, wenn ich der Diktator wäre, der er werden will, dazu verurteilen, jeden Tag über seine Mahlzeiten und seine WC-Besuche zu schreiben. Speisekarte und eine genaue Definition der Genuß- und Ekelerlebnisse. Der Geschmackssensationen. Der heimlichen Erektionen. Bei Entzug der Lieblingsspeisen bei jedem kulturkritischen Versuch. Stiefel ist, wenn ich nicht irre, ein Eisschlecker. Als Lektüre sind nur „Ilias“ und „Odyssee“ zugelassen zur Geschmacksbildung. Stiefel, Sie werden verurteilt, ein Inventar ihrer Hemden, Unterhosen, Anzüge, Socken, Kniestrümpfe und Schnupftücher anzulegen. Strafverschärfend: Die Besichtigung sämtlicher Fernsehserien bei hartem Lager und abgedunkeltem Zimmer. Ohne heimlichen Griff zu Chomsky und Herbert Marcuse.

Das ist eine Entziehungskur, Stiefel, die ich Ihnen als Arzt und Beichtvater, als Freund und literarischer Nothelfer verordne. Zukkerpüppchen hat Zugang zu Liebesspielen und Zimmerschlachten. Oder wen sonst ihre Hormone begehren.

Das war ein erdachter Versuch der Wiedervermenschlichung Stiefels, durchaus ein Akt der Entmythologisierung, wie sie in diesem Buch vorgesehen ist.

In der „Schmetterling“-Umfrage nach den Superlativen des österreichischen Kulturbetriebes rangiert mehrheitlich an erster Stelle die größte Fäkaliensammlung in einem eigens dafür erbauten Haus in Kärnten. Der Formenreichtum hält sich allerdings, wie kritisch vermerkt wurde, in Grenzen, was durch die Vielfalt der Klomuschelsammlung und die minutiöse Dokumentation des Entleerungsaktes in zahlreichen Filmserien und künstlerischen Fotos ausgeglichen wird. Der Staatspreis für den Fäk-Artisten ist nicht mehr aufzuhalten. Er hat, wie Professor Hamann ausführte, das letzte Tabu, die Intimsphäre, entscheidend durchbrochen. Tatsächlich ist in der Geschichte des homo sapiens bisher heimlich geschissen worden.

Kohl hat die Klotüre in die Öffentlichkeit aufgerissen.

Stiefel, grundsätzlich positiv zur Progressivität des Kärntners eingestellt, hat einen beachtenswerten Essay über die Affinität der österreichischen Kunst zu Kot, Blut und Urin geschrieben. Er hat sie in letzter Konsequenz der künstlichen Erhaltung der Infantilität im Bereich der Körperfunktionen durch die bürgerliche Edukation zugeschrieben. Wie weit die Wiener Gemeindeverwaltung dem steuert, indem sie die öffentlichen Bedürfnisanstalten abgeschafft hat, sei dahingestellt. Beziehungen zu Tod und Verwesung sind ebenso unübersehbar wie jene Linien, die in die Barocküberlieferung reichen. Unleugbar der neurotische Druck durch den Zwang zu dem, was die Mütter Reinlichkeit nennen, und das in das Berührungsverbot übergeht, in die repressive Haltung, die als Selbstbeherrschung verharmlost und getarnt wird. Und natürlich das Onanieverbot. Der Stau des Eros.

Stiefel bejahte die Sammlung als einen von unterbewußten Sozialfrustrationen genährten, aber gesellschaftlich nicht apperzibierbaren Individualprotest. Alternativvorschläge bietet er allerdings nicht. Er ist ja schließlich Kunstkritiker und kein WC-Schnüffler.

Die Erinnerung an Stiefels Eßgewohnheiten wirft neuerlich die Frage auf: Wie steht es mit Tomassonis Speisekarte? Wenn er in Salzburg im Cafe Tomaselli sitzt, bestellt er Sachertorte mit Schlag. Von seiner Südtiroler Abstammung resultiert seine Vorliebe für Schulterspeck, bei seinen Wien-Aufenthalten bevorzugt er Schnitzel, Rostbraten, Tafelspitz, diesen aber nur, wenn er ins Sacher eingeladen ist, und natürlich Apfelstrudel und Marillenknödel. Keine Naturkost, sondern natürliche Hausmannskost. Von Manna lebt er nicht.

Meissner wollte Tomassoni ursprünglich ein Buch über das Essen schreiben lassen, nicht gerade ein Kochbuch, aber die Erinnerungen eines Durchschnittsessers mit einer Schlagseite für Mehlspeisen und einer Distanz zu Suppen und Gemüse. Die Romanfiguren von heute, fand Meissner, leiden an Auszehrung. Sie haben Hungerödeme. Sie essen nicht ordentlich, deshalb wird nichts aus ihnen. Wie hat der Hundertjährige zu dem Fernsehinterviewer gesagt, der ihn auf seinem gemütlichen Weg vom Weinkeller nach Hause nach seinem Altersrezept gefragt hatte? Gut essen und gut trinken. Die Romanfiguren essen und verdauen nicht, wenn sie trinken, nur Sekt und Whisky, als ob davon der Durst gelöscht werden könnte. Wenn sie was zu sich nehmen, dann ist es eine kräftige Dosis Marxismus, eine Prise Christentum und ein Eintopf Umweltschutz. Statt zu essen verüben sie Heldentaten, retten sie Völker, erweisen sie Wohltaten, begehen sie Schurkereien und beobachten den Untergang des Abendlandes, sowohl in seiner kapitalistischen wie in seiner realsozialistischen Version, insgesamt Tätigkeiten, bei denen man Hunger bekommt, wenngleich dadurch auch nicht der Appetit gefördert wird. Wie hält das einer aus, ohne gastronomischen Unterbau? Und wie steht es mit den Filmlustspielen? Da werden Champagnerflaschen entkorkt, um dem Gegenüber ins Gesicht zu spritzen, Torten aufgetragen, um an den Kopf geworfen zu werden. Buffets werden zertrampelt. Gelegentlich wird gefressen und gesoffen, aber der Preis, den Brillat-Savarin vor 120 Jahren für eine Romanfigur gestiftet hat, die dem Essen nur die Aufmerksamkeit widmet wie ein Mensch im wirklichen Leben, ist noch immer nicht vergeben worden. Die Literatur darbt weiter.

Es geht ja nicht um Literatur, sagte Meissner zu Stiefel, es geht um ...

Wissenschaft, warf Stiefel ein.

Meissner winkte ab. Seid ihr noch immer nicht über das Stadium hinaus, daß ihr eure Ideologie durch Wissenschaft beglaubigen lassen müßt? Der Sozialismus, eine Wissenschaft! Unangreifbar. Was kann ihm da noch passieren? Wahrhaftig, es ist ihm allerhand passiert. Die Leute glauben, ihr schreibt aus Unvermögen unverständlich. Ich verteidige euch immer. Die Wissenschaft zwingt euch zur Unverständlichkeit. Stiefel, Du hast doch Angst, es könnte jemand glauben, was Du schreibst, sei Deine Meinung. Du hast keine Meinung. Du vertrittst eine wissenschaftlich beglaubigte Meinung. Es ist die Ideologie, die im Tarifbuch der Weltanschauungen eingetragen ist. Aber Stiefel, paß auf! Ein irrationales Tief zieht im Westen auf und setzt dem östlichen Hoch zu. Stiefel, schlag nach! Wer weiß, welche Richtung die Wissenschaft einschlägt.

Die alte reaktionäre Wissenschaftsfeindschaft, die Du, Meissner, mit dem rechten Abschaum teilst, auch was, worauf Du Dir was einbilden kannst!

Es geht nicht um Wissenschaft, sie ist nur unser Stichwort. Wenn den pensionierten Vizebürgermeistern vorgehalten wird, daß sie zehnmal so viel Pension beziehen wie ihre Wähler Aktivbezüge, mußt Du Deine Begründung in die wissenschaftlich beglaubigte Ideologie übersetzen, warum die nach dem Gelde streben, das sie verachten, die Macht ergreifen, die sie längst abgeschafft haben. Wenn Du und Deinesgleichen nicht diese wohlfeile Wissenschaft hättet. Sie beweist zwar nichts, aber sie rechtfertigt alles. Sie ist das künstliche Naturgesetz, an das Du Deine Privatmythologie verraten hast. Merkst Du nicht, daß es mit dem Zauber Deines Glaubens längst vorbei ist? Was waren das für Zeiten, als Du Dir Deine Privatmythen aufgebaut und in den großen Zaubermythos eingebaut hast?

Meissner sagte träumerisch: Ich habe auch meine Privatmythologien. Mehrere, nacheinander, nebeneinander. Die gebe ich doch nicht für den faulen Aberglauben einer Wissenschaft her. Du hast doch auch einmal für Dich gezaubert. Zuerst zaubert jeder für sich. Karl Marx, Jesus Christus, Mohammed und Buddha haben zuerst für sich gezaubert, bis sie ihre Ideologie zur Wissenschaft umgezaubert, bis sie ihre Spielwiese mit Wissenschaft eingezäunt und unangreifbar gemacht haben. Wissenschaft, die Schutzhenne der Ideologie. Was haben sie nicht unter diesem Deckmantel ausgebrütet. Beispielsweise die Abgrenzung. Einigeln in einem Thema. Abgrenzen gegen die Wirklichkeit. Was bleibt einem da außer dem Hintertürl in einer Ersatzwissenschaft? Die Flucht in den Kitsch. Spiegel, stürze Dich in den Tumult der chaotischen Literatur, nimm Urlaub von der Wissenschaft. Halte Dich an das Vorbild Tomassoni.

Harrys Hochzeitsparty fand im Budenzauber statt, einem Kellerlokal, in dem, wenn man den Plakaten, mit denen die Wände tapeziert sind, glaubt, Grünmandl, Steinhauer, Stangl, vielleicht auch Qualtinger und Bronner aufgetreten sind. Damals hieß es noch Katakomben. Jedenfalls war es der Tummelplatz von Huckepack, Max und Moritz und der toten Alice, der zeitkritischen Alleinunterhalter. Wir hatten Tomassoni angesagt, eine Moser-Idee, und waren enttäuscht, daß er der angeblichen Literatengesellschaft nicht abging. Nicht einmal Harry. Meissner sah sich um. Lauter Theaterhistoriker, Liedermacher, Journalisten, ein paar Abgeordnete. Ungebildetes Volk. Ein Minister schaute vorbei, auf einen Augenblick, blieb aber dann an der Seite von Karolin hängen. Karolin, die Vorstadtdomina. Ein Körper, wie skelettiert, so daß Meissner, so oft er sie sah, die Vorstellung hatte, daß sie nur aus Geschlecht bestand, einem alles in sich einsaugenden Vampirgeschlecht, dem man Körper, Haut und Haar aufgesetzt hatte, um den Anschein einer Frau zu erwecken. Karolin wurde niemals anders als in Stiefeln, in enganliegendem schwarzen Rock und hochgeschlossener weißer Bluse gesehen. Er sah Kadinovic, den geschwätzigen Maler, den Paradejuden des österreichischen Katholizismus, wandte sich abrupt ab und lief Hammer-Wellenthal in die Arme. Weil gerade geheiratet worden war und nun diese Hochzeit gefeiert wurde, brüstete sich Hammer-Wellenthal, bisher widerstanden zu haben, wozu Meissner ihm gratulierte. Aber Du bist doch verheiratet. Ich bin ein ideologischer Feind der Ehe, sagte Meissner, aber ich habe, wie alle Ideologen, meinen Glauben verraten, womit ich ja in diese Runde von Abtrünnigen, Parteiwechslern, Farbverkehrern passe. Sie beobachteten Kohn auf seiner Begrüßungstour. Meissner hob den Kopf in seine Richtung. Kohn, sagte Hammer-Wellenthal, ist ein Erfolgsmensch. Ein Kommunikationsgenie. Was bleibt ihm anderes übrig, als seine KP-Mitgliedschaft zu verheimlichen. Wir sind doch alle beim Ungarn-Aufstand aus der Partei ausgetreten. Oder spätestens beim Russeneinmarsch in die Tschechoslowakei. Manche sind zweimal ausgetreten und noch immer dabei. Einmal getauft, immer Christ. Das Leben der Ketzer hängt am seidenen Faden des Zufalls. Wer dem Genickschuß entkommt, gerät in den Genuß der Generalamnestie.

Und Du, fragte Meissner.

Er machte sich Sorgen um die Entwicklung der Sozialdemokratie. Vor allem um die Rechtsabweichungen der Landesorganisationen.

Meissner wechselte das Thema. Ist eigentlich Tomassoni schon da?

Soll er kommen?

Er ist eingeladen und hat, wie ich höre, zugesagt.

Wieder eine Enttäuschung. Hammer-Wellenthal war nicht neugierig auf einen literarischen Newcomer. Also mußte Meissner weiter, um jemand zu finden, der darauf brannte, Tomassoni kennenzulernen. Er geriet an einen Abgeordneten, der den Namen noch nie gehört hatte und ihm den neuesten Waldheim-Witz erzählte. In den Garderobenraum abgedrängt, sah er sich Zuckerpüppchen gegenüber. Nicht, sagte sie, nein das nicht. Bitte, laß das!

Aber was denn?

Du bist ja bekannt dafür, daß Du herumgrapscht.

Aber ich habe doch nichts ...

Du könntest aber.

Und da baust Du vor?

Ist das nicht mein Recht als Frau?

ZuPü, sagte Meissner, Deine Reize sind tatsächlich einladend. Schade, daß Dein Bewußtsein nicht mit ihnen mithalten kann.

Willst Du damit sagen, daß ich blöd bin?

Nein, aber im Koordinatensystem der Geschlechter befangen. Du weißt doch, was ein freundliches Nein bedeutet, daß ein zweites Nein, von einem verklärten Auge begleitet, bereits einer Aufforderung gleichkommt, und ein Bitte, laß das! diese bestärkt. Die obligate Annäherung an den Partner. Ein eingespieltes Ritual, in dem beide ihren Part genau kennen. Nur Greenhorns lassen sich von der im Rollenspiel integrierten Bitte nicht abhalten. Mich wundert, daß Du da mitspielst. Als emanzipierte Frau. Oder ist es nur der schlechte Einfluß einer Hochzeitsparty?

Ach, laß das, sagte ZuPü, wenn Du willst, kannst Du mich küssen. Oder Du läßt mich einfach in Ruhe. Ich hasse es, daß ich das Weibchen in mir nicht unterdrücken kann.

Hammer-Wellenthal holte die Zigaretten, die er in der Manteltasche vergessen hatte. Da hast Du einen unerschütterlichen Junggesellen! Hammer-Wellenthal küßte Zuckerpüppchen die Hand, das Ungeschickteste in diesem Augenblick. Sie gab ihm einen Stoß und lief davon.

Was hat sie?

Emanzipatorischen Katzenjammer. Die Hochzeitsatmosphäre!

Frauen wie Zuckerpüppchen sollten auf keine Hochzeitspartys gehen.

Will sie nun oder will sie nicht?

Wie soll sie das wissen. Das sind geschlechtsspezifische Unsicherheiten, die Dich nicht beunruhigen können.

Ach was, sagte Hammer-Wellenthal, im Alter möchte ich auch nicht allein sein.

Zuckerpüppchen hatte das noch mitangehört. Du bist mir ein feiner Marxist, schimpfte sie. Alt und gebrechlich, brauchst Du eine junge Sklavin. Sozialistischer Macho!

Das war es, was Hammer-Wellenthal mochte. Im gleichen Atem als Marxist und Aristokrat, als Kollektivist und hoffnungsloser Individualist apostrophiert zu werden. Im Clinch mit der eigenen Herkunft. Ein Proletarier, hatte er Meissner einmal erklärt, kann leicht Sozialist sein, aber ein Baron, ein Intellektueller, ein Egozentriker meines Schlages.

Erkauft sich dafür ein gutes Gewissen.

Ich bin aus meiner Vergangenheit ausgebrochen.

Im Rudel, sagte Meissner. Oder wollest Du mit Deinen Cousins auf die Jagd und zum Opernball? ORF-Moderator oder Berufsoffizier, Bohemièn oder Steyr-Manager, lieber Welli, die Wahl ist Dir leicht gemacht worden.

Ich habe alle Brücken abgebrochen.

Eine Notbrücke hast Du stehen lassen. Wo nur Tomassoni bleibt? Er rief lauthals: Tomassoni! Ist er schon da? Er soll sich bei mir melden. Er hatte damit in einer Ecke ein Pärchen aufgestöbert. Die kleine Filmemacherin hatte sich in einen Liedermacher verkrallt. Meissner beobachtete das Paar. Nach einem Zungenkuß entwand sie ihren Busen seiner Hand und wollte sich über die Irrwege der Filmförderung unterhalten. Aber er wollte weiterschmusen. Kannst Du eigentlich nie ernst sein? Kann man sich mit Dir nicht über ein wichtiges Thema unterhalten, ohne daß Du einem unter den Rock fährst?

Er griff nach ihrer Schmachtlocke oder wie dieses nach links strebende Haarbüschel hieß, ihre neueste Errungenschaft, die sie so verändert hatte, daß Meissner sie zuerst nicht erkannt hatte. Was, flüsterte der Liedermacher mit verstellter Bariton-Stimme, gibt es Ernsteres als Deine Schönheit? Als Deine Locke?

Gefällt sie Dir?

Sie macht mich wahnsinnig.

Worauf sie das Filmförderungsgesetz fallen ließ. Meissner verließ so leise wie möglich seinen Beobachtungsposten. Aber die hörten ihn sowieso nicht.

Schalte zurück, mahnte Moser Meissner. Kein Wort mehr über Tomassoni. Erst kurz vor Mitternacht bedauerst Du, daß Tomassoni schon gegangen ist. Ich werde die Filmemacherin aufputschen. Ob sie Tomassoni schon gesehen hat. Der ist sicher bei Meissner. Schade, er ist vor einer Viertelstunde gegangen. Keine Mythen ohne Notlügen. Wer hat ihn gesehen? Niemand. Meissner, sagte Moser, ich muß Dich doch nicht belehren, daß sich sowohl Damen wie Herren finden werden, die ihn aus der Ferne gesehen haben. Und eine Nachwuchsschauspielerin, die mit ihm geflirtet hat. Wenn Du Zuckerpüppchen präparierst, dann sagt sie unter Eid aus, daß er sie zu verführen versucht hat. Aber halte Dich dabei zurück. Eine Vergewaltigungsanzeige können wir nicht brauchen.

Punkt zehn vor Mitternacht erschien die Filmemacherin, warf die Locke schwungvoll nach links und erkundigte sich bei Meissner nach dem Dichterfürsten. Du kommst zu spät, Schatz. Gerade ist er gegangen. Wie sieht er aus? Wie auf dem Bild auf dem Buchumschlag, nur jünger. Schade, sagte die Filmemacherin, ich wollte mir eine Widmung ins Buch schreiben lassen. Er geht immer vor Mitternacht, kein Partytyp. Hat sich in die Schank zurückgezogen und fleißig gebechert. Ein stiller Zecher. Du verstehst. Immer auf dem Beobachtungsposten. Wer weiß, ob wir nicht alle im nächsten Buch vorkommen. Wer mit Dichtern umgeht, lebt gefährlich.

In der nächsten Woche ließen Meissner, Moser und Stiefel diskret in jedes Gespräch einfließen, daß Tomassoni seinen ersten Wien-Auftritt hatte. Wo? Bei Harrys Hochzeitsparty. Ich habe ihn nicht gesehen. Er ist diskret. Wenn überhaupt, dann Frauen. Hat er nicht mit Karolin geflirtet? Und sich in eine Ecke in der Bar verzogen. Ach der! War er das? Einige hatten ihn mit Meissner gesehen, aber nicht stören wollen, andere mit der Schwester der Braut, waren aber aus Diskretion nicht hingegangen. Ich, sagte ein Literaturhistoriker, habe einfach nicht geglaubt, daß er kommt. Du warst zu besoffen, um Dich zu erinnern, wer Tomassoni ist, geschweige ihn zu erkennen.

Immerhin, Harrys Hochzeitsparty war ein Baustein zu Tomassonis Existenz.

Lies! Meissner reichte Moser das Blatt. Gesichtet bei Harrys Hochzeitsparty der bekannte Bestsellerautor Tomassoni. Er ließ sich ein Lachs-Lasagne munden und flirtete, wie man hört, mit der hübschen Kranzeljungfrau. Auch andere Damen waren von dem Charme des literarischen Blitzaufsteigers angetan.

Was sagst Du dazu?

Meissner ist bei einem Ausflug in das südliche Burgenland auf die verschollene Muse der Studentenrevolution gestoßen. Erinnert sich noch jemand an die Bergarmer? An die Emmy E. oder Rita R.? Sie liebte symbolische Pseudonyme. Emma und E für Emanzipation, Rita und R für Revolution. Sie ist jetzt an die fünfzig, fett und trägt weite Kittel, unter denen ihr Busen wackelt und ihre Hüften rotieren, wenn sie ihre glücklichen Hühner zur Körndlmahlzeit lockt oder die Gerste durch die Kornmühle dreht. Sie hat ein Gesundheitsbrot erfunden, das mit selbsterzeugter Margarine bestrichen wird.

Ich, sagte sie zu Meissner, habe, wie Du siehst, meine persönliche Revolution verwirklicht.

Emma, die Emanze, Rita, die Revolutionärin, als Aussteigerbäurin, umgeben von vierzehn Katzen, sieben Hunden, einem Hühnervolk, einer Schafherde, vier Ziegen und einer zahmen Nebelkrähe. Männer? Hat Meissner nicht gesehen, aber es gibt sie, gescheiterte Schriftsteller, erfolglose Schauspieler, Regisseure ohne Engagement, frustrierte Maler.

Meissner war beeindruckt, weniger von der ökologischen Privatrevolte als von der Verdoppelung der Gazelle der Revolution. Hat sie sich nicht während einer Adamov-Premiere in einem Kellertheater bis aufs Höschen ausgezogen? Wenn schon, hatte ihr damals ein Aktivist und Nitsch-Adept, der heute Pressechef eines sozialistischen Ministers mit guten Chancen zur Kabinettsreife ist, zugerufen, laß uns alles sehen! Worauf sich eine Diskussion um die Konsequenz revolutionärer Gebarung entfaltet hatte. Delacroix' nackter revolutionärer Busen, den wir aus der Kunstgeschichte kennen, war zu wenig. Immerhin haben damals Kommilitonen in den Hörsaal geschissen. Ossi Wiener war auch da. Er verlas einen Katalog von Zitaten amerikanischer Professoren, aber die wissenschaftlichen Beweise seiner literarischen Revolutionspraxis gingen trotz seines bekannt kräftigen Organs unter. Was, fragte Emmy, die Emanze und Rita, die Revolutionärin, bedeutete Adamov, der Autor des soeben gesehenen Stückes, für die Revolution? Und was hatten die Genossinnen und Genossen in der Aufführung für die baldmögliche Herbeiführung dieser Revolution geleistet. Darum ging es jetzt und um sonst gar nichts. Sie war bereit, wenn man ihr beweisen konnte, daß dieser revolutionäre Akt den Umsturz beschleunige, auch das Höschen fallen zu lassen. Hat sie? Meissner muß zugeben, sich nicht mehr zu erinnern. Hätte sie, dann wüßte er es. Er fürchtet, er hat diesen revolutionären Akt versäumt. Er war wieder einmal zu früh nach Hause gegangen. Nicht genug revolutionäres Sitzfleisch, was ihm mit Recht als bürgerliches Relikt ausgelegt worden war. Was, fragte sie ihn einmal direkt, seine Komplimente und Werbungen ignorierend, hast Du für die Revolution getan? Er mußte beschämt zugeben: Nichts. Worauf sie sich einem Hoffnungsträger baldigen Umsturzes zugewendet hatte.

Angeblich hatte sie mit jedem geschlafen. Meissner beweifelte das. Sich jedenfalls konnte er ausschließen. Er glaubte, daß sie das Gerücht verbreitete, um gewisse Vorurteile gegen sich auszuräumen. Sie hatte Mut, aber keine rechte Lust, Intellekt, aber, na ja, keine Begabung. Ihre Konsequenz lieferte sie dem aus, was man ein paar Jahre später mit Verachtung Zeitgeist genannt hatte. Sie war eine unermüdliche und unerbittliche Kämpferin für die Ideologie vom linken Niemandsland, die sich damals, ohne daß sie das ahnte, längst in tausend Privatmythologien zersplittert hatte. Jeder zielte auf seine Privatrevolution, wenngleich alle noch in den durchdiskutierten Nächten ihre kollektive Übereinstimmung beteuerten. Die Reihen waren längst nicht mehr so dicht geschlossen. Sie taumelten im Niemandsland in alle Windrichtungen.

Du mußt entschuldigen, sagte sie bei der zufälligen Wiederbegegnung zu Meissner, als er einen Stall ohne Tiere betrat, der einen unaufgeräumten Eindruck machte. Wir sind in Auflösung. Du triffst mich im Übergang zu einer neuen Periode. Harry, also war einer der zahlreichen Harrys der Wiener Kulturszene attachiert, macht hier eine Galerie neuen Stils. Sie wies auf die Boxeneinfriedungen, die zum Teil bereits niedergerissen waren. Als Biobauern haben wir unsere Pflicht getan. Hier in der Umgebung gibt es heute bereits drei Dutzend Aussteiger: Schafzüchter, Rapsbauern. Alle setzen auf alternative Früchte.

Sie war also schon wieder auf dem Zeitgeisttrip. Die Wände werden nur mit Kalk geweißt. Keine Einrichtung, keine Podeste, keine Rahmen. Die Objekte stehen im Raum, die Bilder hängen an einem Nagel an der Wand. Du verstehst, die neue Askese. Offenbar in Verbindung mit Life Style. Meissner warf einen Blick in eine Liste der Preise. Unter 50.000 war da nichts. Und Ivan richtet im alten Schweinestall eine Medidationsrunde ein. Nichts Indisches, kein Zen, kein Guru, ohne Sektierer. Einfach der Rückbezug auf das Körperliche. Offenbar wurde auch das eine kostspielige Askese.

Als emanzipierte Revolutionärin hatte sie Enganliegendes bevorzugt, Hot Pants, knappe Blusen, in der offenbar endenden Aussteiger- und Biophase weit wallende Gewänder. Wie mochte sie sich als Schwester der Asketen kleiden? Meissner fiel ein, er wußte noch gar nicht, wie sie sich jetzt nannte. Rita? Emmy? Sie war zu ihrem Mädchennamen zurückgekehrt. Sie hieß schlicht Maria.

Sie beugte sich zu den glücklichen Hühnern, die offenbar demnächst im Kochtopf enden würden, und ließ, während sie die Körner mit einer kreisenden Bewegung auswarf, ihre schwer gewordenen Brüste baumeln.

Meissner riß sich los. Sie gefiel ihm immer noch. Oder wieder. Das war sein dialektisches Dilemma, daß er die Frauen, deren Zeitgeistvernebelung er verabscheute, körperlich anziehend fand.

Stiefel sah nicht fern. Ein Satz, der verstanden werden kann, wie immer man will. Wenn wir ihm glauben wollen, schaltete er das TV-Gerät niemals an. Oder besaß gar keines.

Moser redete sich auf seine Informationspflicht aus. Nachrichten und Werbung. Hier hast Du die Pornographie der Gegenwart. Womit er nicht die halb entkleideten Frauen meinte, wie man ihm unterschoben hat, sondern die Totalverblödung der Verzückung über Klospüler, Weißwäscher, Slipeinlagen, Säckchensuppen. Ich schärfe meine Sinne, das Bad im Stumpfsinn aktiviert meine Wut und mein kritisches Gewissen. Ich bin ein Werbungsfan aus Abscheu. Ich steige in die Tiefen und Abgründe des Reklamekapitalismus wie der antike Held in die Unterwelt. Es fasziniert mich, daß der proklamierte Reinlichkeitswahn so viel Dreck produzieren kann.

Meissner bekannte sich zum Kitsch. Keine Seifenopern, aber naive Selbstbestätigung. Er war ein Fan des Wunderautos. Da geriet ein Kämpfer für Recht in die Gesetzlosigkeit der Hüter des Rechtes.

In eine Welt mit korrupten Richtern, verräterischen Generalen, bestechlichen Anwälten und Ärzten, sadistischen Polizisten. Was kann da noch helfen, wenn nicht ein Wunder? Das Wunderauto, das selbst lenken, das reden, denken, recherchieren, telephonieren, springen, fliegen, schwimmen kann, ist der moderne theus ex machina, die Fee, der gute Geist. Der Mythos der Rettung hatte es ihm angetan. Ich weiß, daß ich noch nicht verloren bin, wenn ich das gesehen habe. Wenn der Staat, die Technik, wenn die Liebe versagt, ist das Wunderauto nicht mehr weit. Ich gönne mir den alten Zaubermythos von der Errettung der Welt durch das Wunder.

Und nimmst den Blödsinn in Kauf.

Leichtsinnig und leichtfertig.

Auf dem Schulweg fiel der Blick des achtjährigen Tomassoni (Ulysses?) durch ein offenes Fenster in ein hell erleuchtetes Badezimmer. Er sah einen Mann, der seine Kinnpartien einseifte, den Bart abrasierte, die Wangen mit einer Essenz einrieb, den Schnurbart stutzte und sich gründlich wusch, in einer Mischung aus Neid und Ekel, Bewunderung und Entsetzen. Ihm war klar, was ihm bevorstand, wenn er seine Entwicklung zum Erwachsenen nicht verhindern konnte. Der Mann schien guter Laune, wiewohl er offensichtlich in einen Handlungsablauf gezwungen war, dem er nicht entrinnen konnte. Der kleine Tomassoni (Ulysses?) war so fasziniert von diesem ebenso bewunderungswürdigen wie abschreckenden Vorgang, daß er sich nicht losreißen konnte und den Schulbeginn versäumte. Die Frage beschäftigte ihn den ganzen Vormittag, ob dieses Vorspiel zu einem Erwachsenentag erstrebenswert oder unbedingt zu verhindern sei. Ihm wurde klar, daß die Freiheit, die dieser Vorgang vortäuschte, eine unerträgliche Fessel war. Die Furcht davor, zu wachsen, älter zu werden, sich seinem Vater anzugleichen, wuchs. Der Mann im Fenster mit dem Rasierapparat an der Wange glich dem Esel in der Tretmühle.

Als er das Bild wieder und wieder heraufbeschwor oder es sich ihm vielmehr aufdrängte, hörte er den Mann auch pfeifen. Er pfiff sich eins, was den Abscheu erhöhte. Ihm fielen nun auch die Fußballer ein, die er, als er einmal in die Kabine eingedrungen war, unter der Dusche mit dampfendem Körper gesehen hatte. Ihm dämmerte etwas von dem, was ihm als Erwachsenem bevorstand: Von Messern bedroht, geschnitten und von heißem Wasser verbrüht werden. Er versuchte zu pfeifen. Aber er hatte nie pfeifen können. Man mußte die Luft ausblasen, er sog sie ein. Das tröstete ihn. Pfeifen würde er jedenfalls nicht, wenn er sein Gesicht mit Seifenschaum bedeckte und sich dem Schwall des heißen Wassers aussetzte. Er beschloß, die Zeremonie über sich ergehen zu lassen, wenn es ihm nicht gelingen sollte, ihr zu entkommen. Was er sehr hoffte, aber insgeheim bezweifelte.

Wie wird Tomassoni mit dem Vorwurf fertig, kein Wundermann zu sein? Wenn wir ihn schon mit unserem Fleisch und Blut nach unserem Geist geformt haben, sollte er das sein, was wir nicht sind und wovon die Konstrukteure in der Fabrik des neuen Menschen träumen. Uns geht es ja nicht anders als der bestens erhaltenen Mittvierzigerin, die einen Mann zum Pferdestehlen und Liebhaben sucht, groß, fesch, begütert, großzügig, Nichtraucher, künstlerisch begabt, erfolgreich, charmant, familiär, unternehmungslustig bei gefestigtem Charakter. Wie es ihn im Film gibt. Aber warum sollte eigentlich ein Schriftsteller nicht dieses Bedürfnis mit einem literarischen Surrogat erfüllen? Halali auf die Wunderfrau, die anschmiegsam und Millionenerbin ist, alleinstehend und sinnlich.

Mich haben Deine Augen fasziniert, sagte die Dreitagegeliebte, die sich rasch gewinnen ließ, aber ein Indiz für ihre Hingabe brauchte. Wenn ich schon schwach werde, muß es doch einen Grund haben. Sie baute ihn zu dem Wunschmann auf, dessen Absturz in die Banalität sie so schwer erträgt. Der gute Mann kann die Versprechungen nicht halten, die sie sich von ihm gemacht hat. Sogar die starke erotische Ausstrahlung, der sie sich hingab, hat sich verzogen. Mit wem lassen wir uns da ein? Mit Frustrierten, die Vitalität vorspiegeln. Mit Lüsternen, die den Rock artig über die Knie ziehen. Mit impotenten Verführern. Mit Lastern, die sich als enervierende Tricks entpuppen.

Mosers Ehe scheiterte einzig und allein daran, daß er und seine

Frau nicht bereit waren, auf das Wunder Vollkommenheit zu verzichten, auf das sie bei ihrem Partner Anspruch zu haben glaubten. Die Enttäuschung stachelte sie zu sinnlosen Vorwürfen auf. Mußt Du mir das vorhalten? Es bedeutet doch nichts. Es bedeutet die Katastrophe Deiner Unvollkommenheit.

Ich werde mit Zuckerpüppchens Launen nicht fertig, klagte Stiefel. Einmal will sie mich gefügig und dann dominant, einmal will sie mich bemuttern und dann will sie stolz auf mich sein. Und sie setzt voraus, daß seine Vollkommenheit auch die Sensibilität einschließt, daß er weiß, wann er welche Rolle zu spielen hat. Aber Stiefel ist Ideologe. Er hat keinen Gott, aber einen umso stärkeren Glauben. Er praktiziert sie zwar nicht, aber er glaubt an Regeln, an Gesetze im Umgang der Geschlechter, die sein Gefühlsvermögen, von seinem Begriffsvermögen zu schweigen, verwirren. Zuckerpüppchen war natürlich auch für Gleichberechtigung. Ihr, die Emanze war, als die Luxusnutten noch nicht einmal davon gehört hatten und die Damen Abgeordneten noch am Sekretärinnentischchen die Wünsche der Chefs erfüllt hatten, damit zu kommen, wann sie verwöhnt, wann sie bewundert, wann sie unterworfen werden wollte! Die Gleichberechtigung, sagte Zuckerpüppchen mit Schmollmund, liegt darin, daß wir die Sensibilität für die Gefühlslage des anderen haben. Stiefel wußte längst, daß er sich das nicht leisten konnte. Weder persönlich noch politisch. Was blieb ihm anderes übrig, als sich bei seinen abendlichen Wunschtraumerfüllungen eine Wunderfrau zu erfinden. Er maß Zuckerpüppchen an ihr und begann seine Freundin zu hassen. Die Frau, dessen war er sich sicher oder glaubte er sicher zu sein, die Frau an sich, das Geschlechtswesen Frau entsprach der Vorstellung der zukünftigen Gemeinschaft der Geschlechter. Aber nicht seine Freundin, diese Ausgeburt von Hysterien und Neurosen. Warum gerade sie? Die Muse der phantastischen Realisten, der außerparlamentarischen Opposition, der unbehausten Linken. Du bist ein Arschloch, sagte Zuckerpüppchen, als er in einer Disskussion bei Kitz und Reh, die Frau der Zukunft ideologisch absicherte. Und verschone mich mit Deinen Utopien. Du redest wie ein Parteiprogramm oder ein Lehrbuch für das soziologische Proseminar. Verschone mich mit Deiner Mythologie, Du Miniatur-Karl-Kraus. Die zukünftige Frau? Ich bin aus

Fleisch und Blut, aus Herz und Hirn. Wenn Du nicht erraten kannst, wann ich ficken will, such Dir eine Puppe. Was Du brauchst, ist eine Puppe. Das und noch einiges dazu, mit dem ich mich dem Vorwurf der von ihr bekämpften Pornographie aussetzen könnte, sagte sie ihm natürlich erst abends, in seiner Wohnung, in die sie ihm gefolgt war. Ich weiß wirklich nicht, was ich an Dir lieben sollte. Nichts in Deiner Vorstellung der weiblichen Psyche paßt zusammen. Nichts in Deinem Auftreten. Du bist der Ratgeber der Nation, und kannst mich, eine einfache Frau, nicht verstehen. Du willst die Menschheit erlösen! Fang mit mir an. Niemand kann mir zumuten, einen Mann zum Freund zu haben, der, wenn ich seine seelische Disposition ins Körperliche übersetze, die linke Hand dort hat, wo sein rechter Fuß hingehört. Du bist ein Scheusal, ein Ungeheuer! Nichts an Dir paßt zusammen. Das ihm, dem Theoretiker des Feminismus und der neuen Geschlechterbeziehung im „Schmetterling" und im „Wespennest"! Sie suchte das Heft heraus und warf es ihm an den Kopf. Er hatte natürlich Argumente, aber sollte er sie an diese Megäre verschwenden? An dieses feministische Ungeheuer vormarxistischen Denkens? Sollte er sich von diesem Abgrund weiblicher Bürgerlichkeit miesmachen lassen! Sag' nicht wieder, daß ich nur damit denken kann, brüllte sie ihn an und deutete hin. Du hast kein Gefühl. Jetzt kam der erwartete Zusammenbruch. Sie winselte. Und jetzt wußte er, warum sie mitgekommen war. Sie brauchte ihn. Aber Schatz, sagte er, lassen wir das. Umarmen wir uns. Das alte Rezept. Wenn ich nicht irre, ist es schon bei Frau Holle so zugegangen.

Sie murrte noch ein bißchen. Da kannst Du auf einmal rücksichtsvoll sein. Aber so blöde war er nun wieder auch nicht, daß er nicht wußte, wie sie jetzt zu nehmen war. Deine faulen Tricks, murrte sie. Diese Drehs! Aber wo wäre besser kuscheln als in dem Zwischenraum zwischen Theorie und Praxis, zwischen Denken und Wirklichkeit, im Nirwana der Lust.

Unser Mann ist Robiczek.

Der Schwachkopf?

Er ist ein Sekundärliteraturfanatiker. Er lebt aus zweiter Hand. Er liest kein Buch, er liest über Bücher, den interessiert kein Bild sondern Ausstellungsrezensionen, er hört keine Musik, aber er ist unschlagbar in den Details der Komponistenbiographien, er besucht keine Städte, er begnügt sich mit Ansichtskarten. Zugegeben, er ist ein Dinosaurier. Ihn interessiert, was Jandl über Handke sagte und Handke über Jandl und der Melzer über Handkes Urteil über Bernhard, und der, wie heißt er nur, der Provinzgermanist, über Melzers Mißverständnis des Handkeschen Bernhard-Mißverständnisses. Von der zweiten über die dritte zur vierten Hand. Aber seine Methode hat was für sich. Er will Ordnung in das Chaos der Literatur bringen. Jeder auf seinem Platz und kein Kunterdibunter. Er teilt alles ein, und wenn es sein muß, teilt er, was schon ein Fortschritt gegenüber seinen Zunftgenossen ist, jedes Jahr neu ein. Wer nicht hineinpaßt, den vergißt er. Ein Autor, der (noch) nicht in die Hände der Literaturwissenschaft gefallen ist, existiert für ihn nicht. Du mußt dafür sorgen, daß Du keine Besprechung bekommst, dann bist Du vor ihm gefeit. Besondere Gefahr besteht natürlich, wenn Du einer Dissertantin in die Hände fällst. Dann bist Du katalogisiert. Flachgepreßt in einem Fach, dem Du nicht mehr entkommst. Wobei wir uns nur deshalb über Literatur unterhalten, weil wir uns da ein wenig auskennen. Anderswo verhält es sich genau so. Wer will schon einen Menschen kennenlernen, wenn er sich aus Gerüchten und Vorurteilen ein Schablonebild von ihm machen kann?

Sekundärliteratur, das können wir ihm bieten. Bei der Messerer und der Maltz, ja selbst beim Zeus laufen wir Gefahr, daß sie die Originale sehen wollen. Vielleicht nicht gerade lesen, aber das Buch in die Hand bekommen, Robiczek empfindet ein Buch, wenn es sich nicht um ein Nachschlagewerk handelt, als Zumutung. Also füttern wir ihn mit Tomassoni-Mutmaßungen.

Wie ich ihn kenne, will er Tomassoni in sein literarisches und kulturelles Koordinatensystem einordnen.

Wir müssen ihm vielleicht doch einen als Tomassoni verkleideten Angeber zuführen. Denn er will dem Mann, den er gefeiert hat, seine Huld zeigen, damit ihm gehuldigt werde. Auf die Schulter klopfen oder etwas ähnliches. Dank herausfordern.

Kommt Zeit, kommt auch ein falscher Tomassoni. Ködern wir ihn.

Robiczek wird uns dankbar sein, auf einen Autor zu stoßen, bei dem ihm nicht die zeitraubende Marter der Lektüre, eines Theaterbesuches oder einer Vorlesung zugemutet wird. Der kreative Schöpfer an sich. Die schlackenlose Kunst. Ein Opus ohne Brüche, ein Schöpfungsakt ohne Ouevre.

Bei seinem Lieblingsthema ist Stiefel nicht zu stoppen. Es war bekannt, daß er mit einem dieser ewigen Jugendlichen, die noch mit 75 im blauen Ausschlaghemd Optimismus verbreiten und deren Gesichtsmuskel in pubertärer Idealismusverkrampfung erstarrt sind, eine Studie über die Korrumpierung der österreichischen Kultur durch die Proporzpolitik vorbereitete. Nur zu. Wir sind theoretisch verfeindet, aber praktisch befreundet. Eigentlich, sagte Meissner, dürfte sich Stiefel nicht mit mir unterhalten. Sollen wir ihm für seine Inkonsequenz dankbar sein?

Tomassoni halten wir auf jeden Fall aus der Vereinspolitik heraus. Dafür haben wir ihn nicht erfunden. Wir brauchen Tomassoni nicht als Beschwichtigungshofrat, sondern als Wahrzeichen individueller Unabhängigkeit. Als Leuchtturm im Brackwasser der Mythen.

Wie ist das mit dem Riß? Geht er durch die Parteien oder geht er durch's Herz? Der Zeitgeist dreht es, wie die Politiker es brauchen. Tomassoni hat die Urfeindschaft erlebt. Ich weiß nicht genau zwischen wem, zwischen Iren und Engländern, Katholiken und Protestanten, Juden und Christen, Deutschen und Franzosen, zwischen PEN- und GAV-Mitgliedern, zwischen sämtlichen Sparvereinen. Es gibt Grenzgänger, die den Stacheldrahtverhau übersteigen, die in Hinterhälte geraten, die ahnungslos in fremde Reviere tappen. Tomassoni erinnert sich, wie er der Gallionsfigur der Toleranz ahnungslos einen weltanschaulichen Seitensprung gestanden hat. Egal, wer es war. Die Sozialistin hat ihm eine kapitalistische Infektion, der Eulenspiegel der Konservativen ein marxistisches Zitat nicht verziehen. Er galt seither hier wie dort für einen unzuverlässigen Schwärmer. Was ein mildes Urteil war. Dafür gab es Pech und Schwefel, Kündigung und Subventsionsentzug.

Da lag sie vor uns, die versöhnte Welt, in unausrottbarem Mißtrauen entfremdet. Krethi fand nicht zu Plethi, Gog nicht zu

Magog. Tomassoni, das gebrannte Kind, immer zwischen drei Stühlen, und was viel schmerzlicher war, zwischen den Sympathien, zwischen den Mief-Variationen der Nestwärme. Er mußte verschweigen, daß er dem Erzfeind die Hand gegeben hatte, Notlügen erfinden, es entschuldigen, vorzeigen, daß sie nicht verdorrt war. Sie griffen danach, um sich zu vergewissern und wunderten sich über die Nachsicht des Himmels. Kriecht in eure Schlupflöcher, belauert euch aus den Startlöchern.

Tomassoni, eher grau als schwarz, blutbespritzt als rot, als blinder Wanderer zwischen den Lagern. Ich komme von A sagte er in B und löste Verwünschungen aus, kehrte zurück, aber in A rochen sie den fremden Geruch. Nein, es herrscht kein Kriegszustand. Sie können sich einfach nicht riechen. Unmöglich, das Mißtrauen zu überwinden. Die Ideologie lebt vom Aberglauben an Monstren. Meinesgleichen und Deinesgleichen. Lassen wir es den Tomassoni am eigenen Leib erleiden.

Mendelson, der notorische Dummkopf mit dem berühmten Namen, der programmierte Neandertaler mit dem Intellektuellen-Touch, dieser vielfach maskierte Parteigänger, hatte Stiefel, wie dieser den Freunden gestand, bereits Vorhaltungen über seinen Umgang mit ihnen gemacht. Wie kannst Du nur! Das kann man doch nicht. Kann man das?

Die Lemuren igelten sich ein. Die Klugen unter ihnen markierten Toleranz. Verehrte Kollegen vom anderen Ufer! Künstler sind wir doch alle. Nichts Menschliches ist uns fremd. Sie wittern die feindlichen Hormone, aber sie ziehen den Schwanz ein und glätten wieder die aufgestellten Haare. Sie wedeln sogar. Verlegenheits-, Ergebenheits- oder Angstwedeln. Aber sie ziehen sich auf ihre Bastionen zurück. Sie schlucken ihre Zweifel hinunter. Wie stand es doch in der Satzung? Paragraph eins und zwei. Sie blinzeln über die symbolischen Gräben. Wenn sie einen ausmachen, legen sie an und zielen. Geschossen wird mit Theorie. Weh dem, der sein Weltbild trübt. Wir kennen keine Parteien mehr, nur noch ästhetische Fraktionen. Laßt ihnen doch ihren Verein. Wenn Tomassoni aus dem GAV ausgeschlossen ist, treten wir gemeinsam aus dem PEN-Club aus.

Briefe an Tomassoni

Sehr geehrter Herr Tomassoni, schrieb ein junger Mann in einem Brief, den Meissner für den Dichter las, ich muß Ihnen mein Befremden darüber ausdrücken, daß Sie der bürgerlichen Wiener Presse Interviews geben, dem Morgenblatt, in dem ich kürzlich eine Rezension gelesen habe, in der ich jedes soziale Bewußtsein, von Ansätzen marxistischer Auseinandersetzung zu schweigen, vermißt habe oder einen Aufsatz von jenem Herrn Meissner, in dem der Mangel an ideologischem Einsatz mit Pragmatik entschuldigt wird. Was wir, die Jugend, von Ihnen erwarten, sind klare Positionen. Die Frage liegt nahe, Herr Tomassoni, wie stehen Sie zu Mao, dem kubanischen Weg …

Meissner las nicht weiter, er schob den Brief über den Tisch Stiefel zu. Ideologismus im ersten Stadium, das, wie Du weißt, bei dieser galoppierenden Krankheit zumeist auch das letzte ist. Aber vielleicht kannst Du ein diesbezügliches Interview im „Schmetterling“ lancieren. Oder in der „Roten Schnalle“, wenn es sein muß, auch im „Wespennest“. Wie heißt der verbiesterte Kämpfer mit der sensiblen Seele, der keine Kritik verträgt?

Pevny, Haslinger?

Nein, die meine ich nicht, die Klassenkampfmimose. Egal. Der Brief beweist, die jungen Leute sprechen auf Tomassoni an. Er weckt Erwartungen, die zu erfüllen oder zu enttäuschen wir uns hüten werden. Meissner begeisterte sich. Das ist vielleicht ein interessantes Experiment. Der Zusammenstoß des Tomassoni-Mythos mit dem Mitläufer-Mythos. Wie ein Linksfaschist einen Tomassoni verkraftet. Ob er ihn abstößt oder einbaut in sein Nirwana. Tomassoni, ein neuer Mensch oder ein absterbender Ast des Kapitalismus? Dialektik, Stiefel! Entfache eine Diskussion. Der Trottel, der das geschrieben hat, wie heißt er, egal, da fallen einem die Namen nur so zu, soll Tomassoni wegen marxistischer Prinzipientreue belangen. Du brichst dann eine Lanze, oder sagen wir Du riskierst einen Dolch für den progressiven Tomassoni. Innerlichkeit und Postmoderne und so. Moser schreibt einen ironischen Artikel in der Presse, in dem er sich darüber mokiert, daß Tomassoni in den Papierkrieg des Klassenkampfes geraten sei. Tomassoni zwischen den Fronten. Ich finde inzwischen einen Schwachkopf, der Tomassoni für die Kronenzeitung interviewt. Was er von Vranitzky hält oder ob er an das Androsch-Syndrom glaubt. Mit Parallelen in Deutschland. Wie immer dort die Bonzen heißen. Die müßen doch auch einen Sinowatz und einen Verzetnitsch haben. Oder nicht?

Lieber Herr Tomassoni, schrieb eine junge Frau namens Maria Stummvoll in einem Brief, den Stiefel für den Dichter las, ich habe heute die ganze Nacht durchgeweint. Warum? Ich habe meinen Freund zurückgestoßen. Ungerecht, wie ich jetzt einsehe. Wir wollten miteinander ausgehen. Während ich mich noch mit einem Kollegen unterhielt, kam er und nahm meinen Arm. Das heißt, er wollte meinen Arm nehmen. Er sagte: Gehen wir! Was bildet er sich eigentlich ein? Ich gehe, wann ich will und spreche mit wem ich will und so lange ich will. Zuerst läßt er mich warten und dann kann er es nicht erwarten. Ich weiß nicht mehr, was ich gesagt habe, jedenfalls habe ich ihn stehen lassen. Ich bin nicht mit ihm mitgegangen, obwohl ich, wenn ich es jetzt bedenke, nichts lieber getan hätte und mich den ganzen Tag darauf gefreut habe. So geht es mir jetzt schon zum dritten Mal. Er ist beleidigt und ich kann dann wieder von vorn anfangen. Tatsächlich ist er auch froh, wenn ich wieder zu sprechen beginne. Was ja für sein Interesse an mir spricht, nicht wahr? Er bockt nicht lange herum. Das kann ich ihm wirklich nicht vorwerfen. Aber was tu ich, wenn wieder so eine Situation entsteht? Ich kann mir das doch nicht gefallen lassen. Oder? Ist es ein unbekanntes Unbewußtes, das mich da beherrscht? Berührungsangst, Flucht? Wie ich höre, haben Sie darüber gschrieben.

Was mich aber vor allem bewegt, ist die Schuldfrage. Er meint, ich allein sei schuld an diesen frustrierenden Zwischenfällen. Hat er nicht auch eine Mitschuld? Oder ist es einfach die Situation? Ich denke aber, daß jemand, der solche Situationen nicht verhindern kann, nicht der richtige Mann für mich ist. Ich kann Männer, die bei der Garderobe als die letzten drankommen, nicht ausstehen. Oder die Waschlappen, denen immer das Taxi vor der Nase weggeschnappt wird.

Was immer Sie dazu sagen, ich hab' mir's einfach von der Seele geschrieben. Das müssen Sie doch verstehen. Sie tun ja auch nichts anderes. Oder?

Eure Wohlgeboren, hieß es in einem Brief von einer Frau Eugenia Lidoni, geborene Soni, den Moser für den Dichter las, gestatten Sie die Anfrage, ob Sie von den Triestiner Sonis oder von den Trientiner Sonis abstammen? Wie war der Vorname Ihres Herrn Papa? In Triest gab es die drei Brüder Francesco, Edward und Luigi Soni, welch letzterer mein Papa war. Angeblich gibt es auch eine ungarische Linie. Ich habe allerdings lediglich einmal den Namen Istvan Soni in einem Zusammenhang gehört, der mir entfallen ist. Leider hatte ich keine Gelegenheit, Verbindung aufzunehmen. Die Sonis, die mir bekannt sind, waren allesamt Offiziere oder Beamte der k. u. k. Monarchie so wie ihre Frauen Töchter von Offizieren und Beamten der k. u. k. Armee, beziehungsweise der k. u. k. Verwaltung waren. Ein Soni, zu dem wir leider keine Beziehung hatten, war der Sektionschef im Kulturministerium. Wenn ich die Jahre nachrechne, könnten Sie sein Enkel sein. Ich würde mich sehr freuen, wenn sich herausstellen sollte, daß Sie ein Mitglied unserer Familie, vielleicht sogar des Triestiner Zweiges sind. Ich habe allerdings gehört, daß in einem Artikel eine Anspielung auf Ihre Südtiroler Abstammung gemacht worden sein soll. Die Trientiner Sonis sind ein Familienzweig, der nach meinen Forschungen mit der Versetzung des Obersten Giovanni Soni in die Trientiner Garnison anläßlich der kriegerischen Zusammenstöße mit den Garibaldianern entstanden sein soll. Diese österreichischen Sonis haben sich dann mit Tiroler Deutschen vermischt. Wenn ich richtig informiert bin, schreiben Sie deutsch. Entschuldigen Sie, ich bin eine alte Frau mit schlechten Augen, ich habe keines Ihrer Bücher gelesen. Ich habe nur von Wiener Touristen gehört, daß es in Wien einen Schriftsteller namens Tomas Soni oder Tomassoni geben soll. Unser Geschlecht hat einen General, drei Oberste, einen Sektionschef, drei Ministerialräte und einen Linienschiffskapitän hervorgebracht. Es wäre schön, wenn wir auch einen berühmten Dichter in unseren Reihen hätten. Das ist doch ein Ruhmesblatt, oder?

Verehrter Meister (die Anreden Freund, Staatspreisträger, Jubilar,

Nobelpreisträger waren gestrichen), heißt es in einem Brief eines notorischen Unterschriftensammlers, den Meissner für den Dichter las, entschuldigen Sie, wenn ich Sie nicht persönlich anspreche. Das wäre bei meiner Korrespondenz, die sich auf sämtliche Schriftsteller der Welt erstreckt, zu zeitraubend. Sie haben mit Ihrem Werk einen Rang erreicht, der es mir zu einer ehrenden Verpflichtung macht, Ihr Bild und Ihren Namenszug meiner umfassenden Sammlung einzuverleiben. Ich kann Ihnen versichern, daß eines Ihrer Werke oder/ und Ihr Foto mit persönlicher Widmung von Ihnen in meiner im Buch der Rekorde verzeichneten Sammlung einen Ehrenplatz einnehmen wird. Mit vorzüglicher Hochachtung Ihr …
NB Ich denke, daß das auch Ihren Vorstellungen entspricht.

Czillag, kleiner ORF-Bonze, für ein Tomassoni-Porträt gewinnen! Woran mir liegt, ist eine Ankündigung. Die Sache wird hinausgeschoben und schließlich abgesagt. Was durchaus Czillags Intentionen entspricht. ORF-Gebräuche. Man muß ihm nur das Mißtrauen gegen einen Autor nehmen, den er als Konkurrenz empfinden könnte. Czillag ist, was nicht jeder weiß, selbst Autor. Er schreibt kleine Schundromane mit Vergangenheitsbewältigung. Vornehmer Graf mit illegaler NS-Vergangenheit wird durch die Entdeckung geläutert, daß er eine jüdische Großmutter hat. Eine ebenso langweilige wie kurz angebundene Reifung zu Österreich, Humanität, Christentum und Sozialismus. Edel sei der Aristokrat, hilfreich und linksorientiert. Moser muß ihm Tomassoni verdächtig machen. Denn Czillag, der als Autor die heile Welt wiederherstellt, fördert als Redakteur die Chaoten. Mit sozialen Donauepen und revolutionären Bergbauernmärchen. Der utopische Kommunismus marschiert da mit sozialem Pathos gegen sozialdemokratische Verwässerungen auf. Der Erzreaktionär Czillag sonnt sich in seinem Ruhm der Linkslastigkeit. Kompensationsgeschäfte. Vieles spricht für seelischen Ausgleichssport auf Kosten der Fernseher, manches auf Berechnung. Die Kitschromane schreibt er für die konservative, die Fernsehspiele produziert er für die linke Reichshälfte. Jedenfalls hat er auf jeder Seite einen Steigbügelhalter. Natürlich kann man da ausrutschen, und er ist auch schon ausgerutscht. Aber er ist ein

Sportsmann. Man glaubt, er liegt auf der Nase, da hat er sich schon wieder hochgerappelt.

Unsere Taktik: Tomassoni Czillag mit dem Hinweis empfehlen, es sei vielleicht gar nicht so viel dran, aber die Publicity erfordere, einzusteigen. Von allen Seiten bedrängt, gäben wir ihm aus alter Freundschaft den Vorzug. Daß Tomassoni ein Spinner sei, mache ihm ja sicher nichts aus. Er sei schon mit ganz anderen Spinnern fertig geworden. Da muß er einfach anbeißen.

Steinmerker, na das Psychonerverl, will Tomassoni zur Therapie. Er konsumiert Literatur als Lebenshilfe, dafür liefert er Literatur zur Lebensverzweiflung. Tomassoni, bildet er sich ein, ist sein Mann.

Sag ihm, dafür ist Hermann Hesse zuständig.

War er schon. Er hat Hesses Indienreise nachvollzogen, was beinahe letal geendet hätte.

Koks?

Guru-Konfusionen. Dann hat er das „Glasperlenspiel" dramatisiert. Der Steirische Herbst wollte das an zwanzig aufeinanderfolgenden Abenden mit Meditationseinschüben realisieren. Es überschritt den zeitlichen, ideellen und budgetären Rahmen. Angeblich interessiert sich jetzt das Burgtheater dafür.

Wie wär's mit Castaneda?

Hat er alles absolviert. Von der Mystik zum freischwebendem Linksradikalismus. Hat ihn nur frustriert. Geblieben ist ihm einzig die Erkenntnis von der Erzschuld des Bürgertums. Der Fluch der Bourgeoisie. Er ist noch immer dabei, das Bürgertum in sich auszurotten. Mit der Onanie hat er begonnen, heute steht er kurz vor der Selbstentmannung.

Laßt ihn doch!

Das trägt uns immer neue Klagearien ein.

Mußt Du das lesen?

Er reicht es ein, und ich sitz' in der Jury. Und was erscheint, das weißt Du ja, fällt in mein „Schmetterling"-Referat für die österreichische Postmoderne.

Das sind Berufsrisiken. Hat er denn keinen Beruf?

Er ist Psychologe in einer psychiatrischen Anstalt.

Wer hat das den armen Irren angetan?

Er schiebt es aufs Bürgertum. Der unausrottbare Bourgois in jedem von uns. Und hat das nicht was für sich? Die ihn protegieren, die ihn anstellen, die das zulassen, die er behandelt, seine Vorgesetzten, seine Kollegen, seine Patienten, lauter Bürger. Seine Eltern, seine Frau, die inzwischen zur Gymnasiastin herangereifte Tochter, alles Menschen mit bürgerlichen Ansprüchen, bürgerlichen Lebensvorstellungen und Lebensformen, bürgerlichen Wünschträumen, bürgerlichen Tugenden und bürgerlichen Lastern. Und er stürzt von einer Frustration in die andere. Das potenziert sein Versagen. Was die Nörgler überlassen, zerstört seine Selbstkritik. Eine Art Projektion der Bourgeoisie auf die eigene Libido, wenn Du das verstehst.

Und sexuell?

Er hat eine psychische Blockade. Er ist aus der Phantasieaggression der Pubertät direkt in die Todesmystik der Impotenz gestürzt.

Was soll da Tomassoni?

Wir haben eine Autorenpersönlichkeit entwickelt, die offenbar in gestörten Persönlichkeiten Hoffnungen erweckt.

Da scheint uns aber was mißlungen zu sein.

Wieso? Wer sonst konsumiert heute noch Kunst außer psychisch Geschädigte?

Was sollen wir ihm vorsetzen? Was Altes, modisch auffrisiert?

Dafür ist der viel zu gebildet. Der ist imstande, und hat das schon gelesen und übersetzt es uns ins Original zurück. Keine Schwindeleien, Lebenshilfe durch Literatur. Dem Manne muß geholfen werden. Und wenn wir dazu einen neuen Tomassoni erfinden müssen. Einen, der den ganzen Seelenschmerz der wehleidigen Generation von Handke bis Botho Strauß trockenlegt.

Und die Frustrationen aller enttäuschten Revolutionäre, Liebhaber und Künstleraspiranten kuriert.

Du mutest uns Titanisches zu.

Meissner schloß bei der Feier zum 80. Geburtstag Grünwalds einen Kompromiß. Er ging hin, durchquerte unter Entschuldigungen die Phalanx der bei der Garderobe angestellten Gratulanten, drang, ohne sich aufhalten zu lassen, eine humoristische Autorin im Schlepptau, zum Gobelinsaal vor, stürzte zum Jubilar, drückte ihm die Hand und richtete auch von Tomassoni die herzlichsten Glückwünsche aus. Grünwalds Frage, ob und warum er nicht gekommen sei, erstickte er mit der Antwort, Tomassoni habe sich wieder einmal ins Waldviertel zurückgezogen, um sich seinem opus maximum zu widmen. Grünwalds Antwort befriedigte ihn. Sein Fleiß ist ja bekannt, um nicht zu sagen, berüchtigt. Das saß. Er würde nicht weiter abgehen, denn es war ganz Wien da. Vom Altbundespräsident bis zum Jüngstautor. Grünwald bat ihn noch, ihm nachrufend, Tomassoni seinen Dank für die Gratulation auszurichten. Meissner versprach es, begrüßte noch zwei Dichterwitwen und entfernte sich durch die inzwischen noch angewachsene Warteschlange vor der Garderobe. Er begegnete im Garten noch einem Redaktionskollegen Grünwalds, der aus seinem Pensionisten-Tusculum im Semmering-Gebiet mit Frau und Hausfreund herbeigeeilt war. Er gab ihm sein Bedauern kund, wieder eine wichtige Sitzung aufsuchen zu müssen, die er nur verlassen habe, um dem alten Freund Grünwald die Hand zu schütteln und ihm auch die Glückwünsche Tomassonis auszudrücken.

Er war zufrieden. Wie Tomassoni war er gleichzeitig anwesend und abwesend. Er hatte seinen Weggang absichtlich nicht verheimlicht. Man mochte ihn auslegen, wie man wollte. Dem Gefeierten war er nicht abgegangen, den Gratulanten hatte er ein Beispiel von Distanzierung gegeben. Ihm war jede Interpretation recht.

Altenbach, der Allesbeschreiber, ist beim Dichterwettbewerb in Lindwurm unter die zugeschliffene scharfe Klinge der Messerer geraten. Vom Streifschuß eines bundesdeutschen Talentezerstörers aufgereizt, gab er sich eine Blöße. Den Wankenden ließ die Messerer auf ihrer Stahlspitze auflaufen. Der Stachel drang ins Weiche bis an die Knochen. Dem, sagte sie, während sie das Blut an ihrem weiten Rock abwischte, ist die Lust an konkreter Poesie fürs erste vergangen. Aber ich kann auch nachstoßen.

Der Allesbeschreiber leckte seine Wunde, nahm ein Taxi, fuhr ins Seebad und kühlte seine Erregung im lauwarmen See. Als er einen Ruheplatz, halb Schatten, halb Sonne, suchte, stieß er auf die von der Messerer ebenfalls verwundete Eva und bekam sofort Lust auf eine erotische Novelle. Sie trösteten einander mit einem Messerer-

Verriß und einer Verhöhnung der Kommerzialisierung der Literatur in Lindwurm. Ich, sagte Eva, als sie seinen Blick auf ihren Hüften spürte, bin ja noch gut weggekommen im Vergleich zu Dir. Aber es wirft mich ein halbes Jahr zurück. Unter ihrem Hohn zerbröselt jeder meiner Sätze. Sie sollte Mörderer und nicht Messerer heißen. Messerermörderin.

Na siehst Du, Dummchen, sagte der Allesbeschreiber, der Metaphernstrom fließt schon wieder.

Der ORF schwenkte in die Kongreßhalle. Warten auf Tomassoni. Kommt er oder kommt er nicht? Tomassoni hat abgesagt, Tomassoni ist eingetroffen. Fritsch hat ihn in der Hotelhalle beim Frühstück gesehen. Wie sieht er aus? Groß, hager, scharfgeschnittenes Gesicht. Die dinarische Adlerkontur des Tirolers. Tomassoni? Ein schwammiges Gesicht wie Thomas Bernhard. Voll Pickeln und Pusteln. Ursula, eine Salzburger Schriftstellerin im Dirndlkleid, kam dank der Tomassoni-Hochspannung ungeschoren davon. Eine gelinde Ohrfeige vom großen Drews, einen Klaps von der Messerer, das übliche delphische Orakel von Professor Koncilia, ein freundliches Zunicken von Schostak, der sich durch seine Milde in dieser Scharfrichterrunde längst disqualifiziert hatte, ein Witz von dem ätzenden Munk, der eine Lachsalve auslöste, in welche die Salzburgerin einstimmte, bis sie merkte, daß es auf ihre Kosten ging, worauf sie in Tränen ausbrach. Schostak hätte sie gerne getrocknet, sei es mit seinem Taschentuch, sei es mit einem Kuß. Er notierte sich das für die nächste Pause. Die Salzburgerin purzelte vom Pult und verschwand auf der Toilette. Er erwischte sie wieder beim Buffet. Sie tröstete sich mit Kaffee. Er rühmte die Stimmungen und Gefühle ihrer Prosa. Sie wurden von dem robusten Schweizer Kritiker Vögele getrennt, der ungestüm Bier forderte. Schostak holte die Salzburgerin ein und führte sie in den nahen Park. Als er nach einem seufzenden Laut Ursulas dazu ansetzte, ihr Trost zu spenden, wollte sie wissen, was sie von Koncilias Urteil halten sollte. Hatte er sie nicht eher gelobt als verrissen? Wir schieben das nach dem Band niedergelegte Protokoll von Professor Koncilias Urteil über die Lesung der Salzburgerin ein.

Die Autorin, heißt es da, besticht durch die Dialektik knappen Ausdrucks auf der Handlungslinie und langgezogener Metaphernströme im meditativen Bereich. Das ist Ausdruck ihrer Komplexität sowohl im Thematischen wie in der sprachlichen und strukturellen Gestaltung, mit der Impulse aufgenommen werden, gelegentlich vielleicht nicht mit der nötigen Intensität.

Koncilia galt unter seinen Studentinnen als hübscher Mann. Gewöhnlich, aber gut aussehend, der das keep smiling mit Blendaxzähnen beherrschte.

Er hat vor der Lesung mit mir geflirtet. Die Salzburgerin hielt das für ein gutes Zeichen.

Schostak versuchte verzweifelt die Bastionen, die er schon eingenommen hatte, in einem zweiten Anlauf zurückzuerobern. Was nicht einfach war, da sie ihn immer wieder aus seiner Stimmung riß. Soeben mit einer Frage nach Koncilias Tonfall. Koncilias Tonfall ist immer verbindlich. Sie glaubte, es sei mehr als verbindlich gewesen. Schostak wollte das gerne glauben, wenn ihr Körper endlich seinem Ansturm nachzugeben bereit war. Er hatte sich vorsichtig vorgetastet, als sie ihn mit einem Schreckensschrei abschüttelte. Und was, wenn er es nicht ernst gemeint, wenn er ihr nur geschmeichelt hatte? Schostak nützt die neue Pause nach dieser Frage weiter vorzustoßen. Sie nahm es nicht wahr. Sie wollte sein Urteil über ihr stimmungsmäßiges Ambiente noch einmal hören. Ich denke, vertraute sie ihm an, daß ich eine Stimmungsautorin bin. Landschaftliche und seeliche Stimmungen. Nuancen. Irgendwer hatte sie eine Meisterin auf der Stimmungsorgel genannt. Von den Pastellfarben ihrer Vorfrühlingstöne geschwärmt.

Schostak war wieder dort, wo er begonnen hatte. Als sie seine Enttäuschung merkte, sagte sie: Du kannst die Tränen wegküssen, die ich wegen dieses brutalen Jurors vergossen habe. Damit habe ich bestimmt nicht geweint, hielt sie ihn auf Abstand, aber nicht ohne ein freundliches Lächeln. Was er mit dem Qualitätsmerkmal gemeint hat! Er drückt sich so undeutlich aus, zweischneidig. War er begeistert, entsetzt oder nur so maumau?

Schostak war nun so weit, ihr bedingungslos zuzustimmen, um endlich zu seinem Ziel zu kommen. Oder sie einfach in der feuchten Luft in der verschwitzten Bluse sitzen zu lassen. Sollte er das nicht gewußt haben, daß nichts frustrierender ist als eine Beziehung mit einer Künstlerin, die nach Lob für ihre Werke und nach Erfolgen giert? Wie soll man mit einem Gedichtzyklus schmusen, mit einem Romankapitel bumsen? Wie das Lob so dosieren, daß es eine Stimmung der Hingabe fördert und nicht wieder Karrierehoffnungen weckt, die ihrerseits das erotische Klima zerstören?

Heuer war Generationswechsel auf der Jurorenbank. Das literarische Wörtherseegewissen gab seine Abschiedsvorstellung. Kapitalinski, der Mann, der immer und über alles und auf den Wink eine Meinung und keine Hemmungen hat, sie kundzutun, und dies in einer reichlich bespeichelten Formvollendung, daß niemand ihre Banalität merkt. Der Literaturpapst, an dessen Lippen das ganze Auditorium hing. Sein Speichelfluß entschied literarische Schicksale. Herr Mai-, Kapitalinski sah durch seine Augengläser, die er zu diesem Zweck ein wenig über die Nase gleiten ließ, auf den vor ihm liegenden Zettel und buchstabierte den Namen, also Herr Mai…, er sah erstaunt auf und fuhr dann mißmutig fort, erle, Maierle, hat mit großem Animo gelesen. Er war, was seine Beziehung zu seinem Text betraf, aufgeräumt, aber es wäre besser gewesen, wir wären aufgeräumt gewesen, er hätte diese Aufgeräumtheit uns vermittelt. Bei diesem Passus bildeten sich Speichelblasen auf seinem Mund, was unter Kennern als böses Zeichen galt. Wir sollten aufgeräumt sein, wenn wir einen Text kennenlernen. Das können wir Herrn, wieder der Blick auf den Zettel, der signalisierte, daß es nicht nötig war, sich diesen Namen zu merken, Herrn Maierle konzedieren, wir haben ihn verstanden, Wort um Wort, Satz für Satz, aber haben wir ihn auch begriffen? War er wert, begriffen zu werden? Bei Fräulein Samlicki haben wir nichts verstanden, wir wurden auf unsere Assoziationsfähigkeit verwiesen, und die Qualität von Assoziationen läßt unter Umständen einen Rückschluß auf einen Text zu, der diese Assoziationen hervorgerufen hat. Der Text muß also, wiewohl unverständlich, nicht ohne Reiz gewesen sein, wenn ich den Assoziationen der Kollegen Hendrichs und Jenny glauben will, wenngleich ich die Möglichkeit ausschließen kann, daß die analytische und kommentierende Assoziationsfähigkeit der Kollegen Hendrichs und Jenny so groß ist, daß sie, wenn die Kollegen Hendrichs und Jenny sie, aus welchem Grund immer, in Gang setzen, gar keines Anlasses mehr bedarf. Wir haben durch Fräulein Samlicki immerhin erfahren, wie Herr Hendrichs und Herr Jenny die Situation einer ungeliebten Frau empfinden würden, kämen sie, was ja nicht stattfinden kann, in eine solche Lage, und wie sie das literarisch anpacken würden. Jedenfalls das sei zu ihrer Ehre gesagt, anders als Fräulein Samlicki. Na, und so fort in dieser Tonart. Kapitalinski, das war sein infernalisches Talent, lockte arme Autorenkreaturen in ein Kritikerlabyrinth, in dem sie sich zuerst einmal verirrten, jede Hoffnung auf Entweichen verloren, durch schwache Lichtzeichen wieder ermuntert wurden, bevor er ihnen unversehens den Gnadenstoß gab.

An Mischler scheitern sowieso alle Parodieversuche. Der Juror Mischler spricht nach jeder Lesung zehn Minuten, nicht länger und nicht kürzer. Er ist Rundfunkmann. Sein kritisches Sensorium ist auf zehn Minuten eingestellt. Das schaltet sich von selbst aus und ist vorher durch nichts zu stoppen. Schade, daß man seine zehn Minuten nicht teilen kann, pflegt seine Frau zu sagen. Sonst könnte ich ihn als Eieruhr verwenden. Sogar seine Feinde bewundern ihn dafür, in wohllautendem Nichtssagen der beste zu sein, was nicht einfach ist in einer Berufssparte, in der es zum eisernen Rüstzeug gehört, viel zu sprechen, ohne etwas zu sagen. Niemand war in der Lage, einen seiner Sätze zu wiederholen. Sie zerfielen, sobald sie in die lauwarme Luft von Lindwurm entwichen. Er bot keinen Sinn und keinen Unsinn, er erfand den Nichtsinn.

Ein Dichtertreffen dient nicht zuletzt der Kommunikation. Ein Juror tröstet eine durchgefallene Debutantin, eine unbeachtet gebliebene Autorin macht die Samariterin für ein von der Jury vernichtetes Genie, die Tagungssekretärin läßt sich vom Charmingboy der Autorenrunde einladen. Aber die Kasnudeln waren ihm zu deftig. Das Manko der Kärntner Küche macht der Karawankenblick wett. Aber wir wissen natürlich nicht alles, was in dämmrigen Gaststubenecken, in Hotelzimmern sonst noch vor sich geht. Kritiker aus Wien und München sind da, Verleger, nie ohne den Schutzwall ihrer Sekretärinnen. Stiglitz, durch seinen intellektuell sublimierten Lederhosen-Sexappeal berüchtigt, zwitschert mit Seelchen in einem Spezialitätenrestaurant. Die Felswände der Karawanken glühen. Eine Kulisse, allgemein als Hintergund für Verführung geschätzt. Aber Seelchen war schlecht gelaunt. Opa, forderte sie, Du ladest mich zum Nachtmahl ein, aber ohne literarische Belehrung und sexuelle Annäherung. Sie konzentrierte ihre Aufmerksamkeit auf die Leuchtkäfer, die mit den Gelsen aus den Büschen aufstiegen. Mein literarischer Bedarf, sagte sie, ist von den Grünschnäbeln auf dem Lesepult und von den Altersweisheiten auf der Jurorenbank mehr als gedeckt. Stiglitz entfernte sich. Er protegierte prinzipiell nur schutzbedürftige kleine Mädchen.

Bei einer der sinnlosen Kulturdiskussionen saß Meissner auf der Schandbank der Kritiker. Ach ja, was hatte er nicht alles versäumt? Die Machtergreifung des Sozialismus, die Durchsetzung des Humanismus, das Lob des Ministers.

Ich habe mich eingemischt, sagte Meissner, in die Besetzung der Theaterdirektionen, in die Kritik des Fernsehintendanten, ich schreibe zu lange Artikel für die Analphabeten und zu kurze für die bildungswütigen Studentinnen. Zu wenig politische Gesellschaftskritik. List, der große List, unterbrach seine Geständnisse mit der bürgerlich-liberalen Verbindlichkeit seiner druckreif formulierten Banalitäten. Die Kulturtanten waren dem Orgasmus nahe. List, der Geistreiche!

Und die Freiheit der Kunst? Stiefel war unbarmherzig. Da versammelt sich die Creme des Verbandes, und niemand verteidigt die Freiheit der Kunst.

Die Freiheit der Kunst, sagte List, ist ein Anliegen des Ministers. Sie muß gewahrt sein.

In den gebührenden Grenzen.

In den gesetzlich geregelten Grenzen. Kein Verbot, es sei denn, anerkannte Religionsgemeinschaften, privilegierte Persönlichkeiten werden angegriffen, oder die Gewalt und der Krieg werden verherrlicht.

Ich hoffe, Du hast ihnen die Meinung gesagt, forschte Moser.

Ich habe gepaßt, sagte Meissner. Teils aus Feigheit, teils aus Einsicht, teils aus der Unmöglichkeit, in dieser Causa, in der bei allem Widerspruch die absolute Einigkeit besteht, zu Wort zu kommen. Außerdem spekuliere ich mit einem Verbot. Wir können uns den Tomassoni auf den Hut stecken, wenn wir nicht ein Tomassoni-Verbot erreichen. Denkt einmal nach. Vielleicht eine Mohammed-Verhöhnung, die wir dem verletzten Glauben in die Schuhe schieben können. Ein Sakrileg, ein Königreich für ein Sakrileg.

War Zischek nicht da?

Mit Nibelungentreue und Hagenschen Verratsgelüsten. Er bot eine Ministerarschkriecherei in einem Beamtenösterreichisch, das ich immer wieder mit Abscheu bewundere, aber nicht nachmachen kann. Wie oft habe ich das versucht, ich bringe es nicht zusammen.

Dann kannst Du gleich als Satiriker abdanken.

Meine Blindstelle. Es muß ein körperlicher Widerwille sein. Das Fleisch läßt es nicht zu.

Darum bist Du auch nichts geworden.

Und hat der Minister nicht die Revolvermündung aufblitzen gesehen? Wenn Zischek lobt, begänne ich, wäre ich Minister, zu zittern.

Ständig auf einen Dolchstoß oder einen Schuß aus dem Hinterhalt gefaßt, beginnt er die Gefahr zu ignorieren. Mit einem Wort, er wird langsam abschußreif.

Dann gebt doch endlich Feuer!

Stimmt es, fragte Stiefel, Du bist auf dem Podium neben der Milchschwester gesessen?

Und habe an ihrer Römerquelle genippt.

Das nimmt ja mythologische Dimensionen an.

Schlag nach in der Edda. Wie heißt der Störenfried, der jede Volksversammlung und jeden Ältestenrat durcheinanderbringt? Bei uns war es eine Frau. Sie holte weit aus wie ein keltischer Sangesbruder, und ihre Rede blieb dunkel und verworren.

Eine Närrin hat sich eingeschmuggelt?

Mit ihrer Anklage gegen ihre Entfernung aus der Ärzte- oder Anwaltkammer, oder war's eine Lehrerin oder Richterin, deren Wahnsinn zehn Jahre lang auf die Kinder und Angeklagten losgelassen wurde, und die von einem Tag auf den anderen auf die Schul- oder Anklagebank versetzt worden ist, wo sie eine Backe nach der anderen hinhalten mußte.

Der Clown im Ältestenrat.

Nein, die Aussätzige am Areopag.

Sie hat, hoffe ich, Zuspruch oder doch Trost gefunden. Oder habt Ihr eure üblichen Ausreden gebraucht und sie von Pontius zu

Pilatus geschickt oder wie die Brüder in eurem Verein heißen.

Die Milchschwester übermannte das Mitleid. Aber es hat sie nicht erreicht. Gott hat es immerhin gesehen, daß eine Gerechte unter uns war.

Und die Humanisten?

Haben sie zuerst einmal ausgelacht, dann ausgezischt, bis unser Diskussionsleiter, der Bürgerrechtskämpfer, Anarcho-Individualist, Kulturbolschewist ihr das Wort entzogen hat. Wegen Zeitverschwendung.

Und Du?

Ich bin in den Mythos eingetaucht. Eine geradezu klassische Situation. Ein fremdes Element spaltet sich von der Majorität ab und wird sofort als Außenseiter erkannt und mitleidlos unterdrückt. Ausgemerzt. Und in der Publikumsdiskussion geht es weiter mit Sozialismus, Humanismus, das Schmalz beginnt erst jetzt zu fließen, wenn alle beginnen, ihre guten Werke, ihre gemeinschaftsfördernden Gedanken auszubreiten. Alles trieft von Nächstenliebe, Freiheitsbekenntnis, endlich können sie es an den Mann bringen, wie sehr sie ihre Mitmenschen lieben und achten, wie sie sie zu fördern, und wenn nötig zu bessern gedenken. Sie sind nicht gesonnen, sich dabei von der wirren Verzweiflung einer Närrin stören zu lassen. Endlich kann der Hofrat dem Minister sagen, daß er hinter ihm steht in der bewußten Sache. Da kreischt diese Frau dazwischen. Juden beklagten die Judenverfolgung eines Literaten, Christen eines chinesische Christenverfolgung, es wurden Forderungen nach der Freiheit des palästinensischen Volkes aufgestellt, Palästina den Palästinensern, eine alte Lehrerin wollte das Beste für die Kinder, eine Übersetzerin über die Übersetzerinnen, und bevor die Feministinnen noch zu Wort kamen, konnte ein Maler eine Lanze für die Kreativität brechen. Abschaffung der Hochkultur, Einführung der Volkskultur, da rangen die Leibwächter der Kultur die arme Irre in der letzten Reihe nieder. Die Hüter der humanistischen Volksgewalttätigkeit und die Scharfrichter des Antiterrorismus duldeten keine Störung.

Und dann?

Wurde die Sitzung für geschlossen erklärt, soferne niemand mehr das Wort verlangte.

Und die Milchschwester?

War hergenommen. Sie zündete sich trotz Rauchverbotes noch im Saal eine Camel an.

Stiefel hat schon wieder Liebeskummer mit ZuPü. Das alte Ritual: Ideologischer Verbrüderung folgt Abscheu vor ihrer bourgeoisen Oberflächlichkeit. Vielleicht war diesmal auch Eifersucht im Spiel. Er stieß sie von sich und rief sie nach einer Viertelstunde flehend an. Vom Macho zum Maso. Er kann nicht mit ihr und er kann nicht ohne sie leben.

Meissner war ungerührt. Höchste Zeit, sagte er, daß er das Leben kennenlernt. Daß ihm ein Flittchen einen Strich durch seine Soziologenrechnung macht. Daß sein sozialistischer Banalismus von Gefühlswellen erschüttert wird. Wer hätte das gedacht: Stiefel reagiert menschlich. Die Kreuzung von Karl Marx und Graf Bobby, die Nachgeburt Hegels, entdeckt, daß sie ein Herz und einen Schwanz hat. ZuPü soll leben.

Wer weiß, wohin sie ihn noch treibt?

In alle Abgründe. Sie hat dafür ein Naturtalent.

Du siehst sie ja auch nicht ungern.

Moser, sagte Meissner, mein Bart ist zwar weiß, aber ich bin ein junger Mann. Doch ich bin nicht so blöd, daß ich auf die Vorteile meiner Jahre verzichte. Ihr seid soziale Utopisten, ich bin ein erotischer Utopist. Mein Liebesleben spielt sich im Niemandsland der Phantasie ab. Ich brauche dazu kein Zuckerpüppchen, nur die Versatzstücke lebenslanger sexueller Enttäuschungen. Ich werde mir doch nichts mit ZuPü anfangen, mich doch nicht den Zufällen ihrer Launen und Hormone ausliefern. Ich stürze mich kopfüber und relativ gefahrlos in den geheimnisvollsten Mythos, an dem die Menschheit seit Urgedenken webt. Du hast noch nie davon gehört? Die entscheidenden Mythen werden als Geheimnis gehütet. Alle weben daran. Es gibt niemand, den ich nicht im Verdacht habe, Liebe ohne Schmerz, Erfüllung im Abseits der Realitätsflucht. Ich habe da einen idealen Harem.

Du rufst und sie kommen. Moser sagte mit Verachtung: Du fällst in den pupertären Wirklichkeitsersatz zurück.

Möglich, sagte Meissner. Das ist mir egal, wie Du das nennst. Ich denke, es ist eine geniale Menschheitserfindung, an der möglicherweise Gott nicht beteiligt war. Gott ist hier übertölpelt worden. Das allein könnte mich reizen. Absprung von der Realität, die Euphorie des freien Falles. Ich springe …

In Deinen Phantasienharem. Seine Ausstattung …

Unterliegt der Phantasie und natürlich der Lebenserfahrung. Das ist klar, ohne Wirklichkeit kommen wir alle nicht aus. Es ist ein Abglanz der Wirklichkeit, ein Widerschein. Was Du an Wirklichkeiten nicht nützen konntest, hier wiederholen sich Deine Chancen. Man muß wissen, wie es zugeht, damit man die Komposition entwerfen kann, die einem entspricht. Merke das vor, Du bist ja Tomassonis Ideenbuchhalter. Tomassonis Abstieg in die phantasierten Höllen und sein Aufstieg in die künstlichen Paradiese. Ein Schelmenroman, der von der Realität des lächerlichen Liebesverhältnisses eines verbohrten Ideologen wie Stiefel mit einem mit Emanzenflimmer aufgeputzten Schlampen wir ZuPü geradewegs in die Utopie absoluten Gleichklanges führt.

Die Haremshexen erraten Deine heimlichsten Wünsche.

Emanzipation von den Zufällen und Widrigkeiten der Wirklichkeit. Wozu gibt es sie, wenn wir sie nicht isolieren können. Ich rette den Mythos sogar in die Wirklichkeit hinüber.

Du idealisierst und verachtest die Frauen wie wir alle.

Möglich, sagte Meissner, auf einmal verstimmt.

Die Wirklichkeit hat ihn wieder, dachte Moser mit Schadenfreude, aber auch ein wenig neidigem Mitleid.

In Meissners Seminar für Liebessprache ergab sich durch einen Zufall eine bemerkenswerte Diskussion. Stiefel erzählte, daß sein ZuPü sich sorgt, daß ihre Schwester ihre Unschuld verloren hat.

Auch schon was, meinte Meissner. Hat sie wirklich Unschuld gesagt?

Wortwörtlich.

Oder hat sie gesagt, ihre Ehre.

Ihre Unschuld.

Wenigstens etwas.

Ich sehe da keinen Unterschied.

Wenn sie Unschuld sagt, und weiß, was sie sagt, was allerdings nicht feststeht, dann ist sie sich wenigstens bewußt, daß es sich um eine körperliche Angelegenheit handelt. Ich beispielsweise, habe wenigstens zwanzigmal meine Unschuld verloren, bevor mir nachgesagt worden ist, daß meine Ehre angeknackt sei.

Die Unschuld, ein Fetzen Haut.

Bei unsereinem kommt alles auf einen Fetzen Haut heraus.

Was glaubst Du, was Zuckerpüppchen beim erstenmal verloren hat, ihre Unschuld oder ihre Ehre?

Das ist eine Sache der Konventionen, und bei einer Frau wie Zuckerpüppchen der Exaltationen. Was ihr gerade mehr Spaß gemacht hat, die Unschuld oder die Ehre verlieren. Ich bevorzuge Mädchen, die ihre Ehre verlieren, obwohl es mit ihnen schwieriger ist als mit denen, die ihre Unschuld verlieren. Sie überschätzen ihren Körper. Sie setzen ihren Körper mit ihrer Ehre gleich. Das Kostbarste, heißt das dann, wenn sie es verloren haben, hätten sie unseretwegen verloren, ihr Kleinod. Wahrhaftig, ich habe eine gekannt, die nannte es ihr Kleinod. Oder habe ich das in einem Roman gelesen? Wer das für einen Schatz hält und bei Verlust den Verlust eines Schatzes beklagt, hütet natürlich diesen Schatz. Verkauft ihn teuer. Man kommt schwer an sie heran. Und wenn man herankommt, bieten sie einem den Körper an wie ein Gottesgeschenk. Das ist mühsam, aber im Anfangsstadium reizvoll. Ich rate Dir, dann zu einer zu wechseln, die ihre Unschuld verloren hat.

Du meinst, die Unschuld verschmerzt man leichter?

Man vermißt beides nicht. Es ist der Mythos, den man vermißt. Aber die Unschuldsverliererinnen haben ein natürliches Verhältnis zu ihrem Körper. Sie halten ihn für nichts besonderes. Die Männer sind auf der Jagd danach. Gut, also muß was dran sein. Aber was? Es gibt welche, die sehen das nie ein. Warum sollte ihre Unschuld mehr wert sein, als ihre Hand, ihr Bein, ihr Kopf, als sie selbst. Es gibt natürlich welche, die verwandeln sich, von den Komplimenten verführt, von Unschuldsverliererinnen zu Frauen, die den Verlust ihrer Ehre beklagen. Sie lassen sich überzeugen, daß ihr Körper wirklich etwas so Außerordentliches ist, wie ihnen die Männer beteuern. Unschuldsverliererinnen lieben natürlich, aber ohne Geheimnis. Sie bieten einem ihre Reize, fast hätte ich gesagt, ihre Schätze an wie einen Kaffee mit Guglhupf. Die Frauen, die ihre Ehre im Unterleib lokalisieren, wissen immer, was sie einem versagen oder gestatten. Sie sind aufregend, aber ermüdend. Denn sie überschätzen ihre Ehre. Und unversehens verwandelt sich dieser Schatz, diese Kostbarkeit in eine ordinäre Unschuld, in eine Hautfalte. Ich, sagte Meissner, suche seit Jahren eine Frau, die Ehre und Unschuld zu kombinieren versteht, die sich ihrer Reize bewußt ist, ohne ihre Außerordentlichkeit zu überschätzen. Das, hat mich einmal eine Unschuldsverliererin gefragt, die nichts darauf gab, ihre Unschuld verloren zu haben, das wühlt Dich auf? Nimm es! Was für ein Wechselbad, wenn man gleich an eine gerät, die niemand der Ehre würdig erachtet, ihr die Ehre zu nehmen. Ist das eine Bestätigung oder ein Verlust des Mythos? Aber dosiere einer den Mythos. Er ist und bleibt nun einmal ein Überwältiger.

Themen wie das Zärtlichkeitsgeplapper, die Auflösung der Sprache in Ausrufe, ihre Infantilisierung, die Abkürzung in gestöhnte Vokale fanden dann kaum noch Interesse. Trotzdem kam noch der Punkt, ob die Liebe überhaupt der Sprache bedürfe, auf die Tagesordnung.

Doch man ließ es bei einem Fallbeispiel bewenden. Der Mann belog nicht mehr seine erkaltende Geliebte, er belog nicht einmal sich selbst, er log gegen den Mythos Liebe an, er suchte ihn herbeizuzwingen, herbeizuschwindeln mit der Ohnmacht des Wortes.

Fazit: Liebe, das war ein Montsalvatsch, zu dessen Besteigung uns Erfahrung, Ausrüstung, Ausdauer, Glaube und schließlich auch das Zauberwort fehlen. Diesen Gipfel kann man nur berennen. Losstürmen, sich mit Händen und Füßen festkrallen, den Urlaut ausstoßen und abstürzen.

Wohin ich blicke, Kultfiguren. Meine Fotografin in New York, Einwanderin aus dem europäischen Osten, die Liebeskummer hat, herumpoussiert, sich zu Außenseitern hingezogen fühlt, die nach stundenlangen Sitzungen mit den Modemodellen Stadtstreuner knipst und endlich die dreißig Schlaftabletten schluckt, die sie seit Jahren in ihrer Handtasche mitträgt, ist über Nacht zur Kultfigur geworden. Wie kommt sie dazu? Eine scheue Verzweifelte?

Ich weiß, wie man Kultfiguren macht. Was ich suche, ist ein Mensch, der zu keiner Kultfigur gemacht werden kann. Meissner, sagte Moser, Du bist doch ein Literaturkenner. Es gibt eine Menge Nichtshaber in der Literatur, aber keinen Nichtskönner. Arme Schlucker, aber allesamt vom Geist erleuchtet. Jeder hat den Feldherrenstab im Tournister. Nimm die Geschichte von den feindlichen Brüdern. Auf sie habe ich lange meine Hoffnung gesetzt. Da muß es doch endlich einmal neben dem unterdrückten Begabten den durchschnittlich erfolgreichen Unbegabten geben. Nichts da, der Gute ist voll von guten, der Böse voll von bösen Taten. Such mir einen armen Hund in der Literatur, der nichts ist, nichts hat, nichts kann, nichts begreift, den ganz normalen Mitmenschen. Wir werden ihn nicht finden. Es gibt ihn nicht in den Büchern. Es interessiert die Literaten nicht. Wenn sie es versucht haben, ist der Durchschnittsidiot sogleich emotionell als Sozialopfer aufgeladen worden. In den Schundromanen der Arbeitslosenzeit wimmelt es von armen Schluckern mit knurrendem Magen und zerrissenen Hosen. Aber fesch sind sie alle. Und hast Du nicht gesehen, hat der Mensch eine heimliche Erfindung gemacht, er ist ein Genie, das vom Schicksal nur der üblichen Belastungsprobe ausgesetzt worden ist. Es läßt ihn ein Jahr dunsten, aber dann kommt zu Charakter und Ruhm auch das Vermögen. Den charakterlosen Durchschnitt und den geistlosen Ehrabschneider unterschlagen sie uns. Auch die Dichter. Ohne einen Funken Genie hält es keiner mit seinem Romanhelden aus. Sie sind ja auch lauter heimliche Autobiographien. Ich träume von einem spannenden Roman über den obligaten Langweiler.

Der Tomassoni-Kult war bei den tiefenforschenden Damen in besten Händen. Oder? Worüber unterhielt sich die Maltz in den Burgtheaterpausen so angeregt mit dem arroganten Dreikäsehoch Gianni Gelber? Man darf annehmen über ästhetisch verbrämten Tratsch und Klatsch. Also auch über Tomassoni. Wie interessiert man dieses G'scheiterl für ein unentdecktes Genie? Meissner lehnte jede Einflußnahme bei Gelber ab. An dem, sagte er …

… willst Du nicht einmal anstreifen. Was ist, wenn er ihr den Tomassoni ausredet? Er ist unsympathisch, aber nicht blöd. Er riecht es, wenn etwas faul ist. Er hetzt sie auf. Der will Tomassoni lesen, um sich über ihn mokieren zu können, er will ihm begegnen, um ihn mit abschätzigem Blick kaltzustellen. Er macht sie mit ironischen Bemerkungen schwankend. Wie geht es mit dem neuen Genie? Und dann kommt der selbsternannte Poet dazu. Und tausend andere Gesellschaftsschlieferl. Lauter Leute, die einen auf dem Parkett ausrutschen sehen wollen. Professionelle Zweifler, die mit ihrem Unglauben den feminien Aberglauben erschüttern. Dem Gelber ist nichts heilig. Nicht einmal der Ehrgeiz seiner Begleiterinnen. Die Maltz will als Entdeckerin Tomassonis, wenn schon nicht in die Literaturgeschichte, dann wenigstens in die Wiener Gesellschaftschronik eingehen. Die Messerer ihre feinste Klinge erproben. Aber die Machos denken nur an das eine.

Bumsen?

Ach was. Imponieren. Seit der Gelber gemerkt hat, daß der sogenannte Poet der Maltz imponiert, will er ihr auch imponieren. Den anderen ausstechen. Und wie könnte er das leichter, als wenn er ihre Entdeckung mies macht. Wie anders denn als Besserwisser. In der Literatur ist es wie in der Gesellschaft. Sie wird von den Besserwissern beherrscht, ja terrorisiert. Der Gianni Gelber ist der geborene und gelernte Besserwisser.

Risiko, sagte Meissner. Die Frauen sind ein Risiko, auch in der Literaturgeschichte.

Tomassonis Dialog mit dem Hund

Abends, wenn Tomassoni vor dem Fernseher kauerte, kam der Hund. Er hielt eine gewisse Distanz, wich dem Blick aus, legte aber Wert auf Hautkontakt. Tomassoni hatte das Gefühl, daß er kam, weil er sich so weit weg fühlte. Tomassoni kraulte ihn mit Hingabe, schließlich automatisch das Fell. Der Hund verharrte in seiner Position, nur wenn Tomassoni näher rückte, entfernte er sich gerade um dieses Stück. Was willst Du, fragte Tomassoni. Willst Du ein Mensch sein? Willst Du sprechen? Der Hund schwieg. Aber es war Tomassoni klar, daß er nicht in seiner Hundehaut stecken wollte. Er war nicht unglücklich, nur mit seinem Hundeschicksal unzufrieden. Tomassoni dachte an die Möglichkeit, mit dem Hund zu tauschen, den Hund in seine Haut schlüpfen zu lassen und selbst in das Hundefell einzukehren. Er war sicher, daß der Hund sich in sein Fell zurückwünschen, und er sich als Gefangener eines Ungenügens fühlen würde. Eingespannt in die Stille der Ausdruckslosigkeit.

Mit Odysseus unterwegs

Odysseus stößt bei seinem Stadtbummel auf einen Mann mit hoher Stimme, Knebelbart und herabwallendem bleichen Haar. Odysseus, in einer Identitätskrise, trifft auf einen Szenestar. Der Wanderer hat sich müde gewandert. In der Naglergasse, plötzlich allein mit verrostenden Antiquitäten, fiel Odysseus nicht mehr ein, wer er war. Die Schicksale, die ihn streiften, schwächten ihn. Er schöpfte nicht mehr Kraft aus dem fremden Leben, die vorübereilenden unbekannten Schicksale saugten ihn aus. Sie streiften an ihm vorüber, und je mehr Menschen über ihn hinwegsahen, umso einsamer wurde er. Es gab ihn fast nicht mehr. Aber den da, den gab es. Den Klugscheißer, den Möchtegernmacho, den Szenetiger, den Basta-Leser, den Wien-Verächter und methodischen Raunzer, immer in Action, erfüllt von seiner Message, bewegt von Vibrationen, aber cool. High von Selbstgefühl. Der bietet sich den Vampiren an.

Odysseus ist als Wanderer kein Systematiker. Er macht ein Opfer aus und stürzt sich darauf. Mit der Absicht, es auszusaugen, sich wieder mit frem-

dem Leben aufzufüllen. Er fährt auf sein Opfer nieder oder bekriecht es. Der Szenegott verschleudert seine Bonmots. Er glüht von Insiderkenntnissen. Von der Großherzogin im rosa Tempel bis zum Konditor im lecken Schiff. Peppino? Ein Macher mit der Sehnsucht nach Kreativität. Drago, ein Leichenwächter, Reno, ein Kapitalist mit Jeep, Toselli, ein Gerechter, der für Ungerechtigkeit kämpft.
Es wird zu viel Talent verschleudert. Der Szenegott kreiert den Starkult. Zugegeben, seinerzeit hat er die Weltmeister abgesetzt und ein Kollektiv dominiert. Jetzt managed er den falben Wolf und die Operetten-Lilli. Löwy und die Politszene liegen in Agonie. Wer ist out? Power für die Jazz-Gittis und die dicken Nachtigallen. Und natürlich der Franz. Die Explosion der Gefühle in Farben, Körpern und Tönen. Poesie des Einzelgängers für die Massen. Die Glatze als Potenzsignal.
Odysseus fletscht den Draculazahn. Er entdeckt die Leibhexen des Szenegottes. Sein Instinkt flüstert ihm: Leere Hülsen. Ignoranz, als Tiefsinn getarnt, Phlegma in der Maske der inneren Sammlung. Immerhin Körper. Junges Fleisch. Auswechselbar. Eine gerupfte Gans wankt aus dem WC. Die Gefühle des Szenegottes sind erkaltet. Keine Emotions mehr. Wollte nicht die Nummer zwei sein, nicht die Hexensklavin. Worauf er keinen Zweifel gelassen hat, daß sie bestenfalls Nummer 400 ist. Eva meets Gringos. Kein Hexenblut. Eine schleimige Tintenmasse, schlabbriger Suppenersatz.
Odysseus verläßt die Wiener Szene, erleichtert, nicht gerade gestärkt, aber ernüchtert. Und das ist auch etwas, das hilft, die Schicksale zu ertragen, die einen umgeben, die sich kurz öffnen wie eine fleischfressende Blüte und wieder schließen, bevor man hineingezogen werden kann, ja bevor man noch die Gliedmassen unterscheiden konnte, die sich in einem Clinch ineinandergeschlungen haben. Die Neugier des Odysseus ist wieder geweckt. Sein Kapital. Sie kann weitergehen, die Flucht in neue Erfahrungen. Odysseus hat wieder Power. Und Ironie.
Von weither hört er noch die Stimme des Szeneheros. Und in der Singerstraße trifft er ihn mit einer neuen Hexe. Elisabeth, das Meistermodell. Oder Claudia, die höchstbezahlte Hüftenschwingerin? Brust zurück, Brustbein vor. Die sexgewordene Unnatürlichkeit. Odysseus hat die Kraft, der Medusa ins Gesicht zu starren, auf die abgemagerten Hüften, den wegmassierten Hintern, die geschrumpften Modell-Brüste. Immun gegen den Zauber, offen für alle heimlichen und zur Schau getragenen Engelreize, das Elfenhaar der heißen Nora und den unergründlichen Nixenblick Julia von Selleries.

Heini Schlunzer, einer unserer öffentlich besoldeten Staatskritiker, selbsternannter Literaturpapst, Funktionärsprofi und staatlich anerkannter Mafiosi, hat für das neue Jahrzehnt die Wiederauferstehung der Literatur proklamiert. Es darf wieder gedichtet werden. War es nicht Heini, der den Donnerruf aus dem deutschen Norden als einer der ersten bei uns aufgenommen hat: Die Literatur ist tot, es lebe das Engagement. Er hat das Signal gegeben, unter den Schwierigkeiten beim Schreiben der Wahrheit zu ächzen und die Reproduzierbarkeit der bescheidenen Phantasie zu fürchten oder zu fordern. Wir wissen, was wir dieser Leidensbotschaft, die mit fröhlich deutschem Burschensinn vorgetragen wurde, verdanken: Tausende Bücher, in denen die Frustrationen von Schriftstellern und Schriftstellerinnen minutiös verzeichnet wurden, zu denen die Niederschrift ihrer Zweifel an sich, an der Demokratie, an der Faschismuskonzeption, an Europa und am Sozialismus sie animiert hatte. Je radikaler sie die Literatur abschafften, desto üppiger schoß diese ins Kraut. Gelinde Zweifel ergaben schmale Gedichtbände, Zweifelsstürme umfangreiche Wälzer. Als Revolutionäre angetreten, verwandelte sich diese Generation in Klageweiber über ihre (berechtigten) Zweifel an ihrer literarischen Mission. Heini Schlunzer war einer von denen, die dieser wehleidigen Generation eine Klagemauer errichtet hatten.

Stiefel brachte Heinis Frohbotschaft von der auferstandenen Literatur, noch bevor sie im „Schmetterling“ erschienen, vom „Profil“ übernommen und in den florierenden Lebenslust- und Lebensstilmagazinen vulgarisiert worden war. Die Neue Esse reagierte mit dem Schlagwort: Wir rüsten um. Vom Marxismus zum Life Style. Verstaatlichung, Planwirtschaft, Kollektiv sind out, Unterhosen von Laroche, Dreihaubenlokale, Maßanzüge, Sex im Auto sind in. Ich-Trips statt Sozialsatiren, Freud statt Engels, Psychologie statt Soziologie. Heiner Müller hält die Mitte: Linksabweichung plus Formalismus. Seine Loge mit Ausblick auf die untergehende DDR hat er leider verloren. Gab es etwas Spannenderes? Hammer und Sichel, aus den Fahnen entfernt, werden am Revers getragen. Rot ist die Farbe der Nostalgie. Die siamesischen Literaturzwillinge halten sie noch hoch. Typische Trotzreaktion.

Für den Einzelgänger Tomassoni ergeben sich daraus Chancen,

die rechtzeitig genützt werden müssen. Wer weiß, wie lange der Trend anhält? Na, für uns wird es reichen. Das Wohlleben, schätze ich, sollte mehr Chancen haben als das Dogma. Und die Doppelmoral? Was ist schicker als der niedergeschlagene Blick des Mädchens beim Kirchgang aus dem die Koketterie blinzelt? Die mir bekannten Linksradikalen verstanden es auch vor der Wende ihren Kommunismus ohne Gewissensbisse mit Machtanspruch, Luxus und Reichtum zu verbinden, wie ja auch Christentum wohl vor liberalen Gesetzen aber nicht vor chaotischem Durcheinanderlieben bewahrt. Ich verlaß mich nicht darauf. Vielleicht gibt es demnächst wieder was Faschistisches! Das Bedürfnis nach Ordnung und Disziplin als Deckmantel der Korruption. Die Trendwende hat ja auch unangenehme Seiten. Die Scharlatanerie wird unverschämter, die Esoterik wirft Sumpfblasen. André Heller vervielfältigt sich in einer Poesieexplosion. Ein Mann, der gefühlstrunken, phantastisch, reich und arrogant ist, muß reussieren. Hart zu den Geschäftspartnern, aber weich in seinen Songs. Die Teenager wollen nicht mehr Fußballstars, Skikanonen, nicht einmal TV-Serienhelden werden. Was denn? Einfach reich, mächtig und potent. Ohne Umweg. Es ist nicht Tomassonis Zeitalter, das da aufsteigt, aber es läßt uns Chancen. Es verführt die Welt nicht mit Parolen. Wir müssen an nichts anderes glauben als an unseren Magen, unsere Börse und unseren Schwanz.

Weißt Du, worauf ich warte? Auf die Welle der Genußkritiker. Überdruß am Mercedes, am Swimming Pool, an Golf und an den Nobelhuren und Bridgeweibern. Da gibt es, vor allem in der deutschen Literatur, wieder Lamentationen, an denen die Linksopposition ihre Freude haben kann. Nach der Enttäuschung über den Sozialismus nun die Frustration am neuen Luxus. Eine Wiener Life-Style-Illustrierte hat schon den Vorschlag gemacht, künftige Nobelpreise und Weltmeistermedaillen an die Reichsten, Erfolgreichsten, Durchsetzungskräftigsten zu vergeben. Der sogenannte Kunstsenat, ein Rat der weisen Verkalkten oder verkalkten Weisen, wird mit Bestsellerautoren neu besetzt. Unter einer Auflage von 100.000 verkauften Exemplaren läuft da nichts. Weitere Kriterien sind eine Abendgage von 5.000 Dollar, eine Besprechung von Enzensberger im Spiegel oder der Marktwert eines Bildes von mindestens einer halben Million. Kritik am Materialismus dieser Lebens- und Literaturauffassung kursiert unter den von der Maltz als Absteiger eingestuften Erfolglosen, dringt aber nicht in die Spalten der geschmacksbildenden Magazine. Jetzt ist die Stunde der Schlieferl. Wir waren noch nie so gut darüber informiert, wer mit wem was wo gegessen hat. Eine Illustrierte verspricht uns die erotischen Geheimnisse der Fernsehmoderatoren. Nichts als Potenzprahlerei. Und ein paar Verdächtigungen, die an die streng gehüteten Schmusgeheimnisse unserer Gymnasiastenzeit erinnern. Interessant das Bekenntnis eines Modepräsentators für seine Leidenschaft für die biegsame Rückenkurve der Frauen zwischen fünfzehn und einunddreißig, und das Geständnis eines Intendanten, daß ihm nichts über das heimliche Einverständnis in der Erotik gehe. Was ist schon der Liebesakt gegen den Blickwechsel, der uns in einer Gesellschaft vereinigt? Die Gewißheit des Einverständnisses erspart die Tat.

Man sieht daraus, daß mit fortschreitendem Life Style die Ausreden die Aktionen ablösen. Vor allem in der Erotik, das versuche ich in meiner Spalte klar zu machen, gibt es nichts, das nicht schon da gewesen wäre.

Stiefel erkannte sofort die Tendenzwende und brachte sie unter Mitarbeit eines Redaktionskollegen in Verbindung mit von ihm beobachteten Wandlungen des Marxismus-Leninismus, die er in den ehemaligen Oststaaten erkannt haben wollte. Zum Sozialismus mit menschlichem Gesicht gehörte auch eine humanistische Literatur. Engagement, aber mit Aufgeschlossenheit gegenüber den Privaträumen.

Die Literatur kehrt zurück. Was konnte das anderes bedeuten, als daß wir uns frisch ans neue Interpretationswerk machen.

Wohin mit der Makulatur, fragte der Bibliothekar. Zur Literatur über die Abschaffung der Literatur war eine unübersehbare Sekundärliteratur gekommen. Eine Armee von Tiefenforschern und Tiefenforscherinnen war hier, von Satirikern, Polemikern, Professoren, Senats- und Ministerialräten, ja sogar von Hofräten unterstützt, am Werk. Es war zu befürchten, daß zur Makulatur der siebziger und achtziger Jahre neue Stöße unlesbarer Untersuchungen aufgehäuft werden würden.

Stiefel wollte sich davon nicht bremsen lassen. Wohin der Mist gekehrt wurde, war ihm egal. Er strebte zurück zu den Wurzeln, zurück zu Brecht, Adorno und Benjamin, den unschuldig Schuldigen am Kunstzweifel aus Engagementswahn.

Die Literaturpäpste, allen voran die Messerer, warfen sich in die Brust. Sie hatten es wieder einmal vorausgewußt. Sie hatten nichts anderes getan, als die Proteste, die Zweifel zu artikulieren und damit den Weg zur Wiederentdeckung der Literatur bereitet. Sie hatten zu diesem guten Ende den Mythos des Kunstzweifels ins Unbelastbare ausgeweitet, wie die Maltz formulierte. Und jetzt hatten wir sie wieder, die holde Kunst. Die Autoren wurden auf den Ich-Trip geschickt. Nun ging es nicht mehr in die weite Welt, sondern wieder ins unerforschte und unerforschbare Innere.

Ein Tomassoni-Bekenntnis

Ich gehe die Lange Gasse hinauf, aber bevor ich in den Wald komme, winkt mir aus den Seitengassen der Trubel der Welt. Ich wandere in der Zwetschkenallee, aber ich stoße nicht an den Ställen der Absdorfer Meierei an, plötzlich erhebe ich mich in etwas, das Phantasie sein mag oder Wunschtraum, etwas zwischen Faust-Stube und Café Central, in der Bindergasse begegne ich Fernando Pessoa, ins Gespräch mit Vicente Huidobro vertieft, aber das ist natürlich fata morgana, Pessoa ist einsam wie ich, die ausgegangene Zigarette fällt ihm aus dem Mundwinkel. In der Zwetschkenallee nichts wie Natur, Blütenschnee, Früchtemassaker, Maikäfersterben, in das die Bürgerkriegskanonen dröhnen, die Jubelrufe der ukrainischen Unabhängigkeit. Ich winde mich in der Wachau zwischen Marillenbäumen und Barockpalästen in Selbstzweifeln und Ichberauschungen. Überwältigt von der Fruchtbarkeit flüchte ich mich in Ironie und biege rasch in eine verträumte Gasse mit Biedermeierfassaden ein. Weltflucht in Statzendorf, Umwelteuphorie in der Kärntnerstraße.

Als die kleine Kokserin verhaftet wurde, listete der pedantische Stiefel die Laster der Wiener Kulturszene auf: Homosexualität, Trunksucht, Freßgier, Rauschgift. Namen erübrigen sich. Jeder kennt sie und wer sie nicht kennt, braucht sie nicht erfahren. Für dergleichen Denunziationen ist Schlieferl zuständig. Gab es nicht auch einen Fall von Sodomie und einen von Inzucht? Krankhafte Eifersucht nicht zu vergessen. Eifersucht ist hierzulande nach Gewinnsucht noch immer das häufigste Mordmotiv. Stiefel wußte sich davon nicht frei, aber bis zum Mord würde er nicht gehen, davon war er überzeugt. Er hielt sich frei von der Neigung zu Gewalttaten. Andere nannten das Feigheit. Stiefel, der Schwächling, war stark im ideologischen Argument, im Marx- und Lenin-Zitat. Bei Liebespech zog er die Verzweiflung vor. Das still in sich hinein Weinen mit dem Ausweg der redseligen Beichte.

Warum, fragte Stiefel, nachdem sich herausgestellt hatte, daß sexuelle Abweichungen, der unbeherrschte Genuß von Betäubungsmitteln, Medikamentensucht, ungezügeltes Rauchen, Mehlspeisverfallenheit, wobei Lebensangst und Hypochondrie eine verhängnisvolle Motivkette bildeten, die Wiener Kulturszene beherrschten, warum, fragte Stiefel können die Leute nicht normal leben.

Lebst Du normal?

Ich denke, sagte Stiefel …

Ich denke an Deine Kopfwehpulver, ich denke an Deinen Antidepressiva-Konsum, an Deine Schlafpulver, um nur das zu erwähnen, was man laut denken kann.

Und Du?

Bevor Du Dich auf falsche Spuren begibst, sagte Meissner, gestehe ich Dir, daß ich, wenn ich normal leben müßte, mich längst umgebracht hätte. Ich lebe in Extremen. Ich habe meine Freßperioden, meine Fastenzeiten, meine Liebesanfälle und meinen Liebesentzug. Natürlich könnte ich normal essen, wenn schon nicht normal lieben. Aber kann ich es? Ich muß mich vollschlagen oder hungern. Es liegt mir nicht so viel an Schokolade. Ich kann, wenn ich den Hungerwahn habe, sechs Tage lang von Bananen leben. Aber die ausgewogene Kost schlägt sich auf mein Gemüt.

Extreme!

Schieb es nicht auf die Kunst, sagte Meissner, ich bitte Dich. Erinnerst Du Dich, wie köstlich die Kleine gespielt hat, als sie noch nicht gekokst hat? Oder, berichtigte er sich, war sie damals so gut, weil sie high war? Ich denke, sie war damals high. Aber kann man leben, ohne high zu sein? Alle Menschen, die leben, leben im Extrem. Die anderen vegetieren. Wie sollten wir es sonst aushalten. Das Blödeste, was Dir und Deinesgleichen damals in der fernen Vergangenheit unserer Jugendträume eingefallen ist, war die Liebesidylle. Make love. Bumsen als sozialer Impetus. Wie habt Ihr das wirklich gemacht? Ich weiß schon. Ihr habt euch die ganz normale Ehehölle bereitet. Und darauf gewartet, daß es in der idealen Gesellschaft mit einer anderen funktionieren wird. Liebe, das was wir Liebe nennen, ist das schrecklichste Extrem.

Man liegt, wie man sich bettet.

Ich, sagte Meissner, liege unbequem, was mein Glück nicht schmälert sondern ausmacht. Unerhörte Schwierigkeiten, die Kluft zu überwinden. Die Gratwanderung führt entweder zur Erschöpfung oder zur Exaltation. Sag' mir nicht, Stiefel, daß Du normal lieben kannst. Normale Liebe, das ist ja der pure Wahnsinn. Das gibt es in der Verfassung, aber nicht im Leben. Denk an Deine panische Angst vor der Frau und Dein wahnwitziges Begehren der Frau. Was machst Du, damit Du nicht zerrieben wirst? Yoga, Kopfstand, Selbstbefriedigung oder Wachträume.

Was hat Tomassoni für ein Laster?

Verbreite Gerüchte und dementiere sie. Er hat es leicht, er muß es nicht leben, er hält es aus. Mir persönlich wäre ein Tomassonischer Einsamkeitsrausch das liebste. Ein Einsiedlerkomplex. Dafür gibt es sicher einen lateinischen medizinischen Ausdruck. Absolute Kommunikationsscheu, krankhaft dünne Haut. Es muß ja nicht zur Widerlichkeit ausarten. Oder, wenn man sich's schon aussuchen kann, eine schöne romantische Neurose. Etwas, das Sympathie erregt und Samariterinneninstinkte weckt, Mitgefühl erzeugt und Bewunderung des Geniewahns. Normal kann der auf keinen Fall sein. So etwas zwischen religiösem Wahn und sozialer Illusion. Ein Novize, der der Kommunistischen Partei beitritt. Das ordnet ihn dem Zeitgeist ein und zeigt seine soziale Empfindlichkeit, so wie sein spektakulärer Austritt aus der Partei seinen Verstand beweist.

Aber das muß auch nicht sein. Ich meine nur, kein Begütigungsversuch zu einer normalen bürgerlichen Existenz. Ein Bürger dichtet nicht. Der läßt bestenfalls von einem Ghostwriter seine Memoiren schreiben.

Um nicht wieder die Laster der Bürger anzukreiden, erspare ich mir den bürgerlichen Sündenkatalog. Wenn Du das normal nennst! Da sind ja unsere Wiener Kulturperversen harmlos. Die Normalen, lieber Stiefel, geben ihre Anormalität nur nicht zu. Während unsereiner damit prahlt.

Mit Odysseus unterwegs

Er schnupperte, roch
den Herbst, fröstelte
angenehm und
wurde augenblicks von der
Gier nach der Stadt
überwältigt.

Moser ist es gelungen, Tomassoni auf der Vorschlagsliste der Vorstandsmitglieder des Clubs unterzubringen. Der Club ist, das weiß jedermann, das Allerheilige der Literatur und der Vorstand des Clubs demgemäß das Allerheiligste. Wer vom Club akzeptiert wird, ist in die Literatur aufgenommen, auch wenn er nichts geschrieben hat. Insoferne war Tomassoni kein Ausnahmefall. Gerade im Allerheiligsten saßen die Nicht-, die Möchtegern- und die Nebenherschreiber. Es hat meines Wissens, auch international gesehen, nur ganz wenige Clubfunktionäre gegeben, die eine Bibliographie aufwiesen, die nicht auf drei oder weniger Zeilen unterzubringen war. Es gab, wie Meissner zu sagen pflegte, Schriftsteller und Schriftstellerfunktionäre. Ein lebender Tomassoni hätte sich nicht einmal um die Aufnahme in den Club, geschweige in seinen Vorstand gekümmert. In die Liste aufgenommen war Tomassoni auf Grund eines

Referates von Moser und eines Koreferates von Meissner worden. Was in der Tomassoni-Strategie eine wesentliche Rolle spielte. Denn ein Club-Mitglied war, wenn sonst nichts, eine eingetragene Persönlichkeit. Ein Vorstandsmitglied, kalkulierten Moser, Meissner und Stiefel, eine offizielle Erscheinung im öffentlichen Leben. Jemand, dessen Existenz außer Frage stand.

War Tomassoni auf der Generalversammlung? Lertes glaubte ihn gesehen zu haben, Sobras war ihm vorgestellt worden. Wie er aussieht? Dekadent. Eine braungebrannte alpine Dekadenz. Ein Mann, dem man nicht nur ein Gedicht sondern auch eine Erstbesteigung zutraut. Mit einem Wort, ein Tiroler. Ein Typ, den ich nicht mag, aber der mir imponiert. Janes wollte ihn auch kennenlernen, aber er war dann in dem Gewühl nicht mehr aufzufinden. Endlich einmal, sagte Schoberwein, daß man ihn zu sehen bekommt, wenn auch nur aus der Ferne. Wenigstens etwas. Denn der Altpräsident war verdrossen. Er war mit dem Ablauf des Vereinsrituals unzufrieden, mit der Vorstandsliste nicht einverstanden, und ärgerte sich wieder einmal über die Schußlichkeit des Generalsekretärs, der eigentlich vor zwanzig Jahren zurückgetreten war, aber mangels eines effizienten Nachfolgers noch immer die Geschäfte versah und dies zweifellos noch weiter tun würde. Unwillig sah Schoberwein vor allem, wie sein Intimfeind, die graue Eminenz, von seinem Eckplatz in der zweiten Reihe die Fäden zog.

Unberührt von dem üblichen Gerangel in der Diskussion. Zu wenig Frauen in den Vorstandsrängen. Keine Jugend. Mangel an Qualität. Was nicht die Entlastung des Vorstands verhinderte. Rechnungsbericht. Und zuvor noch eine Statutenänderung. Etwas, das demokratisch, aber rasch über die Bühne gehen sollte. Das notorische Trotzköpfchen einkalkuliert, das immer aus der Rolle fiel. Dann lief bei der Statutenänderung etwas schief. Was, wußte Meissner nicht zu sagen. Oder doch: Es hing irgendwie mit den Vorstandsmitgliedern zusammen. Einige meinten, es wären zu viele, andere zu wenig. Tatsächlich wurden es immer mehr. Nach dem Vorbild der montenegrinischen Armee. Mehr Generale als Soldaten. Lauter Befehlshaber in Ehrenpension.

Meissner verdämmerte die Dramaturgie der Vereinsmeierei, in die sich nicht nur Parteisekretäre sondern auch Lyriker verbohren können. Er erwachte erst wieder, als die graue Eminenz bei einer von ihr provozierten Abstimmung unterlag und verärgert seine Funktion der Rechnungsführung zurücklegte. Was Entsetzen auslöste. Denn Präsidentenanwärter gibt es dutzendweise, aber ein Mann, der die Finanzen zusammenhält, der Subventionen loseist, Spenden locker macht, der Sympathien und Antipathien der Minister in bare Münze umsetzt, der war unersetzlich. Wortmeldung auf Wortmeldung hagelte auf den Tagungspräsidenten nieder. Holzer erinnerte die graue Eminenz an die halbe Million, die sie vor fünfzehn Jahren einem Bankdirektor beim Heurigen abgerungen hatten um den Preis einer Nacht mit Sodbrennen von dem gepanschten Grinzinger. Petreovic appellierte an den Clubgeist, aber erst ein kameradschaftlicher Schulterschlag eines allseits beliebten Humoristen überzeugte die graue Eminenz. Mach Dein Ehrenjahr, donnerte der Künstler mit einem Wolter-Schrei und schloß ein herzerweichendes Dichterzitat an, und von so viel Leid, Wohlwollen, Schuldbekenntnis, Bitten und Betteln bewegt, nahm der Rücktreter sein Amt, das er ohnehin niemals aus der Hand gegeben hätte, wieder unter überwältigendem Beifall an. Zyniker, die es auch unter Literaten gibt, hielten das für eine Komödie, aber der Tagungsvorsitzende rühmte den Sieg der Vernunft in wohlgesetzten Worten, nicht ohne dabei Platon, Pascal und Hegel zu zitieren. Ein Strom von Tränen hatte die graue Eminenz wieder an das Kassenbuch gespült. Worauf an die Wahl des Vorsitzenden geschritten wurde. Es gab dabei Streichungen durch Mitglieder, die durch nichts zu rühren waren. Hauptsache, Tomassoni wurde einstimmig gewählt. Schade, daß er offenbar vor Aufhebung der Generalversammlung bereits den Saal verlassen hatte.

Was wir mit Tomassoni zeigen müssen, aber nicht imstande sind, ist die Verzweiflung des Künstlers darüber, daß er in seinem Stil gefangen, daß er der Kettensträfling seiner Brillanz ist. Gefesselt von seiner Bravour immer derselben ironischen Volten, dieser Wiederholungsmanie. Das Übermalungssyndrom, der Farbenrausch der Selbstbetäubung, der Zitatenzwang, die Vitalität, die einem unter der Feder verdorrt, die kunstvolle Manier, die sich in den eigenen Schwanz beißt. Der Setzer ist angehalten, hier einige Seiten Platz zu lassen. Jeder soll seinen eigenen Kerker, seine eigenen Fesseln bekennen.

Tomassoni ist als Entfesslungskünstler aufgetreten. Er hat sie in einem Kraftakt abgestreift, der seinerseits zu einem Trick entartet ist. Und er kehrt in sein Gefängnis zurück. Er flüchtet, aber er schlägt einen Kreis. Kaum entkommen, steht er schon wieder vor der Tür seines Kerkers. Wir kennen ja diese wilden Fluchten, in den Alkohol, um die Welt, in die Einsamkeit, in das Getriebe des Betriebes, die alle wieder in den Schlingen des gerühmten Stiles enden, die sich jeder ahnungslos legt.

Na so was: Da verwandelt sich die Berta Scholtes kurzerhand in einen Berthold Scholtes. Sei's drum. Wir kennen so viele Mannsbilder, die in Kittel, und so viele Weiber, die in Hosen gehören, daß man einer Frau, die endlich ihren Mann stellen will, den Respekt nicht versagen kann.

War es Stiefel, war es die Hilde Spiel, die Kulturstadträtin, der Kritiker Jenny oder Marcel höchstselbst Reich-Ranicki, der von seinem Frankfurter Thron die Karrieren lenkt, wobei ihm gelegentlich ein gewisser Enzensberger dazwischenfunkt, wer immer es war, jemand, der vorgibt, es zu wissen, hat Bertas Frauensprache gerühmt, im Waschzettel wurde ihre weibliche Sensibilität gepriesen und das war es offenbar, was den Reichartsebner-Lambrecht, den notorischen Zeitgeistgermanisten, bewogen hat, einer Kirchenmaus aus dem hintersten Kärnten, eine Dissertation über die Frauensprache am Beispiel der Prosatexte der Berta Scholtes aufzutragen. Frauensprache, Männersprache, einmal mußte das ja wissenschaftlich belegt werden, was im Feuilleton gang und gebe war. Das ist ja der Germanistik immer voraus. Ob allerdings die Thekla Rebernig die richtige dafür war? Sie war jedenfalls Feuer und Flamme, denn seit sie ihrem Graben und damit dem Provinzgymnasium und der Kirchenbank entkommen war, begeisterte sie sich an progressiven Sakrilegen. Ich unterschlage die von der Rebernig bemühten Belege, die ja aus dem „Forum", dem „Schmetterling", dem „Wespennest" und ähnlichen Publikationen des gewandelten linken Life Style bekannt sind. Sie stellte jedenfalls nach diesem Vorbild

Listen mit weiblichen Vokabeln, Ausdrücken und Redewendungen auf, sie tüftelte am weiblichen Satzbau, den sie keineswegs in anarchischer Ausschweifung sondern in der gleichsam altrömischen Disziplin der Scholtes zu finden glaubte. Reichartsebner-Lambrecht stand mit Rat zur Hilfe und trug gelegentlich auch ein Fundstück bei. Er brachte Thekla von ihm entdeckte Begriffspaarungen aus der Frauen- und Männersprache, denen bei Berta nachzuforschen er ihr empfahl. Und Thekla vergrub sich wieder in die Scholtessche Prosa, revidierte ihre Listen, legte neue an und rechnete die femininen und maskulinen Anteile an der Sprache in Prozenten aus.

Ob der Rebernig jetzt der Doktortitel aberkannt wird? Schließlich hatte sie den Sanctus des Institutsvorstandes, hat sie anerkannte wissenschaftliche Kriterien angewendet und mit Fleiß eine These untermauert. Daß sie nicht gehalten hat, das ist auch anderen passiert. Was sollte da mit den Divisionen der Marxismustheoretiker geschehen? Meissner und Moser lachten sich ins Fäustchen. Stiefel war die Sache peinlich. Denn während sonst nichts seiner Kritik standhalten konnte, war die Wissenschaft sakrosankt. Schließlich hingen davon die Dogmen ab.

Die Rebernig bleibt Dr. phil. Schließlich fragt einen ja auch niemand nach der Dissertation, und schon gar nicht nach ihrem Wahrheitsgehalt. Auch dem Doktorvater Reichartsebner-Lambrecht hat's nicht geschadet. Der Pluspunkt für eine aktuelle Doktorarbeit kann durch eine Entwicklung der Wissenschaft nicht annulliert werden. Wo kämen wir da hin? Die Wissenschaft schreitet unaufhörlich fort wie das Ozonloch.

Und was sagt der Scholtes dazu? Er hat einem Verlag, der vor seiner Geschlechtsumwandlung Interesse an der Doktorarbeit zeigte, nachher geraten, einfach die Begriffe auszutauschen. Schließlich konnte man die weiblichen Belege genau so gut als männlich diagnostizieren. Alles eine Auslegungssache.

Nicht zu leugnen ist, daß die Erforschung der Frauensprache einen kleinen Rückschlag erlitten hat. Der, beziehungsweise dem Scholtes ist's egal, und die Frauenspracheforscher haben schon eine Ausrede gefunden und werden weitere finden. Vielleicht hat der drohende Anmarsch der männlichen Chromosome bei Berta einen femininen Protestschock ausgelöst. Das unbewußt Weibliche gegen das unbewußt Männliche? Wer weiß das schon. Die Seele ist bekanntlich ein weites Land, in dem der Kernsatz vom anderen Hang gilt, der dem Wanderer immer schöner, bequemer und lohnender erscheint. Frauen wollen Männer, Männer wollen Frauen sein. Woraus Reichartsebner-Lambrecht in einem verschleierten Fazit der Affäre den Schluß gezogen hat, daß nichts dringender sei als fortgesetzte Bemühungen zur Unterscheidung von Frauen- und Männersprache. Wissenschafts- und Kulturministerium sollen sich bereits über einen üppig dotierten Forschungsauftrag einig sein, bei dem auch für die kleine Rebernig ein Butterbrot abfallen wird.

Moser, sagte Bobby, Du bist ein Hexenmeister. Sie lallte schon ein wenig. Der Geist, der stets verneint. Was ich damit sagen wollte: Du kannst nur verreißen, heruntermachen, anscheißen. Worauf sie weinte. Still mit sickernden Tränen. Tatsächlich, sie gab es zu, es war lustiger Hexe als zur Elfe verurteilt zu sein. Immer als Weihnachtsengel im kurzen weißen Röckchen, das nichts zeigen durfte als Wade. Weißt Du, Moser, was die Klimax meiner pubertierenden Erotik im Turnverein war? Wadenmessen. Wer die dicksten Waden hat. Ich landete weit abgeschlagen. Und bekam den Trostpreis ästhetischer Ausgewogenheit. Da gab es Hexenrundungen wie vom Drechsler. Natürlich war es eine Ersatzvorstellung. Die Wade als tertiäres Geschlechtsmerkmal. Gleich unter dem häßlichen Frauenknie. Hast Du schon einmal was von Kniefetischismus gehört? Von Wadenvernarrtheit? Sie wollte wissen, wer den größten Busen hat, die rundesten Arschbacken, das dichteste Vlies. Aber einige haben das Röckchen bis zu den Schenkeln gehoben. Eine Hexe wurde enttarnt. Soll unnennbare Unzüchtigkeiten getrieben haben.

Los, sagte sie, fall mich an, zerreiße mich, schlag' die Krallen Deines Verstandes …

Bobby, sagte Moser, ich bewundere Dich. Alle bewundern Dich. Alle lieben Dich.

Sie schmollte.

Du willst doch nicht gefürchtet werden. Oder gehaßt.

Verachtet. Die ewige Elfe. Die Dekadenzimitation, die ihr euch als Elfe haltet. Das Südfrüchtchen, der blauschimmernde Opal.

Bobby, Du hast an der Tür gehorcht.

Uschi, das apokalyptische Untier. Beschimpft mich und liebt mich. Weißt Du, was sie gemacht hat? Sie hat mir die Wade gemessen. Und weißt Du was? Ich hatte wieder nicht die dicksten. Ich bekam wieder den Schönheitspreis. Sie hat mich mit Lob verleumdet.

Die leidige Affäre mit der Schauspielerin hinter sich, ignorierte er in der Premierenpause das grußheischende Kopfnicken aller einschlägig belasteten Damen. Die hatte tatsächlich geglaubt, sie habe dadurch ein Abonnement auf Lobhudeleien. Aber so wie es mit einer hymnischen Kritik angefangen hatte, hörte es mit einem Verriß auf. Sie hatte ihn angerufen, sie hatte ihn, da sein Lob das einzige war, besucht, er hatte sie getröstet, den Dank eingeheimst, mit ihr das unverständliche Verhalten der Kollegen beklagt. Was, fragte er sich bei ihrem nächsten Auftritt, hatte ihm eigentlich gefallen. Er redete sich heraus und sie schmollte. Der Vorteil eines Kritikers, der sich mit einer Schauspielerin eingelassen hat, war die Möglichkeit des Liebesmordes ohne Blutstropfen. Mord mit Tinte, nannte das die alte Kiki, deren Gefühle schon oft auf der Bahre der Kulturseite hingerichtet worden waren. Ein spitzer Bleistift durchbohrt dein Herz, ein Tropfen Tinte fließt, und die Schreibmaschine macht die Katzenmusik dazu. Er hatte sie brutal verrissen. Sie beklagte sich brieflich beim Chef, was zu seinem Ruf als Talentekiller beitrug.

Eines Nachmittags kam eine wohlgerundete Vierzigerin. Nadja Rappaport. Haben Sie schon von mir gehört? Selbstverständlich. Die Malerin, sagt sie. Die bekannte Malerin. Da kam schon Ronny, der Kunstkritiker. Sie suchten die Einladung zu ihrer Ausstellung in diversen Fächern und fanden sie tatsächlich. Was sie als gutes Zeichen wertete. Einwände und Ausreden wischte Nadja weg. Sie müssen in meine Ausstellung. Und zu Dr. Moser: Sie auch. Ronny mußte auch in ihr Atelier. Als sie abgerauscht war, fühlte sich Moser zu einer eindringlichen Warnung verpflichtet.

Fang Dir nichts mit einer Malerin an. Diese Rappaport! Der ist ihre Libido in den Pinsel gerutscht. Alles für die Kunst. Alles für den Ruhm.

Auch schon ein Ruhm!

Immerhin, eine Ausstellung, eine Kritik, der Bildankauf eines Museums, das ist etwas, das man vorzeigen kann. Die besteht nicht mehr aus Gesicht, Busen, Bauch, Beinen, von Hirn und Herz einmal zu schweigen, sondern aus einer Liste der Preise, Auszeichnungen, Ausstellungen, Ankäufe. Wenn Du das zusammenbringst, daß von der ein Bild in die Albertina kommt, ein Gemälde in das

Zwanzigerhaus, daß ihr das Palais Liechtenstein ein Rappaport-Kabinett einrichtet …

… dann könnte ich …

Wenn Du willst. Aber Du hast nichts davon. Du beschläfst eine bemalte Leinwand.

Dafür verlangt sie eigentlich viel.

Auch was. Du bist doch ein Schmeichler, lüg ihr was vor. Daß sie die größte Malerin ist, daß sie den zügigsten oder den subtilsten Strich hat. Egal, wenn Du nur dick aufträgst. Du kannst nicht genug übertreiben. Sie glaubt es Dir. Vielleicht bringt das ihre Hormone in Schwingung. Die wird nicht durch Busenküsse, die wird durch Lobeshymnen auf ihre Farbgebung hitzig. Noch besser, laß die Finger von dem Farbtopf. Du hast doch ätherische Verehrerinnen. Was ist mit der Brünetten, Ende dreißig, attraktiv, gepflegt, erfahren.

Die ist auch kompliziert.

Möglich, wahrscheinlich. Aber da umarmst Du wenigstens eine Frau. Lieber in die Hölle einer Neurotikerin als in das ungeheizte Atelier einer nicht nach Gebühr geschätzten Aquarellistin. So gut kannst Du gar nicht sein, daß die genug bekommt. Nämlich von Deinem Lob. Was immer Du mit ihr im Bett anstellst, sie erzählt Dir, daß ihr Glasfenster dem Ronte gefallen, und was der Sparkassenmäzen zu ihrem Farbauftrag gesagt hat. Du erwartest ihre Lustschreie, und sie vertraut Dir an, daß sie demnächst einen Bankdirektor und vielleicht sogar einen Minister malen wird. Kehre zurück zu Deiner neurotischen Verehrerin. Oder noch besser zu der gepflegten Geschäftsfrau mit Neigung fürs Poetische.

Die hab' ich bereits angesteckt.

Womit?

Na, mit der Literatur. Sie hat es ein Jahr lang verschwiegen. Jetzt hat sie es gestanden. Sie schreibt auch.

Und will, daß Du ihr Manuskript liest und ihr Dein Urteil darüber mitteilst, aber ganz ehrlich, ganz wahrhaftig, ohne Schonung, damit das Lob noch süßer schmeckt. Und dann will sie gedruckt, und wenn Du das auch noch zustande gebracht hast, rezensiert, gelesen und den anderen Rezensenten empfohlen werden.

Gibt es denn keine normale Leserin?

Nein. Früher gab's welche, die nicht lesen konnten. Aber denen hast Du auch nicht imponieren können mit der einschmeichelnden Macht Deiner Poesie.

Warum, fragt die Interviewerin den Altstar, verlassen Sie Ihr Buen Retiro – die Kamera schwenkte zu einem Alpenbungalow mit Blick auf eine Gipfelkette und den von Nadelbäumen umsäumten idyllischen See, und drehen in einer Ganghofer-Verfilmung? Mein Engagement für die Natur, sagte der Meister. Im Silberwald war die Natur noch in Ordnung.

Ob er sich noch an den Krimi erinnern könne, in dem er vor 27 Jahren den Mörder gespielt hatte, wurde der inzwischen als Theaterdirektor berühmt gewordene Bühnenliebhaber gefragt. Er konnte. Wissen Sie, es war mein Gerechtigkeitsgefühl, das mich bestimmt hat, die Rolle zu übernehmen. Heute denke ich, er setzte das berühmte charmante Lächeln auf, wäre ich für den Richter oder den Verteidiger prädestiniert.

Was haben Sie gegen Boulevard, wehrte sich die Salondame, deren Ruhm es war, daß ihre Friseuse noch nie ein weißes Haar durchschimmern ließ, ich spiele das für meinen Freund Harry Harms. Ihn kann ich nicht im Stich lassen.

A. ließ sich zu einem hochbezahlten Serienreißer überreden, weil er sich dabei für die Jugendbeschäftigung engagieren konnte. B. sah eine gesellschaftspolitische Aufgabe in der Gestaltung eines Opfers der Midlife-crisis, C. engagierte sich in der „Försterchristl“ für das einfache Leben. Meine Antwort auf die Aussteiger-Verlockung! D. versicherte, daß er in der Verkörperung des unsympathischen Managertypus eine soziale Aufgabe sehe. E. wieder hatte die ästhetische Sublimierung an seiner Seifenopernrolle gereizt. Keiner von ihnen spielt offenbar für Geld. Keiner für Ruhm. Der Wink mit dem Scheck? Ich bitte Sie. Die Schriftsteller wollten die Welt erobern, Österreich wach rütteln, Deutschland den Spiegel vorhalten, Frankreich vor dem Rassismus warnen oder den Egerländer Dialekt in der Diaspora bewahren. Die Schauspieler taten mit.

Die Popstars lassen sich zu Gastspielen überreden, weil sie ihre St. Pöltner nicht im Stich und die Kumpels im Ruhrpott nicht enttäuschen wollen, Amadeus war immer für die Umwelt da, Madonna für die sexuelle Emanzipation der Frau. Und wie steht es mit den Honoraren? Geld ist im Ankündigungsstadium tabu. Die Millionen werden erst nach der Abreise verraten. Die richtige Mischung von Idealismus und Millionärsinstinkt macht den Superstar. Ich komme gern nach Wien, weil Wien eine führende Musikstadt ist, übersetzte der Interviewer den ersten Satz des Startenors im VIP-Raum des Flughafens. Deshalb singt er auch an der Scala und an der Met.

Nichts als Wohltäter, Helfer der Menschheit, Bewahrer der Natur, Retter aus materieller und geistiger Not, Gallionsfiguren des Guten.

Gesucht wird ein Schauspieler, der zugibt, daß er jede Rolle spielt, wenn die Kasse stimmt, ein Schriftsteller, der nicht verheimlicht, daß er auf keinen Tausender verzichten will oder kann, der Popstar auf der Millionenjagd, der nicht leugnet, daß er Attersee nur aus Schmockerei sammelt, die Schauspielschülerin, die mit Augenaufschlag gesteht, daß sie um jeden Preis Karriere machen will und dabei weder vor Schönheitskonkurrenzen, Nacktfotos noch vor politischen Bekenntnissen zurückschreckt. Politik? Davon verstehe ich nichts. Hauptsache, der Kandidat gefällt mir. Welcher Versuchung können Sie nicht widerstehen? Der Publicity. Aber schließlich kenne ich keinen Politiker, der nicht täglich in der Zeitung zuerst seinen Namen und sein Bild sucht. Wehe, wenn die ihm gewidmete Schlagzeile mit keinem beglaubigten Foto versehen ist. Dann läutet das Telefon in den Redaktionen. Der Herr Minister (Kanzler, Stadtrat, Bürgermeister, Generalsekretär) hat sein Bild vermißt. Wir bringen eine Mappe mit autorisierten Porträtaufnahmen vorbei. Am Schreibtisch, mit Familie, mit Hund, im Kinderheim, bei den Stahlarbeitern, im Professorentalar und beim Maiumgang. Um ihnen die Auswahl zu erleichtern. Man muß doch schließlich dokumentieren, wofür man sich interessiert. Für die Familie, für die Zukunft, für das arbeitende Volk, für Kultur und Wissenschaft.

Eine schöne Rolle? Wurde die Schauspielerin gefragt. Eine wichtige Rolle. Ihr Partner sekundierte: Eine notwendige Rolle. Er spielt Thomas Bernhard, weil der ein großer Moralist ist, Peter Turrini, weil der die Strukturen aufbricht, was immer das heißen soll. Ich setze für den Schauspieler einen Preis aus, der zugibt, daß ihn an der Rolle nur die Rolle interessiert. Er wird dann gemeinsam mit dem

Meissner-Preis für Regisseure vergeben, in deren Klassikerinszenierungen kein Klavier auf der Bühne steht, kein Schauspieler in einen Swimmingpool fällt und die Akteure einander nicht wechselseitig huckepack auf den Rücken springen. Schließlich wissen die Herren, was sie der Postmoderne schuldig sind. Und der Gesellschaft, dem Naturschutz, der Zukunft und der Vergangenheit. Ob die Stars des Show Business nur an die Emanzipation denken, wenn sie mit einer Kollegin oder einer Schönheitskönigin was anfangen, oder ob deren körperliche Reize dabei auch eine Rolle spielen? Wir dürfen es vermuten, wenn wir uns auf unsere eigene Motivation verlassen. An Tony, sagte das Starlet, schätze ich ... Stell bitte die Platte ab, schrie Stiefel. Und hielt sich die Ohren, die Augen und die Nase zu. Aber so nimmt man nicht am Kulturbetrieb der Gegenwart teil. So kann man nicht ihr Chronist sein.

Die, sagte ein Schauspieler zum anderen, ist eine Hexe, die sich unversehens in eine Fee verwandelt. Was Gefahren in sich schließt.

Immerhin, eine Abwechslung. Ich gerate immer an Feen, die sich als Hexen entpuppen. Denk an die berühmte Interviewerin des Montag-Blattes. Die glüht vor Verständnis. Schlägt züchtig die Beine übereinander, zieht das Röckchen herab. Nein, natürlich kein Aufnahmegerät. Was denken Sie, glauben Sie, ich will Sie in eine Falle locken? Was wollen Sie wissen? Was Sie mir gerne erzählen. Ich leihe nur Ihrer Stimme meine Feder. Wie Sie sich sehen, das wollen meine Leserinnen wissen, nicht, wie ich Sie sehe. Wie sehen Sie mich? Wollen Sie Komplimente hören? Halten wir uns nicht mit Koketterien auf, ich will Ihnen nicht schmeicheln. Schmeicheln Sie nur, davon kann ich nicht genug kriegen. Ich denke, sagt sie, daß Ihr Erfolg bei den Frauen mit Ihren Bühnenerfolgen Schritt halten kann. Ich würde es lieber sehen, wenn Sie es umgekehrt formuliert hätten. Dann sehen Sie sich als Casanova, der sich so gut verstellen kann, daß er auch auf der Bühne in jede Rolle schlüpfen kann.

Subtile Perfidie, der man den Garaus machen müßte, wenn man noch könnte. Aber schon sitzt meine Eitelkeit in ihrer Journalistenfalle. Und ich kann nicht mehr heraus. Ich strample ein wenig, aber ich finde keinen Ausgang. Wie das mit der Uschi Roland war und dann der Vaterkomplex der Julia Steyring. Sie ziehen doch die Mädchentypen vor. Was man sich allerdings schwer vorstellen kann, wenn man an Rosemarie König denkt. Waren Sie wirklich mit ihr verheiratet? Verlobt. Das war vor, na ja, vor etlichen Jahren. Wir ändern uns alle. Aber Sie haben ihren Geschmack beibehalten. Lassen wir das doch. Ich denke an meine Rollen. Da hat eine gewaltige Entwicklung stattgefunden. Reife? Gleich wird sie fragen wie alt ich bin. Psychologische Vertiefung, höre ich mich sagen. Weltverständnis.

Dergleichen Blödheiten hast Du wirklich von Dir gegeben?

Hast Du es nicht gelesen?

Ich habe geglaubt, sie hat Dir das angedichtet.

Hat sie ja auch, aber mit meinen eigenen Worten. Mit Ausdrücken, die nicht zu meinem Vokabular gehören. Sie hat es mir in den Mund geschmeichelt. Mit einem Kitsch, den meine fahrlässigsten Verführungslügen vermieden haben. Nie habe ich mich so weit vergessen, einer Frau mit dem Text einer Rolle zu imponieren. Gut, ich habe geheuchelt, ich habe mich besser dargestellt, als ich bin. Wer nicht? Aber das war meine eigene, meine ureigenste Rolle, meine Improvisation. Ich spiele doch nicht den Romeo oder den Ferdinand, wenn ich eine ins Bett bekommen will. Das ist unter meinem Niveau. Aber erzähle, wie es Dir mit Deiner Illustriertenhexe ergangen ist.

Die fährt mit Kanonen auf, Sprechgerät, automatische Schreibmaschine, Telex oder Telefax oder was immer das ist. Sie baut das vor mir auf wie Martergeräte. Pufft mir den Rauch einer endlos langen Zigarette in die Augen. Meine Bronchien! Irgendwelche Flughafenzigaretten. Alles an ihr ist Angabe, der Fingernagellack in einem schillernd grellen Violett, der kurze Rock mit Einblick in ihre Slipeinlage. Und sie überfällt mich gleich mit der Frage, warum ich den Lear zurückgelegt habe oder vielmehr warum ich zurückgelegt worden bin. Fragen über die Tiefe, Länge und Intensität meiner Krise. Über meine Trennung von Lisa. Ob ich von Lisa gefeuert worden bin. Du erkennst die Diktion. Mein Fräulein, sage ich …

Sagen Sie Nora zu mir, unterbricht sie mich. Gott, sind Sie altmodisch.

Ich werde nicht gefeuert, sage ich. Ich habe den Lear wegen

Arbeitsüberlastung verschoben, um sage und schreibe ein Jahr verschoben. Ich spiele den Lear in der nächsten Saison. Mit dem gleichen Regisseur und meiner Lebensgefährtin Lisa als Partnerin.

Tatsache ist, daß mit dem groß hinausposaunten Projekt nichts geworden ist. Tatsache ist, daß man Lisa mit anderen Männern sieht.

Schließlich, würge ich heraus, könnte man mich ja auch jetzt mit ihnen sehen.

Fühlen Sie sich kompromittiert? Sie wartet meine Antwort nicht ab. Haben Sie immer Verhältnisse mit Ensemblemitgliedern?

Es besteht, wenn ich Ihnen das verständlich machen kann, ein gewisser Konsens zwischen meinen Partnerinnen und meiner Arbeit. Künstlerische Übereinstimmung.

Die sich im Bett abreagiert. Man sagt es Ihnen jedenfalls nach. Ist das der Über-Opa? Schließlich haben Sie den Damen ja was zu bieten. Rollen, meine ich.

Lisa hat bei Stein und unter Bondy gespielt. Sie war bei Hindelang ein aufsehenerregendes Gretchen, von ihren Triumphen unter Zadek zu schweigen.

Oder tarnen Sie mit Ihren Weibern Ihre Homosexualität?

Das mir!

War ja nur eine Frage. Sie haben doch nichts gegen Schwule.

Ich habe nichts gegen Schwule.

Wissen Sie, daß ich nur Männer interviewe, die mir gefallen!

Ich fühle mich geschmeichelt.

Es muß funken, damit es funktioniert. Warum weinen Sie eigentlich dieser Lisa nach. Und dem Lear. Mir machen Sie nichts vor. Sie haben für den Lear das Alter, aber nicht mehr den Merks. Die Proben, heißt es, waren eine Katastrophe. Und die Kräche mit diesem Hindelang-Schätzchen Lisa. Sind Sie der einzige, der nicht weiß, daß Hindelang mit allen seinen Hauptdarstellerinnen schläft?

Ich welke in ihrem Kreuzfeuer. Vielleicht kann ich den Lear wirklich nicht spielen? Wer kennt meine Zweifel, meine Selbstkritik? Und daß ich für Lisa zu alt bin, wer braucht mir das erzählen? Dieser hergelaufene Fratz, der sich in einer Pose hinräkelt, die mich irritiert.

Sie sind ein ausgezeichneter Nebendarsteller, höre ich wie aus einem Schleier. Unübertroffen als Kammerdiener in der Kabale. Eine Paraderolle, wie man im Seminar lernt. Ich hab' das bezweifelt.

Bis ich Sie gesehen habe. Sie legt Balsam auf die Wunden, die sie mir zugefügt hat. Ich warte darauf, daß sie sich auf meinen Schoß setzt. Da springt sie auf, packt ihren Wunderkram, sagt Tschüs, Küßchen, Salü oder irgend so was Zischendes, und ich sehe nur noch ihren kleinen Hintern. Habe ich was versäumt?

Weitersammeln, Tomassoni, weitersammeln! Dein Gleichnis war nur der Einstieg. Sonst nichts. So viele Elfen wie Frauen, so viele Frauen wie Hexen. Natürlich, zugegeben, das ist nur eine Metapher. Jetzt gib Farbe, jetzt gib Leben. Beweise uns, daß es sie gibt. Hol aus dem Gedächtnis, was da ausgedacht worden ist, erinnere Dich an alles, wozu ihr Mut, Kraft und Zeit gefunden habt. Den Klatsch vom Hof, den Tratsch aus der Küche, das Murmeln, das Raunen, das Stöhnen. Paß auf, was die Hexe erzählt, was sie als Elfe verschweigt. Sie hängen es der Nebenbuhlerin an, sie weben unaufhörlich an dem Lügengerüst des Epos, und wehe Dir, wenn sie ehrlich sind. Die Stunde der Wahrheit hinter einem verführerischen Hexenlächeln und einem verzerrten Elfengrinsen. Die Hexen am Trog. Sie schütten allen Schmutz aus. Ich bin weit genug herumgekommen, um Dir zu sagen, es ist der Schmutz der Welt. Dann reiben sie es blitzblank. Weg mit den Flecken. Das große Saubermachen. Woher kommen denn die vielen Schandflecken? Der viele Dreck! Woher die Hexenmale? Heimliches Beschmieren, öffentliches Reinigen. Schau ihnen auf die Finger, den Weißwäscherinnen, bring die Mikrofone an, daß Dir kein Tratsch entgeht, keine Elfenlegende und keine Hexenverleumdung. Halt den Atem an.

Sammeln, Tomassoni, sammeln. Da spritzt einer Gift.

Er vertiefte sich in die Theorie. Historische Reminiszenzen. Soziale Aspekte. Existentielle Notwendigkeiten. Sprachprobleme. Das Flügelrauschen der Luftgeister. Die große Entdeckung: Die Geschmeidigkeit des Elfenrückens. Aber bevor das Material noch geordnet war, verschloß er es. Dahin konnte er noch immer zurückkehren. Fenster auf! Sein Blick fiel auf die biegsame Taille einer Elfe. Er merkte im Hinterkopf vor: Typisches Körpermerkmal, das sich bei fortschreitender Verhexung verliert. Der Instinkt ahnt es, die sensible Hand spürt es bei der leisesten Berührung. Er vibrierte, wenn sich's unter ihren Schulterblättern bog. Die hinreißende Kurve der Elfe. Reiner Hexenzauber. Das Elfenmal. Wer weiß, ob er noch anderen von dieser Beweiskraft begegnen würde.

Der schlanke, sich zur Mitte verjüngende Rücken mit der unbegrenzten Dreh-, Wiege- und Biegefähigkeit entschwand. Jetzt nichts wie nach. Hinein in den Strudel, auf zu den Teenagern, hinab zu den Müttern. Ein unbezwingbarer Forschungsdrang überwältigte ihn.

Zuckerpüppchen ist Galeriedirektorin geworden. Zwar nur im Keller, aber immerhin. Meissner, der nie wußte, ob er sie mochte oder nicht mochte und das auf ihre wetterwendische Inklination zu Stiefel geschoben hatte, ist begeistert über ihre Ehrlichkeit. Gewöhnt, mit Superlativen angeschwindelt zu werden, kann er nicht genug über ihre Offenheit schwärmen. Er hätte ihr das gar nicht zugetraut. Sie leugnet keinen Mißgriff, sie erfindet keine Ausreden. Worüber wieder Stiefel perplex ist. Ich habe gedacht, sagte er zu Meissner, Dein Alter macht Dich reaktionär, aber nun sehe ich, daß es auch blind und blöd macht. Ich habe Dir immer Deine Erfahrungen zugute gehalten, Deine realistische Einschätzung der Ereignisse, die Dir noch Platz für eine Utopie wie den Tomassoni-Mythos ließ, ich habe Deine Skepsis bewundert…

Komm schon zum Minus, unterbrach ihn Meissner. Du lobst mich ja nur, um mich schlachten zu können. Bin ich Deiner Ehemalsfreundin oder Schonwiedergeliebten zu nahe getreten?

Ich habe alles geglaubt, aber nicht, daß Du auf Zuckerpüppchens seit zwei Jahrzehnten erprobte Ehrlichkeitsmasche hereinfällst. Das hat sie bei Pappi gelernt und bei diversen Freunden und Chefs zur Perfektion ausgebildet. Sie gibt alles zu. Sie gibt immer alles zu. Na, was glaubst Du, was Pappi mit seiner reuigen Sünderin gemacht hat? Wie ich über ihr erstes Schuldbekenntnis gerührt war! Wenn ich genug Geld gehabt hätte, wäre ich gleichzeitig zum Juwelier und zum Kürschner gerannt. So ist nichts anderes daraus geworden, als daß ich sie mit allen meinen Gefühlen gevögelt habe. Er ließ Meissner seinen sicher boshaft gemeinten Einwurf nicht vorbringen. Immerhin besser, als wir hätten gestritten. Für sie, und ich geb's zu, auch für mich. Ich wette, wenn die jemals was anstellen würde, was sie vor Gericht bringt, ihrem Geständnis könnte kein Richter widerstehen, und wenn er all sein Gehirnschmalz auf eine Paragraphenkorrektur verwenden oder einen Strafausschließungsgrund erfinden müßte, er würde sie, wehmütig auf sein Dankesküsschen verzichtend, mit aufmunterndem Blick entlassen.

Das ist ihr Trick. Sie fordert den Beschützer im Mann heraus. Die legt Dich brutal hinein. Die belügt und betrügt Dich nach Strich und Faden, und wenn Du ihr draufgekommen bist, steht sie beschämt da und gesteht unverzüglich. Ich bin dem Barbar noch nicht begegnet, der sich in dieser Situation nicht als ihr Tröster aufgespielt hat. Ich hasse nichts so sehr wie ihre Ehrlichkeit, sagte Stiefel, aber ich gebe zu, daß auch ich dem Trick immer wieder hereinfalle. Schuldbewußtsein macht sie unwiderstehlich sexy. Probier das einmal aus! Du versäumst etwas, wenn Du das nicht erlebst. Ich wette tausend gegen eins, Du wirst versuchen, sie auf das Sanfteste zu bumsen, wenn sie Dir treuherzig gesteht, daß sie in völliger Verkennung Deines Wertes an Deinem Ruhm gekratzt hat. Während sie Dich natürlich in Wahrheit hundsgemein verleumdet hat. Es gibt im griechischen Theater einen Ausdruck für das Motiv ihrer Ehrlichkeit: Die Schutzflehende. Das geständige Zuckerpüppchen ist, welche Rolle sie immer vom Teenager über die Geliebte zur Galeriedirektorin gerade spielt, die Schutzsuchende, die Schutzflehende, die Schutzfordernde. Und er wird ihr gewährt.

Sie fliegen auf dem Besen, die Hexen. Er setzte sich ins Auto und fuhr wieder einmal nach Haid. In das ebenerdige gelbe Häuschen neben der Kirche. Er setzte sich zu ihnen in die überheizte Küche. Nein, kein Wochenende. Einen Monat, vielleicht zwei Monate wollte er bleiben. Aber wo war der Cousin? Der hatte einen Posten in Linz. Da lebte sie allein mit Mutter und Nichte. Abends kamen die Freundinnen herüber. Weiberwirtschaft. Zuerst einmal machte sie ihm das Zimmer zurecht. Einheizen, überziehen. Als sie das Leintuch spannte, sah er, wie ihre Taille federte.

Es war naßkalt, Schneematsch auf den Wegen. Der düstere, fahle Waldviertelnebel, der ihn auf seinen Waldläufen berauschte. Er brauchte keinen Schnaps, keine Einigelung in das masochistische Ich. Sie holten ihn zur Post. Er war vom Nebel besoffen, als er den Hörer ans Ohr legte. Es war sie. Denkst Du an mich? Er log nicht, er dachte tatsächlich an sie und an alle anderen Fegefeuerhexen, an die Ansprüche, die sie an ihn stellten, an die Selbstverleugnung, die sie ihm zumuteten, an die Kommunikationsorgien, zu denen sie ihn zwangen. Ich denke an Dich, Elfe, sagte er, sah durch das kleine Fenster hinaus in den Nebel und bekam wirklich ein wenig Sehnsucht nach ihr.

Hexenrekognoskation. Die Nachbarin unter ihrem Dreiröckepanzer.

Sie war nicht vierschrötig, nicht einmal viereckig, eine Festung, die allabendlich wortlos bezwungen wurde. Sie wehrte sich nicht, sie kam ihm nicht entgegen, sie ließ es nicht einmal über sich ergehen. Sie hielt stand. Ein keuchendes Dreiminutenloch im nebeligen Küchenalltag.

So hatte er ihr auch die kleine Bestie gemacht, das beißende, kratzende, spuckende Ungeheuer, das nahm, was es fand, und verteidigte, was ihm niemand wegnehmen wollte. Er bückte sich zu dem Kind und bekam einen Tritt, gut gezielt, wo es den Männern weh tut. Er ignorierte die Bestie. Er übersah den lieben Franzi, oder hieß er nicht Bernhard, nach dem großen Heiligen? Er hörte ein leises Zischen, dachte an eine Schlange und war schon gebissen. Zwei winzige Zähne zeichneten sich in seiner Daumenwurzel ab. Dann kam ein Blutstropfen. Den Franzi, sagte sie, oder den Bernhard, er dürfte Bernhard geheißen haben und Franzi gerufen worden sein, dürfen Sie nicht anreden. Aber noch weniger mag er es, wenn sie ihn nicht beachten. Ich sah herab auf seine bösen kleinen Augen voll Verschlagenheit.

Ein Hexenbalg. Wenn der nicht vorher krepierte, mußte er so was wie ein Künstler werden. Objektschwindler, Burgtheaterdramatiker, Kulturstipendiat, ein Teufelsexport von Selbstbesudelung in die Metropolen, ein Berufspessimist mit Aggressionsschüben.

Mit Widerwillen empfangen, im Ekel gezeugt. Er warf einen Blick in den Kuhstall. Er äugte durch den Atemdampf, durch die Strohähren. Die aufsteigende Kuh blies eine Wolke aus ihren Nüstern. Er hatte eine Vision von Hexenbegattung mit Feuerausstößen. Zuerst eine lodernde Fackel, die in kleine züngelnde Flammen erlosch.

Er beschloß, Franzi einmal versehentlich in den Stall einzuschließen. Dann konnte er in Pferdeflanken beißen und auf stampfende Hufe spucken. Wohin sperrte sie ihn sonst während der obligaten Gewaltakte? Ins verhängte Gitterbett? Rachsüchtig pißte er es voll, während seine künftigen Brüder gezeugt wurden.

Die Nichte war unter die Erdarbeiter geraten. Die kamen aus den Gräben, hatten Mongolenschädel und tranken selbstgebrannten Schnaps zu den Mohnnudeln. Die Cousine fragte nicht, aber Oma wollte wissen, was sie ihr getan hatten. Sie wußte, denen war nichts heilig. Vor ihnen war nichts sicher. Aber dann stellte sich heraus, daß es die Panzergrenadiere vom Truppenübungsplatz waren. Manöverüberschreitung. Die zermalmten die Pilze und die Triebe unter den Panzerketten. Die Äste knacksten. Sie hatten ihr Beeren suchen geholfen. Eines ins Kröpfchen und eines ins aufgebrochene Töpfchen.

Die Nichte mußte im Zimmer der Großmutter schlafen. Falls ein Panzer anrollte. In dieser Nacht stieg er in das Bett der Cousine und empfand die Schauer einer unaufhörlichen Metamorphose. Er wurde zwischen der Unschuld und der Sünde der Liebe zermalmt. Sanfte Elfenumarmung schlug in einen Hexensabbath um. Die kühle, sanfte Haut brannte plötzlich unter seinen Händen. Die Vereinigung erschien ihm natürlich, ja naturgewollt und dann wieder absurd und ungeheuerlich. Die zwei Phasen, die beiden Pole, die große Duplizität. Er beschloß, eine dritte Dimension hinzuzufügen. Hexerei, Anklage der Hexerei, Reinwaschung der Hexerei. Tat, Verrat und Freispruch. Er überraschte sie mit einer unvermuteten Umarmung, fühlte sich als Angreifer, als Ausgelieferter und endlich als Erlöster. Das also war es, was Stiefel inkommensurabel nannte. Die Quadratur des Kreises. Er hätte ewig bei der Cousine bleiben mögen und damit die Hexenaustreibung wesentlich vereinfachen können. Alle drei Phasen in einer Raketenstufe, die er zu einer Explosion von Lust zünden konnte. Aber es trieb ihn aus ihrem Bett. Sie kuschelte sich an ihn, völlige Elfenunschuld nach infernalischer Hexerei. Er löste sich sanft, stieß sie dann grob weg und beugte sich zu einem Vergebungskuß nieder.

Paradoxie: Der Hexenaustreiber als Hexenzuflucht. Das ist die größte Gefahr für Männer, die Sympathie ausstrahlen: Zum Leo werden. Die wirbelten herum und wenn es ihnen an die Seele ging, ans Herzchen, ans Tutti-Frutti, lehnten sie sich an den starken Mann an und riefen: Leo! Und erwarteten von ihm, daß er sie beschützte und tröstete. Er hatte ihre Liebhaber, Verfolger und Rächer abzuhalten, abzuschrecken, wegzujagen, ihnen in Güte zuzureden oder sie mit einem kräftigen Ausdruck zu zerschmettern. Er kam sich wie ein Neutrum vor. Er, der ewige Sohn, in der Beichtvaterrolle! Ein Dilemma, in das er bereits als Zwanzigjähriger geraten war. Bei dem Betriebsausflug auf dem Donauschiff. Da vertraute ihm eine Tante die Nichte an, die das Wohlgefallen eines Buchhalters erregt hatte. Er sollte den bösen Onkel auf Distanz halten. Das macht Ihnen doch nichts aus? Ist sie nicht ein hübsches Mädchen? Und ihr würdet ja wirklich besser zusammenpassen. Er brauchte ihr nur ein wenig Gesellschaft zu leisten auf dem Schiff. Vielleicht könnte das den bösen Onkel endlich von ihr abbringen. Wenn ein Chef ein Mädchen in festen Händen weiß, läßt er die Finger von ihr. Er wußte nicht, ob das Angebot schmeichelhaft oder eine Frechheit war. Oder eine Falle. Das Mädchen, schon als Elfe träge in dem Selbstbewußtsein ihrer üppigen Weiblichkeit, hatte sich eine Verschwörermiene zugelegt, um das Arrangement neutral zu halten. Aber, eine Hexe, verließ sie ihn bald, mit dem Buchhalter oder einem anderen Chef, vielleicht blieb sie auch sitzen, jedenfalls hatte sie den Drang der üppig ins Fleisch schießenden Elfen nach reiferen Herren, die ihresgleichen im eigenen Fett ruhen ließen. Nun verlangte sie zwinkernd von ihm ein Einverständnis gegen die Tante. Verlegen in der Beschützerrolle, aus der er gestoßen worden war, bevor er sich in sie eingelebt hatte, fragte er: Ist er das? Der Buchhalter? Der hatte ein anderes Mädchen gefunden, und sie einen anderen Chef. Er verzog sich aufs Rückschiff und als ihn das Pflichtbewußtsein aus seinem Versteck trieb, war sie verschwunden und blieb es bis zur Landung. Da wuchs sie aus dem Boden oder aus dem Wasser, hängte sich in ihn ein und führte ihn zur Tante, der sie sich von ihm übergeben ließ. Er weinte heute nur der Hexe in Tantengestalt nach. Wie hatte er nur so blind sein können?

Das lag Jahre zurück. Sein Ruf als Zuflucht für lädierte Elfen wuchs. Sie kuschelten sich bei ihm zurecht, spielten Nixe, Nichte, überschütteten ihn mit verlogenen Geständnissen, von denen er leider erst im Endstadium einige festhielt. Vielleicht findet sich einmal, wenn endlich Ordnung in den Aufzeichnungen des Hexenaustreibers gemacht wird, ein Blatt, das wir zugänglich machen können. Sie ließen sich von ihm versöhnen mit Konfekt und Seelenschmus. Er lernte es damals: Elfen und Hexen sind unersättlich in Seelenschmus. Davon kann keine genug kriegen. Dann lümmelten sie sich noch einmal vor ihm auf den Boden, baten mit Augenaufschlag um das letzte Märchen und flatterten wieder davon. Darf ich wiederkommen? Sie schienen gar nicht zu denken, daß der Platz besetzt sein könnte. Von der nächsten blessierten Elfe. So viel Vertrauen, weniger zu ihm als zu der Unwiderstehlichkeit ihrer Nichtenrolle, mußte verraten werden.

Die es büßte, war eine Art Luftgeist. Sie entschwebte dem entscheidenden Zugriff. Eben noch kompakte Verführung, löste sie sich in Luft auf. Sie kam hechelnd bei ihm an. Weißt Du, was der von mir wollte? Das? fragte er. Das? Und tat es ungeachtet ihrer Entflatterungsversuche. Er verhinderte mit brutalem Zugriff, daß sie sich unsichtbar machte.

Er vergewaltigte sie ohne Mitgefühl, aber auch ohne sonderliche Lust. Was seinen Ruf als Elfenzuflucht erschütterte, aber auch einige Nachtfalter anzog, die längst heimlich von ihm überwältigt werden wollten. Etwas mußte es doch geben, worauf man sich verlassen konnte. Einen, einen einzigen lieben Onkel, der nicht das Hemdchen hob. Einen, der nur versehentlich den Busen drückte. Sie genoß die Niedertracht dieses ungeheuerlichen Vertrauensmißbrauches. Ein Friedensvertrag, der mit dem Einmarsch beantwortet wurde. Der Verlust der letzten Zuflucht. Ein Kopfsprung ins Hexenleben. Damit war eine letzte maskuline Maske gefallen. Schlagt euch die Onkel-Oase aus dem Kopf. Ihr entkommt dem Malstrom männlicher Begierden nicht in der Sahara dieser Männerherrschaft. Der gute Onkel ist eine Illusion. Absoluter Kampf? Sie sollten ihn haben. Schluß mit den Verkehrsregeln. Schießt zurück mit eurer Tutti-Frutti. Ertränkt sie in euren Orgasmen.

Mit Odysseus unterwegs

Asmodeus, der göttliche Voyeur, der Fenstergucker, Dachabdecker, Durchdiewandseher. Mit den Fledermausschwingen durch das Morgengrauen und die Abenddämmerung. Er wittert Milch und Pferdemist über den Dörfern, schlägt dreimal kräftig mit den Flügeln und ist über der Stadt.

Die Brüder Odysseus und Asmodeus. Der Teilnahmslose und der Teilnehmer, der von der Teilnahmslosigkeit Zermürbte und der von der Teilnahme Versteinerte. Odysseus winkt Asmodeus zu, als er in der Dorotheergasse sein Flügelrauschen hört, das leise Klirren, wenn er anstößt und einen flüchtigen Blick durch die verhängten Fenster wirft.

Odysseus, der Mythenzerstörer und Asmodeus, der Mythenhistoriker, in dessen Gedächtnis so viele Tragödien eingespeichert sind, daß der Computer sie auf das Modell abstrahiert hat, das unaufhörlich mit neuen Daten gefüttert wird. Er nimmt nur mehr die Nuancen wahr. Nicht, was ein Paar treibt, interessiert ihn, sondern, was es von anderen unterscheidet. Er ist längst ein Abartensammler geworden, abgestumpft gegen die Leiden, fesseln ihn körperliche und seelische Mißbildungen. Asmodeus macht Jagd auf die dicken Mädchen, auf den Mutter-Tochter-Konflikt, auf das Laster der blinden Verliebtheit und die Leidenschaft der Eifersucht, in die diversen Entartungen der Mutterliebe.

Gehst Du schon, fragen sie Odysseus. Wann kommst Du, rufen sie nach Asmodeus. Der Kitzel der Angst, von ihm beobachtet zu werden, ihn in ihre Gedanken eindringen lassen zu müssen, läßt sie erschauern. Niemand kann sie halten, den Flüchtigen und den Flüchtenden.

Zuckerpüppchen, keine Treue, beklagt heute noch die Untreue des Odysseus, mit dem sie vor endlosen Zeiten, als es noch den Art Club gab und die Mutter Courage, liiert war eine kurze Woche der Angst. Amadeus, gestand sie Stiefel in dem Monat am Wörthersee, in dem sie einander näher waren als jemals zuvor oder nachher in dem Gefühlsscharmützel, mit dem sie Stiefels Potenz untergrub, war über mir, in mir, unter mir wie ein Föhnwind. Nichts von Dauer, aber von großer Eindringlichkeit. Odysseus stellte seine Wanderschuhe neben das Bett. Wenn er aus dem Zimmer ging, hatte man das Gefühl, er kehrt nicht mehr zurück. Deshalb habe ich ja das alles angestellt, um ihn zu halten. Medusenblick, und so fort. Er hat seine Neugier befriedigt und ab durch die Mitte, Penelope, das war seine Erfindung. Heimkehr? Daß ich nicht lache. Der wollte doch nicht nach Hause.

Sehnsucht nach Ruhe? Das schon eher. Bevor er ging, nannte er alle seine Weiber Penelope. Mir hatte das eine Schwester Hexe verraten. Als er mich Penelope nannte, verließ ich ihn. Ich bin die einzige, die ihn stehen ließ. Auf und davon zu Onkel Weißbart. Der ist dann in meine Wohnung. Er war schon ausgeflogen. Zu Mirjam, dem Volkstheaterschlampen. Zu der Volksschauspielerin mit dem unstillbaren Männerverschleiß. Ich habe ihm die Maske der Emanze vorgehalten. Er ist nicht einmal erschrocken. Liebe? Für ihn ein Fremdwort. Von Schoß zu Schoß. Ruhelos, eine kurze Rast. Jede Zärtlichkeit, die ihm erwiesen wurde, entfernte ihn. Die große Angst vor dem Einverständnis. Ich habe ihn in die Familienverhältnisse eingeweiht. Er wandte sich ab, hielt seine Ohren zu, schloß die Augen. Komm mir nicht zu nahe. Ich rieche Dich noch. Er brachte mir Parfums, damit ich meinen Geruch zudecke.

Immer auf der Flucht zu Penelope, kopfüber in die Illusion, und dann auf und davon, nichts wie weg aus dem Dunstkreis des Schicksals. Heute geht er an mir vorbei, er erkennt mich nicht, ich sehe ihn jagen, aber er nimmt sich nicht einmal die Zeit für den Gnadenstoß.

Bei jedem Graz-Besuch landen wir nach den Höflichkeitsbesuchen bei den diversen Stadtpark-Fraktionen bei Rosenau und Leni. Erinnern Sie sich: Rosenau, der fette Fetisch der Nöstlacher Autorengruppe, der Mann, der nicht schrieb, nicht kritisierte, nicht einmal malte, der einzig und allein die Talente bewunderte, weshalb ihn viele für den wichtigsten Mann der Gruppe hielten und der Pen, wofür ich allerdings nicht die Hand ins Feuer legte, sich bereits zu Abwerbungsmanövern verleiten lassen haben soll. Bei ihm konnte man seinen Größenwahn mästen, in Lenis Schoß konnte man sich ausweinen. Eine Kombination, die manchen steirischen Dichter wieder aufgerichtet hat. Von ihm ästhetisch aufgebaut, wurde man in ihren Armen seine Ängste und Verzweiflungen los. Es war die Frage, wohin einer zuerst ging, zu ihm, um sich sein Werk erklären zu lassen, und dann zu ihr, um sich Impulse zu neuer Innovation zu holen. Man könnte die Rosenauer Autoren in zwei Gruppen teilen, in jene, die zuerst bei Leni unterkrochen, und jene, die ihre Zweifel bei Rosenau zerstreuen ließen. Ich kann nichts, soll da ein namhafter Autor des Schloßberg-Verlages an Lenis Busen gestöhnt haben. Ihr Körper spendete ihm Trost. Dann ging er zu ihrem Mann, der ihm die Einmaligkeit seiner Phantasie, seiner Einsichten und Gestaltungsmerkmale erklärte. Leni wußte natürlich, ob einer schon bei ihrem Mann war. Die Zerknirschten waren ihr lieber. Wenn sie von ihm kamen, waren sie von Einbildung so aufgeschwemmt, daß keine Lust mehr in ihnen war. Warst bei ihm? fragte sie den sonst recht potenten Bolesch. Wie oft sage ich euch, ihr sollt nachher zu ihm. Er verdirbt euch mit Lob. Ein Mannsbild muß ein schlechtes Gewissen haben oder vom Mißerfolg niedergedrückt sein. Du eitler Narr, kannst bleiben, wo Du willst. Hat er Dir eingeredet, Du bist ein Genie? Ein Dreck bist Du! Wie schön hätte ich Dich getröstet, aber Du willst mich mißbrauchen. Ihre Hilferufe blieben bei ihrem Ruf ohne Folgen.

Zuckerpüppchen überraschte Leni mit einem jungen Dichter, den sie mitgebracht hatte, in einer Hecke. Ein Debutant. Eine halbe Stunde später erzählte sie Rosenau von ihm. Was schreibt er? Rosenaus Neugierde war erwacht. Hast Du Manuskripte mitgebracht? Ein Lyriker? Texte, sagte Zuckerpüppchen, er schreibt Texte. Du verstehst, eine Symbiose von Essay, Satire, Erzählung, Lyrismus, Engagement und Lied. Lied, fuhr Rosenau auf. Nein, keinen Liedermacher. Liedermacher habe ich Leni ausdrücklich verboten.

Da tauchte ein Käseblattkritiker auf. Hallo Rosenau! Keine Talente unter Deinen Fittichen? Verschwind, sagte Rosenau. Die Hexen sollen Dich holen. Er vergaß seinen Kummer um Leni durch den Anblick der Venus kallypigos. Was für ein Arsch. Aber unerreichbar für ihn. Leni, rief er, aber sie beachtete ihn nicht. Sie hatte ihr zweites Opfer an diesem Abend ausgemacht. Einen Mann mit weißem Bart. Ein exotisches Exemplar aus der Linzer Szene. Immer diese Grazer Inzucht! Das konnte nicht gut gehen. Innerlichkeit vom Freddi und Kuddelmuddel vom Wolfi. Seit der unter die Philosophen gegangen war, war Graz um elf Uhr abends eine tote Stadt. Die alten Radaubrüder saßen in ihren südsteirischen Türmen, Gartenhäusern und renovierten Salettln. Und tranken Schilcher. Immerhin, er, Rosenau, war noch da. Ihr Fetisch. Er und Leni. Der Uhrturmmythos und die Hosenreißverschlußherumfummlerin.

Ein Thomas-Bernhard-Vertrauter hat durchblicken lassen, daß der Dichter in seinen letzten Lebensmonaten mehrere Anträge mit Angeboten von fünfstelligen Beträgen erhalten hat, den Anbieter in einem Theaterstück mit Verbalinjurien zu belegen. Für eine Romanbeschimpfung waren ihm vierstellige Summen angeboten worden. Natürlich hatte Thomas Bernhard dergleichen abgelehnt. Und die Antragsteller mit Schweigen bestraft. Nicht genannt sollen sie werden. Die Literaturwissenschaft wird sie schon ausforschen.

Karl Kraus hat man Geld angeboten, um nicht genannt zu werden. Welch ein Wandel der Zeiten! Wir leben eben im Zeitalter der Reklame, sagte Stiefel. Was ist es schon wert, von Marboe gelobt zu werden? Aber als Opfer von Bernhard zu gelten, der gesellschaftliche Ruhm, auf der Burgtheaterbühne als Antisemit beschimpft zu werden, ist unbezahlbar. Wie hat der Landeshauptmann den Kanzler darum beneidet, als Antisozialist oder etwas ähnliches bezeichnet worden zu sein. Sponsoren, sagte Moser voraus, werden sich noch anstellen, von ihren Schützlingen getreten zu werden. Nach der Musical-Premiere vom TV um seine Meinung befragt zu werden, ist auch nicht schlecht, aber nichts gegen den Ruhm, von Thomas Bernhard im Burgtheater als Österreich-Schädling gebrandmarkt worden zu sein. Und damit noch in die Literaturgeschichte einzugehen.

Bei einer der üblichen Diskussionen über das Theater war Tomassoni nicht zu plazieren. Das Thema? Egal. Es kommt immer auf dasselbe heraus: Staatstheater, Volkstheater, Jugendtheater, Greisentheater. Wie gewinnt man die Jugend? Da hörte sogar der Direktor des Jugendtheaters weg. Was sagen uns die Klassiker? Eine Frage, die Meissner, wenn er gut gelaunt war, mit einem Hustenanfall beantwortete. Kurz darauf wurde er ausfallend. Die Laune hatte ihm schon das hübsche junge Mädchen verdorben, das unbedingt beraten werden wollte, wie sie es mit dem Theater halten sollte, hinein gehen oder draußen bleiben. Schließlich galt es, die allabendliche

Seifenoper nicht zu versäumen. Dynasty und die Disco riefen, die Freunde wollten versorgt werden, die Schule stellte ihre Anforderungen. Was man ihr rate? Nichts, donnerte Meissner. Bevor er dazu kam, dieses Nichts zu erläutern, was zweifellos zu Verbalinjurien geführt hätte, wenn ihn die holde Unschuld des Teenagers nicht beruhigt hätte, wurde der von ihm längst erwartete Generalangriff auf das gottverdammte Theater der Restauration von einem Professor eingeleitet. Ein Kollege erweiterte ihn mit der Attacke auf jegliches Theater, das vor Publikum stattfand. Der Ruf nach Innovation schwoll an. Ein Einwand aus dem Publikum, man zahle schließlich, wurde mit der Statistik unterdrückt, man zahle nur ein Viertel der Kosten. Die Aktienmehrheit hat der Subventionsgeber. Der Professor rief nach politischer Aktivität, nach Utopie, Illusion. Er legte ein entschiedenes Veto gegen repressive Unterhaltung ein. Innovation, rief er, und wenn es sein muß, in einem leeren Theater. Meissner hörte noch was von Sozialismus, Soziologie, Progressivität, und immerfort dröhnte ihm die Innovation in die Ohren. Selbstverwirklichung des Regisseurs. Meissner bekam Atemnot in der sterilen Luftverdünnung. Schade, daß Reichartsebner-Lambrecht nicht da war. Das wäre was für ihn gewesen. Die absolute Theaterinnovation. Der Vorsitzende pries schließlich die Polarität der Positionen und brach die Diskussion mit Bedauern wegen der vorgerückten Stunde ab.

Weißt Du, was mich wundert, fragte Meissner Moser, als er zwei Tage später mit ihm eine Burgtheaterpremiere verließ: Warum da überhaupt noch jemand freiwillig hineingeht. Gewohnheit, sagte Moser. Ich habe lange darüber nachgedacht. Es kann nur Gewohnheit sein.

Immerhin habe ich, sagte Meissner, bei den Pausengesprächen erfahren, daß Ingemar, den ich händchenhaltend mit seinem jungen Freund im Foyer erblickte, mit 52 homosexuell geworden ist, der Kritiker Barchent wieder Vaterfreuden entgegenblickt, zwei Nachwuchstänzerinnen schwanger sind, daß es einen gewaltigen Probenkrach gegeben, die Familie Krapsch eine Grippe überstanden hat und von einer neuen Favoritin des Direktors gemunkelt wird. Mehr, meine ich, kann man vom Wiener Kulturleben nicht verlangen.

Schlieferl hat seine gesammelten Sottisen als Buch herausgebracht, und in einem Stripteaselokal vor seinen versammelten Opfern vorgestellt. Sie sind alle gekommen, vom Mephisto bis zur Chanteuse. Sei es, um zu zeigen, daß ihnen eine Ohrfeige nichts ausmacht, sei es, um auch die andere Backe hinzuhalten oder einfach, weil keine Gelegenheit verpaßt werden darf, gesehen zu werden. Schlieferl fühlte sich in seiner Rolle als kultureller Henker pudelwohl oder tat zumindest so. Wie ich das aushalte, fragte er sich selbst. Durch totale Verantwortungslosigkeit. Das möchte er gern. Meissner nennt Schlieferl und seinesgleichen die Schimpfhudler. Schimpfhudelei schließt Lobhudelei mit ein, heißt sein Merksatz. Schlieferl ist nicht gesinnungsloser als unsereins, er gefällt sich nur in der Rolle. Also stilisiert er sie. Wir leugnen sie. Das ist alles. Seine Freunde sind bei ihm gut aufgehoben, besser als meine bei mir, und den anderen stellt er ein Haxl. Und freut sich, wenn sie stolpern. Und ermuntert sie zur Selbstbezichtigung. Schau Dir die süßsauren Gesichter unserer Bühnenstars an. Bevor sie es sich mit Schlieferl verderben, machen sie den großen Kotau. Nein, umgebracht hat er noch keinen. Bestenfalls hat er Weinkrämpfe und Tobsuchtsanfälle ausgelöst. Totale Verantwortungs- und Charakterlosigkeit? Davon träumt er. Wenn er damit prahlt, hofft er natürlich auf Widerspruch. Ganz kann man einem den Ministranten und den Möchtegernmarxisten nicht abgewöhnen. Er spielt den gefallenen Engel. Aber während er mit dem Schwanz peitscht, flattert er mit dem Batistflügerl. Wer versucht nicht, sich in einen Mythos zu verwandeln? Wenn nicht der Moral, dann eben der Amoral.

Mit Odysseus unterwegs

Er ruderte im Achter seines Colleges, ging nach Übersee und starb als tapferer Mann. Der Gott, der Eisen wachsen ließ und uns die Todesangst eingepflanzt hat. Da ging der dicke amerikanische Streifenpolizist durch die Mariahilfer Straße und der feiste russische Regimentshenker durch die Favoritenstraße. Und wir gedenken unserer lieben Toten. Die rote Erzfahne flattert vom Siegerdenkmal und die Mädchen stehen am Straßenrand, wenn die Schottenröcke zur Dudelsackmusik vorbeimarschieren. Aber die Tommys haben kein Geld. Nur eine kleine Ration Zigaretten mit blondem Tabak. Die wahren Helden sitzen im PX-Markt. Unter dem Stadtbahnbogen gibt es Nylons, Nescafe, Dosenmilch und gezuckertes Schweinefleisch. Die große Völkerwanderung geht weiter. Keine Rache, keine Rechenschaft, es winken die Fleischtöpfe Australiens und Minnesotas. Sportsgeist, Gentlemen! Strenge Erziehung und freudiger Opfertod. Solschenizyn geht abseits und zündet sich eine Papyrossi an, wenn die Muschiks vergewaltigen und plündern. Ob der Feldmarschall von den Judenmorden wußte? Er wollte es nicht wahrhaben, sagt sein Ordonanzoffizier. Was mit der deutschen Offiziersehre nicht zu vereinbaren ist, ist kein Gesprächsthema.

Keine Angst, die Toten stehen nicht auf. Und wenn, dann nur als Statisten im Theaterstück. Das wir in der Pause verlassen können. Wir respektieren das biologische Gesetz. Sieger sind die Überlebenden. Jedem das seine. Leutnant Cotton den Ruhrtod, seinem über Moosbierbaum abgeschossenen Nachfahren der Lynchtod. Im Khartum von den Derwischen des Mahdi zerrissen. N-Buke, Enkel von Negersklaven, Abstammung von nigerianischen Häuptlingen, Intellektueller, Generalstabschef der Einsatztruppen in Mittelamerika, Ahne zukünftiger Olympiasieger in 200 Meter Hürden.

Eine Ahnenreihe von Mythen. Schottisches Proletarierkind trifft im Ring auf Ali. Laßt die Fäuste sprechen. Wer rascher zieht, bleibt am Leben. Ronnie, du alter Westernheld, rette die weiße Ehre. Rothäute purzeln von den Präriepferden. Die schöne blonde Farmersfrau zielt und Winnetou macht einen Purzelbaum. Gestorben für den großen Manitou. Gezielt und getroffen für Neu-England. Wir ziehen immer weiter nach Westen. Bollwerk gegen die östlichen Horden.

Kein Sitzfleisch, sagte Mami. Der Ritter auf dem Abenteuertrip, der Herr Sohn auf Bildungsreise. Da sind wir in der Walachei, oder war's im

Burgenland, in ein Häuschen am Straßenrand geraten, mit Mama und zwei Töchtern. Ausgehungert, wie wir waren. Zärtlichkeit und deftiges Essen. Delikatessen und üppige Liebe. Verlieg dich nicht, riet Merlin dem Ritter. Flucht aus der Zuflucht. Bei Nacht und Nebel davon. Weg aus dem warmen Bett, aus der erwürgenden Umarmung. Odysseus geriet geradewegs in den Nachtfrost, rieb seine klammen Finger und ließ sich nach so viel Brustwärme richtig ausfrieren.

Was wir vorhaben. Alle unsere Ziele. Parzival auf dem Erlösungstrip, Juan auf der üblichen Weiberjagd, Don Quijote auf der Nostalgiewelle entschwundener Illusionen, und Odysseus schlägt Haken auf der Flucht vor dem trauten Heim. Eulenspiegel dreht sich in der Spirale der Absurdität. Du bleibst doch, fragte sie ihn, bitte, befahl sie, bitte, bettelte sie. Aber mich überwältigte die Lust auf neue Landschaften, Liebschaften, Leidenschaften. Eben aus den Verstrickungen gelöst, von der Polizei losgekauft, die Wunden ausgeheilt, das Verlangen gestillt, fühle ich mich zu Tode geliebt. Los aus dem Nichts der Ideen, Aufgaben, Ziele.

Ein Lied singen, hat der alte Zauberer dem jungen Ritter befohlen, ein Kind zeugen, einen Baum pflanzen. Er hat gepflanzt, gezeugt, gesungen und muß weiter pflanzen, weiter zeugen, weiter singen. Parzival, der Erlöser, hat, wie Professor Freud diagnostiziert hat, eine Erlösungspsychose. Das Mysterium wird immer mysteriöser, dafür sitzt das Schwert lockerer. Hetze sie in den Wiederholungszwang, sagte der Teufel. Don Juans notorische Potenzschwierigkeiten. Bei Anna muß erwiesen werden, daß weiter geht, was bei Donna Elvira noch einmal gelungen ist. Bei Professor Jung nachfragen, warum der spanische Don Juan immer jüngere Frauen, der italienische Giovanni immer ältere Frauen sucht. Der Mechanismus des Wiederholungszwanges, die Quadratur männlicher Selbstbestätigung, das innere Gesetz und die äußerliche Voraussetzung. Der liebt die Tochter, jener die Mutter. Don Juan will verführen, Giovanni will verführt, Hans will unterworfen werden, der Doppelgänger vergewaltigen. Aus dem Abenteuer unversehens in die Tretmühle der Gewohnheit. Odysseus sieht schon den heimatlichen Herd, den Orangenbaum, der Lieblingshund bellt, müde, ausgehungert, durstig schlägt er noch eine Volte, noch einen Umweg, eine Sackgasse. Los auf die Windhosen, schlagt an, Sturmangriff auf die Windmühlen. Lust, sagte Don Juan, natürlich empfinde ich Lust auf die Wiederholung der Lust. Was machen wir, wenn wir Deutschland befreit, dem Proletariat die Macht übergeben, wenn wir den Speer aus der heiligen

Wunde gezogen haben? Sterben. Wir, die Unsterblichen? Glücklicher ewiger Jude, dessen Ziel die Ziellosigkeit ist. Odysseus' Zusammentreffen mit dem ewigen Juden. Warum nicht eine Strecke Weges gemeinsam zurücklegen? Keine Angst vor dem Zuhause, und seine Einsicht, daß es kein Zuhause gibt. Die jüdische Selbsterkenntnis der Sinnlosigkeit, die Odysseus rasend gemacht hat. Mit ein Grund für seinen Antisemitismus. In der Nacht wollte er ihn erschlagen. Sein Schwert glitt ab. Du kannst mich verletzen, aber nicht töten. Warum Du mich ermorden wolltest? Du willst Dich in mich verwandeln. Du neidest mir, daß ich keine Wahl habe. Die Jagd auf den ewigen Juden. Er ist unglücklich, aber gesund im europäischen Krankensaal der Psychopathen.

Das gesammelte weibliche Mißtrauen wird gegen Tomassoni mobilisiert. Mir kommen die Kritikerinnen vor wie die alten Damen mit Krückstock, die halbstündig den Kognakkonsum ihrer Männer überprüfen. Gegen diese gefährliche Krise ist eine Charmeoffensive angesagt. Meissner wird auf die Maltz, Stiefel auf die Messerer und Moser auf den ihm gut gesonnenen ORF-Damenflor angesetzt.

Der Grund des Rückschlages: Sie wollen ihn endlich leibhaftig sehen, befühlen, angreifen, seine zudringliche Hand abwehren können. Also, die Damen gegeneinander ausspielen. Überlegen, wessen Widerspruch durch wessen Lob oder Tadel geweckt werden muß. Die Maltz und die Messerer halten darauf, daß sie beide auf der Höhe der Zeit sind, was harmlose Gemüter zu der Meinung verleiten könnte, sie lobten und tadelten im Duo. Sie übersehen dabei die Messerersche Reizschwelle für die Überzeugungsarroganz der Maltz und die Maltzsche Antipathie für die Überheblichkeit der Messererschen Verallgemeinerungen. Beide brauchen den Grundkonsens.

Wenn die Maltz vom Niveau des Tomassoni überzeugt ist, bestärkt sie darin die Messerer und umgekehrt. Aber beide schätzen nicht dasselbe. Die Messerer hat gegen den mangelnden Gegenwartsbezug Tomassonis Einwände, was die konservativen, um nicht zu sagen reaktionären Antriebe der Maltz aktiviert, Tomassonis politische Unschuld in Schutz zu nehmen. Die Maltz hat den typischen Anspruch ihrer Generation: Es imponiert ihr, durch tiefsinnige Tiraden gelangweilt zu werden, wenn ich das einmal vergröbernd, aber allgemeinverständlich ausdrücken darf. Nicht, daß sie nicht gerne unterhalten würde. Aber sie mißtraut wie alle Kritiker ihrem schlechten Geschmack. Kann wirklich gut sein, was diesem inneren Schweinehund Zucker gibt? Die Maltz verärgert damit ein vulgäres, aber gesundes Spannungsbedürfnis der Messerer. Während die Maltz erst kritisch munter wird, wenn sie die Schwelle zum Einschlafen durch einen Kraftakt überwunden hat, der einen Adrenalin-Ausstoß bewirkt, verlangt die Messerer als Einstieg einen kräftigen Appell an ihre Sinnenwelt, an dessen Dauer sie die Qualität mißt. In ihrer sinnlichen Phase verlangt sie die Ausdauer, ja die Steigerung ihrer Anteilnahme, in ihren intellektuellen Phasen, die leider überhand nehmen, hält sei ein Abebben für ein Qualitätszeichen. Denn auch die Messerer ist selbstkritisch. Auch sie mißtraut ihren ordinären Vorlieben.

Beide sind für äußere Signale anfällig. Darum will ich ja endlich die Burgtheateroption für ein Tomassoni-Stück. Sie würde alle Bedenken der Maltz hinwegschwemmen, hingegen die der Messerer hervorrufen. Wie großartig der Peymann in die Wiener Kulturlandschaft der Großmannssucht, der Reklametrommelei und der Protektionswirtschaft paßt, diesbezüglich weine ich dem Mann nach, der bekanntlich länger Burgtheaterdirektor war als alle seine Vorgänger und Nachfolger. Er hat prinzipiell nur Stücke angenommen, die er nicht gelesen und die sein Dramaturg nicht gekannt hat. Da bedurfte es nur eines Winkes. Bevor er sich vom Schiller- oder vom Residenztheater zurückdrängen ließ, nahm er jeden Schmarren an. Ob er ihn spielte, ist ein anderes Kapitel. Aber der Peymann soll ja den Tomassoni nicht spielen, geschweige inszenieren, er soll eine Option auf ein neues, sein erstes oder von mir aus auch auf sein letztes Stück erwerben. Dem kann die Maltz nicht widerstehen. Geschweige die Messerer. Die Maltz hat es schon immer vorausgewußt, und die Messerer beißt zu und zwar in des Wortes eigenstem

Sinn mit einer bissigen Polemik gegen die Methode, Stücke anzukündigen, die niemand kennt und die, wie zu befürchten ist, noch gar nicht geschrieben sind und möglicherweise (wahrscheinlich) auch gar nicht geschrieben werden.

Wir müssen ihn vorspiegeln, da wir ihn nicht vorzeigen können. Das ist der Nachteil der Frauenherrschaft in der Literatur. Ich fürchte mich nicht vor den Dominas, ich fürchte mich vor den Gattinnen, vor den Ehefrauen mit dem Überblick über das Hauswesen, vor den mißtrauischen Verwalterinnen des Haushaltsbudgets. Die Männer glauben dem Papier, und wenn's kein Papier gibt, dem Gerücht. Die Frauen wollen sich ein Bild machen. Sie müssen nicht Gefallen finden an dem Objekt ihrer galoppierenden Urteilskraft, aber zumindest Gelegenheit haben, ihr Mißfallen an ihm zu überwinden. Was für ein Triumph der kritischen Objektivität, wenn sie ihre literarische Sympathie einem schenken, der ihnen körperlich unsympathisch ist. Alle guten Lehrerinnen bevorzugen jene Schüler, die sie nicht mögen. Wehe denen, die sie in ihr kaltes Herz geschlossen haben.

Manche meinen, Kritikerinnen sind kleinlicher als ihre männlichen Berufskollegen. Das mag stimmen, aber sie machen das durch eine ungewöhnliche Großzügigkeit wett, wenn ihre Sympathie, sei es sachlich oder persönlich, gewonnen wird. Was wir zum Vorzeigen brauchen, ist ein Mann mittleren Alters, mit angegrauten Schläfen, der Gefallen findet, Mitleid erweckt, Bewunderung herausfordert und Achtung gebietet. Eine Mischung aus Übervater, Muttersöhnchen, Guru und Armutschkerl. Einer, der die Samariterin in der Kunstrichterin aktiviert, die Rufmörderin chloroformiert, die Snobistin interessiert, der Mutterinstinkte weckt und erotische Abgründe freilegt, und der das Gewissen der Moralistin beruhigt. Eine in jeder Beziehung fesselnde Erscheinung. Arrogant und bübisch wie Handke, ein Parvenu wie Bernhard, ein Naturbursche wie Turrini, ein eleganter Grobian wie Lernet-Holenia, ein schlapper Kavalier wie Rezzori, pedantisch wie Ossi Wiener, ein aristokratischer Proletarier wie Artmann, ein introvertierter Entrückter, wie es der junge Felix Braun war, dazu Spurenelemente der onkelhaften Fürsorglichkeit Czokors, der väterlichen Besserwisserei Manes Sperbers, der Unnahbarkeit Musils, der

Gottähnlichkeit von Karl Kraus und der Seelsorgermentalität von Hermann Broch.

Woher sollen wir den nehmen?

Wenn es ihn gäbe, liebe Freunde, hätten wir ihn nicht erfinden müssen.

Noch einmal? Wie schaut Tomassoni aus? Die Sorge um sein Erscheinungsbild legte ein Nachdenken über die Uniform der Dichter nahe. Die Zeiten sind ja vorbei, da eine lange Mähne und ein Schlapphut den Bohemien aller Kleider- und Imagesorgen enthoben haben. Was trägt der zeitgeistbewußte Dichter? Meissner erinnerte sich eines selbsternannten Genies der Nachkriegszeit. Er trug die ersten Jeans. Sie sind nicht aus der Mode gekommen, aber ein Jeansträger geht heute genau so in der Masse unter wie das Nachkriegsgenie nach Anfangserfolgen in der Masse unbegabter Zeitgeistliteraten verschwunden war. Moser liebäugelte mit dem Vorbild Trotzköpfchens. Aber das war längst das auch schon etwas angegilbte Markenzeichen des inzwischen zum Nationaldichter aufgestiegenen Kärntner Publikumsbeschimpfers. Pagenschnitt, und da mochte die nostalgische Erinnerung Moser täuschen, ein Strickhöschen und Samtjäckchen.

Das gute alte Samtbarett? Damit war kein Staat zu machen. Weite Hosen, wie Peymann sie in Begleitung Thomas Bernhards in der Wiener City vergeblich suchte, wurden vorgemerkt. Was trägt eigentlich der Wiener Avantgardist! Moser erinnerte sich an einen dichtenden Musiker im Romantikerhabit.

Frauen haben's leichter. Denken wir an die im Ägypterschnitt abgezirkelte schwarze Haarpracht der Gisela Elsner, falls sich noch jemand an sie erinnert. Das machte sie dämonisch, was flugs ihren Romanen gutgeschrieben wurde. Denken wir an die wirren Haarsträhnen von Ingeborg Bachmann. An die Symbiose von Haute couture und schlampiger Verkommenheit, die einer dichtenden Baulöwenmätresse immerhin einen Essay der Messerer und die Aufmerksamkeit der Maltz eingetragen und bei den IG-Autoren auch schüchterne Nachahmerinnen gefunden hatte, wenngleich die Ausgewogenheit von Verschlamptheit und Kärntnerstraßenmodellen natürlich mangels der nötigen Mittel nicht erreicht werden konnte.

Was, kam Meissner auf eine bereits gestellte Frage zurück, trägt nun wirklich der Avantgardist? So weit sie Meissner bekannt waren, trugen sie Anzug mit Hemd und Krawatte, sei es aus Angst vor einer Uniform, aus Mangel an Phantasie oder weil es ihrer Spießermentalität entsprach. Ein konsequenter Avantgardist hat ja etwas von einem Gymnasialprofessor an sich. Ohne Pedanterie geht das nicht. Außerdem: Konventionelle äußere Erscheinungen verbirgt die Anarchien, die hinter der hohen Denkerstirn brodeln.

Die Arbeiterschirmmütze, die zwei Jahrzehnte lang das proletarische Image der Linksintellektuellen bestimmte, ist out, ganz davon abgesehen, daß die Tomassoni-Erfinder, von einer kurzen Ansteckung Stiefels abgesehen, dafür keine Sympathie aufbringen konnten. Baskenmütze? Warum nicht. Man ging darüber hinweg. Rollkragenpullover? Der Vorschlag bekam gar keine Antwort.

Was tragen die Popstars? Na was? Weit ausgeschlagene Seidenhemden und enganliegende Hosen. Schauspieler? Doppelreiher, oder, wenn's hoch kam, abgewetzte Lederjacken zu Levi Jeans. Maler? Die weiten Klimt-Kittel sind aufgetragen. Meissner kannte zwei Südtiroler Dichter. Der eine trug italienische Anzüge von der Stange, der andere ausgebeulte Lodenhosen und abgewetzte Janker, übertragene Stücke, die ihm geschenkt worden waren. Wie war's mit dem Priester-Look, den Hubert Fichte einst in den Schwulenlokalen Hamburgs propagiert hatte? Dergleichen lief nur mehr in Dilettantenzirkeln. Gelegentlich konnte man einen großen, ernst blickenden Mann in einer stilisierten Soutane in der Alten Schmiede sehen, wo er die Aufmerksamkeit ätherischer Damen auf sich zog.

Das war alles nichts. Die sterile postmoderne Literatur brachte es nicht einmal mehr zu einer Uniform. Tomassoni, entschied Meissner, trug, falls jemand anfragen sollte, eine Trainingshose, und wenn er ausging, seinen Sonntagsanzug. Schließlich sollte er die Moden widerlegen. Sei es durch eine neue Kreation oder durch Negation. Auf die Gefahr hin, die Maltz zu enttäuschen, entschieden die drei sich für Negation.

Jedem das Seine. Der gute Mandel, der sich damit trösten konnte, daß der Kapitalismus schuld an seinen Entfremdungen war, der Hollenauer, der alles dem Bolschewismus in die Schuhe schob, Humanec, für den es keinen Zweifel gab, daß wir mit dem gütigen Gottvater den Sinn des Lebens aufgegeben hatten, fühlten sich in ihren Nischen sicher. Sie ließen sich da nicht herauslocken. Der Kapitalismus führt zur Kriminalität, die Kriminalität zum Kriminalroman, der Kriminalroman zum Kapitalismus. Humanec studierte die Pornographie, um sie besser bekämpfen zu können, Mandel las Krimis, um ihrer Diabolik auf die Spur zu kommen. So hatten sie ihr Weltbild und gleichzeitig die Erlaubnis, es gelegentlich zu Studienzwecken zu verlassen. Meissner verachtete ihresgleichen, beneidete sie aber dafür, wie sie sich ihre Lebensphilosophie eingerichtet und abgesichert hatten.

Es gab noch andere Möglichkeiten. Journalisten fällt da natürlich sofort Grüneis ein, das lebende Sportlexikon. Wer war 1934 belgischer Fußballmeister? Wann wurde von wem mit welcher Zeit der Hundertmeterrekord von Jesse Owens eingestellt? Grüneis wußte die Wimbledonsieger und ihre Finalpartner ebenso wie die österreichischen Hürdenmeister. Die Welt, auf Sportresultate dezimiert. Meissner hielt das für das Maximum. Vollständigkeitsdrang ohne Sinn. Grüneis hatte sich eine Welt geschaffen, in der jedes Resultat an seinem Platz war, sie war offen für neue Fußballmeister, Schwimmweltrekorde und Jahresbestzeiten, aber ihre Hierarchie konnte dadurch nicht erschüttert werden. Die Tabellen standen unverrückbar fest. Die Namen und die Resultate wechselten, aber nicht das Ziel, den Wettkampf zu gewinnen. Er absorbierte Kapitalismus und Sozialismus. Was ging ihn, wenn er die Abschlußtabelle der deutschen Fußballmeisterschaft vor sich hatte, noch die Arbeitslosenrate oder die Krise der Stahlwirtschaft an? Die Welt hatte ihr Gefüge, an dem ihre Ordnungsträger Leistung und Zufall Anteil hatten. Er wußte wie Austria gegen Rapid im Meisterschaftsjahr 1957 gespielt hatte einschließlich der Torschützen. Das war möglicherweise bedeutungslos, aber historische Realität. Sein Extremismus war mit der Wirklichkeit im Bunde. Er hatte sich, was Meissner für das höchste bisher unerreichte Ziel aller Kunst hielt, aus Partikeln der Realität eine Kunstwelt geschaffen. Der Marathonlauf in

Athen hatte stattgefunden, die norwegische Siegerin war im Ziel zusammengebrochen. Naturgewalten waren in dieser eigengesetzlichen Sportwelt zugelassen: Hitze, Gewitter, Regenschauer. Streiks konnten eine Umlegung der Strecke erzwingen, aber die nationale Meisterschaft ebensowenig wie den Europacup oder das Weltchampionat in Frage stellen.

Grüneis hatte Moser, mit dem er drei Jahre in einer Redaktion saß, einmal gestanden, daß er, wenn er seinem Gedächtnis neue Resultate eingegeben habe, das befriedigende Gefühl empfinde, Beute gemacht zu haben. So muß sich meine Frau vorkommen, wenn sie ihre Marmeladegläser einordnet. Oder Du, wenn Du neue Bücher heimbringst. Worauf Moser ihn Montag nach einem Sportwochenende zu begrüßen pflegte: Wieder Beute gemacht? Neue Resultate für den Computer? Was er schließlich einschränkte, weil Grüneis es als Aufforderung empfand, ihn mit Kommentaren und Analysen der Sportergebnisse zu versehen. Vor genau fünfzehn Jahren ist das Grazer Derby, Du weißt, daß Sturm-GAK 3:1 schlug, genau umgekehrt ausgegangen. GAK-Sturm 3:1. Was er daraus schloß? Vielleicht Gesetzmäßigkeit der Ereignisse. Es ist doch schön, wenn wir spüren, daß wir in Gottes Hand sind. Jedenfalls war es ein Anlaß für eine harmlose Analyse. Auch in jedem Sportreporter steckt natürlich ein Pfaffe, ein Ideologe des Fußballspieles und ein Mythologe der Tennisturniere. Der Zweikampf und der Mannschaftskampf mögen etwas natürliches sein, aber ihre Regeln erfordern Auslegung. Wimbledon hat genau so seine Horde von Experten wie die Postmoderne oder die Waldorfbewegung. Das tiefe Niveau der Sportanalysen zog Moser eher an, zumal es in der Erkenntnis gipfelte, daß der Ball rund sei. Eine Lebensphilosophie, die ihm mehr (zu)sagte und die jedenfalls mehr Realitätssinn zeigte als die theologischen und ästhetischen Spekulationen, in denen er aufgewachsen war.

Wann, fragte er nächsten Montag, nachdem er sich vergewissert hatte, daß in der deutschen Bundesliga Uerdingen gegen Stuttgart remisiert hatte, gab es das letzte Unentschieden zwischen den beiden Clubs. Es war das erste Unentschieden, was Grüneis in einige Erregung versetzte und zu Kommentaren anregte. Moser langweilte das Materielle, aber ihn faszinierte das unerschütterliche Weltbild aus der Sportperspektive, das durch ständige Rotation nicht gefährdet sondern am Leben erhalten wurde.

Der emsige Grüneis oder der Filmkenner Grünberger waren Beutesammler. Sie bauten ihre Privatfestung mit neuen Daten und durch ständige Hebung ihres Wissensstandes aus. Die Tatsache, daß es nun schon 14.368 Olympiasieger gab und 12.628 Verfilmungen von Literaturvorlagen sicherte diesen Veranstaltungen des Sportkommerzes und des Kunstgeschäftes das, was wir voreilig Ewigkeitswert nennen, und womit wir meinen, daß es das bereits ein paar Jahrzehnte gibt und vielleicht noch einige Jahre geben wird. Die Ewigkeit ist ein Mythos, der zur Plünderung freigegeben ist. Auch der am Rande mitnaschende Kritiker Grünberger errang sich so ein Stück Unsterblichkeit.

Hingegen der gute Grüneis. Er träumte noch immer den fast mythischen Traum eines Angehörigen der Kriegs- und Nachkriegsgeneration, sich mit seiner Beute durch Feindesland durchzuschlagen. Ein Nachklang der Hamsterzeit. Mehl in beschossenen Zügen requirieren, mit einer Butterkiste durch ein Sperrfeuer robben, einen Rucksack voll Erdäpfel durch die Bahnhofssperre schmuggeln. Quer über die Geleise, über die Waggons, in der Markthalle gab es Dreieckskäse. Grüneis startete. Ein Blick auf die Stoppuhr: Elf Sekunden bis zur Pfluggasse, dann in drei Sekunden die Stufen hinauf, 4,5 Sekunden bis zum Eingang, in zwei Sekunden einen vollen Karton aufgeladen und in 21 Sekunden vor der Haustür. Ein Rekord, den er in seinem Hinterkopf gelöscht hat, weil er von keinem olympischen Komitee und keinem nationalen Leichtathletikverband anerkannt worden ist, den ich aber hierher setze.

So wird man ein lebenslanger Beutemacher.

Meissner wieder wird unaufhörlich etwas abverlangt. Der pädagogische Eros verlangt, daß Wissen und Einsicht weitergegeben wird. Mündlich und schriftlich. Er wird ausgenommen, ausgehöhlt. Wie laden die Batterien sich eigentlich wieder auf? Das Zeitalter des Studiums und der Lektüre ist vorüber. Wahrscheinlich durch poetischen Vampirismus. Leben fixieren und dann durch Assoziation verdichten. Was für ein Beutesammler! Er bringt fiktive Biographien, unvollendete Romane, rasante Kurzgeschichten nach Hause. Er sammelt Lebenskonstellationen. Nicht Menschen, keine Anekdoten. Die Augenblicke vor dem Haßausbruch, nach der Liebesenttäuschung, die Millionen Sinnlichkeiten, Frustrationen, Anwandlungen, die Verdichtungen von Gedanken und Gefühlen zu Lebenserfahrung, die bestürzenden Gleichzeitigkeiten. Der Hilfeschrei der Frau, der vom Mittelalter in den Hinterhof einer Zinswohnung im vierten Wiener Gemeindebezirk dringt, der unvergängliche Lustseufzer. Mythen, die immerfort von neuer Geistigkeit, Sinnlichkeit, Leiblichkeit erfüllt werden müssen. Meissners Beute sind Schicksale. Er sortiert sie nicht, er hebt sie nicht auf, er nützt sie nicht aus, sie setzen sich in ihm fest, sie gehen in ihn ein. Meissner, der Mann, der dafür bewundert wird, daß er immerfort abgibt, weiterreicht, saugt sich in Wahrheit voll. Er macht es wie die Perlen. Ein Staubkörnchen von Ereignis, eine Begegnung, ein zufälliger Blick, auf ihn oder von ihm, und er legt die Assoziationskette darum, er errät Leben, er dichtet Leben, verwirft Leben.

Eine von Meissners Perlen ist Tomassoni. Laden wir ihm auf, was drauf geht. Tomassoni, ein Meissnersches Selbstporträt im Widerschein der Feinde. Sieh in den Spiegel, die Laufburschen der Literatur vereinigen sich zu einem Standbild, zu einem Standard der Literatur. Tomassoni als Summe der Begabung und Anmaßung der österreichischen Literatur. Als Gipfelpunkt und Ausgeburt unseres Kulturbetriebes.

Was also kann aus Tomassoni werden bei diesen Geburtshelfern. Selbstverständlich ein literarischer Mythos. Da gibt es Bedarf. Die Nachfrage ist groß. Die Mythomanen sind altersschwach oder weggestorben. Ich kenne einen, der wird täglich um halb drei für eine halbe Stunde in den Türkenschanzpark ausgeführt. Da füttert er die Tauben.

Tomassoni! Idealisieren wir ihn, denunzieren wir ihn? Den realen Tomassoni, den hält doch keiner aus. Die Summe aller unserer Eitelkeiten, Mißverständnisse, Minibegabungen, Heimtücken, Verstellungen, Korruptionen!

Tomassoni, fragte Meissner sein Spiegelbild, warst Du das oder war ich es, der Knabe, der durch die Dörfer ging, vom Abendwind erfrischt, durch die lauen Lüfte der Juni-Sehnsucht, ein Geniesammler, ein Frauensammler, ein Erfolgsammler, ein Lustsammler, ein Ruhmsammler?

Bisher hatten wir Stiefel für den Prototyp der neuen Kritikergeneration gehalten. Aber er ist überholt worden, links von einem Mann namens Sandalender (spanischer Abstammung oder Italianisierung einer Ottakringer Verballhornung?), der die hämische Besserwisserei Stiefels zur blitzeschleudernden Allwissenheit gesteigert hat. Ein steriler Bursche, angeblich ein Einzelgänger, in der literarischen Praxis modenanfällig. Eine Mischung aus Moser und Stiefel.

Wie kann man solche Typen für Tomassoni nützen? Überdies interessiert natürlich ihr artenspezifischer Beitrag zu neuen Mythenbildungen durch angebliche Mythenzerstörung. Meissners Verdacht ist nicht von der Hand zu weisen, daß sie wie alle Jungtürken der späten achtziger Jahre nur ordinäre Selbstverwirklicher mit bereits ein wenig nachlässiger sozialer Tarnung sind. Der Marxismus ist bei ihnen längst zu einem Zitatenlieferanten verkommen. Sie haben sich als Anwälte der Randgruppen installiert.

Sandalender hat bekanntlich mit einer Philippika gegen die Psychiatrie debutiert. Anlaß war Gendi, das Undergroundgenie, das verkommene Talent, das jede Boheme hat und bei Bedarf erzeugt. Gendi im Narrenturm? Soll ein unbequemer Zeitzeuge aus dem Weg geschafft werden? Hat es Sandalender geschadet, daß Gendi, nachdem er seine Entlassung aus der geschlossenen Anstalt am Steinhof durchgesetzt hatte, durchgedreht ist und seinen Blutdurst an einer Prostituierten gestillt hat? Sandalender lieferte ein Meisterstück der Dialektik, das Stiefel vor Neid erblassen ließ. Das Mordopfer als bürgerlich-bürokratisch-kapitalistischer Köder für die (übrigens bestrittenen und widerlegten) Anfälligkeiten eines gesellschaftlich geschädigten Oppositionellen. Der Mörder war unschuldig, aber nicht der Ermordete sondern die Gesellschaft war schuldig. Was ja niemand bestreiten konnte und wollte. Der Gesellschaft tat es nicht weh. Sie stand sowieso am Schandpfahl, und kaufte sich von Zeit zu Zeit mit Abschlagszahlungen los. Sie hielt sich seit Menschengedenken ihre kritischen Hofnarren. Ein Brauch, den angeblich antibürgerliche Parteien wie die Sozialdemokraten nahtlos übernommen haben. Sandalender, einer ihrer höhnischen Verächter, stand in ihrem festen Sold.

Der sozial programmierte Mord als Menetekel der Untergangsgesellschaft. Das hat, wenn schon nicht das Publikum, dann doch die Opinion Leader überzeugt. Vom Weltuntergang lebt das Christentum schließlich schon zwei Jahrtausende.

Für Ironie ist bei Apokalyptikern wie Sandalender natürlich kein Platz. Mit Sandalender verglichen ist der humorlose Stiefel eine Charmekanone. Ironie, unser Laster, ist bei denen von Selbstgewißheit abgelöst. Unterdrückte Stiefel seine Zweifel nicht ohne Mühe und vor allem nicht ohne Folgen für ein frustriertes Innenleben, scheint Sandalender frei von solchen Anfechtungen. Wenn überhaupt, dann drücken sie sich in den polemischen Untertönen seiner Besserwisserei aus. Im Besitz der absoluten Gewißheit, teilt er unaufhörlich Ohrfeigen aus. Jeder, der seine Bahn kreuzt, wird zurechtgewiesen. Der nimmt nicht genug Anteil an der Moderne, jener ist in die bequeme Nostalgie der Beschäftigung mit den alten, um nicht zu sagen veralteten Größen verstrickt, dieser wieder weiß nicht um die konstante klassische Überlieferung. Dem da wird der luftleere Raum der Regellosigkeit vorgeworfen, in dem er dahintaumelt, dem nächsten die Unfreiheit seiner Bindung an Traditionen und Klischees. Der löst sich zu unverblümt, der kann sich nicht lösen. Sandalender, Literaturpapst, Kulturmulti, nimmt sich die Freiheit, Zu- und Abneigungen nicht zu begründen und Deinen Überblick über die Szene abzubrechen, wann immer es ihm beliebt. Angriffe auf ihn werden als Sakrileg geahndet.

Also soll man nun Sandalender für Tomassoni einspannen oder soll man nicht? Für seine Durchsetzung wäre es gut, für die Demolierung der Mythen eine Katastrophe. Und wofür sind wir angetreten? Warum sollte man Tomassoni erfinden, wenn nicht, um einen Sandalender zu demaskieren? Tomassoni darf keineswegs in die Auseinandersetzung eingreifen. Er muß frei vom Makel kritischer Kleinkrämerei bleiben.

Die Frage ist, ob Tomassoni Streitobjekt werden, ob er überhaupt in Zweifel gezogen werden soll. Am besten wäre, Stiefel würfe Sandalender das Stichwort zu. Tomassoni erscheint bei Sandalender, ohne nähere Begründung, als unbestrittene Qualität. Tomassoni muß von ihm außer Streit gestellt werden. Mit dem Tüpfelchen auf dem i, daß Sandalender einem Tomassoni-Zweifler die höhnische

Abfuhr erteilt, in deren Austeilung er Meister ist, und die dieser Tomassoni-Gegner zweifellos verdienen würde. Eine heikle Aufgabe, die Moser und Stiefel für eine Parallelaktion übertragen wird. Sandalender neugierig machen, seine böse Zunge zähmen, seine Eitelkeit wecken, seinen Ehrgeiz anspornen, seine politische Ader anzapfen.

Offiziell ignorieren wir das alles. Die Maltz kann darauf hinweisen, die Messerer davon beeindruckt werden, und ein Germanist übernimmt bestimmt in seine kommentierte Bibliographie, daß sich der damals tonangebende Sandalender positiv geäußert hat (siehe OZfl, Seite 17, „Kontakte" Seite 48 und „Manuskripte" Seite 16fff).

Die Tomassoni-Strategie ist ein Problem. Aber brauchen wir sie? Schließlich erlauben wir uns einen Scherz. Was ist Tomassoni anders als ein Lautsprecher ohne Grammophon, der unser Gelächter verstärkt?

Ein Fall, der Tomassoni zu literarischer Bearbeitung gereizt hat, weil er hier Macht und Ohnmacht des Mythos exemplifiziert fand: In seiner Kriminalberichterstatterzeit bei einer Innsbrucker Zeitung gab die Redakteurin des kommunistischen Blattes, eine nicht mehr ganz junge, aber attraktive Frau mit schwarzem Haar und dunklem Teint von rumänischer oder slowakischer, vielleicht auch jüdischer Abstammung, der bürgerlichen Gesellschaft die Schuld an dem blutigen Ende einer Liebesaffäre. Nach seiner Lösung vom Katholizismus vom kommunistischen Dogma fasziniert, wollte Tomassoni wissen, ob und wie dergleichen im Sozialismus verlaufe. Sie zögerte keinen Augenblick mit der Antwort: Die klassenlose Gesellschaft verhindere nicht nur soziale sondern auch private Konflikte. Aber Liebe, Liebesverrat sei doch nicht auszuschließen, Leidenschaft füge sich keinem Gebot. Die Frau blieb dabei, daß aus dem sogenannten Ostblock, sie nannte es die sozialistischen Länder, kein Fall von Eifersuchtsmord medien- oder literaturkundig geworden sei. Falls es dergleichen gäbe, sei es ein Nachklang des Kapitalismus. Die weltanschauliche Übereinstimmung der Partner garantiere die konfliktfreie Dauer ihrer Verbindung. Tomassoni, dessen Leben, wie jeder Kenner weiß, von der Sehnsucht nach dem Glauben, aber auch von der Erkenntnis seiner Vermessenheit und Unmöglichkeit bestimmt war, schwankte zwischen Bewunderung und Verachtung. Er begann von seinen linken Vorlieben wieder abzurücken. Reichartsebner-Lambrecht datiert ab diesem Gespräch das, was er Tomassonis Prinzipienlosigkeit nennt. Er meint damit, ohne sein Bedauern darüber zu unterschlagen, daß er keinem Absolutheitsanspruch mehr aufgesessen ist.

Bemerkenswert für Tomassonis Themenkalender wurde der Vorfall aber dadurch, daß er nicht nur seine Bekehrung zum Unglauben sondern auch das Damaskus der kommunistischen Journalistin bewirkte. Diese fand einige Monate später einen Liebesbrief in der Sakkotasche ihres Mannes, der keinen Zweifel an seiner Untreue ließ. Sie machte ihm den üblichen Skandal, schoß ihn aber nicht tot sondern reichte die Scheidung ein. Nun hätte man argumentieren können, daß sie nicht in der klassenlosen Gesellschaft lebten, deshalb auch nicht deren Harmonisierung persönlicher Beziehungen beanspruchen konnten, daß der tägliche Umgang mit Menschen bürgerlicher Lebensführung sie infiziert habe, was auch die Führungsspitze der Partei ins Treffen führte. In der Frau aber wurde durch diesen flagranten Bruch nicht nur ihrer Ehe sondern auch der gesellschaftlichen Utopie der Glaube an die kommunistische Moral, die sie gegenüber Tomassoni so leidenschaftlich verfochten hatte, erschüttert. Natürlich schoben die Ehepartner einander gegenseitig die Schuld zu. Für sie war er nicht nur ein Ehe- sondern auch ein Dogmenbrecher, während er in ihrem nachlassenden Marxismus die Ursache sah, daß er auf der Suche nach der idealen kommunistischen Verbindung sich einer anderen Frau zuwenden mußte. Das waren die üblichen Argumentationen, die sie aus den ZK-Sitzungen kannten. Aber ihre Überzeugung hatte einen Sprung bekommen. Sie war naiv genug, eine Übereinstimmung ihrer politischen Maximen mit ihrem Privatleben zu erwarten und von sich zu verlangen. Sie waren beide Kommunisten, hatten sich aber wie irgendein bürgerliches Paar im Kapitalismus benommen. Er betrog sie und sie machte ihm eine Szene. Sie fühlte sich bourgois besudelt. Viel später, als bewegendere Ereignisse einen Massenexodus aus der Partei auslösten und der Mythos des klassenlosen Sozialparadieses zu verblassen begann, gab sie zu, daß sie damals innerlich mit der Partei gebrochen hatte.

Tomassoni sah darin nicht nur den Beweis einer Reproduzierbarkeit des Mythos sondern auch seiner Endlichkeit. Umgangssprachlich ausgedrückt: So lange eine Utopie allgemein blieb, fiel es einem leicht, an sie zu glauben, wenn sie einen selbst betraf, merkte man ihre Grenzen. Tomassoni sah in dem Widerspruch von Lehre und Praxis ein Kardinalproblem unserer Zeit, eine sich krebsartig ausbreitende Mythenbildung. Auf deutsch: Zu jeder Zeit tafeln die am üppigsten, die Fasten predigen. Oder anders gesagt: Wer öffentlich den Zölibat predigt, vögelt heimlich.

Wir können ein Statement über Tomassonis kompositorische Praxis vorlegen. Es stammt aus einer Brixener Autorenwerkstatt, in der Tomassoni als Mentor junger Autoren aufgetreten ist. Man sprach über den Aufbau eines Textes. Vielleicht hat allein dieser Begriff Tomassoni gereizt. Er hatte natürlich nichts gegen Texte, nur gegen die modische Aufladung des Wortes, diese Mythisierung eines verwaschenen Literaturbegriffes. Literatur, die nichts mehr sein will als Text. Kein Gedicht, keine Erzählung, kein Aufsatz, alles und nichts, ein qualles etwas, das die Langweiler, Nichtskönner und Ideologen erfunden haben, um die Kritik, die sie für sich reklamieren, von sich abzuwenden. Also, wie baust Du Deinen Text? Ich beginne mit etwas Wichtigem und ende mit etwas Wichtigem. Ich schlage das Thema an und setze im letzten Satz einen Paukenschlag. Nichts da, sagte Tomassoni, Du beginnst mit etwas Nebensächlichem und endest mit etwas Nebensächlichem. Und das Wichtige? Das versteckst Du irgendwo in der Mitte. Und wenn man es da nicht findet? Dann muß man es suchen, sagte Tomassoni. Du schreibst ja nicht für Finder sondern für Sucher.

Einen, der sich Sorgen um die gesellschaftspolitische Relevanz seiner Texte machte, beruhigte er mit einer nach dem Urteil eines Augen- und Ohrenzeugen beängstigenden Milde. Die jungen Autorinnen und Autoren, beeindruckt von seiner Persönlichkeit, wurden von seiner Abstinenz an aktuellem Engagement, sei es für linke Aktionen, für Volkstumskampf, Umweltschutz oder Kritik des

Konsumverhaltens irritiert. Ich frage euch nicht, warum ihr schreibt, sagte er einmal, ihr würdet mir darauf nur angelesenen Blödsinn sagen. Ich halte jedenfalls von einem, der berühmt werden und Geld verdienen möchte, mehr als von einem, der irgend etwas verbessern will. Obwohl mir die engagierten Kindsköpfe sympathischer sind als der Möchtegernsuperstar. Ich schreibe, um Fragen zuvorzukommen, weil ich nichts anderes gelernt habe. Das Bekenntnis, daß er schreibe, weil er glaube, schreiben zu müssen, war ihm später auch von gewieften Interviewern nicht zu entlocken. Er war ein Mann einer für einen Tiroler unfaßbaren Mischung von Understatement und Selbstbewußtsein.

Die Autorenwerkstatt hat sich aufgelöst, als Tomassoni aus Brixen verschwand. Nach Innsbruck? Nach Wien? Nach Frankfurt? Auf die Kanarischen Inseln? In eine entlegene Wüste? Oder vielleicht auch nur auf einen Bauernhof bei Meran, wo ihn einer auf einem Laufbalkon gesehen haben wollte? Emigriert in die Literatur? Dergleichen soll bei Tirolern häufiger als bei anderen Naturvölkern vorkommen, daß einer beispielsweise Sessel tischlert, ohne sich dafür zu interessieren, wie die Leute darauf sitzen, daß einer Musik macht, die niemand hören will, den Hühnern predigt oder, wie vorgekommen, auf der Alm Kühe hütet und melkt und die Milch sauer werden läßt. Die Tiroler Majorität hat dafür kein Verständnis. Die Käsewirtschaft ist ihr mit Recht wichtiger als die Selbstbefriedigung ausgefallener Selbstverwirklichungen.

Nicht gesichert ist der Bericht einer Teilnehmerin an der Brixener Autorenwerkstatt, der aus zweiter, wenn nicht dritter Hand überliefert ist. Danach hätte Tomassoni eine Autorin, die über ihre Schwierigkeiten geklagt hatte, niederzuschreiben, was sie gesehen, gedacht und gefühlt hatte, über die Unmöglichkeit, die Intensität dieser Gedanken, Bilder und Gefühle in Sätze zu fassen, mit der Bemerkung überrascht, er sei deshalb längst auf dem Weg zur autonomen Literatur. Wozu niederschreiben, was man durchdacht hat? Die Niederschrift sei durch eine Art Reibungsverlust immer mit einer Verdünnung, einer Verminderung verbunden, die hinzunehmen er nicht mehr bereit sei. Die Vollkommenheit seiner erdachten Werke entschädige ihn für den Verlust des Publikums und befreie ihn vor kenntnis- und gefühlloser Beurteilung durch Leser oder Kritiker. Er verleugne den Reiz nicht, den die Begegnung mit der Allgemeinheit ausüben könne, auch nicht den Verlust von dadurch möglicherweise entstehenden Anregungen. Aber das könne nicht den Verlust an Genauigkeit der dichterischen Vision, ja dieser Vision selbst ersetzen. Denn mit der Verringerung der Intensität des Werkes durch ihre schriftliche, mündliche oder bildhafte Formulierung verliere es auch für ihren Schöpfer an Wahrhaftigkeit, Bilderfülle, Gedankendurchdringung und originalen Erkenntnissen.

Gogol, sagte er, sei bei der Lektüre seiner Werke in Verzweiflung geraten, William Blake habe die gefürchteten epileptischen Anfälle bekommen, Hang Ho, ein chinesischer Lyriker der Han Dynastie, habe deshalb seiner Umgebung verboten, jemals eines seiner Gedichte vor ihm zu zitieren, und Edgar Allan Poe habe einmal eine Novelle schlicht verleugnet. Das ist ein Abklatsch meiner Dichtung, sagte er, sie hat auf dem weiten Weg von der Zeugung und Reifung zur Geburt und Drucklegung Deformationen erlitten, die ich nicht hinnehmen kann. Es muß sich da etwas Schreckliches bei der Durchdringung der Erdatmospähre ereignet haben. Man hat mir mein Werk geraubt, man hat es vergewaltigt, mißhandelt.

Aber empfehlen, erklärte Tomassoni, kann ich die autonome Literatur natürlich niemand. Geschweige denn lehren. Sie entzieht sich jedem ästhetischem Dogma. Sie unterliegt nur der Selbstkritik und sie dient der Selbstverherrlichung. Ich kann Ihnen wirklich nicht dazu raten, sagte er der an ihrer Begabung verzweifelnden Autorin. Ihre dichterische Vision muß sie dazu verpflichten. Aber diese, eine weißblonde Schönheit aus dem oberen Inntal, hatte damals ohnehin nur einen schlechten Tag erwischt. Die längst vergessene Unterredung war ihr erst wieder eingefallen, als sie jemand an ihren Kontakt mit Tomassoni erinnerte. Sie erzählte es einem ORF-Redakteur, dieser machte eine Niederschrift, die dann dem auf Tomassoni angesetzten Professor in die Hand geriet.

Die weißblonde Schönheit hatte nicht die geringste Veranlagung oder Neigung zur autonomen Literatur. Sie schreibt heute TV-Serien. Über eine Leih-Oma, wenn ich mich recht erinnere. Man schätzt sie auf drei Millionen Jahreseinkommen. Mit der autonomen Literatur ist das nicht zu verdienen. Die Brixener Autorenwerkstatt, hat sie hinzugefügt, sei ihr eine liebe Jugenderinnerung.

Sie habe zwar nichts gelernt, aber durch die Aufnahme, der eine Begabtenauslese vorangegangen war, Selbstvertrauen gewonnen. An Tomassonis Aussehen konnte sie sich nicht mehr erinnern. Er habe nach nichts besonderem ausgesehen.

Zurück zu den Mythen. Reduktion auf das Grundmuster, und davon werden die Signale ausgesendet. Biach in Bochum, Zayböck in Zürich haben so die Klassiker inszeniert. Der Sadismus in Marivaux und der Masochismus bei Kleist. Niemandsländer aus Vorzeit und Phantasiedunst, in welche die Wirklichkeiten abstürzen. Sie reden in unverständlichen Versen, während ihre Körper die Klaviatur der frustrierten Lust durchspielen. Signale. Moser ließ das Wort auf der Zunge zergehen, Sprachsignale, Sprechsignale, Körpersignale, Lichtsignale, Stimmungssignale.

Sehr geehrte Frau Minister, begann Tomassoni artig seine Dankrede für den großen Staatspreis, der ihm zuerkannt worden war, nachdem ein Ausschnitt seines Romans „Die Windmühle" in einer amerikanischen Anthologie und in der Folge der ganze Roman erschienen und von Susan Sonntag besprochen worden war, was seine Entdeckung in Deutschland zur Folge hatte, die schließlich mit einiger Verspätung auch in Österreich wahrgenommen wurde. Sehr geehrte Frau Minister, ich weiß nicht, ob ich Ihnen danken oder ob ich Sie anklagen soll, daß Sie durch Ihr Placet einer Juryentscheidung mir meine Unschuld genommen haben, der einzige nicht preisgekrönte Autor Österreichs zu sein. Ich will nicht so unhöflich sein, zu sagen, daß ich darauf stolz war, aber es hat mir immerhin geholfen, meine Selbstzweifel im Zaum zu halten. Die Tatsache, daß ich den österreichischen Kritikern und Adabeis, den Verlegern und Literaturmultis sowie den Kultursprechern der staatserhaltenden und oppositionellen Parteien nicht gefallen habe, beziehungsweise von ihnen nicht wahrgenommen worden bin, hat mein Selbstbewußtsein gestärkt. Immerhin kann ich mich rühmen, bis zu diesem Tag niemals mit André Heller, Günter Nenning, Hilde Spiel, Ernst

Marboe, ergänzen Sie die Liste nach Ihrer Antipathie, in einer Diskussionsrunde gesessen zu sein. Ich kann Ihnen versprechen, daß ich auch in Zukunft in keiner ORF-, BSA- oder ÖVP-Runde diskutieren werde. Wenn mein Ruhm ein Zufall ist, war mein Nichtruhm ein Gemeinschaftswerk diverser Enthaltsamkeiten. Ich habe mich ihres Umganges, sie haben sich meiner Werke enthalten. Der Äußerung eines durchaus mittelmäßigen Kulturpapstes verdanke ich die Erkenntnis, daß in Österreich nur Mittelmäßige erkannt und damit be- und anerkannt werden. Ich schließe daraus, daß ich erst durch einen Artikel im „New Yorker", der mich aus ihr hervorheben wollte, in die Mittelmäßigkeit abgestürzt bin, mit der man die Reife für einen Literaturpreis gewinnt. Sie haben mich total verunsichert. Aber ich darf Ihnen versprechen, daß ich meine keineswegs unterentwickelte Selbstkritik nun verstärkt mobilisieren werde. Es muß etwas nicht mehr stimmen. Ich werde den Defekt herausfinden. Ist mein Roman veraltet, von der Zeit eingeholt oder überholt, ausgelaugt worden? Ich setze dagegen meinen Stolz, weder in der förderungswütigen Epoche gefördert noch in der förderungsunwilligen Eiszeit abgewiesen worden zu sein. Ich habe im Zeitalter der Koalitionskultur in dem Einsiedlerrefugium des Anninger gelebt und dadurch den epochemachenden Wandel vom Österreich-Lob zur Österreichbeschimpfung ebenso versäumt wie die Umkehr der engagierten Veräußerlichung zur individuellen Verinnerlichung. Ich bekenne, ich habe mit den Wehleidigen nicht mitgeklagt und nicht in die Schimpfrituale der Frustrierten eingestimmt. Sie haben mich nicht gelesen, ich habe es Ihnen mit gleichem vergolten. Ich muß gestehen, daß mich die hier bekundete Absicht, mich endlich in die Hierarchie der österreichischen Literatur einzuordnen, bestürzt. Ich verspreche Ihnen, daß ich mich ebenso leise, wie ich mich Ihnen unbemerkbar machte, davonstehlen werde. Der mir zugedachte Platz ist, wie mir versichert wird, ehrenhaft. Ich weiß, daß Geld und Ehre untrennbar sind. Ich wage das Utopische, ich nehme das Geld und verzichte auf die Ehre.

Was halten Sie von Handke, begann Frau Borowicka, polnische

Germanistin der Universität Lublin, beauftragt, die österreichische Gegenwartsliteratur zu studieren, ihr Gespräch mit Meissner, frage ich Sie nicht. Auch nicht nach Ihrer Meinung über Mayröcker und Sebestyen. Ich bin nun zwei Wochen in Wien, eine Woche in Graz und eine Woche in Salzburg. Ich habe in diesem Monat noch keinen Autor, keinen Literaten getroffen, der, sie suchte nach Worten, wie sagt man, der für die anderen Sympathie empfunden hätte. Handke? Der Papst der wehleidigen Generation und passé, Bernhard, ein bösartiger Selbstdarsteller, Turrini, ein aufgeplusterter Prophet im sozialen Niemandsland, Fried, ein ausgeschriebener Politclown. Was sagen Sie dazu? Meissner entschloß sich zur Diplomatie. Frau Borowicka, sagte er, wenn Sie etwas über Kurt Klinger wissen wollen, müssen Sie zuerst etwas über den Franz Schuh wissen, den Sie über ihn fragen. Der Wert einer Literatur, er verbesserte sich, der Marktwert, begründet sich nicht nur in der Qualität der Werke sondern in ihrer Beurteilung. Ein literarisches Werk ist ein Mythos. Es gibt verschiedene literarische Mythen in Österreich und ebensoviele Entmythisierungen. Sie recherchieren über Jandl. Eine Gipfelwanderung mit ständigen Abstürzen und schließlich landen Sie in der lauwarmen Anerkennung der offiziellen Lesart. Mich, wehrte er ab, fragen Sie lieber nicht. Ich mag nämlich keine lebenden Mythen. Und das verleitet mich zur Ungerechtigkeit. Mich können Sie nach Tomassoni fragen. Was haben Sie über ihn erfahren? Frau Borowicka war auf der Suche nach Tomassoni. Tomassoni, sagte sie, scheint der einzige österreichische Autor zu sein, der weder überschätzt noch gehaßt wird. Meissners altmodisch galanter Charme hatte ihr Vertrauen eingeflößt. Warum haben alle diese Leute keinerlei Sympathie für ihre Kollegen? Lieben sie nicht die Literatur? Warum haßt jeder jeden? Warum verachten sie einander? Ich habe, wie Sie vielleicht wissen, über Musil dissertiert und über Karl Kraus publiziert. Ich habe in Lublin drei Leseabende österreichischer Lyrik veranstaltet. Ich habe für polnische Zeitschriften Handke, Bernhard, Jandl, Ebner, Henisch, Wolfgruber, Winkler, Schönwiese und Alois Vogel übersetzt. Ich gelte in Polen als Kennerin der österreichischen Literatur. Ich liebe die österreichische Literatur, und jetzt bin ich einen Monat hier und kenne mich nicht mehr aus. Wie finden Sie sich hier zurecht? Ich, sagte Meissner, halte es als Kenner der Verhältnisse mit der totalen Abstinenz. Ich bin ein Hermann-Broch-Spezialist, ich galt einmal als Schnitzler- und Hofmannsthal-Experte. Ich habe einiges dafür getan, daß sich die Stücke von Horvath auf der Wiener Bühne durchgesetzt haben, ich schätze den unlängst verstorbenen Wilhelm Szabo, und ich habe, Sie werden es nicht glauben, Sympathie für den konfusen Hermann Schürrer, den wir auch vor nicht zu langer Zeit zu Grabe getragen haben. Sie flüchten in die Vergangenheit, sagte die Borowicka, eine ebenso form- wie reizlose Mittfünfzigerin, vorwurfsvoll. Ich kenne das von unseren Kritikern. Sie vergessen Tomassoni, sagte Meissner.

Tatsächlich, meine Nachforschungen über Tomassoni haben mir ein wenig über meine Enttäuschungen hinweggeholfen. Er genießt, wußten Sie das, bei Frau von Maltz ebenso Anerkennung wie bei Frau Messerer, Herrn Stiefel und Professor Reichartsebner. Ich muß Tomassoni kennenlernen. Ich muß den einzigen österreichischen Schriftsteller sehen und sprechen, den niemand offen oder heimlich denunziert, den niemand verabscheut, beneidet, geringschätzt. Was ist Tomassoni für ein Mensch? Die Daten kenne ich, wehrte sie ihn ab. Wie hat er es angestellt, das ihm als einzigem das Wohlwollen zuteil wird, auf das doch alle Künstler des Landes Anspruch haben. Ist er so gut oder so schlecht, daß niemand was gegen ihn hat. Ist er ein Mythos?

Zu sprechen, sagte Meissner, ist Tomassoni zur Zeit leider nicht. Er hält sich vom literarischen Betrieb fern. Vielleicht liegt darin sein Geheimnis.

Wie, fragt sich das Tomassonierfindertrio, werden die Kritiker, Dichter, Kulturfunktionäre damit fertig, daß ihr Lebensplan täglich, wenn nicht stündlich von dem Chaos ihrer Lebensumstände, ihrer Frustrationen, Illusionen und Disziplinlosigkeiten hinweggespült wird? Wie alle anderen Menschen: Durch Selbsttäuschung, Heuchelei und Arroganz. Was sie da an Sozialismus und Christentum, Humanismus und Liberalismus, Umweltschutz und Ich-Kult ausbreiten, ihre angeblichen Sammelleidenschaften und planmäßigen Studien, ihre gezielten Forschungen sind nur Alibi.

Eine Ausflucht, definierte Stiefel.

Wohl denen, die im Briefmarkensammeln, Romanschreiben, in der Statistik der Wahlergebnisse eine Zuflucht finden. Sie haben damit zwar kein Gleichgewicht, aber eine Notleine, an der sie sich festklammern können.

Wer hat sich nicht einmal eingebildet, er habe sein Leben eingeteilt, oder er könne es einteilen, wann immer er dazu eine Notwendigkeit fände? Die einen haben es der Kunst geweiht, andere dem Burgtheaterbesuch, manche dem eigenen Ruhm, Wiens Stellung in der europäischen Kulturlandschaft, den Salzburger Festspielen, dem Club, der Familie, der Partei. Sie tanken Illusionen, aber ihr vermeintlicher Lebenssinn verflüchtigt sich. Sie sind nicht einmal in der Lage, ihr Leben ihren eigenen Bedürfnissen zu widmen, geschweige einem edlen Zweck. Vielleicht gelingt es dem Bösen. Das Verbrechen fasziniert länger als eine Peymann-Inszenierung oder die Reorganisation der Staatsbetriebe. Aber dafür gibt es hier andere Absturzmechansismen.

Selbst wenn ich an unsere Hexen denke, die Kritikerinnen mit der süffisanten Verachtung aller, die außerhalb ihres Charisma der Allwissenheit stehen, ich sehe sie verschreckt auf Nebenwegen, sie verirren sich, rutschen aus, taumeln dahin, verlieren die Richtung, versinken in Lethargie, vergeuden sich in Lastern und verzweifeln an ihren Vorsätzen. Militante Alleswisser, aggressive Furien winden sich unter Depressionen. Eine mieselsüchtige Verdrossenheit ist das Aroma ihres Berufes.

Die Schmid beispielsweise, die wir aus Respekt vor ihrer unverdorbenen Naturskepsis nicht auf Tomassoni angesetzt haben, hat gelegentlich das Gefühl, sie sei kurz davor, in ihre Teile auseinanderzufallen. Sie bedenkt dann, welche Uraufführung sie vorige Woche gesehen hat, welche Klassikerinszenierung ihr bevorsteht und welche Ausstellung soeben alle ihre Innovationsimpulse beansprucht, um sich was Gescheites zurechtlügen zu können, und das versetzt sie in einen Ekel, der sie vor dem Zerfall zumindest im Augenblick bewahrt. Denn sie hat sich so an ihn gewöhnt, daß sie ihm aus ihrer gewohnten Gemütslage bereits widerwillig Sympathien entgegenbringt. Und Gewohnheit macht immun. Ich, sagt die Schmid, bin zu primitiv für eine Neurose. Ein Naturprodukt wie ich bringt es nur zu Brechreiz. Aber ich kann nicht speiben. Also wird mir schlecht, und das bringt mich auf andere Gedanken. Meine schwachen Magennerven erhalten mir meine geistige Gesundheit, die in einem Beruf wie dem unseren ja nun wirklich ständig gefährdet ist. Da gibt es keinen Umweltschutz. Da wird gedichtet, komponiert, geschauspielert, getanzt, gesungen, gemalt, gebildhauert, kollagiert, kritisiert, ideologisiert, theologisiert, daß es einen graust. Aber ich habe mich daran gewöhnt, und jetzt bin ich schon so weit, daß es mich interessiert. Ich muß mir alles anschauen. Nicht nur wegen der Rezensionshonorare, aus Gewohnheit. Ich bin eine Schriftführerin des Krampfes und damit eine Zeugin und ein Opfer dieses Wiederholungszwanges. Sie produzieren, ich rezipiere. Wir können da nicht heraus, und ich denke, das ist unser Glück. Wir bilden uns ein, wir haben etwas Unaufschiebbares zu tun. Und tragen dabei unser Teil von der Last der Welt und büßen unseren Teil der großen Sünde. Zwischendurch zerfalle ich. Aber ich sammle mich flugs wieder ein und setze mich unter Magenkrämpfen zusammen.

Alle Bücher, die uns fehlen, kann auch Tomassoni nicht schreiben. Er kann weder die Geschichte der Wiener Gürtelhuren schreiben noch die Geschichte der Ottakringer Messerstecher und der Hernalser Revolverhelden, nicht die Geschichte des Resselparkschleichhandels, geschweige die Geschichte des Bordellkaisers Pleva, Kapitel der Wiener Sozialgeschichte, von der die selbsternannten Seelenonkel der Nation keine blasse Ahnung haben.

Wir, sagte Meissner, haben das versäumt. Wir sind das Opfer einer falschen Erziehung geworden. Wir haben T. S. Eliot gelesen statt uns in die Dramen der Messerduelle um die Superhure im Hotel Stadt Frankfurt zu stürzen, wir haben die Diskussionen der Soziologen anstatt die Blutspuren der Wiener Bandenkriege verfolgt. Der Moser hat seinen mißlungenen Roman geschrieben, statt Schlagworte für das Unterweltepos zu sammeln und ich habe die Saga der Revolverhelden der dreißiger Jahre, eine wahre l'art pour l'art Delikatesse vergessen. Dabei hatte ich einen Kronzeugen im Wilhelminenspital. Zwischen dem Hinunterschlucken und Heraufwürgen der Barium-Rationen gegen seine Magengeschwüre, den Blutspuckorgien und Brechanfällen, hat mir der kleine Gürtelgangster die Sippenschlachten geschildert, die damals in den Hinterhöfen und Beserlparks mit Revolver und Fixiermesser ausgetragen worden sind. Wenn ich meinem Gewährsmann glauben darf, ging es da um nichts als um die Ehre, wer schneller ziehen und rascher zustechen konnte. Der schmalbrüstige Vierziger, krebsverseuchter Todeskandidat, hat das Szenario mit Homerischer Ausführlichkeit entworfen: Namen, Gassen, Daten, Vorlieben, Ticks und Hobbys. Man hätte die Blutspur noch sehen können, wo es den schwarzen Karli erwischt hat, und dem Fluchtweg des roten Heinzi zu den Hurenverstecken in den Lagerräumen der Stadtbahnunterführung folgen können. Für Plevas Kaltblütigkeit gab es damals noch Zeugen. Wie er nach dem Herzschuß das Taxi angehalten, sich ins Allgemeine Krankenhaus hatte fahren lassen und zur Taxe einen Hunderter für die Entfernung seiner Blutverluste beigelegt hatte.

Nicht, daß Du glaubst, sagte der Bariumschlucker und Gallespucker, daß Heinzi ein Krimineller war. Kein Einbruch, nur Verurteilungen wegen Körperverletzung. Er war ein Bäckersohn, studieren hätte er sollen, sie besaßen ein Haus mit Geschäft in der Ottakringerstraße und in der Thaliastraße ein vierstöckiges Zinshaus, einen Rennstall in Baden. Ein Millionär. Hausherrensohn. Aber er geriet seinem Vater, seinem Großvater und seinem Urgroßvater nach. Die Gürtelhuren verwöhnten ihn, die Polizisten wichen ihm aus. Was gab es da zu erzählen von der Kaltblütigkeit der Opfer der Hinterhofknallereien. Er hat nie zweimal abgedrückt. Der erste Schuß mußte sitzen.

Die Sympathie meines Gewährsmannes, des Todeskandidaten im Spitalskittel, galt den Revolverhelden, deren Genealogie er bis in die dritte Generation zurückverfolgen konnte. Die Erzählungen davon hatten seine Lehrlingspausen gefüllt. Die Messerstecher standen eine Stufe tiefer. Hier ging es auch einmal um Kriminelles. Oder um Weibergeschichten. Die Revolverhelden schossen aus Ruhmsucht. Gestochen wurde um die Huren. Die Bedienerin des Hotel Frankfurt stellte abends die Ausreibfetzen und Wasserkübel bereit. Während der Verlierer, wenn er nicht verblutete, sich mit eiserner Disziplin in sein Versteck schleppte, feierte der Sieger sein Liebesfest.

Nach einer ausgiebigen Speckmahlzeit. Das und der Ruhm erhöht die Potenz. Er hat es ihr sechsmal besorgt. Der war noch mitten drin, wenn sie ihn abholen kamen. Wenn sie sich überhaupt hereingetraut haben.

Aber da kam der Primarius in Majorsuniform in den Krankensaal. Von der Front beurlaubt. Ein beinharter Gesundschreiber und Heldentodlieferant.

Und wir, sagte Moser, haben uns mit anämischen Kunstfragen beschäftigt. Du hast Dich immerhin für Fußball interessiert. Ich für Marx-Exegese. Das Leben ist an uns vorübergegangen. Ich habe im Studio der Hochschulen Ferdinand Bruckners „Krankheit der Jugend" inszeniert, während sich die Usia-Dramen an der burgenländischen Grenze vollzogen haben. Man hätte damals lernen können, wo sich das Leben abspielt. Am Gürtel, in den russischen Schmuggelautos, hinter den Büschen der Schleichhändlerumschlagplätze, in den off limit Lokalen. Vor den Unra Läden, in den Hernalser und Ottakringer Seitengassen. Und wir saßen im Hörsaal, in der Nationalbibliothek und im Burgtheater.

Tomassoni, das wenigstens wollten Meissner, Moser und Stiefel beweisen, hätte auf die Ästhetik, die Soziologie und die angewandte Poesie gepfiffen. Immerhin, gab Stiefel zu bedenken, sind das nur Unterweltgeschichten aus der Bannmeile Wiens. Das ist auch Mythologie, Moser leugnete es nicht. Aber eine, die von der Leidenschaft geprägt und der Sinnlichkeit lebendig ist.

Stadtgeschichte ist Sitten- und Kriminalgeschichte. In den Ministerkanzleien, Anwaltsbüros, Bankensuiten und Fabrikkontoren ebenso wie unter den Stadtbahnbogen, in den Stundenhotels, Gefängniszellen und Hehlerautos. Meissner gab zu, daß die Kriminalgeschichte der oberen Zehntausend historisch wichtiger, bestand aber darauf, daß sie nicht interessanter war. Zu hoch für das Volk. Zu hoch für uns. Was wissen wir von Geldtransaktionen? Du kennst die Geschichte der Ulysses-Übersetzungen, aber Du hast keine Ahnung von den Odysseen der Einfuhrbeschaffungen und Exportgenehmigungen und den damit verbundenen verschlungenen Wegen der Korruption.

Bei den Huren kennt sich jeder aus. Aber das Epos, meinte Stiefel, gleitet dahin wie ein sechzigbändiger Ritterroman. Auch das erotische Register ist begrenzt. Aber die Damen wechseln. Von der Mutzenbacher-Fini zur Candy aus der Dominikanischen Republik und von den abgetakelten Vorstadtsoubretten zu den minderjährigen Thai-Putzerln. Und die Kunden! Aber das ist top secret. Wie wird man eine Domina? Wie überschreitet man die Grenzschwellen des Ekels? Es wäre nicht zuletzt die Geschichte eines Abstumpfungsprozesses mit einigen Novellen unverwelklicher Liebeskraft. Du könntest etwas über die Samariterrolle der Frau lernen, was Du in der psychiatrischen Vorlesung nicht erfährst, mit Fallbeispielen, über die Charaktervoraussetzungen, das geschundene Geschlecht durch Unterwerfung unter die brutale Macholust zu rächen. Oder über den Puritanismus der Sittenlosigkeit. Über die Tabus, für deren Fortbestand ihr heimlicher, sündhafter Bruch mehr tut als der bigotte Prediger in der häßlichen Gürtelkirche vor deren neugotischen Portalen der Mesner allmorgendlich die Präservative einsammelt. Wir haben sie in den Kirschennischen aus der Straßenbahn beobachtet. Erinnerst Du Dich noch an die verschämte Kleinbürgerstochter, hinter deren Schüchternheit Du einen nymphomanen Vulkan vermutet hast? Eine Gesellschaft erkennst Du an ihren Außenseitern. Nur, wer weiß, warum und wie die ungeschriebenen sozialen Gesetze gebrochen werden... Bitte keine Predigt, sagte Stiefel. Details, Blitzlichtaufnahmen, Liebesgeflüster, Trends, nationale Vorlieben. Fließbandabfertigung und Langzeitservice. Untertauchen in Lust und Ekel. Der Flair des Anrüchigen. Die Geheimgeschichte der Männer, die verachten müssen, was sie lieben wollen.

Ich habe es mir einfacher vorgestellt, sagte Meissner. Einfach einen Katalog der Mädchen. Ihren bürgerlichen und ihren Puffnamen. Ihre Spezialität. Ihr wahres und ihr geheucheltes Alter. Eine Überschau wie in der Ilias. Ihr Strafregister, ihre Kundenkartei, so weit vorrätig. Ihre Nationalität. Früher gaben sich Meidlingerinnen und Brigittenauerinnen als Spanierinnen und Französinnen aus, heute, da es echte Sudanesinnen, Cubanerinnen, Philippininnen, Polinnen, Tschechinnen und Schwedinnen gibt, werden Asylwerberinnen auf Steirerinnen umgeschminkt. Wie finden Sie die Wiener Männer. Ivanka hat bis heute nur bosnische Landsleute und Türken bedient. Die Klassengesellschaft der Huren. Wenn Du willst, kannst Du das als Beitrag zur Sozialgeschichte verstehen, als Seminararbeit einreichen und beim Wiener Kulturamt eine Subvention beantragen. Ich sehe es anders: Als Inventar der Lust und Erniedrigung, das die Phantasie mit Leben erfüllt. Eine k. u. k. und eine republikanische Armee von Unterdrückten, Beleidigten, Hartherzigen und Nichtunterzukriegenden. Und wenn wir bei der Lektüre einschlafen, haben wir den tieferen Zweck dessen erfüllt, was die Leute Liebe nennen. Nach den Aufregungen der fremden Körper, der Gerüche und Handgriffe Ruhe, endlich Ruhe. Ich beginne bei Mizzi und arbeite mich bis Andrea vor und bei einer sanften Dolores fällt mir die Seite aus der Hand.

Wenn ich Glück habe, schlage ich die Geierwally auf, den Todesengel, die mit ihrem Schnabel unheilbare Wunden schlägt, Emmy, die Gide-Leserin, die vom Café Museum an den Gürtel übersiedeln mußte, als die amerikanischen Avantgardekünstler, die sie mit ihren Literaturkenntnissen verblüffte, Wien zu meiden begannen, die Zigeunerin, ein echtes Lerchenfelder Kind, die wieder in ein Stadtpalais übersiedelte, endlich aber doch in einer Lerchenfelder Anderthalbzimmerwohnung endete, Fini, die 24jährig einer Tbc erlag und auf dem Zentralfriedhof unter der auffallenden Statue der Kameliendame begraben liegt, die ein wohlhabender Kunde bei einem berühmten Bildhauer in Auftrag gegeben hat.

Pleva hatte für solche erotische Nuancen kein Organ. Für ihn waren sie Huren und sonst nichts. Er drückte das drastischer aus. Er sah nicht die Mädchen sondern ihre Einkünfte an. Aber er mißhandelte sie nicht. Als jovialer Geschäftsmann war seine wienerische Lebensdevise leben und leben lassen. Als Frauen ignorierte er sie. Wenn keine Annäherung zu befürchten war, ließ er sich auch einmal mit einer auf ein Gespräch ein. Von Mensch zu Mensch. Wie es gesundheitlich geht, ob die Kinder bei einer Pflegemutter im Weinviertel oder in der Oststeiermark untergebracht sind, was klimatisch und gastronomisch vorzuziehen sei. Wenn eine Bestellung kam – die Kadidja wird verlangt – die ihn an ihre Profession und vor allem an ihr Geschlecht erinnerte, ließ er sie abrupt stehen. Die Zuhälter sind ja in mancher Beziehung interessanter als die Huren. Denn sie verkörpern in extremis das Erwerbsbürgertum. Es gab Schufte, aber es gab auch Bezirks-Casanovas, die ihre Damen verwöhnten. 99 von 100 interessierte nur das Geld, einen aber das Gewerbe. Er liebte seinen Beruf, das Milieu, die Dirnen, sogar ihre verbrauchten Körper, ihre rauchigen Stimmen, ihre verhärteten Herzen, ihre winselnde Schamlosigkeit. Vielleicht mochte er nur gedemütigte Frauen. Um das zu wissen, hätte man ihn näher kennen müssen. Wir haben es versäumt, wir haben die Psychologie Tassos studiert und die Kameliendame vernachläßigt, und unsere Professoren haben einen Schutzwall um die Charaktere der Helden errichtet, damit sie kein Tropfen vom Schmutz dieser Erde verunreinigen konnte. Die Massenmörder als Lichtgestalten, die Schwestern unserer Sehnsüchte als verworfenes Gelichter.

Das Pathos ist ein Beitrag Tomassonis. Sein Liebling war die störrische Brillenträgerin, die Doderer, ein Steckenpferdreiter, als Sir Stephen mit milder Strenge zur o abrichten wollte, ohne zu ahnen, daß sie eine Verehrerin war, die sich auf diesem bei ihm naheliegenden Umweg in seine erotischen Tagträume eingeschlichen hat. Es hätte schlimmer kommen können. Tomassoni vermutet nicht ohne Grund, daß es damals Konfidentinnen der Boulevardpresse im Hotel Stadt Frankfurt gab.

Keine Erfindung ohne Zweifel. Warum, fragte Stiefel, haben wir eigentlich Tomassoni erfunden? Moser, es war Deine Idee. Abwechslung, sagte Meissner. Du willst doch nicht behaupten, Tomassoni ist nur ein Studentenulk, ein Kritikerstreich? Nichts hält Dich von der Suche nach edlen Motiven ab. Wie ich Dich kenne, läßt Du Dich auch von nichts davon abhalten. So mag ich meinen Stiefel: Ständig auf der Suche nach edlen Motiven. Und als Stiefel aufbegehrte: Wozu der Komplementärstiefel gehört, die Zerstörung der edlen Motive, die ja immer ein neues edles Motiv einschließt. Ein edles Motiv löst das andere ab. Das alte Dilemma aller Geschichtsschreiber: Verklärung und Verdammung. Die Verdammung bedeutet nichts anderes als eine Ablöse der Helden und ihrer edlen Motive, einen Generationswechsel. Ich bin ein alter Trottel, nicht mit Genuß, das nicht mehr oder nur sporadisch, aber das macht mich immun gegen edle Motive. Deine Objektivität kann mir gestohlen werden, sagte Stiefel. Objektivität? Aber nein. Beleidige mich nicht. Ich folge meinen Vorurteilen wie jedermann. Nur mit dem Alter immer bedenkenloser. Ich täusche keine Objektivität – auch so ein edles Motiv – vor. Ich bin ein hemmungsloser Subjektivist, Du überträgst Deine alten Ideale auf Deinen Individualismus, sagte Stiefel. Meissner, täusche Dich nicht! Restbestände wird es schon noch geben, gab Meissner zu, aber ich vollziehe da einen rigorosen Säuberungsprozeß, bei dem, das kannst Du mir glauben, auch allerlei Wertvolles flöten geht. Seit ich das eingesehen habe, beginne ich zu bremsen.

Moser griff in die Debatte mit einem ersten Resümeè ein: Du Meissner, verteidigst, wenn ich Dich recht verstehe, die alten edlen Motive. Als Meissner abwinkte: Ich modifiziere: Dir steht es nicht dafür, alte Ideale wegen neuer edler Motive abzumontieren, zumal das mit Verlusten verbunden ist. Meissner widersprach nicht. Du Stiefel, das weiß jeder, bist ein Hohepriester der neuen edlen Motive, die Du, dazu bist Du zu klug, nicht zu definieren wagst. Nur die Bestandteile gibst Du preis. Mit denen jonglierst Du. Was aber ist meine Rolle dabei? Meissner zögerte nicht mit der Antwort: Du bist der Jesuit unter uns. Der Stiefel und ich, wir beide haben etwas von einem Kardinalinquisitor und einem rebelischen Novizen. Du bist der Jesuit. Wir liefern die Argumente und Du untermauerst den Mythos. Ich habe da keine Sorge, daß Dir für Tomassoni das richtige edle Motiv und das dazupassende Schlagwort einfällt. Postmoderne? Haben wir schon gehabt. Vitalobjektivismus? Anarchoindividualismus? Postnihilimus? Wie gefällt euch das? Nicht besonders. Macht nichts. Der Titel, hat mein alter Lehrer in Journalismus gesagt, kommt bei einer guten Story von selbst. Oder einfach Tomassonismus?

Moser nahm, wie Meissner vorausgesehen hatte, die Brille ab, putzte sie, um Zeit zu gewinnen und seine Gedanken zu ordnen. Klischees wie dieses waren unvermeidlich, vielleicht bestand letztlich der Mythos aus diesen unersetzbaren Füllern zwischen den Ideen, Äußerungen und Handlungen. Moser putzte lange: Frist für einen Geistesblitz, der am ehesten einschlug, wenn man sich tot stellte. Moser setzte die Brille umständlich wieder auf, Meissner und Stiefel konzentrierten ihre ganze Aufmerksamkeit, um seine sicherlich komplizierten Erklärungen zu verstehen. Da sagte er: Das ist unser Geschäft, die Suche nach dem edlen Motiv. Wäre das nicht ein Thema für ein Buch für Dich Meissner? Enthüllung? Danke. Verlockend, aber ich enthülle nicht mehr. Ich überlege, nahm Moser den Faden wieder auf, ob man nicht was ganz anderes begründen könnte, die Abschaffung des edlen Motives. Stiefel: Warum haben wir es dann gemacht? Meissner: Das ist doch klar, aus Neugier, zur Abwechslung, aus Ehrgeiz, aus patholigischer Lust am Schwindel, an der rastlosen Beschäftigung. Erfinderehrgeiz. Halt das übliche Syndrom, warum einer mordet, stiehlt, betrügt, betet, liebt, haßt. Wir haben einfach genug von der neuen Innerlichkeit und dem Postexistentialismus, genug vom Sozialprimitivismus, und was es sonst noch gibt. Stiefel, dafür bist Du ja Spezialist. Ich gebe es zu, für mich ist Tomassoni ein Experiment meines nach Neuigkeiten lechzenden Geschmackes. Und natürlich ein Mittel, um die Mischpoche zu narren. Mir macht der Tomassoni Spaß. Seit langem wieder was, was mir Laune macht. Aber zugeben, Moser, dürfen wir das nicht. Die Suche nach dem edlen Motiv bleibt uns nicht erspart.

Die Suche nach dem edlen Motiv und die Zerstörung des edlen Motives. Das Schlagwort hatte sich in Stiefel festgesetzt. Jetzt begann es in ihm zu arbeiten. Was wäre, sagte er, wir lassen Tomassoni sterben und schreiben ein Aufklärungswerk. Wir rollen die

Geschichtswissenschaft, die Literatur, wir rollen die Politik auf: Ideologen auf der Suche nach dem edlen Motiv, Ideologen am Werk der Zerstörung der edlen Motive. Verklärung und Verteufelung. Wo bleibt die Wahrheit? Meissner, Mensch, Genosse: Wir revolutionieren die Histobiographie.

Ich schenke Dir die Idee, sagte Moser. Aber laß' mich aus dem Spiel. Ich entmythologisiere, seit ich denken kann. Ein jugendlicher Verehrer edler Motive habe ich sie zu bezweifeln begonnen, als mir die unedlen Folgen edler Motive zuzusetzen begonnen haben. Ich mißtraue aus Lebenserfahrung. Ohne Erfolg. Ich habe mich damit nur zum Clown gemacht. Ein Autor ohne edle Motive für seine Helden ist ein Clown, wenn er nicht mit unedlen Motiven kompensiert. Ich bin von meinen Mißerfolgen als Aufklärer frustriert. Jetzt möchte ich einmal an einem Mythos mitbauen.

Und ihn dann zerplatzen lassen?

Ein Mythos ohne religiöse oder ideologische Infektion, einfach als Naturereignis. Die Idee des Menschen, das schlösse die Idee des Untergangs, die Idee der Geburt, die Idee des aufsteigenden und des schwindenden Bewußtseins ein.

Ein Gott, der scheißt.

So was ähnliches. Gibt es das?

Es gibt alles, die Frage ist die Qualität und der Preis. Mythos naturecht, ist ein Fall für Aufzahlung.

Literatur? Ach was! Die weiblichen Schlingenlegerinnen bedienen sich in der Familie, in den Favelas, in den Bürgerhäusern und in den Zimmer-Küche-Kabinettwohnungen derselben Tricks. Was ist schon Literatur? Das Spiegelbild unserer Wahnvorstellungen der Wirklichkeit.

Eines kann Tomassoni nicht passieren, daß er erst berühmt wird, wenn er nichts mehr kann. Wann immer Tomassoni herumgereicht werden wird, seine Begabung kann nicht verblassen, er kann nur untergehen.

Er wird nicht erst in der Staatsoper auftreten, wenn seine Stimme kaputt ist, bei Suhrkamp verlegt werden, wenn er ausgeschrieben ist, seine Bilder werden nicht erst gekauft werden, wenn sie von seinen

Schülern hingeschmiert und von der Stange gekauft werden. Natürlich geht dadurch ein Reiz verloren. Man kann nicht seinen Anfängen nachtrauern, seine Fans können nicht von ihren Opernerlebnissen mit dem jungen T. in Linz, Brünn, Padua, Bari, Detmold und Lodz renommieren, die auf Frühwerke spezialisierten Germanisten, Kritiker und Verleger können nicht den Markt mit unveröffentlichten Funden beleben, Galeristen nicht auf Versteigerungen die gehorteten Kritzeleien seiner Jünglingsjahre zu Höchstpreisen ausrufen lassen.

Das eherne Gesetz gilt: Der Ruhm kommt mit dem Talenteschwund. Eine ausgleichende Gerechtigkeit: Der Dollarsegen erleichtert die Impotenz. Und die Reichen, die Tausende für einen Opernplatz zahlen, hören nur die Reste der Stimme, die für sie noch immer verschwendet sind und deren Jämmerlichkeit sie nicht erkennen, weil nicht schlecht sein kann, was so viel gekostet hat. Die Geldanleger kaufen für Millionen Schund ein, die Bestsellersüchtigen werden durch die ohnmächtigen Duplikate einer geschrumpften Phantasie gelangweilt, die Bürgermeister, Kulturminister, Präsidenten und Kanzler rühmen in den Festreden die künstlerischen Ruinen. Die Rache der Kunst am Markt?

Ein selbstbewußter Künstler, der überzeugt ist, daß sein Erfolg einmal kommt, irgendwann und irgendwo, tut gut daran, ein paar Bilder oder Gedichte beiseite zu legen, damit er in den Zeiten seiner Entdeckung noch etwas anzubieten hat. Die Stimmen, die Geläufigkeit der Finger lassen sich nicht konservieren, da hilft die Technik. In der Geheimsprache der Kritiker heißt es dann: Bewundernswerte Technik. Sie meinen die Routine. Oder es fällt ihnen gar nicht auf. Es geht ihnen dann wie den Reichen mit der Butter, die nur ranziges Fett vorgesetzt bekommen, aber das nicht merken, weil sie von der Dienerschaft, die ihre frische Butter verzehrt, jahrelang daran gewöhnt sind. Da sie nur die großen Kunstinstitute besuchen, lernen sie nur die nachlassenden Potenzen kennen. Stimmruinen animieren sie zu Bravo-Rufen, Prosagestammel zu Tiefenforschungen, Replikengepinsel zu Versteigerungsaufträgen.

Nicht die Nichts-Könner, die Nicht-mehr-Könner bedrohen den Kunstbetrieb. Die Nichtskönner erhalten sich ihre Arroganz bei bester Gesundheit. Wie war der junge selbsternannte Poet? Wie der mittelalterliche und wie der alte selbsternannte Poet sein wird. Wo es keine Begabung gibt, kann sie auch nicht abgebaut werden. Bei ihnen gibt es nur eine Potenzierung des Eigendünkels, eine Verfeinerung der Selbstreklame und eine Verfestigung der Routine. Ach, der beliebte Burgschauspieler! Erraten, der ist gemeint. Seit er leer, hohl und ausgebrannt ist, kann er sich vor den Angeboten nicht mehr retten. Vor zehn Jahren hätten sie ihn sehen sollen. Damals galt er als Talent. Heute ist er ein Star, Dutzendware mit dem Mief der Routine.

Natürlich übertreibe ich. Wer könnte sich vom Zeitgeist befreien? Ausgerechnet ich und allein auf weiter Flur? Der Verfall der Begabungen übertreibt ja auch, die Verspätung der Talenteerkennung ist geradezu galoppierend. Wir alle haben so viel zu tun, den schäbig gewordenen Ruhm zu konservieren, daß wir kein Talent mehr wahrnehmen. Es sei denn mit Neid und Nebenbuhlerhaß.

Hat sich hier der erste Tomassoni-Überdruß artikuliert?

Unser Tomassoni-Wahn hat uns dazu verführt, das Kind mit dem Bad auszuschütten. Wir sind päpstlicher als der Papst. Wir haben den Aufschneidern, Lügnern, Großsprechern nichts durchgehen lassen, wir sind ihnen auf jede Party gefolgt, haben jede Koketterie mit der Macht kommentiert, unbarmherzig die Wandlungen von der Anbiederung bis zur Arroganz auf der Karriereleiter verfolgt, wir haben ihnen nichts nachgesehen. Keine geistige Korruption unseres Kulturlebens, keine Dogmatisierung durch Dummköpfe, geschweige denn die brutalen Nahkämpfe der Medienmacht. Wir haben den Protagonisten die Tarnung mit den edlen Motiven abgerissen.

Wofür sonst sind Kritik und Aufklärung erfunden worden? Wir haben dabei zarte poetische Saaten zertrampelt, Setzlinge schonungslos ausgerissen, jede Anmaßung zurechtgewiesen. Betriebsblind haben wir übersehen, daß die Jämmerlichkeit des Kulturlebens nur ein schwacher Abklatsch des politischen Betruges ist.

Worauf willst Du hinaus, fragte Moser Meissner. Er denkt an Krk, sagte Stiefel, Krk oder Nep oder Prs, an den jungen Parteirevoluzzer, der Karriere gemacht hat, indem er einen Paten der Macht angeprangert hat. Er hat ihm jede Patrone vorgehalten, die er auf der Schießstatt der Partei verschossen hat, jeden Hasen der großen Novemberjagdstrecke, jede Privat- und Prachtanfertigung in seiner Pistolensammlung, und selbstverständlich jede in einem langen Parteileben erworbene Sinekure, sei es durch kostenlose Strom- und Theaterkartenzuteilung, durch Gratisreisen, die diversen Deputationen landwirtschaftlicher Erzeugnisse, die ergebenst zur Kostprobe vorgelegten Kartons mit Wein und Cognac, die Zigarren- und Zigarettenpräsente. Die Zampanos knurrten, aber das Parteivolk jubelte, und verhalf dem kühnen Aufdecker, Anpranger, Erneuerer bei der nächsten Wahl zum Parlamentssitz. Jeder von uns kennt den Anpassungsprozeß dieses Herrn Josef an das Parteiestabliment. Anfangs ließ er sich noch Ausrutscher seines Gewissens zuschulden kommen, indem er zur Parteibasis hinunterzutauchen versuchte. Angekommen ist er da nicht mehr, aber immerhin.

Inzwischen hat sich die wunderbare Verwandlung vollzogen. Er ist bis in die Wolle rosarot eingefärbt. Der junge Wein ist, wie der Parteichef zu sagen pflegt, vergoren. Die Früchte sind gereift. Der Charakter ist geläutert. Fremdes Spielzeug wird von den kecken Buben umgeworfen, das eigene verteidigt. Der Krk ist ein Hort der Parteidisziplin geworden. Als Generalsekretär, Kabinettsdirektor, Klubchef ist es ausschließlich seine Aufgabe, Steuer- und Preiserhöhungen, Pensionskürzungen und Sozialleistungsverminderungen, Ausländerausweisungen und Repressalien aller Art im Dienste der Ausgewogenheit zu begrüßen, begründen und verteidigen. Und er tut's, der Prs, er kann's, der Nep, wie es seine Vorgänger konnten, der Krk gibt die Nörgler der allgemeinen Verachtung preis.

Was sind dagegen der Purzelbaumagent, der Burgtheaterselbstdarsteller, die Kulturapostel, die ihre Wörthersee-, Attersee- und Weißenseevillen, ihre Mallorca- und Lanzarote-Appartements den Honoraren ihrer Autoren abgerungen haben, für liebenswürdige Zeitgenossen! Diesen Krk, Prs, Nep hätte der Tomassoni, wäre er ein politischer Schriftsteller, nicht besser erfinden können. Das sind Mythen, die sich von selbst erneuern. Selbsterschaffene Monumente des Allzumenschlichunmenschlichen.

Geheimes Dreiergespräch über die Liquidation des Phänomens

Tomassoni. Die Tomassoni-Erfinder sind sich einig: Ein Paukenschlag durch Preiszuerkennung und Preisablehnung. Dann das Vergehen Tomassonis. Er stirbt nicht an Herzinfarkt, er entschwindet. In einer Gletscherspalte, in einer Sandwüstendüne oder einem Krokodiltümpel.

Moser berichtet: Der Leopold-von-Andrian-Preis ist ihm sicher. Er wird ihn selbstverständlich ablehnen und hat dann endlich Gelegenheit, seine schöne Preisverweigerungsrede zu halten, die wir bereits mitgeteilt haben. Die Begründung der Ablehnung? Tomassoni nimmt keine Preise an. Er hält es wie Cioran. Das Gerücht verbreitet sich wie ein Lauffeuer. Eine Absage gibt einem Preis heute erst seinen Wert. Wer schert sich schon darum, wer den Leopold-von-Andrian-, den Anton-Wildgans-, den Otto-Stössl-, den großen und den kleinen Staatspreis bekommen hat. So wie ein Buch und sein Autor erst bekannt wird, wenn es verboten wurde, wird ein Preis erst geschätzt, wenn er abgelehnt worden ist.

Ein Interview über die Motive der Ablehnung kann nicht gegeben werden. Denn Tomassoni hat sich auf eine lange Reise aufgemacht. Sahara oder ewiges Eis, die Frage kann offen gelassen werden. Auf jeden Fall was Extremes, wie es einem Genie entspricht. Eine Himalayaüberquerung oder eine Gratwanderung, die den Andenzug in der Nord-Süd-Richtung bezwingt.

Tomassonis letzte Reise. Tuscheln in den Mafia-Unterschlüpfen der Wiener Literatur. Die Majorität versteht nicht, daß man einen Preis ablehnt. Die Zeiten sind vorbei. Einen Titel, einen Orden, das ja. Aber einen Preis? Auf das Geld, den Ruhm, die Ehre, die Genugtuung, das Bankett, die Laudatio verzichten? Hätte er das Geld nicht weitergeben können? An drei notleidende Autoren. Für die Drucklegung von Debutantenmanuskripten? Für die Förderung der Literaturzeitschriften Manuskripte, Podium, Freibord und Wespennest? Für ein Stipendium für eine Begabung, die auszusuchen sich mehrere Jurys gefunden hätten. Für das Sponsoring einer multimedialen Festwochenshow. Für einen Freiplatz im Studio. Oder was weiß ich. Man hätte einen Tenor für eine Staatsopernaufführung zwar nicht bezahlen, aber sich an einem Sponsorenkollektiv beteiligen können. Oder die Reisespesen für einen deutschen Gast für eine Peymann-Inszenierung wenigstens eine Woche lang bezahlen. Das alles mit Notiz im Programmheft. Tomassoni als Sponsor; nicht das Schlechteste. Meissner wagte eine Prophezeiung. So wie heute der Name des Stars den Titel des Stückes und den Namen des Autors ins Kleingedruckte verweist, wird demnächst der Sponsor den Star zurückdrängen. Die Großindustrie überwuchert den Kulturbetrieb. Man wird nicht mehr in eine Schiele-Ausstellung gehen sondern in eine von der Casino AG gesponsertes Kulturereignis von 500 Millionen Versicherungswert. Was, frage ich, ist schon der Tineff, den der Staatspreisträger seit dreißig Jahren zusammenschmiert, gegen die Finanzkraft der Computer-Firma, die seine Zurschaustellung in New York ermöglicht? Schöne Aussichten für Tomassoni, auf die wir leider verzichten müssen. Oder mit Genugtuung?

Wer hat den Wildgans-Preis abgelehnt? Sie irren, Herr Kollege, nicht dem Scharang hat sein Gewissen die Annahme eines Langzeitstipendiums verboten, der Tomassoni hat den Andrian-Preis nicht angenommen. Wofür hat er den bekommen? Für sein Gesamtwerk. Wer hat ausgerechnet ihn dafür ausgesucht? Eine Jury. Von den politischen Parteien bestellt? Das war die Frage. Auf jeden Fall kann man behaupten, die Mafiosi bleiben unter sich und fühlen sich von einem Parade-Individualisten, den sie überstimmen können, nur leicht irritiert. Moden vergehen, die Mafia bleibt bestehen. Sie hat Revolutionen, Zusammenbrüche, Erneuerungen, Mao und Marx und selbstverständlich die Sozialdemokratie überlebt.

Weißt Du, was ein sinniges Ende für Tomassoni wäre? Er versinkt in Seelenschmus. Er geht in einer Gefühlssauce unter. Wenn er uns lästig wird, lassen wir ihn in einem Liebespallawatsch ersaufen. Von den Säuren und Fermenten der Leidenschaft und Eifersucht zersetzen und in den Ausdünstungen ersticken. Ich werde versuchen, was aus Kitsch, Sehnsucht, Lüsternheit und Verliebtheit mit einem Schuß Prüderie anzurühren. Was wäre mit einem Briefwechsel zweier von den Hormonen überwältigten und aufgeweichten Landmädchen: Eine Sitzengelassene und eine frisch angesteckte. Schwärmerei, die sich in den Frust hineinfrißt. Enttäuschung facht die Leidenschaft an. Von der kalten in die heiße Seelendusche. Diese ebenso rührenden wie ekelhaften Versuche, die erotischen Signale mit Romantik zu verbrämen. Das Lob der blauen Augen, wo sie die Kraft der Lenden meint, um mich in ihrer Diktion auszudrücken.

Du hast einen guten Sprung, hat mir, als ich 17 war, eine 30jährige Kriegerwitwe gesagt.

Bist Du gesprungen?

Über den Bach. Ich habe meine Erektion sublimiert.

Im Ansturm der Gefühle verirrt, zwischen dem Amoklauf der Lust und dem Bollwerk der Erziehung zermalmt, regenerieren sie sich in verlogener Romantik. Und unsere Sprache gibt ihnen tausend verklärende Umschreibungen. Der Eros wird in Diminuitive verzettelt. Der Sturzbach in kleine Tümpel umgelenkt. Da kann sie sich nun metaphorisch hineinstürzen. Die andere plätschert vergnügt in diesem trüben Wässerchen und geht japsend unter in dem Himmelblau der Lust. Unaufhörlich will sie eine Abschlagszahlung. Mit tastenden Fingern, mit schmelzendem Körper, mit feuchter Zunge.

Tomassoni, den wir uns als einen Weltmeister der Isolierung vorstellen, einen Olympiasieger der Distanz, gerät zwischen die bunt aufgetakelte, schlecht getarnte Lüsternheit von zwei Landpomeranzen. Die eine schwärmt von Poesie, die andere von Weltumarmung, eine Rilke-Leserin und ein Simmel-Opfer, beide bereit, die Signale des Körpers zum höheren Lob Gottes funken zu lassen, verzehrt von dem Verlangen nach dem Kaviar der Lust, Reichtum, Schönheit als Inbegriff neuer Menschlichkeit. Die eine vögelt für die Krebshilfe, die andere für die Menschenrechte. Tomassoni suhlt sich in dem Sumpf, sinkt in den Untiefen ein Stückchen ein, rettet sich wieder heraus, läßt sich in ihr Tuscheln und Kuscheln ein, weichliches, feuchtes, animalisches Gelände, die eine kann den Cornet auswendig, die andere singt Händel im Kirchenchor, Tomassoni jongliert immer unsicherer über dem Abgrund der heimlichen Intimitäten. Von der Unwiderstehlichkeit ihrer jungen Körper angezogen, läßt er sich in das Unkrautgärtlein ihrer Phrasen locken. Heimliche Griffe, niedergeschlagene Augen, romantische Tiraden.

Abends im Auto über den Gürtel. Er sah auf die Huren in den Plastikhosen. Ordinäre Gesichter, sagte er. Aber junges Fleisch, antwortete sie. Frischfleisch.

Warten auf den Lustschrei. Aber ihre Liebe ist wie ein Fliederbusch. Sie blüht und sie verblüht, sie duftet nach Parfum. Tomassoni, was kann Tomassoni noch retten, die unausbleibliche Ohnmacht, die Angstwelle Ekel, die als Fluchtreaktion in jede männliche Lust eingebaut ist, ein Hormonstoß und ein Ekelrückstoß, Ernüchterung? Frische Luft heizt den Rausch an. Sie flüstern. Eine hängt am Ohr der anderen und er schwebt bereits. Oder sinkt er? Im Schwulst ersticken. Erstickungsanfälle in den schwülen Ausdünstungen hormoneller Rückstände. Tomassoni gepfählt von den steil aufgerichteten Reimsilben Liebe und Triebe, Kuß und Genuß, leiden und meiden.

Moser bremste Meissners erotischen Schwung. Tomassoni stirbt an Lungenkrebs und bekommt ein Ehrengrab in Bozen. Ich nehme als Delegierter am Begräbnis teil.

Und dann ist es aus.

Dann geht es erst an. Wir veranstalten in der Galerie Nordpol eine Ausstellung: Hommage an Tomassoni mit imaginären Tomassoni-Porträts führender Künstler. Sagen wir Eisinger, Hartlauer, Freissler ...

Und Stapf. Vergeßt mir Stapf nicht. Erstens kann er es nicht ertragen, bei so etwas nicht dabei zu sein. Und der Gag: Die hundertprozentige merkantile Ausnützung eines bescheidenen Talentes. Außerdem macht sich Stapf als verkleideter Zigeuner immer gut. Als Folklore und als Beleg demokratischer Liberalität.

Aber Stapf malt konkret. Wen porträtiert er?

Stapf stellt sich mit Illustrationen zu Tomassonis Werk ein.

Das er nicht kennt.

Stapf hat schon so viel illustriert, das er nicht kennt. Naive Malerei paßt immer. Und Freissler steuert ebenfalls Tomassoni-Illustrationen bei. Er hat einmal eine Erzählung von mir illustriert. Er kann das, wie es ist, für Tomassoni verwenden.

Und Tabarelli hält die Laudatio.

Wer sonst? Und Hartlauer, voll des guten Stolychnaja-Wodkas, erzählt von Jugendstreichen mit Tomassoni. Als sie im Widerstand kämpften, als sie in den Konzerten der IGNM konservative Störenfriede aus dem Mozart-Saal prügelten, als sie im Art-Club, als sie im Hawelka ... Tomassoni, der Dichter, der aus der Einsamkeit kam. Der gute Mensch von Bozen. Unser Mythos Tomassoni. Der Minister hat sein Erscheinen zugesagt. Und er kommt. Und wenn er nicht kommt, um so besser. Dann hat Tabarelli was zu schimpfen. Hartlauer schreibt einen offenen Brief über die Ignoranz der Kulturschickeria. Die Eisinger-Mappe, vier imaginäre Porträts von Tomassoni, kostet 1.980 Schilling, Hartlauers Tomassoni-Büste 190.000 Schilling.

Machen sie mit?

Sie lechzen nach einem unverdächtigen Privatmythos. Kunst als Religionsersatz. Alle lechzen danach. Gebe Buddha für Tomassoni. Tomassonis Tod ist erst das Startsignal zum Tomassoni-Kult.

Lassen wir ihn sterben. Der lebende Tomassoni bereitet uns Scherereien, der tote Tomassoni lebt.

Wenn Tomassoni nichts geschrieben hatte, was nunmehr auch öffentlich vermutet wurde, von der Maltz, der Messerer, dem Reichartsebner-Lambrecht, dann hatte er seine Werke nur phantasiert. Er war einer der jungen Künstler, die ihre Gedichte, Romane, Dramen träumten und es damit genug sein ließen. Kein Drang zur Realisierung, und wenn er ihn überkam, wurde er unterdrückt. Flucht vor der Profanierung der Phantasie in neue Visionen.

Wenn Meissner sich ansah, was aus den Tüchtigen geworden war, die in Kellertheatern gespielt und inszeniert, die Zeitschriften gegründet und in Verlagskanzleien vorgedrungen waren, die täglich ihre Träume an Ölschinken verraten hatten, konnte es ihm nicht leid tun, daß Tomassonis Werk aus Vermutungen, aus Illusionen, aus Phantasieschüben bestand. Was war aus den anderen geworden? Mitglieder des Kunstsenates, Professoren, Neurotiker des Erfolges, Karikaturen der Eitelkeit. Widersteh' der Versuchung, es niederzuschreiben, Tomassoni! Phantasie ist das Gegenteil von Leben. Der Körper der Geliebten ist ohne Phantasie ein Stück Fleisch. Jeder Satz ist ein Verrat an der Vision, eine Verkleinerung ins Zwergenhafte, ein Kompromiß mit dem Klischee, ein Verrat an den Kommerz.

Die Bücher, die Symphonien, die Bilder der Erfolgreichen sind verstaubt, ihre Häuser abgerissen. Sie spielen den Jedermann in Salzburg, sie dichten Hymnen, sie vollenden Opernfragmente. Einem, der das absolute Piano suchte, blieb nur Tomassonis Stille.

Sie sind Vorstandsmitglieder, Juryvorsitzende oder Weltflüchter. Aber sie kehren aus ihren Zufluchten zu ihrer Burgtheateraufführung, Sezessionsausstellung, zu den Festspieleröffnungsreden zurück. Niemand vermag sie von Waldheim oder Haider zu unterscheiden.

Tomassoni baut Luftschlösser.

Vom jungen Talent zum Nationaldichter. Mancher wird als Dichterfürst geboren. Wie der Handke. Sie verstellen sich nur anfangs in Jünglingsmaske, mit Schüchternheit, Sensibilität und Bärtchen. Ich kenne dreißig Dichterfürsten. Andere macht das Alter ehrwürdig. Die brauchen dann nichts mehr schreiben, sie sind, keiner weiß wie, installiert. Ein Leben ohne Erfolg, dann wachen sie auf und sind die Stimme der Nation. Wie ... Keine Beispiele, bitte keine Namen, sagte Meissner. Es geht hier um ehrfurchtgebietende Tappergreise, muntere Altersbohemiens und wohlmeinende Seniorendramatiker. Kein Stachel in das Dichterleid, keine Erschütterung der morschen Gehirnganglien.

Wie halten wir's mit Tomassoni? Moser plädierte für den geborenen Dichterfürsten. Er ist, wenn er überhaupt was ist, ein Typus. Warum nehmen wir nicht das ranzigste, aber noch immer wirksame Klischee?

Tomassoni, der Wanderer (Odysseus), immer auf einer verlorenen Spur. Das ist doch ein eleganter Topos. Selbstverständlich ein cooler Typ. Ein bißchen was vom Wüstenfuchs Lawrence. Oder dem Michael Chatwin. Wie hat den der Prominentenfreund Rezzori beschrieben! Nicht festzuhalten, flüchtig wie ein Elfenwesen.

Warum soll der Chatwin nicht ein Vorbild für Tomassonis Ende sein? Entdeckung fürchten wir nicht. Schließlich war der Autor Chatwin so lange unbekannt, bis seine Freunde nach seinem Tod sein publikumsscheues aber publikumswirksames Nomadenleben erzählt oder auch nur erfunden haben. Spät entdeckt, rasch wieder vergessen. Ein Dichterleben zwischen China und Patagonien. Oder zwischen Purkersdorf und Hietzing. Worauf es ankommt, ist seine souveräne Einzelgängerei. Warum ist er so viel gelaufen, den Wienfluß entlang? Weil er sich selbst davonlaufen wollte. Er fürchtete nichts so sehr wie den Vergleich mit sich selbst.

Wir lassen Tomassoni verschwinden, achten aber darauf, daß es ihm nicht so geht wie Chatwin, der in einem Provinzspital gestorben ist und den eine geheimnisvolle Krankheit, wie man sie sich auf Pilgerzügen zuzieht, daran gehindert hat, wie beabsichtigt, spurlos in einem Wüstenzipfel im Tschad zu verschwinden, nachdem er seine Papiere verbrannt hätte. Tomassoni wird in einem Wasserloch versinken, wo ihn kein Taucher findet. Die Leiche bleibt unauffindbar. Aber schließlich kommt es ja auf die Papiere an. Mit gelöschten Stempeln und unleserlichem Ausstellungsdatum. Eine Dokumentenfälschung für die Literaturgeschichte. Stiefel spielt Photokopien der Messerer und der Maltz zu. Die sind anfällig für elitäre Untergangsmythologie. Keine Leichenstarre und schon gar kein Geruch. Durch das Selbstopfer beglaubigter Ausstieg. Wenn das post mortem kein Köder ist.

Wie gewonnen, so zerronnen, wie erfunden, so verschwunden, wie erdacht, so kaputt gemacht. Warum es jetzt nur noch geht, ist das Ritual der Entlarvung. Die große Bloßstellung. Stiefel und Moser wälzten dafür Regiepläne. Eine satirische Superinszenierung. Die Frage war nur noch, wann sie stattfinden sollte. Gleich nach der Todesnachricht? Oder zur Festwocheneröffnung? Meissner war entschlossen, dergleichen zu verhindern. Aus dem sentimentalen Grund, daß er Tomassoni, nachdem er ihn in die Literaturgeschichte katapultiert hatte, nicht mehr daraus vertreiben lassen wollte, und aus dem von Lebenserfahrung geprägten Motiv, die monate-, vielleicht sogar jahrelange Unsicherheit der Betrogenen sich nicht durch den kurzen Triumph einer Entlarvung verderben zu lassen. Warum sollte das nicht weitergehen? Die Fragerei, gibt es nun den Tomassoni oder war er eine Fiktion? Das endlose Suchen nach Tomassoni-Publikationen, nach Tomassoni-Manuskripten, das mit Falschmeldungen gewürzt und verlängert werden konnte. Wer glaubt heute noch an Literatur? Konnte der Glaube an die Literatur nicht durch den Glauben an Literaturfälschung ersetzt werden? Wer wollte, der konnte das auch in seine Sphäre übersetzen, in die Politik, in die sogenannte Wissenschaft.

Das, sagte Stiefel, gibt einen lebenslangen Trouble. Ihn störte das. Er wollte Literatur nicht durch Literaturfälschung ersetzt haben, Politik nicht durch Antipolitik, und schon gar nicht die Wissenschaft durch Relativismus. Von der Unordnung des Lebens, der Liebe, der Kunst und der Politik hatte er genug. Wenn schon, dann klare Fronten. Schließlich, sagte er, haben wir ja den Tomassoni erfunden, um die falsche Literatur bloßzustellen.

So etwas hatte Meissner befürchtet. Eine argumentationsgesättigte Diskussion um gute und schlechte Literatur. Nichts hatte ihn lebenslang mehr abgestoßen oder auch amüsiert, als die Spiegelfechtereien um den gerechten und den ungerechten Krieg, um die sittliche und die unsittliche Homosexualität, um den gesegneten und den verfluchten Geschlechtsverkehr. Weg mit den pfäffischen Beweisen. An dergleichen hatte er in seiner frühen Jugend geglaubt, und sie sich damit verdorben. Erlaubte und verbotene Onanie. Gesunde und krankhafte Neugier. Sie verstanden es mit messerscharfen Argumenten, den Lustgewinn für sich zu reservieren und allen anderen zu verderben. Heute, wo es fast zu spät war, war es ihm egal, ob er mit einer Handlung, einem Gedanken die sittliche Ordnung bewahrte oder durchlöcherte. Er war für Gefühlsüberschwang.

Stiefel, noch immer nicht erwachsen und als ewiger Jugendlicher wahrscheinlich niemals erwachsen werdend, befürchtete ein Leben im geistigen Chaos. Er fühlte sich immer für Ordnung verantwortlich. Er wütete zwar in einem erotischen Niemandsland, glaubte aber fest auch an eine sexuelle Weltordnung. Tomassoni, meinte er, wäre ein zeitlich befristetes Experiment. Eine abgeschlossene Beweisführung.

Meissner gab zu, daß er diese Vorstellung geteilt hatte. Aus jener Gedankenlosigkeit, in der wir dahindämmern. Aber das Projekt konnte korrigiert werden. Dann dehnen wir die Beweisführung eben aus. Ins Unendliche. Wenigstens brauchen wir uns nicht vergewaltigen, indem wir uns eine Ordnung einreden, die wir wiederhergestellt haben. Wir haben keine Ordnung wiederhergestellt. Im Gegenteil, wir haben bewiesen, daß es keine Ordnung gibt. Daß der Schwindel regiert. Das Darüberhinwegschwindeln. Ich wenigstens, ließ er Stiefel nicht zu Wort kommen, schwindle mich darüber hinweg. Ich führe kein geordnetes Leben. Ich träume gelegentlich in schwachen Stunden davon. Wenn die Leute wüßten, wie ungeregelt und zufällig bei mir alles verläuft, wäre mein Nimbus dahin. Einen festen Platz hat nur der Nachmittagsschlaf, und selbst der muß geopfert, verkürzt oder einer Laune zuliebe einmal auch verlängert werden. Ich gebe zu, daß eine Lebensordnung ein Grund sein könnte, einen Menschen zu erfinden, eine menschliche Maschine, die staatliche, kirchliche, soziale, intellektuelle und sonstige Ansprüche erfüllt und seinen geistigen, seelischen, moralischen und materiellen Haushalt in Ordnung hält. Wo die Bücher ebenso ihre Stunde haben wie die sogenannte Kreativität, der Sex und das Geld. Wo alles wohlbestellt ist. Aber ich bin ein ängstlicher Maniker. Ich werde vom Eros weggespült, vom Alkohol in die unsanfte Ecke getrieben, ich bin ein Quartalsleser und ein Stimmungswohltäter, ein verantwortungsloser Faulpelz und ein unsinnig zwanghafter Schwerarbeiter. Ein ebenso chaotisches wie sinnloser Leben, das nur durch leichtsinnige Verantwortungslosigkeit zu bestehen wäre. Der ordentliche Tomassoni, der Musterschriftsteller, war eine Illusion. Mit dem vollkommenen Dichter sind wir selbst einem Trivialmythos aufgesessen.

Schön wär's gewesen, warf Moser ein.

Weiß ich nicht. Bequem. Da hast Du recht. Warum machen wir uns was vor? Damit wir die Ordnung in unser Leben bringen, die dieses immer wieder über den Haufen wirft. Ich jedenfalls taste mich durch tausend Verstrickungen, immer neu gefährdet, immer wieder aus dem Gleichgewicht gerissen, ich taumle durch Fährnisse, Gefahren, Bedrohungen, Fallen, die sich in den groteskesten Formationen vor mir aufbauen, sich mir entgegenstellen, mich herausfordern. Ich weiß nicht, wie ich da durchkomme.

Indem Du den weisen Alten spielst. Den Ratgeber, der alles weiß, den verständnisvollen Skeptiker.

Ein Leben unfrommer Lüge. So mag ich es nicht, aber so bestehe ich es, so schwindle ich mich durchs Chaos. Und zu dieser Unsicherheit verurteile ich alle, auch den Tomassoni und jene, die sich mit ihm eingelassen haben. Er soll weiter bestehen, als Drohung, als Verheißung. Als ein literarischer Messias, der niemals erscheinen wird.

Tomassonis Todesursache? Der große Einbruch. Tomassoni war der Autor, der erstmals dem Privatmythos des einzelnen nachgegangen ist. Jeder lebt in den Mythen seiner Zeit, aber jeder holt sich dafür das, was er braucht. Mit Recht hat jener Passus im Werk Tomassonis Bewunderung erregt, in dem er die ganz persönliche Arroganz der Insassen eines Straßenbahnwagens beschrieben hat. Jeder hat seine Selbstwertmasche und damit seine individuelle Selbstverteidigung. So primitiv ist keiner, daß er sich nicht mit einem eigenen Nimbus des Lebensstils und damit des Lebenserfolges umgibt. Wer erinnert sich nicht der Stelle, in der Tomassoni die Aura eines Versagers sinnlich erfaßbar gemacht hat? Zugegeben, sie besteht aus Vorurteilen, Einbildungen, Lügen, Frechheit, dummdreister Angeberei, aber komme da erst einmal einer hin und dann hindurch. Das große Rätsel, auch für Tomassoni, ist noch immer, warum einer diese Panzerung aufgibt. Sehnsucht nach Kommunikation, Bedürfnis nach Beherrschung oder Unterwerfung, Selbstauflösungstendenzen? Unvergeßlich, wie bei Tomassoni diese Summe von in Nuancen unterschiedlicher Selbstverteidigungsstellungen sicht- und fühlbar geworden ist. Das soll ihm einer nachschreiben. In dem Waggon sitzen lauter Nullen. Ein Nichts mal 24. Unbedeutende, unwissende, verlogene, bösartige, banale, sinnlose Existenzen, von denen jeder seinen eigenen Hochmut entwickelt hat, seinen Schutzwall aus Abweisung, der eine Bedeutung vortäuscht, die jeden Unberufenen zurückweist. Sie machen was aus sich und sich was vor, sie blasen sich mit Illusionen auf, um etwas darzustellen, um sich zu unterscheiden, um sich zu behaupten. Man versteht, warum jener Heilige des Mittelalters diese Haltung, die er Vereisung nannte, als die größte aller Todsünden verdammt hat. Die igeln sich nicht nur vor den Menschen ein, die absentieren sich von Gott, allen Heiligen und Teufeln. Der Mensch in seiner Einsamkeit und lächerlichen Großmannsucht.

Wehe, wenn das zusammenbricht. Durch Krankheit, durch Schwäche, durch Enttäuschung, durch Leid. Durch irgendeine Anfechtung, durch Anfeindungen, Zufälle des Lebens, Enttäuschungen. Es reißt den ganzen Menschen mit, es löscht ihn aus. Er hat nur diese Maske, diese Einbildung und sonst nichts.

Das Luftwesen Tomassoni war nicht belastbar. War's ein Mißerfolg, ein Zweifel an seiner Existenz, ein Überdruß an seiner Erfindung, er hatte keine Widerstandskraft. Wenn einer den Panzer aus Spinnweben durchbrach, wenn die Maske gelüftet, wenn der Selbstwert angekratzt war, hatte er keine Widerstandskraft. Eine Art Aids des Geistes. Es erwischt uns alle immer wieder, um nicht zu sagen unaufhörlich, wir retten uns irgendwohin. Wir stumpfen uns ab. Andere geben freiwillig auf, in der Hoffnung, in irgendeinem All untergehen zu können. Deutscher unter Deutschen sein, Proletarier unter Proletariern, Christ unter Christen, Briefmarkensammler unter Briefmarkensammlern. Ausruhen im Kollektiv, dann wieder ausbrechen, den Schutzschild langsam oder in einer Kraftanstrengung neu aufbauen.

Aber einmal reißt es alles mit, die Arroganz, die Lebensgewohnheit, die Illusion, das, was einer Heimat nennt, sein Nest. Tomassoni hat es hinweggerafft. Er hatte nicht nur die Mitwelt, er hatte sich selbst durchschaut. Seinesgleichen ist nicht zu helfen.

Tomassonis Beerdigung fand angeblich in einem der kleinen Friedhöfe an den Wienerwaldhängen statt, die zu Spaziergängen einladen, die von den Schrebergärten in die Felder führen. Nach einem bewölkten Morgen brannte unvermutet die Sonne. Meissner empfahl sich. Auf der Stiege, die zur Straßenbahn führt, sprach ihn ein Mann in den Vierzigern an und beschwerte sich über die mißglückte Trauerzeremonie. Kein Mitgefühl der Hinterbliebenen, keine Reaktion auf die religiösen Impulse, keine Information über den Verblichenen, Meissner erkannte den Pfarrer. Der hatte sich fast gedacht, daß der Verblichene Schriftsteller war. Er hatte nichts gegen ein stilles Begräbnis, aber was er erwartete, war Bewegung durch den Tod, Erinnerung an das Jenseits, der Anhauch des Unaussprechlichen. Er bedauerte die Kürze und Kälte der Zeremonie. Aber ohne Echo? Haben Sie nicht die weinenden Frauen gesehen? Die Klageweiber. Meissner war beeindruckt, Tränen auf die Zynikerinnenfalten der Pressehexen tropfen zu sehen.

Er und der Priester nahmen in der Straßenbahn neben einem Mann in dunklem Anzug und mit schwarzer Krawatte Platz. Wie sich bei dem kommunikationsgeilen Überfall des Schwarzgekleideten, der dem des Priesters auf Meissner nicht nachstand, herausstellte, war dies kein Hinterbliebener, kein Trauergast, sondern ein Friedhofsänger, der bedauerte, daß er nur eine Station mit ihnen fuhr. Er hatte sein Auto für die Fahrt zur nächsten Beerdigung abgestellt. Als Fremder bin ich hergekommen, als Fremder muß ich gehen. Er vergewisserte sich durch einen Blick auf die Uhr, ob er den nächsten Termin erreichen konnte. Es wird sich ausgehen. Der Priester wußte eine Abkürzung. Der Sänger winkte ab. Bezüglich Friedhöfen konnte ihm niemand was erzählen. Auch kein Priester, der in zehn Jahren an 3.600 Bahren gestanden war. Ich habe, sagte der Friedhofsänger, als er bereits auf dem Trittbrett stand, eine Sensibilität für die explosive Mischung aus Erbschaftsgier, Untergangsschrecken und Todesangst.

Meissners Nekrolog zum Ende Tomassonis war, was sonst, der Zweifel.

Wir hätten, sagte er, keinen Literaten sondern ein Tyrannen erfinden sollen, keinen Worte- sondern einen Menschenfallensteller, einen Diktator, einen Nero oder Khomeini oder doch einen Mann, der die in aller Welt verstreuten Juden einigen möchte oder einen, der verspricht, die Araber zu den Herren der Welt zu machen. Irgend einen Rechtgläubigen. Aber wir sind Literaten. Wenn wir was vom Mythos hören, denken wir an seine Drucklegung. Alles aus zweiter Hand. Ein Kommentar fürs Werk. Wonach haben die angeblich so revolutionären Studenten gerufen? Nach Mao, aber nicht nach dem Dichter sondern nach dem Massenmörder. Der Wahnsinn hat seine Klimax erreicht, als die Jugend Europas nach Freiheit rief und dabei das rote Büchlein der absoluten Unterdrückung und Auslöschung schwenkte und die Mädchen ihre strotzenden Brüste in Mao-T-Shirts zwängten. Von Hitler enttäuscht, von Stalin enerviert, stürmten sie auf der Suche nach einem neuen Völkermörder blindlings voran.

Immerhin, beruhigte Meissner sich, ein erfundener Dichter löst, wenn auch verdünnt, dieselben Emotionen aus wie ein in Fleisch und Blut wütender Diktator. Immer der gleiche Mythos, die gleichen Verfolgungsmechanismen, die gleiche Unterwerfung unter dem Glauben, die Verlockung der Moden, die Überwältigung durch die Primitivgleichungen der Ideologien. Natürlich wirkt ein erfundener Dichter anämisch, wenn man ihn neben Sadam Hussein stellt, einen Feudalaraber mit der Überzeugungskraft eines proletarischen Volkstribunen und dem unwidersprechbaren Gebot eines Götterboten. Aber ich halte das für einen Vorzug. Ich mag den peruanischen General nicht, der zuhause den rebellierenden Studenten die Augen ausstach und in Paris während einer Dichterlesung d'Annunzios eine symbolistisch dichtende ätherische Gräfin masturbierte. Dekadenz ist nur eine Ausrede für schlechten Geschmack. Das ist fast so fürchterlich wie eine Burgtheaterinszenierung der Gartenzwerge, die nach dem Mythos lechzen und nichts zustandebringen als ihr stammelndes Geständnis, daß sie nicht mehr an ihn glauben können. Wofür sie Honorar und Mitleid beanspruchen. Aber ich gebe zu, der erfundene Diktator, den man mit einem Federstrich abschaffen kann, bleibt das Ziel meiner politischen und literarischen Träume.

Den Diktator, sagte Moser, brauchst Du nicht erfinden, den erfinden sich die Menschen selbst. Jede Generation einen neuen. Oder jedes Jahrzehnt. Jedes Jahrfünft, jedes Volk, jede Provinz. Die kollektive Phantasie ist unerschöpflich in der Produktion von Diktatoren. Unbeirrbar und unbelehrbar. Ein erfundener Diktator ist vergeudete Mühe. Erstens kannst Du mit der kollektiven Hysterie nicht mithalten, das übersteigt jede Fassungskraft, zweitens werden Deine Warnsignale von der Leidenschaft zur Unterwerfung hinweggefegt. Wo sonst könnte die Bestie ihren Sadomasochismus als

Tugend genießen? Aufklärung ist nicht gefragt. Der Diktator als Identifikationsidol – gegen Liebe und Unterwerfung ist kein Kraut gewachsen. Satire ist hilflos. Gegen Diktatoren und ihre Anhänger gibt es nur ein Rezept: Einen Strom Blutes. In dem wir uns die Hände nicht schmutzig machen wollen. Keine Mitschuld, wenn ich bitten darf. Zeigen wir ihnen am Beispiel Tomassoni, was sie für Idioten sind. Es hilft nichts, aber es war ein Spaß. Ein Ventil. Eine verquere Art der Lust am Leben, wie wir sie noch genießen können.

Tomassoni hat sich in den Sauwald zurückgezogen, in den Dunkelsteinerwald, in den Kobernaußerwald, in den Rottinger Ried, in das Gmünder Moos, in die Karlstifter Heide, irgenwohin, wo man ihn nicht findet, wo er niemand finden kann, an einen imaginären Ort, in das Fichtendickicht des Alpenvorlandes, in die Macchiawüste Istriens, in das Felsenchaos eines Hochgebirgskares. Unerreichbar, unzugänglich, wird er hier Legende. Anfangs hat er noch den Thomas Bernhard gespielt und Bannflüche ausgesandt, er hatte Statthalter in der Burgtheaterdirektion und im Residenz-Verlag, in Malerateliers. Mit Schwächeanfällen für den avantgardistischen Kitsch von Hollein. Hilde Spiel, Erich Fried wiesen Grußpostkarten mit dicht verstempelten Briefmarken vor. Der Europaliakommissar rühmte sich eines Glückwunschtelegrammes.

Meissner und Moser nützten die Wetterbeständigkeit der Septembertage zu ausgedehnten Suchaktionen, wurden aber von den rasch hereinbrechenden frühen Abenden überrascht. Stiefel, damals bei den Prinzendorfer Exerzitien, wühlte mit Nitsch in Ochsenurin und Katzenkot.

Tomassoni entschwand. Die Kultfigur leuchtete noch einmal im Abendrot und in der Morgenröte und zerfiel. Maltz, die stolze Käthe, spitzte den Stift zu einem Nachruf, der mir nicht zu Gesicht gekommen ist. Die anderen Pressehexen, untreu von Geblüt und Ausbildung, Verräterinnen mit dem untrüglichen Blick für die heikle Stelle, sahen nicht einmal zurück. Der Terminkalender war aber auch nicht zu bewältigen: Peymanns Größenwahn, Hrdlickas gesammelten Kriege gegen die Galeristen, der Run auf eine freiwerdente Theaterdirektion, Franzis Luftballons, die Staatsoperninflation, die Kulturpolitikpleite.

Wovon Tomassoni verschont blieb. Seine drei Erfinder brachen noch einmal an einem schönen Novembersonntag auf in den Wienerwald. Sie bestiegen einen Jägersitz, sahen über das hart und gelb gewordene Gras der sauren Wiese, über die absterbenden Fichtenwipfel und die entlaubten Eichenäste. Eine Art Naturloge. Zwei trugen den Mördergedanken in sich, den anderen hinabzustoßen und den Verstümmelten als Tomassoni auszugeben. Nach intellektuellem Vorgeplänkel stellte sich heraus, daß sich als Opfer nur Stiefel angeboten hätte. Wer aber hätte dann im Schmetterling geleitartikelt? Karl Marx, Hegel und Karl Kraus zitiert? Die Universitätsjugend mit ideologischen Stumpfsinn verführt? Moser kletterte als erster hinab und reichte Meissner bei den letzten Sprossen die Hand. Sie entfernten sich, ohne darauf zu achten, daß Stiefel einige Mühe hatte, seine Angst vor dem ersten Schritt in die Tiefe zu überwinden.

Er hat in die Hose geschissen, sagte Moser.

Hoffentlich. Zurechtweisung eines maroden Hirns durch einen gesunden Darm.

Sie stapften verdrossen über die Wurzeln.

Hätten wir die Maltz mitnehmen sollen?

Glaubst Du, sie hätte ihn im Dickicht entdeckt?

Ich bin überzeugt.

Die Maltz kannst Du ins Sacher, aber nicht zum Au am Kraking einladen.

Um Gottes willen, wer weiß, wen sie da ausgemacht hätte!

Stiefel lief ihnen nach. Wartet! Aber da hatten sich Meissner und Moser schon getrennt. Der eine ging Richtung Wienerwaldsee, der andere hatte sein Auto auf der Straße nach Sieghartskirchen geparkt. Stiefel fürchte ich, hat sich damals verirrt. Was ihm sicher nützlich war als kreatürliche Parallelle zu ideologischen Umtrieben. Wenn er nur nicht ein Feuilleton für den Schmetterling daraus gemacht hat. Jedenfalls haben sich unsere Wege getrennt. Gemeinsam zu Tomassoni, getrennt von seiner Beerdigung in unsere schäbigen Einsamkeiten.

Aus Tomassonis Nachlaß I

Mich fasziniert und verängstigt, schrieb Tomassoni oder wer immer ihm die Hand geführt hat, das Absolute des Weibes. Ich stelle mir, natürlich nach lebenden Vorbildern, an denen die Erinnerung die Merkmale, die mich jetzt bedrängen, vervielfältigt hat, ein Weibchen vor, dessen Selbstverliebtheit die Ansprüche an den Mann ins Unerfüllbare getrieben hat. Sie wollte, was jede will, einen Supermann, aber sie war nicht zu menschlichen Kompromissen bereit. Er durfte nicht altern und damit den Zenit seiner 26 Jahre überschreiten, er war frei von allen menschlichen Anfälligkeiten wie Krankheit, Hunger, Durst, Ausscheidung. Unvorstellbar ein Mann, der fiebert, der sie vor einer Toilette stehen läßt, um pipi zu machen.

Welche Göttin will nicht einen Gott? Sie wollte eine atmende Statue. Unverrückbar in seiner Vollkommenheit. Eine Utopie? Wir haben schon für unnützere Utopien Krieg geführt.

Natürlich braucht sie einen Gott, der in ihre Menschlichkeit vernarrt ist. Einen Gott, der ihren Hunger stillt, ihre Tränen trocknet, ihre Bedürfnisse befriedigt, der sie trocken legt, tröstet, begehrt (was die berechtigte Forderung nach ungebrochener Potenz einschließt) und liebt. Siegfrieds einziger Schwachpunkt: Sein Gefühl für sie. Das wird ihn zu Fall bringen.

Ob es sich, wie kolportiert wird, dabei um eine Parabel über die Ansprüche der New Yorkerin Life Style-Kritikerin Susan Sontag an die Literatur handelt, sei dahingestellt. Angeblich war Tomassoni in New York. Und daß er sich in Wien nicht blicken ließ, heißt nicht, daß er in New York nicht die Spitzen des kulturellen High life besucht hat. Vielleicht hat er Susan Sontag auch nur gelesen. Oder eine unserer Nymphen, die ja auch von einem Kulturriesen träumen, der über den Sumpf der Gesellschaft hinwegschreitet. Wunschträumerin S. S. vereint sich mit Angstträumer Thomas Bernhard. Und ein gewisser Heller läßt dazu einen achtfachen Purzelbaum schlagen.

II

Nein, das nicht. Er fuhr aus seinem Traum. Nicht der 6jährige Tomas, nicht der 8jährige Soni, nicht der 12jährige Tomassoni. Nicht dieser pubertierende, pickelige, ungeschickte, von Schüchternheit blinde und blöde Knabe mit den häßlichen, abstehenden Ohren und den schlenkernden Armen, nicht noch einmal diese Phantasien, die sich in jede weibliche Falte einnisten. Nicht diese Ohnmacht der überwältigenden Bedürfnisse. Und schon gar nicht diese Kraftprotzerei, die dann in sich zusammenfällt und in einem Angstschlottern der Beschämung verendet.

Ein Anthologist überfiel Tomassoni mit dem Wunsch nach einem Originalbeitrag über seine Kindheit. Gut, daß er nur erfunden ist. Hätte es ihn gegeben, er hätte den zudringlichen Literaten ermordet.

Er wurde nicht geschlagen, er wurde ausreichend bis vorzüglich ernährt, verzärtelt, was möglicherweise geliebt heißt. Er wurde nicht ausgesetzt, nicht verstoßen, er wurde für Lernerfolge gelobt, seine Intelligenz wurde heimlich, aber für ihn erkennbar als Anzeichen früher, wenn auch verquerer Begabung bewundert. Er wurde beneidet. Er war ein normales Kind mit Freuden, wohlwollenden Erwachsenen und zu winzigen Zärtlichkeiten bereiten Mädchen. Nur zwischen zwölf und fünfzehn wurde es knapp. Aber seine Hoffnungen waren in dieser Zeit von seinen Begierden so in die Höhe getrieben worden, daß sie, wie er sich später eingestand, nicht erfüllt werden konnten. Man mochte ihn. Aber er mochte sich nicht. Er hatte so hohe Vorstellungen von sich, daß weder sein Körper noch sein Geist sie erfüllen konnten. Wie sollten sich diesem ungeschlachten Körper, diesem unausgegorenen Gesicht, diesem begrenzten Wissen seine hochfahrenden Wünsche erfüllen? Warum hätte die Fee ihn erwählen sollen?

III

Tomassoni erinnert sich. Die große Anstrengung, mit scharfem Blick den Nebel zu lichten. Ich kann sie nicht sehen. Aber ich will die Umrisse mit Leben füllen. Wie hat die Wirtin ausgesehen, die in dem Dorf, dessen Name mir entfallen ist, ein Verhältnis mit dem Lehrer hatte? Woran er sich erinnern kann, das ist der Mythos, der Treue-Mythos, der Ehe-Mythos, der Liebes-Mythos. Die Front der Ehefrauen und Mütter, die Ehebruch einer Frau ausgeschlossen haben. Der Mythos hat funktioniert. Stigmatisierung der Sünderin. Keine mildernden Umstände. Kein Wort über die Urgewalt der Begierde, keine Vorstellung der Ehehölle, die man zuhause täglich als Mann, Frau und Kind miterlebt hat. Unerschütterlich das irreale Ideal, das täglich gebrochen wurde. Der Bruch der Ordnung beweist ihre Notwendigkeit.

Wie haben sie es gemacht? Tuscheln in den Kirchen- und Schulbänken, an den Stammtischen. Heimlich Tür und Fenster geöffnet. Ins Gartenhaus geschlüpft. Übereinander hergefallen? Sie sind am Waldrand gesehen worden, wie sie ins Fichtendickicht schlüpften. Sie haben auf dem Feldrain Händchen gehalten. Liebe, Tomassoni! Schreibe die Love Story von dem 50jährigen Franz und der 40jährigen Valerie auf dem Lande. Der Schwester Wirtin und des Bruders Oberlehrer, die gesündigt haben, damit wir die Genugtuung haben, in der Fülle unserer Vergehen noch einmal davongekommen zu sein. Laß uns etwas von der Wollust spüren, die die Gerechten empfinden, wenn sie sich die Laster vorstellen und wissen, daß sie diesmal erlöst sind von allen Übeln.

Tomassonis Vermächtnis: Literatur ohne Exhibitionismus und Argumentationseitelkeit. Nur gedacht in Überheblichkeit und Selbstverachtung. Einen Augenblick lang vom Machtstreben des Betriebes berührt. War es Bekenntnis, objektive Beobachtung, Haß oder Liebe? Überlaß das dem Kritikergschwätz. Mein Schrei ist lautlos, mein Hohn die Selbsterkenntnis des Publikums. Denkt, was ihr wollt. Ich stelle mich nicht bloß.

Die Verbrennung der Pressehexen war verschoben worden. Er

erhaschte vom Flugplatz gerade noch einen Blick auf den Scheiterhaufen. Sein Entschluß, Hexentreiber zu werden, stand fest.

Er begann mit einer fröhlichen Unfugstifterin, verlor bei einer neurotischen Hexe mehr Kraft, als es sich zu investieren lohnte, überstand die berüchtigten Liebestränke einer Giftmischerin und geriet an den Engel. Damit setzt die Leidensgeschichte ein, die ohne Rückblicke und Vorahnungen nicht auskommen wird. Denn die Kunst des Hexenaustreibens besteht im Erkennen des Frühstadiums. Denken wir an die Perchtensammlung von Gallus. Sie wurden als Elfen geboren. Beim Studium der Verpuppungsvorgänge muß Intuition die Erfahrung inspirieren.

Seine Zielgruppe bleiben die Pressehexen, seine Erholung herumstreunende Elfen, was die Ordnung im Gefühlshaushalt nicht eben stabilisierte. Sie waren unergiebiger, aber verlockender. Selbsttäuschungen waren unvermeidlich. Mary, die er, als er sie das erste Mal in einer Puppenausstellung traf, für eine Elfe im Knospenstadium gehalten hatte, erwies sich bereits beim nächsten Symposium als gut getarnte Pressehexe gefährlichster Observanz. So zahlt man Lehrgeld.

Er vertiefte sich in die Theorie. Historische Reminiszenzen. Soziale Aspekte. Existentielle Notwendigkeiten. Sprachprobleme. Das Flügelrauschen der Luftgeister. Die große Entdeckung: Die Geschmeidigkeit des Elfenrückens. Aber bevor das Material neu geordnet war, verschloß er es. Dahin konnte er noch immer zurückkehren. Fenster auf: Sein Blick fiel auf die biegsame Taille einer Elfe. Er merkte im Hinterkopf vor: Typisches Körpermerkmal, das sich bei fortschreitender Verhexung verlor. Der Instinkt des Erotomanen ahnt es. Die sensible Hand spürt es bei der leisesten Berührung. Er vibrierte, wenn sich's unter ihren Schulterblättern bog. Die hinreißende Kurve der Elfe. Reiner Hexenzauber. Ein Elfenmal. Wer weiß, ob er noch anderen von dieser Beweiskraft begegnen würde.

Der schlanke, sich zur Mitte verjüngende Rücken mit der unbegrenzten Dreh-, Wiege- und Biegefähigkeit entschwand. Jetzt nichts wie nach. Ein unbezwingbarer Forschungsdrang überwältigte ihn.

Kupplerin Hexe. Ja, Du, mit der Adlernase, mit dem Dinarierprofil, mit dem Hexenkopf auf dem Elfenkörper, mit den unergründlichen seichten nixenblauen Augenseen, entscheide Dich, ob Du unter oder über ihm liegen willst. Sie bog sich unter den Wachträumen, wen sie wollte, den Jäger oder das Wild, den Autor oder den Kritiker, den Polizisten oder den Verbrecher. Uschi, die Topjournalistin. Du mußt Dich in alle hineindenken. Am liebsten natürlich in die Avantgarde, in die kühne Vorhut. Aber sie konnte den Blick von den stämmigen Burschen nicht lösen, die in den olivgrünen Uniformen den Dschungel auf Ches Spur durchstreiften. Was dachte einer, der dem Schicksal in den Riesenschritt des Fortschritts fiel? Che hatte sie schon tausendmal interviewt. Frage seinen Mörder. Sie wehrte sich gegen die Zumutung. Tu es, versuch's! Der kalte Schweiß brach ihr aus, aber sie schaffte es, sie drang ein in die Gehirnwindungen der Verfolger, während sie sich mit Ches Parolen vollpumpte, spürte sie mit lüsternem Widerstand ihren sehnigen, muskulösen Körper. Was für eine Pressehexe! Schlüpft mit ihren Fragen unter seine Haut, lockert das, was er an Verstand hat, das Blutgerinnsel, das sein Herz ersetzt, schmiegt sich an, sickert ein.

Die Verschiebung der Verbrennung der Pressehexen hatte den Hexenaustreiber zu einer Ersatzhandlung gezwungen. Er kaufte am Kiosk die Zeitungen mit ihren inkriminierten Artikeln, ging damit auf die Flughafentoilette, entzündete sie mit einem Streichholz und warf sie, als sie lichterloh brannten, in die Klomuschel. Dann spülte er nach.

Worauf er sich ihre Untaten vergegenwärtigte. Fleischliche Vermischung mit dem Teufel, wobei sie sich auf einer geweihten Hostie wälzten, Verketzerung des Kruzifixes durch Mißbrauch als Hexenbesen. Sie ritten damit durch die Lüfte in obszöner Nachahmung des Geschlechtsverkehrs. Missetaten, die sich durchaus im herkömmlichen liturgischen Rahmen hielten. Immer die alten Sünden! Also bewegte sich auch seine symbolische Teufelsaustreibung in gewohntem Rahmen: Er verbrannte anstatt der Hexen ihre Erzeugnisse, in denen sie diese Vereinigungen mit dem Teufel beschrieben, verteidigt und zur Nachahmung empfohlen hatten.

Irgendwo, sagte Tomassoni, muß der Mythos sein Fundament

haben. Die Hurerei geht nicht aus. Der Fundus ist voll von geschlechtlichen Ausschweifungen. Hexe, Du schöne Versuchung! Ein unaufhörlicher Nachschub von Schuldigen. Der Strom der Sünderinnen in Hemd, Hemdhose, Nachthemd, Pyjamajacke, Tanga und Cocktailkleid. Blößen über Blößen. Hexe, Du Racheengel, Speerspitze des Geschlechterkampfes, öffne den alles verschlingenden Schoß. Womit Du sündigst, darin sollst Du untergehen. Du sollst verbrannt werden von der Lust, ersäuft in den Säften, erstickt in den Spasmen. Amen.

Was liest Du da, fragte die Literaturhexe, als sie im Flugzeug nach einer Viertelstunde Dämmerschlaf aufgewacht war, die Journaillehexe.

Tomassoni.

Gibt's den überhaupt? Zeig einmal. Das ist ja nur ein Buch über Tomassoni.

Immerhin mit Beiträgen von Käthe von Maltz, von Frau Dr. Messerer, Professor Reichartsebner-Lambrecht, von Theaterdirektoren, Kulturattachès, Literaturgesellschaftspräsidenten und Generalsekretären, von Fernsehintendanten.

Ich, sagte die Literaturhexe, habe ja eigentlich viel von ihm erwartet.

Beispielsweise?

Ein Buch über das perpetuum mobile menschlicher Abneigung. Ich meine den Motor, der umso besser funktioniert, je mehr Sand ins Getriebe geraten ist. Vielleicht sogar eine Antwort darauf, warum das Leben nur aus einem einzigen Augenblick besteht, und alles andere nur Fettgewebe ist, das sich darum angesetzt hat. Etwas in der titanischen Größenordnung der winzigen Dinge.

Damit kann ich Dir nicht dienen. Mein Tomassoni-Buch hält sich an die Fakten. Biographische Vermutungen, anekdotische Überlieferungen, stilistische Obsessionen, ideologische Aufklärungen. Vor allem die Forscherinnen erreichen dabei ungeahnte Tiefen.

Die Literaturhexe gähnte. Da schlafe ich lieber. Wie spät haben wir? Sie sah auf die Uhr. Da hab' ich noch dreiviertel Stunden Zeit.

Wofür?

Für das Wunder. Genau um 2.30 Uhr taucht der von der Sonne beschienene Eisgipfel des Ararat aus der Nacht. Vielleicht sitzt der Tomassoni da oben und dichtet was, das uns den Atem wieder einhaucht. Es kann auch sein, daß der liebe Gott, unser aller Hexenmeister, das Wunder heute nicht stattfinden läßt. Angeblich ereignet es sich nur in jedem vierten Schaltjahr, also einmal in sechzehn Jahren. Nicht viel Hoffnung, daß wir da zurecht kommen. Wer weiß, wo wir dann sind? Ich im Anflug auf Frankfurt am Main zur Buchmesse, Du im Flugzeug des Bundespräsidenten zum Staatsbesuch in Liberia. Möglicherweise sitzt Tomassoni dort im Busch neben einem Löwen. Irgendwo muß er ja sein, denn für einen Interviewtermin ist er nicht zu haben. Weck mich jedenfalls. Das mit den vier Schaltjahren erzählen sie, weil sie es den Passagieren nicht vergönnen. Weil die es nicht ertragen. Weck mich zum Morgenrot. Das ist etwas, das unsereins den anderen voraus hat, die Hexenstunde.

Der Verzweiflung?

Der Schönheit natürlich. Dauert ganz kurz. Bevor es einem langweilig wird, ist es aus. Der Minutenblitz der Liebe. Auch ein Thema für diesen Dichter, den es nicht gibt. Wie heißt er nur? Sag es mir nicht. Ich hab' ihn schon vergessen. Und will nicht mehr an ihn erinnert werden. In der Hexenküche wird gerade der neue Bestseller gezaubert. Ich denke, das richtige wäre eine Mischung aus Ecoscher Langeweile und Rushdies brisanter Ironie. Internationalismus, als Aufklärung getarnt.

Fällt Dir nichts Neues ein? Wieder nur ein Aufguß vom vergangenen Jahr?

Neue Ingredienzen wollt ihr? Natürlich, Salz und Pfeffer, die Gewürzküche der Vitalität. Was Lateinamerikanisches muß hinein, das ist klar. Und die kalte Arroganz der kritischen Unerbittlichkeit der USA-Amerikaner. Und ein Querschuß slawischer Seele. Na ja, egal, ein italienischer Trampel oder ein deutscher Rotzbub. Wo immer, er oder sie warten schon auf meinen Hexenzauberstab. Jahraus, jahrein verwandle ich damit Scheiße in pures Gold.